Unicorn

独角兽书系

GEORGE R.R. MARTIN

金星复古科幻

OLD VENUS

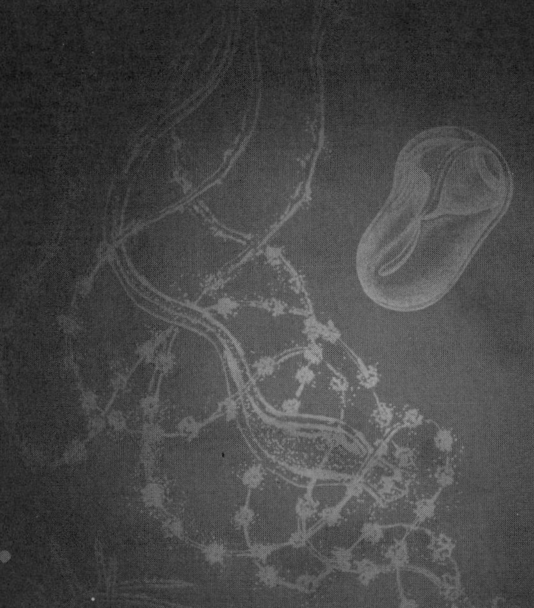

【美】乔治·R. R. 马丁　加德纳·多佐伊斯/编

金　国/译

重庆出版集团　重庆出版社

版贸核渝字（2014）第61号

图书在版编目(CIP)数据
金星复古科幻 /（美）乔治·R.R.马丁，（美）加德纳·多佐伊斯编；
金国译. —重庆：重庆出版社，2017.7
ISBN 978-7-229-12194-5
Ⅰ.①金… Ⅱ.①乔… ②加… ③金… Ⅲ.①科学幻想小说—
美国—现代 Ⅳ.①I712.45
中国版本图书馆CIP数据核字（2017）第081077号

金星复古科幻

JINXING FUGU KEHUAN

【美】乔治·R.R.马丁 加德纳·多佐伊斯 编

金 国 译

责任编辑：邹 禾 唐弋淄
装帧设计：谢颖设计工作室
封面图案设计：罗 烜
责任校对：杨 婧

重庆出版集团
重庆出版社 出版
重庆市南岸区南滨路162号1幢 邮政编码：400061 http://www.cqph.com
重庆出版社艺术设计有限公司 制版
重庆市鹏程印务有限公司 印刷
重庆出版集团图书发行有限责任公司 发行
E-mail:fxchu@cqph.com 邮购电话：023-61520646
重庆出版社天猫旗舰店
cqcbs.tmall.com
全国新华书店经销

开本：890mm×1230mm 1/32 印张：20 字数：510千
2017年7月第1版 2017年7月第1次印刷
ISBN 978-7-229-12194-5
定价：80.00元

如有印装问题，请向本集团图书发行有限公司调换：023-61520678

目录
Contents

重返金星太空港

——加德纳·多佐伊斯

金星破晓黎明时：

海洋覆盖着整个星球，在为数不多的岛屿附近，滑腻而多毛的脑袋破水而出，原来是蹼足原住民。不远处，酷似蛇颈龙的海洋生物在波涛中伸长弯曲的脖子，扬起脑袋，嘴里长满利齿，它的动作迅速敏捷，一掠而过；那永不停息的雨水拍打在一大片沼泽洼地上，浇出的点点凹痕，犹如"波光粼粼"；形似恐龙的巨型黑影在泥地里呼呼作声，它们嬉闹着，翻滚着；瘦高个的异邦人顶着精心打理的头饰，穿着珠宝镶嵌的礼服，穿过一座座悬于巨型大树之间的绳索桥。那些树木高大无比，胜过目前地球上任何一棵红杉，散射的灰白光线暴露了悬停在大树上方的整座城市；闪亮的银色火箭正着陆于金星港城的太空机场；浓密、恶臭、热气腾腾的丛林被一头恐龙模样的野兽碾得粉碎。复古版的雷克斯霸王龙出现在滴着水珠的植被之中，它张开布满"短剑"的巨型嘴巴，于清晨发出一声桀骜不驯的怒吼。

后来，在1962年的某一天，所有这些美梦都顷刻间破灭，就像有人"呼"的一下吹灭了蜡烛。

金星是夜空中除月球之外最为明亮的自然物体，或许正因如此，人类长久以来一直观测着它（有时还奉若神明）。在远古时候，人们以为金星是两颗单独的天体，一颗名曰启明星，一颗叫作长庚星——古希腊人称它们为福斯福洛斯和赫斯珀洛斯，而古罗马人则把它们叫作路西法和维斯珀耳。到了公元前6世纪毕达哥拉斯的时代，金星被认定为同一颗天体，即古希腊人口中的阿佛洛狄忒和古罗马人的维纳斯。这两个名字都是根据各自宗教里的爱神来命名的。不知何缘故，维纳斯总是与女神这一形象分不开，或许是要跟夜空中次亮的物体——火星形成对照吧。火星因其火红的颜色而被人联想到“战争”这一通常属于男人或男神的领域。古巴比伦人比古希腊人早几百年就意识到这是同一颗天体，称它为“天宫美后”，并用古巴比伦爱情女神伊师塔来为其冠名；波斯人以阿娜希塔的名字来称呼它，而那也是波斯神话里的女神之一；老普林尼[①]将金星与伊希斯联系起来，而她同样也是一位类似的古埃及神祇。凡此种种，都为金星赢得了一个至今仍然偶尔使用的别名：爱之星。

当望远镜发明之际，金星便呈现出一张明亮而毫无特征的脸庞。此后有一个观点慢慢地发展形成，认为金星与火星、水星或月球都不同，它被一片永久的云层所覆盖。然而在那襁褓般的云层之下，又会是怎样一番景象呢？种种猜测开始流行起来，众说纷纭，莫衷一是，由此也为金星赢得了另外一个称号：神秘之星。

云层意味着雨水。一颗被云层永久覆盖的行星必定是一颗多雨的行星。

就像美国天文学家帕西瓦尔·罗威尔[②]将人们对火星的愿景具体化，他用望远镜观察火星并认为自己看到了“运河”。同样，关于金星云层底下究竟为何物的问题，多数的猜测是由瑞典化学家斯凡特·阿伦尼斯[③]予以丰富充实并给出指导方向的。他于 1918 年发表的《行星的命运》一书中预测，金星的云层肯定是由水蒸气形成，还进一步声称“金星上的一切都是湿漉漉的……而且绝大部分表面无疑都被沼泽所覆盖，相当于地球上那些形成煤矿的沼泽地带……金星上的温度并非

---

① Pliny the Elder，古罗马百科全书式的作家，上知天文下知地理，著有《自然史》。

② Percival Lowell，美国业余天文学家、商人、外交顾问，曾预测冥王星的轨道。

③ Svante Arrhenius，瑞典科学家，曾获得 1903 年诺贝尔化学奖。然而其本人原是物理学家，亦为物理化学科学的奠基人之一。

极度炎热,不至于遏制植被繁茂生长。每个地方的气候条件都持久不变,导致金星对外界多变的环境完全没有做过调整和适应。因此,在金星上只有低等生物的存在,而其中大多数属于植物王国。整个星球上的有机生物几乎都是同类的。”

金星表面布满沼泽的观点使得该行星与石炭纪[①]时期的地球颇为相似。另有相关的看法认为,金星是一个海洋世界,并且有可能仅由一片环球性的大洋构成。这些说法原本可能成为一种思维范式,进而统治未来约50年的时间。当时诸如此类的想象十分流行,即便晚至1964年,苏联科学家在设计“金星”系列探测器的时候,仍然考虑了水面降落的可能性。

渐渐地,星际冒险这类作品开始从通俗冒险的旧壳里脱离。与此同时,沼泽地里长出了丛林和恐龙,而海里则有了各种怪兽。

星际冒险又被称为“星际侠客”故事,它的黄金岁月大约是从1930年代至1950年代。在当时的作品中,太阳系里充斥着外星种族和外星文明,就像麋鹿俱乐部的野餐会那样拥挤而亲密。几乎每个世界都会拥有一个外星种族,好让地球探险者经历一番刀光剑影或罗曼浓情,甚至连木星、土星、水星也不外如是。其中,火星素来占据首要地位,同时也是多数星际探险故事的首选设定场所——但金星也并没有落后得太远。

纵观19世纪,金星曾以宗教寓言和惊险旅行的设定出现,而第一部把我们带上那颗星球的星际冒险作品——某些被今日认作是科幻作品的——可能要算是奥蒂斯·阿德尔伯特·克莱恩于1929年发表的小说《危险行星》(及其续作《冒险王子》和《危险之港》)了。在那部作品里,地球人罗伯特·格兰登被“心灵感应术”传送到了一位金星人的

① 古生代的第5个纪,开始于距今约3.55亿年至2.95亿年,延续了6500万年。石炭纪时期陆地面积不断增加,陆生生物空前发展。当时气候温暖湿润,沼泽遍布。大陆上出现了大规模的森林,给煤的形成创造了有利条件。

意识之中，随后便卷入了当地的种族纷争。在一颗以巨型林木（重力较小的缘故）和形似恐龙的野兽为特色的金星上，主人公经历了多番搏杀和决斗。克莱恩的小说绝对是受了埃德加·赖斯·巴勒斯[①]那本《火星公主》的启发，那部小说也将一个类似的角色、一位活灵活现的地球人送到了一颗被巴勒斯称作是“巴松”的红色行星上，该作品在1915年发表时曾受人瞩目。为了回敬克莱恩，巴勒斯在他1932年发表的《金星上的海盗》（以及后续四部）中把自己的地球冒险家卡森·内皮尔送往金星。自此，一个星际冒险的时代就这样开启了。

最纯粹的星际冒险故事应当可以在1939年至1966年的《行星故事》杂志里头寻觅得到。那本读物着力刊登众多名家作品，比如杰克·万斯[②]、雷·布莱伯利[③]、A. E. 范·沃格特[④]、波尔·安德森[⑤]等。不仅如此，你或许还能从中发现（对于一个被男性绝对把持的类型领域而言非同寻常），最杰出的撰稿人是两位女性作家，即C. L. 摩尔和利·布拉克特。雷·布莱伯利在《行星故事》杂志上发表了他个人成名作《火星纪事》[⑥]里的几篇故事，虽然布莱伯利在诸如《雨一直下》《阳光普照的一天》等作品中也造访过金星，但最为人熟知的还是他的火星故事。尽管他们也都写了火星，但金星是属于摩尔和布拉克特的。摩尔笔下坚韧不拔的宇航员“西北史密斯”在诸如《黑色的渴望》这样的故事里前往金星探险，他的助手亚霍尔陪同在身旁；利·布拉克特的英雄主人公

---

① Edgar Rice Burroughs，美国科幻小说家，曾成功创造了人猿泰山这一形象。

② Jack Vance，美国科幻作家，于1950年发表个人第一部作品《濒死的地球》，而且至今仍在写作。

③ Ray Bradbury，美国科幻奇幻小说家，代表作有《火星纪事》《华氏451度》。

④ A. E. Van Vogt，美国科幻作家，生于加拿大魁北克，是美国科幻小说黄金时代的“四大才子”之一，另外三人为罗伯特·A. 海因莱因、艾萨克·阿西莫夫、雷·布莱伯利。

⑤ Poul Anderson，美国科幻界的元老级作家，从明尼苏达大学物理系毕业后却放弃了物理学工作，开始专心从事科幻小说的创作。

⑥ Martian Chronicles，又译《火星编年史》。

们则出现在诸如《金星女妖》《红尘中的罗蕾莱》(同布莱伯利合著)《月亮不见了》等故事当中,他们热衷探险和寻宝活动,穿梭于天气闷热、布满沼泽的金星土地上。那里尽是一些颓废堕落的金星原住民;低俗的酒吧异常凶险,稍有不慎就有可能被人害了性命。另外,金星上还有各种失落已久的文明,以及被人遗忘的神灵。

在纯粹星际冒险故事(说实话,硬科幻爱好者们蔑视此类文学,认为这些作品名声欠佳,而且层次较低)的范畴之外,金星同时也在更为主流的科幻作品中充当背景环境,并被诸多名家所"造访",比如奥拉夫·斯塔普尔顿[1]的《最后的第一人》,C. S. 刘易斯[2]的《皮尔兰德拉星》,约翰·W. 坎贝尔[3]的《黑星掠过》,亨利·库特纳[4]的《狂怒》,杰克·威廉森[5]的《反物质飞船》和《反物质辐射》,艾萨克·阿西莫夫[6]的青少年读物"幸运的斯塔尔"系列丛书,A. E. 范·沃格特的《非 A 世界》,罗伯特·A. 海因莱因[7]的《帝国逻辑》《太空军官候补生》《星辰之

---

① Olaf Stapledon,英国哲学家,科幻小说家。

② C. S. Lewis,英国著名文学家,《纳尼亚传奇》的作者,先后任教于牛津大学和剑桥大学。

③ John W. Campbell,杂志主编兼科幻作家,虽然作品不多,但个人影响力极大,被誉为美国科幻"黄金时代"的开山鼻祖。

④ Henry Kuttner,美国科幻作家,同时也是女科幻作家 C. L. 摩尔的丈夫。

⑤ Jack Williamson,美国大师级科幻作家,拥有最长的写作经历。他笔耕不辍八十载,是年龄最大的雨果奖获得者。

⑥ Isaac Asimov,美国著名科幻小说家、科普作家、文学评论家,美国科幻小说黄金时代的代表人物之一。他的作品《基地系列》《银河帝国三部曲》和《机器人系列》被誉为"科幻圣经"。他曾经获得了代表科幻界最高荣誉的雨果奖和星云终身成就大师奖,他所提出的"机器人三定律"被称为"现代机器人学的基石"。在国内外的科幻迷中,他或许是最有名的大师之一了。

⑦ Robert A. Heinlein,美国科幻小说大师,享有"美国现代科幻小说之父"的美誉。

间》以及《火星来的波德凯恩》，弗雷德里克·波尔[1]同 C. M. 科恩布鲁斯[2]合著的《宇宙商人》，波尔·安德森的《磅礴暴雨》和《姐妹星球》。除此之外，毫无疑问还有数以百计的作品，而它们当中的大多数都早已被人忘却。

后来突然有一天，金星的幻想破裂了。

1962 年 12 月 14 日，美国"水手 2 号"探测器途经金星，微波和红外辐射计上的读取数据让每一个坚信金星表面存在生命的人都万分沮丧。数据显示金星实在太过炙热，根本无法支持生命体。这些发现后来被苏联的"金星 4 号"探测器证实，而后又分别被"水手"系列和"金星"系列的其他探测器一一查证属实。它们描绘的金星图片与一个健康良好的自然环境简直大相径庭。实际上金星根本就不是一颗被环球性海洋或广袤沼泽丛林所包裹的星球，并非什么神秘外星文明的家园。金星的面纱终于被人揭下，原来它是太阳系当中最不适合生存的地方之一，其表面平均温度为 863 华氏度[3]，是太阳系中最炙热的一颗星球，甚至比距离太阳最近的水星都要炎热；大名鼎鼎的永驻云层是由二氧化硫和硫酸液滴组成，而不是什么水蒸气；大气层中 96.5% 都是二氧化碳，金星地表气压是地球表面气压的 92 倍，其严酷程度相当于地球大洋的底部。

在金星上完全不可能有任何生命存在。没有恐龙，没有长蹼的两栖土著，没有可以与之拼刀拼抢的野蛮战士，更别想有什么身穿半透明礼服、肤色泛绿的美貌公主可以与你浪漫一番。它只是一颗由滚烫岩石和灼热毒气构成的球体，比超市的停车场还要乏味无聊。

几乎在刹那间，科幻作家们都对其失去了兴趣。

---

① Fredrick Pohl，美国科幻小说家兼编辑，曾到访世界各国，享有崇高的国际声誉，代表作有《超标准人》《大门口》等。

② C. M. Kornbluth，美国科幻作家，于 34 岁突发心脏病英年早逝。

③ 相当于 462 摄氏度。

最后一部伟大的金星故事选集是罗杰·泽拉兹尼[1]的《脸上的门，口中的灯》，它发表于1965年，带有怀旧风格并且刻意复古（鉴于作者当时对金星的了解肯定更全面了）。

到了1968年，布赖恩·W.奥尔迪斯[2]和哈里·哈里森[3]合编了一本名为《再见金星》的怀旧选集，为金星作品献上了一个回顾性的告别。

从那以后，金星的故事就真的销声匿迹了。

然而这种情况只持续了一段岁月。

在70年代的科幻小说里，设定在金星上——或者就这一点而言，设定在火星或太阳系中任何一颗行星——的故事寥寥无几。可到了80年代，有一股时尚潮流持续升温，它波及了整个90年代乃至今天。在这个过程中，科幻作家们重燃对太阳系的热情。与此同时，后续升空的航天探测器也渐渐让金星看起来比原先预想的要更加有趣、更加令人惊奇。作家们甚至重返金星，抱着一个将金星环境地球化的理念，使其有利于生命体的生存——据我所知，这个想法首先在1930年奥拉夫·斯塔普尔顿[4]的《最后的第一人》中有所展示——并开始被帕梅拉·萨金特[5]和金·斯坦利·罗宾逊[6]这样的作家慢慢探索。一座座圆顶状的城市武装抵御金星的高温、高压和有毒大气层……如此的情

① Roger Zelazny，美国科幻奇幻大师，多次获得星云奖和雨果奖，提倡科幻小说应从心理学、社会学、语言学三方面考虑，打破了太空冒险一统江湖的局面。他的代表作有“安珀志”系列和“光明王”系列。

② Brian W. Aldiss，英国著名科幻作家，屡次获奖，被誉为“英国科幻小说的教父”。

③ Harry Harrison，美国科幻小说家，曾经参过军并在二战中担任机枪教官，后从事过绘图和编辑工作，其作品《银河英雄比尔》评价极高。

④ Olaf Stapledon，英国哲学家、科幻作家，曾影响了阿瑟·克拉克等诸多大师。

⑤ Pamela Sargent，美国杰出的女性科幻小说家，代表作有《黛安娜与大精灵》。

⑥ Kim Stanley Robinson，美国科幻小说大师，代表作有《火星三部曲》《海岸三部曲》等。

节渐渐在科幻故事中出现，例如约翰·瓦利[①]的《穹顶之内》等。但更为流行的套路是“巨型空间站停泊在行星周围的轨道上”，抑或是“浮动城市永久盘旋在温度稍低的金星上层大气空间里”。

在过去的几十年里，前后涌现出众多“新金星”的故事，其中杰弗里·A. 兰迪斯的《云城之主》就运用了浮动城市的模式，该作品获得了2011 年度西奥多·斯特金纪念奖[②]。

然而，我们当中有不少朋友仍旧对那颗“老金星”魂牵梦绕，依然怀念着多年以来做过的无数个金星梦。

那我们为什么不去写几个故事呢？

正如合编者乔治·R. R. 马丁在姐妹作品《火星复古科幻》的序言中指出的那样，科幻小说向来是浪漫主义文学的组成部分，而传奇永远都不拘泥于现实。退一步讲，就像马丁自己说的：“西部文学的作家们仍然描绘着那个虚无的古老西部，关注农民而不是快枪手的‘现实主义的西部片’几乎没有市场；同理，悬疑作家仍在埋头编写私家侦探的传奇故事，主人公们破解惊世命案，活捉连环杀手。可现实生活中的他们多数时间都在调查骗保行为，或是窝在肮脏的汽车旅馆里，替离婚律师偷拍通奸者的行踪；历史小说家们以不复存在的古代王朝为背景，创作一些我们或多或少有所耳闻的故事；奇幻小说家们发表的作品也将情节设定在架空的大陆上。”

既然如此，我们为何不去重新点燃那奇妙而绚丽的“老金星”梦呢？

于是我们就联系了一部分相识的作家，其中既有业已成名的大家，又包括崭露头角的新兴天才。我们告诫他们说，不要送来东拼西凑的

---

① John Varley，美国科幻作家，其作品题材多以克隆、网络等最新科技为主，且主角多为女性，代表作有《按回车键》等。

② Theodore Sturgeon Memorial Award，美国一年一度的科幻文学奖项，评选范围设定在短篇作品里。

作品或后现代的讽刺小说。常见的以殖民化、地球化的现代金星为背景的故事我们也不需要。不仅如此，我们也不希望故事的题材涉及那些高高环绕在金星轨道上的空间殖民地，以及在地狱般有毒大气环境中的半球形城市。我们所需要的故事，应当属于金星梦想破灭之前的年代——即空间探测器收集到种种铁证之前，最好设定在一颗适宜居住且怀旧风味十足的金星上。如利·布拉克特、埃德加·赖斯·巴勒斯、C. L. 摩尔、奥蒂斯·阿德尔伯特·克莱恩、波尔·安德森、罗伯特·A. 海因莱因以及其他众多高手笔下的故事那样，情节全部基于老式的金星，那里有走不到边的沼泽地、望不到头的海洋、热气腾腾的丛林、翻滚好动的恐龙。而金星人呢，则是可以与之互动的富有情感的种族。这种互动或许会招来刀光剑影的殊死搏斗，或许会催生一段浪漫动人的旷世爱情，亦有可能是一次近距离的科学观察、资源开发，或不安的共处。不管怎样，金星人始终是科幻小说中的伟大梦想之一。

您可以从这本选集里看到“金星梦”新近酝酿的成果，它们将会把您带入各种从未涉足——却不悔此行的地方。

艾伦·M.斯蒂尔

在以下这则扣人心弦的故事里,我们将跟随一位作风硬朗的私家侦探前往金星。惊险的任务将会把这位侦探带入真正的"穷街陋巷"[①]里——虽然在金星上其实并没有任何道路可言。

艾伦·M.斯蒂尔于1988年在《阿西莫夫科幻小说》杂志上成功发表了第一篇作品,随后又在该刊物上贡献了一连串故事,同时又在《类比》《幻想与科幻》杂志、《科幻小说时代》上面崭露头角。1989年,他发表了自己的第一部小说《轨道塌坏》,并且广受好评。该小说后来荣获了轨迹奖年度最佳处女作奖。斯蒂尔的名字随即被多位不亚于格里高利·本福德这样的权威人士拿出来与"黄金时代"的海因莱因相提并论。斯蒂尔的另一些作品包括《克拉克镇》《太空》《月球坠落》《迷宫之夜》《重负》《别样的寂静》《无垠宇宙的国王》《洋底空间》《时空穿梭》《土狼星》《土狼星崛起》《浪花》《银河系蓝调》《土狼星地平线》和《土狼星使命》,其短篇作品被收录在《航天莽汉》《失重的性与暴力》和《末代科幻小说家》三本故事集里。斯蒂尔最新的作品分别是一部"土狼星"系列的新篇《六边形》,一部面向青少年的小说《阿波罗的弃儿》,一部历史改编小说《导弹日》,以及一本故事合集《失重的性与暴力:"近太空"故事合集(增订本)》。他还获得过三届雨果奖,其作品分别为1996年的中篇小说《未来船长之死》、1998年的中篇小说《天使恐惧的威胁》,以及近期于2011年创作的中短篇作品《火星的皇

---

① Mean Streets,美国70年代电影,讲述贫民区中的恩怨情仇。文中此处形容那些犯罪活动猖獗的贫困地区。

帝》。

斯蒂尔出生在美国田纳西州的纳什维尔市，曾就职于多家报社和杂志社，专门报道科学和商业方面的内容。现今他是一名全职作家，与妻子琳达一起居住在马萨诸塞州怀特里市。

蛙面人

宇宙飞船向下降落，穿过一道又一道云层——如灰色的羊毛般稠密，将头顶上方的太阳和紫色苍穹同脚下的连绵暴雨分隔开来——也正因如此，似乎许久以后，窗外的景致才终于清晰可辨，而围绕在金星表面的大洋也展露无遗，尽收眼底：水色深蓝，狂风肆虐，一望无边。

飞船下方的形状酷似轮船的船底，引擎在下部点火启动，将洋面吹起阵阵白浪，好似一圈圈同心圆。渐渐地，下降进入尾声，船体最终落到了海面上。尽管宇航员倍加小心，可是落水依然很猛。剧烈的颠簸使得每个人都在自己的座位上东摇西晃。头上的行李箱也被“啪”地一下震开，手提包纷纷砸落在中间的走道里。舱内骂声一片——主要是俄语，偶尔也听得到几句美国脏话——后排有人呕吐起来，闹得动静很大，然而这一不由自主的行为却招来了旁人更多的龌龊“问候”。

罗森对此次着陆也颇为不满。这并非是他头一回外星旅行，登陆火星时要比这一次稳当得多，也难怪远在后排的那个家伙会直犯恶心。此时的船体已不再下降，只是慢悠悠地上下漂浮，随着海浪的节拍摇曳。登机之前有人叮嘱罗森要服用茶苯海明①，眼下他很庆幸自己当初听从了忠告。

罗森紧紧抓住扶手，透过座位旁的椭圆形舷窗朝外头眺望。尽管雨水噼噼啪啪地打在外面的玻璃板上，但他仍旧分辨得出自己身在何处。舱外其实也无甚景致可言：在目力能及的洋面上——金星的地平

---

① Dramamine，一种防止晕车、晕船的药物。

线约有三英里远，几乎等同于我们在地球海平面上观测的结果[①]——蓝灰色的天空布满了云彩，它们互相交织，“难舍难分”。飞船原应着陆于韦涅拉格勒，而悬浮殖民地想必是在飞船的另一侧方位上。当然了，除非宇航员对殖民地的当前位置计算有误，并且已经掉落——“着陆”这个词不太贴切吧？——在一个错误的地点上了。

这种可能性是存在的。罗森之前刚刚休养了四个月，不过他在齐奥尔科夫斯基号[②]上活动的时候倒也亲眼见识了一番，星际舰队那恶劣的声誉果然“名不虚传”。此时一艘拖轮进入了视线，罗森当即开始怀疑飞船会不会已经在汪洋大海上迷失了方向。那艘拖轮锈迹斑斑，吞吐着滚滚浓烟。它围绕着飞船转了一圈，然后消失在视野里。过了几分钟，船员将拖绳套在船头上系好，接着只听一声巨响，飞船又开始前进了，被带入最终的目的地。[③]

飞船被拖入韦涅拉格勒，与罗森同一侧的人们纷纷朝窗外张望，其中也包括一名坐在靠走道位置上的中年俄国人。当罗森伸长脖颈探视那座人工岛时，那人恬不知耻地斜靠到罗森身上。韦涅拉格勒是一个将实用主义发挥到极致的地方，唯有苏联时代的产物方可企及：一公里直径的多层半球体，其倒影较赖以漂浮的洋面略深。几处狭长的木制码头从岸边延伸出来，犹如一只肥硕的巨型水蜘蛛。站台看起来不太结实，所用木材也取自当地，感觉像是外部平台上随意布置起来的高塔。它们支撑起多个开盖式钢制水箱，以此来积蓄雨水，然后再将其蒸馏为殖民地的饮用水。穹顶上方伸出若干无线电天线和碟面天线，其

---

① 在地球上，地平线的位置约为观测点前方三英里处。金星的结构略与地球相似，它的半径约为 6073 公里，只比地球的半径小了 300 公里，这使得金星的表面曲率接近于地球，因而地平线的距离也与地球十分相近。

② Tsiolkovsky 该名源于康斯坦丁·齐奥尔科夫斯基（1857—1935），他是俄国（苏联）著名科学家，现代宇宙航行学的奠基人，被称为“航天之父”。

③ 远洋拖轮的拖绳一般都非常长，可达数百米，加之暴风雨洋面上的可见度较低，故而拖轮会行驶到视线之外。

角度十分古怪,还有一架直升机从顶部停机坪上徐徐起飞。好一个既丑陋又让人不适的地方。

“风景不太好,你说是不?”邻座的人看了看罗森说,“聊胜于无吧……至少是陆地了。”

罗森早已知道这位同行者会说英语,尽管不太流利。从太空轨道上一路下来的途中,那人始终揣着一个用袋子包裹而成的“酒瓶”,而且满嘴散发着一股伏特加气味。当飞船刚一进入大气层,他便打开“酒瓶”狂喝猛饮了。“这就是你住的地方?”罗森问。随后为了表示客气,他又改口道:“我是说……这就是你的家?”

对方冷笑一声说:“就这鬼地方?才不是!我家在圣彼得堡,来这儿是为了赚钱,我来卖……呃……”他想另找一个合适的词,“来卖计算机,你懂不?办公室里用的电脑。”

罗森点了点头。他没有兴趣同这位生意人交朋友,不过这场对话恐怕也在所难免。“整个殖民地都建在地球之外的太空里,上来靠的是火箭,”生意人继续侃侃而谈,讲的都是些罗森早已知晓的东西,“从轨道降落靠的是降……降……”

“降落伞。”

“对,对,就是降落伞,然后掉……”他抬起双手,“扑通!掉到水里。”接着那人朝窗户方向挥了挥酒袋子。“人们就在水上开工,木头都是从浮动……呃,从森林里来,从浮动的森林里来,就在……就在那些沼泽海岛上。”

“噢,原来如此。”生意人还是没有向罗森透露出什么新鲜的内容。

“嗯,没错,”俄国人拿起“酒瓶”又灌了一大口,然后将其递给罗森,“对了,你上这儿来干吗?”

罗森对着“酒瓶”摇了摇头。此时有多种方法可以从这场勉强敷衍的对话里脱身,而罗森选择了其中最为简单的一种。“我是一名侦探。”他说。只见生意人一脸疑惑,于是罗森再把话说得更明白些(或许用词不太准确)："我是警察。"

"警察……哦。"生意人不信任地瞥了罗森一眼，而这正是罗森求之不得的。随后生意人收回"酒瓶"，坐回到自己的座位上去了。

飞船缓缓进驻码头，生意人再没来搭话，这让罗森感到十分满意。他不想同别人谈论自己前来金星的目的。

罗森刚一踏出舱门，滚滚热浪便扑面而来，好似步入了桑拿浴室。周遭的空气闷热浑浊，让人喘不过气来，湿度也高得难以置信。同在地球上相比，这里的太阳看上去更大，热量也更高。然而即便如此，它也不过是一颗挂在天上的明亮斑点，仅给大气层加热而已。舷梯从舱口伸出，连接到飞船停泊的码头上。罗森还没走下舷梯就已经开始出汗。外头细雨蒙蒙，温湿燥热。身上的牛仔夹克沿途一直穿着，现在到底应该脱还是穿，罗森对此拿不定主意。然而码头上的工人们却似乎不太讲究，他们大多只穿短裤和运动鞋，偶尔戴一顶雨帽，女人们则穿着比基尼或者运动内衣。工人们将大包小包的行李从货舱里搬下来，罗森费了点功夫才找到了自己的手提箱，随后便从码头走到太空港的入口处。

当班的海关警官没有几个，全是些面带倦意的俄国人。他们身穿短袖制服，对排队的乘客抱着一种官僚味十足的轻蔑态度。罗森面前的这位警官一语不发，只顾检查护照和申报单。他朝罗森匆匆瞥了一眼，随后就在所有文件上面盖了章。接着他耸耸肩，示意罗森跨过旁边的那道拱门。没有人要求他打开包裹，可罗森清楚接下来将会发生什么。果然不出所料，当他一跨过拱门，电铃立刻就响了。门上的武器检测设备发现了罗森携带的枪支。

其实这也没什么，只不过意味着他将会比原计划更早地接触到警方而已。于是罗森在港口滞留区独自静候了一个钟头，然后又被一名港口当局的警官恶狠狠地审讯了半小时，其英语并不比先前那位生意人好多少。后来罗森被押上一辆电动汽车送往警察总局。这一路上的车程相当于把韦涅拉格勒逛了一圈。这座殖民地似乎主要是由一条条狭窄的通道组成,天花板造得很低,并且配有低功率的照明设备。一面面灰色的钢墙上布满了污渍和手印等“装饰品”,还有钢印的斯拉夫字母符号。此时车辆从一道宽阔的门洞窜出,罗森猛然发现自己已身处城市的中心区域了:一座宏伟宽敞的大厅,天窗顶棚距地面足足有几百米高,上头还有不少内置的阳台俯瞰着中心广场。当车子从广场横穿而过,罗森匆匆领略了韦涅拉格勒的日常生活百态。居民们身着短装,有的则穿背心或T恤,坐在绿地的长椅上歇息;阳台的晾衣绳上挂着一件件清洗干净的衣物;小吃摊前排着长队;一群小学生盘坐在喷泉池旁,聚精会神地听年轻的老师讲课;有两个人正在激烈辩论,而其他人则兴趣盎然地在一旁观战。

广场中央矗立着一座列宁雕像,一身双排扣长礼服外加一件高领衬衣。这身装束在此地显得着实突兀,没有一个金星居民会如此打扮——即便在城内,气温也如热带般炎热——雕像手指前方,指向某个美好的社会主义未来。然而这座雕像年代已久,污渍斑斑。指尖缠绕着一根断绳,或许原先被人系上了一只溜溜球吧。金星上的党组织早已不复存在,只不过需要时间来慢慢清除这些遗迹。

车辆驶入另一条昏暗的通道,在一扇破损的双开大门前停了下来,门上漆着的红星标志业已暗淡。那个审讯过罗森的警官领着他进入警察局,穿过里头拥挤的人群,走进一间私人办公室里。正是在此地,罗森见到了阿坎迪·布尔加科夫。

这位韦涅拉格勒的警察局长同罗森年纪相仿,长了一副短而宽的胸膛,那一头短刘海的凯撒式发型对欧洲男人来说似乎永不过时。办公桌上的卷宗堆积如山,他坐在桌子后头耐心地听取汇报。那位警官语气呆板地控诉访客的罪行，为表强调，他还将罗森的格洛克手枪①连同备用弹夹一起放到了办公桌上。布尔加科夫嘟囔了一句，然后挥挥手，让那名警官出去了。待房门合上，他才叹了口气，并摇了摇头。

“你就是那个先前电邮告知我孩子丢了的人？”他说的英语带有一股俄国腔，不过除此之外可以算非常标准。

“嗯，就是我。”罗森朝桌前的一个空椅子示意，布尔加科夫点头应允，于是罗森便坐了下来。“枪的事情……我很抱歉。我本想等前来报到的时候再告诉你的，可是……”

“我们不允许私人拥有枪支，难道你不清楚这一点吗？”

“我以为我的执照享有豁免权。”

“这里没有什么特权和例外，只有警方才能携带杀伤性武器。”

布尔加科夫倾身过来取枪，椅子发出吱嘎吱嘎的声响。他掂了掂手枪，然后拉开抽屉将其丢了进去。“我不会罚你的款，但你不能再携带这个东西了。我会开一张收据，等你离开金星的时候可以领回。”

“好吧，那我在回去之前应该用什么呢？我总要有一把贴身家伙吧，你懂的。”

“寻人就一定要带枪？我看未必吧。”布尔加科夫看了罗森一眼，随即耸了耸肩，“如果你还是觉得配枪更舒坦的话，可以去买一把泰瑟枪②，不过这仅限于你到城外去找人的情况。还有，如果你真出城去找的话，寻得那家伙的概率……”

“他叫大卫·亨利。”

“……大卫·亨利存活的可能性实际上为零。反正他不在韦涅拉格勒，这一点我现在就可以告诉你。”

---

① Glock，奥地利格洛克公司推出的一种手枪，被世界多国的军队和警察广泛配备，其最大特点在于大量使用了工程塑料。

② Taser，一种“电休克枪”。这种枪没有子弹，靠发射带电“飞镖”来制服敌人。它最早出现于科幻小说，后被应用推广到实战领域，多为办案人员配备。

“五个月之前你就这么说，”罗森说道，“我也是这样告诉委托人的。可那老头并不满意。有人看见他的孩子一年前就在附近活动，当时他是来金星旅游的，这是他父亲送给他的大学毕业礼物。”

布尔加科夫眉毛一扬，不满地说道：“他父亲一定很有钱。”

“没错，他们家确实有些闲钱，而且那孩子也十分喜爱旅游。他已经去过月球和火星了，所以我猜想金星正是他的下一个目标。依我看，他要是我儿子的话，我大概只会送给他一只手表当礼物吧，可是……”

“我们这儿的游客不是很多，但也有一定数量，我们对他那种人也并不陌生。权贵人家的少爷小姐前来参观金星的壮丽奇景……”，他冷笑一下接着说，“那些人也没什么了不起，他们通常会去藤林群岛拍拍照，顺便带回去几样纪念品，隔三岔五地还会惹出一些麻烦来……比如酒吧打架啦，吸毒啦，嫖妓啦……然后就一个个滚到我这里来了。不过这些人总归可以回家，而他们的‘冒险之旅’也就此收场了。”

“可他不一样，他没能回家。”

“看来如此吧。”布尔加科夫朝桌子一侧的古董级电脑转过身去，然后在键盘上敲了几下，接着将这个如面包箱大小的 CRT 显示器转了个方向，好让我看到屏幕。“就是他，对不对？”

电脑屏幕上是一位二十岁出头年轻人的护照照片：一张圆乎乎的脸，一对高傲的蓝眼睛，浅黄色的头发从两边削平，中间则用摩丝吹高。小伙子的相貌虽然英俊，却一副娇宠跋扈的样子。当时罗森前往科泉市[①]拜访他们一家，其父交给罗森的正是这个男孩的照片。“就是他。”

布尔加科夫将显示器转了回去，又在键盘上敲了几下，然后停下来阅读弹出的信息。“他入住过韦涅拉酒店，”等了几秒后他说，“但是并没有退房。当初我的探员们前去调查的时候，酒店方面告诉他们在大卫的客房里发现了行李。很明显，他原计划是要登上加加林号离开的，

---

① Colorado Springs，又称科罗拉多斯普林斯市，美国科罗拉多州第二大城市。

然而在此之前就已经多日未回客房了。我的人走访了所有餐馆、酒吧和商店，虽然有人在其中某些场所看到过大卫，可是店员们却没有一个在最近这段日子里碰到过他。另外，那小子自然也没有出现在星际舰队的登机口，没有去做星际旅行。”

“这些东西你都告诉过我了，就写在你的电子邮件里。难道你忘了？”这是在浪费时间，同时也在罗森的意料之中。当地警方在寻人案件上向来鲜有帮助。不过他仍煞费时间地与之核实情况，这主要出于职业上的礼貌，不过也总有可能得到些许有用的信息。

“我确实讲过，估计你也是这样跟那位‘尊敬’的亨利先生汇报的。他老人家联系过驻华盛顿的俄国领事馆……他联系过的，是吧？……他把这些情况也告诉了那里的工作人员。”布尔加科夫靠回到椅背上，“好吧，让我来讲些邮件里没写的东西。有些事情……国内的政府不太愿意承认，如果我在官方信函里写明的话，他们会对我不满的。有时候……虽然不是经常发生，但确实隔三岔五地会有像大卫·亨利那样的年轻人在访问金星期间失踪。有时他们会彻夜饮酒，然后到码头上徘徊，最后掉落到水里淹死了，而尸体会被食腐性的鳗鱼吞食掉，这类事情以前发生过；有时他们搭船出海，却遭遇到实为罪犯的无照驾驶员谋财害命，然后被抛尸在某个小岛任其烂掉。这类事情也发生过；还有的时候……这么说吧，更为糟糕的事情都曾经发生过。”

“比如？”

布尔加科夫迟疑了一会儿说：“你听说过维亚兹卡吧？”

“亚兹？谁没有听说过那个？”

“这是国内的街头外号，咱们这儿管它叫维亚兹卡·伊兹·科尼亚，”布尔加科夫对这个话题渐渐感兴趣起来，“它们也是从滑皮树上取得的，在某些藤林岛上就长有。医药企业也从那些树上提取一种叫科伦药的医用临床镇痛剂。不过科伦取自于树皮，而维亚兹卡是来源于树根。这是令人上瘾的麻醉药物，效力跟海洛因一样……”

“而且闻着臭，尝着也一样臭，”罗森补充道，“我对亚兹很了解，在美国和欧洲遍地都是。”

布尔加科夫皱了皱眉，很显然他不喜欢被别人打断。“你很可能不了解那些走私客是如何搞到它的。那些种植户……我们管他们叫亚兹佬……出海寻找长有滑皮树的岛屿。医药公司在那些岛上已经收割完了，于是亚兹佬就把遗弃的树根收集起来，将其加工成亚兹。不过这一切的关键症结在于……收割、煮烂、加工……是一件苦差事，没有人愿意干。所以有时候亚兹佬就去绑架几个天时地利都不走运的游客，然后强迫他们做苦力。”

“你觉得这种事会发生在大卫·亨利头上？他被人强掳了去做劳工？”

“要我说，这种可能性很大。”

罗森慢慢地叹了口气，眼前的任务顿时艰巨了许多。“如果你的说法是对的，那么我怎样才能找到大卫呢？我知道那些岛屿可能会漂移到很远的地方……”

“有数千个岛屿随洋流而动，况且那些亚兹佬也非常会躲。我的人总是很难寻觅到他们的踪迹。要想确定孩子具体在哪个岛上，可以说是大海捞针。”布尔加科夫停顿了片刻接着说，“不过或许有一个办法可行。就像你们美国人说的，‘或许没戏，不过可以试试’……”

“就像我们美国人说的，‘我洗耳恭听’。”

“去找蛙面人谈谈吧。”

“什么人？”

“蛙面人，就是这里的原住民。没人管他们叫金星人……那听起来像是蹩脚的电影。总而言之，他们非常聪明，”他又发出一声冷笑，“我可不会跟他们称兄道弟。不过，他们确实见识过很多很多此地的人和事。”

“我甚至连俄语都不会说，怎可能有办法同他们那些家伙交流？”

“我知道有一个人能行的——疯子米哈伊尔。你可以在码头上找到他，记得带上大量卢布，”布尔加科夫微笑着说，“还有巧克力。”

“巧克力？”

“你会明白的。”

疯子米哈伊尔在沿海一带活动，那儿干活的人都认识他，罗森只须顺着他们手指的方向走过去即可。那是一个在码头上搭建起来的小棚屋，游船纷纷停泊于此。

疯子米哈伊尔用当地渔民给他的任意食材制作寿司，然后再贩卖给过路的游客。当罗森找到他时，他正坐在敞开式小棚屋里的长凳上，用刀切着一个似乎是乌贼与狮子鱼的杂交物，然后用鱼片包裹起一块块黏糊糊的米团。他是一个矮胖的老头，肚子很大，四肢丰满，浓密的白胡子几乎长到他锁骨的位置。米哈伊尔满身皱纹，皮肤被雨水浸得发白，除了一顶破草帽和一条松垮垮的短裤之外别无其他。当米哈伊尔抬头看罗森的时候，那眼神既犀利又神秘。

“要寿司吗？”他问道，粗糙的嗓音里带着浓重的乌克兰口音，“当天新鲜的货儿，口味好极了，来点儿吧。”

布尔加科夫告诫过罗森，不要去吃疯子米哈伊尔提供的任何食物。凡是当天没卖掉的东西，他统统放到第二天再卖，哪怕是因温度和湿度的关系而腐败变质的东西。不过好在他至少会说英语。“谢谢，不必了。我想跟蛙面人谈谈，听人说你可以帮上忙。”

米哈伊尔眯起眼睛说：“他们不是什么蛙面人，应该叫‘海民’。他们是这片环球性海洋的主人。你要是不尊重他们，就别想跟他们说话。”

“抱歉，我不知道……”

米哈伊尔拿起身前柜台上使用的长刀，将其重重地拍了下来。“没人知道！所有人都叫他们蛙面人，统统取笑他们。只有我……”他用一根带疤的手指猛戳自己赤裸的胸膛，“三十多年前我刚到这里时，就跟他们交上朋友了！只有我，米哈伊尔·克罗诺……！”

“你在金星待了三十年？”罗森抓住机会转移话题，“也就是说，你是首批开拓者当中的一员。”

“达[1]。”他使劲点头，但没有露出笑容，不过至少也不再大呼小叫了。“我是第二批开拓者，1978 年登陆，苏联航天部队军士长。”那丛胡须里透出了一缕微笑，“其他人都回去了，而我留了下来。在这里，没有人比我住得更久！”

“好吧，克罗诺军士长，你正是我要见的人。”想要利用疯子米哈伊尔，最好的办法就是满足他的虚荣心，“我想和海民交流交流……既然你那么了解他们，不如请你代表我去跟他们交谈。”

米哈伊尔眼神狐疑。“谈什么？如果你只是想要一张照片的话……啐！1500 卢布。我叫他们上岸，你就站到他们旁边，然后我给你们几个拍照。回头你把照片带回家，贴到墙壁上。‘哟，瞧瞧噢，我和蛙面人在一起。’”他鄙夷地朝码头下面吐了一口唾沫。

“我不是游客，也不需要什么照片。”罗森把手伸进裤袋——他需要马上买一条短裤，地球上的衣物已经逐渐黏到了身上——将大卫父亲给他的那张近身照摸出来。他把照片拿到小屋的遮雨篷下面以免被雨水打湿，然后将其亮给米哈伊尔看。“我在找这个人，他大概一年前来过这儿，后来就失踪了。他的家人派我来此地寻找他。”

疯子米哈伊尔拿过相片仔细端详了一番。“我不认识这个孩子，”他最后说，“不过海民们认得出来。如果这孩子出过海，那么海民们应该见过他。凡是出海前往环球大洋的人，每一个他们都见过。对了，你有巧克力吗？”

罗森提前在旅馆的小店里买了一大把吉百利巧克力条，于是将其

---

① Da，俄语，意为“是的”。

拿出来给米哈伊尔看。老头什么也没说，只甩给他一个疑惑的眼神。罗森找出自己的钞票夹，点了几张大面额的票子攥在手上。米哈伊尔沉吟了片刻后，从凳子上挪了下来，然后说："好吧，跟我来。"

米哈伊尔走出小棚屋，手持一块板球拍，即那种英国人带去球场的拍子。他收下了罗森的钞票和巧克力，随即在码头上给这位侦探带路。沿途上一艘艘船只系于码头，船长和船员们在甲板上休憩，饶有兴致地看着他们。有些人用俄语招呼他们，而其他人则起哄嬉笑。不过疯子米哈伊尔只是皱皱眉头，不予理睬。

他和罗森来到了港口的尽头。一根木头灯柱矗立在水里，波涛拍打着码头沿岸。这位前宇航员用双手举起板球拍，朝灯柱猛地敲打过去：啪啪两下，停顿片刻；又复两下，再小歇一会儿，接着又敲打两下。最后米哈伊尔收住了手，他凝视着水面，静静地等待了一会儿，随后又对着灯柱敲打了六次，每次两个节拍。

"你就是这样召唤那些蛤蟆……海民的？"罗森怀疑米哈伊尔在浪费时间。

"没错，"米哈伊尔左顾右盼，来回搜索水面，"他们一听到震动，就会来看看我找他们何事。他们只会为我而来，旁人都不行。"

还没等他重复第三次，雨点击打的水面上泛起了一坨坨深蓝色的东西，它们一个接着一个，总共有三坨，位置仅距离码头数米。罗森打了一个冷战，发现三对狭长的眼睛正在打量着自己，那眼睛是青灰色的，犹如生锈的锡器。他们的双目是罗森暂时能够看到的全部。此时米哈伊尔举起巧克力条，只见那些生物越游越近了。

"后退，给他们腾点地方，"米哈伊尔轻声说，"你也不要跟他们说话，他们听不懂。"

金星的原住民依次浮出水面并爬上码头，最终站在罗森和米哈伊尔跟前。他们约有一米五高，身形如同小孩，亦是两足动物。不过他们同人类的相似之处也仅此而已，这些家伙像是青蛙、火蜥蜴、海豚三者杂交出来的怪物:尖角形的脑袋下没有脖颈,宽大的嘴巴却不带嘴唇,两颗眼球十分突出,躯体光滑无毛并呈流线形。他们是哺乳类动物,四肢修长,末端长有蹼。手指有四根,脚掌宽大犹如船桨;背部自上而下长有好几对短背鳍,呼吸时鼻孔会微微地颤抖,一条爬行动物才有的尾巴几乎不触碰这湿漉漉的甲板。

罗森知道原住民是分男女的,然而他看不出任何生理结构上的区别。他们个个赤身露体,淡蓝色的下腹部没有显露出什么明显的生殖器。在酒红色的皮肤上,唯有那少许的斑点和条纹方能区分彼此。

另外,他们的体味还很大。当原住民从水里上来的时候,罗森闻到一股有机腐臭味,让他想起那炎炎夏日里泛起的海藻。他后退数步,不仅仅是因为米哈伊尔的提醒,而是这气味实在太过浓烈。要是他们再靠近一点的话,罗森恐怕要把午饭也吐出来了。

罗森最近在杂志上读到一篇文章,有一位埃及裔美国科学家在火星的沙尘暴中不幸殒命。而正在此之前,他发现了某些可以将智人①同火星原住民联系起来的遗传学证据。罗森怀疑类似的联系会不会也存在于地球人同金星海民之间。转念一想到自己可能与这些……蛙面人存在某种远亲关系,让他感到既新奇又恶心。

米哈伊尔剥开巧克力的包装纸,将它们递给原住民,同时还低沉地向他们说了一通“鸟语”:“沃翁沃咔克洛沃咔。”这话在罗森听来犹如天书,不过海民显然明白它的意思。左右两个都接连点头并回应说:“沃噶克洛沃格。”然后一摇一摆地朝米哈伊尔走过来,动作十分笨拙,或许是走得太快的缘故吧。

唯独中间那个原住民站在原地不动,还鄙夷地看着同伴们一个个从米哈伊尔那里拿过巧克力。当他们张开嘴巴时,罗森惊讶地发现里

---

① Homo sapiens,生物学分类中人属中的一个“种”,而人属是灵长目人科中的一个属,今天生活在世界上的现代人是其唯一幸存的一个种。

面有一排排短而锋利的牙齿，上排两侧还长有略长一些的门牙。然而令他更为惊愕的是那些家伙囫囵吞食的方式，恶心的长舌头在蹼状的手上一卷，巧克力在瞬间被消灭干净。要知道即便是一个饥肠辘辘的孩子，也得花上几分钟。然而第三个蛙面人——罗森情不自禁地如此称呼——却拒绝了米哈伊尔的巧克力条。

“它为什么不要？”罗森小声问道。

“我不知道，”米哈伊尔嘟囔了一句，自己也感到有些出乎意料，“以前他们不这样。”于是米哈伊尔又抬高嗓门说：“*瓦噶克洛？*”

“*克洛沃格寇！*”只见第三个蛙面人来回摇晃尾巴，似乎摆出一副生气的姿态，雾银色的眼睛眯了起来，凶神恶煞地说，“*克洛沃格寇瓦咔沃格！*”

“它说什么？”

米哈伊尔没有立刻回答我。他手持了一会儿巧克力，而后便将其塞回裤袋里了。另外两个海民发出嘶嘶声，像是在表示抗议。不过第三个蛙面人倒不再拍打尾巴，并且看起来平静了些。“中间那个是领头的，”米哈伊尔轻轻地说，“她……”

“你怎么知道他是女的？”

“领头的都是女性。她拒绝接受巧克力……我想……她说这东西有毒，”米哈伊尔耸了耸肩说，“我也不太确定。虽然我会说他们的语言，但对有些词汇还是不太熟悉。”

“这是你头一次遭拒绝吧？”

“是的。我给他们吃巧克力很多年了，他们喜欢‘克洛’，金星上没有任何类似的东西。我就这样跟他们交上朋友并学会了交谈，”他若有所思，片刻后接着说，“真没想到，他们当中居然有人不要巧克力，好奇怪噢。”

“好吧，这确实挺有意思，不过我还有任务要干。”罗森再次拿出大卫·亨利的照片来，“给他们看看这个，”他一边说一边把照片递给米哈伊尔。“问问他们见没见过这个人。”

原住民立刻做出了反应。米哈伊尔一举起照片，三个蛙面人统统激动了起来，纷纷用尾巴来回拍打码头上的木板，并且还不断点头示意。他们嘴里发出嘶嘶声，皮质的舌尖从嘴里伸进伸出，鼻孔出着大气。接着，那个“部落首领”用手指着那张照片，发出一阵急促而近似愤怒的嘶哑叫声。

“噢，没错……他们的确认识这个人，”米哈伊尔和罗森都感到十分惊讶，“而且我觉得他们还非常讨厌这个人。”

“我也差不多猜到了。问问他们，知不知道他现在在哪儿。”

米哈伊尔继续问话，他们也再次点头甩尾地应答。那个领头的原住民几乎将身体弯成90度，然后向左侧微微挪动，并抬起尾巴指向左前方。最后她对米哈伊尔娓娓道来，他认真仔细地将其听完，然后转向罗森。

“她知道那个人在哪儿……在一个长满了藤条树蔓的小岛上，离这儿有一段路程。她答应领我们过去，但条件是我们要把那个人带走。”

“这正是我的目的。”话音刚落，罗森飞速瞧了米哈伊尔一眼，“你刚才说‘我们’？”

疯子米哈伊尔朝罗森微微一笑。“你说呢？除非你觉得自己可以跟他们交流，不然的话我就必须和你一起去。另外我还需要雇一条船呐，对不对？”

无须多问，罗森清楚这笔开销绝不会小。不过他带足了卢布，况且总归可以从委托人那里报销的。“好吧，你告诉他们，咱们俩……”

没等米哈伊尔翻译，三个蛙面人就突然转身跳下了码头，不留下更多的言语。几乎未溅起多少水花，他们的身体就已经潜入这片深暗的水域里，消失得无影无踪了。

“动作真快。”罗森嘀咕了一句。

“谈妥了，他们明早再来，”米哈伊尔在码头边上转身，准备返回他的小棚屋,“到时候来这儿,我会雇一条船,带我们去蛙面人指引的地方。达斯维达尼亚①。”

“回头见。”起码罗森尚有时间去买新衣服和所需装备——一把泰瑟枪。然而他不禁注意到米哈伊尔脸上防备的表情,猜想那老头会不会有什么瞒着他。

“阿佛洛狄忒号”是一艘破旧的渔船,甲板上有遮雨的油布篷,木制的船体似乎几经维修。让罗森颇感意外的是,船长居然是个美国人:巴特·安吉洛,中年人,有点驼背,身上一股鱼腥味,头发稀疏。花费四万卢布租来一条饱经风霜的“浴缸”,这着实是一笔巨大的开销,不过罗森也没有多少选择的余地。在一番讨价还价后,安吉洛把租金降到了三万五。罗森庆幸自己不用支付船员的费用,因为那位船长已经决定将他们留在岸上。

正如米哈伊尔保证的,蛙面人回来了。罗森推测他们正是昨天遇到的那三个,不过也不敢肯定。这次,他们没有爬上码头,而是在“阿佛洛狄忒号”旁边徘徊。那一对对半浸没的眼睛紧紧注视着正待下船的船员们。罗森不明白原住民是如何得知他们要使用哪一条船的。米哈伊尔告诉罗森,他们只须静待我们出现,然后跟着来就行了。

“他们不是动物,”米哈伊尔一边补充,一边坚定地看着罗森,“海民们很聪明……千万别忘了这一点。”

安吉洛听到这话立刻大笑起来,说:“他们要是真那么聪明,为什么还总落到我的渔网里?”

“落网的原住民会怎么样呢?”米哈伊尔问道。

“他们会咬开渔网,然后逃走。”船长数完罗森方才给他的那一卷钞票,随后便将其塞进了短裤的口袋里。“该死的小畜生,他们每次这

① Dasvidan'ye,俄语,意为“再见”。

么干,都要害得我花钱修理。”

米哈伊尔故意笑了笑,没有作答,转而到船尾去松开缆绳。罗森听到他默默嘀咕了几句俄国话,虽没听懂,不过似乎颇为有趣。

“阿佛洛狄忒号”引擎轰鸣,船体吱嘎吱嘎地驶离韦涅拉格勒的港口,此时蛙面人加入了进来。他们在船身旁游动,直到“阿佛洛狄忒号”驶过外围水域的浮标。当渔船缓缓加速,他们则移动到轮船前方,随着船头激起的海浪前行。他们偶尔也会浮出水面,犹如一条条海豚。起初罗森还担心船长会撞到他们,不过当安吉洛加大柴油引擎的马力并提速至 20 节时①,海民们便又返回到自己先前的方位上了。他们完全有能力跟上渔船,而且从未完全脱离罗森或米哈伊尔的视线。

韦涅拉格勒在他们身后逐渐淡去,它变得越来越小,最后化为一滴模糊却永驻的雨珠。在韦涅拉格勒尚未从地平线上消失之前,船上的人们就瞧见了金星上其他人类活动的身影。他们超越了那些双桅渔船和当日出游的观光轮,穿过了一艘巨型拖网渔船的尾迹,它犹如一条海龙,在这片环球性海洋上连续巡游了数周。众人还辨认出远处一个由支架撑起的高大建筑:一座石油钻井。它很可能属于俄罗斯——阿拉伯联合财团,位置恰在一座海岭②之上。单桅小帆船利用风平浪静的天气出海,不过仅有少许几艘而已;金星可不是一个适合驾船兜风的星球,业余水手时常失踪,且再不见踪影。

午后不久,别的船只都不见了。在目力所及范围内,“阿佛洛狄忒号”成了唯一一艘航行于洋面上的轮船。然而它也并非形单影只,第一座藤林岛已逐渐浮现在眼前,海民们正带引着轮船朝群岛直奔而去。

虽然罗森向来不是一个好学生——他曾从大学辍学并加入纽约市警局,最终却令他成为了一名私家侦探——不过他还是记得不少中学

---

① 1 节等于每小时 1 海里,即每小时 1.852 公里。

② 亦称“海脊”或“海底山脉”,绵延于大洋底部的高地。

里的科学课程，完全能够回忆起这颗行星的自然历史。数十亿年前，金星曾是地球的孪生姐妹，甚至同火星也极其相似。这一点足以令“人类、火星撒旦人、蛙面人三者共享遗传基因”的胚种假说成为一种或许真实的解释①。在该行星早期某个年代，太阳将全球平均气温抬升，引发了灾难性的温室效应。两极冰盖融化，形成终年下雨的永久性云层，整个星球也最终变成汪洋一片。各块大陆原本可以通过结构漂移而继续居于水位之上，不过在此之前它们全部被淹没掉了。

剩下的尽是一片环球性的大洋，然而水面下却存在着古老的大陆，有峡谷和山脉，它们就像宏大的亚特兰蒂斯那样再也未能重见天日。海底的某些地方只有大约十几英寻②深，那便是水生植物最为繁茂之处。在最常见的水生植物中，有一种质地厚实的绳状海藻，该物种曾一度生长得十分庞大，足以充当航海的浮标。它们想冲破自由的枷锁，漂浮到水面上来。洋流逐渐将这些海藻交错缠绕到一起，从而形成了一个个浮动的“岛屿”，有些甚至长达几公里。

在数千年的漫长过程中，生命在这些漂浮的小岛上繁衍进化。蛙面人即是其中的一种，而那些滑皮树则是另外一种。它们可以被收割利用，是很多东西的原材料。木材、药物、亚兹皆出自于它。当人类刚刚学会星际旅行的时候，就发现金星是一颗富饶的星球，静待着人们前去开发利用。

不过，并非所有人都举手赞成。

“我们正在糟蹋这颗星球！”疯子米哈伊尔靠在右舷的栏杆上说。他注视着那些蛙面人，看着他们朝一个跟房子差不多大小的藤林岛游去。其中一个靠近渔船，用唧唧呱呱的本地话告诉米哈伊尔，说他们需要歇息一会儿。安吉洛只得勉强答应，并在前方偶遇的岛屿附近放下

---

① Panspermia Hypothesis，该假说认为宇宙中到处存在着“胚种”，而人类自身的遗传基因亦是通过小行星或陨石碰撞传递到地球上的。

② Fathom，亦称“浔”，海洋测量中的深度单位，长度等于6英尺，约为1.8米。

船锚。自从离开韦涅拉格勒以来,俄国人一直郁郁寡欢,而此刻他打破了沉默,陷入了深刻的反思之中。

“糟蹋?”安吉洛坐在后甲板上一块油布搭成的遮篷下面,吃着他在船长室外侧走道上制作的三明治,“别这么说你家妹子……这样不好。”

米哈伊尔不予理睬,罗森对其也视而不见。船长这个人有一种龌龊的幽默感,当初罗森到驾驶室陪他时就发现了。罗森一进去,安吉洛就开始对他讲笑话,慢慢地越说越恶心,最后罗森只得借故离开。“为什么这么说呢?”罗森转过身,背对着船长问道。

“我们来到这颗星球,”米哈伊尔说,“一味地索取、索取、再索取,不做丝毫的回报。”他朝蛙面人点头示意,只见他们趴伏在岛上杂乱的海藻、藤蔓和苔藓之上,于午后的滚滚热浪中休憩打盹。“他们是最大的受害者。我们窃取了他们的森林,用石油污染了他们的水域,毁坏了他们的岛屿……”

“然后他们就在韦涅拉格勒瞎转悠,从你这儿讨些糖果吃,”安吉洛耸耸肩,“听上去蛮公平的。”

“不,这不公平。”米哈伊尔朝他瞪了一眼,“用几块巧克力换取一个世界……这压根就不是一桩公平的买卖!”

“噢,好吧……那么是谁最早吸引他们上钩的呢?”安吉洛注意到罗森表情疑惑,于是他讥讽地说,“你的意思是……你不知道? 巧克力会让蛙面人上瘾,就像可卡因一样,或许比那个还要厉害。只要尝上一口,就忍不住想要更多。猜猜是谁给他们起的头?”

“你胡说!”米哈伊尔的脸涨得通红,“我不是带头的那个! 从前我的一位船友……”

“噢,对,对,对,或许不是你起的头,不过你是最大的‘毒贩子’。”安吉洛将吃剩的三明治扔出船外,双手往短裤上面一蹭,“如果你真不是‘毒贩子’,为什么不把带来的巧克力扔了?”

米哈伊尔目视他处,躲避安吉洛的责难。罗森怀疑他说的是否属实。“将来终有一天,我们会为自己的所作所为付出代价。”米哈伊尔轻声地说。

“好,好,好……反正你要付我工钱,时间可是不等人的哟,”安吉洛从油桶上坐了起来,朝驾驶室走去,“叫那些蛤蟆快起床,老子要找到那个地方,然后开船回家。”

船长没能如愿。眼看已是日落时分,可蛙面人仍旧没有到达目的地,“阿佛洛狄忒号”不得不另找一座岛屿来过夜并抛锚,而蛙面人也又寻得了一块盖满青苔和藤蔓的海岸歇息。

洋面上夜幕笼罩,安吉洛打开了后甲板上的箱子,扯出一张巨大的渔网来。罗森以为他准备撒网捕鱼,可安吉洛却让他和米哈伊尔在船上张开大网,从驾驶室一直拉到船尾支起的木杆上,最终将甲板完全覆盖住。随后安吉洛关闭甲板上面的船灯,待三人下了船舱,他立即拉上舷窗的帘子。

还没等他们吃完晚饭,罗森就明白了船长为何要采取那样的防范措施。只听见外头传来一阵鱼鳍拍打的声音,还伴随有尖声鸣叫。米哈伊尔解释说,金星上罕有鸟类,而这声音便是来自于其中的一种:暗夜伯劳。一种夜行性食肉鸟类,个头与鹈鹕相当。然而体貌虽与鹈鹕略相像,天性却异常凶残。它们成群结队外出捕食,在筑巢的岛屿周围寻找猎物。它们不惧怕人类,还会围攻那些入夜后仍敢上甲板的马虎水手,并因此而出名。那些渔网可以使它们靠近不得,倘若不管用的话,一把泰瑟枪也足以驱赶它们了。不过最好的办法还是待在船舱里等待天亮。

夜里,三人爬入各自的床铺,过了很久以后,罗森听到一群伯劳鸟在渔船上方振翅盘旋的声音。远处的闪电映射到舷窗布帘的边缘,预示着暴风雨正在逼近。午夜时分,暴雨终至。虽然它只令渔船稍有颠簸，无非是几波雨水噼里啪啦地打在舷窗上，但还是让罗森一直清醒了许久。他躺在床上，泰瑟枪搁于枕下，聆听着伯劳鸟的鸣叫和暴风雨的呼啸。

金星真是一个险象丛生的世界。

然而清晨却是风平浪静的。那股狂风暴雨已经减弱为稀疏的鹅毛小雨，太阳这颗灼热的光点在层层云彩中若隐若现。当罗森一行人从船舱里走出来时，蛙面人在船边不耐烦地呱呱乱叫。米哈伊尔拿出巧克力递给他们，领头的再次拒绝了。与此同时，安吉洛和罗森收好了大网，升起了船锚。随后船长开始发动引擎，"阿佛洛狄忒号"再次起航，而蛙面人也继续引路。

如今，浮动的岛屿面积更大了，彼此的间距也更近了些。在一批大岛上，罗森头一次见到了树林。滑皮树看上去酷似美洲蒲葵①，只不过它是生长在茂密丛林里的。粗壮的树干被藤蔓缠绕，锯齿状的阔叶在周遭的水面上布下重重绿荫。

大约晌午时分，"阿佛洛狄忒号"前方出现了一条反向而行、体积如同小型货轮般大小的运木船，其甲板上载满了修剪成型的树干。当它从我们身旁驶过，发出了一阵汽笛声，可安吉洛并没有回应。

"亚兹贩子不会这么干。"船长解释说。

"亚兹贩子？"罗森问道，"你的意思是，就像某些……"

"没错，就是出来买亚兹的，"安吉洛用余光瞟了他一眼，"等我们到了那地方，就要乔装成那种人……相信我，若他们察觉到我们不是来买毒品的话，绝不会让我们再活着。"

罗森仍在慢慢回味其中含义，逐步进入角色，而此时蛙面人突然向右侧转弯，朝一座仅一公里之遥的大岛游去。当"阿佛洛狄忒号"靠近岛屿时，他们发现丛林中冒着一股轻烟。安吉洛递给罗森一副望远镜，

---

① 棕榈科植物，可作为治疗生殖系统疾病的草药。

透过望远镜，罗森看到一批同“阿佛洛狄忒号”大小相近的船只系在一座浮动的码头上。

“好，这就是一座亚兹毒品营。”安吉洛说完看了看旁边，“喂！他们该死的想干吗？”

罗森顺着他的视线看过去，只见三个蛙面人突然掉头，朝渔船方向游回来。“我觉得他们是想谈谈。”米哈伊尔说。

安吉洛减小油门，不满地耸耸肩，嘀咕了一声说：“那就谈呗。”

待渔船停稳，俄国人走到船尾。此时蛙面人正在右舷一侧做狗爬式游泳，一张张脸浮出了水面。领头的蛙面人“咕咕”地对米哈伊尔说了几句话，他听完，然后转向罗森。

“她说我们可以在此地找到那个人，”米哈伊尔说，“可是她不会再前进了。他们要留在这儿看着我们先离开，然后再跟踪我们。”

为什么海民不肯继续护送我们上岛？罗森对此深感不解，但也不打算争辩清楚。当渔船再次发动时，罗森走下甲板进入船舱，找出那把藏在枕头下的泰瑟枪。当米哈伊尔尾随而至时，他恰好已将皮套插在了腰带上。

“把枪留下，”俄国人说，“要是亚兹佬发现你带这玩意儿，会以为我们是来找麻烦的。”

罗森两眼盯着他说：“那他妈的要我怎么救孩子出来？”

疯子米哈伊尔迟疑了片刻，说：“总归有办法的。让我来跟他们谈，怎么样？”

罗森又一次别无选择。渔船渐渐靠近那座岛屿，他走上甲板，仍然将武器悄悄裹在刚披上的尼龙防雨夹克里。趁没人注意的时候，他小心翼翼地把枪藏到了那个放置渔网的箱子里。那地方既隐蔽，又方便拿取。

岛上的人瞧见了“阿佛洛狄忒号”前来。当船靠上码头，两个亚兹佬正等着。他们接过米哈伊尔和罗森扔过来的缰绳，把渔船拖到自己的船只旁边。有一个矮胖男子,剃着板寸头,发色灰白。他将一条腿搁在“阿佛洛狄忒号”的船舷上稍事休息,双手抱在赤条条的胸前。

“普里耶特,[①]”他语气粗鲁却并非恶意,“咖科瓦斯撒务特?[②]”

“米哈伊尔·克罗诺,”疯子米哈伊尔回答,“未耶噶里吉帕安格利斯基?[③]”

对方看着他的同伴,一个蓄着山羊胡的光头年轻人。“朋友,我说英语,”他带着澳洲口音回答,“你们到底是什么人?”

“他是罗森先生,一位美国朋友。”米哈伊尔几乎没看罗森一眼便说,“幸好你说英语……他的俄语一塌糊涂。”澳洲人笑了。不过那个俄国人保持沉默,显然是丝毫没有听懂他们的对话。“我们来这儿做点买卖,你看怎么样?”

“哪种买卖?”

“我想你懂的。”他笑了笑,狡猾地眨了眨眼睛,“要不跟你们老大谈谈?找一个可以……怎么说呢……可以拿主意的人,如何?”

“维亚兹卡·伊兹·科尼亚。”罗森说。米哈伊尔连忙给他使了一个眼色,但罗森觉得没必要绕圈子,一艘渔船大老远来这儿只有一个目的。“我来买亚兹。”

澳洲人看看年长者,然后用方言跟他交谈。那个俄国亚兹佬的黑眼珠上下滚动,朝罗森和米哈伊尔打量一番,随后缓慢地点头。于是澳洲人对来访者说:“行,上来吧……这边走。”

罗森回头朝驾驶室望了一眼,安吉洛站在舱门里。他摇摇头,无声地表示要留下。罗森点头示意,然后跟随米哈伊尔下了船。由两位亚兹佬开路,他们二人往岛上走去。

---

① 俄语,意为“你好。”
② 俄语,意为“你叫什么名字?”
③ 俄语,意为“你们会说英语吗?”

地面是软绵绵、松扑扑的。罗森的鞋子越走越湿，发出黏糊糊的声响，最终走到一条粗劣的、由亚兹佬铺设的木板路上。罗森和米哈伊尔一步步远离码头，最终望不见“阿佛洛狄忒号”了。丛林已近在尺咫，此时一股掺杂着草湿气的刺鼻烟雾迎面扑来，罗森忍住呕吐，同时屏牢呼吸，可越往里走，气味就越是浓烈。他起先还以为气味来自身边的树木，然而等他们抵达岛心的时候，才发现究竟是何缘故。

这是一块砍伐出来的空地，原本是茂密的大树和盘根错节的灌木丛，亚兹佬们就在此地搭建了一个营寨。木制的棚屋和帆布帐子围绕在空地四周，边缘高耸的木杆上挂着一张张渔网。毫无疑问，这是为了抵御伯劳鸟的夜间袭击，不过也很可能是一种伪装掩护，以防头顶上可能掠过的飞机。营地有些基本设施——一个用来做饭的帐篷，几架圆盘式卫星天线，还有一个厕所——要不是因为空地中央的布置，这些设施倒更像是属于拓荒探险队的。

由废弃油桶改装而成的大桶，被纷纷放置于铁制的火盆之上。木炭慢煮咸水，散发的臭气让人泪流不止。男男女女们搅拌着大桶，并用芭蕉叶遮住下半张脸。此时罗森多么希望自己也有先见之明，早早做好防护措施。棕色块状的泡沫残渣漂浮在沸水表面，罗森看到一名亚兹佬将一把长柄的大勺子伸入桶中，然后小心地舀出一块湿淋淋的东西，将其置于盘子上。那盘子随后被送到一个布帐里，置于自建的木头平台上面晾干。

“亚兹。”米哈伊尔喃喃自语，并对着那个平台点头。

“没错，这就是我们配制亚兹的地方。”那个澳洲人——罗森来此途中得知他叫格雷厄姆——自豪地指着那些大桶，那个俄国人名叫鲍里斯，他在众人进入营地的时候就走开了。“我们把树根放在那儿，然后蒸发树脂，再舀出来，最后加工处理……我们就是这样配制上等货的。”他转而指向一间敞开式的小屋，里面有几个女人正在使用杂货秤称量一捆捆尚未用纸和线包装好的维亚兹卡·伊兹·科尼亚。“每一捆有半公斤重，”格雷厄姆继续介绍，同时指向附近一间小屋。透过房门可以看见，室内的亚兹一块一块堆积如山。“仅从这个岛上，我们很可能就可以获得……嗯，我觉得至少500公斤。”

“然后你们就拍拍屁股走人。”罗森说。

“嗯……我们会去找下一个岛，砍下一批树，赚下一摞白花花的卢布。”格雷厄姆放声大笑，拍了拍罗森的后背，“你们美国那些种大麻的根本比不上我们。他们死守在一块地上，而我们是移动作业。”

罗森一边心不在焉地听格雷厄姆介绍，一边观察搜索周围男女的相貌，试图找到大卫·亨利。然而即便算上那些用芭蕉叶遮脸的人，也没有一个同他长相相似。在这里，没有人像是被强迫劳动的，有些人在干活时还有说有笑，四周也没有武装警卫维持秩序。就算有人是被强掳来的，他们似乎也并无怨言。

或许布尔加科夫搞错了，那些蛙面人……罗森心中蹿起一团怒火。我怎会如此愚蠢，居然相信那些家伙？大洋的主宰，呸，去你妈的。随便米哈伊尔怎么说，反正他们就是一群畜生。怪不得人家都叫他疯子米哈伊尔……此时突然有人拍了拍他的肩膀，罗森四下环顾，鲍里斯也转过了身去。一个头戴一顶丛林帽，身穿一件汗渍斑斑的、印有酷玩乐队标识T恤衫的人站在罗森身旁。这个人，正是大卫·亨利。

“嗨，你好，”大卫一边打招呼，一边伸出右手，“听说你想买点亚兹。”

罗森曾经为纽约警局刑警队做过短暂的卧底，正是这种经历才让他没有暴露出内心的惊愕之情。刹那间，罗森明白了为何大卫·亨利会消失得无影无踪。或许他来金星的初衷并非如此，或许这个机会是在他待了一段时间之后才出现的。不管怎么说，他并不是那些亚兹佬的俘虏，而是他们的老板。

“正有此意，”罗森握了握大卫的手，“你这儿搞得挺红火，我以前从不知道这东西是怎么做出来的。”

大卫咧开嘴笑了,漫不经心地耸耸肩说:“很多人都是亲眼见了才知道。在配制问题上,它其实不比大麻……甚至霹雳可卡因[1]要更难。况且在这么一个地方,还更容易逃跑。”他指了指上面挂着的大网,继续说:“这真的只是为了避开鸟类的攻击。至于警察嘛,他们已经放弃追捕我们了,我觉得他们甚至已经不在乎了。”

罗森默默地同意大卫的说法,因为布尔加科夫也正是这么告诉他的。“不过树根应该蛮难找的。”罗森一边没话找话,一边趁机琢磨当下如何应对。他朝营地环顾一番,接着说:“我的意思是,你们好像没有砍什么树。”

“我有我自己的……”大卫压低嗓门,转而凝视着一旁不作声的米哈伊尔,“嘿,我认识你!”他突然喊道,“你就是……”——他一边不断打响指,一边拼命回忆——“那个人!那个在韦涅拉格勒码头上混的,那个叫蛤蟆们上来合影的人!”

“米哈伊尔·克罗诺。”米哈伊尔的眼神飘忽不定,甚是紧张。

“对!疯子米哈伊尔!”大卫见到他既惊又喜,“我猜你肯定不记得我了。虽然我们没有说过话,没打过交道,不过……噢,我真的记起你了!哥们儿,我还欠你一份大人情呐!”

米哈伊尔注视着他说:“你欠我人情?”

“嗯,没错。”大卫再次把目光投向罗森,“你找他来当翻译的,对不对?我是说,他根本不知道怎么才能找到我们,所以我猜,那个帮你们开船的家伙肯定熟门熟路咯。”

“嗯,基本上就是这样。”罗森任由大卫胡乱猜想下去,“我告诉他我要什么,于是米哈伊尔就把我们撮合起来了,所以……”

“太棒了。”大卫又转向米哈伊尔,“言归正传,我刚才说到你玩的

① 又称快客可卡因,是可卡因的游离碱形式。它最早出现于80年代中期的美国城市贫民区,因其制备时发出的爆裂声而得名。

那套把戏……就是让蛤蟆追讨巧克力……”他朝营地大手一挥。“正是因为那套把戏,我才有了这一切。来,来,让我给你看看……”

另一条木板路将我们带出了营地,路尽头不远处有一小块空地,两个亚兹佬正守着一个地洞。很显然,他们在这些构架起小岛的藤蔓上径直往下凿出了一口深井。一辆独轮手推车就放置在一旁,两人朝洞口张望,似乎在等待着什么东西冒出来。

“当我刚来这儿的时候,”大卫边走边解释,大家一起朝洞口靠近,“亚兹佬使用的是那些伐木工砍下来的滑皮树树根。这本来倒也可以,只是当我的人赶到现场时,树根都已干枯。也就是说,用它们提炼出来的亚兹会失去很多药力,谁都知道新鲜的树根可以配制出更优质的亚兹。可滑皮树的树根是长在水下的,所以我们不得不使用潜水装备,派潜水能手到岛屿底部去摘取。那简直危险极了……在水下天知道会有什么东西咬你。所以我就想了一个好主意……”

“上来。”一个看守井口的人说。

只见水面上泛起几颗水泡,一个蛙面人浮了上来,银色的眼睛朝站在井边的两个人看了看。两人后退几步腾出地方,原住民慢慢地爬了上来,胸前还挂着一个尼龙包。当他刚刚站到地面上时,一人立刻上前松开那个包裹,将其拎到手推车上方,然后倒置过来。只见好几块湿漉漉的、酷似巨大绳结的纤维状物体掉落到手推车里:这便是滑皮树的树根。

拿袋子的人拾起一块树根仔细检验,然后将其递给老板查看。他说了几句俄语,而大卫皱起了眉头,不过最终还是点头通过了。另一个亚兹佬把手伸进自己的口袋,掏出一块好时巧克力条,然后递给蛙面人。

出人意料的是,那个原住民并没有迫不及待地接过巧克力。“乌勾沃格咔克洛,”他叽里呱啦地说了一通,向下望着那个自己刚刚钻出来的洞口,“克洛咔寇沃克沃咔。”

米哈伊尔嘴里发出嘶嘶声，但只有罗森听到了这愤怒的声音。他什么也没说，不过从眼角的余光可以看到，米哈伊尔的嘴唇已抿成了一条直线。“嗨，别磨蹭啊。”手持巧克力的人说。他是一个美国人，依口音判断应该属于南方人。“吃了它，然后滚回洞里去。”见蛙面人不接受巧克力，他便从皮带上抽出一根牛刺①。“要尝尝这个，还是这个？”他一手握着牛刺，一手举着巧克力说，“你自己选。”

蛙面人一见到牛刺就往后退，此时罗森才发现这个家伙与先前那三个从韦涅拉格勒护送“阿佛洛狄忒号”前来的海民不同，他的脑袋朝前方垂着，眼神呆滞，侧腹部有几团乌黑的、类似瘀青的痕迹，这是只有被电击灼伤才有可能留下的印记。原来此刻在他眼前的，是一个奴隶。

“克洛。”他轻轻地说，然后伸手去拿那块巧克力。

“这就对了，吃克洛，你这肮脏的家伙。”亚兹佬将巧克力一折为二，将小的那一半扔给蛙面人。“好了，快回去……下次弄块大点的来！”

蛙面人将巧克力放入口中，慢慢地吞咽下去，随后便转过身子，抬脚跳入洞中。他似乎是认命了。

“挺聪明的。”罗森轻声说道，而米哈伊尔则一言不发。

“我也这么认为，”大卫咧嘴笑了起来，感到十分自豪，“我是说，这不过是几块普通的巧克力而已，可他们完全上了瘾。所以我们要做的就是找来一些蛤蟆，先给他们几块尝尝，然后不再给他们吃，直到那些家伙学会咬断树根，并把它们带上来为止。”

“真见鬼，看来他们现在不单单只要巧克力了。”手持牛刺的人开始嚼起另半条巧克力，然后停下来说，“货不多了，老板，”他补充道，语气变得忧虑起来。“我觉得咱们没剩下几块了。”

“真的？”大卫皱起了眉头，“好吧，我们得采取点行动，下回派人去

---

① cattle prod，亦称“赶牛棒”，是用来驱赶牲口的尖锐物。

韦涅拉格勒进点货……”

“我们船上就有一些。”罗森说。

“噢？真的？”大卫再度喜笑颜开，看着罗森说，“有多少？”

“满满一袋子呐，至少有好几十条。”罗森夸大其词了——他知道米哈伊尔只带了几块而已——不过他此刻顿时有妙计上心头。“回船上去，我拿给你。咱们在路上把买卖谈妥……我的钞票也在船上。”

亨利眉开眼笑地说：“嗯，听着不赖。”于是他转身朝营寨方向走回去。“我喜欢有备而来的人，咱们走。”

罗森跟在他后面，有意避开米哈伊尔那愤怒的眼神。

大卫·亨利已唾手可得，抓获他简直容易得可笑。这孩子自信满满，认为俄国当局绝对逮不到他，由此便轻易相信任何一个提出购买亚兹的人。当他跟随罗森和米哈伊尔返回码头时，甚至没有带上自己的人。

在返回“阿佛洛狄忒号”的路上，罗森继续装模作样。他必须在心里估摸一下，毒贩会出多少钱来购买一百公斤亚兹。当他出价 50 万卢布的时候，倒也离标准行情颇为接近。大卫想加价到 60 万，等他们到达船边，价格最终敲定在 55 万，还附带一包巧克力条——大卫笑称其为“甜头”。

当他们上船时，大卫还在乐呵呵地回味着自己的笑话。罗森一边陪同嬉笑，一边走到放渔网的箱子旁，然后不经意地弯下腰，拿出藏在那里的泰瑟枪。他起身转过去，没等大卫意识到怎么回事，便立即朝他开了一枪。充电的弹射弹头击中了他的胸膛，那孩子仅咕哝了一声便瘫倒在地。罗森和米哈伊尔连忙收起缰绳，安吉洛开始发动引擎，而此时大卫在后甲板上不停地抽搐。

大卫暂时性失去了意识，他们绑了他的手和脚，罗森还在他口袋里发现了一把折叠刀并将其没收。待意识恢复，大卫继续在甲板上翻滚，两眼瞪着侦探说:“你他妈到底是谁?”

“你父亲雇我来找你,”罗森坐在油布篷下面,一边望着背后远去的岛屿一边说,“你小子要是走运,我可以带你回家见父亲。不过这儿由某个警察说了算,所以……”说完他耸了耸肩。

“朋友,你死定了,等我的人明白过来,等他们晓得了你干的好事……”

“他们会来找你?”罗森摇摇头说,“别指望了,没人跟在咱们后头。依我看,就算回头弄明白了来龙去脉,那些家伙也不会不顾一切来救你的。我估计吧,他们会卷起铺盖溜得远远的,还会有人接替你做新老板。”他瞥了大卫一眼,故意朝他笑了笑,“小子,其实我也不想把话说穿,不过对那些人来说,你的死无足轻重,而且很容易替代。”

大卫·亨利怒目而视,但没有反驳。他一定也意识到了罗森所言不假。罗森打开一罐先前在走道里发现的啤酒。“你怎么会沦落到这一步?你是为了加入贩卖亚兹的行当才特意来这儿的,还是无意当中接触到了,然后就……”

“减速!”米哈伊尔站在船头,一边搜索着前方水域一边喊道,“停下!海民!”

“噢,看在上帝的分上……”安吉洛不情愿为那些曾经带路的蛙面人停下,然而他终究还是减小了马力,渔船慢慢滑行直至停止。“长话短说,行不行?咱得同那些亚兹佬们拉开距离。”

水面上唯一能看见的,是原住民那一双双突起的眼睛。渔船停了,但发动机仍在轰鸣。米哈伊尔靠到栏杆上跟他们打招呼。他说了将近有一分钟之久,然而蛙面人却默不作答。等他说完,蛙面人便一声不吭地沉下去消失了,就像从没来过一样。安吉洛稍微等待了一会儿,确定不会撞上他们之后便重新加速。

米哈伊尔刚一返回后甲板,罗森就开口问道:“你刚才跟他们说什么?”

米哈伊尔并没有马上回答。他走到大卫身旁上下打量，双手于两侧紧握成拳，凶神恶煞般注视着那孩子。大卫本想用目光回敬他，可一抬头便又很快转移他处了。“我告诉那些原住民，咱们找到了要找的人，”米哈伊尔最后开口说，声音非常低沉，“另外还感谢他们帮忙。”

“就这些？”罗森不相信。米哈伊尔说了这么长时间，不可能就这么简单。

米哈伊尔点了点头，随后就下到船舱里去了，并且还合上了门。

“阿佛洛狄忒号”继续向西航行，追逐那被云层笼罩、渐落地平线的夕阳。待日落海面之时，安吉洛下令休息一晚。周围没有任何岛屿，他索性关掉马达，任由船儿漂移。没有岛，就不太可能遭遇那些阴魂不散的伯劳鸟，船长亦把渔网留在了箱子里。今晚风平浪静，米哈伊尔建议大伙到后甲板上来，一起坐在油布篷下吃晚饭。

也该放松放松了。不过罗森依然手举望远镜搜查洋面，以防不测。自从逃离亚兹营地，除了远方一艘运木船之外他未曾见到任何船只。正如罗森所料，那些亚兹佬们显然觉得追赶绑架他们头领——原头领——的人会惹来更多麻烦，于是他们认定这么做不值得。罗森偶尔也向浮出水面的海民们瞥上几眼，然而他们依旧同船只保持距离。他辨认不出那些海民是不是原先遇到的那几个，心里觉得不太可能。他们的任务已经完成了，没有理由还同人类有任何瓜葛。

然而罗森错了。

一个蛙面人恰从“阿佛洛狄忒号”的船尾处浮出水面。此时夜幕已经落下，船上四人正坐在油布篷下的折叠式躺椅上。罗森松开大卫脚踝上的绳子，不过未解开手腕上的束缚。安吉洛将纸盘子放到大卫腿上，于是他便吃起了上面的罐装炖菜。此时罗森偶然间朝船后瞥了一眼，只见一对银元般的眼睛正反射着甲板上的灯光。

“有人。”他说。

安吉洛在椅子上转过身，顺着罗森的视线看去。“噢，真见鬼。”他嘀咕一声，对这种打搅很生气，“他想干吗？”安吉洛看着米哈伊尔说。“给他一块糖果，然后叫他滚蛋。老子看了倒胃口。”

米哈伊尔整个下午都异常安静，跟谁都不怎么说话。此时他放下盘子，往后挪开躺椅，站了起来。他并没有朝蛙面人走去——噢，不，罗森注意到水面不仅仅只有一对眼睛，而是两对……如今三对——而是直愣愣地盯着大卫。

“你还记得吗？当时我们在你的营地，你向我们展示如何叫海民帮你弄树根。”他问道，“你还记得那个海民对你和你手下说了几句吗？”大卫没有作答，于是米哈伊尔继续：“我知道你不懂他在说什么，不过我懂。他说他不想要巧克力了，并央求你放他走。”

“嗯，对……”大卫看着那些蛙面人，只见他们正朝渔船逼近。罗森数了数，发现有六对眼睛，而且似乎还越来越多。“那么做确实很残忍，但我不觉得……不觉得……”

“嗯，不觉得有什么不对？”米哈伊尔从围成一圈的椅子边挪开，走出了油布篷。“现在你要付出代价了。”

只听“砰”的一声，第一名蛙面人抵达船侧，并凭借惊人的速度和灵活性自己爬上了船。他前脚刚刚踏上甲板，第二个蛙面人就跟了上来，紧接着又是第三个。

“喂，你们这是要……”安吉洛从椅子上站起来，目不转睛地盯着那些生物，“告诉这些该死的东西，叫他们离开我的船！”

“他们很快就会走的。”米哈伊尔双手垂于两侧，平声静气地说，“等他们从这儿带走想要的东西就会离开。”他淡淡一笑，“对了，我指的不是巧克力。”

“米哈伊尔，这太过头了。”罗森站起身来，去摸那把插在皮带上的泰瑟枪。可是只摸到了一只空皮套，原来大约半小时之前枪就已经不见了。他记得在大伙坐下吃饭之前，刚好被米哈伊尔撞了一下，于是立刻明白了是他搞的鬼。“米哈伊尔！”

那几个蛙面人爬过船舷,而罗森听到有更多的海民从船头而来,八个、十个、十二个？不知究竟有多少。此时已经不止是他们的眼睛在反光,就连口中的牙齿也在闪闪发亮。那一副副滴着口水且无比锋利的牙齿……

“别让他们过来!”亨利跳了起来,腿上的盘子掉落在地。他两眼圆瞪,目光直投罗森,眼神里满是恐惧。“快拿把枪,或别的什么武器,让他们离我远点!”

罗森看着米哈伊尔,此时蛙面人站在俄国人两侧,正朝着油布篷下其余三人逼近。“别这样,米哈伊尔,别让他们……”

“下去吧,”米哈伊尔回答说,“你也是,船长。只要你们不插手,他们不会……”

忽然,海民们发起了进攻。

余下发生的事,罗森没有见到多少。战斗很迅速,也很残酷。当罗森和安吉洛冲进船舱时,事情已经结束了——还差一点。船长用力关上舱门,他俩又搬来重物将其顶住,此时叫喊声从外头传来。

蛙面人不是冲他们俩来的,而是要找大卫·亨利。

还有米哈伊尔。

二人均做了自卫,不过搏斗时间并没有多长,仅仅几秒钟而已。渔船前后摇摆了一下,门外传来几声挣扎,接着便是一连串响亮的喷溅声。再后来,整个夜晚又复归了平静。

罗森等待了大约一分钟,不仅为了确信蛙面人已经离开,也想给胸中急速跳动的心脏一个喘息的机会。安吉洛战战兢兢地躲在他肩膀后面窥视,罗森缓缓拉开舱门,朝外头四下张望。

翻倒的椅子、扯碎的布篷……甲板上的血已经同坑洼处的海水混合到了一起,而且不见一具尸体。

两人站在后甲板上,温热的雨滴拍打着脸颊。远处的闪电依稀照映出地平线,并将云彩染上紫银相间的阴影,犹如海民的眼睛。只听一记闷雷响起，暴风雨渐行渐近了。

“真是痛恨这颗该死的星球。”安吉洛小声说。

“嗯，我也是。”

拉维·泰德哈尔

这是一部生动的通俗冒险小说，风格怀旧经典，充满劲爆的动作元素。故事刻画了一位顽强不屈的宇航员，他深入到金星闷热潮湿的沼泽里，对抗一个来自失落文明的复仇神灵……

拉维·泰德哈尔在以色列的一家农场长大，并广泛游历于非洲和亚洲。他曾经生活于伦敦、西太平洋的瓦努阿图岛、老挝。泰德哈尔是2003年克拉克－布雷德伯里奖得主（由欧洲航天局授予），同时也是《迈克尔·马歇尔·史密斯（注解本）》、故事合集《迪克与简：大人的初级读物》和《世界科幻之巅》的编辑。他创作了系列故事集《希伯来怪侠》、中篇小册子《天使附魂》《格雷尔与大肚神》《云的排列》《耶稣与八正道》，并同诺尔·亚耶夫合著了《特拉维夫档案》。泰德哈尔亦是一位多产的短篇作者，他的故事常见诸于《区间》《克拉克的世界》《尖端杂志》《科幻小说》《奇异的地平线》《叮叮》《附言》《幻象杂志》《故事杂选》《无穷大》《万古》《黑暗智慧之书》《方田的书桌》等各种书刊杂志，并且已经被翻译成了七种语言。最新的小说包括《书虫》及其后续作品《暗箱》《奥萨马正传》，以及前不久推出的《伟大的博弈》，其中《奥萨马正传》荣获2012年世界奇幻奖的最佳年度小说奖。泰德哈尔新近的作品为小说《火星绝地》和《野蛮的世纪》。泰德哈尔于特拉维夫短暂居住一段时间之后，目前又重新回到了英国生活。

水底天神

一

柯尔特正在玩牌，突然间灾祸来临，一个将死之人爬进门来。

这里是古老的金星，一颗最为颓败的星球。正如一位双目失明的诗人所言：男人从前征服过此地。然而在柯尔特眼里，平心而论女人也是一样。古时候前来此地的女人似乎没到史密斯港这么远。这是一个业已荒废的地球前哨站，陷于金星沼泽中一片硬土带上。紫色的云层将其覆盖，犹如一颗颗菌菇组成的“森林”。浓密的绿叶丛林围绕在沼泽的边缘，将整座港口重重包围。

地球人管这里叫史密斯港，至于金星人如何称呼此地，柯尔特不得而知。

柯尔特正在玩着一种混合的“金星梭哈”。他把手里的钱都押了上去，不过说实话，此刻他所有的家当也就如此。柯尔特既没有钱又不走运，如果他想离开这个苦难的星球，这两者非得大有改观才行，可是做到哪一样都并非易事。

墙角里有一位盲人乐手，年老的以实玛利人①，只见他将乐器送到嘴边，开始断断续续地吹奏起来。那是一把梦笛，老人温柔地朝衔口吹气，酒吧内渐渐升腾起幽灵。柯尔特哑然失色，她们皆是金星的舞者，

① 阿拉伯人的祖先。

抑或来自早已消失的宏伟神殿:她们大胆奔放,乌黑的长发飘逸飞扬。眼神深邃似海,让人意醉神迷。舞者的身形渐渐变得真实,她们飘到桌子和空位之间翩翩起舞。男人们把目光都投向了她们,像是着了魔一样——那位盲人乐手除外。

室内闷热潮湿,待上片刻便使人精神萎靡。酒客们个个汗流浃背,唯独柯尔特还保持着一份冷静。在“美杜莎之首”[①]酒吧窗外,云层连绵不绝,好似一座密不透风的穹顶,将整个世界完全覆盖了起来。同地球上一样,这种天气也预告着飓风的来临。远处有飞船腾空而起,传来一阵阵点火爆炸的声音。柯尔特匆匆朝窗外瞥去,火箭泛着银光腾云而上。每当这时,柯尔特都会被惊吓到。他一口气闷下一杯当地产的阿基拉酒,然后眯着眼看手里的牌,静待着时来运转。

远处一声闷雷响起,别的牌友都抬头看,柯尔特却仍旧盯着桌子,另一只不拿牌的手则握着枪柄。他们四人同玩:两位身上长有鳞片的矮小金星人,一位自称是卡特的地球人。爆炸声再次响起,紧接一阵闷雷,地面随之震动了一下。“那应该不是火箭上天的轰鸣声。”地球人卡特说。两个金星人心存忐忑地匆匆交换一下眼神,但仍旧一言不发。“全押。”柯尔特一边说,一边将剩余的钱,即一包火星金块推到了押注区。一时间四下鸦雀无声。

“我不玩了。”一位金星人如是说,而后地球人也紧跟着退出。柯尔特盯着另一位金星人的双眼,只见他嘴角一扬,露出一种令柯尔特不悦的微笑。“打不打?”柯尔特傲慢地说。

只见那金星人慢慢亮出自己的牌。

柯尔特盯着那几张牌,心都凉了。

他输了。

---

① Medusa's Head,此处为酒吧的名字。美杜莎是希腊神话中的女妖,被其眼神魅惑者即化为石像。

金星人的手上有绝望Q、绝望J,以及一对10。在桌上的公用牌里有红心7、宿命2、红心9,以及一张百搭牌——沙普璐魔女。

金星人有一副同花大顺,而柯尔特什么都没有——他一无所有,除了一把枪。

“不要。”金星人说。屋内响起一记清晰的子弹上膛声。

正在此时,外面响起了第三次爆炸声。这一回简直就像是在自己头顶上。爆炸的余波动摇了酒吧的地基,震倒了没人坐的空椅子;酒杯砸落下来,碎了一地;一张张扑克牌在空中飞舞。柯尔特伸手合起那只装金块的袋子,迅速将其收好。他站起身来,举起胸前的枪,对准酒吧大门。盲人乐手放下他的梦笛,而那些舞女们也闪烁了几下,随即便消失了,柯尔特瞬间感到一丝失落。

“什么……”地球人卡特开口说。此时大门朝里吹开,一个人爬了进来。只见他飞速向前,既恐惧又绝望。那个人怀着最后一点求生的愿望,倒在柯尔特跟前,伤势非常严重。“趴下!”

一道激光从敞开的大门外射了进来,地球人卡特应声倒地,脸部立刻被烧焦,几乎无法辨认。柯尔特目不转睛地盯着大门,同时伸手把桌子另一侧的钱塞入自己的口袋。那个地球人不再需要钱了——但柯尔特还要。庆幸的是,那个人惨叫几声很快就死了。眼下三人——两个金星人以及柯尔特,联手对付一个完全不知来由的威胁。至于盲人乐手嘛,他已经带着自己的箫笙美梦,跑得无影无踪了。

“罗格!”其中一个金星人说——即那个最先弯下腰的人。他疯狂地环顾四周,随后拔腿就跑,冲出了大门。柯尔特听到他一路上大喊大叫,无法分辨这究竟是在呼救,还是在恐吓对方,或许是两者兼而有之。此时外面传来了第四次爆炸声,震得墙壁和地板都摇晃了起来,柯尔特听到外头那个人先是不停地呼喊,而后便没了动静。

酒吧里只剩柯尔特和那个仅存的金星人,以及已经横躺于脚跟边的陌生人。“地球人,你叫什么名字?”金星人说。

“柯尔特,你呢?”

“沙罗尔。对了,那钱是我的。”

“咱俩回头再计较吧,”柯尔特说,“先逃出这个鬼地方。”

沙罗尔脸上泛起笑容,说道:“当然当然,只要能出去就行。”

柯尔特耸了耸肩。“你知道外面什么情况吗?”

“是罗格,不会错的。”

“谁是罗格?”

“我也说不清,”沙罗尔神情不安地说,“哎哟,我的钞票粘上了……”

“它……”脚边这个将死之人突然开口。柯尔特对他仔细端详了一番,惊讶地发现原来他也是个地球人。只见他身上伤痕累累,饱受营养不良之苦,手上尽是灼伤的印记,还有脓血渗出。“它……是宝藏。”

“宝藏?”沙罗尔问道,他的皮肤斑斑驳驳,略带紫色,脑袋上长了一对几乎半透明的小耳朵。他们是金星上体形娇小的种族,个头比地球人要矮,看起来有些弱不禁风。不过别小瞧他们,否则就是你的末日了。“请说吧,陌生的朋友,我很想听听。”

“神殿就在……”将死之人眨了几下眼睛,最终合上了。

柯尔特立刻双腿跪地,目光和枪口仍对准大门。“在哪里?”他一边用力猛摇那人的身体,一边问道,“在哪儿?”

“罗格……”陌生人说,“罗格!”他的嗓音透着恐惧和厌恶,接着便停止了呼吸。

“该死的!”柯尔特说。沙罗尔冷漠地笑了起来,柯尔特抬头一瞥,原来金星人正乐呵呵地盯着他看。“地球人柯尔特,死亡并不意味着终点,”他说,“但愿追杀他的人不懂这一点。”

“就让他们放马过来吧!”柯尔特说道,同时感受到体内有一股野蛮冷酷的愤怒。那怒火正熊熊燃烧,犹如刀锋般干脆犀利。金星人默默地摆了摆手势,于是二人分散开来,每人负责大门半边。“准备好了?”

“这是枪吗?”

“当然是枪咯,看这模样就像啊。”

“好,那我准备好了。”

接着他们一同转身,冲出门外。

太阳挂在天边的地平线上,它被云层遮蔽,将其染上梦幻般的色彩。它们似紫似红,还透着绿。在径直的前方,柯尔特看到了敌人——恰在此时敌人也发现了他们。

柯尔特迅速转身,开枪射击。他更喜欢弹射武器。激光武器在干燥的陆地上或在寸草不生的环境里表现良好,不过在金星这样一个满是沼泽的世界里,柯尔特还是偏爱使用地球制造的可靠武器,即那种可以发射子弹的枪械。只要有了子弹,他就知道自己身在何处,就像是又回到了地球家乡一样。

这一梭子弹果然打得入侵者措手不及。柯尔特并不知道他们是何方神圣,他一边翻滚一边射击,同时粗略地观察了一下:它们都是些高大笨拙的怪物,身披装甲,体形狭长,两根紫色的天线在脑袋上来回摆动着。他确信这些家伙正在无声地交流,它们步调一致,集体向前,是一群天生的战士。

然而柯尔特自己也是。他曾到过十几个荒蛮的星球,在敌我力量对比更为悬殊的情况下也能化险为夷。金星人沙罗尔在他身旁有条不紊地反击,他的激光枪不停地闪烁,然而那一道道激光仅仅在蚁状战士的装甲上一掠而过,根本不起作用。“对准他们的天线打!”柯尔特喊道,没有去瞧金星人那张笑嘻嘻的脸。于是沙罗尔将枪口抬高扫射,来犯者的身上立刻发出可怕的嘶嘶声,脆弱的通讯器被烧焦了。柯尔特继续开火,他的子弹“啪啪啪”地不断击中敌人的装甲,只见它们接二连三地倒下。很显然,不管那些怪物是如何设计制造的,终究敌不过地球人的老式武器。

然而接下来柯尔特却目睹了惊人的一幕！在蚁状怪物身后升起了一团明亮的火焰，原来先前震动酒吧的爆炸声竟来源于此。只见那团火驱散了云彩，向沼泽和太空港投射出一道致命的亮光。柯尔特在强光下依稀辨认出一具蜿蜒的躯体、一颗爬行动物的脑袋、两颗硕大的钻石般的眼睛，以及一对优美修长的翅膀……“那是什么怪物？”他小声问道，而后听到沙罗尔结结巴巴勉强地回答：“一只吞日鸟。”

此时来犯者纷纷散开，柯尔特通过中间的空地看到那个怪物飞升到空中。这是一个光洁而美丽的生物，它拍打着翅膀，如清新旋律般悠扬。它炙热地燃烧，焕发着光亮，难以看清究竟是何模样。

它或许优雅非常，但并不自由。

不知怎的，蚁状怪物似乎用金属绳系着吞日鸟，在地面上控制着它，犹如孩童手中的风筝。“我们不能打它！”沙罗尔说。而柯尔特也坦言：“它真漂亮……”

“地球人，咱们会死在这儿的。”沙罗尔丧气地说。然而在柯尔特心中，战斗的残酷已被胸中一团怒火替代。不管那些家伙究竟为何物，不管它们多么想杀死自己，柯尔特总能找出些许尚可理解的缘由。然而，奴役这么一个生灵——这么一个神灵——其行为本身即是违反人性的罪孽。

他不能容忍——也不会容忍！

他把武器扔给沙罗尔，金星人一把接过。“你把带头的几个干掉，”柯尔特说，“然后跟我来。”

“你要干吗？”

“我去救它。”柯尔特一边操起挂在背后的步枪，一边稳步地前进。这是一把火星部队的卡宾枪，为从前一场战争而制造。当时柯尔特是一名战士，然而时至今日已分不清敌我了。

他朝怪物们冲去，就像是火星上的尘卷风①。地球历史的长河湮没了利莫里亚和姆大陆②，而柯尔特似乎就从那些古老的大陆而来，犹如失落传说中的一位怒神。步枪不停地咆哮，喷溅出一道道火舌。他目睹敌人一个接一个倒下。冲击波在空中呼啸，柯尔特顿觉一股疼痛爬上胳膊，炙热的灼伤令他大喊一声。然而柯尔特拒绝放下武器，只见他冲入敌群，奋力地拳打脚踢，举起枪托猛敲怪物们那克隆般的脸庞。柯尔特觉得它们都是机器，昔日的回忆又映入脑海，可他没有时间去回味这些，至少现在不行。于是柯尔特继续射击，继续狠命地搏斗，他不顾自身安危，目睹着那银色的绳索一根一根随风散开。在他头顶上方，吞日鸟于空中慢慢爬升，随后高亢鸣叫起来，那声音犹如冰川河水般纯净无瑕。此时，剩余的来犯者纷纷向他扑来，柯尔特心中又重燃怒火，并且知道自己已末日将至。怪物们把他团团围住，将其击倒在地。柯尔特躺在金星的泥土上，望着那一片被“人工太阳”照亮的天空。难道这就是我的结局？他默默思索着，虽然并无悲伤，却也有所遗憾：曾经，他相信自己最终会死在地球上，葬于群山怀抱之中。

就在此时，柯尔特听到远处传来一阵枪声。他转过头去，脸颊贴在泥地上，望见金星人沙罗尔正飞奔而来，并用柯尔特扔给他的枪猛烈射击。柯尔特趁机抓住了蚁状怪物的一条腿，然后用力一拉便使其失去了平衡。他觉得自己不能束手待毙，他开始反击，赤手空拳地撬动装甲，直到将其一片一片掰开，金属硬壳内竟是深绿色和深紫色的胶状物，犹如凝固的血液。原来怪物体内是有机的，它们都是活物！柯尔特抽出绑在腿上的匕首，将其高高举起，用尽最后一点力气猛然插入怪物胶状的肉体里。他的胳膊随着怪物的抽搐剧烈抖动，不一会儿便没了动静。头顶上方的吞日鸟在高声鸣叫，系链忽然全部松开。柯尔特听

---

① 由于地面局部增热不均匀而形成的一种特殊的旋转对流运动。

② Lemuria，Mu，传说中两块高度文明的大陆，后分别沉入印度洋和太平洋，它们与大西洋的亚特兰蒂斯齐名。

到翅膀扑腾的声音,感觉烈日的能量泼洒在自己身体周围。他用双手遮住头部,指头上还沾着蚁状怪物的血,就这样静静地等待着死亡。

片刻过后,柯尔特居然还活着。他睁开双眼,只见四周已是一片灰烬,另有一股无法阻挡的热浪冲击到地面上。蚁状怪物已成为了烧焦的躯体,金属融化,脓水沸腾。柯尔特抬眼望向天空,吞日鸟在他头上盘旋,钻石般的眼睛与柯尔特双目对视。只见它缓缓挥动翅膀,懒洋洋地拍打着空气,掀起一股干燥的热风。他们两个对视了许久,最后巨大的生物长啸一声,飞上了高空,犹如一轮黎明的旭日。这声鸣叫算是感激还是欢呼?柯尔特无从得知,或许两者都有吧。

"柯尔特?柯尔特!"沙罗尔跪在柯尔特身旁呼叫着,一只胳膊在体侧漫无目的地晃动,手臂上的白骨已破皮而出。"你还活着!"

柯尔特朝后畏缩。"你的胳膊断了。"

"没什么,不碍事。"沙罗尔说着,把柯尔特的枪扔还给他。柯尔特单手将其接住,因为他另一条胳膊也被严重烧伤。"来,我们走!"

"去哪儿?"

"回酒吧,趁太空港的保安或更多怪物赶来之前。"

"你这么想喝酒?"

柯尔特站起身来,跟着金星人。他把步枪复归原处,将手枪塞回皮套里。活着的感觉真好,即便是在金星上,其他任何地方都行。

当他们前往酒吧时,柯尔特说:"等一等。"在柯沙二人杀敌的地方,蚁状怪物的尸体四处散落。柯尔特在一具尸体旁边跪下,小心仔细地查看。

"它们是什么怪物?"沙罗尔问。

"克隆蚁……"柯尔特说。他将一条束甲的腿掰到一侧,然后斜着眼观察。果然不出所料,金属甲壳上印有一排序列号。往昔的记忆又回来了,柯尔特多年未见那些家伙,直到此时此刻……"它们制造于当初木星系战争时期,"他说,"将人类征召兵的躯体移植入机器的外壳里，专为太空战争设计，并非用于地面作战。我原以为这些士兵多年前就已退役并销毁了。”

“那它们怎么会到这儿来呢?”沙罗尔问道。

“我也不清楚。”柯尔特回答。

“走吧。”沙罗尔对话题失去了兴趣，他冲进酒吧昏暗处，柯尔特紧随其后。一瓶阿基拉酒掉落在地板上，不过奇迹般地丝毫未损。沙罗尔将酒瓶拾起，痛饮了一大口，然后递给柯尔特。酒液顺着喉咙滑下，那种烧灼感让人身心舒畅。那个家伙，招来今日所有一切的人，此刻就躺在地上。“罗格。”沙罗尔若有所思地说。

“宝藏。”柯尔特说，两人交换了一下眼神，“唉，估计没法知道他从哪儿来了。”

沙罗尔笑了。那笑声出奇低沉，在这间安静的屋子里回荡。“地球人，听我说，”他说，“死亡并不是终点。来，把你的刀子给我。”

这么说来，金星人早已注意到柯尔特藏在身上的那把匕首了。他证明了自己是一个说到做到的实干家，就算未能胜过地球人，但也毫不逊色。这个金星人值得尊重。柯尔特拔出刀子扔给他，金星人用那只健全的手轻易将其抓住，刀口上还粘着克隆蚁的胶状体和血液。“你要干什么……”柯尔特开口问道。金星人只是高兴地笑了笑，然后跪到尸体身边。沙罗尔将锋利的尖刀对准其喉部，似乎准备要慢慢地切下脑袋。他一边干活一边还优哉游哉地吹着口哨。与此同时，柯尔特又豪饮了一口阿基拉酒。不一会儿工夫，活儿便干完了。沙罗尔直起身子，将尖刀扔还给柯尔特，然后抓住死人脑袋上的头发，将其拎了起来。死人一脸痛苦地盯着柯尔特。

“真有必要这么做吗?”柯尔特说。然而沙罗尔并不理会。“我们走。”

“去哪儿?”

“找点泥巴。”沙罗尔说。

“找泥巴?”

沙罗尔用那只健全的手拎着头颅前后挥舞,咧嘴笑着说:“再找一个女巫。”

二

沼泽地里恶臭难当,腐烂的动植物残体浸没在一摊死水里散发着臭气。柯尔特和沙罗尔在沼泽浅滩上结伴同行。他们把身上的衣物随意堆放在附近的岸边,不过柯尔特仍旧把枪带在身上。头颅就装在一个布袋里,用一根绳子牵着。头顶上空是一片深紫色的阴霾,远处电闪雷鸣,预示着另一场暴风雨的来临。

他们离开史密斯港已有两天,并深入到了金星的丛林之中。泥土将烧伤的部位盖住,令柯尔特感觉奇痒难忍,但伤口似乎正在愈合。沙罗尔在一旁平静地抽着雪茄,胳膊上也涂抹了一层厚实的灰泥。柯尔特将脚趾露出水面,远处有不少芦苇,捕猎生物潜在水下四处巡游,不时会有一根布满纹理的粗壮触手破水而出,然后又重新落入深潭里。“只要你不去惹它们,它们就不会来惹你。”沙罗尔说。他赤裸的胸膛同柯尔特一样,布满了旧日的伤疤,乳头小而硬。柯尔特的眼睛移视他处,当他将泥土剥落时,原来灼伤的地方长出了新皮肤。“真是不可思议。”他说。

“金星水下深不可测。”沙罗尔说。

柯尔特望着这片沼泽,看见另一根触手又窜了上来。它个头很大,柯尔特实在不愿意去想象水下那个触手“主人”的模样。“我信,我信。”他说。

“放松点!”沙罗尔说,“来,背对着我。”于是柯尔特转过身去,沙罗尔将泥巴涂到柯尔特的皮肤上。泥水的温度适中,感觉像是在洗澡。沙罗尔的手指透过敷在身上的泥土层,按压在柯尔特的皮肤上,一压一放处连柯尔特自己也未察觉到。柯尔特舒服地长叹了一声,然后说:

"别停下。"

两人在水里泡了一段时间。等做完按摩以后,他们将泥巴洗净,然后到沼泽滩上把自己晒干。太阳徐徐下落,天空被晚霞冲洗得一片血红。忽然一只巨大的怪物浮出水面,体积犹如一艘轮船。在它穹形的脑袋上长了一张喙,还有一对硕大的红眼睛。怪物的四周伸出许多条触手,它们胡乱地挥舞着,拍打起阵阵水波。它张嘴哀嚎了一声,凄凉的声音划破了天际。"这是土著的悲鸣。"沙罗尔说。哀嚎声中既饱含泪水,又富于爱意。"仔细听。"柯尔特遵照吩咐静静地聆听,渐渐发觉远处还有别的哭喊声在隔空回应。"它们互相呼喊着对方,每晚如此,而且到处都是。不过回应者一年比一年少了。"

柯尔特注视前方,那怪物——即土著昂起球状的脑袋,面对着天上模糊的星星,用一种柯尔特无法理解的语言呼喊。金星生物这种赤裸裸的情感表达或许让柯尔特觉得有些尴尬,他清了清嗓子,然后不好意思地开口说:"地球人的殖民政策……并不是我一个人独享的特权……"

"我知道,地球人。"沙罗尔说,话音里带着一丝苦涩的嘲弄,"你的心是好的,你们都本意善良。探索宇宙的地球子民们,总是那么热情高涨,那么自信满满,一个一个都像是大小孩。你们的初衷是为我们好……但你们还是要源源不断地来。"

柯尔特弯起胳膊,长出新皮肤的地方有点疼。金星的泥巴若有办法出口,那就是一棵摇钱树。在金星各块大陆上,现在还有其他跟史密斯港类似的地方。在这个曾经辉煌的星球上,地球人新造的殖民地就建筑在金星衰败古文明的痛苦之上。终有一天,沼泽地会干涸,土著们会被加工成晒干的美味佳肴,供外星的有钱人享用。而泥土会被争分夺秒地打包卖给消费得起这种药的人……柯尔特拍拍沙罗尔的后背,自忖那种日子还没有到来,或许永远不会降临。"请相信我,"他说,"我不想待在这个臭气熏天的泥巴星球上,这全是迫不得已的。我眼下缺钱,以前曾挨过枪伤,还差点丢了性命。我甚至不知道为什么要带着这颗死人的脑袋。对了,那个该死的女巫在哪儿?”

沙罗尔笑了起来,头顶上的天空渐渐暗淡,云层外那颗模糊的太阳落入了地平线。“地球人啊,”他由衷喜欢地说,“你就像个小孩子,虽然长了一对眼睛,却看不明白多少东西。”

“不明白什么?”

沙罗尔不说话,手指着一个方向。

柯尔特眯起双眼,看到一道昏暗的光,土著似乎变得愈发高大了。它缓缓上升,像一朵夜来盛开的出水芙蓉,身上显露出一道淡淡的阴影,柯尔特看见了——这是一副女性的身躯。她赤身裸体,形态轻盈,通体光滑,洁净无毛。同沙罗尔一样,她的皮肤也略带紫色。那女子正在土著的脑袋上歇息,一头淡红紫色的长发与那被云层遮蔽的落日晚霞交相辉映。一时间,柯尔特似乎忘却了呼吸。只见女金星人俯身跳入水里,动作优美协调。她干净利落地拍打了几下水花,朝柯沙二人游来,很快就爬上了岸。女子全身流淌着水珠,犹如一颗颗迷你的宝石。柯尔特确实想见一位会使巫术的女巫——但不料自己却被“巫术”迷住!这位居于沼泽的女人对他们两人笑脸相迎,露出一口短小而锋利的牙齿。“欢迎回来,沙罗尔,”她说,“你带了几个新朋友嘛。”

金星人挠挠头回答:“一个傻子,一个死人。”而后又咧开嘴笑着说:“这是柯尔特,地球人。而那位朋友嘛,我也不知道他是谁。”

“所以你就来找我了?”她突然将视线转移到柯尔特的身上。女子的眼睛分外明亮,仔细打量着柯尔特,这让他感觉不太自在。“我本打算早点来接你们,”她说,“可是看到你们在浅滩上‘浪漫’,觉得还是等你们自己过来比较好。”

柯尔特发觉自己有点脸红了,而此时沙罗尔笑得更欢。“这就是我的妹妹,娅罗。”他说。

“很高兴见到你,女士。”柯尔特说。

女子的视线再次转移，这次投向了沙罗尔手上的那一包袋子。"嗯……一具行尸走肉……不知是敌是友……"她说，"活着的人们……头顶血红星空……谁知生命何时始……何时终？"

"我们想……"沙罗尔说，"想知道他从哪儿来。"

"哥哥，你如今还在寻宝？"

"是的，"沙罗尔轻巧地回答说，"只不过这次有了个伙伴。"

她匆匆瞥了柯尔特一眼，又把目光移到他处，随后骤然转身说道："跟我来。"于是他们沿着一条狭长小径前行，女子带领柯沙二人走出沼泽，进入另一片丛林。

他们两个无事可做，只得跟在后头赶路。

三

女巫的房子坐落在丛林深处，远处便是连绵的火山山脉。山脚下有一处该大陆上仅存的地球定居点。它被地球人称作露西儿镇，估计是取自建城者旧情人的芳名，再远处便是未知的原始荒漠。

所以，那些殖民者常说："露西儿镇以西没有周日，而史密斯港以西没有鬼神。"

然而柯尔特与沙罗尔很快就会发现，殖民者们大错特错了……

"对了，哥哥，"娅罗说，"你给我带什么来了？"

他们来到女巫的住处，房内虽装饰简单，却品味不凡。壁炉里烧着火，散发出一缕缕熏香烟雾。沙罗尔解开绳子，将头颅从袋子里拿了出来。"真臭。"柯尔特说。这颗脑袋看起来烂巴巴的，金星的气候对它不太"客气"，肉已经开始腐烂了。娅罗说："你应该早点带来的。"

沙罗尔耸耸肩。"你还能跟他说话吗？"

"我可以试试。"她从沙罗尔那里接过头颅。女巫现已穿好了衣服，一件素色的无袖睡裙轻轻披在身上。她双手捧起那颗脑袋，两眼直盯着那双死气沉沉的呆滞眼睛。最后娅罗摇了摇头，嘴里嘀咕说："或许能行吧，尽管他已经在黄泉路上走得很远了。”

娅罗示意他们两个跟着她走。于是柯尔特慢吞吞地拖着步子，房内的烟雾让他意识模糊，慵懒惬意。娅罗打开第二间屋子的房门，这里明显阴凉得多。屋子中央有一处巧妙的摆设——就像是从地上长出来似的——一根被许多枝条缠绕的原木树干。它们盘根错节，犹如触手那样互相交织在一起。娅罗将死者的头颅置于树干之上，然后开始弯曲树枝，将其一根一根贴到那颗脑袋上，再用力塞进腐烂的皮肤和坚硬的骨头之间。柯尔特咬咬牙，没有转视别处。待娅罗做完，那颗头颅已被枝条进进出出地穿刺了许多回，然后娅罗也站到了盘根错节的枝条当中。这一次，那些树枝似乎在主动回应她，只见它们开始移动，慢慢爬上娅罗的睡裙，贴到她的身上。娅罗开始喃喃自语，柯尔特听不懂她在说什么。她合上眼睛，一道暗弱的蓝光渐渐沿着树枝闪耀，从娅罗的身上流动到那颗腐烂的头颅里。柯尔特两眼发愣，直直地盯着这一幕恐怖的奇景，他感到一股强大能量被释放了出来，周围的空气似乎也随之嘶嘶作响。娅罗的身体被一团冷火包围，开始颤颤发抖。

死人眨了眨眼睛。

柯尔特目瞪口呆，这……这绝不可能。

只见那颗脑袋再次眨眼，然后张开嘴巴大喊起来。

柯尔特下意识地后退了一步，撞到沙罗尔身上，后者稳稳地抓住了他。娅罗使了一个严厉的眼神，于是头颅安静了下来。“还没到火候呐。”娅罗说。

“再试试。”沙罗尔一边说，一边紧紧抓住柯尔特的胳膊。娅罗闭上双眸，此时那颗头颅又开口说话了。

“淹没……淹没……被沼泽淹没。罗格……罗格！我看着他来，外星的过客。他野心勃勃，想独霸星球一颗！火焰在炙热地燃烧，他许诺我们财富，却让我们沦为囚奴。我独自一人逃出，却被他们追逐……被他们追逐！未知的宝藏，令人心驰神往……然而宝藏即是死亡。不要追逐！不要追逐！在神殿的台阶上，往西北偏北的方向。”

“快让他好好想想！给我们一张路线图！”沙罗尔大声喊道，其兴奋之情也感染了柯尔特。他心想，真的有宝藏啊！遂将死人的警告抛之脑后。看来死人总是不受重视的，即便在最“辉煌”的时候。娅罗的身子摇摇晃晃，脸上汗水直流，睡裙被浸透，贴在皮肤上。柯尔特注意到了她背影的轮廓，还有她的乳头——很小，而且比他哥哥的还要硬。此时一团蓝色的火焰朝上空喷射，头颅的上方呈现出一幅图画。起先它模模糊糊，而后逐渐变得清晰。图上显示了附近山峦中一座火山的山顶，翻越过去便是一条横穿多片沼泽的壮阔大河。在茂密森林的华盖下，柯尔特看到各处未知的村庄冒起烟雾。这是金星人的聚居地，没有一个地球人见过。画面突然急速向前，柯尔特猛然发现一座古老的神殿于丛林的空地上拔地而起，就位于大沼泽岸边的那一头，即河流途经并滋润之处。“就是那儿！”沙罗尔说。正当此时，娅罗垂下了胳膊，跪倒在地，树枝纷纷抽离她的身体，发出滑腻的声响。那幅图也渐渐消失，腐烂的头颅又一次复归了沉默。

“娅罗！”沙罗尔冲向她，在其身边跪下。娅罗颤颤发抖，眼睛逐渐睁开。她所目睹到的恐怖场景是其他两人无从知晓的。

“罗格……”她说，这是可怜的哀号，是痛苦，是愤怒，也是恐惧。“罗格……”

四

到金星旅行是枯燥乏味的，但也有其特别之处。如果你去过地球上南太平洋的火山群岛，或到过那颗星球上的茂密丛林，那么你大概会自以为对其本质有所了解，然而你想错了。在永不散去的云层之下，某种感觉压抑着你的心灵。你无法逃出这片潮湿而闷热的环境，也看不到盲人诗人雷斯灵在他经典诗句中所描绘的蓝天或连绵起伏的青山。可是，倘若柯尔特没有记错的话，那位诗人并不喜欢金星这个地方，他将其形容成一个腐烂、衰败、肮脏又充满死亡的星球。

好吧,一个醉醺醺的老酒鬼能写出什么上乘的佳句呢?他们在丛林和沼泽里徒步多日,在壮阔的大河上航行。沼泽的居民称那条河流为“穆克塔”①,有些人还将其奉若神明。借同伴的眼睛,柯尔特真切地领略到了金星的风光。

地球人、敬神的行政官、殖民者都从没见过这样的星球。柯尔特通过沙罗尔的眼睛看到了那云层间隐藏着的美丽,金星人为它们起了五十个甚至上百个名字。他看到河水里暗藏的漩涡,闻到来自隐秘村庄的炊烟,以及沼泽散发的恶臭。那片亦真亦幻的泥沼,金星人将其视为美酒佳酿。金星是一颗深不可测的神秘星球,拥有数不清的古老传说。柯尔特同沙罗尔并肩旅行,他俩的关系变得更亲密了。在一叶扁舟之上,两人培育了特殊的情感纽带,一种只有男人和男人之间才能分享的友谊。

到了夜晚时分,柯尔特有时会感觉自己看到空中一点亮光,似乎远处有一个似幻似影的假太阳,接着还会有一阵爆炸声响彻夜空。他对此不作评论,沙罗尔也没说什么。然而他注意到,自从离开了史密斯港以后,那亮光总让他想起那个无意间救过的吞日鸟。

“沙罗尔?”柯尔特说。现在已是入夜时分,土著们在沼泽地里互相打着招呼。夜间湿气浓重,蚊虫嗡嗡地乱飞,全被船上微弱的灯光所吸引。

“怎么了?”

“那是什么声音?”

沙罗尔一动不动,只摆动那对敏锐的小耳朵来搜索周围的情况,这个动作虽然地球人无法做到,但柯尔特也同样静静地聆听。此时水声已发生了变化,比先前更深沉、更急促。接着,远方传来一阵沉闷的巨

---

① Mukhtar,即“乡长”之意。

响,水浪声越来越近了……

“冲过来啦!”柯尔特大喊,而此时沙罗尔矮小的身躯恰好撞到自己,两人随即一同翻落下了船。不料水温异常寒冷,柯尔特打了个冷战。沙罗尔与他形影不离。“抓紧我!”沙罗尔喊道。湍流将小船冲走,只见前方升腾起白色的泡沫,一阵巨响灌入柯尔特的耳朵里。原来瀑布就在附近……就在眼前!

湍流急速卷带着他们,柯尔特开始恐慌,他感到沙罗尔的手正紧紧地抓住自己的胳膊,并用力地拉扯。二人最终停住了！柯尔特转身一看,只见一团粗壮的黑树根戳在水中央,沙罗尔正在它们的遮蔽之下。那是“纳彤彤树”的树根,生长在水下。此时激流不断冲击他们！柯尔特紧紧抓住沙罗尔的手,随后也摸到了一根树根。于是二人就在湿滑的粗树根旁使劲地拉拽自己,拼命自救。

最终,二人到了岸边,躺在湿润的泥土上,粗声粗气地深呼吸。头顶上一团奇怪的烟雾,令柯尔特不敢直视。在仅仅100英尺远处,他们方才死里逃生。柯尔特虚弱地笑了笑说:“唉,真险呐。”

然而沙罗尔没说话。

“沙罗尔?”

柯尔特回头望去,沙罗尔却不在身旁。

柯尔特紧张地爬了起来,满身是泥,地上全是脚印。他手脚胡乱地抓住某些攀爬物,爬上了岸边的斜坡。

柯尔特朝斜坡高地走去,忽然有一只手粗暴地抓住了他的肩膀并用力将他按倒。“嘘,你个傻瓜!”

柯尔特趴到沙罗尔身旁,匍匐在泥地上。

随后——他看到了!

神殿在岸边拔地而起,其宏伟壮丽的程度超出了柯尔特的想象。究竟什么样的消亡种族会拥有如此先进的科技来建造这个神殿群？巨大的石柱直冲云霄,每一根都有数人之粗、多人之高。雄伟的塑像在一圈石柱中央矗立着，雕刻的全是精美绝伦的远古人物，比如沙普璐魔女、萨格大师、无名仙子。高度最高的建筑当属那一排巨型金字塔了，它们在紫色苍穹下闪闪发光，其间有一个个黑影于空中游离飘浮，上下飞舞。

“这到底是什么地方？”柯尔特心存敬畏地低声窃语，却没有得到沙罗尔的回答，反而清晰地听见好几把能量枪一齐上膛的声音。柯尔特东张西望，只见一个个黑影包围了上来，将他们两个陷入无法逃脱的圈套之中。

“你问这是什么地方？”说话的人带着地球口音，语气抑扬顿挫，既愉悦又轻蔑。只见他矮胖的身影渐渐走近，原来是一个戴着圆形眼镜的小胖子，其脸部轮廓柔和，并不令人生厌。“这是我的地盘。”

在柯尔特身旁，沙罗尔正绝望地摸枪。柯尔特一把抓住他的手，果断阻止了他。此时此刻，他们寡不敌众。

小个子男人笑了起来，他看上去有些眼熟，其容貌、嗓音、举止做派……柯尔特两眼圆瞪，就像初升的太阳，那尘封已久的记忆在脑海里鲜活了起来。“范胡森……”他说。

柯尔特熟悉这个名字，认得那张脸！他是矿业大亨，是地球上某个王国的纨绔子弟，后来成为太阳系内有史以来最臭名昭著的军阀和独夫。人们都称他为“木星军阀”、“木卫二[①]屠夫”。怪不得那些克隆蚁士兵会那么眼熟——当初范胡森雇佣它们来进行疯狂的战争，欲使自己成为众多木星卫星的帝王。

但那个人不是已经死了吗？当时他被指控犯下了不计其数的罪行并且都已查证属实，包括种族灭绝（反对木卫二上热爱和平的海洋居民）在内。他的军队业已解散，克隆蚁士兵被摧毁。在他五年的治期之

① Europa，木星的第四大卫星，于1610年被伽利略发现。它比地球的卫星月球稍小一点，直径达到3100公里，是太阳系天体系统中第六大卫星和第十五大天体。

内，没有留下任何东西，就连一座塑像或纪念碑都没有。人们称其为太阳系之恶首。可他不是已经死了吗？肯定死了。

“范胡森？对，对……我记得这个名字，”戴圆眼镜的人若有所思地说，“那么你又是何人？”

“宰了他！柯尔特，宰了他！”沙罗尔浑身发抖，脸上汗流如注。柯尔特从未见过他如此模样。他竭力控制住自己的朋友，担心沙罗尔会有什么三长两短。“噢，”范胡森乐呵呵地说，“原来你听说过我？”然后他转过身去，背对着柯尔特摇起了头。“金星人，”他说，“真是一个多愁善感的种族。你觉得呢？他们就像孩子一样，需要成年人用强有力的手腕来指导他们。其实我也可以雇佣你。嗯，没错，不能浪费劳动力……来人呐。”他迅速对克隆蚁下了一道命令。于是柯沙二人被连拉带拽地拖了起来，接着就被带向神殿群的深处，步入金字塔的阴暗角落之中。

五

在当年那场战争中，柯尔特还只是一名年轻的战士。他还记得自己当初登陆的样子。当时木卫二刚刚经过一场屠杀的洗礼，形似鲸鱼的温和生物纷纷搁浅于冰面，尸体上那一对对大眼睛神情茫然。曾几何时，木卫二星球同居民们心灵相通，和睦相处。

然而战争将这颗冰雪般仙境的星球化为了一片废墟。

六

这个封存多年并久已忘却的仇恨在此时此刻终于又爆发出来，然而柯尔特眼下是一名无助的俘虏，陪同沙罗尔一道被带入群殿之中。所有的宏伟壮丽在殿内皆不存在，柯尔特看清了此地的真实面目：一片废墟。

毫无疑问，人类曾经征服过太空。那么这块地方是由何种陨灭的物种创造的呢？来自亚特兰蒂斯，还是姆大陆？来自那些仅存于传说里的地方？

时至今日，丛林肆意侵蚀着神殿，树根破墙而入，将塑像推倒，而它原本应该屹立于高台之上。地面已被腐蚀，河水倒灌而入，曾经美轮美奂的庭院已变为了一片汪洋，整块地面形成了一潭臭气熏天的死水。此时柯尔特和沙罗尔正在主金字塔周围艰难地蹚水前行。

在目力能及之处，尽是大片大片的泥潭，看上去既是湖泊，又像沼泽。水位升到了金字塔最底层的高度，在古老的石块上留下了一条黑线。岸边四周还有金字塔群，其间到处站立着来自沼泽地的男男女女。柯尔特听到沙罗尔深吸了一口气，发出一种愤怒和厌恶的声音。

奴隶。

他们都是奴隶。

铁链系在那些金星人的腿上，将他们连环锁在一起，克隆蚁卫兵三三两两地站在一旁维持秩序。一连串的奴隶被命令下水，一步一步越蹚越深。探照灯在湖面来回扫射，柯尔特瞧见一个巨大的浮动平台。平台上建有一座巨型起重机，旋臂延伸至远处水面之上，潜水者一个个跳下平台，而后再爬上来。

这是在进行打捞作业。

“水下是什么？”柯尔特问。范胡森心满意足地笑着说：“是宝藏！太阳系里前所未见的宝物！至于你们嘛，都得帮我把它挖出来。”

罗格……

“那是什么声音？”

一时间，范胡森的表情疑惑不安，然而片刻后又活跃了起来。柯尔特心生厌恶，意识到这人是个十足的疯子。

“马上给我干活！”范胡森大声吼道。克隆蚁卫兵将柯沙二人拖到邻近的队伍里，铁链就系在他们脚上。一名克隆蚁监工态度傲慢，朝他们挥舞能量鞭，沙罗尔大叫一声，背上烧出一条很长的口子。柯尔特和金星人拖着沉重的步子,一同来到浅滩,然后往水里越走越深。他不晓得大家在寻找何物,只知道他们要么将其找出来,要么就得去死。

七

罗格……

八

柯尔特不清楚究竟在此地待了多久,他失去了时间的概念。后来,湖中那幽怨诡异的呼喊声成了最令人头疼的东西。那声音总是阴魂不散,时不时地朝他们呼唤着:罗格,罗格!

打捞宝物的工作既是二人前来的本意,又是强迫的任务;它既伴随着饥饿,又暗藏着愤恨之情;既是勉强为之,又是欲望所致。这是一道命令,大家不得不遵照执行。他们断断续续地打瞌睡,难得有一顿稀饭吃。范胡森和他的卫兵们奴役了邻村的沼泽居民,而且还把魔爪越伸越远,每天都带回新的俘虏。罗格!这声音既是对付我们的武器,又好像是在向我们虔诚地祈祷。后来,这几乎成为了柯尔特活下去的唯一支柱。

事实几乎是这样,然而也并非全部,他还有沙罗尔。那温热的肌肤,乐观的笑容,热血的性格。他们是一对好搭档,财宝终究会属于他们,并用它来实现复仇。现在只需耐心等待时机罢了。

柯尔特并不是这块打捞工地上唯一的地球人,此处还有好几位"同乡",另外还有火星人以及五六个其他星球上的人。他们是如何到这儿的,柯尔特不得而知。这些人都是太阳系的弃儿,会轻易地迷失自己。柯尔特每天目睹着他们将生命牺牲给这片沼泽,每一个痛苦的死亡,每一次鞭打或溺水,他总会感觉水底怪物变得愈发强大,愈发饥渴。在他脑海里,那呼喊声也显得更加洪亮了:罗格!

"就在附近。"他听到沙罗尔说,声音好似从远方而来。他们正站立于浮动平台,探照灯的强光打在身上。“它浮上来了。”

“好,好。”柯尔特连忙说。

罗格!

他感觉周身麻木。整整三个昼夜,他们从平台上反复跳到水里,潜入到沼泽的深处去挖掘寻找,心里知道自己距离目标越来越近了。要想在平台上获得提升并不困难,因为没人可以活太久。

镣铐被解开了,他们不得不再度下潜。柯尔特从未如此疲惫过,在探照灯与金字塔的光影交错之间,他们无法从平台上逃脱。要想获得自由,只有一条路可走。或许,柯尔特心中始终没有彻底放弃过这条路。

他调整一下脸上的面罩,然后一头栽进水里,感觉沙罗尔也在身旁一跃而入。他们一同潜到深处,手电筒将昏暗的深水区照得通明。在他们身边,一批金星潜水者赤身裸体,携带着少许机械潜水装置以及网、钩、绳之类的工具。然后……他们都殒命了。

一块块残肢断臂四处漂散,乳白色的眼珠盯着柯尔特。金星人、地球人、火星人,每天都有人将自己献祭给潭底的狂魔。每有一人死亡,“罗格”就增添一份强壮与疯狂。

两人逐渐靠近目标了。

柯尔特能感觉到罗格的存在,能体会到那种残酷而又贪婪的“引力”。为什么大伙过了那么久才寻找到它?罗格明显就在那里,难道是那呼喊声扭曲了他们的意识?柯尔特越潜越深,沙罗尔那强健的身体也在他身边游动,姿势简洁而优雅。另一群潜水者上浮,在此地聚集起来。

原来在那儿!

昏暗的灯光下,一座高大的石像如幽灵般半浸没于泥沼之中。那是一张野人的脸,犹如祭祀时佩戴的面具。双眼深陷,目光如炬。集野蛮和优雅、冷漠与渴望于一体。它是亚特兰蒂斯或利莫里亚末代种族的杰作，从地球或其他天体的最后一片净土而来。它是一尊迷失的神灵。潜水者们纷纷向石像聚拢，撒开渔网套住它，再用缰绳小心地绑起来。柯尔特看到一个矮小的女金星人率先游到石像边，看上去既疲惫又绝望。或许是出于好奇，她毫无防备地伸手去触摸石像。突然间，一张怪异的脸庞照映在她的面具上。随后那名女金星人瞬间爆炸，血液、脑浆、肚肠和卵巢全都混作一团，犹如万千真菌孢子或一抹烟尘。此时，石像似乎在发光，它将周遭的一切吸尽，那名金星人就同从未存在过一样，消失不见了。石像兴奋地尖叫起来，狂妄的笑声灌入了所有人的大脑：我……是……罗格！

大伙将石像平稳地往上拖，头顶上的巨型起重机开始拉动，慢慢地将石像从泥沼里拽出来。只见它在水里抬升，造型凶神恶煞，可谓前人鬼斧神工之作，而他们的技艺也已成为了亘古之谜。柯尔特注视着，眼神充满敬畏和厌恶：原来这就是他们前来寻找的宝藏。

而现在，他们都成为这尊石像的俘虏。

柯尔特转过头去，瞧见沙罗尔正在看着他。两人心有灵犀，一同悄悄地向上方游动。范胡森正站在平台上，被克隆蚁卫兵们簇拥着。“怎么样？”他呵斥道，“宝物在这儿吗？在吗？”

此时此刻的范胡森，让柯尔特联想到一个被宠坏的孩子，他已经收到了许多礼物，可还是要抢别人的东西。对范胡森而言，这尊石像不过是又一个玩具罢了。

柯尔特从水里探出头，喘了口气，浑身哆嗦了一下，感到一股凉意与紧张。片刻后沙罗尔也上来了。他在探照灯的照耀下面色不太好。头顶上的起重机抓牢了沉重的石像，慢慢向上拉升。此时潜水者纷纷露出水面，像一朵朵漂浮于水上的黑云。

石像被拉了起来，硕大的圆脑袋破水而出。沼泽地里，神殿遗迹周围，鸦雀无声。罗格来了，罗格又重新升起来了。

此时没有人注意柯尔特和沙罗尔。

他们再次交换了一下眼神，彼此早已心领神会。他们悄悄地爬了上来，此时石像已被彻底拖出水面，悬于沼泽上方的半空中。它雄伟且外形古怪，表面淌着泥水，散发出来的热量令其发出嘶嘶的声音。石像仿佛吹起了口哨，赞颂着阴暗的血祭，述说着痛苦和死亡。范胡森两眼发亮，犹如一个欣喜若狂的小孩。

柯尔特和沙罗尔偷偷溜到起重机的控制台后面，范胡森站在甲板上张开双臂，水波拍打在脚面上。吊车降低了石像的高度，将其朝范胡森的方向移动过去。柯尔特心想，这必定是某种武器，是远古战争的遗留物。当初利莫里亚和亚特兰蒂斯被战火蹂躏得支离破碎，他们的子民散落在这颗星球的各个角落，甚至还上了别的星球。若是范胡森得到了它，会有怎样的后果呢？

柯尔特仰望天空，此刻十分想念那些星球。远方似乎有物体靠近，像一轮旭日，随后柯尔特听到一阵遥远的爆炸声。沙罗尔转身匆匆瞥了他一眼。“自我们离开史密斯港以来，一直听到这种声音。”他说。柯尔特摇摇头，手指一处：一名克隆蚁士兵在距离众人不远的地方徘徊，此时正好转向面对他们，只见它的枪口慢慢抬升起来。

柯尔特和沙罗尔迅速上前两面夹击，沙罗尔夺过那个半机器人的枪，与此同时，柯尔特在底下猛踢卫兵的腿部，随后干净利落地扭断了它的脖子。他将克隆蚁慢慢地放到地上，斜靠于控制房的金属墙壁。没有人注意到他们，逃走的良机就在此时。柯尔特从卫兵装甲上卸下一把激光手枪。如今他们有了武器，而且还自由了。柯沙二人再度对视一眼，身边即是湖水……他们只须游过去就行了。

柯尔特高兴得咧开了嘴，沙罗尔也回敬了一个笑容并举起手中的枪。柯尔特感觉很好，如今手里又有枪了。当有一把枪握在手上的时候，总能踏踏实实地感觉自己身在何方。

“欢迎你，来自利莫里亚的罗格，千年后重见天日！”柯沙二人绕行于控制台周围，石像已降落到甲板上，双眼依旧散发着诡异的幽光。远方那颗"假太阳"正在徐徐靠近。范胡森张开双臂说:"阁下虽拥天帝之尊位,而鄙人乃现世之真神,如今咱们见面了!"范胡森一边说一边跨步向前,拥抱住这尊怪异的石像,与之嘴对嘴,亲下了既贪婪又恶心的一吻。

"就现在?"沙罗尔问。

"就现在!"柯尔特说。

二人一齐冲出,开始猛烈射击。

克隆蚁部队被打了个措手不及——倘若这种生物能够感知惊奇的话。一道道激光在空中划过,发出嘶嘶的声音。镭射途经之处,将水分子激活了起来,空气中充满了蒸汽。只见克隆蚁一个接一个倒下,其余的卫兵也转过身来开火。柯尔特心里清楚,单凭他们两个是赢不了的,这么做无异于自杀。然而当他战斗时,却感受到一股野性的畅快。他开枪,他翻滚,他从一个倒下的半机器人手上夺过武器,接着扫平了范胡森身边的众多卫兵。这是一场复仇,而复仇这道佳肴只有同子弹一起才是绝配。

范胡森仍然拥抱着石像。他转过头来看着柯沙二人,愤怒地皱起眉头。事后柯尔特时常记起"木卫二屠夫"那乖戾的表情,它瞬间闪过,而后便成为了历史。起先只是神情疑惑,而后便透露出一种难以名状的恐惧,乳白色的云彩慢慢倒映在视网膜表面。他的身体开始颤抖,情不自禁地痉挛,最后高声尖叫起来。

柯尔特被两名克隆蚁兵围住,他的脸上和手臂上都已灼伤流血。面对眼前的卫兵,他准备接受死亡。

可敌人没有射击。柯尔特盯着那两名克隆蚁兵,只见他们一动不动。此时范胡森还在不停地尖叫,身体渐渐融进了石头里。柯尔特大喊:"沙罗尔? 你在哪儿?"

"我在这儿,怎么了?"平台的另一侧传来应答声。

"你还活着?"

“嗯，”沙罗尔顿了顿，“你呢？”

“我……或许吧。”

“到底是死是活？”

柯尔特耸了耸肩，一把夺过贴身卫兵的激光枪，顺势砸到其脸上。接着他发射了一道狭长的激光，再蹲下转身连续扫射，最后屹立在一圈尸体中央。

“我还活着！”他说。

远处传来一阵爆炸声，它好似惊雷，实则却不是。柯尔特以为自己可以目睹太阳了，然而这在金星上是不可能的。金星沼泽地的男男女女们浮游在水中，无声地仰视着他们。

“沙罗尔？”

“什么？”

“他们正盯着咱俩看。”

“嗯。”

沙罗尔跨过那圈死尸，来到柯尔特旁边，身后留下好几具支离破碎的克隆蚁。“喂！你们几个！”柯尔特对着水中的金星人喊道，可他们抬头望着他，丝毫没有反应，似乎不太理解。“咻！”柯尔特说，“咻！”

“快离开这儿！”沙罗尔说，可他们仍旧一动不动。沙罗尔叹了口气，调整了一下枪的档位，随后朝水里开了几枪。“快走！回村子里去！快！”

水中顿时一阵恐慌躁动，金星人统统朝岸边游去。柯尔特和沙罗尔并肩站着，在仅剩的一只探照灯照耀之下，望着金星人如黑色潮水般涌向岸边泥滩。不一会儿工夫，那些金星人就在金字塔群里完全消失了。

然而这突如其来的安宁却被一阵地球人的笑声和击掌声打破。“干得漂亮。”那个人说。柯尔特慢慢转身，原来是范胡森站在石像旁，不过此时石像的眼睛已不再发光。范胡森的脸上带着某种说不出来的龌龊与异样：在原本眼部的位置上长出了新的东西。“干得漂亮！”

“那家伙还在这儿？”沙罗尔问。

“开枪。”柯尔特说。

那张曾经属于范胡森的脸庞正在微笑着，柯沙二人猛烈开火，范胡森的身子向后摇晃，不过笑脸依旧。接着他静止不动，做了一个深呼吸，只见他胸膛鼓起，瞬间变得更高大、更强壮、更凶顽了。

范胡森朝前跨了一步。

他居然毫发无伤。

“罗格……”他轻轻地说着伸出一根猩红饱满的舌头，犹如一株火星上的仙人掌。他舔了舔自己的嘴唇，露出岩石般的牙齿，泥浆从眼睛和耳朵里渗出。范胡森张大嘴大吼一声：“罗格！”然后又慢慢吐出舌头，一条硕大的赤蛇出现了，它缠住沙罗尔并将其拖倒在地。柯尔特开枪射击，激光在怪物身上竟安然地反弹了出去。“沙罗尔！”

“你快跑！性命要紧！”

爆炸声再次传来，这一次距离更近些。水波拍打在平台上，几乎令柯尔特跌倒。范胡森的身躯仍在不断变大，他的舌头像一条来回摆动的猩红触手，将无助的沙罗尔缠得更紧。他的重量使平台倾斜了起来，起重机东倒西歪，随这座平台一同摇摆，情势十分危急。柯尔特无奈地射击，脸颊汗如雨下。最后他索性扔掉武器，朝他的朋友冲过去。

“罗格！罗格！罗格！”

“快走……”沙罗尔低声说。他伸出一只手，轻抚柯尔特的脸庞。“柯尔特……快走。”

“我不会扔下你的。”

“快逃命去吧。”

柯尔特摇摇头，汗水刺痛了眼睛，他眨了眨。此时的罗格已变得十分高大，范胡森的躯体向外膨胀，肌肉、皮肤和血管都在伸展。他屹立在柯沙二人跟前，同起重机等高。“我是罗格！来自利莫里亚的罗格，”他大声喊道，“我要再次崛起！”更多的红舌从血盆大口里飞出，将柯尔特抓住并浸到湖里，它饥渴难耐，志在必得……柯尔特会丢掉性命，古老的神灵要将他俩一齐摧毁。柯尔特握紧沙罗尔的手，强颜欢笑地说：“至少我们找到了它，找到了宝藏。”

“你真傻。”沙罗尔说。柯尔特渐渐喘不上气来，恶魔的舌头紧将他缠住，使其无法逃离。那猩红的触手湿滑温热，其力量令柯尔特想要拼命反抗。在他们的头顶上方，巨人的笑声响彻天际。

不对，柯尔特猛然意识到这其实是另一种声音——爆炸声。空气变得炎热干燥起来，罗格收起笑容，脑袋转至声音传来的方向。

“谁胆敢打搅强大的罗格？”他说，嗓音里依旧透着范胡森的戾气。缠在柯尔特身上的触手稍稍松开了一些，于是柯尔特也朝那头仰望。

在金星紫色的天空上，一轮红日正在燃烧。它驱散了云层，照亮了黑夜，将万物投影在水面上。这便是失明诗人雷斯灵提到过的那颗太阳。当他吟唱时，肌肤感受到了阳光的温度，令他仿佛回到了故乡，投入地球的青山怀抱之中。

又一声惊天巨响，而后是优美的高声鸣叫，原来这并非是真的太阳，而是……

“吞日鸟……”沙罗尔轻声地说。柯尔特注视着这道亮光，他看见在那熊熊火焰之中有一副蜥蜴般的躯体，还有一对皮质的翅膀，此时柯尔特已热泪盈眶。吞日鸟硕大的钻石眼珠转向柯尔特，似乎可以将他看透，或许……它确实做得到。接着，它发出一声愤怒的巨吼，朝那个鼓胀的神灵冲过去。

罗格松开了柯沙二人身上的触手，转而迎战来袭者。它愤怒地张开大嘴，一根根触手在空中鞭打挥舞，欲将吞日鸟缠住。然而那个飞行体喷出的热量干净利落地将触手烧断，只听到罗格大喊一声，既痛苦又愤恨。一段段烧红的舌头，掉入水中，嘶嘶作响。吞日鸟继续进攻，在那怪人身上撞出一道又一道口子，皮肉纷纷掉落，一块块犹如堆砌金字塔的石头。沙罗尔已经失去了意识，柯尔特挽住他的肩膀，将其拖往平台边缘，而此时罗格早已无心对付他们二人了。

头顶上方的吞日鸟是一团火球，而罗格咧开那张巨大的嘴，摆出一副恶心的笑脸，同时伸出了一根新舌头，舔舐着自己的伤口。接着，他用那双巨手抓住起重机，将其连根拔起。吞日鸟优雅地旋转一圈，再次向罗格发起冲刺。罗格似喜似怒地大吼一声，举起那台硕大的起重机，像一只蝙蝠那样来回挥舞。

起重机打到吞日鸟的身上，发出一阵难听的咯吱声，柯尔特在一旁无能为力，心里既无法理解，又万分惊恐。世界顷刻间安静了，悬浮在半空中的“太阳”，如夕阳落日般缓慢而不可阻挡地坠下，最终砸到了甲板上。平台左右摇晃，拍打起一波水花，泼到柯尔特和沙罗尔的身上，也盖到了吞日鸟身上，火熄灭了。吞日鸟奄奄一息，没有了光与火，它不过是一头野兽，一头再也不能飞翔的野兽。那对钻石般的眼睛转向柯尔特，朝他眨了眨，柯尔特向吞日鸟爬去。头顶上方，罗格哈哈大笑，变得愈发强大，他的大脑袋很快与云层齐高，双脚深陷泽湖底。此时的他，已经把柯沙二人忘了。

“对不起。”柯尔特低声地说，伸手轻抚吞日鸟那颗类似爬行动物的脑袋。他感觉到一股热量，但不再是那种滚烫灼烧了。随后他把手收了回去。

接着，吞日鸟爆裂了。

九

它的死无声无息，整个躯体向内收缩，眼睛往里凹陷，皮肤的鳞屑[1]尽皆碎裂，双翼全部折断。

柯尔特眼睁睁地看着吞日鸟就这样死去。

---

① 即将脱落或已脱落的表皮角质层薄片。

最后,在原地只剩下一个透着微光的蛋。

十

柯尔特背着沙罗尔,向岸边游去。沙罗尔逐渐恢复体力,慢慢可以独立行走了。他们彼此倚靠着,一步步走出这片神殿群。在他们身后,罗格正在摧毁古老的金字塔,像一个孩子在玩他的玩具。如果无人制止,用不了多久他就可以掌控这个世界。

"那儿……发生了什么事了"沙罗尔问道。

"魔神现世了,"柯尔特说,"还有……吞日鸟死了。来,我们必须赶路。"

沙罗尔没有追问缘由,二人沿着岸边行走,逐渐远离了这片神殿群,最后深入茂密的丛林。

"我不行了……再也走不动了。"沙罗尔说。

"必须坚持住,再翻一座山就到了。"

沙罗尔无可奈何,只得跟着柯尔特去翻越下一座山岭。虽然不像地球上的青山,但好歹也是一座山,而且同样难于攀登。山嘛,总归是这样的。

"你需要医治,"柯尔特说,"我估计,到露西儿镇还有三天的路程。"

"那又如何?"沙罗尔说,"我们已经输了。"

柯尔特耸耸肩。"但我们还活着。"

他们在山顶上歇脚休息,俯瞰丛林与河流,远处便是沼泽地和神殿废墟。现在罗格的头部已经被云层遮盖,很快他就能上升到宇宙之中了。

"怪不得亚特兰蒂斯人会彻底灭绝。"沙罗尔说。

"嗯,是啊。"柯尔特说。

他笑了,而且是发自内心的。"瞧那儿。"他说。

只见远处出现一道影子，随后那影子发出了声音。

实在难以形容他们望见了何物。

没错，天空中传来了一道耀眼的白光。

罗格的双脚此刻忽然失去了控制。

这是一道来自太阳的光，它将大地万物照亮。接着罗格就消失不见了，只闻一阵滚石般的雷声，响彻数英里之外。光线逐渐暗淡，最后只剩下微弱的光点。突然，一团火焰蹿上天空，从浩瀚的蘑菇云层中冒出一缕轻烟。是的，人类的确曾征服过宇宙，柯尔特突然想起远古历史中凤凰涅槃的传说，但那也仅仅只是传说而已。

当云层还未彻底散去之时，柯尔特仿佛看到了一颗亮点。熊熊烈火化作了美丽的鸟儿，在空中展翅飞翔。吞日鸟于火焰中重生了，就像凤凰一样。

柯沙二人坐在山顶上观赏着这颗“太阳”，看着它在金星的天空中徐徐升起。

十一

远处传来最后一阵呼唤，然后渐渐在二人的脑海里越来越轻。

罗格……

最终，天地一片寂静。

十二

沙罗尔走进酒吧，柯尔特正在玩“金星梭哈”，而且恰好牌运不错。虽然沙罗尔拄着拐杖走路一瘸一拐，不过依旧笑容可掬。柯尔特也朝他笑了一笑。

想当初柯沙二人越过沼泽和丛林，最终抵达火山脚下的露西儿镇时，全都衣衫褴褛、疲惫不堪。可他们还是做到了，这才是最重要的。

小镇一派欣欣向荣，镇口一家贮木场里，人们正在清除树木。一座座简陋的棚屋慢慢改造成永久性的建筑,四周还围起了一圈圈白色的尖桩篱栅。正在铺设的一条新道路,将定居点和史密斯港连接起来。万事皆井井有条,蓬勃发展。百姓们安居乐业,共享太平。

柯尔特心想,总有一天整个金星都会变成这样。殖民者会抽干沼泽里的水,砍光森林里的树,然后在整个星球上四处建造道路和乡镇。这样的世界将容不下沼泽里的土著以及吞日鸟,而古老的神殿也会变成路边的景观。那些远古神灵会死去——同时,如此世界也容不下像柯尔特这样的人。

总有一天会是这样,不过……至少不是今天。

"可以再加一个人吗?"沙罗尔问道。柯尔特挪了挪椅子,身旁一位粗鲁的海军陆战队员也跟着腾出位置。沙罗尔拖过一把椅子坐下,然后伸出胳膊碰了碰柯尔特的手。

"带上我。"他说。

保罗·麦考利

保罗·麦考利,1955 年出生于英国牛津,现居伦敦。曾长期担任职业生物学家,并于 1984 年发售了自己的第一部小说。此后,他经常为《区间》杂志撰稿,其作品也见诸于各种刊物,如《阿西莫夫科幻小说》《科幻小说》《惊奇》《幻想与科幻》《太空生活》《第三选择》《曲终时分》等。

在当今科幻界的某些关键领域,麦考利走在时代的前列,他创作“激进派硬科幻小说”和改进版的宽屏“太空剧”——有时亦被称为“新太空剧”,同时还对不久的将来进行各种反乌托邦的社会性预测。麦考利同时也撰写奇幻小说和恐怖小说;首部作品《4000 亿群星》赢得了菲利普·K. 迪克奖;小说《仙境》既摘取了阿瑟·C. 克拉克奖,又拿下了约翰·W. 坎贝尔奖;麦考利的其他作品包括小说《坠落之后》《永恒之光》《帕斯卡的天使》《汇合》——雄心勃勃地展望并涵盖了未来一千万年,它由《河流之子》《时光先人》《群星的神殿》三部分组成——同时还有《火星生活》《生命的秘密》《朗朗乾坤》《白幽灵》(*White Devils*)、《心窗》《老手》《牛仔天使》《战事静悄悄》《太阳花园》。麦考利的短篇小说亦被收录于《山之王者及其他故事》《隐形的国度》和《小小机器人》中,他还与基姆·纽曼共同编著了一本名为《梦乡》的原创故事集。麦考利最近的作品有《巨鲸之口》《暮夜帝国》以及经典怀旧选集《地道英国史:保罗·麦考利最佳科幻小说(1985—2011)》。

这一次麦考利将我们带到金星赤道上一片大雾弥漫的神秘大陆,把我们领入一座遥远的矿场。那里的矿工们正——准备抵御野兽的袭击——迎接一切灾祸来袭。

恐怖星球

亚热带的马尾藻光滑水润，闪闪发亮，其间生活着数以千计的太阳鱼[①]，它们分布在大小浅滩和狸藻群岛之间，漂浮于一圈圈交错重叠的水沫里头。太阳鱼体形十分庞大，像一块块鼓起的大圆盘，有直径五米、十五米，甚至还有二十米的。鱼身上附有一茬茬的藤壶[②]，还覆盖着一层层紫褐色的"带草"和"鞭草"。太阳鱼的四周全是"兵鱼"，它们奋力搏斗翻滚着，在被血染黑的起泡海水里闪耀着点点粼光。一架四轴飞行器像孤单的海鸟般高悬于这片混乱的鱼群上方，"贪婪"的摄像镜头将图像传送给停泊在马尾藻南部边缘数公里以外的"里海怪物"[③]。

在燥热的火控舱内，三块硕大显示屏的辐射之下，卡娅·伊格纳托娃要求操纵飞行器的海军士官将镜头锁定在一对特定的太阳鱼身上。它们的个头差不多，直径均为十二米上下，其捕猎触须互相缠绕，正将彼此拉到一起。周围是奄奄一息或业已死亡的"兵鱼"：一条条狭长的银色电鳐，侧腹均被挖掉了一大块，铲状的下颌已经裂开，眼珠发白。金星的鱼类用坚硬如骨的"链甲"来保护自己，外鳃和水平尾鳍同鲸鱼

---

① Sunfish，又称翻车鱼，因其时常上浮侧翻在水面上晒"日光浴"而得名。

② 依附在海边岩石上的甲壳纲生物，其外壳呈灰白色，吸附能力极强。

③ ekranoplan，20 世纪 80 年代苏联研制的一种地效飞行器。它可以利用翼地效应贴近地面或水面飞行，其极限飞行重量可达 1000 吨。该飞行器在冷战时期的隐秘状态下测试研制，被美国称为"里海怪物"。

非常相似，但它们长有鱼鳔[①]。就像地球上的鱼类一样，它们的尸体会漂浮在水面上。

飞行器操控员说："真是一群愤怒的鱼，一群无用的垃圾。"

"凡是靠近它们'兄弟姐妹'的家伙，'兵鱼'都会发起攻击，"卡娅说，"而且对其他太阳鱼也不例外。然而太阳鱼却要等到'兵鱼'死光才开始交配。死者也不是没有用处，它们的肉体滋养了这一片让后代赖以成长的生态系统。"

当那对太阳鱼开始用精囊上的刺交配时，卡娅朝前弯下腰，询问操控员是否可以来个近距离特写。

"没问题。"那名士官说，随后微微调整了一下小飞船的操纵杆。

显示屏上的画面开始倾斜和转移，最后又恢复平稳。钙化的刺在紫褐色漂流海草当中划来划去，卡娅催促操控员对准其尖部并放大画面，以免镜头仓促掠过。

"他们肯定会管这个镜头叫'一照千金'。"操控员阿卡迪·萨伦采夫说。

这是一个愤世嫉俗的年轻人，他身材修长，二十五六岁的样子，比卡娅小了几年。曾有一次卡娅注意到阿卡迪回避餐厅里友善的打闹，一边阅读一本平装恐怖书，一边用叉子叉起盘中的食物。此刻在显示屏的灯光下，卡娅就坐在阿卡迪身边，闻到他身上一股可乐果油味儿，阿卡迪经常将其涂抹在他那头黑发上。

"这并不是我们以为的性活动，"卡娅告诉阿卡迪，"太阳鱼是雌雄同体的，如果现在我们把画面拉远一些的话……对，对，就是这样，你看到了吗？它们互相戳着对方交换精液，将其注入单倍体上皮细胞的某个特定位置，而那个部位会产生大量的卵子。"

她计划在最近几天内，等这场"交配战争"结束之时，从这堆卵子

---

① 鲸鱼不是鱼，而是哺乳动物，没有鱼鳔。

里收集若干,用来验证某个假设:这些卵子当中既有可以发育为小太阳鱼的受精卵,又包含某些可以发育为单倍体“兵鱼”的未受精卵。她还希望自己可以检测马尾藻那丰富而多样的生物群,比如成队浮游的等脚类动物、虾类、“拇指水母”。太阳鱼的幼体以“拇指水母”为食,而三脚章鱼和其他鱼类则又以太阳鱼的幼体为食。

太阳鱼的确是一种令人啧啧称奇的生物,它们完全群居生活,如同蚂蚁、蜜蜂和鼹鼠一样。它们同时还拥有幼态延续[①]的“兵鱼”和负责生育的“鱼后”。“鱼后”不仅像地球上的太阳鱼和比目鱼那样丧失了两侧对称性[②],而且其消化系统、眼睛以及大部分神经系统也都退化消失。此外,它们如同珊瑚或地衣,也是一种共生体。“鱼后”浓密的捕猎触须将浮游生物过滤并消化,从共生的“彩条水母”那里压榨出富于营养的结节带状物,而那正是“兵鱼”群的食物。“带草”和“鞭草”在它们背部的外壳上扎根,将糖分和脂质渗入它们的血液之中。没错,它们确实令人惊叹,完全不同于地球上的任何生物。

太阳鱼通常在金星上的浅水区漂流,过着孤独的生活,然而每过十七年它们就会转移到孵化后代的马尾藻区域,并在此完成交配,繁育全新的下一代,然后步入死亡。它们很可能是根据地磁场和化学因子(另一个有待验证的理论)寻觅而来的。卡娅的观测和数据有助于一项针对太阳鱼生命周期的多学科研究项目。该项目是国际生物年会组织的一部分,它是一座里程碑,标志着人民共和国的金星殖民地与美利坚合众国、英联邦之间的外交解冻,以及后来日益加强的合作关系。

中央大屏幕上,两条太阳鱼在血黑的水浪中缓慢旋转。屏幕自左至右,宽广的视角显示其他太阳鱼也一对一对动作艰难地“锁定”在了

---

① 指一个物种把幼年的甚至胎儿期的特征保留到幼年以后甚至成年期的现象。

② 从扁形动物开始就出现了两侧对称的体型,这使得动物有了前后、左右、背腹的区别,从而能够更好地适应环境。

一起，幸存的“兵鱼”互相发泄着“怒火”，有些小个的失败者则被撕成了碎片。

卡娅要求阿卡迪·萨伦采夫将机器升高。飞行器围绕整个区域盘旋，她心无旁骛地专心观察，尽量确保自己可以在涡轮风扇发出巨响并颤抖启动时完美捕捉到每一对太阳鱼。片刻后，一名水兵斜靠在小隔间的舱门口，叫阿卡迪带上飞行器走一趟。

卡娅对此表示抗议，水兵无法反驳，同时也不屑回答，只是丢了一句：“奉切尔诺夫上尉的命令。”

卡娅推开他俩，一把抓住舱梯，爬到水滴状的驾驶舱里。梯子运用白色木头和打磨的黄铜镶边，在烟雾缭绕的昏暗环境下闪烁着微光，这总会让她想起工程师工会食堂。每逢她过生日，她母亲——建筑师伊格纳托娃都会为她准备一份美味佳肴：一块牛排和一些人工栽培的野蘑菇。驾驶舱内，飞行员和操控员弓着背，盯着各种开关、刻度盘以及电脑屏幕，上尉弗拉基米尔·切尔诺夫在他们后面正襟危坐，慢慢地品尝着一杯红茶。他们三人全都佩戴着笨重的头戴式耳机。“里海怪物”艰难地掉头，驶离马尾藻区域。驾驶员握着腿边的操纵杆，使其缓缓前行。随后“里海怪物”开始加速，驾驶室后的鸭翼上，涡轮风扇发出愈加强大的怒吼。

起飞时机体倾斜震动，卡娅站在舱口振作精神，并抓起一只备用耳机来抵御这不可思议的噪声。她费了好大工夫方才明白，只有等待上尉主动瞥见自己，才有机会同人家说上话。然而这只有到“里海怪物”飞行平稳之后才可以。

“里海怪物”是一部著名的改装机器，它的外形犹如一艘巨型飞机，然而实际上却是一部利用翼地效应①来飞行的机器。涡轮风扇和

---

① 一种流体力学效应。它能使飞行器的诱导阻力减小，同时又有比空中飞行更高的升阻比，利用上下压力差致使机体上升。

坚实的方形机翼共同产生缓冲气流，从而让机体在空中悬停。这是一头远程轻装甲巨兽，最高时速可达三百节。此刻它正在做急速飞行，于五米高的水浪上方掠过，穿越了海百合暗礁一带泛起水花和泡沫的碎浪区。根据切尔诺夫上尉的命令，“里海怪物”正驶向人民共和国最北端的前哨站——马卡洛夫矿场，调查一桩紧急事件。

“很抱歉缩短了你的研究工作，”上尉告诉卡娅说，“两天前矿场送来一个令人担忧的消息，而且此后再无音讯了。虽然我们不是距离最近的飞船，但也可以抢在别人前头赶到那里。”

他脸上丝毫看不出一丁点的歉意，似乎还在沾沾自喜着。这个男人长着一副结实宽厚的肩膀，脑袋滚圆，身穿一套海军热带制服——下身蓝色短装，上身一件蓝色短袖夹克外套，内搭一件条纹汗衫——他这种冷酷傲慢的态度使卡娅想起了那个有虐待倾向的解剖课讲师，他喜欢揍学生，还命令其说出他任意扔在面前的骨头取自哪种动物身上。

虽然切尔诺夫上尉谨慎礼貌地对待卡娅，却不屑掩饰其对卡娅研究的鄙夷之情，同时也瞧不起她与美国及其盟友英国的合作关系。切尔诺夫是一位战争英雄，十年前同美国自由主义海盗作战，策划并实施了一次大胆的突袭，最终抓获了某一位杀人如麻的军事头领。他无视部队里的指挥层级，却因战功卓著的好名声令共和国海军不会因此而开除他。上尉还获得了一枚奖章，还平级调动至调查分队，但此事却让他埋怨至今。

卡娅问上尉正在应对什么问题，上尉淡淡一笑，上下打量卡娅一番，随后说：“你或许会感觉有意思……若情报属实的话，矿工们声称自己被一群野兽袭击了。”

“野兽？什么样的野兽？”

“最有可能就是美国那帮狗杂种。”切尔诺夫上尉说。他如同往常一样，正对着卡娅左肩后面的某一个点说话，就好像在对卡娅身后子虚乌有的鬼魂说话。“如果真有野兽，而且不是美国佬要的把戏，那么你或许能够帮上一点忙。不过在此之前,你最好还是尽量回避,我的人必须要做好准备,应付麻烦。”

在短短五小时之内,“里海怪物”飞行了两千公里。其间,卡娅研究了四轴飞行器抓拍到的照片,将它们分门别类,并进行了若干项初期测量。她独自在餐厅的长通道(若需求上升的话,飞船可作为战地医院使用,届时走道能够再拓宽一倍)里随便吃了一点,然后起草了一份措辞尖刻的抗议书,准备上诉到IBY[①]委员会、海洋生物研究所以及国防部。然而她知道自己是永远不会将这份材料递交上去的。就像她母亲常爱挂在嘴边的话,谨慎小心地开战,然后在自己脑子里打打就算了。如果发起挑战却最终失败,那么没有人会记得你当初的正当性。

涡轮风扇产生的震动使她水杯里的水出现一圈持久涌动的微波。

野兽袭击了马卡洛夫矿场的矿工?卡娅对此深感不解。虽然金星的浅水海域拥有一个庞大的生物群系——太阳鱼、“短号鱿鱼”、“莫克龟[②]”等等,然而大型物种并不太多。它们只是少量地出现在美国人登陆的北部大陆,以及南半球的数千座岛屿、海岭和环礁上。因此,发现一种足以杀死人类的食肉动物可以说是一件天大的事。这或许是一群集体捕猎的爬行动物,或是某种超级鳄鱼,再或许是——仅仅是或许——某种类似虎狼的奇珍异兽。

她返回原处继续工作,清点着太阳鱼,测量着它们的参数,跟踪某些个体的浮游路径……试图从这次被缩短的观察活动中挤出尽可能多的数据。在某些时候,她会注意到那风扇轰鸣声降低为温和的震动。“里海怪物”再次漂浮到水面上,由辅助发动机朝前推进,穿越层层水

---

① 国际生物年的简称,下文均沿用“IBY”。

② mock turtle,取自小说《爱丽丝梦游奇境》里的人物,而此名又来源于英国维多利亚时代的一道名菜。当时龟汤被视为珍品佳肴,后有人用牛羊内脏进行仿制,遂得名为“仿龟汤”,即“莫克(mock)龟汤”。

气和浓雾。切尔诺夫上尉同军士长一道，站在驾驶舱后边一小块由栏杆围住的瞭望甲板上。两人都把手枪佩戴在身后，望着海岸线的长影于大雾中逐渐显现，那便是神秘的赤道大陆。

二十亿年前，在最后一个地质大变化的时代，金星的地幔里涌出了大量熔岩。它们穿过地壳上狭长的纵向裂缝，最终抬升到地表上来。这些喷溅而出的岩浆和各种矿物结晶体共同形成了一块拥有不同层状岩层的巨大地质盆地，包括含钛的磁铁矿辉长岩以及大量的锡和铁。盆地的地势陡峭倾斜，一半浸没于水中，唯有一处边缘是裸露在外的，因而形成了一片狭长的陆地，环绕于半条金星赤道上。火山山脉、盐碱地和沙漠大多灼热无水，是完全不适合居住的地区。然而有一股寒流在南部海岸生成，它终日滋养着雾气缭绕的海岸，维系了一个在金星别处很难寻到的生态系统。人民共和国在那里建立了好几个矿场，开发利用其蕴含的钛、锡矿石、铜、银、铂金和铋等地下储量，而且还对矿场北方的荒漠地区宣称主权。

这便是“里海怪物”正在驶向的海岸，那条浸没在一片迷雾和诡异气息中的海岸。

卡娅所望之处，出现一道恰似珍珠般亮泽的光线，同时裹带着一颗颗转瞬即逝的“彩虹”。这种贴身黏糊的土耳其式沐浴犹如一条湿毛巾，将她周身包裹了起来。备用发动机的嗡嗡声和水波的拍打声在这片沉闷寂静的环境中显得尤其吵闹，而此时远处也传来了某种回响，它微弱得很，断断续续的，却又连绵不绝。

“我没看到什么野兽，”弗拉基米尔·切尔诺夫上尉转身对卡娅说，“不过我确实听到了某些动静。博士你也听到了吧？你能对此给出一个专业性的看法吗？”

“听起来像是狗叫，”卡娅说，“一群狗……有一群狗在叫唤。那些矿工养狗吗？”

“我觉得应该没有，但猪倒是养的。那些猪可以吃掉厨房里的泔脚,同时还能提供新鲜的猪肉。那里的矿工都是乌克兰人,而乌克兰人个个都喜欢吃猪肉。如果资料记录无误的话,那里是没有狗的。”

“好吧。不过那声音听起来更像是狗叫,而非猪嚎。或许有人私自携带了宠物,或许那地方配备了几条看门狗,而手续文件却遗失或放到别处去了。”

“或许吧,但也有可能是那些杀人吃肉的野兽,而它们的叫声又恰巧跟狗很相似。”切尔诺夫上尉说。一副沉甸甸的望远镜挂在他脖子上,这或许是一种地位的象征,因为在这片大雾里望远镜根本没有用。

“说不定是科学领域的新事物。”卡娅说。她不愿意上他的当。

“科学还不能解释所有东西,”切尔诺夫上尉说,“博士,这不就是你研究太阳鱼的原因吗?不仅仅是想和美国人交朋友,还希望学到更多知识。我们现在正位于一块未开发大陆的边缘地带,或许你可以在这个地方学到不少东西呢。”

“或许它们真的是狗,一群美国人的走狗。”军士长说。

军士长体格健壮,爱发脾气,鄙视的目光一瞥,甚至比上尉的还要短促。不过至少他们都直接袒露了自己的好恶,不像那些在海洋生物研究所里的大男子主义“化石”。况且这也与卡娅的女性身份无关——一个敢于主张自己观点并拒绝承认性别弱势的女性。上尉和军士长之所以不喜欢她参与其中,是因为IBY在政府机关里树敌甚多,如果和平主义的绥靖政策与科学真理之间的不稳定“结合”最终失败的话,那么其衍生的后果将会牵扯到所有相关人员。也正因如此,卡娅才会理所当然地被上级派来做太阳鱼项目;也正因如此,卡娅想要一举成功。

“到底是狗,是猪,还是野兽,我们要把事情搞清楚,而且必须尽快。”切尔诺夫上尉告诉卡娅说。只此一次,他说话的时候正面直视着卡娅。那轻蔑的态度似乎像“冰河期[1]”那样慢慢地融化了。上尉放松了下来,几乎有些兴高采烈,因为这是一项海军任务,他们已无须再对卡娅和IBY负责了。“如果美国人还没有来,或者在哪个角落躲着等我们,那么他们很快就会出现的。他们声称截取了那一通令人不安的电话,还说要过来帮忙。这里没有飞机场,地面的状况也不理想,有太多奇山险峰。所以说一切的东西都要从海上运来,打海上送走。我军一艘护卫舰将在三天之内到达这里,不过美国人所谓的科考船明天就会到。”

马卡洛夫矿场绵延在一片由沙堤[2]掩护而成的天然海港边缘,它在浓雾的遮盖下完全是一团模糊的影像。我们根本无法使用四轴飞行器或激光雷达来侦测这座港口及其周边区域。红外影像显示,此时那些通常会开空调的楼房与周围环境的温度不相上下;除了在港口起重机上有一人的足迹之外,没有丝毫迹象表明此地有二十六个人工作和生活,或者也可以推测野兽已经袭击了他们。

“里海怪物”放下船锚,拉响汽笛,喷出一团火焰,好似在大雾高处亮起了一颗暗淡的红星。军士长用高音喇叭呼叫矿工,然而岸边没有人出来打招呼,无线电里也毫无应答之声。不仅如此,当登陆先遣队员驾驶一艘充气橡皮艇朝浮动平台而去的时候,没有任何人在狭长的码头边等候。

切尔诺夫上尉跳上平台,拔出手枪,飞速跑上楼梯。军士长紧随其后,还包括飞行器操控员阿卡迪·萨伦采夫以及七名水兵——大部分“里海怪物”船员。卡娅也跟在众人后头,她满怀期待,心脏扑通扑通地乱跳。当她到达楼梯顶部的时候,已是满头大汗,帽子也被浸湿了。

---

① 地球表面覆盖有大量冰川的地质时期,亦称为冰川时期。

② 由岸边水面上沉积下来的沙土逐渐形成的小块陆地。

男人们左右散开,呈半圆形队形,纷纷举起手枪和卡宾枪对着眼前这团大雾严阵以待。起重机的轮廓像一具骷髅,旁边是乌黑的矿石堆,还有一排低矮的平顶楼房,后头一座高耸的天线塔若隐若现。远处那种“狗叫声”从未间断,如同一台机器不知疲倦。

切尔诺夫上尉不去理会这些,他站在那里,双手插在屁股后头的裤袋里,抬头仰望起重机的支架。只见那长臂的突出部被一块块潮湿模糊的横幅遮盖住了,但刚好可以在末端的位置上辨认出一个人影。切尔诺夫命令他下来,但那人没有应答。军士长朝他脚后一米处的钢板上开了一枪,然而他还是毫无反应。只闻枪声在这座大雾笼罩的码头上响彻回荡。

切尔诺夫上尉将双手拢成杯状放到嘴边呼喊:“下一发就朝你腿上打!”

可仍旧没有回应。所有人都站在原地抬头望着那名男子。那单调的“狗叫声”没有停息,依然在这片大雾深处“咳咳咳”地叫唤着。

“再开一枪。”切尔诺夫上尉告诉军士长说。

“我要上去。”卡娅说。

“我分明说过,叫你回避。”切尔诺夫温和地说。

“我受过合格的医务训练。”卡娅说。严格而言此话不假,她曾经在少年先锋队[1]夏令营里接受过基础的急救训练。“那个可怜的家伙大概是受伤了,没人帮忙的话可能爬不下来。”

“他也有可能是一个美国人。”军士长说。

“你能把他带下来?”切尔诺夫说。

“我可以给他诊断一下,然后跟他谈谈心。最终下不下来,还是由他自己决定。”卡娅想法单纯地说,接着便向后跳入这片未知的水域中。正如她母亲时常看在眼里的,卡娅这个人总是三言两语就把自己牵扯

① 少先队同红领巾一样,并非中国独有,而是在社会主义国家中普遍存在的。

进麻烦里头。

“这不行,博士,他下来与否要由你来决定。”切尔诺夫上尉说,然后转身对她冷淡地笑了笑,“不要让我失望哟。”

在楼梯钢制的脚蹬横挡上,凝结的水珠不停向下滴着。当卡娅攀爬的时候,手指和脚底都在打滑。待终于到达操作室那个玻璃加金属结构的小房间,她抓住栏杆大声呼喊,问那个男人需不需要帮助,语气尽量热情友善一些。可那个人没有回答,他趴在长臂远处末端,双手抱住一根钢梁,如同搂着久违的老情人。卡娅与那个人只相距十米,但他甚至不转过头来看卡娅一眼。

卡娅咒骂了一句,然后翻身爬上钢架,朝长臂顶部移动。底下的人如蚂蚁一般,令人头晕目眩,卡娅尽量不去看。她再次向那个人呼喊,请求他报上姓名。此时那人动了动,翻过身来尴尬地瞧着卡娅,仍旧抱着钢梁不放。他的眼睛深陷,就像只有瞳孔一样。

“现在你安全了,”卡娅一边说,一边试图鼓起自己并不具备的勇气,“请到我这边来,我会帮你下去的。”

那个人终于动了一下嘴巴,可是没有说出只言片语来。他很年轻,比卡娅的岁数要小,身上穿着一件蓝色的工作服,外加一双厚重的工作靴。

“那好,还是我过来吧。”卡娅说。

然而当卡娅刚开始朝他移动几步时,长臂就在她脚下危险地颤抖起来,那男人朝后方一弓背,犹如一只发狂的毛毛虫。卡娅停下脚步,告诉他一切都很正常、很安全。那人却闭上眼睛,不停地左右摇头。此时的他已经蜷伏在长臂的最末端了,就在绞盘的旁边。

切尔诺夫上尉大声呼喊,问卡娅为何拖了这么长时间。那个男人往下边看了看,然后又望了卡娅一眼,接着他慢慢抬起腿,像走钢丝表演者那样张开双臂,在茫茫迷雾的边缘保持着平衡。

“等等!”她说,“不要!”

他真的跳了。

卡娅闭上了眼睛，片刻后底下传来一阵夯实的水溅声，以及一记沮丧的惨叫。

当卡娅返回到地面上，切尔诺夫上尉说："博士，你的疗法确实有作用呀，不过很可惜，把人给治死了。"

那个狗娘养的想必是一边看着卡娅爬下来，一边琢磨出这么一句挖苦的笑话。卡娅说："他是被吓死的。"

"被你吓死的？"

"应该是被他自己的'噩梦'吓死的。"

卡娅的双眼仍然盯着上尉，因为她不想去看那具尸体。

"起重机有二十米高，"军士长说，"不管那个人到底害怕什么，想必是非常恐怖的。"

"而且那可怕的东西还在那儿。"卡娅一边说一边指向远处"狗叫"的方向，那声音自始至终都未停止过。

"你肯定非常想获得一个成名的发现，不过我们首先要确保矿场安全。"切尔诺夫上尉说。他选派了两名水兵守在船边，其余人一起行动。

"小伙子们，照看好博士，"军士长说，"她没有武器，也不如我们跑得快，而且她比你们咸湿的屁股要香得多。"

"这里有二十六个人，"卡娅说，"全部都是男人？"

"当然，"军士长说，"他们是来干活的，不想被分心打搅。"

"全都是男人，"卡娅说，"干得也不怎么样，对不对？"

他们迅速搜遍了各幢楼房、宿舍、餐厅、办公室和商店，还包括在一间由混凝土和波纹钢搭建的小屋里嗡嗡作响的两台发电机，以及一间实验室和一个小诊所。有一个冷藏库里存放了三具用黑色塑料薄膜包裹起来的尸体，其中一具因某场事故而损坏严重，另外两具看起来像是自杀——电线绕颈、手腕割伤。在宿舍群后面又发现五具尸体，他们横七竖八地躺在地上，双手被人捆绑，胸部疑似被枪击穿，而且房屋的板墙上也留有许多弹孔。另外还有一具尸体躺在天线塔下面，他的脖颈已经断裂，卡娅推测是攀爬时摔落所致。

“爬上去躲避野兽，就像起重机上面的病人？”切尔诺夫上尉说，“没准儿是在拼命躲避那些射杀他朋友的美国人吧。”

“要不就是因为长期困在这片该死的大雾里，导致他们全都变疯了，”军士长说，“然后就发生了口角，不料后来态势失控……”

“大概是由于某些逼他们发疯的东西。”切尔诺夫上尉若有所思地说。

预制房[①]里空空如也，不过留有人员匆忙离开的痕迹。餐厅里一盘盘食物早已腐烂，办公室里的文件撒落一地。在一间宿舍里，一张唱片在留声机上旋转着，发出诡异可怕的滑动声，直到切尔诺夫上尉将唱针抬起为止。存枪的柜子大开着，里面却是空的。除了那排成一线被射杀的五人之外，没有发现任何打斗的痕迹，同时也毫无血迹，别的地方也找不到一个弹孔。仍旧下落不明的十六个人没有留下丝毫蛛丝马迹。

“他们跑了，或者被关了起来，”切尔诺夫上尉说，“如果他们跑了，我们会找到他们；如果被关了起来，我们会抓住那群为非作歹的美国人。”

“恕我直言，我觉得这件事情与美国人无关。”卡娅说。

“那些所谓的和平主义者袭击我们的拖网渔船和商船，然后用人质来换取赎金，”切尔诺夫上尉说，“一旦得不到赎金就撕票。至于此地的情况嘛，或许是由于他们使用了某种心理武器所致，或者是某种瓦斯、挥发性药物等。待这里的人都被逼疯后，美国人就大摇大摆地走进来，打死几个尚有能力反抗的，然后将其余的人统统掳为人质。博士，

① 工地上用预制板搭建的简易房屋。

我看你好像不太喜欢这个假设。好吧,对这里所发生的一切,你要是有更好的观点,请不吝赐教。”

“我没有足够的证据来支持一个假设。”卡娅说。她意识到这句话听起来非常呆板执拗,而且还带有浓重的辩解意味。

上尉笑了。他和卡娅待在一起时感觉很享受。“你希望找到野兽,想要出名。好吧,咱们这就去找找。”

切尔诺夫上尉和军士长带领水兵们沿码头前行,卡娅跟在他们后头。众人路过一座座犹如金字塔般的矿石堆以及一排铰接式自卸车:这是六轮驱动的强大机器,坚固的轮胎几乎与人等高。他们在大雾中谨慎慢行,检查卡车底部、船运集装箱以及放置空板条箱的架子。阿卡迪·萨伦采夫来到队伍后头同卡娅聊天,问她是否真的相信是野兽袭击了矿场,而野兽此刻是不是正在食用那些被他们杀掉的人。

“上尉认为我是这么想的。”卡娅说。

“你觉得他错了吗?我是说那个把人逼疯的东西……”

“如果非得做一个猜测的话,我觉得可能与这种与世隔绝的状态有关,”卡娅说,“对了,还有这大雾。”

“你觉得这件事同美国人没有关系?”阿卡迪·萨伦采夫说。

他笑起来的时候非常灿烂,为人不拘小节,还在条纹衫的脖颈处织了一条红色的丝巾。他从夹克衫的口袋里拿出一包香烟,递给卡娅。当她摇头婉拒时,阿卡迪把香烟盒塞在嘴里,从中抽出一根来,然后在50口径①瞬爆弹②的弹药箱里拿出一个重汽油③打火机来点燃香烟。

“要是我跟你们不熟的话,说不定还会以为你们的上尉在故意找借口挑衅美国人的科考船。”她说。

---

① 即0.50英寸,约为13毫米。

② 一种在弹头内也填装炸药的子弹,击中目标后在其内部发生爆炸,以形成大威力杀伤效果。

③ 一个相对的概念,利用馏程中某个温度为界点,分为重汽油和轻汽油。

“上尉的父亲早先是开疆者之一，”阿卡迪·萨伦采夫说，“我们每个人都憎恨资本主义者，还有他们的核导弹、超级计算机、尖端的心理武器，其中那些开疆者家庭尤其厌恶他们。对于上尉来说，美国人的支援就意味着人格上的侮辱。”

卡娅曾同一位海军潜水员谈过恋爱。一天夜里，那个男友醉醺醺地告诉卡娅，从前有一个朋友因为潜水计算器发生故障而急于浮出水面。他本来就一直遭受减压病[①]的困扰，当时关节处的氮气泡让他疼得大喊了出来。同伴们给他喝了点伏特加，因为除此之外也无其他东西可以抚慰他了。正当他们的巡逻船朝着最近的港口做毫无希望的冲刺时，一艘美国护卫舰通过求救信息截获了他们。后来美国人带走了那位病人，让他在降压室里接受治疗。男友努力将这件事当作一个笑话来讲，他说那位朋友不仅战胜了减压病，而且还发现了一种醒酒的绝好方法。这种苦涩的故事十分常见，它既包含着疯狂的俄国大男子主义，又透露了浓重的自卑情结。

她对阿卡迪说：“在反对自由主义的战争中，你们的上尉投入了很多个人感情色彩，这一点我是知道的。”

“当初他组织突袭的时候确实违背了上级的命令，不过他抓获了一名重要的军事头领及其党羽，而且还救出了二十多名人质。”

阿卡迪的激情突如其来，使卡娅不得不笑脸相迎：“你认为他是一个英雄吧。”

“两年前有一次，我们接到一个任务，前往一座靠近南极的小岛，”阿卡迪说，“那地方位置遥远，荒无人烟。尽管无人居住，但声明主权仍是十分重要的。曾有一支探险队在那里建造过一个信标，而且还从那儿运载过山羊，目的是让它们繁衍生息并为往来的船只提供新鲜的肉

---

① 由于高压环境作业后减压不当，体内原已溶解的气体超过了过饱和界限，在血管内外及组织中形成气泡所致的全身性疾病。

源。我们奉命前去清洗信标的太阳能板，更换它的蓄电池，然后去看看羊群们现在怎么样了。”

“我猜得到当时切尔诺夫上尉是怎么想的。”

“他坚信自己是在保证人民共和国的边境安全，”阿卡迪说，“至少他当时是这么对我们讲的。接着，我们一股小分队在那里登陆上岸了，可是找不到任何山羊的踪迹，连一根骨头也没有。那里到处都是‘煎饼蟹’，所以我们以为山羊都已死去并被螃蟹吃掉了。该岛是一座火山锥，遍地黑岩，荆棘丛生，满地螃蟹。它们在脚下的岩石堆里观察着队伍。在我们爬往信标的路上，只要一停下脚步，它们就会悄悄地靠近过来。

“火山锥顶部围绕着一圈浓密的羽叶棕榈树带，它们的个头比宏岛上的棕榈树要矮小，然而还是胜过了生长在那里的其他植物。在棕榈树带里也有‘煎饼蟹’，当我们从其间横穿而过时，螃蟹们纷纷从树上掉落到我们身上。它们用吸盘紧紧地贴在我们的皮肤上，迫使我们不得不用力把它们掰开来。这种场面极其恶心，但我们也不觉得有什么危险。山顶上的火山口，其深度很深，像一只巨型的漏斗，底部还有一潭湖水。我们找到信标后，便开始干活。中途休息时，有几个傻瓜在火山口边缘推一块大石头。一个不小心，石头猛然坠落，掉到下面那潭湖水里，激起一大片水花。奇怪的是，波浪散去后，下面又出现了一波涟漪，伴随而来的是一阵阵更多的微波，就好像水底下有什么东西被吵醒似的。”

“你们发现野兽了？”

“什么也没看见，只不过是一些水波而已，况且我们也没办法到下面去。于是我们开始下山，然而此时风向变了，并且还逐渐下起了雨。我们之中有两人慢慢感觉身体不适，事后大伙才搞清这是‘煎饼蟹’引起的过敏反应。雨越下越大，水滴顺风而飘。当我们到达停船的水湾时，巨浪已经翻滚而来，只见船只顺势漂浮起来，悬于港口前的浪尖上。

切尔诺夫上尉脱去衣服游到船上，然而海浪实在太过凶猛，他无法将船驾驶到众人等候的岩石边上。况且当时那两个病人的情况已经相当不妙了，完全没有能力自己游过去。于是上尉将‘里海怪物’的马达关闭，从船上向岸边发射了一枚救生索火箭①，然后运用这根绳索，将病人从海浪上方摇摇晃晃地送到船上，最后我们所有人都得救了。”

“那野兽怎么样了呢?”

“我们没有回去查看。不过在我们等待被救的时候，我们产生过一些糟糕可怕的念头。我们想象它从火山口内侧的悬崖峭壁上爬出来，然后朝我们居住的地方进发……但重要的是，不管旁人怎么评价上尉，他自己终究不是一头野兽。他在战时做出了正确的决断，高层之所以要处罚他，其实是因为上尉搞得他们很难堪。快听，那不是狗叫，对不对？任何一条狗都不会这么叫唤的。”

“听起来也不像是猪。”卡娅说道。

那单调的吼声响彻天空，此刻感觉更近了一些。红千层②树林覆盖了一块低地，那吼声就从低地以外的某个地方传来。当卡娅和阿卡迪两人正在举头张望时，切尔诺夫上尉和三名水兵摆开了队形，分头跑动过去，他们从树林两旁绕过，消失在一片茫茫白雾之中。

眼看着两分钟过去了，三分钟过去了，可是并无枪声传来，也没有叫喊的声音。卡娅紧张地眺望着那片迷雾，心脏被吊到了嗓子眼。她急切地想知道那种声音到底是从什么东西的身上发出来的，然而她的下意识却在告诫自己赶紧跑，溜得越远越好。阿卡迪又点起了一根烟，卡娅假装没有看见他点烟时打火机上那团闪烁的火苗。此时那种叫唤声仍旧不停歇，最后有一名水兵出现在山脊上，于大雾之中形成一抹影子。只见他举起双臂放到头顶上，呈剪刀状来回挥舞，以此来表示安全

① 救生索头部装备小型火箭，用于海事救生活动。

② 又称瓶刷子树，为桃金娘科的常绿灌木或小乔木，原产于大洋洲。

无事。

山脊的另一侧有一个菜园子，规范整齐地种植着土豆和卷心菜，四周围有一圈双层铁丝网栅栏以防“煎饼蟹”。菜园子绿意盎然，与外头天然的紫色矮树林迥然不同。那里还有一片光秃秃的围场，木桩围栏架起电线，而两头猪就躺在泥坑里。它们叫唤的时候，身体两侧就会鼓起。每咳嗽一次，鼻口中就会喷溅出带血的唾沫。距离不远处躺着另三头猪的尸体，一群群贪婪的“煎饼蟹”你推我搡地钻进钻出。卡娅靠近栅栏，一股腐败的臭气迎面袭来，似乎给白茫茫的天地抹上了一缕单调的悲伤色彩。

“博士，这就是你的野兽，”切尔诺夫上尉告诉她说，“要不要检查一下？”

军士长想帮那些猪儿们了结痛苦，而卡娅说应该先搞清它们感染了什么。切尔诺夫上尉表示同意，这让卡娅倍感意外。

“这种症状可能是神经性毒剂导致的反应。”他说。

“说不定是从当地的生物群系里感染上了什么。”卡娅说。

“本地的病毒不会传染给人类，”切尔诺夫上尉说，“或者猪。”

“这种情况的确没有发生过，”卡娅说，“但地球生命和金星生命在基因密码上是一致的。据此推测，两者说不定还拥有共同的祖先。对于金星的病毒和细菌而言，人和猪只不过是有待入侵的新型黏膜而已，都是可以利用的新型细胞质罢了。”

“当初你要找野兽，”切尔诺夫上尉说，“而现在只想查金星流感。博士，看来你的期望正在降低哟。如果你真想帮忙的话，请协助萨伦采夫先生搜查办公室，去寻找个人日记或工作日志，以及任何可能透露近几天情况的文字记录。同时我必须去寻找那些失踪的矿工，虽然我已经确信那是海底捞针了。”

“因为美国人把他们带走了？”

“我相信你同其他科学家一样，都是信奉逻辑的，而逻辑告诉我们，如果矿工不在这个地方，那就必定在别的什么地方。”切尔诺夫上尉说。随后他吩咐阿卡迪，命其确保伊格纳托娃博士的人身安全，随后同众人齐声一吼，领着队伍跳上两辆卡车，朝露天矿井进发。

卡娅在矿场的小诊所里发现了一本日志，翻阅到一条三周以前的记录，上面写着两名男子身上类似流感的症状：发高烧，手脚不自觉地颤抖，夜间盗汗，24 小时内又重新复原。然而到了那时又有更多人受了感染。疾病迅速传遍整个营地，似乎每个人都被病魔击倒，其中也包括兼任矿场军医的药剂师在内。卡娅在实验室里发现一张照片——药剂师同自己两个十几岁的女儿一起站在宏岛上“第一个脚印”纪念碑前：他的身材过度瘦长，头发呈淡茶色，高高的额头，还戴了一副厚框眼镜。卡娅先前见过这个人，他就是被枪毙的那几人之一，名叫格奥尔基·日安诺夫。

格奥尔基将这种病症称为“24 小时流感”，自最后一人患病后一周起，他在日志里仅仅做了常规的记录，接下来便有一条关于自杀的简要内容——*有一名男子上吊身亡，而另一人在卡车前徘徊*。随后是更多条记录：*拳击、非致命性刺伤、醉酒导致的骨折；两人在同一晚失踪，次日第三人也不见了；一人被发现爬在树顶上，被救下后于次日死亡，手腕处被割开；一人上吊自杀；另四人失踪*。最后一条记录格奥尔基·日安诺夫用优雅的斜体字写下：*那些诡异又鲜活的噩梦让我备受煎熬*。

卡娅找到几张足以证明自杀死亡的表单，同时还附有血液检测记录。格奥尔基·日安诺夫运用他的气体质谱仪[①]进行了几次样本分析，意在找出重金属和有毒物质。可他只发现了微量的锡和钛，而且全都在期望值的范围以内。另外，日安诺夫也对那两头猪的血液进行了检测。卡娅感觉后脊梁一冷，此地的人全都病倒了，而同时猪也不行

① 用以监测气体并做过程分析的仪器。

了。格奥尔基·日安诺夫一直在努力寻找其中的联系。鉴于他本身也是冶金学家的关系,故而运用了自己本行的专业工具。

在他小实验室的墙上,挂了一幅地质图。卡娅非常仔细地对其进行研究。宽阔的海岸线与沙堤平行;一块黑色矩形标志着矿场所在的位置;一系列陡峻起伏的山脊位于后方,其已知的矿藏都用红色点画法标了出来;露天矿井的位置以矩形网格线标注在第一座山脊上。她用手指沿着山脊顶部移动,记录下那些最高点。

阿卡迪·萨伦采夫搜查矿场指挥官凌乱的办公室,同样也有所发现。

"是鱼。"他告诉卡娅说。

"鱼?"

"嗯,很多鱼。"阿卡迪拿起一张光碟晃来晃去,"咱们真走运,指挥官喜欢自制录像。"

这是一部剪辑粗糙的短片。镜头水平摇摄,覆盖了沙提上一群群黑色的鱼。沙堤渐渐淡入大雾之中,而那些黑色的鱼在浅浪中上下浮沉。随后,镜头拉近到一条鱼身上,只见它在水中晃动,接着就自己跳了出来,落到一堆已经死去或行将死去的同伴身上。这些鱼体形扁瘦,带有鳞甲,鱼鳃口周围呈灰白色,眼珠为球根状。有一个近景把摄像师的靴子也拍了进去,一旁有几条鱼在绕圈扭动,拍打着尾巴。人们把鱼儿装进桶里,再将其倒入船上一只大油桶里。有的人还把鱼扔回大海,有的则互相抛来抛去。一辆小型推土机在大雾中来回往返,将泥土和那些鱼一同铲起,推入水中。海水被染成了黑色,前来觅食的"叫花子"们搅起阵阵水花,把大海给激怒了。

卡娅坚持要重放一遍刚才矿工干活的场景。十人、二十人、二十五人,连同那个摄影师,即指挥官在内,总共二十六个人。也就是说矿场里的每个人都参加了这场死亡海滩派对,而且无人穿戴防护服。多数只穿了一条泳裤外加一双拖鞋,有几个甚至还脱得精光。

“这是什么时候?”她问道。

“四周以前。”他说。

“一周以后他们就开始生病了。”她说,猛然想起格奥尔基·日安诺夫的记录。自杀……失踪……令人费解的梦境记录……

阿卡迪给她看了指挥官的日记。该日记上写道,前往搜查矿场后方森林的巡逻队看到了几个人,或几个人形的动物,还听到了诡异奇怪的声响。在日记末尾处,指挥官的笔迹龙飞凤舞,演变成一条锯齿状的涂鸦。最后一条记录尽是些难以辨认的单词,同时还有自绘的骷髅、长有獠牙的鬼脸以及滴血的匕首。

“所以你觉得是因为那些鱼,”阿卡迪说,“鱼把病毒传染给了我们,或者说我们食用了那些鱼之后才患了病,在身体上和精神上都出现了问题。”

“或许情况比这还要复杂一些,”卡娅说,“我觉得他们拿了几条鱼去喂猪了,我得过去检验一下。”

她在小实验室里找出一个装有乙烯基手套的盒子,还有一副她用漂白粉浸泡过的面具。这些保护措施并不算多,却也是目前能够找到的最高防护了。卡娅没有全套防污染服可穿,因此不想离猪太近。于是她和阿卡迪拿来一根脚手架杆子,在末端用胶带绑上一只茶杯,制作了一个可以用来取样的器具。经过一番手工操作以后,他们收集到了少许猪的口水。她将其当作钚[①]那样对待,小心翼翼地倒入一个塑料瓶里,并在瓶子的外头包上两层袋子。

她注意到实验室里至少有六台显微镜保存在未开封的盒子里面,这毫无疑问是物资供应上的纰漏,此问题同样导致了在中央库存调拨给“里海怪物”的罐头汤里唯有南瓜汤一种,而没有别的品种。卡娅将其中一台搬到满地狼藉的厨房,安置在刀痕累累的切肉砧板上,然后拿

---

① 一种危险的放射性元素,原子能工业的重要原料。

起一根擀面杖，敲碎一块窗玻璃。

“六台显微镜，”她告诉阿卡迪说，“却没有一张玻璃载片。”

她拾起一小片碎玻璃，放到崭新的乙烯基手套上，然后调整一下面罩，将一滴猪的唾液涂抹在玻璃片上，随后把它放到显微镜的载物台上。卡娅弯下腰，调整准焦螺旋，直到最后在涂片上完成聚焦。

没有任何发现。

玻璃片在载物台上前前后后夹来夹去，卡娅的眼睛随之左右扫视，转动准焦螺旋的指尖已经开始冒汗。此时卡娅体会到了一丝恐惧，遥想起当年在本科操作课上未能搜寻到观察的目标的情景。

“你看到了什么？”阿卡迪问。

“没什么，说明不了什么。”

在给病猪取样的路上卡娅已经阐述过自己的想法，格奥尔基·日安诺夫的研究思路是正确的，只是找错了地方。她告诉阿卡迪，在地球上疾病会从动物的身上传染给人类，即“动物源性传染病”。这种烧坏大脑的流感可能就是其中的一种。矿工们用生鱼——自己送上门的免费蛋白质——来喂猪，鱼类感染的病菌就在动物身上“茁壮成长”了。那几头猪成为了反应容器，患上了疾病，咳出带菌的痰液。或许那个喂猪的人首先生了病，然后再传染给了同伴；又或许人们是在食用了未烧熟的猪肉以后才受了感染。卡娅一直希望这是某种寄生物，某种她可以在显微镜下看得到的东西，比如虫类、真菌、孢子、囊孢等。

“某些可以拿给上尉看的东西。”阿卡迪说道。

他果然是个悟性很高的人。

“这可能是细菌，”卡娅说，“或是一种病毒。一般来说，病毒与可见光的波长差不多，所以很难用常规的显微镜来观察它们。等我把样本送到设备齐全的实验室里，就可以确切地知道那是什么。不过我敢肯定这是某种来自本地的东西，某种能够影响宿主举止行为的东西。它使那些鱼自己跳上岸，使矿工产生幻觉，使他们相信自己正遭受袭击，使其中有些人了结了自己的生命，而另一些人则剥夺了同伴的性命。我认为其余的矿工应该是逃到荒郊野外去了。”

“但是你没法证明。”

“此时此地还无法证明，除非切尔诺夫上尉已经找到了那些失踪者。”

然而他没有。上尉的搜索分队扫遍了一个又一个露天矿井，带回来两具发现于笔直岩壁底部的尸体，可是没有寻觅到其余矿工的踪迹——卡娅清点过的那六个人。切尔诺夫上尉确信他们已被来袭者绑架或杀害，不过他倒也听取了日安诺夫的记录，而且还观看了那盘录像。

最后上尉说：“猪生病了，人也生病了，所以你想从中找出联系——你说那个叫什么来着？”

“动物源性传染病。”卡娅说。

“可是你没有证据。”

“但时间上很吻合呀，人开始生病的时点恰好就在他们捕鱼之后一周。如果他们拿出几条来喂了猪的话，那么也有充分的时间来酝酿一场传染病。”

“停在吊车上的男人呢，他当时有没有咳嗽？没有，他不是在咳嗽，而是脑子疯掉了。还有那些我们发现的死人——他们要么自杀，要么被枪毙，全都不是因为什么寄生虫的关系。”

“人和猪确实很类似，但两者并不是完全相同的……”

“那些猪的病从鱼身上来，这并没有什么不可能。但人身上的症状就不同了，他们的精神显然受到了影响。”

“在地球上发生过很多寄生虫影响宿主行为的病例。”卡娅说。

“我们不是在地球上，”切尔诺夫说，“而且这也和寄生虫完全不沾边儿。那些矿工被逼疯了，这一点是很明确的。可他们是被什么东西逼疯的呢？我觉得这很可能是某种心理武器的试验结果，或许是某种毒气、一种会让人神志不清的非致命性武器。美国人将它布置在这么一个偏僻的角落来观察结果，然后抓获幸存者。现在他们回来了，假装是来帮忙，其实是想逮捕我们，以防我们发现他们做坏事的证据。我的博士，眼下你讲的这种疾病有可能还会帮上美国人一个大忙。你想过吗？假如他们声称这是来源于本地某种人畜共患的疾病，同时提供一些自圆其说的假证据，那我们就不得不把这座矿场隔离起来，说不定还要疏散其他矿场的工作人员。这样一来就等于给美国人留下了一条敞开的、无人的海岸，任由他们去主张领土主权。不过我们是不会走的，我们要捍卫这片土地，要向敌人发起攻击，要把这件事弄个水落石出，要揭露他们在这里犯下的暴行。和我一起干吧，博士，帮我找出真相，而不是什么童话。"

上尉不想看地图，也不愿听卡娅述说最后那批矿工可能的藏身地点。他已经构筑起了一个能够满足自己偏见的故事，而且也不准备改变想法。反正这一切都是敌人干的，他们正在返回犯罪现场，他们必须接受严惩。

军士长和两名水兵奉命留守矿场，其余人全部返回到"里海怪物"上。卡娅并没有被关在客舱里，然而通向瞭望甲板和船体两翼的舱门被锁上了。不仅如此，切尔诺夫上尉还明确表示严禁踏入舰桥[①]。卡娅花了点时间写了一份报告，尽量不去夹杂感情色彩。她不知道会不会有人读到它，但还是必须把事实和自己的结论写下来。

头顶上传来一阵隆隆的轰鸣声和嘎吱嘎吱的响声，卡娅怀疑这是否同安装在"里海怪物"顶部的导弹发射管有关。

等她把报告写完，客舱里再也呆不下去了。"里海怪物"里人头攒

---

① 军舰的"大脑"，是操控舰船和指挥作战的地方，它包括指挥室、驾驶室、露天指挥所等。

动，他们沿着舱梯爬上爬下，制造出十分吵闹的噪声，全然一派欢笑打闹的气氛。三名水兵在餐厅里擦拭卡宾枪，当卡娅在通道里悠闲走过时，水兵们对其漠不关心；当她试图离开并拿走两杯茶时，他们也视而不见。

卡娅在火控舱里找到了阿卡迪·萨伦采夫，给他递上一杯茶水。阿卡迪告诉卡娅，切尔诺夫上尉已经向科斯莫格勒的中央指挥部报告了，他们很重视这个情况，并且已经宣布了一条三百公里长的海岸隔离带，勒令所有美英船只都必须离开。美国人已经提出了一份正式的抗议声明，并且派遣了两艘护卫舰前来支援他们自己的科考船，而后者已经在距离海岸五十五公里处掉头驶离了。阿卡迪将导弹制导系统的雷达图像调到中央主屏幕上：一条狭长的海岸线，一个代表科考船的深绿色斑点，旁边一小串白色的数字。

"我们正在等待进攻的命令。"他说。

卡娅感到浑身的血液都躁动了起来。"向它发射导弹？"

阿卡迪举起茶杯抿了一口。"追上去，捕获它。上尉坚信那条船上拥有针对矿场进行心理战的证据，而且中央指挥部也正在讨论这个看法。"

"可是他无论如何都会进攻的，对不对？就像他以前那样，只不过这一次可能会挑起一场战争。"

"上尉会做出正确的决定的。"

"你心里也清楚，根本没有什么美国人的阴谋，你知道矿工们是因为感染了某种东西才发疯的，你也相信那些幸存者正躲藏在什么地方，就像起重机上面那个可怜的家伙一样。"

阿卡迪望了卡娅片刻，眼神里带着遗憾。"卡娅，虽然我们两人是朋友，可我也是一名共和国海军的军官，而且正在救命恩人的手下做事，"他一边说，一边拉开条纹衫的领子，肩膀上露出一道白色的水疱，"我就是当初岛上'煎饼蟹'过敏者之一。"

“所以你不会帮我咯。”卡娅说。

“我劝你还是让我们履行职责为好。”

“我就料到会这样，”卡娅说，“可是我总归要问问的，因为我不知道自己单枪匹马行不行。”

阿卡迪瞪大了双眼，茶杯掉到了地上。他举起手来，可惜已经太迟了，卡娅拽出一只塞满干豆子的袜子朝他脑袋一侧狠狠敲了过去，随后又复一下，只见阿卡迪垂下了眼皮，身体从椅子上滑落下来，跌倒在地板上。卡娅搜了搜他的口袋，找出一串钥匙，她让阿卡迪侧躺着，摆好一个利于复原的姿势，然后朝最近的一扇舱门走去。

没有人看见她从机翼上跳入凉飕飕的海水里——这次跳水的高度也出乎她自己的预料，足足扎入水面以下一米深。卡娅周身的肌肤感觉刺痛，而同时心里却充满着希望。她游到岸边，没有人拉响警报或朝她开枪射击。卡娅是一名游泳健将，曾经和那位海军潜水员相遇在宏岛高山上的德鲁日巴疗养院里。当时潜水员注意到了温泉池里的卡娅，她只穿着一件内衣，在平静的水里自信地拍打水花，衣服和鞋子都塞在腰间的包里。此地的茫茫白雾犹如一块“天花板”，悬停于距离水面一米的高度，为卡娅的身体盖上了一层薄纱，她就好似在一个密闭的气泡里游泳。

当卡娅靠近码头时，又听到了猪的叫声。她十分懊悔，当初取样完毕后就应该让阿卡迪打死它们。不过阿卡迪很可能会拒绝那么做，因为切尔诺夫上尉要那些猪活着，并以此来证明他那个可笑的说法。

卡娅希望阿卡迪不要因为丢了钥匙而惹上麻烦，她希望阿卡迪可以理解并明白她为何要这么做，期盼他能够冰释前嫌，原谅自己。

卡娅爬上码头，没有人前来质问。于是她跑过矿石堆，奔到卡车停泊处驻足，然后深深地喘上一口气，用心聆听周围的动静。除了可怜的猪儿们在吃力地吼叫之外，此处没有任何动静——没有喊叫声，没有汽笛声，也毫无警告性射击的枪声。她拧干头发，扎起一只松垮垮的马尾辫，穿上衬衣、工装裤以及鞋子，然后爬进末尾一辆卡车的驾驶室里。对卡娅而言，开重型卡车可谓是驾轻就熟，当初在大学最后一年的岁末长假里，她到建筑工地上干过活，而该处的体育中心便是由母亲设计的。打方向，踩离合，一切都轻松自如。她按动开关，巨大的引擎轰鸣起来，此时也同样无人前来问话。然而当卡车开动起来的时候，她从后视镜里看到一个男人正追赶过来。只见他不停地疯狂挥手，接着便消失在身后的一片茫茫大雾之中了。

卡车轻松平稳地开上了一条蜿蜒抬升的公路。卡娅坐在高大宽敞的驾驶室里，空调机猛吹凉风，很快衣服就干了。车子在大雾中高速行驶，卡娅已经不敢再开得更快了。她用仪表盘屏幕上的卫星定位地图来导航。只见道路两旁的红色路灯每隔二十米一盏，犹如在大雾里浮现出一条永不断裂的星带，一头在空中游移，一头于身后消失。

卡娅想象着有人朝卡车追来并于身后疾驰，然而后视镜里没有出现任何东西。此时的大气能见度已经降到二十米以下，她实在搞不清自己是否被人追捕，只有等到追兵出现在卡车尾部的下料口时才有可能知晓。

道路变得越发陡峭起来，卡娅不断地减挡再减挡，直到驶上一段坡顶为止。卡娅努力把卫星定位地图与实际路况结合起来，车子驶过两辆推土机、某些传送带装置，以及一排由预制板搭建的宿舍楼。楼房后面便是逐级抬升的悬崖，上方水平分布的黑色矿储在大雾中若隐若现。卡车向右转弯，穿过一片夯实的泥土地，绕过一个高耸入“雾”的废石堆，后又经过筛石装置的高塔和漏斗处。一盏微弱的红灯在她左侧出现，于是她朝那个方向拐弯，发现了一条通向山脊顶部的道路，此时卡娅终于长出了一口气。

这条路呈“之”字形，斜坡地势陡峭，两旁枝繁叶茂，树木直插入白雾之中。其中有一些类似于针叶树，或是孩童画笔下的针叶树：坚硬的树枝向四周伸展，一串串细针状的马勃菌附在上面，于大雾中凝结出水滴；还有些树上挂着撕破的衣物和帆布，以及天鹅绒细带，它在车头灯的照耀下映射出点点水滴的光亮。马勃菌和破布都被染上了深紫色——金星的植物运用一种近似于视紫红质[①]的颜色来吸收光线，进而完成光合作用；厚厚的一层发菜如马鞍般覆盖于树木之间，所有的一切都是湿漉漉的。

大雾中模模糊糊地浮现出一个影子：一辆黄色的铰接式倾卸卡车头朝下栽倒在路边的深坑里，其外形与卡娅驾驶的车辆十分相似。当她驶过时故意放慢了速度，伸长脖子朝那辆车的驾驶室张望。看到里面空无一人，卡娅感到些许放松，觉得自己走对了路。

此时，压抑的"雾罩"开始慢慢抬升，一碰到树枝和帆布便形成螺纹般的水汽。卡娅在青灰色的光照下继续行驶，树林渐渐稀疏，三五成堆，其间还掺杂了几棵坚韧而粗糙的矮树。前方的道路消失在一个急转弯后，卡车在路的尽头回转侧滑了一下。

没错，那些人的确来过这儿，他们拼命逃避脑海中的野兽，穿越层层大雾，驾车来到此地歇息。

卡娅驶过那辆卡车后，穿过了一片野草地，途经一个烧烤坑和几张野餐桌。车辆在崎岖不平的斜坡上颠簸，最后连开着最低挡也无法继续上爬了。

卡娅关闭引擎，大摇大摆地走出驾驶室，回头望了望后方自己驶过的路。白茫茫的一片雾海延伸至地平线，与星球上永久覆盖的乳白色云层完美衔接在一起。东方低处悬挂着一个亮点，那便是太阳。它在这个纬度最多保持二十天，之后将要开启漫漫的长夜——117 天。[②] 四万米高空之上，有一道闪电划过，它在云层下闪烁。随后，卡娅听到远

① 一种结合蛋白，呈紫红色。

② 高纬度地区太阳的高度角较小，位置较低，还伴有极昼极夜现象，连续几天、几十天甚至上百天的白天或黑夜。

方传来单调的雷鸣声，看到一团朦胧稀薄的、飘忽不定的雨水，想必它们尚未落到地面，即已早早地蒸发掉了。

此时仍无追兵迹象，但她却并不怀疑自己被人跟踪，她开始朝山脊的顶部爬去。崎岖多石的山坡上稀疏地长着几棵紫色植被的残株，周围分布着矮灌木、骷髅状的马勃菌、坚硬的树丛、多刺的藤条，以及位于高处的树枝。空气似乎凝结了，厚重而闷热，到处一派光影交错的景象。

待到最终到达山顶时，卡娅已是汗流浃背，喘不过气来，脉搏声在耳边轰轰作响。她看到远处山峰上升腾起一片雾海，山坡延伸至遥远的荒山，那里即是内陆沙漠的起点。在她面前，大山止于一座由矮林点缀的高峰。

脚下深处传来一阵喇叭声，卡娅顿时警醒，只见一辆黄色的自卸车停靠在她的卡车旁边，并从里面走出三个人来。

卡娅慢慢朝矮树林跑去，此时远处出现了一个斑点，它从一望无边的雾海上掠过，底下映出一团移动的黑影。它“拦腰斩断”一缕缕清幽的水汽，于卡娅身后飞升而来。这是“里海怪物”派出的一个四轴飞行器，个头娇小却厚实，活像一个顶盖被十字架穿过的垃圾箱，而且每条边的末端还装了一个鼠笼形转子①。当它从卡娅身边飞过时，多个摄像头不停地闪烁着，随即便调头朝卡娅飞来。飞行器急速低飞，犹如一个杀气腾腾的飞盘正瞄准着卡娅的脑袋。

她猛然跌倒，正面着地，风扇产生的回流逆风似乎从身上吹过。当飞行器曲线回转并再次冲刺时，卡娅奋力支撑起双腿，朝悬崖边的荆棘丛跑去。她折断一根干枯的藤条，举着它朝四轴飞行器挥舞。只见那台机器回转到一侧，然后打了一个大转弯继续朝她而来，姿态沉着小心，节奏飘忽不定，于数米之外突然悬停。

---

① 电机的转子，因其形状如宠物鼠玩耍的转筒而得名。

一阵金属般哗啦哗啦的嘈杂声后，一道人声传来："博士，呆在原地别动，等我的人来。"

"上尉？是你吗？你要是真的愿意跟着我，那我就带你去找失踪的矿工。"

"博士，你违反了一道直接下达的命令，不过只要你马上回来，我就不追究你的抗命行为。"

"矿工们爬上来找一个可以安全容身的地方。"卡娅一边说一边指向那片树林。

四轴飞行器侧倾过来，继续向前冲刺。她只得从悬崖边跳下，落到一块斜坡上，扬起一片灰尘和小石子，弄得自己难以呼吸，身上还被几根坚硬的紫色树枝划出了血。那根带刺的藤条掉了，而飞行器又俯冲过来。卡娅连忙折断一根树枝，犹如挥舞一根长矛，将其刺入机器的一个风扇里。

只听见嘎吱嘎吱碾磨的噪声，树枝的碎片在身边形成一股剧烈的风暴，飞行器倾斜回旋，试图再次反攻，然而刚才那一回单边的捅刺使得它只能在原处打转，最后砸到一块石板上，咔嗒咔嗒地滚下山坡，零部件纷纷弹落了出来。

从卡车下来那三人正朝着卡娅的方位爬去，当飞行器的残体掠过时，三人停顿了片刻，随后继续前进。

卡娅使尽全身的力气重新爬坡，于坡顶上停歇了下来，脉搏声在脑袋里打鼓，眼里的汗水和血已经难分难辨——飞溅出来的碎片严重割伤了她的脸。此时那几个人比先前又靠近了许多，军士长对卡娅喊了一句什么话，而卡娅则转身继续沿着山脊线费力地跛行，脚踝处如刀割般疼痛。热浪像一条滚烫的毯子将她全身裹紧，眼前是一片由沙石灰尘浓缩而成的"小世界"。卡娅手脚并用爬上陡峭的岩沟。当树影落在身上时，她才发现已经到达了最高处。

树木在黑色的大岩石堆里扎根，笔直的树干高耸入云，坚硬的水平树枝被一片紫色针菇包裹。干枯的针菇掉落了一地，而在那片干针菇上面躺着一个人，他的眼窝深陷，开裂的嘴唇有斑斑点点的口水痕迹。卡娅以为他已经死了，可那个人却朝她转过头，并开始啜泣起来。

他的两条腿都断了，卡娅看到小腿部位的骨头已经戳穿了破损的牛仔裤，另有一把步枪正躺在不远处。卡娅猜测那是他摔落时掉在那里的。

卡娅在那人身边跪下，抓起一只手询问他朋友的下落。只见那人眼珠翻转，卡娅以为他昏了过去，后来转念一想才顿悟，立刻抬头向上张望。高处突出的枝杈上有几个小黑影，半隐藏在马勃菌群之中，犹如返祖现象[①]的猿人紧紧依偎在安全的制高点。

卡娅抓住那人的手，而此时军士长和两名水兵正朝她一步步走过来。

“不知道他为什么没有枪毙你。”卡娅的母亲说道。

“切尔诺夫脑子没有一个完整的计划，”卡娅说，“他抱着一种思维定势、一个信念，总以为看到的一切都是美国人搞的鬼。没错，他确实竭力阻挠我，但他也拼命救过我，因为他觉得我在做傻事。当上尉的人瞧见了那些被我发现的矿工时，这件事就算平息了。”

“男人们对死板的荣誉感看得很重，我想咱们这回真的要感谢这一点了。”

“阿卡迪称他为英雄，他的行为也的确名副其实。”

“现在你也是英雄啦，我的女儿，你让世界躲过了一场战火。”

“一场由于僵化的信条而导致的愚蠢冲突。对于如何定义一位英雄，我很多方面都错了。在矿工染了什么病的问题上，我就首先失误了。”

① 一种遗传现象，个别生物体偶然会表现出祖先的某些性状。

她们一边吃午饭一边聊着。卡娅和“里海怪物”的船员都刚刚解除了隔离，母亲带她避开乱七八糟的记者、看客和国家电视新闻组，来到这个平静的工程师工会食堂，欣赏着科斯莫格勒[①]炙热的盆地和火山口海湾蔚蓝的水岸美景。

其他用餐者不下一次地公开直接地盯着她们，因为她们是这间屋子里仅有的两个女人。卡娅穿了一件衬衫和一条工装裤，即是被释放出来时的行头打扮。而她母亲则穿了一件精致剪裁的白色套装，尽显苗条婀娜的身材，还佩戴着她那副招牌式的红框眼镜。

“亲爱的，你没有错，”母亲说，“那些人的确染上了某种令他们发疯的东西。”

“可那不是什么虫子或寄生物，和那几头猪也没有瓜葛，而且我们也只有间接的证据可以说明这或许与那些鱼类有着某种联系。”

海军医院花费了数周的检测时间，认定矿工们感染了某种朊毒体：一种致病源，它极其类似于那种在杏仁核神经细胞内发现的错误折叠蛋白[②]，而杏仁核是一个小型的大脑皮质下结构，它决定了一个人对于恐惧和舒适产生的情绪反应。朊毒体促使那些蛋白质进行错误折叠，导致神经传递介质失衡，诱发出一种过度夸张的“战逃反应”[③]并释放出大量肾上腺素以及其他种类的荷尔蒙。矿工们所遭受到的精神崩溃和意识幻觉，其实是一种努力和尝试，意在将这种不可控的情绪风暴理性化。

卡娅渴望证明这种朊毒体曾存在于那种“上岸鱼”的血液里。至

---

① Kosmograd，科斯莫（Kosmo）即宇宙之意。

② 蛋白质的折叠问题是21世纪生物界的重大课题，错误折叠的蛋白质会引发疾病。

③ 当人处于极端情绪时，交感神经系统集体活化，释放出激素并因此产生全身性反应。

于那些猪,它们染上了寄生蛲虫[1],但那些虫子只侵害了猪的呼吸系统,而且似乎也不会传染给人类。她原本的思路是对的,矿工的疯癫确实是由于某种疾病感染所致,然而在每个细节处她都失误了,因为她的想法全都建立在地球的样本上。她错误地根据这种类比来论证,想把地球上的案例映射到金星的现实中,而这种匹配着实不够完美。

"眼看着两样不同的东西,而我却硬要将它们混为一谈,"她告诉母亲说,"切尔诺夫上尉至少在这一点上是正确的。"

"可他在别的地方全都错了,你对自己太苛求了。"母亲怜爱地说。

"嘿嘿,不知道这是遗传谁的?"

"对了,你救的那些不幸矿工可以治愈吗?"

"他们现在处于深度镇静状态,而且正在接受认知疗法。他们不再害怕得想要寻死了,但是要将朊毒体从大脑里清除也并非易事。"

"听上去你好像已经找到一个新项目。"

"我正在考虑这是不是一个普遍性问题,"卡娅说,"这种特定的朊毒体导致了明显的行为变化,但说不定别的东西有更微妙的效果。我们自以为游离于金星生物群之外,可很显然并不是这样。俄国人、美国人、英国人,我们所有人都有了许多共通的地方,甚至超过了各自在地球上的同胞。不错,我们的确来自地球,可如今都是金星人了。这颗星球已经融入了我们的血液、我们的心灵里。"

"这么说来,你现在有一个新课题了,一条让自己惹上麻烦的新路子,"她母亲说,"对了,你和新交的男朋友怎么样了?"

"我们正慢慢来,至少他已经谅解了,能够原谅我当初给他一个脑震荡,外加伤害了他的自尊。"

虽然阿卡迪确实那么表示过,然而当他俩首次在隔离区碰面的时

---

① 蠕形住肠线虫,虽为一种肠道寄生虫,但其异位损害侵袭部位非常广泛,比如生殖系统和呼吸系统。

候,要是他手上还操控着飞行器的话,估计早就毫不犹豫地“投桃报李”了。

“嗯……一个视爱情胜过面子的男人,”她母亲说,“这倒是一个新潮想法的好榜样哟。”

马修·休斯

马修·休斯出生于英格兰利物浦，但成年后的大部分时光是在加拿大度过的。他曾是一名记者，同时也担任过加拿大司法部长和环境部长麾下的演讲稿撰写人。在不列颠哥伦比亚省的时候，休斯还做过自由职业者以及政治演讲稿撰写人，后来最终安下心来，全职从事文学创作。休斯明显受到了杰克·万斯的影响，他讲述的浪客历险故事为其赢得了好评和声誉。作品人物诸如亨吉思·哈普隆、古斯·班达尔和勒夫·英勃利等，他们刚好生活在《濒死的地球》一书设定的年代之前，形象见诸于一系列流行故事和畅销小说里，包括《迷失的傻瓜们》《吃亏不长智》《黑色布里林》《尘封的恶魔》《赫斯珀里亚》《螺旋迷宫》《模范的世界》《宝物组合三四件》《黄宝石》《另一个对手》以及《众生》，作品亦纷纷收录于《绝杀刺客及其他故事》一书当中。休斯最新的作品为都市奇幻小说《往返地狱》三部曲：《该死的家伙》《真相大白》《地狱来客的代价》。他还以“马特·休斯”的笔名创作犯罪小说，并以“休·马修”的名号撰写影视衍生小说①。

在以下这部风格轻快且略带调皮的小说当中，休斯带领我们前往金星，奔向那颗“爱”的星球。他向我们展示，虽然爱情或许是一股无法抗拒的力量，但有时候竭力反抗倒也不失为一个好主意。

---

① 国外一种作品形式，它将荧幕上的故事编写成小说，起到相互促进销售的作用。

格里夫斯与长庚星[1]

我掀开被子坐了起来。“格里夫斯，”我说，“我做了一个糟糕透顶的噩梦。”

“真是替您难过，先生。”

他递来一副早餐杯碟，我随即抿了一口。要是没有这个，格罗斯特的一天恐怕是开不了头了。此处我指的是普通的一天、正常做事的一天，而并非那种晚上瞎胡闹的一天。在那种日子里，我会去“惯性俱乐部”过一个狂欢之夜，等第二天苏醒时，我不单单感觉快要死了，而且还会嫌自己死得不够快。

“我梦见鲍尔迪·斯波特宾考骗我上了一艘由斯里思·托弗惠普利自制的火箭飞船，然后就把舱门给封死了——如果‘封死’二字贴切的话……”

“很贴切，先生。”

---

① 金星的别名。每天日落时分，西南方会出现一颗明亮的星，因其落得比太阳晚，所以叫长庚星。该星每天又比太阳升得早，故而也叫启明星。古代人曾以为是两颗不同的星。

“说得好……后来我们点火升空，飞向金星——不是那个金星雕像，而是真的长庚星——我们就像田螺那样连续沉睡好几个月，最后在鲍尔迪的住所安顿下来，那地方在沼泽深处，随你想象，反正要多阴暗有多阴暗。”

格里夫斯歪了歪脑袋。这种姿势我认得，他是在表达自己的同情。在我看来，这场梦境如此真实，如同这第二口浓郁芬芳的乌龙茶。我接着往下说：“那儿被黑暗笼罩，太阳从来不露面，到处是污浊的水潭和迂缓的小溪，难得见到一两块被我们称作是硬土的地方。”

“噢，天哪，先生。”

“哈哈，还好啦。”我一边说，一边用闲着的那只手摆了摆手势，示意这段不愉快的小幻想很快就会成为淡去的往事，“格里夫斯，请把窗帘拉开吧，让黎明女神[①]的笑容‘泼洒’进来……”

“先生，您得做好思想准备，外面的景致不太宜人。”他说。

“下雨了？”我胡乱地猜测，“刮大风了？”

“不是风。”他一边说，一边掀开厚重的窗帘布，玻璃窗上“镶嵌”着一条条“小溪”，它们被弹珠般大小的雨滴周而复始地打搅着。

我起身下床，走到窗边。虽然我巴塞洛缪·格罗斯特偶尔也会对鬼斧神工的景致感到惊诧，甚至还怀有敬畏，但实际上却很少会被外物真正吓到。

然而这次我确实被窗外的景象吓得不轻。杯碟不知不觉地从无力的手上滑落，可依旧被向来机警的格里夫斯察觉到。他身手矫捷地托住了杯碟，没有溅出一滴茶水来。

“格里夫斯，”我说，“我想说……”可是我自己也不知道要说些什么，此时此刻绝非咬文嚼字的时候。

“的确吓人，先生。”

---

① 古希腊神话人物，传说她所到之处皆散发着玫瑰的芬芳。

放眼望去，目力所及之处非灰即绿，非绿即灰。然而即便如此，在每一抹绿色当中也夹带着一丝的灰白。这一切都被天上那永不停息的瓢泼大雨拍打蹂躏着。

“这……”我断言，“情况不妙。”

格里夫斯同意我说：“令人非常不安，先生。”

忽然灵光乍现，我有了一个计划，就像雅典娜从宙斯的脑袋里蹦出来一样，只是我的顺序恰好相反[1]。首先我要洗一个澡，再吃一顿早饭，然后言简意赅地同鲍尔迪闲谈几句，最后就尽早登上斯里思的神奇装备一路回家。

我振作起精神，随即吩咐了下去。格里夫斯离开了视线，过了一会儿后，我听到浴室传来流水的声音。“好。”我说，随即像一条蛇那样火速地脱去睡衣，然而身体又好像同时被裹在了种种麻烦和争吵之中。“咱们走咯。”

“鲍尔迪，”我说，眼前是一大块腌鱼，还有一个更大的蛋，“咱们得谈谈。”

“我同意，巴提[2]，”他说，“这就是我叫斯里思把你带来的原因。”

此处我应该稍停片刻，首先粗略地勾勒一张阿奇博尔德·斯波特宾考的肖像，这样有利于将您的注意力集中在故事情节的发展上。请您想象一条童话故事里的鱼，它魔幻般地变成了一个佩戴着仿角质镜框眼镜的男人。可惜童话里的咒语有些偷工减料，致使这次变形只变了八九分像。他的眼睛是球状的，嘴唇永远湿软且突起，肌肤光滑无毛，略带些许鳞片，他的嗓音犹如孩童初试小提琴那般，这就是咱们的

---

① 雅典娜是从宙斯的脑袋里生出来的，前者代表智慧，后者象征力量。作者此处说顺序相反，意思是自己聪明的脑袋想出了一个有力的方案。

② 巴塞洛缪的昵称。

鲍尔迪。因此你不难发现，他这辈子持久不变的唯一爱好便是对蝾螈[1]的痴迷。

就是这么一个苍白无力的幽灵，他在早餐桌对面朝我无精打采地眨着眼睛，于是我自己也放松下来。其实据我原本的观察，这档子事儿分明是伤及毕生友谊的。他们居然把我强掳到一颗湿淋淋的星球上，就算对待自己的死敌也不至于这样。

当心情紧张时，鲍尔迪习惯将脖子缩进那瘦骨嶙峋的肩膀里，其深度甚至超过了解剖学上可能达到的范围，更像是一条鱼儿正在拼命模仿乌龟的样子。此刻他正表演着这个动作，而我感觉到，只要不再追问，他就会给我一个诚恳的道歉，而按我的性格也会既往不咎。

于是我缓和了语气，不再对掐下去。其实我俩都好好地端坐着，也谈不上什么对掐。然而，我的老朋友并没有表达自己的歉意，反而重新伸出了他那细长的脖子，并开口说："呸，巴提！"

"呸？"每当我遭受粗鲁的不公正对待时，我总是备感惊讶。

"没错，我就呸！"他回顶了一句说，"我还要呸！呸！"

"别这样，鲍尔迪，"我说，"你要记住，有些脏话骂出去就收不回来了。"

他抬起那微不足道的小下巴对我说："我不在乎，巴提，除了那个之外，一切都毫无意义。"

"除了哪个之外？"

"你是什么意思？"他说。

"你是什么意思？"我说。

那双灯泡状的眼睛眨巴了几下，随后他又厉声呵斥道："不许重复我说的话！我没空跟你玩过家家！"

"过家家？"我说，"好吧，不得不说这句话有点过分了，尤其是出自

---

① 又称为"火蜥蜴"，是有尾两栖动物，体形与蜥蜴相似。

一个长不大的家伙!"

鲍尔迪本就苍白的皮肤变得愈发暗淡无光,下嘴唇上还出现了少许唾沫星子。我猛然想起在遥远的学生时代,鲍尔迪·斯波特宾考唯独发过一次火,当时他正被罗德里克·巴斯亨普廷顿欺负,那人常穿戴着伊顿阔翻领,曾经在低年级称王称霸。如果我挑选的比喻对象贴切的话,他就如同那位统治着失踪的以色列十支派的提格拉特帕拉沙尔①。我还记得那刺耳的尖叫声,还有他那芦柴棒胳膊的打斗场面,简直就像是一个牵线木偶,而其主人正在犯中风病。待事情过去以后——当然了,是哭哭啼啼地过去以后——巴斯亨普廷顿完美地赢得了"打手"这一校园绰号。

然而在此处,在鲍尔迪的早餐室里,那种预期的狂躁并没有发作出来。相反地,他顿时痛哭流涕起来,用那双长着冰冷修长指头的手掩盖住抽搐的鼻子。幸亏我已经吃过早饭,不然这一幕情景连库克罗普斯②看了也会倒胃口。

"别这样,鲍尔迪。"我立刻重复了这句话,不过这一次我的语气要平和得多。巴提·格罗斯特或许能够摆出一副瞪大眼珠的样子,说些鸡蛋里挑骨头的话以示警告,然而当一位老朋友在桌子那头崩溃痛哭时,心善的一面就会占上风。不可否认,我的确说了几句无关痛痒的好话,既没有义正词严地直接鼓励,也没有伸手去拍抚他的肩膀。在后一点上,斯波特宾考不太喜欢肢体的接触,感觉更像是喀尔巴阡山脉的山脊线——它陡峭难爬,而且容易伤到软处的骨头。

不过决定还是很快做出了,我伸出一只手,拍了拍那皮包骨头的凸起物,附带了几句诸如"好了,好了""不哭,不哭""这到底是怎么了?"之类的话。

---

① Tiglath－Pileser,亚述帝国国王,曾占领以色列大部分国土。

② Cyclops,食人的独眼巨人,后被奥德修斯(尤利西斯)捅瞎了眼睛。

结果话匣子被我打开，一发而不可收拾，最后使我感到犯了一个错误。我在自己的“安慰语录”里翻箱倒柜，意识到肚子里已经没货了，正考虑做战术性转移，改用直接打气的方式。然而就在此时，屋子的大门开了，斯里思·托弗惠普利大摇大摆地走进早餐室，这副趾高气昂的模样仅仅比那些登上战利船的海盗们稍微收敛一些。

“嗨！巴提！”他一边说一边快步向前，来到餐具柜旁边寻找吃的。

我很欢迎这种打岔。正是这个人声称要向我展示他在草坪上组装的火箭飞船，并且还就新设计的驾驶室征求我的意见，而后才使我陷入这莫名其妙的碰头会之中。他管这个设备叫“粒子加速器”①。于是我先抿了第一口茶，让茶叶的芬芳在口腔中自然而然地渗透，然后开口说：“我说斯里思呀……”然而那张麻木的嘴唇并没有再多说什么，反而顿时感觉天昏地暗，仿佛一下子掉进了“兔子洞”②里，直到我从意识的深处“爬”了出来。

“请不要对我说‘嗨’。”我站起身，愤怒地将纸巾甩到一边。“胆大包天”、“卑鄙的把戏”、“讨人厌的伎俩”等词汇在我脑子里接二连三地冒了出来，瞧瞧谁第一个脱口而出。我同时也在考虑“比毒蛇还要狠毒”这句话，但吃不准这是不是一个好的选择。

然而斯里思把手指背对着我，挥动的手势像在把碎末甩开。“得了吧，巴提，”他一边说，一边用刀切开炒蛋和熏肉。我觉得那片肉有点问题，上面附着一层古怪的绿色。“开个玩笑都不行？”他接着说。

“玩笑？简直糟透了！”。现在我把“大胆”、“把戏”、“伎俩”列入一个强大的方阵里，蓄势待发，准备一举摧垮托弗惠普利的防线。然而就在那时，鲍尔迪又发了一波悲伤的洪水。当伤员需要抚慰时，开战或许不太合乎情理。

---

① 此处为制作者的爱称，而真正的粒子加速器是一种人工产生高速带电粒子的装置。

② 形容进入到精神错乱的状态中，《爱丽丝梦游奇境》中亦有运用。

不过抚慰并非斯里思的风格。“喂，振作点，鲍尔迪！”他用广场阅兵的口气如是说，随后坐下来忙于他的餐盘子，这副吃相犹如一匹刚掌握了初级刀叉教程的狼。我顿时想起，早在学校读书那会儿，用餐时孩子们总在托弗惠普利身边让出一个空位，而他们的手上也总会有突如其来的小伤。

当我还沉浸在这片往昔回忆里时，鲍尔迪·斯波特宾考从桌边起身，泪流如注，一下子逃出了房间。斯里思沉默了好长时间才咕哝了一句模糊不清的评语——也有可能只是舒缓一下喉咙里驻留的少量食物——随即又返回到餐盘上那叮叮当当的刀叉混战之中。

当我一想到鲍尔迪，那股怒火就被抛之脑后了。“斯里思，斯波特宾考为什么会陷入绝望？到底是什么东西害的？”

他抬头看了看我，含着满嘴的炒蛋说：“蝾螈。”

好吧，当然了，估计正是蝾螈，我应该早就想到这一点。自从他早年形成性格的年月开始，阿奇博尔德·斯波特宾考就已经对那些黏滑的小虫子十分着迷了。他在自习室里存放了一个玻璃水缸，里面养了一大群虫子。他会花好几个小时来思考它们的行为方式，还经常用绳子吊起苍蝇，在它们的鼻口上方摇晃。

别的男孩子都忙于自己的兴趣，很少去关心鲍尔迪的古怪癖好。假如硬要说我们有所挂念的话，我猜也只是庆幸于他没有爱上别的什么更不卫生的嗜好吧。然而我们错就错在这里，随着我们的童年兴趣逐渐“孕育”——如果我用词正确的话——成为更富男子气概的项目时，鲍尔迪却在另一条路上徘徊。

他对蝾螈研究投入了前所未有的专注，以至于成为了他毕生的事业。若他文笔尚可的话，肯定会撰写一本关于这些“小水疱”的书。事实上他的确在蝾螈领域的期刊上发表过论文。有一位名叫胡迪布拉斯·吉拉特利的编辑，他是皇家学会会员。这个人按惯例寄来一些书札，附带几句尖刻的批评，于是激起了一场积蓄已久的争论。这场嘴仗精彩异常，足以让任何一场蝾螈爱好者的派对顿时活跃起来。

经历了这些事情以后，鲍尔迪坚持留在乡间祖居之地。他在那儿感到非常满足，因为住所设有一座布满蝾螈的池塘。鲍尔迪原本会留在那个地方，然而有一次，他正漫步于郁郁葱葱的乡间小径并寻找着蝾螈，突然偶遇了一位名叫玛丽莲·比费的姑娘，此后便出人意料地坠入了爱河。

他们的求爱过程如疾风骤雨般一步接着一步，直到我不得已被委任为救火队员。曾有一次，我居然鬼使神差般地同玛丽莲私定了终身，这让我浑身冰冷，血液在血管里凝固。事到最后，感谢格里夫斯的精彩介入——他在此类事情上相当老练——才使得鲍玛二人被安全送上了婚礼的圣坛，结为夫妇。

一想到那位眼大无神的"前"比费小姐，格里夫斯那富于洞察力的脑子就冒出了一个疑问。担任幕后英雄似乎不太像比费的作风，她是那种喜欢有存在感的女孩——虽然无法驾驭全局，但也必定会举足轻重。因此我感觉非常好奇，在这间屋子和卧室里丝毫没有流露出玛丽莲·斯波特宾考花费心思的痕迹：墙纸没有用花朵图案过度装饰过，每块可触及到的家具平面上也没有摆放着一堆堆复古田园风格的彩绘陶瓷兔子和老鼠。

自从托弗惠普利用单音节的词对鲍尔迪的情况作了解释之后，我的层层思索瞬间都消失了，转而深入去琢磨一个或许更为靠谱的新问题："玛丽莲在哪儿？"

托弗惠普利意味深长地扬起眉毛说："地球。"

我通身一个冷颤，这可不是好消息。在鲍尔迪少不更事的年月里，即玛丽莲到来并与其成双结对之前，鲍尔迪原本有可能会成为某种偏执狂。一想到他此时独自待在这里，同那些蝾螈在一起，情况恐怕凶多吉少。我坐回到了早餐桌上，点燃一根烟，陷入了沉思。随后我吐出一阵烟雾并开口说："快讲讲吧，斯里思，告诉我整件事情的来龙去脉。"

如今我无法复述他所说出的每一个字,也回忆不起来那几个引诱他坦白的提问。说话向来不是斯里思·托弗惠普利的特长,他基本上只是咕哝了几下或讲一些单音节的词语。然而这个我们共同揭开的故事却透露出一个信息:鲍尔迪通过毕生的研究,得到一个伤感的结论,即这个领域再也没有新的课题可以攻克了。蝶螈能够给他的,他已经全部得到了,这使鲍尔迪陷入了先前提到的那种绝望之中。

然而后来他在时兴的报纸上得知搭乘火箭去火星和金星的消息。前者没有激起他的兴趣,因为那是一个干燥无水的地方。但当他读到那个用"爱神"来命名的星球时——广袤的沼泽地、被雨水浸透的丛林、藤条和青苔——鲍尔迪心中的那幢简陋塔楼被敲响了,它挑动了那根心弦,让他情不自禁地高潮澎湃起来。那里肯定有蝶螈存在,那些慢悠悠的、不为人观察的蝶螈,那些在水中巢穴附近闲逛的蝶螈,它们亟待斯波特宾考的慧眼被世人所认知。

再后来鲍尔迪得知自己的死敌吉拉特利从沃里克郡运来了木头,在金星沼泽里搭建了一座房子,并在里头拼命工作且广受赞誉。这使得阿奇博尔德·斯波特宾考点燃起了心中的梦想。他想方设法要找到一个尽早前往金星的途径,然而在每条路上都吃了闭门羹。去长庚星探险就好比是今年的蒙地卡罗①之行:所有船只都已经预订满了。来年之前,一个空余的卧铺都没有。

然而后来鲍尔迪在"惯性俱乐部"偶然听到的一则对话,为他打开了一扇大门。斯里思·托弗惠普利是俱乐部里出了名的怪人,同类还有巴尔金·孟德利斯普里格斯和弗林德斯·邦切。他们都得了"金星狂热病"——并非蝶螈爱好者那类,而是一等的天才。托弗惠普利造好了一艘单人火箭飞船,而且已经到金星上面飞了一个来回,如今他正在寻找资金支持,从而建造一个更为宽敞的型号,以便提供舱位出租。

---

① 地中海海滨城市,旅游胜地。

趁着这股狂热的劲头，鲍尔迪开始向他们发送电报，并且很快就成为了斯里思·托弗惠普利火箭公司的大股东。他还发了几封措辞蛮横的信件给吉拉特利教授，建议他停止手头的所有研究，等待斯波特宾考前来现场再说。但这些电报最终无法送达。

鲍尔迪再给斯里思·托弗惠普利施加好处，开出的支票如雪花般一连串。不久后，这支银箭拖着火尾巴，等待着飞向太空。鲍尔迪装备好渔网、长筒皮靴，以及一顶黄色的防水帽，然后一举登上飞船。火箭随即点火起飞，前去追寻蝾螈。

“那么后来他找到了没？”我问那个火箭制造者。

“当然啦！”他嚼着一片当地产的培根熏肉，明显有些费劲，并花了点功夫才吞咽完，“池塘……住所中央有个池塘……大量蝾螈。”他举起双手，碎末从刀叉上纷纷掉落下来。“都是大家伙！”

问题又来了。既然斯波特宾考找到了大量蝾螈，那么他应该欢欣鼓舞才对，而不是哭哭啼啼的。然而继续追问斯里思·托弗惠普利已毫无意义，在他吐出最后一个字后很可能已经把全年的话都讲完了，需要好几个小时才能让语言的“蓄水池”重新自行装满。

我顿时很想找格里夫斯过来，把这件诡谲的事情摆到他面前。格里夫斯“装备”着一颗惊人的头脑，其威力随他时常吃鱼而增加。但是我格罗斯特也并非一点智慧也没有，我决定自己追踪这件事情，于是便走出去寻找鲍尔迪。

这是一座略具规模的房子——看上去像是先预制完成后再分段运送过来的——过往的经验告诉我，倘若地上有蝾螈栖息的水池，那么岸边即是寻找其爱好者的首选之处。我必须先去找来一双靴子和一件油布衣，再配上我的半长裤和花呢夹克衫。然而就算是贝尔格维亚[1]街头的时髦衣裳也无甚用处。我从房子背后出去，脚下的斜坡原本可以

① 伦敦上流住宅区，靠近海德公园。

修建成一座草坪，可惜它长满了齐脚踝深的苔藓。我发现老同学正在黑色的湖水边，连绵不断的倾盆大雨在湖面上浇出朵朵水花。

这座池塘并非孤水一潭，而更像是在迂缓小河中一处开阔的水域。河流将岛屿一分为二，这一头矗立着房子，而另一头地势稍高，停放着斯里思·托弗惠普利的火箭。有一座石桥跨过窄河，将两块"大陆"连接起来。

当我踏入污泥时，注意到房子外头不远处有人在地上打下了一根白色的木头短桩，更远些的地方也竖着一根，随后又看到两根，那些木桩一路延伸至那头的水里。河岸处有更多的木桩散落分布在四周，仿佛有人正在标记一块球场，但后来却半途而废，回家喝茶去了。

我慢悠悠地返回到鲍尔迪所站的地方，把之前的不愉快抛诸脑后，主动打趣说："嗨！"

鲍尔迪一直观察着水面，全然忘却了防护衣物，想必仍旧沉浸在刚才出门时的悲痛之中。外套已经湿透，人也是一样。他那副窄肩拱了起来，雨水顺着衣领往下流。像咱们这位孤僻而忧郁的极品人物，您得打着灯笼才能找到吧。

鲍尔迪不回应我的招呼，也没有将视线从水面上抬起。我自忖，再朝破绽处冲锋一次吧[①]。于是我说："在这儿养几条蜥蜴真不错唉，是吧？"

他转过头来，悲伤地凝视着我，嘴巴撇了下去，让我想起门球的铁环。"只要那一个，"他嗓音嘶哑地说，"可那是多么好的一个呀，巴提！"随后，又涌出一波眼泪的洪水。

我再一次伸手去抚慰，搭到他肩膀上。"来吧，鲍尔迪，"我说，"说出来吧，你是勇敢的哥们，这到底是为了什么呀？"

---

① Once more unto the breach，这句话最早源于莎士比亚名著《亨利五世》中亨利在战场上对部队下达的命令，后被包括《星际迷航》在内的诸多作品所引用，大意为"朝某个方向再努力一次"。

他抽搐着鼻子，摇了摇头，飞溅出来的眼泪被大雨隐没。“为了爱情，巴提，”他说，“这都是为了爱情。”

我左右顾盼，犹如那位立于达利安山巅的人[①]。“你的意思是说，玛丽莲对你冷暴力？嗨，我要说，这容易得很。你搭乘飞船回到她身边，捧一束最上乘的鲜花，然后对她说她是你的心肝宝贝，再附送一首十四行诗什么的。这样一来绝对不会失手，像玛丽莲那样的女孩经不起一首美言绝句的诱惑。”

“不是玛丽莲，你个白痴！”他站了起来，不过仍然没有多高，“我爱另一个人。”

“另一个？”我结结巴巴，目瞪口呆，犹如遇上了平生最荒唐的事情，“另一个谁？”

“一位女神！”他说，“她风姿优美地走来，就像那个啥……我不记得别的情节了，不过她是如假包换的真人，巴提。”

我不自觉地后退了一步，接着又自觉地后退了一步，随后说：“老兄，我想问你，你不是说真的吧？撕毁一桩婚姻，此是其一，而且还要鸳鸯反目、各走一边？另外，玛丽莲发起火来可不是轻易能够甩掉的，说不定会把你大卸八块哟。”

“我不在乎，巴提，”他说，“内心最重要。”

“噢？是吗？”我说，“玛丽莲可是一只母老虎，我不是吓唬你，是说真格的。”

他再次泄气了。“无所谓了，”他说，“就算我真挚的爱意足以感天动地，可女神却不愿对我微笑示意。”

曙光来临了——我当然不是指真的曙光，头上那颗太阳需要一把铲子才能穿透云层，这不过是理解上的比喻手法而已。“等等，鲍尔迪，你是说……你爱上了另一个人，而对方却对你不屑一顾？”

---

① “达利安山巅”出自约翰·济慈的诗歌《初读恰普曼译荷马史诗》。

“是的,”他说,看上去似乎开窍了一点,“唉,巴提,你总能轻而易举地找到正确的表达,对不对? 这就是我叫斯里思送你过来的原因。”

“你要我教你怎么说话,去赢得那位姑娘的芳心?”这似乎是一件荒唐的差事,一个人不会闲着没事去帮朋友拆散姻缘。此外还有一个待嫁的玛丽莲·比费浮出水面,一旦她和鲍尔迪在这条同床异梦的感情路上分道扬镳,那么比费的“蓝色水晶球”就会瞄上我巴塞洛缪。我将成为下一个结婚目标,再次暴露于比费那双猎食魔爪之下……一想到此情此景,我的腿立马就软了,人也瘫了,抑或是腿瘫了,人软了……反正不管怎样,这绝对不是一件着急要办的事情。

“我不会为你出主意的,”我说,“一个字也不会说。”

“我没要你帮我出主意。”他说。

“噢,那就好,那就好。”我如释重负,长出了一口气。

“我希望你……”他说,“和她谈谈。”

“和她谈?”我说,同时脑海里又浮现出腿瘫人软的画面,“和玛丽莲谈?”

“不是和玛丽莲,请不要再提她了! 她已是过去的事,早被我忘了,老掉牙了。我希望你和那个‘她’谈谈。”

鲍尔迪苍白的手指朝黑色池塘的方向大致挥了挥。我朝那儿转过身去,透过这一幕雨帘凝视,看看是否有人站在水的那一头,可我什么也瞧不见。

“她在哪儿?”我说,“还有,关键……她是谁?”

鲍尔迪没有回答我,而是在水边蹲下身子。只见他伸出一只手,用指尖轻点水面,像是在弹奏优美的乐曲,尽管他实际上五音不全。片刻后,鲍尔迪显然感觉心满意足了,于是直起身子往后站。

“鲍尔迪,很抱歉,可我不太明白……”

“嘘,”他说,手势指向池塘,“瞧!”

湖水中央出现了一圈涟漪,而后变成V字形,并朝我们徘徊的水岸游来。这似乎是一个坚定而有力的家伙，就像电影里那种绑着腰带、肌肉强健的人。那种人物下午没事可做，无非就是痛打那些从乌黑油腻的河里跳到他们身上的鳄鱼。凑巧的是，用“乌黑油腻”来描述这池塘的色彩和质地倒也恰如其分。

见此，我明智地后退一步，而鲍尔迪还是保持原状，在一旁垂头丧气，就好像一棵败柳正在哀悼自己业已丧失的生存勇气。此时那个V字形继续朝他靠近过去。

“鲍尔迪。”我说，想要给他一个警告。可就在这时，从V字形水波里窜出一个绿色的三角形脑袋，其形状和尺寸近似于一把挖阴沟的铲子，只不过在预想是眼睛的部位长着两颗金色的大眼珠，下颌处有几个突起的树枝状器官。我依稀记得鲍尔迪早年指着水缸里的几只小蜥蜴，然后叫我去观察它们的腮——幸好被我一口拒绝。

此时它的脑袋已经完全露出水面，苗条婀娜的上身架起一副柔弱的窄肩。当这个妖魔鬼怪游到岸边并全身浮出水面时，展露出一双修长的胳膊和对称的细脚，还长有带蹼的手指和脚趾。鱼鳍从长脖子的后颈处开始生长，一直延伸至那条闪闪发亮、左右挥舞的长尾巴。好了，这一幕亮相到此为止。

我一时语塞，说不出话来，接着蹦出一个字，以“呃”开头，“哎”结尾，当中还有某种打嗝的声音将它们连接起来。鲍尔迪的目光抛向了我，那犀利的眼神，犹如一位姨妈看见小孩把茶水泼在她极品的波斯地毯上。鲍尔迪说：“看在上帝的分上，巴提！别傻看着，快给谢莉斯特拉塔打个招呼。”

我张开自己紧闭着的嘴巴，可发现它毫无用处，随后便再次闭合了。我设法将那些已到嘴边的只言片语整合起来，然后又开口说：“你好呀？你叫谢莉斯特拉塔吗？好可爱，真是与众不同。”

“别犯浑了，巴提，”鲍尔迪说，“这在金星上根本就没什么与众不同的。”然后他转身对着那个——咱们还是别绕圈子了，她就是一条蝾螈——蝾螈说:“请原谅我的朋友,你可不知道,他土里土气的,没见过世面。”

这句话有些尖刻刺耳了,而且还是出自这么一个家伙之口。他这辈子基本都同乡间的水坑为伴,而且我十分肯定他在近十年间从未再去伦敦露过面,没有展示过自己那一副鱼形的外貌。不过我没有计较,因为池塘生物现在把她那双非凡的眼睛——滚圆、镶嵌着银色斑点——转而对准到我的身上,此时我脑子里响彻了一个声音:“你是巴提?那个姓格罗斯特的?”

“噢,是的,”我说,“可以这么说,那么我猜你就是谢莉斯特拉塔了。你好吗?”

“这是阿奇博尔德给我起的名字。”那个声音说。

“真是个完美的名字。”鲍尔迪说着,一段回忆涌上心头,记得早在读书年代,“谢莉斯特拉塔”好像是他授予水缸里某个“居民”的绰号。

“你想叫我别的吗?”那个嗓音说,此时我专心地听她讲话,意识到这声音如此的温馨饱满,仿佛是一幅蜂蜜拌入奶油里的画面。

“不,不,”我说,“谢莉斯特拉塔正合我意。”

她笑了。在此我要澄清两点:首先,谢莉斯特拉塔在生理结构上丝毫未表现出女神的形态,也没有任何艳俗的女性服饰,只有那斑斑驳驳的绿色皮肤遮盖着身体。然而即便如此,每一处地方也依然显示了她是一名女性。尤其是那嗓音,如果我形容贴切的话,它如蜜般流畅滑润,游吟诗人也会为之意乱神迷。

其次,当她张开嘴巴时,露出比常人更多的“珍珠”——整整两排针状的牙齿,上下皆有——还有一根让人联想起粉色软帽丝带的舌头。对于这个张嘴的动作,唯一绅士风范的回应就是把它当作一个微笑,然后投桃报李地回应一个。

“这个……”我说,随后又重复了一遍。我意识到自己轮番踮起脚尖和脚后跟,身子随之前后晃动。每当对话进入“赤道无风带”时,我就喜欢做这个动作。这就如同双座汽车的一个后轮胎陷入污泥的时候,你只需轻轻摇晃一下就能让汽车略微抬起,从泥坑里开出来,然后重新到偏旁小路上兜风。

随后我又意识到,好像有人正在发出嘶嘶声。起先我以为是谢莉斯特拉塔发出来的,可后来这声音连续不断地涌来,才明白原来是鲍尔迪干的。他低声耳语:"嘘。"显然是想引起我的注意。

我朝鲍尔迪转过身去,他说:"老天爷啊,你倒是说几句话呀!"

我以为他想告诉我那条会说话的蝾螈听力不太好——没有明显的贝壳状耳朵——可后来他朝蝾螈的方向甩了甩手背,我才终于开了窍:原来鲍尔迪希望我讲几句——为他而讲,对着她讲。

我格罗斯特向来乐于帮助同窗好友,毕竟我们就是被这种思想灌输大的。然而在这件事情上,我找不到一条明确的方法。我转过身去,用手捂住嘴唇说:"具体说什么?"

于是我"有幸"目睹鲍尔迪犹如一条生气的鱼儿。"说我,当然是说我!"

"说你什么?"我说,而后终于切中了要点,"难道你的意思是……说你作为一个追求者?"

"不说别的,就说这个!"

"可是,鲍尔迪,她是一条……"我对谢莉斯特拉塔投去一个歉意的眼光,然后把声音压低到耳语的程度说:"一条蝾螈!或者说是一位蝾螈小姐!"

"这我知道,巴提。"他说。

"那不就得了,"我说,"你觉得这个问题会迎刃而解?我的意思是,你到底想干吗?"

此情此景,简直是一条激怒的鱼正在同一位不明就里的对话者纠缠。"当然是结婚呗!"

"可是,鲍尔迪,她是一条蝾螈啊!"

“住嘴！不许你再这么说！”他说，“我的感知器官没有问题！倘若我们当中有人能够一眼辨认出蝾螈的话，我觉得那个人应该是我才对！”

很显然在阿奇博尔德·斯波特宾考的身上至少有某个器官出现了问题，而且我敢打赌必定是那对鱼眼后头正在发热的大脑。于是我做了最后一次努力：“一条蝾螈啊，鲍尔迪！你们两个甚至不属于同类，或者同种基因，反正你们哪儿都不一样！”

“噢，那个呀，”他翻了翻白眼说，“我们两个已经超越了这些。这是一桩灵魂的婚姻，是内在的联合，我们会在精神层面上高雅地融为一体。”他再次轻蔑地挥舞着手指。“巴提，这个你不懂。”

我确实不懂。我眨巴眨巴眼睛，全然不知如何继续下去。我突然想到，此时正是召唤格里夫斯强大脑力的时候了。如果真的有谁可以从鲍尔迪的角度——或者就当下而言，从我本人的角度——把这件事情想通并脱离困境的话，格里夫斯将会是名单上的首选人物。我转身环顾四周，希望那个满脑子鬼主意的人会出现在视野之内的某个地方。可惜援兵没有到来，况且此时鲍尔迪正抓住我的胳膊，嘴里又发出那种嘶嘶声或嘘嘘声。

“快告诉她，巴提！”

“告诉她什么？”

“关于我的事，你个猪头！关于我的……个人品质啥的。”

“哦，”我说，“当然，当然，没错，鲍尔迪。”我转身对着那个前凸后翘的绿色尤物，她正在我面前扭动身子，如同次大陆[①]上的眼镜蛇被半裸的吹笛者从篮子里头召唤出来。“呃，”我开口说，然后跟了一句“好了”、“其实是这样的”。然而此时我的“话泉”也开始干涸了。

---

① 在大陆中相对独立的地理单元，常被河流山脉等阻隔，此处指的是印度所在的南亚次大陆。

我转向鲍尔迪说。“斯波特宾考,要是你不在场的话,我表扬起来会更容易一些。当赞美歌的主角就在旁边晃悠时,我会感觉局促尴尬,每个字都被堵在了嘴边。”

这回轮到他眨巴眼睛了。“真的?”他说,“我没想到这一点。”

然而更有可能是因为他没有多少被人吹捧的经验,不管是在场还是不在场,那些七嘴八舌的评论总是自动绕行。鲍尔迪点头说:“你说的对,巴提,我这就让你‘开工’。”他向蝾螈小姐点了点头,鞠了一躬,然后朝房子的方向返回了。

谢莉斯特拉塔似乎对他的离去根本没有在意。相反地,她柔和而明亮的眼睛紧盯着我,而且摇摆得更加明显了。她的脊椎肯定没有什么毛病——若她有脊椎的话,在柔韧性方面应该可以获得一条奖励给初学者的小丝巾。我有一种古怪的想法,鲍尔迪从前做过一个课题,专门研究蝾螈怎样通过扭动身体和甩尾巴的动作来求偶。但我立刻打消了这个念头,只当作毫不相干。

“谢莉斯特拉塔,”我说,“你在咱们阿奇博尔德心目中力压群芳啊。呃……这也难怪……要是论起对‘池塘居民’生活习性的了解来……你简直走运极了……呃……铁定的胜出者……你也确实赢了。”

她的动作宛如行云流水,妖娟非常。这左摇右晃的扭动蕴含着某种几近催眠的效果,我脑子里似乎有一首歌儿在哼唱——那绝不是跳踢踏的查尔斯顿舞①或黑人扭摆舞,而更像是在舞池另一头声名狼藉的淫靡艳舞。

然而我还有任务在肩。“我觉得……”我强调说,“整个英格兰不会有比阿奇博尔德·斯波特宾考更好的‘蝾螈先生’了。我建议您赶紧抓牢他,以免将来哪个蝾螈小姐扔个绳索套在他那颗三角形的脑

① Charleston,美国20世纪二三十年代流行的一种摇摆舞,以南卡罗来纳州查尔斯顿城命名。

袋上。”

我收住了口，期待反驳的话语，然而我得到的却是更多的摇摆动作和哼哼声。我发现自己的脑袋正随着她的舞姿同步晃动着，她正在哼唱的那首歌也变得越来越让人着迷。我心想，这全是我一直想听那首歌的缘故，尽管我眼下刚刚知道有这么一首乐曲。

此时她开口说话了。蝾螈能够一边说话一边哼唱歌曲，这真是一门诀窍，远远胜过了两年前弗林德斯·邦切在“惯性俱乐部”圣诞狂欢活动上表演的欢庆节目。当时邦切一边唱“黑人区的自大者舞会”，一边使用整套调味品碟表演杂耍。

“到我这边来，”她说，“你是我的唯一。”

“唯一什么?”我勉强开口说。此时不单单是我的脑袋在鬼使神差般地晃动，就连我的身体也与她步调一致了。

“来，”她说，“时候到了，我选中了你。”

她依旧起伏波动，犹如无骨一般，然后朝黑暗的池塘方向后退。不知怎的，我和她的距离似乎没有增大。我顿时困惑不解，直到后来才意识到自己已经随她摇摆而去，似乎这正是理所应当之事。

我模模糊糊地记得自己本应忙于别处，处理某个关于鲍尔迪的任务。“品质”二字自动映入脑海，然而那哼哼声和摇摆的舞姿却一次又一次地战胜了我自己。

我又朝前走了一步，而正当此时，一波冰冷的湖水洒到脸上，使我顿时清醒了过来。

“对不起，先生，”格里夫斯说，“我正给您带饮料，无意中发现这么一块不平整的地方。”他一边说一边伸出强有力的手抓住了我的胳膊。“我带您回房吧，再给您准备一条毛巾，好让您身体恢复。”

那只强有力的手紧紧地握着我，将我平稳地从池塘里拖了出来。那哼哼声和说话声渐渐淡去，格罗斯特的脑袋又恢复了往日的理智。我注视着格里夫斯，他的眼神里充满了批判，这一点我看得出来，于是我把胳膊从他的手里抽了出来。

“一条毛巾?”我说,随后又加了一句,“哼! 当下不需要别的,而是要更多的水,最好来点黄的[1],要陈年的,再加一大瓶苏打水。”我大跨步朝房子那头走去。

“说得在理,先生,”他一步一步地跟着我,“很乐意为您准备。”

“请照办,格里夫斯,”我们两人穿过门廊入口,我脱下雨衣雨具,“调配的时候不要太小气。”

“照您的意思办,先生。”

过了一会儿后,在客厅里他递给我一只宽口杯,里面盛着上等的好酒。我一口气痛饮了半杯,随后深深地呼了一口气,接着又干掉了余下的酒。我伸手将杯子还给格里夫斯,并说:“我想再来一杯。”

“好的,先生。”他说完便无声无息地回到酒柜重复那配酒的“魔法”。

“好了,”我说,“现在咱们得想点对策了。”

格里夫斯带威士忌回来,说:“是的,先生。恕我冒昧,我已经擅自查询了图书馆里的记录,相信自己可以总结一些线索了。”

我之前好像提到过格里夫斯是一位善于搜集情报的专家。自开天辟地以来,世间万物很少有能逃过他那对法眼的。“继续讲下去,格里夫斯,”我边说边拿来一张椅子坐下,充分享用这杯美酒。我很惊讶,鲍尔迪居然会费心藏了一个不错的“小酒厂”,其实胡萝卜汁更像是他的“经营范围”。然而格里夫斯很快就排除干扰,了结了这个小插曲以及其他一些更突出的问题。

我们脚下站的这所房子——实际上我是坐着,而格里夫斯一边踱步一边叙述自己的成果——似乎并非他人所建,而正是由胡迪布拉斯·吉拉特利造的,即那位蝾螈的研究者。当初鲍尔迪前来向这位教

① 此处指威士忌。

授阐述观点，却发现此地空空如也，于是索性就搬进来住了。

“按我猜测，当接触了这种鬼天气以后，这位吉拉特利就意识到得不偿失了？”我说，“于是就离开此地，另找阳光普照的地方？”

“很显然不是这样的，先生，”回答说，“据情形推测，当吉拉特利教授还在进行室外池塘项目的研究时，他就突然神不知鬼不觉地失踪了。不过他还是在《蝾螈目动物研究期刊》上发表了一些初步的观察结果，而他本人即是该刊物的编辑。斯波特宾考先生阅读之后立即写信给作者。当他的电报被退回时，斯波特宾考先生非常生气，于是到金星来当面陈述自己的观点。”

事情开始逐渐浮出水面了，不过我无法全力思考它。“还有别的吗，格里夫斯？”我说。

“确实还有，先生。”他板着一张脸说。我认得这种表情，内幕不仅还有，而且还只是冰山一角而已。我吩咐他继续说下去，并振作起来准备迎接下一轮精神冲击。

“吉拉特利教授的笔迹写得非常具有绅士派头……”格里夫斯说。

“也就是说几乎看不懂？”我主动接话。

“基本是这样，先生。不过我已将其中很多文字破译了出来，他的工作正聚焦在一个全新的物种上，并将其命名为蝾螈目蛤科塞壬，尤其专注研究该物种的繁殖习性。”

“要我说……”我想起谢莉斯特拉塔那柔软的身躯，“会不会是某些俏皮性感的事儿？”

“不，先生。恰恰相反，那种生物是‘帕提农吉乃狄克’[①]。”

我急不暇择，胡乱猜测地说：“是波斯语？”

“不，先生。恕我冒昧纠正您，这个术语源自希腊语中的“帕提

① 指单性繁殖的物种，该动物或植物的卵子不经过受精过程，即可单独发育成后代，一般发生于植物和无脊椎动物，个别爬行动物也有。

农”[1],它代表了一种繁殖方式,其中女性承担了所有必需的角色,不需要男性的参与。”

“噢,”我说,“要我说这很不公平啊。”

“确实不公平,一点儿也不,先生。”

我们似乎有点跑题了,于是我言归正传:“这和鲍尔迪有什么关系?”

“斯波特宾考先生接过了吉拉特利的班,”格里夫斯说,“继续研究蝶螈目蛤科塞壬之间的繁殖活动。他很走运,没有重复前任的悲惨下场。”

“嗯?”我说,“我猜这里边另有隐情?”

“的确有,先生。”他说,“我检查证据时才发现的。”

“干得好,格里夫斯,”我说,“没有你识破不了的阴谋诡计,就连克里斯蒂[2]都要雇你了。”

“承蒙您夸奖,先生。”

“没什么,你实至名归。那么……这到底是怎么一回事呢?”

“关键的线索就隐藏在物种的名字里,尤其是‘塞壬’这个姓氏。”

我对这个词略有印象。“是关于尤利西斯[3]和蜂蜡的故事?”我说。

“正是,先生。当尤利西斯和水手们乘坐阿耳戈号驶过塞壬海岛时,尤利西斯将蜂蜡塞到水手的耳朵里,并且命令他们将自己锁在桅杆上,因为塞壬的魅惑歌声实在难以抵御,会导致倒霉的水手驾船撞到一块块被海浪冲刷的岩礁上。”

“难以抵御的歌声?你的意思是……就像谢莉斯特拉塔哼唱的那一曲诱人小调?”

---

① 即“处女”之意。

② 推理小说家阿加莎·克里斯蒂。

③ 即奥德修斯,古希腊诗人荷马的作品《奥德赛》中的主角,他历经了十年的艰险旅程,最终返回故乡。

“正是,先生。”

情况越来越明朗了,一副可怕的景象被勾勒了出来。“她试图引我上钩?”

“勾引您去池塘,先生。原谅我直率地说……她会把您带到水里,然后将您浸入软泥,最后把卵产在您身上每一个可用的窟窿里。”

“噢,格里夫斯！这是比死亡更可悲的命运！”

“很抱歉我又要反驳您,先生。在产卵之前您就会死的,被淹死。吉拉特利教授无疑也是这么遇害的。”

“房间里应该有蜂蜡吧,对不对,格里夫斯?”

我环顾四周,好像随手就可以拿到些许蜂蜡似的。

“先生,我必须再次指正您……”格里夫斯说。

“快找啊！格里夫斯,所有地板都归你了。”

“蜂蜡是没用的,先生。这种被斯波特宾考先生命名为“谢莉斯特拉塔”的生物……它们是用心电感应来进行交流的。”

“你的意思是……读心术?”

“我不敢保证那就是读心术,”格里夫斯说,“她的精神活动有别于你我,不过肯定释放着某种强大的信号。”

“那种哼哼声,”我说,“极具感染力。”

“正是,先生。”

我一边思索着这个问题,一边让嘴里的茶继续发挥其有益的功效。我忽然间想起了一件事。“可是……你,格里夫斯没有被影响到,就像你心灵上的‘耳朵’被塞了蜂蜡似的。”

“我的心思全扑在另一件事上,先生,”他说,“具体来说就是扑在您的安危上。”

“噢,”我说,“好吧。”片刻后我又加了一句:“谢谢你,格里夫斯。”

“别客气,先生。”

“还有别的情况吗?”

“还有一点，先生。那个谢莉斯特拉塔似乎已经在吉拉特利教授身上完成了她的生物学使命，并且再次临近繁殖期，正准备为后代寻找新的宿主。斯波特宾考先生恰好出现，于是她便启动了那套程序……恕我直言，即开始勾搭上他了。不过后来她发现斯波特宾考先生并不适合——理由只有她自己知道——于是便等待下一个更理想的。”

“难道斯里思不行？”在我看来斯里思那副身板可以做成一两顿肉还不止。

“那位先生不去池塘边，”格里夫斯说，“况且自我们着陆以来，他一直都不在火箭上。”

“或许这样更好。”我说。我喝完威士忌，双手攥在一起摩擦，下定了决心。“好了，”我说，“我想咱们应该给鲍尔迪摊牌了，把这些坏消息统统告诉他。”

“让我给你来点坏消息，”鲍尔迪出现在门口，“你可以一边听我说，一边断几根骨头。”

“啊，鲍尔迪，嗨。”我说。

“不许对我说‘嗨’！”他一边说一边走进屋子。我有种离奇的似曾相识感，就好像不久前才听过这几句话，但记不得在何时何地了。然而斯波特宾考接下来的一句话冲走了我的疑问。“你这条阴险的狗！你这个背叛朋友的骗子！你个卑鄙小人！”

我扬起左边眉毛，接着又扬起右边那根，然后说：“鲍尔迪，你冷静些！”

“我现在很冷静，”他回答说。在我俩漫长的相识中，头一次看到阿奇博尔德·斯波特宾考脸上出现这种颜色：在颧骨的位置上有两个光亮的红点，就像年老色衰的女演员抹了太多的胭脂粉似的。“我冷静得可以打碎你的眼珠，揍断你的鼻梁骨！”

“我觉得你大概意思是……”我刚开口说话就被他的声音盖过去了，而且是以一种最不像鲍尔迪的方式。

“我的意思是把你打成肉酱,然后卷在地毯里踩!”他说。

“可我正要打算救你的命哪!”

“你还是救你自己吧!”他说,“只要你救得了!”只见鲍尔迪把节状的双手捏成滚圆的拳头,抬起一只手来就好像他知道怎么打架似的。我又想起了他与“打手”巴斯亨普廷顿在低年级男更衣室里那场短促而激烈的打斗,回忆起鲍尔迪虽技不如人,但也不缺力气。于是我挪动身子,搬来一个沙发隔在我俩中间。

然而沙发并没能阻挡他的行动。只见鲍尔迪一跃而起,纵身跳到垫子上,继续挥舞着他的拳头,而且此时还拥有了更为有利的高度优势。突然间,鲍尔迪给我造成实际伤害的可能性变得没有那么遥不可及了。

“我说……斯波特宾考……”我说,“这到底是为什么啊?”

“因为背叛故交!因为暗地里的交易!因为一个被我看作是朋友的人,做起事情来居然像一条臭虫!”

格里夫斯始终站着袖手旁观,如同一座塑像那样安静。不过现在他发话了:“先生,我可否问一下,这是不是与一位被你称作‘谢莉斯特拉塔’的蝾螈有关?”

“他知道自己干的好事!”鲍尔迪说,那一对狂热的眼睛始终没有放过我,“他本应该在谢莉斯特拉塔面前替我说好话的!可他却吹捧自己!”

“我都把你吹上了天哟!”我抗议说,“我说你是一位成功人士,在蝾螈圈子里也是第一流的。我还劝她把握眼下的机会,以防哪天有别的蝾螈小姐把你勾了去!”

鲍尔迪依然咄咄逼人,不过那个杀人狂已经丧失了部分锐气。他看上去活像一名维京狂战士[①]正在停下琢磨主意，其愤怒的目光转而投向格里夫斯。

“格里夫斯，这是真的？”

“是的，先生。”

“可我去找她的时候……就刚才……”鲍尔迪说，从沙发垫子上爬了下来，“她却奚落我说，‘叫巴塞洛缪过来，我必须得到他。’”

“反正她得不到我，一根汗毛都不行，”我说，“一想起来就让人发抖……”

“你瞎说够了没有！”鲍尔迪的肤色再次变化，不过这次仅是局部而已，“你不能这样数落那个我要娶的女人。”

“鲍尔迪……”我想方设法寻找一条通途，“她心里盘算的不是结婚，不是要跟你同走那条飘花的红地毯。”

鲍尔迪再次轻蔑地挥动手指。“噢，我知道我和她存在差异，”他说，“依我看来，其实我比大多数人都更明白这一点。但只要有一颗真心和日益增长的感情，我敢肯定这些都是可以克服的。”

“鲍尔迪……”

“我不要再听到一句污蔑她的坏话！”

我扬了扬眉毛，噘了噘嘴，无声地求助格里夫斯。鲍尔迪总是非常敬重格里夫斯那颗精明强干的头脑。

格里夫斯就像一个好心人那样接起了话茬：“斯波特宾考先生，很抱歉，我不得不担当起那个扫兴的人。我们正在讨论的那位女士……她并非在寻找人生伴侣，而是在谋划着别的什么事情，怎么说呢……就是给后代寻找支持。”

“这个我理解，格里夫斯，”鲍尔迪说，“我可以向她保证，我的财产

① 古代维京海盗常进行登陆作战，用长柄利斧劈砍敌人，他们战斗时异常凶猛，犹如疯子一样。现代医学认为其中带有某种精神疾病的迹象。

就是用来给她和孩子们花的。我的意思是说,倘若你不花钱做点有意义的事,那么钞票又有什么用呢?"

"先生,她要找的不是钱,"格里夫斯说,"塞壬眼里的目标是……候选人更为直观的资产。"

"鲍尔迪,"我说,"她想淹死我,然后把我埋进池塘底部的软泥里,以便她的幼虫或随便什么东西吞噬掉我腐烂的尸体。"

当我和格里夫斯说出实情时,他再次变回了自己的"经典样式",即那位眼珠凸起却眨动缓慢的鲍尔迪。等他静下来全部听完之后,他说:"我不信!"

"她更看中格罗斯特先生,"格里夫斯说,"因为先生跟那位惨遭同样命运的胡迪布拉斯·吉拉特利一样,身上的肉更多一些。"——格里夫斯转向我——"恕我冒昧,先生。"

"没什么,格里夫斯。格罗斯特骨头上的肉比斯波特宾考要多,八成是投胎的时候比较'走运'而已。"

这番话使鲍尔迪又眨起了眼睛,同时他的喉结上下移动,吞下了真相这枚苦涩的药片。

然后……他又将其吐了出来。"我一个字也不信!"他嘴唇一噘,不理睬我,而后开口对格里夫斯说:"格里夫斯,这一次你误解了线索,走上错误的思路。"

"您这么想让我很难过,先生。吉拉特利教授的笔记写得清清楚楚。"

"呵!他!"

格里夫斯拿出一本带封面的笔记簿。"先生,我读给您听听,他是这样写的,'我要竭尽全力去探明这种生物发出的催眠术能够影响多远,并在草地上打下一系列白色的木桩,从最先萌发欲望的那个地点开始,一直推进到几乎无法抵御的位置。'"

格里夫斯给鲍尔迪展示了某一页纸,"正如您瞧见的,先生,这是他最后一条记录。”

“格里夫斯，这说明不了任何事！”

“先生，这说明教授把木桩打得太远了。”

“天哪，鲍尔迪，”我说，“格里夫斯又一次切中了要害！我瞧见过，那些木桩排成一排，一直朝下延伸至湖水里，最后几根全都乱成了一团！那必定就是‘locus delecti’[1]，也可能是别的什么拉丁语，反正那里就是她对老吉拉特利痛下毒手的地方。”

“这也正是我的猜测，先生。”格里夫斯说。

显然我俩已经将鲍尔迪困在两难境地的边缘上了。他当然不希望获悉自己的意中人竟然是水中的吸血鬼诺斯费拉图[2]——如果我的联想贴切的话。然而格里夫斯那无言的自信和木桩这一铁证共同腐蚀着鲍尔迪的心理防线。

“先生们，如果我可以提一个建议的话，”此时格里夫斯说，“我们应该尽早离开此地。吉拉特利教授的笔记同时指出，该物种的雌性生物在邻近区域还有很多，部分蝾螈的个头比我们谈论的那一个庞大得多，恐怕我们的存在已经将它们吸引到房子这头来了。托弗惠普利先生前去尝试发动火箭，本想把它运到河对岸来。然而他并没有完成任务，这就说明我们的处境变得越来越不妙了。”

此时此刻的鲍尔迪，已经失去了行动的本能，似乎正在思考某种凄惨的未来——很可能想到，待他回家之后不得不跟那位娘家姓比费的玛丽莲·斯波特宾考叙话——这个远景剥夺了他振作起来的动力。看来是时候让我格罗斯特掌控局面了。

“格里夫斯，你可以去负责打包行李吗？”

“先生，恕我冒昧，我们不妨尽早出发。现在夜幕将临，那些生物在

---

① 拉丁语，意为“案发现场”。

② 20世纪70年代的同名恐怖电影。

晚上会更加躁动不安。”

“说得对！放下手头的一切，赶快逃命！”随后我转念想到，“如果我们没有斯里思，那谁来驾驶火箭呢？”

“我仔细观察了托弗惠普利先生的外出航行活动，”格里夫斯说，“这项任务对于一个头脑灵活的人来说应该不会太难。”

“格里夫斯，你觉得我有能力操纵起飞？”我说。

“先生，我的意思是您可以辅助斯波特宾考。”

“噢，对，对，”我说，随便尊重一下我那“温切关怀”的对象，“鲍尔迪，你跟我们一起走吗？”

然而此时的鲍尔迪三个字仅仅代表了一个名字而已，他甚至连眼睛也不眨了。格里夫斯提议我们一人抓住他一只胳膊，然后架着他前往火箭飞船。我对此表示同意，于是我们两人各抬一边，朝大门走去。突然格里夫斯停下脚步，转而前往酒柜。

“好主意，格里夫斯，”我说，“路上我们肯定需要提神的玩意儿。”

“确实如此，”他说，“先生，我可以要求……咱们一起加快步伐吗？”

“尽管要求吧，格里夫斯，我会跟着你的，”随后我们走出大门，来到满地青苔的草坪上。此时我发出一阵短促的笑声。

“怎么了，先生？”

“我突然想到……嗯……咱们正在怎样对待可怜的鲍尔迪哟。”

“先生，目下的情形激发了您的幽默感？”

“这个么……”我享受着这一刻的到来，“就像青蛙赛跑[1]，对不对？我的意思是说，青蛙、蝾螈；打比赛、沼泽带。这里面有好几层噱头哪。”

“确实，先生，很好笑。好了，现在咱们进入信号范围之内了。恕我直言，您务必要集中精力来抵御雌性塞壬的呼唤，就像一堵铜墙铁壁那

---

① frog－march，意为被人反拧双臂带走，同时亦代表一种比赛游戏，一人面部朝下被四人抓住手脚抬走。

样，要不就像戴着巨大的耳罩。”

“噢，就是那个蜂蜡，对不对，格里夫斯？”我说。

“没错，先生。”

然而随后格里夫斯的声音渐渐消失了，淹没在四周响起的刺耳背景声中。沼泽的居民向黑夜宣告，她们全都来了，似有一番大事要干。于是我们奋力向前，鲍尔迪夹在我俩中间，活像一个装满土豆的大包。小桥跨过沼泽里平缓的河流，我们辗转迂回，从池塘往小桥走去。在石拱桥的那一头，在沼泽地里仅有的另一块高地上，我看见了斯里思火箭飞船那暗淡的光亮。它的舱门打开着，连接了一小段扶梯。

当我们靠近桥头时，我感觉耳根发痒，原以为是又一波舒缓而淫荡的乐曲，如同谢莉斯特拉塔在上次“幽会”时候哼唱的。然而此处似乎还有别的“钓鱼者”存在，而且目的明确，就想钓上我格罗斯特这条“鱼”。这细微的瘙痒感迅速变得难以忍受。我情愿撬开天灵盖，只为有机会可以挠一挠。这股感觉令人抓狂，同时我敢肯定，只要朝池塘方向转身，它就会立刻停止。

“格里夫斯，”我说，“我有了这糟糕的……”

“瘙痒？”他说。我瞧见格里夫斯脸上的痛苦表情，酷似赫西俄德诗句里那位耳朵疼痛的提坦。

“一痒了全痒。”我说。

“说得正是，先生。你一旦屈膝投降，生命就会很快终止，自然全都不痒了。”

“我不会去理睬它的，格里夫斯。”

“请您务必做到啊，先生，”他说，“尽管这恐怕会越来越艰难。”他仅仅抬起下巴指了指，就像站在特洛伊城墙前面的阿喀琉斯[1]，而后又

---

① Achilles，荷马史诗《伊利亚特》中参加特洛伊战争的一个半神英雄。他是希腊联军的第一勇士，杀死了特洛伊的赫克托尔，从而帮助希腊军转败为胜。

抬脚表示谢莉斯特拉塔已经浮出了池塘并占据在靠近石桥末端的位置上。只见她张开双臂，眼睛眯成两条细缝，龇牙咧嘴展露出一排排长在浅红色牙龈上闪亮的针状牙齿，想要阻挡我们的去路。

“歌声没了，”我说，脑子里那种瘙痒感骤然停止，“她要硬来了！”

“不止这些，先生，”格里夫斯说，“吉拉特利教授认为这种生物的咬噬是有毒的。”

“嗯……”我说，“这么说来，随便踢她一脚也会有危险？”

“所以我带上了这个，先生。”格里夫斯腾出一只手，举起那个从酒柜里取来的东西。

“你打算灌醉她？”我说。

“不，先生，”他边说边朝蝾螈走去，我和鲍尔迪也必然地在他那辆“列车”上跟随行进。当我们靠近那个嘶嘶作响的生物时，格里夫斯开始发起攻击。他好像没有把吉拉特利的烈酒酒壶带来，而是满满一瓶苏打水。只见他按下把手，一股清澈而带有气泡的液体喷洒而出，浇在谢莉斯特拉塔身上，从头部一直到相当于肚脐的位置。

我们经常看到苏打水出现在电影镜头里，同时还有蛋奶派被人扔来扔去，这些都是塞纳特先生①的喜剧主题。然而在蝾螈身上，苏打水的效果却更带悲剧色彩：当带有泡沫的液体触碰到她时，绿色的皮肤开始泛起淡黄色，然后漂白成如同麻风病人的肤色，那嘶嘶声也演变为一声大叫。她忙不迭地用爪子擦拭前胸，而那两只爪子也出现了同样的肤色变化。

她弯下身子，发出一连串呼喊声，遂放弃了阻挡桥梁的策略，转而跳回池塘里。格里夫斯和我脚步沉重，带着悬在中间的鲍尔迪一同上了石桥。鲍尔迪就像一块形状古怪的布头，挂在晒衣绳上。

然而我们看见远处尽头又出现了障碍物：那是另一条蝾螈，她的体

---

① Mr. Sennett，爱尔兰裔加拿大电影人，曾发掘并培养了喜剧演员卓别林。

形十分庞大，谢莉斯特拉塔与之相较就如同幼崽群里的小不点。只见那条蝾螈从水里浮了上来，俯视我们的角度跟牙科医生如出一辙，表情咬牙切齿。

“往前走，先生，请您务必往前走。”格里夫斯建议我说。随后我俩以迅雷不及掩耳之势火速冲下拱桥的斜坡，像是滑铁卢一役中苏格兰皇家骑兵团的冲锋，其相关画作就挂在我姨妈戴利娅的床头上，只不过这回我们是三人版本的。格里夫斯再次用苏打水给敌人浇了一个透心凉，效果大体也与第一次相同。道路立刻通畅无阻了，我们穿越而过，来到一片干燥的——好吧，仅仅是相对干燥而已——土地上，然后努力爬上斜坡，前往火箭飞船停靠的位置。

“这么干就对了，格里夫斯。”我说。

“先生，很遗憾地说，这场好戏还没落幕哪，”他一手摇晃瓶子，一手指向一群刚从水里浮起来追赶我们的蝾螈，“先生，我们可以再快一点吗？”

“不用多说了。”我说完便振作起精神，同格里夫斯一起快马加鞭地爬到小山坡的顶端，将鲍尔迪整个推进火箭舱门里。

“先生，您先请。”格里夫斯说，同时转身要去桥上扮演霍雷肖[①]的角色。

“不用你操心那个。”我一把夺过苏打水瓶，“快进去，发动引擎，或者叫他也行，随便。”

此时一条蝾螈张开大嘴扑了上来，我朝她泼了一大波苏打水，足以装满一只狭口杯。另一条蝾螈猛地从她身后蹿出来，于是我再次开火。同样的肤色变化、类似的恐怖表情，全都出现在这两条蝾螈身上，他们纷纷后撤并原路返回。

---

① 霍雷肖·纳尔逊，英国著名海军将领，于1805年特拉法尔加战役中率军击败法西联合舰队，其间不幸中弹身亡。

“这些家伙好像什么都不怕,是不是,格里夫斯?”我朝身后喊着。后方传来咯咯哒哒的声音,格里夫斯正在摆弄飞船的控制装置。

“蝾螈的皮肤上附有一层酸性黏液,”他一边说一边继续埋头操作,“苏打水里的碳酸盐把酸性中和掉了,由此造成的不适就好比你我被泼了硫酸一样。”

此时我又向另一位来袭者喷了一脸的充气饮料。“格里夫斯,”我说,“咱们的苏打水不多了。”

我听见一系列清脆的开关噼啪声,随即感觉有两只强劲的手伸到我胳膊下面。“请原谅我粗手粗脚,先生。”格里夫斯将我朝后拖入舱门,然后一脚把门踢紧。我被带到某个类似躺椅的座位上,接着系好带子、扣上搭扣,让我感觉身心皆安,随后对鲍尔迪也如法炮制。

此时有什么东西正在敲打舱门。“先生,现在可以起飞吗?”格里夫斯指着控制台。

“请快启动,格里夫斯,”我说,“事到如今,金星已经没什么好留恋的了。”

格里夫斯坐在驾驶位上,摆动着操纵杆。飞船开始震动起来,随后我感觉自己的身体异常沉重。

一段时间以后,格里夫斯带着一壶茶和必要的旅行装备出现在我的视线里。他松开我的搭扣,并告知我他已经给鲍尔迪灌下了安眠药剂。在整个漫长的旅途中,鲍尔迪会一直躺在摩耳甫斯[①]的怀里。

“先生,您想睡觉吗?”他问道。

“那岂不是让你独守……好几个星期?”

“其实是好几个月,先生。”

“真是难以置信。格里夫斯,我不能让你一个人承担这些。”

---

① Morpheus,希腊神话中的梦神。

“您真是好心，先生。”

我抿了一口茶，沉吟片刻，然后说：“格里夫斯，我之所以会来金星，是因为斯里思·托弗惠普利给我喝了一杯下过药的饮料，可他怎么骗你过来的呢？”

“那位先生并没有拐我来金星，他试图诱骗你时，我坚持要求一同前往。”

“以防不测？”

“是的，先生。”

“不过那肯定是相当枯燥乏味的旅途，对不对？”

“托弗惠普利先生很好，他教我玩一种皮纳克尔牌，这是他从前在美国和福特先生共事时学来的游戏，很好玩。”

“很好玩的游戏？”

“非常吸引人，先生。就算你玩的赌注很小，但连续打上几个月的话，所赢的数目也会积少成多的。”

“赢了个盆满钵满吧？”

“我赢下了露露，先生。”

“露露？”

“就是这艘火箭飞船的名字，先生。”他思索片刻说，“不过我会把它改掉的。”

“好样的，格里夫斯，”我说，“再来一杯茶怎么样？然后我们就签牌。”

“好主意，先生。”

“对了，格里夫斯……”

“请您吩咐，先生。”

“谢谢你……”我摆了摆手势，涵盖了金星上的一切经历和冒险。

“别客气，先生。”

格温妮丝·琼斯

以下这则故事属于一位勇敢的冒险家,他为一场新型而前卫的科学探索自愿充当试验对象,并发现自己远离了家乡——落入到重重危机之中!

在同辈的英国作家里,琼斯当数最受赞誉的名宿之一。她在科幻小说领域勇于开拓全新类型的作品,并于 1991 年发表了小说《白皇后》,因此荣获小詹姆斯·提普奇奖。琼斯还凭借小说《像爱一样勇敢》摘取了阿瑟·克拉克奖,又以故事《禾草公主》与合集《七个传说与一则寓言》两度荣获世界奇幻奖。她的其他作品包括小说《北风》《花尘》《逃离计划》《圣使雅纳》《凤凰咖啡馆》《沙堡》《自由之石》《子夜明灯》《时辰到》《人生》《空中的水生灵》《"铁木"的影响》《交易》《亲爱的山林》《隐藏的世界》以及《彩虹桥》,同时还以安·哈拉的名义发表了超过十六部的青少年读物。她为数不多的几则短篇小说出现在《区间》《阿西莫夫科幻小说》杂志、《禁区》以及其他杂志和选集当中,并被收录于《物体认知:短篇故事合集》一书里。琼斯同时还是一部批评性研究著作《拆解星际飞船:科学、科幻与现实》的作者。她的近期作品是一部全新的科幻小说《幽灵,还是贪睡的公主?》以及两本合集:《博那罗蒂四重奏》与《万物的宇宙》。琼斯现同丈夫、儿子以及一只缅甸猫共同居住在英格兰布莱顿。

欲望星球

一、冒险家约翰·福瑞斯特

实验室位于高层的某个楼面上，从宽大的窗户向外眺望，视野可以穿越“基地”的陆上风景，径直面向大西洋。地平线上闪耀着一颗明亮的星星，有如一轮迷你的满月，在夕霞的洗礼下焕发光芒。

“我爷爷那辈人管那颗星星叫‘哈瓦’。”科学家说。

“这是多贡语吗，波托罗？”约翰·福瑞斯特问道。他高大健硕，皮肤黝黑，虽已四十出头，体型却依然强壮完美。他的胡须也修剪得煞是整齐，那一头生机勃勃的红褐色头发往后边一梳，稍微显得有一点点长。一双深邃的蓝眼睛，透着一股桀骜不驯的挑衅。“你就是多贡人，对不对？”

二人在这幢楼里的实验室单独相处，只有几个负责安保的守卫。赛文·波托罗博士身材细长，皮肤黝黑，弱不禁风，站在这位大富豪身边显得十分年轻。此情此景，让他感到有些尴尬，但也身不由己。福瑞斯特先生不但身家过亿，而且还是企业界名流、慈善家、环保人士。他酷爱那些惊险搏命且男人味十足的“独门绝技”。福瑞斯特先生全权拥有这座基地，并且已经向波托罗的研究项目投入了几十亿资金。他这个人，旁人只要稍有不服的苗头，就会被他无情地奚落一番。

波托罗摇摇头说：“我的祖先恐怕是混血的，喀麦隆是一个‘种族大熔炉’。我的外公操一口日益失传的海湾地区语言，‘哈瓦’是外来语，我估计应该源自阿拉伯语，是‘欲望’的意思。”

“嗯，感官的欲望，”福瑞斯特表示同意，“夏娃的诱惑。”

波托罗说完便转而着手检查一台未经试验的设备。

“那儿的环境怎么样？”

“地表条件同地球非常相似，”波托罗说，“地壳的板块构造系统还未崩溃，大洋还没有蒸发，大气压也尚未开始飙升，大气层里仍然充满着氧气。自转也会更快一些，一天的周期比我们的 24 小时要长得多，但昼夜交替不会长于当地一年的时间。[①]”

福瑞斯特仔细研究这台机器，其中大部分都无法解读，除了特意向他介绍的扫描控制门和生物医学监视器。在一个清澈的玻璃罩里，机械爪紧紧攥住一颗油泽光亮的黑色球体。这引起了福瑞斯特的注意，使他莫名想起了核反应堆里的作用部件。

“可这东西并不保证万无一失。”他口气冷淡地评论道。

“确实不保证安全……福瑞斯特先生，您已经签下了生死协议。万一回不来的话，任何继承人或关联方都没有赔偿追索权。风险是巨大的，您要不要再考虑一下？”

“考虑什么？”福瑞斯特那对浑蓝的眼睛炯炯有神，“要我躲在篱笆围起来的一亩三分地里苟活？要我当井底之蛙？大自然的植被树木都快要枯死了，海水也变成了毒水，而我们正被自己的排放物熏得够呛。人类自掘坟墓，正陷在物种灭绝的大灾难里，稀里糊涂地走向第三次世界大战！不，我不会再考虑什么，别跟我谈什么风险，我很清楚什么叫风险！”

波托罗点头诺诺，赔着万般小心，拜服在他权力的淫威和出了名的鲁莽脾气之下。在这位高大富有的白人面前，他体内感受到的一股恐惧，严重得连自己也羞于承认。

---

① 此处关于自转和周期的表述为作品虚构。

“很抱歉,那我们接着继续好吗?”

“我什么东西也不带?没有那种机关繁多的头盔?没有归航信标?”

“只有您吞下去的那枚胶囊。如果自然条件正如我们预期的话,探测设备会被收回,并把您一起带回来。当中会有一段时间间隔,我说不准具体有多久,因为变量是很复杂的。您不需要做任何事情,可以在附近走走,欣赏欣赏异域美景,只需要一眨眼的工夫,您就又会回来了。”

“有点意思,要是我当时正在和某人说话……对了,我还有个问题,波托罗,你把自己的前途押在这个项目上,就像我赌上身家性命一样,那么你想从中得到什么?”

“适合居住的地带,”科学家说,“古老的金星其实是我们能够抵达的最近一颗星球,如果我们把侦测到的金星宜居地带摆到时空关系里头证实存在的话,这将极大地证明我们有能力鉴别一个适合生存的地球替代品。我们或许无法用这种方法让探测设备穿越数光年的距离,抵达那些遥远的天体系统,这么做或许存在着难以克服的障碍,然而我们可以……”

“一派胡言。你的想法很高尚,但这份荣誉现在属于我了,”福瑞斯特咧开嘴笑着说,“你输了,我赢了。波托罗,这就是我的做事风格,一旦瞧准了机会,就马上抓住。”

“您真的准备好了吗,福瑞斯特先生?”

“准备好了。”

福瑞斯特站在扫描门上就位,双手放松,摆于身体两侧。他扭过头去,朝那颗明亮的星星望了最后一眼,然后整个世界便消失了。

玫瑰色的霞光略带翠绿,四周长满了植物。它们大多显得年轻,有些树干比福瑞斯特的躯体还要厚实。藤蔓植物、叶状植物纷纷悬挂在他身边,脚下的地面松软如棉,不太牢靠的样子,似乎全是由柔软而纷繁的树根编织在一起的。头顶上望不到一丝天穹，空气异常凝重，如静止了一般。气温不冷不热，到处鸦雀无声，煞是恐怖。福瑞斯特上下打量自己，检查了袢带上和口袋里的东西。他穿着当时在西非的那套行头，还有十分熟悉的全套户外装备。这副打扮一时让他吃了一惊，然而这有何不可呢？身体是什么？难道只是衣架子，或精神的又一层装饰品吗？福瑞斯特的身体似乎已经完成了这次旅行，或者说是一次穿越，不管如何称呼都可以。他没有携带任何行李，波托罗已经告诉过他不许背包。

波托罗！

这个名字如撞钟般回响，提醒着福瑞斯特刚才所发生的事情，这真是一件伟大的壮举！他朝一个方向前进几步，然后又转到另一个方向上，好让自己在降落区域内摸清方位。可惜他不知道间隔时间大概是多少，是十分钟还是十个小时？安全走动的范围有多远？灰绿色的树干围绕在他身旁，一两棵硕大的枯干在树林后面潜藏着。他猛然觉得自己是不是在做梦，没错，或许就是梦境。波托罗说的话、那台机器设备、站到门里的动作、越野装束下的异样感觉、如望远镜般的弯腰姿势……凡此种种，皆如梦幻般不可思议。只有暮光下微亮的丛林才是真真切切、实实在在的，然而……他又是如何到达这里的呢？

福瑞斯特没有听到任何声响，只是渐渐感觉有一小团东西正在蓄意靠近。那些生物高度伪装，个头如同地松鼠①。它们躯体修长，鼻口部位活动自如，毛发十分蓬松，而且显然没有四肢。这飘忽不定的外形看起来可怕极了，一场美梦俨然变成了噩梦。这些家伙想必嗅到了人身上的血腥味。于是福瑞斯特撒腿就跑，同时掏出恰当的防卫武器，转身朝那些东西喷洒辣椒水。这个办法的确奏效了。真见鬼，它们身上没有厚重的甲壳，而且对猎物的口味也独到，对于攻击性害虫而言，这

---

① 地松鼠与树松鼠不同，它们常在地上打洞，生活于非洲干旱地带。

些都是很有用的习性。此时,降落区域已在视线之外了,他还未来得及思考这个,新对手又出现了:一群毛茸茸的四腿动物。它们的体形较第一拨生物要大,而且是一群狡猾的、有组织的集体狩猎者。福瑞斯特再次狂奔起来,那些家伙则从侧翼包围上去。福瑞斯特只得往树上爬,他挑中了一棵“避难树”一跃而上,数秒内直蹿了三四米,并且继续手脚不停地攀爬,轻松到达了距离地面很远的树枝结节处。他在树上休息,装填好弹丸气枪,在肾上腺素的刺激下胡乱弹射了一番,几乎放声大笑出来。

这颗名为“欲望”的星球,真是个令人爽快的地方!

福瑞斯特既没背包,又缺少有效杀伤的枪械,这个缺憾或许会让他逐渐后悔的。虽然福瑞斯特对荒蛮的自然环境有所准备,可那并不是为了要进行一场血腥搏杀。如何对一群金星土狼说“我来这儿并无恶意”?福瑞斯特瞧见了那可怕的牙齿,祈祷着自己弹药充足。然而金星土狼却不会爬树,这群野兽在树底下来回打转,气喘吁吁,而后便沮丧地撤退了,消失于一片昏暗的树林中。

“不划算,”福瑞斯特小声嘀咕着,“要不就是……他闻起来味道不太对,简直倒胃口。”

福瑞斯特总结了一下自己目前的状况:处于人迹罕至的树林里,躲藏在一棵树上,到处都是饥肠辘辘的食肉动物,离家大约二三十亿年、3800 万公里。他注意到,那不为人知的抑郁重负——萦绕心头多年的“黑狗”情绪①——似乎烟消云散了。福瑞斯特回味着波托罗此时高兴的“加冕一刻”,怀疑自己会不会在此地待上好几天。他需要水、食物、庇护所,还要琢磨出一条击败野兽的方法,要知道那些家伙可以轻易把他撕成碎片!这些他可能会面临的挑战,或许会危及生命,或许无法逾

① “黑狗”心理研究中心是一个成立于澳大利亚悉尼的非营利组织,致力于预防和治疗抑郁症、躁郁症等心理疾病。

越克服，然而这一切都让福瑞斯特感到十分兴奋。

他正举棋不定，到底是先把枪拆开呢，还是全部装配完毕再下去。然而此时，一阵强烈到使人麻木的剧痛袭来，警示他注意树上的动静。

福瑞斯特撩起右腿，看见一条条带有结节和纹理的“灰色绳线”紧紧缠绕在小腿上。树枝结节处长出了许多“吸虫”，它们不知不觉地爬进了裤腿，前来享用美餐。福瑞斯特抓起小刀一阵猛砍，那疼痛无疑是深刻而揪心的，然而上面还附有毒液，情况如此紧迫，他不得不争分夺秒。那些“吸虫”纷纷掉落下去，福瑞斯特朝一条狭长起皱的伤口上又多划了几刀，就像在画一张张笑脸。他划开了很长一道口子，希望可以把毒素排出去。可惜已经为时已晚，当他在膝盖下方捆绑止血带时，突然无法呼吸，顿时失去了意识。福瑞斯特再也无法保持身体平衡，从树上掉了下来。

他醒来，平躺在某种类似床的东西上，还裹着一张非常温暖的被单。福瑞斯特闻到腐肉的气味，回忆起自己当时被拖入黑暗里，或许是在一片血肉模糊的痛苦之中，被那些土狼的牙齿撕咬着……痛楚异常强烈，同时还伴有其他不适，说不定已经骨折了。事实上，这并非土狼所为——不管此处是什么地方。灯光闪烁，照亮了一个如洞穴般的内部空间。此地天然而粗糙，不经修饰。福瑞斯特周围还有别的东西存在，只见一个身影蹲在火盆边，正注视着台板上的小物件。银白色的手指将物件重新摆放，低垂着的光滑脑袋正琢磨着它们的方位模式。福瑞斯特确信自己见过此情此景，那是在很久以前，在另一个世界里……

福瑞斯特心想：那个女人正在为我卜命。至于他如何知晓那个身影是女的，福瑞斯特自己也说不明白。只见那些物品顿时悉数消失，犹如被风刮走了一般。那个身影往后一靠，嘴里念念有词。她低下头，看着向上摊开的双手，似乎正在同一位隐身的人物交谈。

随后福瑞斯特又坠入了梦乡，下肢却如烧灼般疼痛，就像一团被掐灭的火苗。

当他再次醒来时，那个女人正在他的床榻边，摆着一个人类很难做到的姿势。

“很好，”她说，“你醒了，脑子现在清楚吗？”

福瑞斯特点点头，目不转睛地望着那名女子。原来是一位浑身亮绿色的女人救了他，她长着一条光泽油润的强健尾巴，并把它当作第三条腿来使用。这个女人的头上没有毛发，身体酷似鸟儿……或是像蛇(脸上长着一对翠绿的眼眸，一张宽大的嘴巴奇异地咧开，针状的牙齿闪闪发亮)。她会说话，而福瑞斯特也听得懂她的语言。不管怎样，这绝对是一场梦。

“你从树上摔下来，反倒救了自己一命，虽然也付出了些代价。你的断骨已被我接好，体内的毒素也被中和掉了，不过噬咬的伤口急需处理，腐败的肉必须切除，还应植入重生的催化物质。你先了解一下，待会儿我要把你麻醉，再给你止痛药，不会造成什么麻烦的。”她给福瑞斯特看她的手心，上面有移动的符号。“我可以在这上面读懂你的细胞身份密码，但不能搞清它们具体的行为表现。麻醉是一门复杂的技术活，或许会害你丧命。”

“你是一名女药师。”约翰·福瑞斯特慢吞吞地说。

“是的。”那张大嘴咧得更开了，福瑞斯特觉得她的下巴似乎要同脸部分离，“我确实是医生，治疗过程会非常疼。”

“动手吧，大夫。我需要签什么字吗？”

“没这个必要。”

手术做得很成功。当疼痛再度如闷火般烧灼时，那个女人告诉福瑞斯特一切安好，身体很快就可以复原。随后她问福瑞斯特从何处而来。

“我从天上来，”福瑞斯特说，“这有什么关系吗？”

“跟我没关系。”那个蜥蜴模样的女子咧着大嘴说。

福瑞斯特注意到一架细长而透明的耳机，女子嘴边还有一个麦克风，它在火苗的映照下泛着微光。福瑞斯特抬起一只胳膊——那只窝在暖和的被子里尚可动弹的胳膊。

“那是什么东西？”他满怀疑惑地小声问道，“跟‘巴别鱼’[①]差不多？”

“是的，先生，这是一个翻译装置。虽然样式显得老旧笨拙，但它可以将我的语言转换成你的语言，反过来也照样可以，总之使用起来绰绰有余了。‘天外来客’先生，我有要紧的事情着急去办，等你可以走路了，我就把你带到一个设备更优良的庇护所，在那儿你可以十分安全地休养康复。”

此时福瑞斯特断定自己不是在做梦了。他正在远古时代的金星上，而救命恩人是一位处事老练的金星人，这真是个意外的馈赠！对于福瑞斯特身上古怪的解剖构造和莫名其妙的到来，那位女子有着自己的看法。好吧，福瑞斯特任由她去，无须急于解释自己的来历。他估计不出在这个洞穴里待了多久，甚至无法根据胡须的生长速度来判断，因为那位女子一直帮他悉心修剪着。不过他可以推测返回计划已经失败，很可能是因为自己距离降落区域太远。然而福瑞斯特并没有过度忧虑，相信波托罗肯定会不断地努力尝试，而自己所要做的只有一样，就是趁两条行星轨道尚未偏离过远，尽早地返回到降落区域里。

那名女子领着福瑞斯特上下左右参观了一番，向他展示了一口从树木根系里喷薄而出的“泉源”，同时还解释了如何操作火盆(火焰是用天然气的，也是从植物的根系而来)以及怎样使用葫芦状的干粮包。她的语气几近冷淡，如果翻译过来的微妙情绪是准确可信的话，那女子的话真的可以算是言简意赅。福瑞斯特乐呵呵地笑了，心想，在那位女子的心目中，不管我算什么人，想必都是当地话里头的某种“坏家

---

① 在线语言平台。

伙”——只是暂时受到了金星版本的希波克拉底誓言[①]的保护。

借由一条只可爬行而过的蜿蜒小道，二人离开了那个洞穴——对福瑞斯特而言，这是噩梦初醒的回忆——从巨型枯树根上的洞口钻了出来。原来她的这座“庇护所”就是一个位于大树桩下方的空洞。女子在前头引路，福瑞斯特不得不拖着自己的那条瘸腿，费劲地在后边跟着。他试图劝女子带他回去，回到那个原先发现他的地方，然而这完全是徒劳。虽说福瑞斯特对此感到气恼，但也不至于愚蠢到执拗地单独回去。要是那个蜥蜴女人把他拖倒在地并压在身下怎么办？那女子强壮得很。要是她还有尚未露面的同伙怎么办？没错，两者肯定兼有。她现在一个人，依靠葫芦里装着的汤汁生存，却又佩戴着令人刮目相看的高科技设备。故事应当怎么编呢？福瑞斯特应该是一个怎样的人物形象？此刻有太多的未知数了，他觉得很享受，只是心里还愤愤不平着。

然而她的步伐似乎正在述说着答案。她带着背包，而福瑞斯特则两手空空，这让他感到有些难堪。一路上凡是有现成小道的，她偏偏不去走；凡是有运输工具的，她却情愿步行通过。这个蜥蜴女人到底是谁？金星上的某些荒野生存家，正在羞辱一个讨厌的城里人？福瑞斯特不愿认输，当对方递来一个装满汤汁的葫芦时，他将其一饮而尽，同时还毫不停顿地大步向前，然而这已是绝望的逞能。那女子身穿一件飘逸的灰色袍子，里面只有一套内衣。为适应自己的尾巴，那内裤并没有后片。当她跨越障碍物时，袍子舞动飞扬，福瑞斯特看到那硕大的尾巴根部泛着微光，体验到一种怪异的性感。

没过多久，那条尾巴便成了促使他挪动脚步的唯一动力。

福瑞斯特精疲力竭，眼冒金星，指尖发痒。他用手去掐，试图从一

① 古希腊医师治病救人的职业守则，但其渊源仍存在争议。

片指甲底下抽出一条蠕动的棕色小虫子。他不停地掐着,直到那女子走到他面前,握住了他的手腕。

女子掏出耳机戴上:“你现在头脑迷糊,”她暗示道,那对大眼睛透出冷酷且轻蔑的眼神,“失去方向感,思路也不清晰,是不是这样?皮肤还起了鸡皮疙瘩?”

“这些症状都有,”福瑞斯特小声地说,“你真厉害,医生。你说过要帮助我的。”

“我肯定没说过那句话,不过我会尽力的。”

她在撒谎,事态越发不妙了。如今他们真的踏上了渺无人烟的陌路,福瑞斯特被那名女子带领着,穿过一片片尚未开发的原始丛林,一条条填满污泥的天然壕沟,被她强迫翻越那些隆起的树根群……最后到达一块面积很小的空地。这里生长着一种新型的树木,呈淡红色,而且枝节繁茂。这种树木独立生长,附近没有别的植被与其做“邻居”。福瑞斯特磕磕绊绊,晕头转向,他被命令脱掉衣服,匆忙踩上树根丛中的一块天然平台。树干下部划有一道道裂痕。那女子往他手里塞了一样东西,然后叫他抓牢,并朝他大声喝令。

“戳那棵树!戳它!朝头顶上方的位置戳,要遮住眼睛。听懂了?”

福瑞斯特握着一把小刀,上前捅刺那棵树。一大波滚烫的液体喷薄而出,泼洒在他身上。

真是一通热水澡!我的上帝!

瘙痒感让他发疯,一股蠢蠢欲动的邪恶感遍及全身,而且迅速加强。他低头一看,胸口上有一窝小黑虫子。除此之外,肚子和胳膊上还布满了更多。它们从福瑞斯特的鼻孔和肛门里钻了出来,可谓无处不在,足足有上百条。冲刷下来的滚烫液体逐渐减少,于是福瑞斯特再次捅刺那棵树,歇斯底里地一次又一次猛戳。噢,这真是一种畅快淋漓的解脱……

当他走下平台,那位女子又重新把他送了上去。当福瑞斯特二度下来时，她满意地把一个崭新的软壳“葫芦”递到福瑞斯特手上。

“拿着它。‘天外来客’先生，别人无论给你什么，你都记得要拿着，因为东西用光就没了。在这块土地上，你必须入乡随俗，跟我们做同样的事。你要脱毛，要用隔离防护方法，否则那些‘吸虫’会在数小时之内毁灭你。趁你现在还没有彻底病倒，我先帮你全身涂抹一遍。”

她让福瑞斯特端坐在地上，对他做指压按摩，然后将含有颗粒的黏液涂抹到他的头发和胡须里，还有胳膊上、腿上、胸口以及阴部，接着叫他冲洗干净。最后她往福瑞斯特的身上涂抹了一层乳脂，使他的皮肤如同自己一样富有光泽。此外还有一种透气的胶液，女子一边说一边将其抹到福瑞斯特身上每一条细缝里。对于鼻孔、嘴巴和眼睛，在短期内并非必要。那些“吸虫”不会堵塞气孔或危及视力，除非是宿主奄奄一息时才会那么做。女子的按摩刺激了福瑞斯特的下体，但她并未被搅扰到，权当没看见，而福瑞斯特也不去特别在意。尽管如此，两人之间还是催生了一点什么。当福瑞斯特通体光洁无毛并重新穿好衣服的时候，一切已经与先前不同了。

“先生，既然我们已经聊开了……您叫什么名字？”

“福瑞斯特，约翰·福瑞斯特。你呢？”

“茜克普乌尔。”

“茜克，那是树木、森林的意思吧？”

“您也懂敝邦的语言？”

福瑞斯特摇摇头。“在洞穴里的时候，我偶尔会听到你和某个人在说话，或许是在同你的神灵交流？我就在一旁听着，‘茜克’这个词频繁出现，于是我就猜想那是树木的意思，”他朝四周挥了挥手势，“鉴于此地的自然状况嘛。”

“我不信神灵，”她说，随即补了一句，“‘乌尔’意为歌谣。‘普’是分隔音，整个名字的意思就是‘密林天籁’。如果没有‘普’的话，‘茜克乌尔’又是另外一个意思。”

这种区分显然很重要，但福瑞斯特不知如何回应。

"'密林天籁'，好，好。嗯……'约翰'的意思是上帝的礼物。"

她笑了起来——至少听起来像是一种笑声。突然，福瑞斯特的双眼如火烧般疼痛，方才他忘记遮住眼睛了，不过眼前的视野还是清晰的。此刻他清醒着，而且仍然活着，浑身上下又充满了活力，这大概是着陆以来的头一次。他望着那棵被凿出洞眼的树干，还有那块"洗澡"的平台，这真是一个经过常年使用而形成的天然组合。

"附近有人居住吗？"

"有一些原住民，你看不到他们。还有另外一些人，他们……更不容易看见。咱们出发吧，前头的路不远了。"

他们很快穿过一块空地，福瑞斯特终于可以估算出这片绿叶华盖的高度了。这景致的确让人印象深刻，然而也并非绝对不可思议，也就是六七十米的样子。空旷的地面上仅仅生长了一些苔藓藤蔓，而那种提心吊胆的绵软感觉则依然存在。

茜克普乌尔坚持绕着树林边缘走，在"华盖"和明亮的云层之间有一片阴影正在移动；一块灰暗的"帘布"从天而降，远远地望去，就像在旷阔的平原上下起了一场暴风雨。福瑞斯特以为他们要往大雨里头钻，可最后却穿越了阴影移动的轨迹。他惊奇地注视着那盘根错节的宏伟底部——一根根闪闪发亮的绳线晃来晃去，真的从他光秃秃的头顶上扫过，吓得福瑞斯特连忙蹲下身子。

"别担心。"她说。自从福瑞斯特洗了那一通澡以后，茜克普乌尔就一直戴着耳机。福瑞斯特欣赏这种"让步"的举动。"它们只是在攫取氧气，并不知道我们在这儿。"

福瑞斯特和茜克普乌尔两人再次踏入森林，然而她又立刻停下了脚步，并向福瑞斯特示意，叫他赶快退回来。树根上长出了一个节瘤，高度可达膝盖位置，它正挡在二人前进的路上。茜克普乌尔蹲伏下来，用尾巴保持身体平衡。她拿出福瑞斯特借用过的那把刀子，在右手的手指之间划开口子。她的血是红色的吗？福瑞斯特无法看个明白，因为那暮光终日照耀在天边，蔷薇色中略带翠绿……

“等一等，站在原地不要动。”

福瑞斯特的目光被吸引过去，看到她深入右侧的树林里，又做起了同样的“仪式”。她到底在干什么？抚慰树林中的魔鬼？福瑞斯特看到了几个怪东西，于是一动不动，直到茜克普乌尔又重新从左侧出现，而此时她已经在某个大家伙周围环绕一圈了。接着，他俩继续前行，来到了一棵真正称得上巨大的枯树前。此树的树干与房顶齐高，与谷仓同宽，福瑞斯特心怀敬畏地望着它。

“但愿这家伙不吃荤。”

“其实他恰恰是食肉的，不过树心已经没有了活力。”

入口通道的末段是垂直的，他们顺梯而下，进入到一个圆形的空间里。室内的拱顶，和先前第一个空穴如出一辙，不过倒是宽敞了许多，装修和摆设也考究了不少。洞里摆放着好几张配着靠垫的沙发，还有低矮的桌子、圆顶的箱子。在椭圆形的地面上，有一个火盆安放在一处焦点上，而一口冒着气泡的泉源则位于另一处焦点①。除此之外，还有好几扇门（紧闭着）看似通往其他地方。

福瑞斯特的胃口也恢复了。他渴望吃到牛排、炸薯条，喝到上好的麦芽酒。不过他凑合地喝下了又一“葫芦”的汤汁（他不该继续管那东西叫“葫芦”了，因为这明显是生产制作出来的），而后躺倒在沙发上，迷迷糊糊地坠入了梦乡。

在福瑞斯特的梦境里，那些尖嘴长鼻的东西依然在追赶他，无足的躯体上爬满了虫子；土狼在毒液树下绕圈，杂乱的毛发里“寄生”着那些吸血的害人精。空气中飘浮着微小的虫子，它们侵入福瑞斯特的鼻

① 在平面几何上，椭圆形有两个焦点。

孔，引来了更为渺小的害虫前来相斗。福瑞斯特打了一个冷战，猛地惊醒过来。“咬虫”也好，“吸虫”也罢，它们虽然名字可爱，但实际上却是令人坐立不安的恐怖生物；小个的、大个的，全都集结到一起……到处都是狗娘养的家伙，其数量远胜过地球。要是当初茜克普乌尔没有发现他，那将会是一个多么可怕的下场！然而福瑞斯特转念一想，其实也并非茜克普乌尔偶遇自己，她原本就一直观察着。“你从树上摔下来，虽然也付出些代价……”

福瑞斯特睁开眼睛，茜克普乌尔就待在他身旁，还是那个“三脚架”姿势，依旧佩戴着耳机。茜克普乌尔朝他笑了笑，而福瑞斯特也渐渐爱上了这种咧嘴过宽的怪异笑容。当然这还是有分寸的，他害怕一旦过了头，就会伤害到自己。

“我得把装备还给你了。”

茜克普乌尔将一堆东西都递了过来，包括那把弹珠气枪，福瑞斯特原以为它已经丢失或被没收了。“这不是一把致命武器，”她评价说，“你身上连一件具有杀伤力的家伙也没有，要是遇上麻烦怎么办呢，约翰福瑞斯特①？”

福瑞斯特心想，会是什么麻烦呢？你的同伙？“带了又怎样？‘不可以杀人的’。② 我在进行实地考察任务，不想跟任何人过不去。”

“实地考察任务，”她重复着，“好的，我明白了。”

“那么你呢，茜克普乌尔？我欠你一份大人情，可是……你在那个脏兮兮的地方干什么？怎么会一下子就无端出现了呢？”

“约翰福瑞斯特，金星地表是原材料的来源。我们之所以到这儿来，要么是跟当地人做买卖，要么是因为争夺‘战利品’。你真的非得知道的话……好吧，我其实正在研究那些树木的毒液，好将其转化为

---

① 金星人没有理解人类姓名中间的空格，将“约翰·福瑞斯特”并在一起念了。
② 此处援引了圣经十诫中的一条：不可杀人。

武器。”

“那可不是医生的工作。”

“‘天外来客’先生,我们生活的世界并不是非黑即白,非此即彼的。虽然我选择了医生这个职业,但我生来就更适合做别的事。当时我看到你被一群害虫追赶,目睹你爬上了树,而后又掉了下来,这完全是巧合。”

福瑞斯特觉得自己知道的东西太多了,不管这他妈的到底是怎么一回事,自己似乎已经深深地陷入了麻烦之中。如果可以的话,请把我放了,我会万分感激的……

可福瑞斯特什么话也没说,仅仅表情严肃地点了点头。

“我很快就要走了,”她说,“现在你有了一切所需的东西,没有任何“吸虫”或“咬虫”会来靠近你,巨树心下面的洞穴就是我们安全的家。你手里没有归航信标,我就送你一个,它会指引你返回当初见面的地方。不过你现在还非常虚弱,务必耐心等待。在离开此地之前,请先好好吃,好好睡,然后再活动活动腿脚。我不太喜欢你总在白天打瞌睡的习惯……”

“噢,那个呀,我们管它叫‘倒时差’。那没什么的,只不过花点时间把自己调整到另一个时区罢了……”

福瑞斯特不但喜欢戴手表,而且还热衷收藏。在前往西非之前,他为此次旅行特地订做了一只手表。这是一个做工精巧、价格不菲的“玩具”,它并不按照分秒为单位走字,而是依据两颗行星之间复杂的轨道运动关系。茜克普乌尔将这个玩意也原封不动地归还了。福瑞斯特相信她不会胡乱摆弄这只手表。他一边说话一边读取时间,而心脏却突然一阵早搏,因为只有眼前的这个时间才真正与他休戚相关。

福瑞斯特欲问自己“病”了多久,想弄清楚当下金星的“一天”该有多长。他不知道应该如何构架自己的问题,况且这些信息也并不重要,他从波托罗那里已经了解了复杂的运行条件,足以确信自己已经错过了时机，未能回家观赏窗外的美景，下一次的机会还需……等待一段时间。

“对了，约翰福瑞斯特，我倒有个提议，刚才突然想到的。你干吗不到天上来看看呢？既然你在执行一项实地考察任务，那么不妨由我来把你介绍给各路有意思的人士，之后我们肯定会送你回到地面上任何一个你要去的地方。”

福瑞斯特把那块星象手表塞进衣服内侧的口袋里，茜克普乌尔那对翠绿的大眼睛述说着赤裸裸的谎言，她的笑容预示了并不乐观的未来，然而福瑞斯特并不在乎这些。

“真是个好主意，很高兴可以前往，咱们什么时候出发？”

倘若要在这里困上一年半载，抑或是永远回不去，那倒不如外出走走看看，在这个无法理解的时空里大闹一番。这有何不可呢？如果那位小姐担心我的性命安危，那说明她大概还不了解我约翰·福瑞斯特！她脖子上系着一个小布袋，是用来存放卜骨[①]的……这又是怎么一回事呢？

茜克普乌尔正在筹备福瑞斯特的访问之旅，而福瑞斯特则又“在白天打瞌睡”了。室内光线昏暗，壁龛上的装饰灯被调到最暗。他听见那女子的声音，却看不到她的身影。茜克普乌尔于洞穴最深处放下了纱帘，在福瑞斯特生病期间，她也常常用纱帘隔开他的床榻。那只耳机就放在桌子上，福瑞斯特兴冲冲地戴上了它，然后悄悄地朝那一层层纱帘溜过去。他慢慢靠近，透过纱帘窥视。福瑞斯特目睹自己正全身赤裸地站着发抖。

震惊的感觉稍纵即逝，福瑞斯特定睛一瞧，似乎看到一块全身镜，然而它并没有反射出自己所处洞穴的景致，原来这个裸体的身形是一

---

① 占卜用的动物骨块。

个全息影像[1]。此时一位陌生的蜥蜴男子(福瑞斯特看不到他的尾巴)站在影像旁边,他身穿黑色和白色的衣裳。茜克普乌尔背对着福瑞斯特,说话的语速异常快,听起来简直像放鞭炮时的噼噼啪啪声。不过传到福瑞斯特耳朵里的却都是英语(大部分如此)……

“不,他是真人,不是什么复制品。但他携带着一块植入物,就黏附在胃壁上。我没有接触过,不知道那是干什么用的……”

福瑞斯特心想,看来我仍然是一台会走路的星际探测器,得知这一点倒也庆幸。然而,蜥蜴男子通过“视频连接”说的话却让人费解。

“否认现实的确会让人感觉不错,可那样能够维持多久呢?艾斯布韦,现在这样其实更好啊,远胜过一场……肢解!我们并不想报复,对不对?”

福瑞斯特心想,那位女子的尾巴应该还在挥舞扭动着,他很想去窥视一下,不过最终还是朝后退却了。他将耳机放回原位,自己重新躺下,可那个念头仍然在汹涌地翻滚着。

福瑞斯特本欲佯装睡觉,可后来的确坠入了梦乡。直到听到有什么爬过地面的声音,他方才苏醒过来。

球形的空间里依然昏暗如初,那一层层纱帘已被撤去,茜克普乌尔坐在火盆旁,尾巴盘在双腿上。虽不见有东西移动,爬行的声音却越来越近。福瑞斯特困惑不解,于是侧过身去假装睡觉,随后就看见某物穿墙而入。

一名男子爬过地面,是个体形修长的青少年。他赤身露体,浑身布满伤疤和殴打的痕迹。只见他靠单手和单膝拖着步子前进,后背、肋骨、肩膀上统统都有瘀青的鞭痕,眼部也青了一大片。他没有尾巴,这让福瑞斯特以为自己是在做梦,并梦见了一个人类男孩,只是这整桩事情太过完整,太过连贯了。孩子的头发是黑色的,淡绿色的皮肤显得惨

---

① 利用干涉和衍射原理记录并再现物体真实的三维图像。

淡苍白,看起来着实不自然——当他走近火光时,肤色变得更加暗淡,就像是透明的。

这具残缺不堪却自行走动的尸骨,这个恐怖骇人的鬼魅幽灵……投入了茜克普乌尔的怀抱里。

难道这又是一个全息影像?依照茜克普乌尔的反应判断,似乎并非如此。她抱着这个孩子,微微地摇晃着他,对他说着悄悄话,轻轻抚摸着瘀青浮肿的眼眶上的黑发。后来不知怎的,福瑞斯特弄出了一记声响。

茜克普乌尔猛地抬起头,同时那个鬼魂也在顷刻间消失了。

“那个……是什么?”福瑞斯特松了一口气问道。

那双大眼睛一眨不眨,她静静地离开火堆,拿起那个“翻译设备”。

“我的儿子,杰明。每逢夜深人静,他就会来到我身边,而那时我一般是独自一人,你之前从没半夜醒过。杰明是被人严刑拷打折磨致死的。约翰福瑞斯特,记住,千万不要被刑讯而死,这不是一个好死法。”

她取下耳机,转身走开了,这个话题到此为止。福瑞斯特从床上起身,走到火盆旁陪她,顺手拿起了那只耳机。他注视着她的双眸,故意拿起她的手,让灵巧的掌蹼抚摸他的头。

“告诉我,茜克普乌尔。”

她盯着那团火焰,尾巴在身上缠绕得更紧了。

“没什么可说的。他在隐秘战线上被俘,我们没能通过谈判来解救他。他被敌人虐待,而我们的抗议却无济于事,后来得知他的死讯,一切都已无法挽回。我只能安慰他,尽量让他心平气和下来……约翰福瑞斯特,这儿的人都知道死亡不是终点,因为死者是会回来的。在梦境里也好,在大白天也罢,他们都会跟我们说话,都还认识我们。等他们最终彻底离开时,我们不知道今后会是怎样,不知道这些尚未安息的灵魂有没有得到解脱,是不是还困在临死时的痛苦之中……这很残酷。”

“我知道你是一个女巫,”福瑞斯特说,“你肯定能够做点什么。”

她修长的手指贴到了那包骨头上。

“无能为力。咱们以后不要再谈论这件事了,我帮不了我的孩子。他会慢慢走开,仅此而已。他最终会离去的,至于去往哪里,我也不会知道。”

二、逃离了危险的泥沼,却跳入了更深的火坑

在他们外出的路上,茜克普乌尔不得不再次安抚那些妖魔鬼怪。福瑞斯特保持距离,不去搅扰,直到她环行完毕为止。今天的茜克普乌尔看起来略带一丝娇羞,这在她身上前所未见,福瑞斯特心生欢喜。有一点他确信无疑,只要自己开口去问,茜克普乌尔准会说,倘若当初把自己留下的话(等待肢解虫来),她就按原计划去搞定那些会喷毒液的树丛。福瑞斯特缄口不言,只是一如往常那样跟着她走,然而心里却在暗喜。他庆幸自己终于不再是无用的累赘,又重新主宰了自己的命运,这种感觉真是美妙。

然而一切果真如此微妙地完全改变了?那些树木真的移动过位置?树与树之间的距离确实与先前有所不同,而这软绵绵的地面也出现了新的轮廓……

“它们向来如此,”茜克普乌尔注意到福瑞斯特困惑的眼神,向他解答道,“每一棵树都是独立的生物,它们想上哪儿就上哪儿,这就是此地看不到小路的原因。当地人有他们自己的一套办法,而我们则凭借信标来徒步行走,因为这样更简单一些。”

“真是一个奇异的世界,这就像但丁神曲中地狱的一环。”

“确实很像。所有亡故的生命也都在此地,如衔尾蛇[①]般生死轮回。可不知怎么的,我就是喜欢这样。”

---

① 蛇弯曲成圆圈形状,吞食自己的尾巴,这是一种古地中海地区出现的符号,象征着轮回之意。

他们听到树林外头刮起一阵大风，茜克普乌尔递给福瑞斯特一件长袍，形如她自己身上穿着的那件。福瑞斯特把袍子裹上，脑袋上和脸上都紧紧地缠绕上了一层一层的布。接着，两人走出闷热的环境，进入一片尘暴之中。福瑞斯特防护周全，可如此一来便形同半个瞎子，他感觉在脚下流动的沙砾下有一片坚实的地表，同时还瞥见了一个个方形拱顶的巨型物体。福瑞斯特躲避着狂风，回头望去，身后是一片树林，像升腾而起的灰绿色幻影，就位于被荒漠吞噬的城镇边缘。茜克普乌尔朝一幢完好无损的楼房走去，操作起一块触摸板，打开了一扇硕大的双开门。迎面而来的是一片寂静，庭院里盖满黄土，此时茜克普乌尔方才露出了脸……

"我要去拜会一个人，不会拖太久的。"

他们步入的房间使福瑞斯特联想起教堂，有牧师的讲台、众教友的长板凳。墙壁上用五颜六色的金属或搪瓷材料勾画出一个个蜥蜴人，还有珍禽猛兽、花草树木。茜克普乌尔走上讲台，而福瑞斯特则坐到椅子上，双腿显得太长了。虽然茜克普乌尔很高，但她却像日本女人那样，身高全都集中在了柔韧的躯干上……此时福瑞斯特期待看到"视频连接"，然而他惊奇地发现一个晶莹剔透的圆柱体，其内部的粉状物质开始旋转起来，柱内的横截面向上移动，似乎塑造出了某种物体。接着那个圆柱消失了，在原地上站立着一个体格结实、外表阳刚的金星人形：一个蜥蜴男子。这人并非福瑞斯特在全息影像里看到的那个，而是一位完全陌生的人。他头发稀疏，身穿某种样式的礼服。虽然看上去位高权重，然而模样显得十分苍老，要么可能原本就身体欠佳。

茜克普乌尔滔滔不绝，而那个蜥蜴男子基本上一直在听。他曾一度朝茜克普乌尔身后望去，福瑞斯特感到惊慌失措，似乎有一对眼睛正在紧盯着自己，一个稍纵即逝的即时幻影闪过。最后，茜克普乌尔鞠了一躬，老者也还了一个礼，接着那个躯体就四分五裂，黯然消失了。

她从福瑞斯特身边走过，一边朝着大门而行，一边重新戴上耳机。

“那个人是谁?”

“他是我的丈夫。如有鲁莽之处,还请见谅。等到了天上,你会在合适的场合跟他见面的。对了,约翰福瑞斯特,你有妻室吗?”

“我有过两个,不过后来都放弃了。”

“明智的男人……我已经尽了自己的责任,我把孩子的名字告诉了一位有权势的老头,用他的未来换取我们的安全,一桩对双方都公平的交易。我们没想过这种状态会维持永久,我没有怨言,一点也没有。可是,他活得真够长哟!”

她咧开大嘴朝福瑞斯特笑了笑:“眼下我们还要赶路,傍晚时候风力通常会减弱,不过我希望到了那时咱们已经远离此地了。”

在尘土覆盖的庭院里,茜克普乌尔忽然不见了,然而没过多久又重新出现,还带来了一只长相不凡的动物。这是一头黄褐色的矮个骆驼,它的腰很粗,长着一对滚圆的“猫眼”,脖子和尾巴均盘曲着,鼻口上长满了粗硬却下垂的胡须。

“约翰福瑞斯特,来见见米翰努克吧。我没有把它带进树林,不过现在咱们用得着它了。我没料到会带一个客人回家,所以你恐怕得骑在我身后。”

谁给米翰努克套上了马具?福瑞斯特竖起耳朵仔细聆听,然而周围既无脚步声,也没有说话声。

“这里就我们两个人?其他人都上哪儿去了?”

“只有当地人才会永久生活在地表上,他们就在附近,而且不会离开这片闹鬼的森林。我们还是走吧,去海岭基地还有很长一段路程。”

福瑞斯特心想,要是有人问起来,就说那些地面生物从没发现过我……

这头似猫又似骆驼的东西,前进的方式让人感觉颇具挑战性。它像一只野兔那样奔跑,用健硕的腰部发力,前爪着陆时会优雅地回弹。一路上让人感觉甚是难受,而它还在继续加快速度。每一次跳跃,福瑞斯特(嘴里默默咒骂着)都几乎要掉落下去;每一次落地,他的脊椎都似乎要将他的头顶戳穿。茜克普乌尔把尾巴盘起来,马镫位置踩得很高,犹如一名赛马骑手。她左右环顾,翠绿而水灵的双眸游动在灰色面罩和狂风沙土之间,似乎注意到了福瑞斯特的痛苦。茜克普乌尔又注视前方了,而福瑞斯特则感觉到一种令人好奇而紧张的肌肉运动。

茜克普乌尔将尾巴卷在福瑞斯特身上。

"这样好些了吗?"

"嗯,"福瑞斯特松了一口气,"好……很好。"

渐渐地,狂风的怒吼消逝了,沙尘也变得稀薄干净了许多。米翰努克似乎认为自己已经足够卖力,于是沿着一条荒废的残迹慢悠悠地拖行,山路两边尽是被风化侵蚀的大卵石,将他们的视线阻挡住。米翰努克最终到达一座形如波峰的断崖绝壁上,茜克普乌尔用缰绳末端的结节拍了拍它的肩膀,随后那头野兽跪到地上,于是两人从它背上"下马"。

他们徒手攀爬了最后几米,登上一个高点,发现眼前是一个令人啧啧称奇的海湾。金红色的悬崖峭壁笔直插入地面,其深度远胜于美国的大峡谷,这一片朦朦胧胧的盆地掠影,一望无际。在他们左侧的绝壁深处,福瑞斯特看见一条小路,它通向另一个错综复杂的建筑群,还有如骨架般的桥梁在一条沟堑上方延伸开来,连接到一根圆锥形的石柱处。福瑞斯特眯起双眼观察,发现这种排列顺序不断重复着:一排石柱从未知的深处升起,桥梁将它们一一连接起来,成为斑斑点点,若隐若现。

在遥远的正前方,明亮的白光照映在灰暗的云彩上。

"那头是不是大海?"

"曾经是大海,"茜克普乌尔说,"可如今基本上是一口盐巴做的巨型锅子了。约翰福瑞斯特,我的同胞现在都住在天上,生活在云层之中,那里一切都尚好。就算我们想回地面,也是不可能的了,不过只有那些头脑发热的疯子才会认为这是一件了不得的灾难。其实住在上面也无妨,因为不管怎么说,下面的情况已经无药可救了。”

“既然这样,担忧又有什么用呢?这向来是不值得的。”

“你说得对。我很想学你们的话。在我看来,你们的语言措辞优雅,还包含有许多非常有意思的概念。对了,那个‘不可杀人’的典故便是又一个例子!”

福瑞斯特点点头,不过他的思绪已在千里之外了。唉,逃离了危险的泥沼,却跳入了更深的火坑……还说什么一定要抢在美丽邻星发生灾难之前到达那里,波托罗啊波托罗,你的计划有点不靠谱啊!

“是什么导致了这场大灾难?你们的科学家对此有什么解释吗?”

茜克普乌尔想了想,心里斟酌着措辞,然后说:“很久以前,我们活在一个危险的世界里却浑然不知。万事万物都是纯良友善的,资源富足,触手可及。然而有一天,情况急转直下,我们就好像按动了一根错误的杠杆,不知不觉地破坏了平衡。于是毁灭降临,如孩童的玩具那般稀里哗啦地轰然倒塌下来。它既任性可笑,又冷酷无情。至少这就是我眼中的情况。约翰福瑞斯特,其实我们在很久很久以前就已经走错了一步。在我们住到云层上面之前,损害就已经铸成了,更别提再上高空了。事到如今,追究责任已经毫无意义。”

狂风刮过以后,空气又复归了平静。眼前这片昏暗模糊的雄伟景色令他们屏声静气,缄默不语。

“‘天外来客’先生,我把你带上来,不是要责备你什么,而是想给你看一样东西,一个此地的稀奇景观,请朝东边看。”

福瑞斯特在观瞻之前即感受到了一股凉意。远方出现了一圈昏暗的椭圆,它清晰可辨,如同孩子笔下的粗线,悠闲地挂在天边。只见它慢慢地变大,就像在日食发生的时候,月亮的阴影穿过太阳那样。它内含饱满,看似如墨水般流动。这种变化毫无征兆,既没有闪烁的光芒,又没有日落的暮色。这种由亮转暗的转变完全是突如其来的，纯粹得就像是乐曲中的一个音符。

天色暗了下来。

福瑞斯特联想到一个看不见太阳的世界，没有明月，亦无星辰。霎时，恐怖的感觉遍及周身，他想逃跑，然而旁侧的金星人却会心一笑，并且叹了口气。此时的夜空美极了，像一张天鹅绒飘舞到了天穹，仿佛急忙要吞食掉他们似的。

"别怕。"她小声私语道。头顶上的夜空已一片漆黑，暗夜的魔爪正居高临下。

"谢谢。"福瑞斯特轻声说。

二人骑行前往海岭基地，下坡时疾驰了数英里，犹如沿黑暗的河水顺流而下。茜克普乌尔在米翰努克的缰绳上绑了几盏小照明灯，虽然它看上去并不需要这些。米翰努克脚步稳健，如行云流水般自在等闲。基地亮着灯光，跟树林边的那座小镇一样，似乎也已被人遗弃。基地的电缆车在光滑的长链上晃来晃去，黑色的车身与蔷薇色的霞光为伴，让福瑞斯特想起寺庙雕带①上的埃及幽灵船。米翰努克悄无声息地踏到平台上，就这样带着福瑞斯特和茜克普乌尔一起登了上去。

米翰努克得到一个独享的小隔间。茜克普乌尔舒舒服服地安顿好它之后，到特等包房里陪伴福瑞斯特。那里的自助餐提供许多橱柜食物，有好几种腌菜、涂抹酱料、硬面包、含有咖啡豆（要不就是昆虫幼体？）的咸味蛋糕，还有各色蜜饯水果。这些东西算是汤汁以外不错的调剂吧。待吃饱喝足之后，二人继续赶路。他们来到一辆游览车旁，还随身携带了一瓶烈酒。车厢里的沙发既柔软又宽敞，福瑞斯特和茜克普乌尔并排坐在一起。

---

① 位于水平柱顶过梁之上的一种装饰。

“约翰福瑞斯特，接下来又是一个不容错过的景致，我们正要从‘大天堑’上方驶过。”

在一片未知的黑暗之中，福瑞斯特朝下方很深的地方望去，看到一条流动的红线。

“那是什么？”

“地表上的一道裂缝，距离古老的海岸线非常近，那里不断有火焰喷薄而出，荒野外的尸体皆被吞噬。不过它正在萎缩退化……城里的人常来拍照。我们的科学家称之为‘有益的创口’，然而它们全都正在‘治愈’，这不是什么好兆头。”

“我听说过这些事情。”

“等到哪天火焰停止了‘流动’、伤口也不复存在的时候……就连云层和天空也容不得我们居住了。不过这是很遥远的事情，你我两个都不用担心！”

福瑞斯特往两只小杯子里斟满酒，茜克普乌尔一饮而尽，然后端着杯子想要续酒。福瑞斯特心想，这种一一对应、你来我往的翻译似乎把他们变成了中世纪的骑士和淑女，仿佛正在谈论唯有智者才知晓的神秘厄运。突然，茜克普乌尔把杯子一扔，猛地抓住福瑞斯特的手。她有四根手指，都能相向对称①，抓握的感觉犹如一条变色龙。

“你帮了我一个天大的忙。”

“你是指……到云层上面拜访你们？”福瑞斯特笑了起来，“这是我莫大的荣幸！”

“不管怎么说，我还是觉得欠你一份人情，就让我来报答报答你吧。”

“不用的。”

---

① 人类等动物长有对生的手指，即与其他指头相向对称，比如拇指，这样可以便于抓握。

“我亲自动手?”

“呃……这个……这等美事……真没想到……”

“我的意思是为你哼一首曲子,不是指别的什么。”

“当然……当然不是!”

看来浪漫的前奏难免落入了蹩脚的俗套里,然而福瑞斯特的欲望却是真真切切的,而且茜克普乌尔也正有此意,她心甘情愿地主动献身。眼下似乎已毫无理由再拒绝了,福瑞斯特从她背后贴近,一把抓牢了那条靓丽尾巴的根部。

亲吻时,茜克普乌尔的香舌触碰到了对方,她的舌头细长而有力,调皮又主动,正肆无忌惮地上下探索着。她的笑容背后是无尽的深渊,可以将福瑞斯特吞噬干净。接着他们剥去各自的衣裳,相拥在了一起。她的尾巴紧紧地缠绕在福瑞斯特身上,而他也投桃报李,在对方的娇体内前后开拓着,他从未料到可以如此之深,持续如此之久。在幸福和欢愉中,福瑞斯特精疲力竭,倒头便睡着了,然而醒来时却仍在她的怀里,湿滑而强劲的性摩擦依然在他腿间和臀部上下起伏着……

福瑞斯特不知道自己能否度过这段黑暗的旅程,还是快活地死去?

随后是一首引人入胜的美妙歌曲,那是无法用金钱来衡量的馈赠,只不过其间时而为福瑞斯特穿插介绍她的城市。二人几乎滴水未进,粒米未食,双双缠绵而睡。当福瑞斯特再次醒来时,他却独自一人。

茜克普乌尔在对面的沙发上,如昏暗灯光下的一抹剪影。她俯首看着卜骨,这正是福瑞斯特初次见她时的模样。于是他走了过去,茜克普乌尔抬头看着他,并将背向后靠去,好让福瑞斯特看个清楚。原来那只是四个物件——并没有什么骨头。记忆中的那块“台板”其实是一张轻巧如纸的薄片,会自行发出光亮,并标有一个四乘四的方格。对于一个尚活在蒙昧时期的部落萨满而言,眼前的这些物件已经足够了。但要想在纷繁复杂的高科技社会里对命运的轨迹进行“建模”……这些东西似乎就显得并不多了。

然而四乘四是一个威力神奇的数字。

福瑞斯特说,这些物品都是你生命中的圣物。为了帮同胞解读未来,你赋予了它们意义,这些我都明白。可是,你能不能解释一下,这是如何运作的呢?

一小块花纹布……包裹……三根小棒……这是……

一根闪亮的……羽毛……或一片鱼鳞……或许编织上银丝……或许更好……是定制的……这总有可能……

一条枯萎的……绳线……棕色……纹理材质……很可能……一段树根……这是……

一块黑石……光泽……像黑曜石……是“真相”……

在这场交流中,那副耳机不知上哪儿去了。他一问她一答,茜克普乌尔用手势来做比画,这门亘古不变的宇宙通用语言即是茜克普乌尔的又一项本领……

你算出来的结果都会变为现实吗?

要是你真的明白透彻了……就会知道……这是一个愚蠢的问题。

随后她笑了,一个手攥着那颗黑石,另一只空的手则摸到福瑞斯特的胸前,即他心跳的位置。一旦我确信自己没有算错……就算答案有多么不可思议……但到头来终究还会是我正确……

福瑞斯特顿时感觉非常困惑。

茜克普乌尔将她的物件放回袋子里,接着把绳线掠过头顶,挂在脖子上。她很快就睡着了,可是福瑞斯特却躺着无法入眠。茜克普乌尔、茜克乌尔、女巫“密林天籁”……我真的了解她吗?这似乎是不可能的。

他们到达泰塞拉基地时也颇具戏剧性,同半夜的下坡那一次异曲同工。她的城市是一座“浮空飞船”,面积与曼哈顿岛相当,现已飘移过来迎接他们。飞船被粗壮的缆绳固定在泰塞拉高原的悬崖边，贴近游览车观光大楼的位置。当他们与飞船慢慢靠近时，福瑞斯特望着飞船底部。这是一大群鼓胀的膜状飞行物，它们层层相叠，用缆绳系在一起，形成了一张庞大的网状结构。

“与高层大气中的栖息地不同，”茜克普乌尔评论道，“我们的城市都是由有机生物培育而成的。这些原始的囊状殖民地提供给我们胚芽材料，直到今天还依然生机勃勃，有的小如一张桌子，而有的大如一座山顶。我们就地取材，并对其进行数据挖掘，以期进一步的改良。”

“真是不可思议。”福瑞斯特说道，这话让茜克普乌尔扑哧地笑出了声来。

“关于杰明的事，你还要保密？”

“当然。”

茜克普乌尔告诉福瑞斯特，她的城市“拉瑟坦”领导着一个自由独立的云际城邦联盟，名叫“云联”；而另一个主要阵营则是一个帝国，以军事独裁为纲领，并以一艘名为“拉普顿”的庞大浮空飞船为中心。眼下帝国同云联之间在理论上处于和平状态，不过隐秘战线上的手段和伎俩却是既狠毒又龌龊的，也正是这么一个现状才害得杰明丢了性命。丑闻一直未公布于众，因为这件事很容易引起民愤。官方的说法是：在一次前往古老海床的探险活动中，杰明不幸因坍塌事故而遇难，尸首亦悲剧性地无法打捞收回。

茜克普乌尔说这确实是一次勘探考察，那些争议地区蕴藏着丰富的额外资源，后来他们才卷入了麻烦之中。当然了，其实他根本就不应该去那儿的。

他们两个人下了缆车，身穿沙漠袍子和破破烂烂的荒野装束，面对着前来接待的队伍点头微笑。“天外来客”先生立刻被一群官员和金星风格的媒体队伍团团围住，在一段时间里他始终没有机会同茜克普乌尔再说上话。

福瑞斯特没能观赏到凯旋的风光，拉瑟坦城里正刮着大风，百姓们统统门户紧闭，不是在睡觉就是在做着别的什么。等大风过后，整座城市——方才像北极的夜晚般寂静——开始喧哗躁动起来。福瑞斯特沐浴洗漱完毕，换上了一套金星风格的正式服装。他享受着上等的住宿和服务，还被人接来接去，往返于各种莅临仪式之间。他享用着高档的美味佳肴，那些菜色稀奇古怪，与纽约或伦敦的同类"工艺品"难分高下。福瑞斯特还同许多有意思的金星人士相谈甚欢（借助对话翻译工具），游刃有余地冒充着一位来自高层大气的居民。王国之间的交流实在少得可怜，他是首位真正的拜访者，简直是忽必烈汗宫廷里的马可·波罗。

福瑞斯特个人觉得最有趣的见闻或许就是那些蜥蜴男人了，如同当初见到的那位裸体鬼孩一样，他们也统统不长尾巴。这一事实令福瑞斯特想明白了不少事情。

福瑞斯特受到城主的私人召见，其间再次见到了茜克普乌尔。

他先前看到的那个幻影，可以算是一幅马屁很响的画像，现实中的城主是一个半死之人，一个药罐头。不过那对眼睛依然犀利，他对福瑞斯特很有兴趣，并且赞赏有加。茜克普乌尔就位于床侧，身穿一套深蓝色晚礼服。自游览车一别之后，这是福瑞斯特首次接近她。城主从几个靠枕上直起身子，通过一名头戴耳机的侍从翻译，向福瑞斯特打了一声招呼。福瑞斯特早就托人把那块星象手表包装成了体面的礼盒。他心怀忐忑地呈了上去，希望这件礼物至少可以让人耳目一新，老者发出嘶嘶声和噼啪声，带着某种鉴赏名家的喜悦。

"城主大人很满意，"侍从说，"大人说，本星的轨道同邻星的轨道纠缠在一起，给我们出了一个大难题，然而这居然能在如此精美的工艺品内部运行，这是他平生未见的。大人还表示，你一定要同夫人的胞弟多多来往,他是我们这里的首席科学家,也同样对第三世界[①]十分痴迷。”

后来城主感觉身体疲惫,便让他们两个都退下了。

他们刚一离开城主的房间,茜克普乌尔就立刻戴上耳机说:“先生,你眼下没有约会吧,让我来领你俯瞰全城。”

从平台上面放眼望去,景色也并非有多么光彩夺目。他们被白胚的墙体严严实实地围在里边,一座座防御多面堡守护着行宫。不过他们还是在头顶上方瞥到了一片明亮的云层,玫瑰色里略带着淡绿,其颜色比别处的都更浓郁。

“这就是我的婚姻了,”她一边踱步一边述说,“他是一个杰出的领袖,不过现在他老了,而且已经病入膏肓。他的年纪其实算不得高龄,而且自己仍然坚持着……所以,目前的状况也只能这样了。他忘记了往日是怎样宠爱我、怎样宠爱这座城市的……”

茜克普乌尔的头发长长了,那一条条玉米垄形的辫子柔软飘逸,自然地长至脖颈处。她抹了高档化妆品,锁喉处还戴着项链。那一袭晚礼服前卫大胆,后背尽露,一直开到鼓起的尾巴根部。可福瑞斯特还是想念那条丛林短裤。

“你觉得我乱说话了?别担心,每个人都晓得我的感受,包括城主大人自己在内。不过约翰福瑞斯特,没有人会在你面前说漏嘴的,要知道这些东西……”她拍了拍耳机,“很容易被窃听,而且早就因此而臭名远扬了。”

“关于你儿子的遭遇,城主是怎么想的?”

“事故是在争议地区发生的,无论怎么处理,只要不挑起战争就好;等他去世以后我可以再改嫁,再生一个孩子,或者领养一个也行,这都

① 此处的“第三世界”不是指我们通常在政治意义的第三世界,而是情节中除地面和云端之外的外层空间。

是有先例的;等他身体好转,他会着手谈判的(这永远不会发生了,因为他正在往死亡的路上赶)。儿子的苦难对我来说至今还那么真切,可我不忍心对他坦白。所以,现在我也只能等待了。”

福瑞斯特早已知道拉瑟坦的百姓并不相信上帝,他们都是万物有灵论者,茜克普乌尔本人也是如此。他们生性豁达,易于相处,而如今国王无人照料,在洞穴里躺着等死,臣民们一想到这个,也会感到恐慌,况且那具行尸走肉也不会出来看望他们。

福瑞斯特明白自己正在同一个走投无路的女人说话,于是也就原谅了她许多事情。

“我的那位‘好兄弟’怎么样?就是你的胞弟,那个首席科学家。”

“艾斯布韦?谁知道呢,他是一个古里古怪的天才,只活在自己的世界里。”

茜克普乌尔强颜欢笑,那笑容是福瑞斯特的最爱。“请好好享受余下的旅程吧,你或许没有留意估算,其实自你上来之后,我们已经漂移了很长一段路程了,很快就会经过你我当初相遇的地方。等到了那时,我想你就要离开了。”

福瑞斯特自忖,看来这趟旅行到此为止了。其实他一直都在纳闷,自己的身体到底何时会在金星上消失。

好吧,听天由命,顺其自然吧。

首席科学家在一幢老旧的楼房里办公,其破败程度令人惊讶。房子位于行宫附近的一个遗产保护区里,非但外观出奇的简陋,就连他的部下也没有几个,或许“首席科学家”只是一个名誉头衔?科学部长——护送福瑞斯特前来的那位——对这个问题一直缄口莫言。她盘着尾巴,只留在接待室里不再走进去。

福瑞斯特被人领到一间宽敞明亮的实验室里,四周摆满了设备仪器,看起来都十分贵重。一名蜥蜴男子穿着黑色工作服和白色裤子(金星式样的工作套装)，站在一只清澈的玻璃缸前凝视，假装不知道有客来访。此时在实验室里只有他们两个人，而艾斯布韦正是福瑞斯特先前在镜面里看到的那个人……

“先生，您过来看看这个。请往玻璃罩板里头瞧，但不要用手去摸。”

福瑞斯特走过去，遵照指示做了。玻璃缸看起来是空的，而后却出现了若干个游动的小斑点。它们逐渐成形，变为扭动的丝线，时而断开，时而又重组……

“您瞧见了什么?”

“呃……细胞身份密码的活体?”

“先生，是生命啊！在我们的世界里，所有生命都注定要毁灭，这一点毋庸置疑。不过我已经计算过了，在第三世界有一个生物圈，所以我的宏伟计划就是要前去‘感染’它。等我一旦将运载系统改善完毕，就把那些生命体发射出去，它们会穿过云层，跨越真空的宇宙深处。然后呢，我们当中的某些生物就有可能存活下去了。”

“真是一个高尚的梦想。”福瑞斯特礼貌地回应。

“您不相信我。我们当中怎么可能会出现一个星际公民呢？我敢肯定，您送给城主大人的那个‘轨道玩具’只是开开玩笑而已。您大概忘记了，在栖息地抬升之前，天空经常是清晰可辨的，而且您还忽视了这样一个事实，我们云层定居者拥有丰富的天文学知识，还有长达几千年的观测史……”

“我觉得拉瑟坦的科学令人印象深刻。”

科学家不悦地盯着福瑞斯特，撇嘴的样子简直是茜克普乌尔笑容的丑陋翻版。

“哈，您过奖了！‘天外来客’先生，我可不是那些一天到晚奉承您的傻瓜。在我看来，天空的栖息地就是我的敌人，而拉普顿才是天经地义的盟友。咱们越早加入帝国，我就会越开心。就算您把这些话带回国，我也不会在乎。”

“我的耳机有些故障，”福瑞斯特说，同时装出一副困惑不解的表情，“您的话我一句也没听懂，我下次一定会再来拜访，实在是太抱歉了。”

福瑞斯特不需要让茜克普乌尔知道自己是一个心甘情愿的受害者。令人遗憾的是，他倒比之前安全得多，而她却不然。可如今福瑞斯特觉得有必要和茜克普乌尔开诚布公地谈一谈了。或许这一难以抗拒的诱惑会有致命危险，然而即便如此，不管是福是祸，他总算还知道一个最为合适的会面地点——茜克普乌尔警告过他，在这个城市里，每一个说过的字、每一句听到的话，都会被监听。

他给艾斯布韦打了一个私人电话，留言确认他要再次拜访实验室，并把时间定在拉瑟坦城规定的工作时段之后。

公共场合不断播放的音乐使得福瑞斯特无法“白天打瞌睡”，当他走入那幢老旧建筑的时候，一段响亮而优美的放松乐曲渐渐消逝，周围一个人也没有，于是福瑞斯特就站在实验室门外的角落里等候。

茜克普乌尔到了，她解锁开门，福瑞斯特紧跟在她后头。

“我觉得这么做就可以把你约出来。”

“什么？不好意思哟，我是来看我兄弟的。”

“他不会来了。”福瑞斯特边说边跟着她进去。

福瑞斯特已经追踪了语音留言，并将其自动清除了，茜克普乌尔没有发觉。倒不是福瑞斯特介意艾斯布韦会一起跟来，而是他觉得最好能够彼此完全坦诚地交换看法！

“茜克普乌尔，咱俩需要谈谈。我知道这间屋子很安全，你那个疯狂的兄弟先前提到过公开扰乱社会治安的罪名，如果国土安全部正在监听的话，我想即便是他也不会冒这个风险的。总之，我晓得这座实验室是屏蔽起来的，”他还故意补充道，“当初我们在巨树心庇护所那会儿,你曾打过一个‘视频连接’的电话。那时我看到艾斯布韦就在这座实验室里,你们两个正在盘算着如何利用我来进行人质交换……”

此时,茜克普乌尔那对翠绿的亮眸睁得更大了,然而她还保持着冷静,既没有惊慌失措,也不至于恼怒忿恨。“看来你全知道了……好吧,我当时走投无路,所以就下决心自己动手。我出去搜寻合适的‘冤家对头’,后来便遇上了你。打那以后,我的计划就变了……”

“是啊,当初等你走后,我会被肢解的……可是后来你有了一个更好的主意。这些事情我都清楚,只是不明白为什么艾斯布韦他妈的要卷进来。茜克普乌尔,你知道吗?那个自以为是的蠢货会毁了你们,他要把这座城市出卖给拉普顿,而且还认认真真地考虑过。至于城主大人和你的同胞,要是他们听到这种主张,会作何感想?”

“艾斯布韦总喜欢胡说八道,没人当一回事的,况且我需要他的专业技术。”

随后,这场对话忽然变得儿女私情起来,这是两个曾经水乳交融的人,尽管他们之间话语不多。如今二人又在此地私会,然而这种默然的气氛却陡然破碎了……

“他有权介入,”茜克普乌尔说,那双大眼睛饱含娇羞却又坦然无畏,“一个不可剥夺的权利,他完全有资格帮我要回儿子的遗体。”

“我的上帝啊……你是说你的胞弟……是孩子的父亲?”

茜克普乌尔的身子往后一缩。“我知道……我知道这听起来有多么的……可是约翰福瑞斯特,我不能嫁给他。即便在当年,他也是一个古里古怪的人。他没有名气,也并非领导,完全不是合适的夫君人选。我让自己怀了孕,不过嫁给了城主大人。对我来说,这么做合情合理,说得过去。现在我的丈夫就要死了,我永远无法和艾斯布韦结婚,不过他会守在我身边,我们的儿子也可以继承……”

福瑞斯特心想,唉,真是一天一个新故事……这么说来,天才赢得了芳心,而王朝的权力也得以延续……

“或许在艾斯布韦看来就没那么合理了。”

“或许吧……我向他求助过，亏欠了他。这当然是违法的，一个幻影是不应该具有寿命的。不过买卖本身可以接受，所以双方一致同意了。我们为了一己私欲，对你干的事情如同盗窃，我很抱歉……”

“一个幻影，”福瑞斯特重复道，心里感到十分震惊，“一个复制品……”

“你不明白？噢，那是为死去孩子制造的一种寿命短暂的肉质机器人。我觉得这是一笔公平的买卖，而且很可能瞒天过海的。拉普顿方面拒绝承认他们扣押了杰明，而且那些家伙也热衷于了解更多关于天空栖息地的事情，哪怕从短命的木偶那里获得一丁点信息也好，不过他们那一头也同样不愿承认这笔交易……”

福瑞斯特觉得自己不必再说什么豪言壮语了。她是如此的坦率直白，如此疯狂地不计后果。我的密林天籁啊，或许我自己才是需要被原谅的那个人……

“茜克普乌尔，这个办法行不通的。我不是……呃……我不是你以为的那种人。”

“我知道。”

“你知道？”

“当然了。艾斯布韦断定你是一个高空定居者，不过他是造机器人的，而我是做医生的。在我的世界里，男婴出生时或生后不久都要切除尾部，天晓得这是为了什么。然而你的尾巴从未被人切除，而是在体内退化的。这便是我首先注意到的地方，后来我还发现你的整个骨架也与我们不同。骨头没有变形，结构非常奇特，就连器官也是这样。你的细胞身份密码易于辨认，而且显然工作正常，可是我从来没有见过像这样的东西。或许我做了一次疯狂的冒险，不过我没有伤害到你，况且我以为你会远走高飞，也就永远蒙在鼓里了。”她突然收起了笑容，表情迟疑。“我相信你拥有某些我无法想象的资源，就藏匿在我当初发现你的那片森林里……”

“不,我没有,”福瑞斯特说,“夫人,我没有什么资源,我是一名事故船员。”

她的手伸向脖子前头的那个小布袋,惊讶地注视着福瑞斯特……

随后一个男人尖叫起来,这是一种骇人心魄的声音,音调极高,音律不齐,透着残酷和野蛮。福瑞斯特疯狂地朝实验室四周扫视,而此时的茜克普乌尔已经跳到了房间的那一头,不停地用手掌拍打一块触摸板。只见她身旁的墙壁悄悄地打开,内部的空间展露了出来,房间里一个男人被赤身绑在椅子上,他脸色通红,汗如雨下。一副耳机扣在他的头上,拷打的工具贴在他的身上,首席科学家就站在一旁,仔细地调整着他的设备。

这个赤裸的男人就是福瑞斯特本人。

茜克普乌尔走上前去,站在椅子一侧查看。“就连拉普顿也会比这仁慈些,艾斯布韦,你真是恶心龌龊。我们的交易没有包括这种事。”

“他在这里干什么?”艾斯布韦怒骂道,转过身去盯着福瑞斯特,“现在我们必须干掉这个狗杂种了,因为交易里边也没有他。”

“我一直活在一个疯子的摆布下,”茜克普乌尔如大梦初醒,她抽出小刀,“艾斯布韦,我曾经狠心错待过你一次,现在也无法挽回了。不过你真是闹够了,适可而止吧。”

艾斯布韦愤怒地咆哮起来:“别碰他! 他是我的!”

她尾巴一甩,将他摔到墙上,只见手起刀落,既准又狠地插入了他的锁骨窝里,而后她呆呆地注视着眼前这血淋淋的一幕。

“真搞不懂……我怎么一直就没有想明白,”她低声说,“其实我不需要傻等时间,自己也可以抓住权力,也可以制定规矩,必要的时候还能用我本人来换取杰明。”

“别这么说,”福瑞斯特说,“茜克普乌尔,当初我得知你打算亲自送我过去的时候,我是心甘情愿的,而且直到现在仍旧愿意。我以前经历过人质危机,可以处理好这种事情的。你要相信我,我会把你的孩子带回家,我自己也不会有事的……”

“别处来的外乡人,你为什么要那么做?”

福瑞斯特微笑着,贴近茜克普乌尔身边,然后在她的眉毛上吻了一下……

正当此时,发生了某种异样,难道是宫廷卫兵冲进来了吗?不,原来是福瑞斯特的双手开始碎裂,并逐渐消失了。他感觉到一股特别熟悉的电击,先前在他身上发生过——这是波托罗的“把戏”,想必浮空飞船已经飘到降落区域的上方了。

“茜克普乌尔!等着我!我现在停不下来,但我会回来的!”

茜克普乌尔伸手贴到他的心口,默默地说:“我知道。”

三、时之黑石

当轨道再次连成一条直线并完成对接时,约翰·福瑞斯特回到了西非,正要给一群精挑细选的科学家重演他的“独门绝技”。在宾客未至之前,他抢先步入实验室,来到独自一人的波托罗身旁。此时波托罗正站在硕大的玻璃幕墙前头,从室内往外眺望,欣赏着远处晚霞辉映的地平线,似乎一切都无甚变化。约翰·福瑞斯特也如同往常那样,仍旧是一身越野拓荒的打扮,看上去也没有什么不同,只是脾气稍微好了一些。

“那个东西,”他说,同时对着玻璃罩里那枚光泽亮丽的黑色球体阵阵点头,“你的时光旅行小发明……它必须要像这样摆放在容器里?”

“不必,只是一定要在这间屋子里罢了。”

“要是我用手碰它会怎样?马上就会死?会得辐射病?”

“您可以碰它,不过我建议您最好不要在口袋里放上一星期。”波托罗说。这一次他回答的时候更加直率了一些,语气中也少了几分畏惧。

“你要把我确切地派往当时的位置和时间？就是接我回来那会儿？”

“根据您的要求，我会调用那些在成功回收过程中记录下来的时空复合数值。不过福瑞斯特先生，您应该知道，这项工作并不那么简单。”

上一次福瑞斯特在日落时分消失，而后又莫名其妙地于黎明前一小时重现，而且满身污秽，邋里邋遢。这当中的时间间隔（西非当地时间）并不必然代表逗留的时长，甚至也无法说明他已经到达了地表，况且福瑞斯特自己也佐证不了什么。这个问题的确令人感到头疼难解。然而探测器已经访问过了一个宜居的远古金星，这一事实被安全地记录在了数据库里，这是千真万确、十分可信的。

“您还是记不起任何事情？”

福瑞斯特噘起下嘴唇，摇摇头说：“唉，一点儿也想不起来了。”

“这一回咱们会做得更好些，眼下有一台脑部记忆扫描仪，我们可以趁图影还未消失之前，直接将其从你的大脑中攫取出来。”

福瑞斯特礼貌地笑了笑，心里却想着女巫茜克普乌尔。

她许下的那个承诺，福瑞斯特打算前去验证真假。

此时客人们纷至沓来，已经齐聚一堂。片刻寒暄小叙之后，福瑞斯特站到了门上。

所有人的目光都注视着仪器里的人物，没有谁留意到那个球体已经不在原处了。福瑞斯特把双手插在口袋里，面朝西方。在那里，“欲望”星球已经迷失在云层之中，一片星辰渐渐地闪耀出光芒，此情此景，他往后再也无法看见。

整个世界消失了。

乔·霍尔德曼

有一位肩负着绝地营救任务的宇航员，于金星上的一场事故之后，很快意识到他或许需要自救——同时也获得了一个重大的发现，它可以改变我们对生命二字的一切认知。

乔·霍尔德曼生于美国俄克拉荷马州俄克拉荷马市，他在马里兰大学获得了物理天文学学士学位，曾经从事数学和计算机科学的研究生工作。然而他的职业生涯计划却被美国陆军打断了，部队于 1968 年将其派往越南，身份为一名战地工程师。霍尔德曼在战斗行动中身负重伤，于 1969 年返回家乡并开始从事写作，同年向《银河》卖出了自己的第一部小说。截止到 1976 年，霍尔德曼凭借着那一部在七十年代具有里程碑意义的著名小说《千年战争》囊括了星云奖和雨果奖。1977 年，霍尔德曼以《三百年》再次荣获雨果奖；1984 年，他摘取了雷斯灵奖的年度最佳科幻诗歌奖（虽然霍尔德曼通常被人联想成一名“硬科幻”的作者，但实际上他也是一位卓有成就的诗人，并已经将该类型的作品发售到大部分的专业市场上了）；1991 年，霍尔德曼又以中篇小说版的《海明威骗局》再度获得星云奖和雨果奖。另外，他的故事《盲目的情种》又赢得了 1995 年的雨果奖。霍尔德曼其他的作品包括一篇主流风格的小说《战争岁月》，科幻小说《心桥》《往昔的罪孽》《无处是黑暗》（同他的兄弟——科幻作家杰克·卡罗尔·霍尔德曼二世合著）、《卫星与地球的世界》《卫星与地球的分裂》《卫星与地球的时空》《时间买卖》《海明威骗局》《潜伏者的利器》《天外来客》，以及主流风格小说《1968》《伪装》（该作品荣获倍享尊荣的小詹姆斯·提普奇奖）、《远古的二十世纪》《意外的时间机器》《飞向火星》《飞向远星》。他的短篇故事被收录在了诸多作品合集里头，比如《无尽的梦想》《未来遭遇》《越南及其他外部世界》《盲目的情种》《一场个别的战争及其他故事》，以及一部虚构兼纪实的作品合集《战争纪事》。身为一名编辑，霍尔德曼还出品过故事选集《最后的谈兵论战》《宇宙的笑语》《17 期星云奖故事》，并与马丁·哈利·格林伯格联手合作过一本名为《未来战争武器》的书。他最近的作品是一部崭新的科幻小说《飞向地球》，一部宏大的回顾性合集《乔·霍尔德曼作品精选》，以及一部小说《任务完成时》。在一年当中的部分时间里，霍尔德曼居住在波士顿，于麻省理工学院教授写作课程，而另一部分时间则于佛罗里达陪伴他的妻子盖伊，共同打理爱巢。

人间地狱

“或许我本应该留在火星上才对。”

这是一种在金星上反复出现的情绪，同样的还有“我早该读一读合同里的小字”。此地有三分之一的人首先在火星上待过一段时间。据我猜测，大伙都以为金星必然会更好些，可我们都错了，而且错得很离谱。

同样，金星的雨下得也很离谱。

在两极地区确有旱季，不过我们不会前往那里，因为没有植物生长；而赤道简直犹如一条被风驱使的滚烫蒸汽，它会将皮肉从骨头上剥离。只有女孩子们才会去那儿，而且还都配备着重型铠甲，另外还包括机器人和远程遥控系统。

我们可以将机器人派遣到这片所谓的温带地区，然而从长期来看，人力更为廉价。常言说得好：虽无一技之长，却也多少可教。

不仅如此，人力还有一些不可量化的优势，比如想象力和主动性，一个团队想必会胜过个体的总和。人类多才多艺，善于创造。很自然地，如果你对一部机器编入程序来解决一千个不同的问题，那么就会进而希望它可以自行找到第一千零一个。

一个团队产生的效果绝对是物超所值的。

人类就个体而言并不可靠，他们时常会犯错，不如机器来得稳当。然而事有两面，人类可以发现某些隐藏起来的问题，而且时不时地还能找到“乔装打扮”的答案。

当人类初来乍到之时，差点因为这些天性而丢了性命，故而人们将如今的登陆称为“第二波运动”。然而这种说法似乎有些浮夸、有些妄想，因为“第一波运动”只有八人参加，而其中五人最终葬身于这颗星球的泥土之中。

“葬身”二字算是一种委婉的说法。事实上，任何可食用的东西都会被马上挖掘出来，随即融入到这个生机勃勃的金星生态圈里。火葬是一个不切实际的做法，此地万物都被浸得湿透，在物体表面上几乎没有足够的氧气来点燃一根火柴。我之前不是说过此地绝非园艺场吗，不过四处倒也植被繁茂，绿叶丛生。

我在自己的遗嘱里这样写道：如果我丧生此地，望后人将遗体置于室外，系一根精美的丝带于手脚上。就用博士文凭上的那一根吧，它也算终有所用了。

（在往返火星的路途上，我积攒了三十个学时，并写下了一篇论文。该文主题为极端环境下传热模式所发生的反常现象，而那正是我马上就要在那颗“蒸臭”星球上享受到的。）

在赤道工作的女孩子们不得不身披厚重的塑料盔甲走来走去，不过盔甲里头的空气还是凉爽宜人的。我曾申请过这项任务，但想必是被自动淘汰了，倒并非因为我是男的，而是体重未小于一百磅。那些女孩子个个娇小可人，当你在办公隔间里同她们攀谈时，姑娘们穿得也挺少。

我的朋友格洛里亚就在那个地方工作，遗憾的是那儿的气味如同没喷香水的女更衣室。但与“淡香”的腐败植物温室相比，我想那还是能够克服的。不过我也十分明智，绝不张开嘴巴说话。

反正不管怎样，我毫无理由前去那里。你或许会问，为什么一个拥有自然科学博士学位的人会在一颗外星球上从事生物采样的工作。然而这种提问恰好说明了你不懂科学与官僚主义之间的瓜葛。我在前半生里获得了环境工程学士学位，因为这个专业比较容易找工作，然而后来又转攻航空航天领域。当命运的车轮碾压出这个任务给我时，他们理所当然地只瞧见了“环境工程”这几个字，却忽视了我也攻读了物理学博士学位的事实，要知道我已经把习得的生物学知识忘得一干二净了。

我们从火星到金星所使用的转移轨道①开放了六个月，我于其间也确实研读了两门生物学专业课。不过我想趁自己还没把热物理学完全忘光，先行完成我的论文。我还吸收了一些宇宙生物学的知识，足以让我避免触碰那些致命的植物。至于害人的动物嘛，其实你自然会躲开它们，教也不用教的。

当我还在轨道里时，我接到一个电影制作人发来的消息。那个家伙询问我打造《侏罗纪公园》的金星翻版一事，然后便是各种荒唐可笑的话。坊间曾有一趣谈，讲的是科学领域的制造生产者与好莱坞制片人之间的区别：干科学这一行需要接受几十年的教育，更别提必备的智商和献身精神——只有这样他或她才能“制作”出某些成果来；而好莱坞制作人需要的仅仅是一部电话机而已。

噢对了，没有人真的被特效制作的“大怪兽”生吞活剥过。

事实上，当我们研究金星大型生物的时候，我们都一致同意，每一个有名有姓的动物背后，往往都隐藏着另外两三个尚未露面的家伙。有些动物实在是非常“大型”，它们要么是善于隐藏，要么是太过庞大以至于没有注意要来杀你。

我最喜欢的一种野兽叫“飞行地毯”，它体型庞大，踩在脚下时几乎感觉不到。这种动物形如一块大桌布并感染有皮肤病菌——这意味着它看起来与大部分地表别无二致。一不小心你很可能就会踏到它身上，但它不会马上做出反应。待你走到中央数平方米范围之内时，它会试图将你卷在身体里。有一种酶可以当作预警，它闻起来像烂苹果榨出来的果汁。如果你嗅到了这股气味，那么大约有半秒钟的时间容你

① 航天器从初始轨道或停泊轨道过渡到工作轨道的中间轨道。

往回跳,那种酶可不是真的苹果汁哟。

微型生物不太善于将我们纳入食物链里,除了屁股肉之外,我们体内的化学物质与它们并不相容。那些生物蚕食我们之后会病得很重,这似乎再公平不过了。

我猜那些生物最终会厌烦人类,可我们唯一正牌的宇宙生物学家阿尼亚认为这不太可能。因为这颗星球上生物太多,而我们人类却太少,“食后呕吐”的教训不够。换言之,“学习”的机会寥寥无几。

阿尼亚提醒我,人类自己才是此地的“野兽”,而我则会坚持物种优越论,仍然管它们叫“野兽”。

我记得中学生物老师讲过,动物一旦被肉食动物捕获,那么显然就无法将被杀的教训传授给下一代了。然而那些侥幸逃生的动物或许可以把惊心动魄的追捕过程传播出去。对于有蹄动物的大脑而言,诸如“靠得太近了”、“以后最好别这样”之类的简要话语想必过于复杂了吧。

不过它们也确实有所观察,有所领悟。地球上也有较为复杂的例子,即那种穴居的狐獴①“部落”。当有人扛枪靠近时,狐獴会钻进洞里;然而当你扛着铲子过去的话,那些狐獴就全然不当一回事了。(这既是一种行为语言,又体现了观察力和分辨力:担任斥候的狐獴会针对武装和非武装的人员发出不同的声音。)

此地没有像有蹄动物和狐獴那样善良无邪的动物。就算有毛茸茸的可爱穴居动物,它们也会嗜血或散发有毒气体,或者两者兼具。

眼下的麻烦是由一起事故造成的,当地的一架太空升降舱不幸坠落了。地球上的太空升降舱如同梅西百货②的电梯那样安全,可是地球的天气并不像金星那么糟糕。当时有一根电缆散开了,接着又是一

① 又称猫鼬,一种小型昼行性动物。

② 美国老牌的百货公司,早年曾被誉为“世界最大商店”。

根，幸亏她们把赤道站建在这鬼东西的东侧，否则升降舱会把驻扎在那个星球上的女人统统压扁。她们之中确有一人在这场电线乱甩、碎片横飞的“风暴”中丧生。两个存储舱被摧毁了，其中一个还保存着她们大部分的食物，而且飞船本身也被削成了两半。

姑娘们在那颗星球上撑不了多久，而且也没有办法逃离。有鉴于此，“备用策略”十分明了：每个基地配备必要的设施来保证两边的人员都能够生存至地球援兵赶来的时点，其中大部分资源都需要在那颗连接太空升降舱的无人同步卫星“中转站”上面额外预备一份。

升降舱这样一来一去，对于“中转站”来说倒也无甚妨碍。不过就燃料方面而言，它显然成为了一个开销极大的站点。

作为一次经济实用性的尝试，我的飞船是两用模式的。它既可以围绕金星大气层飞行，又能够在真空的外层空间里穿梭。在“吝啬”的大气层里，飞船可以一边噼噼啪啪地飞驰而过，一边从这颗星球稀薄的空气中汲取氧气，但与地球上的涡轮喷气飞机毫无相似之处。引擎发出的大量能量会直接回到提取的氧气中，要是我飞得太高的话，氧气浓缩机就会中止运作。

“独行侠”这个词不幸变得极为贴切。当暴风雨来袭时，温带基地里没有其他合格的宇航员。况且等我接上那些女人之后，飞船里无论如何也容不下一位副驾驶了。

因此，南下的旅行由我独自一人来完成，它既漫长又紧张。在大部分时间里，我一直贴在雷暴云层的上方飞行，所以驾驶的过程有些颠簸，直到最后我才爬升到足够的高度，而无线电设备也受静电的干扰，以至于无法使用。

我偶尔也和她们通话，得知姑娘们还活着。她们就待在飞船的活动舱里，不过那东西肯定是飞不起来了。

我们没有谈及其他危险因素。金星上有雷霆蜥蜴，它们体型庞大，力量非凡，足以将飞船的轻金属外壳撕开——那种机身外壳可以有效地把真空环境抵挡在外，还能保护船体免受微流星体[1]的侵害。然而仅凭我个人的力气，便可用撬棍和铁皮剪在外壳上扯开一个洞。个头最大的雷霆蜥蜴，相当于半艘飞船那么大。它们要是觉得飞船里头有什么好吃的话，甚至不用去寻找"开罐器"。

姑娘们和我一样都配有枪支，不过那并没有多大用处，就算拿来当作吓唬动物的声音发生器，也同样收效甚微。周遭的环境充满了危险恐怖的响声，你可以终日射击当地的生物，简直就如同练习打靶一样。那些家伙傻得很，不明白有人正在朝它们开枪，即便被击中了也不知道自己就要死了。

当姑娘们初次登陆时，她们确实打死过三四只野兽。尸体就在周围躺着腐烂，这让其他生物"忙活"了好一阵子。大多数动物逐渐机警起来，懂得应该离飞船远一些，至少在白天不要靠近。到了晚上，此地有许多动物出来打斗觅食，那些大型的食肉野兽多数在白天睡觉。

姑娘们干得很不错，她们有自己的工作方式，而男人们则也有一套。大伙在金星上面干了约有一年，大概是地球上的九个月[2]，可后来太阳却开始不安分了。

并非我们之前没有经历过太阳耀斑[3]，可此次的灾难把一切都搅得乱了套。好些天里，我们只能切断电源，无聊地打牌，静候太阳风暴平息。

然而这一回是超级耀斑，是本世纪以来最大规模的一次，它甚至屏蔽掉了火星上的通讯，更别说地球和金星了[4]。

---

① 宇宙空间里细小的岩石颗粒，即微小的流星体。

② 此处为虚构。金星绕太阳公转周期约为 225 天，也就是说其一年相当于地球七个半月。

③ 一种最剧烈的太阳活动，其释放出来的磁场能量会造成地球上部分高频无线通信短暂中断。

④ 较金星和地球而言，火星距离太阳更远。

水星上的站点尚有时间播放出三个字，或者说是两个半："当心——耀……"，这可不是佛罗里达又要发大水的警报。

十小时以后，耀斑发出的"日冕物质抛射"[①]袭击了我们，量子设备失灵了，固态电路全部熔化，变成了名副其实的"固态"。开关也都被"焊死"，那些无线电设备简直就只相当于镇纸而已。

这艘宇宙飞船还设计有备用的手动控制模式，无须使用电子设备。当然了，除了在模拟训练的时候，我从不使用这套模式。

飞船上甚至还有一本纸质的操作手册，打开时稍微有点霉味。二十年前我早已详细学习并取得了认证，而且还可以阅读英文部分。这本手册上面的大部分数学内容对于一般人来说犹如天书。

我能够顺利航行并找到那些女人吗？答案既是肯定的又是否定的。

在金星的天空上确实有极星的存在，但你若想借助它来导航的话，或许要等上好些年月才能于云层之中觅得一丝空隙。

或于云层之上……

飞船上有一个手动油箱，靠一个前置油嘴来加油，旁边还安装着一块空速表[②]和一个直观读取的燃油计量器。这个计量器当然也仅能告诉你还剩下多少升油，而不会跟你讲飞船还能航行多远。

手册末尾还有附录，说明了飞船在全速航行、半速航行、原地停留的情况下每秒钟分别的耗油量。书页上粗体印制 bucky - printed 的计算表在没电的情况下一无用处，幸好还有人具备些许幽默感——如同火警装置一样，在船体墙壁上内置了一把老式的计算尺[③]：请在紧急情况下打碎玻璃。哈哈，真是好笑。于是我用手枪的枪柄敲打，取得了一

① 携带磁力线的泡沫状气体在几小时内被从太阳抛射出来的过程。

② 最重要的飞行仪表之一，用于测量和显示飞行器相对周围空气的运动速度。

③ 运用指数、对数等函数运算作为刻度的标尺，达到方便计算的目的，后被电子计算机取代。

样减轻运算量的利器。

手册末尾留有好几张空白页，而且我还在一个标为“杂项”的抽屉里找到了一支旧铅笔和一块橡皮。

这块橡皮看起来不能用了，而且我猜电池也已耗尽。不过凭借手册背面的计算表和那把计算尺，我得出飞船还能做27分钟的全速航行，足以到达“中转站”，待重新加油后即可返回地球。

当然了，“中转站”上面的电子设备也将是无法使用的。不过我先飞过去再说，到时候随机应变吧。可是……我进得去吗？哎，等到了那儿再费心吧。

最便捷实惠的霍曼转移轨道[①]可以让我们仅花6个月就到达地球轨道。我将飞船上的冻干[②]食品打包成四箱半，即我单人的所有食物，然后系好安全带，飞船点火升空。

我使用了一条亚轨道[③]爬升至宇宙空间，后来在小熊座和天龙座之间找到了南天极。我将飞船朝南定位，然后一头扎了下去。

大江如同亚马逊河那般壮阔，滚滚流入那一片棕色的大海之中。幸亏赤道站就位于江河入海的交汇处，只要贴着海岸线航行并注意左右观察，便能找到那条河流。若是天气晴好的话，这将会是十分容易的。

然而，在金星上从来就没有晴天。

飞船在倾盆大雨里前后摇晃，左右颠簸。我在暴风中奋力航行，双手掌舵，两眼始终紧盯着海岸线。外头雷电交加，每隔几秒钟便是一道

---

① 一种变换太空船轨道的方法。德国物理学家瓦尔特·霍曼于1925年出版了相关著作，故以他的名字命名。

② “真空冷冻干燥”的简称，将湿物料或溶液在较低的温度（－50℃～－10℃）下冻结成固态，然后在真空（1.3～13帕）下使其中的水分不经液态直接升华成气态，最终使物料脱水的干燥技术。

③ 指通常用于运输弹道导弹且距行星35到300公里高空的飞行轨道。故又被称为弹道轨道。

白光。

我未曾想过可以发现升降机的电缆，一丁点儿也没想过，直到后来飞船靠近了基地。现在可以轻易地看见它是从哪儿掉落下来的，犹如一条笔直而枯死的棕色藤条。当地图显示飞船已经迫近基地时，我将船体下降到树顶的高度，异常缓慢地航行。

雷电差点把我打了下去！左翼上的一只信号灯爆炸了，我出于本能的反应做了一个漂亮的下降动作。在没有电子设备的情况下，这个举动着实不够明智，它导致引擎熄了火，于是我的飞船形同一架极其沉重的滑翔机，而且大约只能滑翔八秒钟。

我准备尝试于沙滩着陆，而且还近乎完成了。树枝噼啪作响，实实在在地起到了缓冲的作用。飞船凿入地面，扬起三十米高的尘土，最终停了下来。我差点就发现了这个东西充当潜水艇的效果会如何。

或者做一个船锚会怎样。

其实我的方位也不算太糟糕。船头略微抬起，指向海边那头。我微微踩了踩油门，这东西真的点火发动了，并让我感受到一点小小的推力。也就是说，我只要想飞就可以飞。

在一个标记有“生存装备”字样的箱子里，我找到一根内腰带、两个水壶、一把带枪套的手枪。于是我将水壶灌满水，然后往手枪里插好一个满弹匣。纸板箱里还存放着十个满弹匣，我将它们连同几根干粮棒一起倒进了迷彩背包里。

此处还有一把重机枪，凭单手提起来太费劲了，而且杀伤力也过大，除非我会被一个排的敌人围攻。

手枪是老式风格的，用的是火药，射击时亮度大、烟雾浓、声音响。我想，等野兽啃掉我一只胳膊之后，这枪或许可以吓得它消化不良。

作为一名虔诚的素食主义者，我对猎杀无辜动物的行为深感不悦，可是我也不愿意沦为食物链中的一员。

但愿我处在距离姑娘们呼救地点的数英里范围内，无线电设备上尽是白噪声[1]和噼噼啪啪的杂音。然而不管怎么样，我还是对着这台机器呼喊了一通，大致描绘了一下我当前的方位情况。

她们很可能已经听见飞船前来的轰鸣声和落地声。姑娘们会闻声前来吗？倘若我处于她们的境地，我估计会前来寻找的。说不定她们已将队伍一分为二，一半人待在原地不动，而另一队人马则外出搜寻我这条飞船的焚烧遗骸。反正不管属于哪种情况，我应当做的明显就是原地静候，滞留的时长至少要等于她们走过来所需的时间。

所以……我当然要出去走走啦。说句公道话，我的确在半昏暗的应急照明灯下等候过，直到后来再也坐不住了为止，时间大概有……五分钟吧。

我掏出重型手枪，将舱门一点一点推开，宽度足够朝外窥探。似乎并无东西要钻进门来，于是我继续往外推，刚好容得自己走出去。我花了几分钟仔细观察四周的丛林，那股熟透而腐烂的气味完全战胜了飞船里的空调。凡是在此地留下足迹的生物，没有一个比昆虫的个头大——尽管这在金星上或许相当于你脚丫子的大小。

我跳到地面上，距离虽不算高，但靴子已陷入污泥约两英寸了。我端枪瞄着周围的"随机目标"[2]——这种说法真是显得轻松而豁达。没有任何东西出现，于是我压低雨帽，小心翼翼地围绕飞船巡逻一周。

看来飞船并未严重损坏，机翼前缘有不少凹痕，这会在大气减速过程中限制再入速度，不过一旦我离开了这个该死的星球，就真心不打算再回来了。等我返回地球，立马就卸下升降机，然后把这个"轨道浴缸"留给"太阳系"公司当废铜烂铁卖掉。

此时有一条蛇趁我没注意，顿时跳到了腰带的高度，在我条件反射地开了几枪后溜之大吉。难道那是一条会飞的蛇？严格地说，它大概

---

① 随机噪声，功率谱密度在整个频域内均匀分布，所有频率具有相同能量密度。

② 在视野范围内出现的意外目标。

是在滑翔吧,看来这技术也够糟糕的。

那条蛇还长有一张脸,似乎笑嘻嘻的,外加亮黄色的触须或犄角……好一个景色宜人的星球。

我没有打中它,枪声害得我耳鸣,后坐力也令手掌如同挨了一记棒球棍一般,看来我还是不要学牛仔电影里的英雄那样酣畅淋漓地扫射了。

我似乎没有听到姑娘们对那记枪声有所反应,至少在小于一英里的范围内的确没有动静。于是我又开了一枪,然后一边装填两发大口径子弹,一边竖起耳朵仔细聆听,同时还用尽全力呼喊了好几声“有人吗”。

接着我回到船尾,鉴于飞船主喷口比我整个身体还要宽大,所以背后应该不会有东西悄悄靠近过来。喷口逐渐冷却,但依然散发着热量,还伴有咯吱咯吱的响声。这动静大概也能吓跑动物吧。

除非它们觉得:那个东西在那儿静静地躺着一动不动,还在无助地呻吟……

此时有一人“喂”地一声朝我打招呼,我认得这个嗓音,随即回答说:“格洛里亚?”

她从密林里走出,我朝对方跨步过去,可最后停止了前进。

她看上去简直像一个卡通人物,性感的超短热裤、露背吊带衫,而且还光着脚丫子。等一等,光着脚?行走在这片丛林里?

她的衣裳犹如笔画勾勒出来的,那一头纯色的秀发也完美无缺。

“格洛里亚?”

她重复了一句“喂”,然后咧嘴而笑,满口牙齿犹如黄色长钉。只见她肌肉隆起,一跃而起,于是我二度开火。

一枚子弹击中了她的膝盖,令她只跳了一半距离,随即便四脚着地,躺卧了下来。她对着我咆哮,声音令人毛骨悚然,犹如撕扯床单一般,而后她便一瘸一拐地钻回了丛林中——她撤离时的模样也跟先前不同,变成了大猫与犰狳的杂交品种。其肩膀和背部都长有鳞甲,亮蓝色血液在身后一路飞溅。

宇宙生物学家肯定会喜欢那个家伙。当然了,地球上有些动物自然也懂得伪装,但我认为它们往往是以一种更为胆小的方式进行。它们仅仅为了不让自己被其他动物吃掉,而没有哪一个会去尝试学习说话。

返回飞船的确是一个绝好的主意,不过没有梯子的话也并非易事。舱门的底部位置尚且有齐眉高,更何况做体操动作对我而言已是三十年前的事了。不过在人身威胁的"帮助"下,我通过两番尝试,先把右腿甩得足够高,然后用脚后跟钩住门角,借助腿上的大块肌肉爬了上去,"吃相"极其难看。

我踉踉跄跄地返回到"生存装备箱"边,拎起那挺重机枪,外加四个厚重的弹匣,每匣 50 发子弹。这挺机枪设计为四发齐射,所以我能按动 50 次扳机,或者索性就朝四周猛烈扫射,直到机枪哑了为止,然后再填装子弹接着扫它几梭子。

姑娘们的温带基地配有噪声发生器,大约每隔几分钟随机放出巨响,对阻止动物靠近附近区域十分有效。那么我也应该如法炮制?这或许只会适得其反,搞不好还要招来某些好奇心很重的食肉动物。

我坐着聆听这片丛林,试图把自己带回三十年前,重新做一回那个年轻莽撞的小伙子。*什么?满口大黄牙的食人怪?嗨,这算啥,给我一把枪就行。*

然而如今的我,基本上会这样回答:"给我一纸调令。"就像祖母从前常常絮叨的:我们全都老得太快,却成熟得太晚。

丛林空地的边缘传来一阵响声,我提起手中的武器,意识到自己不知道该往哪儿瞄,尚不清楚子弹垂直偏向的速度,到底是瞄高一点,还是瞄低一点?好吧,不管怎么说,我的枪法并没有那么好。

有一个女人走了过来,她既没有半裸身子,也不是格洛里亚。女人看了我一眼，随即失声惊叫起来。

我放低了枪口，朝她挥着手说："抱歉！你们快进船里来！外头有一只受伤的野兽。"

她身后有三人跟着，纷纷飞快地跑过沙地。而其他人则在后面跛行，就像一头五只脚的瘸腿野兽。只见格洛里亚拼命用一只脚蹦跳着，另有两个女人搀扶着她。当我定睛细瞧时，她的那条腿已经精疲力竭了。

我滑到底下去，枪口始终对着那片丛林。"发生什么事了？"然而格洛里亚没有作答。

"某个该死的畜生咬了她一口。"另一个女人说。此时的格洛里亚几乎神志不清，周身毫无血色，唯有一条腿肿胀通红，布满黑色条纹，已超过了膝盖的位置。"这是坏疽[①]吗？"那个女人小声私语。她带有得克萨斯口音，名牌上写着"拉勒米"。

我摇摇头说："不清楚。"坏疽在我看来只不过是一个名词而已，只有在老掉牙的小说书里才会有。眼前的这个病症很可能是某种更为严重的东西，某种金星上才有的东西。

在小说情节里头，往往要么选择截肢要么接受死亡。

"我飞船上有一套诊疗设备，"我说，"不过那肯定不是为迫降救生而设计的。"

"你自己不也是一样嘛，"一个娇小的女人说，"但你最终不也是来了嘛。快，咱们抬她上去吧。"

这是一个碍手碍脚的活儿，我在上方拉拽，而两个稍高些的女人在下方推动。格洛里亚大声喊了出来，然后呻吟了几下又昏了过去，并翻起了白眼。

---

① 组织坏死后因继发腐败菌的感染和其他因素的影响而呈现黑色、暗绿色等特殊形态改变。

拉勒米身高体长，用我刚才的姿势登上了飞船，我们两人一同将格洛里亚平稳地安放到诊疗机下摊开的一张小床上。她基本算是一名医务人员，衬衫上贴了一张墨丘利节杖①的标签。拉勒米拍打着两块输出屏，可上面仍然一片漆黑，分明是在无视她的权威。

“开”这个按钮被十分恰当地设置在辅助电路上，可即便如此也还是毫无用处。既然同一条线路上的电灯也是昏暗微亮的，估计这台机器需要足额的电力才能运行，否则什么反应也不会有。

我从医药箱里拿出一块新型吗啡的药贴，可是拉勒米护士不让我撕开使用。“最好还是免了吧，”那个矮个子说，“她用过的吗啡已经超过双倍标准剂量了，看上去没什么作用。”

她们试图解开格洛里亚的衣裳，可是肿胀的部位使得衣裤无法褪下。我从工具箱里找来几根锥刺，它们刚好可以划破那些嵌入强韧塑纤的衣物纤维。

我们三人轮流开工，终于在胯下位置划开了一根围绕在腿根部的锯齿状丝线，然后从那里开始朝肿胀的部位一路剪裁下去。格洛里亚恢复了一点意识，开始呻吟，脑袋左右乱晃。我试图说几句安慰话，可她也并没有在听。

格洛里亚下颌紧咬，强忍着不叫出声来。她紧紧攥住我的手，简直要把指关节都捏得脱臼了。

我们剪开了很长一道口子，让那个肿胀的部位得以喘息，不过这似乎也未能减轻格洛里亚的痛苦。

“她正在与某种病菌抗争，而我们人类体内原本没有相应的抵抗能力，”那个医务人员说，“我不知道……”

格洛里亚大声呼喊，弓起了背，然后身体突然放松，双目闭合，人也

---

① 墨丘利是罗马神话中的使者，是医生的保护神，其手杖缠绕两条蛇的标志是西方医学界的标识。

松弛了下来,静静地一动不动了。

“糟糕。”医务人员拉勒米轻声说。只见她伸出两根手指按到格洛里亚的颌下部位。“她还有脉搏。”接着她又开始敲打机器,这一回更加卖力。

我从工具箱里掏出一个万用表,对几个电路连接处做了检查。动力电池恰好有一半衰竭。于是我旋开电池箱的顶部,同时躲开这刺鼻的甲酸气味。

“问题就出在这儿。”我指着底部三枚电池元件,上面共有一道很宽的裂痕,正从那儿渗出紫色的液体。

“你不能修好它吗?”那个小个子女人说。

“不行,就算送到店里也修不好,”我说,“即便在地球上也只能将损坏的元件替换掉,更何况咱们现在是在火星上。”我捡起一件脏衬衫,用它来擦拭掉那些从裂缝里渗漏出来的酸液。我凝视着这组电池,琢磨着对策。“你们自己的电子设备都坏了?完全失灵了?”

“我不懂什么叫‘完全失灵’,反正飞船里一片漆黑。”那个医务人员说。

“那么这个部件呢?”我用扳手敲了敲,“这个燃料电池?”

“我猜已经报废了吧,”她说,“全都摔坏了,而且……而且……”

“而且朱莉的遗体也在那儿,”拉勒米说,“卡在那里了,我们无法把她弄出来。”

“其实我们也没怎么努力,”那个矮个子说,“她不可能活着。”

这话听起来真残忍。“难道一丝生还的机会也没有?”

“脑袋摔碎了,”拉勒米嗓音沙哑,“而且还有许多别处的创伤。”

“难道你们不能看看控制台吗?我的意思是说……动力电池会不会还完好无损?”

她们面面相觑,纷纷摇头。“不能进去看,”那个医务人员说,“我们没进去多少步。”

“朱莉她……残肢到处都是，”小个子说，“我们把发报机和几只水壶拿了出来，如果可以的话，我们都不想再回去了。我们联系过你们的，对方说你大约一小时赶到。”

她们想得美。我对了对手表，惊奇地发现自从我起飞以来，仅仅过去了几个小时而已。

我朝姑娘们前来的方向望去，“你们的飞船离这儿有多远？”

“沿着这条小路，大约得走十分钟吧。”拉勒米说。

“真的有条小路？”

她点点头说：“很好走的。”

“不是你们砍出来的？”

“嗯……原本就在那儿的……”

这可不太妙。在没有人类足迹的地方，那肯定是一条动物捕猎的足迹。这颗星球上有许多食草动物，它们本身是完全无害的，然而那些追捕它们的家伙却是一个大麻烦，很可能会是一个人毕生的最后一个麻烦。

我在工具箱里来回翻找，挑选了一把最大的螺丝刀和几把沉甸甸的金属剪，即那种用重弹簧增力的。另外还有一支手电筒。眼下我尚有一个口袋可以使用，希望有一颗手雷放在里头。

“什么？难道你要回去吗？”拉勒米说。

“我必须去，不然你有别的好主意？”

“我和你一起去，”拉勒米说，“你后脑勺可没长眼睛。”

“我不……”

“就给我一把该死的手枪吧，咱们现在就出发。”

这里并非发扬骑士风度的地方，于是我把手枪递给了她，自己提起那挺机关枪，顺便带上备用弹匣。“你们全都留在这儿。”我说这话的感觉，就好像有谁想要出去乱兜风似的——哪怕手里缺少一把好使的机枪。我跳到地上，将子弹推入膛中，朝丛林四周扫视了一遍，然后挽着拉勒米下了飞船。

“原路返回？”她说。

“嗯，这样也好。”虽然天上的雨下得很大，但我们尝试另辟新路的话，噪声还是有可能引起附近生物的注意。

大约走了一分钟，我们遇见了第一个动物。以常人的眼光看来，它似乎就是一块大青石，然而下方伸出六条短而粗硬、带有鳞片的腿，另探出一个巨大的脑袋。它的头部比人类的还要大，并且长有亮黄色的喙，一对天蓝色的眼睛向外凸起。喙的两旁长着一圈垂肉，黑色的毛发蓬蓬松松，毫不服帖。它的腮部呈水红色，闪闪发亮。

这头怪物发出了嘶嘶的声音，只见它的身体向后略微倾斜，伸出两只前腿——噢不，是两条胳膊——亮出一对闪烁的黑色利爪。

我朝它开了一枪，子弹打到背壳上弹了出去，显然没有起到任何效果。于是我瞄准头部，可正当时，它却一溜烟儿地跑了。对于一个形如小汽车的龟形动物来说，它的动作着实敏捷。

它身后放出一股气体，闻起来像巧克力味。

“你见过这种东西吗？”

“见过，但这么近的距离，还是头一次，”她非常小声地说，“有时候我们会在远处见到它们，或闻到它们的气味，可从来没有抓到过一个。”

“噢，那很可能也是好事。对了，它是水生动物？”

“我们最早是在大洋里见到它们的。”

“但愿它们一直待在那儿。”那枪声大概把它吓回了水里，要不就是躲起来了，继续静静地躺着等待时机。

于是我们接着沿小径赶路，偶尔拍死几只虫子，遇到最大的动物也仅仅相当于猫的大小，或犰狳的个头。它们都长有鳞甲，不会主动攻击，但也并不逃跑。

还没等我见到那艘飞船，残骸的气味已随风飘来。这是一股战场的气味，它让人终生难忘。我顿感恶心反胃，而拉勒米则弯下了腰，呕吐起来。

她咳嗽了好几次。“天哪,我们还不至于离开这么久吧。”

我身上科学家的那一面被唤醒了,也同样顺着那条思路想下去:一百来磅的肉体分解到这种程度……需要多长时间?我从法医学的一篇课文中得知,即便在这种温度下,尚且需要整整一天,或许更久。难道一具压扁了的尸体也一样?要知道这是会加速分解进程的。

“很可能是金星上的某些微生物。”她喉咙嘶哑地说。这话让我感觉不太舒服,反正不管那是什么东西,我正在呼吸它的气味。后来我们绕了一个很长的弧线,最终找到飞船遗骸。

这艘船再也去不了任何地方了,一棵大树砸在反应堆和油箱之间,恶臭中还带着一股肼①的气味。

船身外壳已经翘起变形,在我们体重的压力下咯吱作响。我们故意放慢脚步,不那么急切要赶往那里。

朱莉原本长相标致,而如今连脸蛋都没了。在每一块裸露的肌肤上,满是蠕动的纤毛,它们红橙相间,连成一片。她的遗体闻起来有一股糖蜜②味和腐败味。拉勒米一言不发,绕着边上走。

这气味不同于我在地球上闻到的尸体气味。想当年我在一场短暂冲突中担任一名非武装医务人员,专门负责殡葬事宜。然而眼前这股气味却没有那么刺鼻,也许还更甜了一些,更像是发霉的味道。不过话说回来,我当年处理的尸体大多都已经死了很长时间了。

面对这一幕噩梦,我的双脚不肯挪动半步,双眼无法转视他方。虽然我跟朱莉并没有那么的熟悉,可我俩多年前曾在“远疆站”上打情骂俏过。那张我曾经吻别过的香唇,现已变成一块灰骨和几颗出奇粉白的牙齿了。

---

① 又称联氨,是一种无色油状液体,具有类似于氨的刺鼻气味。它亦是一种良好的火箭燃料,与适当的氧化剂配合,可组成比冲最高的可贮存液体推进剂。

② 一种黏稠、黑褐色、呈半流动状态的液体,是制糖工业的副产品。

“我们不能在这儿耗一整天。”拉勒米语气温和地说。

飞船遗骸的内部没有光线,不过我带了一支笔形手电筒。幸亏驾驶控制台是老式的,和我训练使用的型号几乎一模一样。

我旋开检修盖板,然后屏住呼吸,用两根万用表的触笔搭在燃料电池的两级上。23伏……这足够了。

“我想咱们有救了。”我不得不用锥刺卸下燃料电池,或许造成了极为严重的损坏……那就给该死的金星寄一份账单吧。

电池的份量小于30磅,虽不沉重,但有些碍手碍脚。现在我只有一个腾得出来的手了。“接着,”我一边说一边用机枪换她的手枪,“最好你来引路。”

待我俩刚刚离开寸步,尸体就被五颜六色的虫子完全盖没了,就连虫子蠕动的速度也慢了下来。我已经无法看清人形,甚至再也看不到一根骨头。

那股气味也消失了。

我们蹑手蹑脚地走下斜坡,拉勒米问我:“走老路?”

“嗯。那气味怎么没了?”

“我猜大概是没有东西可以继续分解生成那种气体了吧,”她摇了摇头说,“仅仅几分钟而已,上帝啊,速度真快。”

未等我们走到斜坡底部,前方就有动静了。一只恐怖的人形怪物正耐心地等候着,它像一头有脑袋、有胳膊却不长脚的喀迈拉[①],有一副逐渐变细的躯体,亮黄色的鳞屑反射着光芒。它的三只眼睛里透着沧桑和睿智,其下是一张垂涎的血盆大口。当咧开嘴时,满口利牙尽露。我和拉勒米一齐开火,可惜两人都射偏了。只见那头怪兽扭扭捏捏地撤离,我的第二枪击中了尾部,它哀号的声音犹如一根簧片已坏的双簧管。只见它直起身子,转过头来恶狠狠地看着我,之后便俯下身子

① 古希腊神话中的喷火妖怪,狮头、羊身、蛇尾。

躲避我的第三发子弹。

“咱们撤回飞船里?”拉勒米颤抖着说。

“不行,要是我们爬不上斜坡或顶不住舱门的话,等天黑以后咱们就都是盘中餐了。我们必须返回到我自己的那艘飞船里!”

我们待在斜坡的边缘,此时有东西在眼前的丛林里移动。“上帝啊!”

它看上去也同样像一个人形,不过直起身来既有胳膊又有触手。这个怪物通体蓝黑,晶莹闪烁,个头比我还要高。

我开枪未中,而后复射一发才正中目标。只见它张开大嘴——露出亮红色的舌头与一副尖牙利齿——粗声号叫起来:“嗷!嗷!”

拉勒米反复扣动扳机,可是没有任何效果。“拉栓!”我说,“上膛!”

“别!”那头野兽说道,“别上膛!别开枪!”它举起两条细长的胳膊,活像一条暴龙。我最后那一枪打得连手肘都要断了。

它痛苦地咆哮着:“我说了别开枪!别开枪!是我!”

一条粉红色的触手从断臂里钻了出来,它渐渐变为蓝黑色,卷曲而后对折,形成了一只全新的胳膊。“瞧见没?看明白了吧?”

拉勒米放低枪口,然后说:“你……在跟我们说话?”

“没错!我正拼命地说哪!正在说哪!”

我将手指搭在扳机上,不过没有扣动它。我密切注意着这头野兽,将枪口的瞄准器正对着它。“你会说话?”

“我会!但说得不好!”此时那只新胳膊已经完全长成,那家伙正在上下打量自己的新手臂。“不要再开枪了!很疼的!”接着它捡起那只断臂闻了一闻,然后便令人惊骇地两口吃掉了。

“尝尝,”它说,“一个人应该享用……”它猛烈地晃动着脑袋。“一个人应该分享,不……”它注视着那只新的胳膊,“痛苦……冒险……一个人应该分享……冒风险……没活过……”它张口大嘴,发出一记响亮的喊声,然后又收了回去,清了清喉咙。

"'即使冒险被世人诟病枉费一生,也应当分享激情与活力。'——奥利弗·温戴尔·荷马于儒略历[①] 1884 年 5 月 30 日。"

"你怎么知道那句话的?"拉勒米问道。

"祝……族……朱莉……我知道朱莉有……脑子里有……"它点点头,结结巴巴地说,"当我和她……一起的时候……她脑子里有……"

"因为你吃了她?"我说,"吃了她的脑子?上帝啊!"

"不,不!"它猛烈地摇头,甩出一条条黏糊糊的唾液,"因为……'因为'二字本身……很难解释。"

"说话云山雾罩。"我一边说,一边握紧手枪。

"等等,"拉勒米说,"你说的'因为'……是指'因果关系'?很难说清楚?"

"是的,"野兽的目光转向了她,"因果关系……不简单……其实……我就是她……当朱莉死后……她成为了此地的一部分……金星的一部分……我的一部分……而且永远如此。"

随后它又转头盯着我,瞪大了两只蓝眼珠。"每一条虫子……每一个微生物……任何东西……只要死在金星……就永远成为了这个星球的一分子……我想……这与地球和火星不同吧。"我听到身后响起一阵脚步声,于是转过身去。

原来是朱莉,我的朱莉。她通身全裸,毫发无伤。站在她旁边的是格洛里亚,也同样一丝不挂,而那条腿已完全复原了。

"亲爱的,死亡在这个地方意义不同,"朱莉耸耸肩说,"并非那么永久。"

---

① 由罗马共和国独裁官儒略·恺撒(盖乌斯·尤里乌斯·凯撒)采纳数学家兼天文学家索西琴尼计算的历法后,于公元前 45 年 1 月 1 日起执行的一种新历法。

我顿时晕了过去。

委婉地讲，科学尚无法说清这个问题……如果那还属于科学范畴的话。

那些我拼命消灭的金星物种，在它们记得的几个世纪时间里，“差不多”已经死了几十次了。对于一个金星生物而言，必须是某些灾难性的东西才会使它真正地永远灭亡，比如一场大火。不然的话，那些生物会经历一个恐怖的变化过程，然后就转而重生，如同我们从朱莉身上目睹到的那种可怕变化。“虫子的食物”一词未必与地球上的概念具有相同的意义。

此外，还有很多事物不再拥有相同意义，比如天文学、生物学、宇宙学等等，任由你按字母顺序排起。倘若一颗行星有灵有知，那么你将如何对其重新定义呢？是冷冰冰的星球还是情感丰富的世界？我想那必然是兼而有之、包罗万象的吧。

这是一个令人伤透脑筋的存在主义难题，而且也不局限于存在主义的范畴。

现在朱莉所遭遇到的最大问题是她职业生涯的深远变化，从一名探索者兼科学家转变为一个“实验室动物”，或者说是某种新型的探索者。

据目前科研人员发现，她所丢失的是一部分远期记忆。虽然她还能做微积分和高等数学，但不得不重新熟悉乘法表和多项式除法来实现运算。

我们花了很多时间再续前情，重拾起多年前在“远疆站”上的那些往事。我先帮助她重获旧日里的记忆，然后再携手谱写我们自己的新故事。

就这样，眼下我跟一位严格来说不属于人类的女子共同生活，但这也并不妨碍我们共同“制造”出一些“小拷贝”来。

到目前为止，一切“运行”正常。

斯蒂夫·利

在接下来精彩而紧张的故事里，一个男人在金星上几乎失去了一切。但他却又重返这颗差点致其丧命的星球，回到了那个曾经促他毁灭的女人身边，以此来同她携手完成使命，再续昔日情缘……

斯蒂夫·利是"新伊甸园"系列的作者，作品包括《渐落黎明》《女巫之舞》和《静谧荒岩》。他同时也是"米特兰"系列的作者，该系列由《黑水的怀抱》和《会说话的石头》组成。此外，利还为"雷·布莱伯利出品"（系列文丛贡献了六部小说，例如《恐龙世界》《恐龙星球》《恐龙战士》和《征服恐龙》，其中有些是同约翰·米勒合著的。利创作的情节独立作品有《神灵的骨头》《水晶记忆》《童年的树林》和《阿卜拉克萨斯奇迹马戏团》。他还给"疯狂的纸牌人"系列和"艾萨克·阿西莫夫的机器人城市"系列贡献了诸多作品，并且还以"法雷尔"和"马修·法雷尔"的笔名写作过。利的短篇小说被收录在《卵石雨》和《十二传说的挂毯》当中。他最新近的作品是一部"新伊甸园"系列小说，名为《刺客的黎明》。利目前同家人一起居住在俄亥俄州辛辛那提市。

气之骨·石之骨

取一小块石头，把它扔进一个转筒里，然后再倒入研磨剂，任由这团乱七八糟的东西翻滚上好几天。在这个过程中，粗砂会侵蚀掉坚硬的毛边，冲刷出圆润的表面。最终从滚筒里头出来的，是一块被“驯服”、被改造、打磨光滑并微微发亮的石头。它就像是熔化了的玻璃，所有隐藏其中的色彩和纹路全都绽放了出来……

当我少年时，父母送给我一套打磨石头的装备。我很快就把给我的那堆卵石通通玩了一遍。我非常喜欢从这个隆隆作响的缓慢滚筒里做出来的东西，可也厌倦了这种长达几小时的沉闷等待。和大多数同龄的孩子一样，我喜欢那些可以带来即刻喜悦的东西。于是就像我当时拥有的其他爱好一样，打磨装置也理所当然地被闲置到一边。然而不久后的一个晚上，我的祖母江和来到了我房间。

“给，富雄，”她一边说，一边递给我一块普通的深褐色石头，“帮我个忙，把它放到你那台吵闹的机器里头转一转。”

“好咧。”我说——对于诺科飞船公司女家长的各种唐突要求，我们早已见怪不怪了，就像她当年也习惯屈从于他人一样。我把石头拿在手里，上上下下抛了抛。它不过是一块普普通通的花岗岩而已，我自己才不会选择这种东西。“欧巴阿桑[1],您为什么不从花匠那儿拿几块猫眼石来呢?”我建议说。这块石头做出来的效果会非常一般,这一点我十分清楚,所以也不想让她失望。“那种石头会漂亮得多。”

她对我的话嗤之以鼻,从我手上拿回石头,并用手指抓着它。我还记得,欧巴阿桑的手指非常纤细,当时就已经布满了皱纹。手指关节因炎症而肿胀,而且随着年龄增长,这种病只会越来越恶化。“很明显,你不知道这是什么东西。”她告诉我说。

“花岗岩呗,”我说,“差不多跟泥巴一样平常。”

她摇了摇头,对我说:“这是亚希子,是我的欧巴阿桑。”

我皱起眉头说:“我不太明白,欧巴阿桑。”

“嗯,我也看出来了。”江和欧巴阿桑叹了口气,坐到我的床上,在窗外午后的阳光下转动着这块石头。“在上钦查[2]的我家庄园里,亚希子有一座美轮美奂的花园。我就在那个地方长大,而且那里也是我一直回去看望她的地方。在我最后一次探亲之际,欧巴阿桑即将离开人世,我从那个花园里拿走了这块石头——它并不是一块多么贵重的石头,园子里的石头千千万与它也没有多大分别。可是……每当我看着它的时候,我仿佛再次见到了亚希子,还有那座花园。只要这块石头还在,脑海里的图景就还在。”她不停地讲啊讲,更像是对着阳光和石头在说,而并非与我。此刻她转过身来,注视着我,眼神如薄石片般锋利。“这块石头饱含了真情和回忆,怎么可能会不漂亮呢?”

她没有再多说什么,只是把这块卵石放到被子上,然后便离开了屋子。她知道我会按照她的吩咐去做。当然了,我确实也照做了。我花费了好几天时间来抛光这块石头,打磨出亮丽的光泽,并将所有毛边统

---

① 原文就是 Obaasan,即日语中祖母的意思。此处特意将“欧巴阿桑”与“欧巴桑”区分开来,这两个词意义并不相同,前者指奶奶或老奶奶,“巴”音较长;而后者指阿姨或大婶,“巴”音较短。

② Chincha Alta,又译“钦查阿尔塔”,秘鲁南部城市。

统去除。当我最终从滚筒里取出来时,掌心中翻滚着一抹点彩派风格的色彩旋涡。我不断地将其翻来翻去,感叹于这色彩和光影的美妙合奏。

我把石头拿去还给江和欧巴阿桑,她几乎喜笑颜开。“它比从前更显本色了,”她说,“如今我看到了这块石头里真正蕴藏着的美丽。”

自那件事情以后,我每走到一个对自己重要的地方,就会带回一块平凡的卵石,然后尽量挖掘其蕴含的天然馈赠。长年以来,我一直如此。其中有很多次的结果都令人失望,可谓是完完全全的浪费时间。然而不管我走到哪儿,都会将其中几块石头带在身边:

一块布满裂痕的暗粉色水晶:取自于出云市日御碕海岬[①]诸科庄园的花圃之中——它犹如一小片迷你的家园,唤出那长眠于脑海深处的日本国,尤其是岛根县……

一块粗针状的深灰色花岗岩:取自新罕布什尔州[②],即我从前上大学的地方。它的表面有一条精细而浓烈的“绸缎”,总能让人想起北美东海岸的金秋……

一个布满白色细缝、几近完美圆形的球体:取自月亮上的第谷陨石坑[③],那是我的太空第一站。对于真空的环境,我除了太空服之外没有任何防护,踏出去的时候心里骤然恐慌;在四分之一重力的条件下[④],我在尘土飞扬的平地上蹦来跳去,心里又怀揣着一份喜悦……

一个橘红色的大理石球,布满深褐色条痕:当我拾取它时,正同爱娃瑞尔一起攀登火星上的奥林匹斯山,那时候我觉得自己找到了人生

---

① Cape Hinomisaki,日本岛根县出云市大社町日御碕岛根半岛西端的一座伸入日本海的海岬,是大山隐岐国立公园的一部分。

② 位于美国新英格兰地区,因盛产花岗岩而被称为“花岗岩州”。

③ 月球表面最为显眼的陨石坑之一。

④ 此为故事虚构,月球的重力加速度约为地球的六分之一。

中的真爱……

一个如玻璃般晶莹剔透的球体：它的颜色类似黑檀木，镶嵌着蓝黑色斑点，是我在黑石湾的海滩上找到的。那块石头也代表着爱娃瑞尔。

它同时也代表了金星。

我没想过要重返金星，关于金星和爱娃瑞尔，这块打磨过的碎熔岩便是我唯一的留存物。

黑石港唯一一条主干道地势陡峭，街面上嘈杂又刺耳，比我印象中要拥挤得多。街上甚至还有一些什里利亚拉，我上一回来这儿的时候——十几年以前——这些家伙还不常见。在当时，如果你看到了什里利亚拉——一种情感丰富的金星物种，它们生活在不枯海的波涛里，而那是一片无边无际的浅海，常年覆盖在这颗星球的表面上——说明你要么深入水下港，要么远在不枯海上。当我同它们擦肩而过，可以闻到一股浓郁的肉桂香气。这些什里利亚拉从那些系在后背两条腮线之间的吸嘴来吸取海水。

沿途路过的一幢幢楼房看上去破败不堪，犹如帽贝①般紧紧依附在火山岛的斜坡上，而这个岛屿即是金星上唯一一块大陆。我闻到了房子上新涂的油漆味，如同年老色衰的娼妓抹上了一层过厚的胭脂白粉，非但没有掩饰年龄，反倒凸显了苍老。

此地的空气亦是如此。黑石港的气味直冲云霄，风中都夹带着不枯海的味道：一股硫黄混入盐水的气味伴随着腐烂植物的恶臭，同时夹杂着什里利亚拉们散发出来的肉桂味。空气还是像我记忆中的那样凝重，氧气充盈，湿度极高。我看不到太阳，金星的白天向来是见不到红日的，只有那些被云层“放行”的光线散漫而昏浊。

① 腹足纲海产贝类，体扁平，多附着在海边岩石上。

还有那雨水……

金星的云层永不散去，下的雨也可谓五花八门。倘若爱斯基摩人有一百个词汇来形容下雪的话，那么住在此地的人类就有同样多的字眼来描述这些雨水。此时此刻也一如平常那样正在下雨——当地人管这个叫作一场“压片机雨”，就是那种针尖般随风飘送的毛毛雨，一半像天上掉下的雨，一半又像海浪溅出的水沫。当“压片机雨”打到我左右两边的房子上时，它也在我的雨衣上嘶嘶作响，化为水珠。头顶上的云层透出蓝白色的微光，一团团来去匆匆的影子映射在整条大街上。半秒钟过后，暴风雨接踵而至，雷声响彻天际，足以让邻居房屋的玻璃窗咯咯作响。

我走在这条黑石港唯一的马路上，雨水浇得遍地湿滑。这条路从平坦的高地延伸而来，货运飞船停靠在那里的火山山腰上，我朝着港口的主体走去，行李摆放在自动推车，于我身旁同行。在大街远处的尽头，在防洪堤、楼房屋顶、永恒的海浪之间，这条道路最终一头扎进狭长的凸起物里，那个地方便是“水下港”。在那里，人类世界同什里利亚拉的世界交汇到了一起。

时隔十几年，我从地球回到这里，然而金星和黑石港似乎对我并无几分盛情，或许是因为白天冷酷无情的昏暗气氛，或许是我自己预期太高的缘故，又抑或是这股让人透不过气来的热浪——对了，我有没有提到过此地的热浪？我在雨中同一群穿着单薄劳动服的青年擦肩而过，他们操着浓重的金星口音，含糊不清地喊话，也有可能是咒骂。店主们纷纷斜靠在自家店门口，双眼笔直地注视着我，就好像我是一名入侵者。

我知道他们为什么会盯着我看……

一个接受肢体修复术的人并不多见，尤其是并不处于一个通常可再生的年龄段里。（“通常”这个词……总是令人宽慰，除非它并不适用于你）。我的臀部和鞋子之间空空如也，装着一对完全相同的义肢，控制装置就安在我的脊椎旁侧。那双鞋子——义肢的最末端——可以轻松自如地活动,就如同连接上了骨头、肌腱和肉体一样,这体现了我多年苦练的结果。在适当的灯光下,你可以瞧见义肢散发出来的热浪,一个想象力丰富的人还能感受到它弯曲,而且几乎可以看出这双透明的“腿”。

然而只是几乎而已。

我本想穿上长裤,尽管这样做会感觉有些僵硬,可如此一来我的身体就形同完整了。但我为什么要做这种骗人的把戏呢?江和欧巴阿桑总是责备我们撒下无声的谎言,伪装出一个虚假的自己来。此外,金星上也没有人会穿很多衣服,因为这么做会感觉他妈的太热太潮了。所以我转而只着短装,仅盖过大腿的残余部分。也就是说,我看上去像一具被肢解的残缺躯体,犹如鬼魂般漂浮在距离地面一米高的位置上。我心里琢磨着,这里到底有多少人会追忆十五年前的光景,回想起当时在新闻广播里的我的这张脸。然而此刻,很可能根本就没有一个人会盯着我的脸看。

十五年前,我把双腿“遗落”在了金星上,同时还“丢”了许多别的东西。我把手指伸进口袋,周旋于那些凉飕飕、滑溜溜的石头表面。当找到一块熟悉的形状时,我就把它掏出来。这块石头经过打磨,大小如同我小手指的指尖。它如黑色绸缎那般光亮顺滑,有一颗蓝得发黑的斑点镶嵌其中。我将这块石头于指间翻转,仔细端详着抛光表面上所有熟悉的色彩旋涡,然后又将其塞回口袋里。

我的最后一站是黑石港图书馆和那里面的数据终端机,爱娃瑞尔就在此处的某个地方。当环促会宣布黑石港将重新对外界开放时,我就知道她会来这儿的,然而心里却又害怕她会来。如今我看到了环促会的通行许可,明白她意欲何为。

而这,让我十分恐惧……

夜晚透着某种看不见的紧张气氛,在外的行人朝头顶上张望,似乎可以预见某种灾祸即将降临到他们头上。我敢肯定，用不了多久我也会同自己的厄运邂逅，于是逃离了街面。

当我步入旅馆大堂，店老板睁开一只眼，于桌台后头朝我眨巴眼睛。在他左眼眼珠上，有色斑的光影来回移动，身边还围绕着刺耳的响声。由此判断，他正用移植的器官来观看什么东西。这个人也经历过所谓的“本地化”——那些决意永久定居金星的人通常会做外科整形手术，我可以从这位旅店老板的脖子上看到鳃盖愈合的疤痕。

他朝前方吼了几句。

“你说什么？”我问道。

“噢，这就对了，张开那双腿，你这个婊子……”

我可没有腿，这话估计不是冲我来的。于是我便干等着，同时那人开始埋怨起自己的双脚。他脏兮兮的手指（指间装上了崭新的蹼）在登记台的塑料板上摸来摸去，而那板子则更加污秽不堪。“你要一间客房？”他嘀嘀咕咕地说，不过这次稍微响亮了些。老板从柜台底下抽出一块登记板，然后啪的一声拍了下来。他的手仍旧按在上面，手指四下撑开，斑驳的掌蹼清晰可辨。“这个时点我们一般都关门了，”他声明道，“虽然已经过了平常的点儿，不过我还是硬撑着没睡，因为我知道那艘飞船上有一名乘客。”

他的右眼瞪着，左眼上有模模糊糊的影子在移动，身边一群蚊蝇正在“齐声合唱”。“您真是心善。”我斗胆开口说。

“这是我最爱看的节目，马上要错过最好的一段戏了。”一根食指在板子上轻叩着。

我往口袋里摸来摸去——没放石头的那只口袋——找到几枚硬币，掏出来放到板子旁边，只见老板的手如蜘蛛爬行般覆盖到了我的钱上，于是我把自己的手摆到板上，只听见哔哔、唧唧的几声。“大堂走到底，就是客房。”旅店老板说。

我对他点了点头，现在他的职责已尽，钱也到手，便完全沉迷到自己的娱乐节目之中，甚至没有注意到我双腿全无。老板闭上眼睛，嘴唇颤动，哼着某一曲闻所未闻的小调。

我朝大堂深处走去，前往我的房间。

我在屋子里待了很长时间，把行李开包归置好，然后一瘸一拐地走出了旅店，朝僻静的黑石酒馆走去，性急的手指不停在口袋里抚摸那五六块打磨好的石头。十五年前，这个地方被称为“海滨别院”，爱娃瑞尔和我在离开港口之前，曾多次在此喝酒吃饭，而如今店外招牌上却换成了“金星生育女神”——金星母亲，估计此地也无人知晓，无人在意。我只是很高兴能够离开这湿滑而陡峭的马路，心存疑虑地注视着这座酒吧。

“操，瞧那儿。”当我走进大门时，有人窃窃私语，犹如舞台上演员之间的悄悄话。酒馆里有半数顾客朝我打量，同时嘴里嘀嘀咕咕着。那一张张模糊不清的脸庞，众里寻她，爱娃瑞尔就在酒吧，于深处的小隔间里，坐在昏暗朦胧的灯光下。望见她的面容，让我想起许多过往。我真的好想找地方躲藏，真的好想奔跑着退场。

然而奔跑……已然力所不能及了，我最多可以走走路而已。

我没有后退，而是对着她微笑，焦躁不安地搅动着口袋里的石头，然后朝他们的小隔间走去。

她身旁有一位什里利亚拉，一根根吸嘴的管子缠绕着紫绿色的脖颈，贴附在腮裂上。只见它抬起那修长的蹼状手指，尽管嘴巴闭合，但似乎仍在同爱娃瑞尔说着话。这位什里利亚拉同样也朝我这个方向看过来。那对大眼睛眨巴了一下，晶莹的下眼睑往两侧滑动，剔透的上眼睑由眼袋处往上翻起。头盖骨上的淡紫色鳞片文着监督官才有的斜线，其下翡翠一点绿，说明它是环促会的一员。同时它还有另外一个标记，一条黄白色的短棍，两头皆轻微鼓胀。这个标志表明了这位什里利亚拉拥有“气之骨”——一种基因突变，它可以导致某些什里利亚拉长有重量很轻的、气囊式的骨头，这就意味着它永远不会沉入“巨型黑洞”与它的同类一起安息，而正常的什里利亚拉身上则长着一种被它们称为“石之骨”的骨头。当这位什里利亚拉死去以后，它会在岛上被同伴火化，其地点就在黑石港山顶上的火山口——什里利亚拉称那里为“骸骨坑”。

爱娃瑞尔望着我徐徐靠近，脸上流露出一种似笑非笑的矜持。那个金星人也看着我，不过我知道，按人类表情来解读那张脸将会是一个错误。“爱娃瑞尔，”我走到他们桌边说，“我料到会在这里找到你。”

她看上去……老了一些。不知怎么的，我之前居然没有想到这一点。她的眼角和嘴角处都增添了好几条原本没有的皱纹，脖子上也有了几圈。在太阳穴鬓角处，深棕色的头发里长出了银丝。双臂上布满了一道道伤疤白斑，有些还是新的。不过爱娃瑞尔依然肌肉强健，身材匀称，仍旧是一名运动健将，而且时刻准备克服任何一项自我设定的体能挑战。

她匆匆一悦，随即便收起了笑容。“富雄。”她平淡地说。什里利亚拉的大眼睛在眼窝里乱转，视线从爱娃瑞尔转移到我身上。塑料软管将它的“鳃口”连接到背部的水箱里，气泡在清澈的塑料软管里游动。“不得不承认，我没想到会在这里遇上你。”

“真的?”我回答说，同时对她那种毫无意义的笑容还了一个礼，“在环促会发布决议之后？我以为你盼望我来呢——之所以这么想，或许是因为我心里知道你会第一个来吧。”

“富雄……”她发出一声叹息，在桌面上轻叩指尖，拍出漫无目的的节奏，一旁便是麦芽酒。“对不起，我们再也回不去了。你真的不该来这儿。”

我抬起胳膊说：“噢，我懂了。可不管发生了什么，我们的关系都不会有问题。假如那件事以后你还同我保持联系的话，只要你一开口，我就会赶来的……”我挥舞着手势，指向残肢下方的地面和空当处。

“别把罪责推给我，富雄，”她说，“我不接受。”

那个什里利亚拉似乎发出了嘶嘶声，将一大团水雾从口中喷洒而出，然后调整了一下吸口。含盐的飞沫浇在桌台的清漆上，我们都转而看着它。“你俩认识？”嘿吼曼斯喏阿沃哼哦呃？我已经有很久没有听到什里利亚拉的口音了，只能先在脑子里重放一遍，才能理解它到底说了什么，而此时爱娃瑞尔早已应答了。

“哈萨拉罗，富雄君上次和我一道，”她说，“潜入了‘巨型黑洞’底下。”那个什里利亚拉点了点头。上一回……海水从绿变蓝……最后变黑……我以为唾手可得……以为只要我们往下游啊游……就可以最终到达底部……

爱娃瑞尔的回答已经完全足够，哈萨拉罗似乎立刻明白了她所指何事，尽管对于这个短命的什里利亚拉来说，十五年前的事情已经隔了一代。哈萨拉罗看上去正当盛年，当时很可能还没有它，或者它只不过是一颗新发芽的蓓蕾。

“它会……”哈萨拉罗吐字结结巴巴，又喷出了水来，“我的意思是，‘他’这次会跟我们一起去吗？”

“不会的。”爱娃瑞尔回答说。她凝视着我，那笑容似乎已经消失。“他不会一起来，其实他现在就不该站在这儿。”

爱娃瑞尔想要起身，我伸手抓住了她的胳膊。

“爱娃瑞尔，很抱歉，我是真心的，请你不要走。”在昏暗模糊的灯光下，她的双眼泛着亮光。“‘巨型黑洞’夺走了我的双腿，”我说，“我以为这是我心中全部的动力。爱娃瑞尔，一旦环促会开禁，你就会火速赶回来，这一点你自己很清楚。但你却不敢肯定我会不会回来。因为在我伤残以后，急着要终止这段感情的不是我。”我看到她脸上一道湿润的痕迹，立刻就痛恨起我自己。“对不起，”我说，“那么讲不公平。”

“不，”她温婉地回答说，“我一点都不觉得这么说有什么不公平。”

“那么我们这回就可以一起做了？”乐观的心情如鸟儿般飞升……

“不行，”……那只“鸟儿”又跌落到了地板上，“不过我还是能理解你为什么苦苦追问。”

此言一出，我们两个都沉默了好几秒钟，没有一人开口说话。接着爱娃瑞尔叹了一声，把手伸到椅子底下，扯出一个背包来。她将带子拉到自己的肩上，把左侧系牢，下巴一侧的肌肉也绷紧了。“潜入‘巨型黑洞’底部，是我唯一一次努力过却失败的事情，”最后她回答说，“这就是我回来的原因。”爱娃瑞尔调整一下另一侧的带子，然后站了起来，抖了抖背包的重量。“有时候一个人急切想要得到某样东西，以至于抛弃一切来达到目的，”她说，“不想换一种活法，至少对我来说不可能。”

我心里真想告诉她：*就是你啊，你就是我急切想要得到的。可如今我却糊涂了，我以为只要见上一面，或许就能搞清楚。*“我明白。”寥寥数字，便是我说出的全部话语。

“但愿你真的明白。”她一边说，一边将背包挂在肩膀上，随后语气和表情都变得柔和许多。“富雄，我从来没有想过要伤害你——希望你至少可以相信这一点。真的很对不起，我不是那种可以同你生死与共的人，或许这才是我亏欠得比你多的地方。”

我朝她耸耸肩以作回应。“如果你当初便是那种人的话，我很可能就不会那么想要得到你了。”我告诉她说。

她翘起下巴，目光移到哈萨拉罗身上。“请安排一下吧，哈萨拉罗，”她告诉那个金星人说，“我明天会来找你，送来最后一笔钱，然后我们就干。”

“好的，爱娃瑞尔。”“阿咻”——同时伴随一记嘶嘶声和咬舌不清的口音。这一句肯定以液体状的形式在桌面上漂浮，弥漫了一股浓重的肉桂味。爱娃瑞尔再次点头，随后便转身离开了。

待爱娃瑞尔走后，我和哈萨拉罗双目对视。“这么说来……你就是那个当时同她一起下潜的人咯，”这算不上盘问，也并非平淡的陈述，

“就是因为你,她没能到达‘巨型黑洞’底部,没能看到祖先的骸骨和那个‘海之光’。”

“没错,”我告诉它说,“的确是我不好。”这句话回味起来比预想的还要苦涩得多。于是我尽量用笑容来调和,我不知道什里利亚拉能不能理解这种微笑,而它也只是点点头罢了。

“我也从来没有见过‘巨型黑洞’或‘海之光’。”它说,随后摸了摸脑袋上文着的那根淡色横条。它的“鳃口”嘶嘶作响,听上去像是一阵叹气声。

我真的不知该对此作何评论。当年我得知,金星上只要有一名什里利亚拉亡故,不管在什么地方,不管距离殖民地有多远,它的尸首都必须运送到“巨型黑洞”——黑石山海岸下头的一道深谷——由一群专工此事的什里利亚拉操办隆重仪式。“牧师”二字或许是最为贴切的术语,然而在我们看来,什里利亚拉并没有组织化的宗教团体,所以那同时也是一个非常荒谬的术语。(真见鬼,我吃不准什里利亚拉是怎样生育繁殖的,尽管我确信,常驻此地的某些科学家能够告诉我答案。)遗体会于“巨型黑洞”上方被人放下,同时伴有祈祷——也有可能只是一席仪式致辞。那些石之骨的什里利亚拉遗体比海水要重,死者会平稳地下沉,穿越海水中层层黑暗,坠入深处,坠入……

好吧,不管坠入到底部何物之中,总之没有人目睹过。我们都知道“巨型黑洞”是什么,它曾是火山岩中一条狭长而垂直的空洞,或许是从很深很深的地幔柱延伸而来的一条岩浆通道。垂直洞穴的单薄顶部因多年的侵蚀和上侧水压的重荷而轰然坍塌了,于是便形成了“巨型黑洞”。除了这个情况之外,什里利亚拉守口如瓶,不愿透露任何关于它的信息,同时也拒绝我们派遣任何一台摄像机或机器人装置沿途陪同遗体下沉。什里利亚拉都是一些情绪敏感的生物,所以我们不得不对此表示尊重,而且也确实遵守了。对于什里利亚拉而言,那是一个神圣不可侵犯的地方。

不过它们还是破例了一次，允许爱娃瑞尔和我本人自行操办那次旅行。后来我们失败了，或者应该这么说才对，是我先失败了，而后造成爱娃瑞尔也功亏一篑。

我看到了一道闪光，或许是某种错觉，似乎有个形如海底水流的东西敲打了我一下。接着我撞到峡谷的一侧，石块开始崩塌坠落。我朝爱娃瑞尔大声呼喊，同时感到一种排山倒海般的剧痛，然后……当再次醒来时，我已经回来了，待在黑石港的医院里。或者说，至少半个身躯回来了……

想必我花了太长时间胡思乱想，当哈萨拉罗开口时，它的吸嘴再次发出嘶嘶的声音。“你和爱娃瑞尔……是情人？这不是一个我们理解得了的关系。”

“其实多数时候我们自己也理解不了。”我告诉它说。

哈萨拉罗又自顾自地嘀咕了起来，一双大眼睛不停眨巴。只见它双手摊开，让我看到了修长手指之间那透明而斑驳的掌蹼。皮肤上的凝胶闪闪发亮，它是什里利亚拉上岸时用来保持水分的。“你为什么想看‘巨型黑洞’和‘海之光’？”它问道，“我指当初那时候。”

“也没有特别想看。”

哈萨拉罗眨了眨眼睛，似乎正在思量如何用英语表达。“如果……如果……怎么……”它顿了顿，吸了一口气，然后接着问道：“后来为什么又去看了呢？”

“爱娃瑞尔想要看，而我想要爱娃瑞尔。”

哈萨拉罗打了一记冷战，我隐约记得金星人的这个动作相当于我们人类耸耸肩。“那就是你的理由？”

我朝哈萨拉罗咧嘴而笑。“我只能这么解释了，”我告诉它，“或许我奶奶可以为你解释得更好一些——假如你见过她的话。”

与此同时，过往的记忆如潮水般汹涌而来。

庆贺活动或多或少是为了向爱娃瑞尔致敬的。之所以要说“或多或少”，是因为当年江和欧巴阿桑基本每月都要举办聚会，不管有无什么说辞或名堂。时逢爱娃瑞尔刚刚攀登完那座上次未征服的火星奥林匹斯山东侧峰崖，而这次探险活动正是由家族企业“诺科飞船公司”出资赞助的——我们的公关部门也广发公告，高调声明自己的加盟。我本人曾经就在后援团队里，不过我的登山活动局限于熔岩流下游某一段轻松的上坡路。当时我正在一号营地的庇护站里颤颤发抖，而爱娃瑞尔和她的那支由天才登山客组成的后援团继续向上攀登。他们意欲前往二号营地，而爱娃瑞尔则会单枪匹马地完成登山任务——一如她往常那样。

我和她当时已经是一对恋人，起先我自己也不太相信，怀疑她之所以跟我上床，主要因为正是我说服了江和欧巴阿桑，让她拿出一部分资金赞助登山运动。尽管如此，我俩仍然是一对相亲相爱的热恋佳人，相处的时候彼此都很开心。大家都是挚友，当时我正考虑把这种关系变得更加长久稳固。我，爱上了爱情本身。

“流动纤维”在当时是一种新潮的服饰，大多数着衣者以前也从未试过，不过我觉得爱娃瑞尔看上去倒很漂亮。女式衬衫上的材料不停地在她肩膀上缓慢流动。我一直同她说话，视线却被吸引到领口上，然后慢慢往下滑，同时若有所思地遥想。那真是一段属于窥视狂的美好时光。

夜晚天气转凉，我对宾客们笑脸相迎，内心却未必待见他们，久后渐渐感觉疲惫。我发现爱娃瑞尔正在花园里摆脱身边的倾慕者。半空中挂着的悬灯恰好自动开启，星光璀璨，如草坪上成群的萤火虫，富士山也在天边焕发着金黄色。我一把抓住她的胳膊，脑袋微微朝房内灯光的方向倾斜。“咱们进去吧，有些朋友你应该见见。”

她点头应允，朝旁人礼貌地告别几句。当我们离开那群家伙时，爱娃瑞尔叹了口气。“谢谢你。足足半个钟头了，我一直在想法子摆脱他们。说句实话,有时候我真想念在奥林匹斯山上独自一人的感觉。富雄,都是你不好,把我扔在那堆‘狼群’里。”

“部分是因为我做东。”

室内的聚会更加嘈杂,光线也比外头愈加明亮。这里人更多、更拥挤。满眼望去,到处珠光宝气,轻浮嬉闹,觥筹交错。我们两个站在门口观望,此时江和欧巴阿桑正在朝我们挥手,身旁是一群准备自助餐的工作人员。“富雄!”她大声叫我,“今晚你一直窝藏着咱们的贵宾,我不会再睁只眼闭只眼啦。快,赶快把她带过来。”

伴随着这道命令而来的,是一个傲慢的手势。她身边的那些人纷纷嗤笑一通,随后又重新喝起了各自的酒。

我咧嘴而笑,爱娃瑞尔的目光从我身上移开,瞥了一眼祖母,朝我望着的那个方向心怀忐忑地笑了笑。欧巴阿桑对于陌生人而言的确有点吓人,我感觉到爱娃瑞尔的手指掐到了我的胳膊肉里。江和欧巴阿桑是一位矮小单薄的女人,有一半日本血统和一半北欧血统,一头苍白的短发,满脸皱纹。她活力四射,举止直率,嘴角习惯性地噘起。对那些她意欲留下印象的人来说,江和欧巴阿桑既冷酷又易怒,着实难打交道。家里人对此大多更为了解一些。“别担心,”我小声对爱娃瑞尔说,“她其实温柔得像只小绵羊。”

爱娃瑞尔匆匆看了我一眼,似乎不太相信我说的话。我们俩慢慢走到祖母跟前,她就在原地等候着,一只脚轻叩着地毯。“诺科侯爵老夫人,您好。”爱娃瑞尔说,使用的是亚洲联盟授予欧巴阿桑的头衔全称,并按照体面的礼节鞠躬行礼。

欧巴阿桑上下打量爱娃瑞尔,就好像她是一件家具似的,随后把目光移向了我。她操一口汉语普通话,而并非日语或英语。“富雄,你真让我大吃一惊,她不是适合你的类型。当初你说起奥林匹斯山那笔生意的时候,我还以为是那种你常带回家的绣花枕头哪。”

“老夫人,我不是什么绣花枕头,”——爱娃瑞尔大胆直接地蹦出这么一句话来，听上去更多的是气愤而并非之前的慌张了——“我会说汉语，而且能听懂别人议论我的话。”她用带有口音的普通话回答道。

这句言辞简直给欧巴阿桑当头一棒。只见她的眼睛眯成一条缝，直愣愣地盯着爱娃瑞尔，然后点了点头。“好，我倒要瞧瞧你怎么个有志气法，看看你怎么坚持不做绣花枕头。一个人要想贪图享乐，简直太他妈容易了。顺便说一句，我猜你自己也意识到了，你这身行头一点儿都没帮上忙。请远离时髦的装束，除非它真的可以提升你的形象。就凭你这副身材，换做我的话，一定会穿些更加简朴、更加传统的衣服。”

爱娃瑞尔眨眨眼睛。“老夫人……”她开口反驳，可欧巴阿桑抬起骨瘦如柴的手，挥了一挥便将她打断，“请叫我江和，凡是能够教会富雄明理做事的人，都受得起这份熟人的礼遇。富雄最近把注意力更多地投入到生意上来了，因为我要求他偿还资助给你的那笔登山费用……但愿是因为这个。”

“我要为此感谢您。”

“这简直是浪费钞票。”

爱娃瑞尔又一次眨眨眼睛说：“我很抱歉您会这么想……”

“孩子，让我把话说完。这的确是浪费钞票，除非那笔钱最终可以让富雄领悟一个道理，当你真心想要某样东西的时候，就能够做一番多么大的成就。对富雄来说，一切都来得太过容易，这已经把他给毁了。关于这一点，我曾经告诫过他的父母。”

爱娃瑞尔又转过来瞧我，她看见我仍旧面带笑容。爱娃瑞尔设法装糊涂，支支吾吾地帮我辩护：“富雄对我帮助很大，没有他的话……”

“呸！”她又把手一挥，“没有他的话，你照样可以登山，这条路走不通就另想一个法子。你会找来其他赞助的，这一点大可不必自欺欺人。虽然有诺科撑腰会方便许多，但没有这座靠山的话也照样阻止不了你。”随后她对爱娃瑞尔匆匆笑了笑，脸上的表情平和了一些。“老天爷啊，孩子，如果你不让我们这些老人直来直去，要怎么才能让这里的傻瓜知道我不是那种可以随便欺负的人呢?”

“我……我觉得您丝毫不必为这事担忧。”

“噢,你错了。不但我需要,连你也一样。让我再来告诉你一个真相。你做的那些事情,到头来终究都是没有意义的。你今天登上这座峰,明天又想去爬那座山,这样你就可以成为天下第一人,可以把名字载入史册了。可这一切全是虚空。你在四年前爬过灶神星上的雷亚希尔维亚中央峰;两年前又从木卫二的浮冰上面跳下去,成为潜入冰下洋流的第一人。然而除了这些以外,你对木卫二也好、灶神星也罢,又有多少了解呢?你爬过奥林匹斯山,这点确实不假,但到头来你认识了火星吗?根本没有——你爬完之后就拍拍屁股走人了,跟那些曾经到过的地方毫无瓜葛,就像你并非真心和我家富雄好一样。”

现在该轮到我来反驳了。“欧巴阿桑……”我刚一开口,祖母就朝我抬起手,眼睛连看也不看我,仍然盯着爱娃瑞尔。“看得出来,只要你花一番功夫,还是可以变得漂亮美丽的,”欧巴阿桑对爱娃瑞尔说,“你给我听好了,你既没有娇美如花,又谈不上超凡脱俗。如果这话让你感到不愉快,我很抱歉,但你想必也不愿意听到虚情假意的赞美。不过话说回来,你也可以轻易地像今晚到场的来宾那样光彩照人,只要你也学它们花上几小时精心打扮一番。可你并不愿意费心去做,妆粉少得可怜,既不抹唇膏,又不画眼线,只有一件不合时宜的衬衫。你很可能是觉得它端庄得体,才选了这么一件。其实这也不算什么,你看上去就像是一个脱离庸俗自我的人,要是在容貌上下点功夫的话,充其量也就是人群当中的普通一个罢了。不过我喜欢你这样的作派。我自己行事也一样与众不同,足以让旁人不小看我,不把我和看起来一类的人同等对待。其实这是一个不错的窍门,你应该保持下去。当你差不多掌握的时候,也要教教富雄哟。他会尽力去学的……或许是因为他爱着你吧。”

“欧巴阿桑……”我又试着开口,而这一次祖母总算把目光投向了我。

“嗨，富雄，她早就明白你的心意了。这孩子聪明得很，不会看不出来的。你小子还真是走运，她没有利用你的弱点得寸进尺。你应该想方设法留住这个姑娘，不过这需要你自己采取点行动。我不知道你们两个有谁可以胜任这个任务，你小子就是她需要攀登的又一座小山峰。富雄，尽管我很宠爱你，但你自己也要想明白这辈子到底要什么。”

接着，江和欧巴阿桑微微地抖擞了一下精神，嘴巴又重新嘶了起来。“我忘了要和宴会承办方核对酒水事宜，他又想要磨洋工了。唉，这酒端出去应该是清凉爽口，而不是冰冷刺激。爱娃瑞尔，回头我想再跟你聊一聊，你不妨跟我讲讲怎样才能让诺科家在这场金星探险上头不花冤枉钱。富雄，你要尽好地主之谊。而我呢，现在就去教育教育那个承办人，叫他心甘情愿地认真准备食物。”

说完这番话后，江和欧巴阿桑就同我们分手了，迈着那匆匆不停的大步子走开，同时已经朝那个领头的承办人大声嚷嚷了起来。爱娃瑞尔莞尔一笑，心中更多的是一份轻松。“好家伙，你应该早点儿让我有思想准备。”她一边说，一边盯着欧巴阿桑背后走过的路。

“嗨，她挺喜欢你的。”

“那她讨厌别人的时候，会是什么样子呀？”我看到她皱起一脸愁容，“她不了解我，而且还自以为很清楚。”

“她知道很多东西，说出来会吓你一跳的。”

“哼，或许吧。”爱娃瑞尔朝吧台望去，无尽的人流绕着吧台旋转。我无法断定爱娃瑞尔到底信不信我说的话。“唉，挨了那顿训，我得喝上一杯才行。”她说。

我朝酒吧的侍应挥挥手，招呼她到我们这一桌来。与此同时，窗户咯吱咯吱地作响，外头暴雨倾盆，狂风大作，哈萨拉罗在自己的“鳃口”里咕嘟咕嘟地吐水泡。“你有啥冒充苏格兰威士忌的酒不？”我问她。

这位侍应也是一个“改造”过的人类，即使她的皮肤是棕色的，但仍给人一种苍白的感觉，这只可能是由于此地永久缺乏光照而造成的。她的眼睛做过外科整形手术，虹膜和瞳孔都被放大，一块保护性的下眼睑被添加进去，与什里利亚拉的非常相似。她的手指做过延长，中间也带有蹼，脖子上还有两条并行的腮线。一条条棕叶状的印记狭长而鲜红，这说明它们都是很早以前留下的。

“喝正宗货的话，价格挺贵的，”她告诉我，“要是只喝当地品种，那便宜得不能再便宜了。”

“我要贵的，”我告诉侍应，“我已经尝过当地的酒了。”

她吸了一口气，随后转向哈萨拉罗。“哈萨拉罗，你呢？”她问道——看来侍应相当熟悉它。哈萨拉罗没有立即回答，于是我戳了戳它的胳膊。

“什么也不要？”我问这个什里利亚拉，“我请客，我是说……用退休金请。”哈萨拉罗摇摇头，侍应便离开了。“真的不要？”我问道，“我知道你们什里利亚拉对有些酒兴趣不大，但也我晓得，你们当中有些家伙可以狂喝猛饮好多好多糖水哪。”

它似乎完全没有听进去，两眼直瞪着我说：“你不在乎能否看到‘巨型黑洞’底部的‘海之光’或骨头？但那是我的梦想，比任何东西都重要。这就是我为什么劝说环促会允许爱娃瑞尔回来的原因。爱娃瑞尔说过，她会向我透露在‘巨型黑洞’下面看到了什么，以及‘气之骨’是什么滋味，我的身体永远无法体验到的那种感觉。”

“气之骨……”我若有所思地说，“嘿，瞧瞧我，现如今倒只有这个了。”

我本意是开玩笑的，而它这回的嘶嘶声更加响亮了，语气也更为凝重，嗓音里隐含了某种很少在什里利亚拉身上听得到的音色。“我以为你会理解的。”它说。我不明白这到底是肯定还是讽刺，抑或是反对。“你见过骸骨坑吗？就是我们这些“气之骨”的归宿，见过没？”

我没见过，尽管坐在哈萨拉罗旁边，但我还是不禁纳闷，为什么非得见呢？其实我早就知道骸骨坑那个地方，它是黑石山顶部凹陷的火山口。爱娃瑞尔仅仅瞥了瞥黑石山那微不足道的海拔高度——对于她那种运动水平的人来说，黑石山毫无挑战可言——随后满不在乎地耸了耸肩。她没有兴趣爬到山顶上去，反而想潜入无人造访的深处。这么一来，我自己也表示不想攀登了。但要把这些解释给哈萨拉罗的话，似乎稍嫌繁复，于是我索性草草地摇了摇头。

哈萨拉罗又吐了几口水泡，将椅子推开并站了起来。一对修长的鳍状四肢，上面长着鳞片和脚蹼，它们从两腿之间的地方延伸下来，超过膝盖的位置，更适合在水里使用，而非在陆地上。什里利亚拉走起路来与其说是迈着步子，倒不如讲是摇摇晃晃地蹒跚而行。“来。”它边说边做手势，于是我也从座位上起立。

“从这里到骸骨坑，路途遥远，”我告诉它说，“而且在陡峭的山崖一侧，”我朝自己原本双腿的位置摆了摆手势。“你难道不觉得我……”

它水汪汪的大眼睛眨巴眨巴，愣愣地注视着我，喷嘴从它背后的水箱里发出嘶嘶声，朝什里利亚拉喷洒出一波浓密而冰冷的海水。“来。”它又开口说。那嗓音夹带着命令的语气，让我想起了江和欧巴阿桑说话时的腔调。

我过去招呼侍应，说我待会儿还要回来喝那杯威士忌。她一脸苦相，显然是被惹恼了，我不知道这是因为我的关系还是哈萨拉罗，或许两者都有吧。当我们离开酒馆时，侍应摇了摇头。

其实大可不必担心走路的问题，当我们刚一踏出酒吧，就有一辆敞篷小车从道路远处飞驰而来。狂风暴雨之下，电闪雷鸣之时，一个什里利亚拉在大雨天里驾驶着它。哈萨拉罗钻进驾驶员背后的小轿厢，然后朝我做做手势。“来。”它又说了一句同样的话。当我挪进它旁边的座位时，哈萨拉罗身体前倾，用英语对驾驶员说了点什么。什里利亚拉在陆地上只说英语，从来不讲别的语言。只见那位驾驶员点头会意，小车便从港口边驶离，一路上嘎吱嘎吱地发着“牢骚”。我们又驶上了那条黑石港唯一的道路，前往港口坐落的高地，然后我们继续向前——现在沿着一条未铺设过的崎岖小路——驶向黑石峰顶附近的火山口。地壳创造了黑石岛和“巨型黑洞”，而它的热点早已在千年之前就移动到别处去了，并且无疑正在西北某处“造”起一座新的岛屿。这个地方曾经是热浪沸腾的地狱，雨水永不停息地打在喷溅出来的熔岩流上。然而沧海桑田，后来黑石火山休眠冷却了。驾驶员在岩石剥落的火山坑附近停车，我们走出了轿厢，踏入一片滂沱大雨之中，周围还噼噼啪啪地打着闪电。当初离开酒吧的时候我就披上了雨具，而哈萨拉罗却似乎享受着这股湿淋淋的感觉。

此地，金星造化的最高山，它同原先一样平淡无奇。我立于山上，眺望着不枯海，它无边无际，没有尽头——至少在暴风雨中望得到的范围内是这样。我畅想黑石湾的那一头，汪洋大海的初始之处；我望见淡灰绿的背景下，一片深邃的蓝绿。这，便是“巨型黑洞”。

还未等瞧见火山坑，我远远地就已闻到了它的气味。我们在腐蚀开裂的火山岩上小心慢行，前往一个可供俯瞰的位置。与此同时，我还盼望着这件雨具可以像阻挡风雨那样隔离这股臭气。

火山坑散发着腐肉的恶臭，一具具什里利亚拉的遗体不同程度地腐烂分解，纷纷散落在眼前这一侧的巨坑中。有些尸体就在我们跟前的斜坡上，它们的躯体一半埋于土中，犹如没人要的垃圾。火山坑的底部堆满了它们的骸骨，在斑驳的电光照映下闪烁着白光。蠕虫——蓝绿色、形似蛆的虫子，金星少数地面生物中的一员——在腐烂物上享用美餐。腐肉的气味令人作呕，我尽量憋着，不让上一顿饭菜吐出来。

哈萨拉罗同我一起俯视，但我却无法读懂它脸上的表情，看不出来他是否与我一样感到惊骇。我窝到骨头堆里，朝最近的几具骸骨仔细观察，看见一堆堆圆形的卵石，它们不同于黑石山上的任何一种火山岩。石头的数量几乎同骨头一样多,就算是一小堆也已足够。我蹲下倍加用心地查看,虽然石头表面大部分都很粗糙,但棱角处却十分平滑,就好像已经在滚筒里待上过几个小时似的。我看了哈萨拉罗一眼,随后指着距离最近的一堆石头:某位什里利亚拉弯曲的肋骨如同搭起了一个“笼子”,里面正有四五块石头。“我可不可以……”我问道。他回以我一个酷似人类耸肩的动作,但愿这也意味着相同的意思。于是我便伸手下去摸其中的一块,小心翼翼地避免触碰到四周环绕着的骸骨。我用两根手指顺利掂起一块,然后站起身来仔细端详。石头在我手上,雨水再也无法润泽它的表面。只见它顷刻间变得干燥,似乎吸走了所有水分。这块石头呈淡红色,略带几条淡灰色的纹路,上层几乎被打磨干净,而下层还有许多不平整的地方。我将其翻转过来,凝视着那一个个黑色的亮点。心想,倘若把它放进滚筒里的话,拿出来会是什么模样?*黑石山、骸骨坑、金星*……“我可以收下它吗?”我问哈萨拉罗。

哈萨拉罗的吸嘴发出一阵“嘶嘶”声。它看着我,下眼睑一滑,盖没了眼珠并且闭着不动。此时大雨变得更加猛烈了,如今不能再算“压片机雨”,而是当地人所叫的一种“石杵雨”。“为什么要这块石头?”哈萨拉罗问道。

我将闲着的那只手伸进口袋,掏出我的小收藏品,摊在手心上展示哈萨拉罗看。“像这样抛光这些石头,它们的模样会变得非常惊艳。石头可以变成小珠宝,这就是精华所在了,或许也是石头当中蕴藏的‘真相’吧。不管我走到哪儿,都会这么做的。瞧,快瞧这一块,它是我上次来这儿的时候从海滩上捡到的。”只见这块石头形如一个蓝黑色的玻璃球,抛光得十分完美,能看得到里头“漂浮”着的暗淡瑕疵。那些斑点犹如躲藏在暗星云里的行星。

哈萨拉罗俯身来看我的手掌,它伸出一根带蹼的手指,碰了碰那块石头。“这就是黑石头中的一颗?”

我点点头:“漂亮极了,对吗?我也要对骸骨坑里的石头做同样处理,看看它们会变成什么样子,瞧瞧它们里面蕴藏着怎样的美丽。”

“你知道你手上拿着的是什么吗?”

我摇摇头。

一阵嘶嘶声从吸嘴里发出。“你知道那些‘石之骨’死后会怎样吗?”

“我知道啊,你们会在‘巨型黑洞’上方释放遗体。这是关系到生命重生的,是献给你们的一些……呃……你们的神灵的……嗯……‘海之光’就在下面,还有……呃……”我的声音越说越轻。事实上我早就知道什里利亚拉拥有一个复杂的神话体系,而且皆是以“巨型黑洞”为中心展开的。然而当时爱娃瑞尔所关注的东西却是:没有人独自深入抵达“巨型黑洞”底部,而我就要做第一人。于是这件事也就成为了我所关心的全部。就像我无心去了解什里利亚拉是怎样繁殖的,我也同样忽视它们的精神信仰。凭借自己的胡乱猜测,我想当然地以为它们看待死亡的方式跟我们相差无几,想来也是关于死亡和来世的传说,即那些古老的神话和幻想,然而没有一个是真实的。

“那些‘石之骨’坠入‘巨型黑洞’……”哈萨拉罗继续说道。我刚才结结巴巴地叙述它们的信仰,不知道他有没有被我惹恼。“‘海之光’依靠食用它们的肉体为生,并且将骨头弃之一旁,然而在那堆骨头里也包括了什里利亚拉肚子里的石头。有时候‘海之光’会发现一块特别漂亮的‘肚子石头’,然后将其重新送出‘巨型黑洞’,安放到‘蕾母’寻得到的地方。当‘蕾母’把石头吞下之后,它们就会“发芽”长成全新的什里利亚拉。如此一来,每一个什里利亚拉就都有再度重生的可能了。这个希望就等在‘巨型黑洞’底下多数什里利亚拉的眼前,然而它不是给那些气之骨的。我同本地的长老们谈论过,他们说骸骨坑一直就是那副老样子。‘海之光’不可能上这儿来,所以此地的‘肚子石头’向来没有离开过,那些腐烂的什里利亚拉也永远无法重生。”

哈萨拉罗对着黑石山做了一个环绕的手势。“那些‘气之骨’不顾所有的警告，擅自用捆绑石头的办法潜入‘巨型黑洞’。不枯海里的‘海之光’十分生气，它们愤怒地将发光的石头统统吐了出来，以此作为不能再犯的警告，直到后来一部分海床高于原先的不枯海水面为止。打那以后，所有拥有‘气之骨’的什里利亚拉都被安置到这里，并且不许前往‘巨型黑洞’。我知道，爱娃瑞尔觉得这是迷信，而且你很可能也这么认为。‘海之光’也好、对‘肚子石头’的挑选也罢，所有关于‘巨型黑洞’的东西都只是神话。或许这本来就是某些传说而已，或许‘气之骨’和‘石之骨’的结局并没有什么两样。这就是我为什么要和环促会打交道的原因，劝说他们允许爱娃瑞尔回来。爱娃瑞尔曾保证过，她会告诉我在‘巨型黑洞’底部看到了什么。如果她真的有所发现，那么我就可以知道答案了……我们所有人都可以知道了。”

迄今为止，这是我从一个什里利亚拉口中听到过的最长讲话。其间多数时候我都一直盯着手里握着的这块石头，而且我现在明白了，“肚子石头”其实就是“胃石①”。我有点想扔掉这块东西，它曾在某个亡故什里利亚拉的胃里，这也解释了为什么有些石头表面像被打磨过，原来是碾磨什里利亚拉吃下去的海草造成的。

“拿好这块石头，去找出它的‘真面目’，”当我犹豫不决时，哈萨拉罗告诉我说，“回头我还要看看它。”

我把这块石头放到指间抚摸，几乎可以感觉到它表面覆盖的一层黏液，就好像刚刚被人呕吐出来似的。我打了一记哆嗦，然而当哈萨拉罗看过来时，我还是用五指裹住了它。“好吧，”我告诉它说，“我今晚就开工，不过可能需要花一周或更长的时间。就像你说的，找到‘真面目’需要花费很多功夫。”

哈萨拉罗看上去似乎不以为然。“如果真是这样的话，那么爱娃瑞尔为什么从来不在一个地方久留？为什么你也是一样？”

---

① 有些爬行动物的胃里存在石块，具有帮助消化食物的功能。

我无言以对,这些话从前江和欧巴阿桑也说过。

我与哈萨拉罗分手并返回“金星生育女神”,然后逗留在旅馆客房里。我从行李中拿出藏好的滚筒,开始给这块胃石打磨,随后就出去找爱娃瑞尔。我知道她会在哪儿:顺着黑石港唯一的那条马路前行,直到转入“有机玻璃”隧道的地方,然后沿着隧道往下深入,穿过缓慢的洋流,最后到达“水下港”的主体部分。

那里光线昏暗,透着一股绿色——这更适合什里利亚拉的眼睛,而不是我们人类的视觉器官——海水和鱼类的气味占了上风,同时夹杂着什里利亚拉散发出来的肉桂味。这里是一座集市,贩卖着鱼、海藻,以及其他促成什里利亚拉和人类之间贸易的好东西。这里设有装满水的小隔间,在里面人类的谈判代表们可以同什里利亚拉的官员会面。这个地方可谓是两个世界和两个种族交汇的窗口。

爱娃瑞尔和她的后援团已经将一艘潜水艇停泊在那里。走道边的舱门打开着,于是我踏了进去。我发现爱娃瑞尔就在下舱里,正和一个男人共同检查潜水设备。那个男人叫米哈伊尔,在上一次行动中就已经是我们后援团的成员了。“……我对 CCR① 做了一点小改进,至少可以多出两小时作应急之用。我知道你买了市面上最好的呼吸器,不过现在它更加如虎添翼啦。”米哈伊尔对爱娃瑞尔说。

“但愿如此。”爱娃瑞尔说,而后便瞧见了我。她看我的表情就像是遭受了严重的胃酸反流。“米哈伊尔,”她说,“你去帕特里克那里检查一下电脑控制台好吗?”

米哈伊尔朝我扬起脸上一侧黑色的眉毛,当注意到我那两条断腿时,他的眉毛扬得更高了,棕色的眼睛也瞪得更大了些。“好的,”他一边说,一边尽量不正视我,“我这就去。嗨,富雄。”

---

① 密闭式循环呼吸器。

“米哈伊尔,很高兴又见到你。”我礼貌地打招呼,实则什么也没说。

“嗯,彼此彼此。”他回答道,语气平淡空洞。他朝爱娃瑞尔瞥了一眼,耸了耸肩,便爬上楼梯,往上头一层的隔间去了。我“目送”他的那两条腿离开,爱娃瑞尔的声音将我的视线拉了回来。

“你有什么事,富雄?我现在真的很忙。”

“你早就知道了。”

“我早就回答过你了。不行的,你不能跟我们一起去,至少这次不行。”我看到她的目光顺着我的腰部滑落到那个空空如也的地方。

“我还是可以游泳的,”我告诉她,用义肢的末端重踩以表示强调。鞋底是橡胶做的,就算在这个铜墙铁壁般的隔间里也没能弄出多大声响。“那个……并不是问题。”

“不是,”她轻声地说,“其实根本就不是那个问题。”

“你带米哈伊尔去?或者帕特里克?”

她急匆匆地摇起了头。“我独自行动。”

“这太荒唐了,而且愚蠢。”

她咳了一声,抑或是笑声。“喔?是吗?当我攀登奥林匹斯山最后几处高峰的时候,你也在场吗?那最后一段上坡路……”

“我明白,”我告诉她,“你的确是独自完成的,但这并不能说明今天这件事就不……”我欲言又止,“愚蠢”二字就停在嘴边。爱娃瑞尔的表情告诉我,她自己也猜到了这个词;此时此刻,我明白了,越是争执下去,她的回答就越不会改变;我明白了,体内紧张的情绪放松了下来,其实我内心希望她拒绝我——因为我一直追寻的目标无关乎是否可以返回“巨型黑洞”夺去我双腿的地方,我一直追寻的目标……其实就站在我的面前。

爱娃瑞尔深深地喘了一口气,暂时闭上了双眼,脑子里似乎在斟酌着用词,而后她又盯着我看,双眸明亮而有神。“富雄,你清楚我是什么样的人。我天性喜爱刺激，乐于挑战极限，总想做那些前人没有做过的事情。我承认，我也很喜欢被人关注的感觉。当初你祖母把我看透了，如今我也有了自知之明，完全可以坦然承认了。至于你呢……我觉得你从来就没有搞清楚自己到底想要什么。自从‘巨型黑洞’下面那次事故以后……”她顿时咬住上嘴唇，似乎欲言又止。事后米哈伊尔告诉我，当爱娃瑞尔赶来的时候，我的双腿已经没了，岩石块将其残忍地从身体上切断。爱娃瑞尔用止血带捆住了我的残肢，并抢在我完全失血之前，把我带回到上方的潜艇里。过了好几天之后，我才重新恢复了意识，然而此时她已经离开了金星。“当初离你而去……不怎么光彩，但你我两人……”她摇摇头，而我则等待着下面的话，“行不通的，你我都明白。”

“我不明白，”我对她说，“当时我脑子里考虑着另外一些事，比如琢磨着今后还能不能走路。”

她吸了一口气，发出一个类似哈萨拉罗吸嘴的嘶嘶声，此时我突然感觉懊悔了。“好吧，”我说，“等你明天下水的时候，我到现场陪同总行了吧？我可以在上面帮助米哈伊尔和帕特里克的。”

我原以为她会再次说不。只见她的视线转移，朝地上的潜水设备望去。爱娃瑞尔仍旧摇头，但迎面走了一步，随后抓起我的手，抬头望着我的脸。她面容上的皱纹比我记忆中的更深了，双目以下长出了棕色的眼袋，皮肤上还有一道道小疤痕，是烧伤后再生的。她的手指紧紧地捏着我的手指。

当初爱娃瑞尔把我留在这里的医院，自离别的那晚起，此时此刻是我俩最亲近的时候。

“如果你真要这样，”她说，“那好吧，看在过去的分上，看在上次事故的分上，”随后她放开了我的双手，往后退了一步。“如果你真的打算待在这儿，起码帮我装好这个破烂设备吧。”

潜水艇停靠在“巨型黑洞”断裂的环壁上方，犹如栖息在两条蓝白色光柱的“大腿”上，然而它们与我的“腿”一样，都是没有实体的虚空。不枯海从这里开始愈见愈深，黑石火山的侧翼朝水底倾斜并延伸下去。我从潜水艇宽阔而透明的舱门望出去，瞧见几个什里利亚拉恰好聚集在我们下方，就位于“巨型黑洞”环壁的边缘处。我同时还看见什里利亚拉黑石村（我们起的名，并非它们自己的）那些“编织”而成的圆形建筑。这座村子渐渐淡出视线，它伸展至蓝绿色的远方。在那里，海藻覆盖的村庄外围与水下港的人类房屋相遇。

在“巨型黑洞”的边缘，蓝黑色海藻组成的宽大“密林”在不枯海的缓慢洋流里上下起伏。什里利亚拉云集于海藻的“华盖”之上，当它们互相攀谈时，我可以看见各种形状的水泡。什里利亚拉的词汇基本是由空气和水泡的组合而构成（这也是为什么它们一上岸就仰赖英语的原因），真可谓是“声形并茂”。研究它们语言的科学家们仍然在努力辨认其语法和结构并编纂一本词典。不过我怀疑，没有一个人能够在不借助机器的情况下“讲”一口什里利亚拉语，或者理解这门语言的意思。

我闻到了肉桂香，于是大声说道：“不知道它们正在讲些什么。”哈萨拉罗和大伙一同在潜水艇上，他从我身后朝下方望去。

“它们对眼下的事态不满，”它说，“我们当中有很多人，尤其是那些有‘石之骨’的人，它们都反对环促会的决定。它们说‘气之骨’的人真是愚蠢，竟然会允许这种事。”一根修长的手指条件反射式地戳了戳脑袋上的标记。

“它们不会想要阻止我们吧？”米哈伊尔从控制台位置上问道，手指在电脑按钮上方徘徊。从他面前的屏幕上，我们看到爱娃瑞尔在潜水舱里，帕特里克正帮她穿好最后一件装备。

哈萨拉罗的眼睛睁得更大了。“它们觉得没必要自己动手，‘海之光’会替它们干的。”

米哈伊尔闻之大笑，将那根手指从电脑按钮上移开。"'海之光'没见识过爱娃瑞尔，谁要是挡了这位大妞的路，她就会给谁一点颜色看看。"他又咯咯地乐了起来，随后瞥了我一眼，随即收住了笑声。

"你也这么想吗？"我问哈萨拉罗，"'海之光'会阻止她？"

哈萨拉罗平静地看着我，吸嘴汩汩作声。它吐着口水说："它们当初阻止过你的。"

一阵躁动传来，一道亮光闪过，同时伴随着剧痛。接着，什么感觉也没有了，直到最后在医院里苏醒过来。"上次是落石阻挡了我，当时我离边缘太近，敲中了某些不平稳的东西。"我告诉它。

"我很纳闷儿……"哈萨拉罗回应说，"在那些砸断你双腿的石块里……到底埋藏着什么秘密呢？"

我正欲回答，此时爱娃瑞尔的嗓音从电脑控制台里传来，隔间四周的全息背投屏也纷纷亮起。"现在开始吧，"她说，那嗓音被裹在呼吸器里，"米哈伊尔，你收到信号了吗？"

"收到，"米哈伊尔回答，"我这里万事俱备。"

"好，那我就下去了，祝我好运吧。"

"好运。"我喃喃自语道。

"不需要什么运气啦，"米哈伊尔告诉她，"你行的，小菜一碟。"

全息背投屏上的图像回转跳动，当潜水舱门为她打开并填满海水时，屏幕的画面上也尽是水泡。爱娃瑞尔向外头游去，进入到潜艇灯光照映下的一片朦胧之中。她抬头往上看，面罩上的摄影机拍到了她上方的潜艇，此时屏幕上的影像左右摇摆，令人头昏眼花。摄像机的光线强烈过载，而后暗淡了下来。当它又复开启时，爱娃瑞尔朝峡谷边围聚的什里利亚拉望了一眼。它们都看着她，互相交头接耳，急促地吞吐着大大小小、形状各异的水泡。我们听到身后帕特里克从金属楼梯爬了上来，进入到我们的隔间，在电脑控制台旁边坐定下来。

"嗨，爱娃瑞尔，你现在可以出舱了，"帕特里克说，"准备好了？"

爱娃瑞尔头朝下看，于是我们也目睹到了一团蓝黑色区域，潜艇的灯光无法从中穿透。她的胳膊进入了我们的视线，上面戴满了潜水表和各种测量深度的仪器。“装备全部正常，”她说，“帕特里克，米哈伊尔，我要下去了。”

居然……没有被提及……我尽量不去体味这份羞辱。

众人从大屏幕上看到，爱娃瑞尔身边海水的颜色渐渐变黑，而深度计的读出数也开始同步地缓慢爬升。爱娃瑞尔在靠近峡谷岩壁边缘的地方逗留，就像我俩上次做过的那样，可是我注意到她不如我当时贴得那么近。随着潜艇的灯光逐步淡去，爱娃瑞尔开启了面具上的头灯，于是我们便可以偶尔捕捉到几眼“巨型黑洞”，看到这条熔岩管道里崎岖不平的火山岩。这里到处装点着金星的海藻，以及那些栖息于岩石和水草之间的生物。

过往的回忆历历在目：“巨型黑洞”的岩壁在我跟前活动了起来，我看到许多条“蚯蚓”摇晃着它们鱼形的脑袋，正在朝外延伸进海水中。它们正引诱那些长着一副暴牙嘴的河豚鱼①靠近过去，然后用舌头上的毒针去戳。我望着一波绿色的“画笔”从身边起伏而过，它们体内喷出墨汁般的染料，留下一圈圈紫色漩涡的轨迹。当它们沿着“巨型黑洞”岩壁移动时，“鼻贝”的外壳呈狭长的螺旋形，它们同打嗝出来的亮蓝、黄色、红色气体一同旋转。不枯海的这片浅水里充满了大量生物，它们简直无处不在。每个角落都能发现各种各样人类前所未见的生物物种，你可以花上好多天来分类并描述它们，然而爱娃瑞尔一心只想着下潜到那片黑暗之中……

下潜，下潜，再下潜。我知道，爱娃瑞尔会开始感觉到海水压迫在她富有弹性的潜水服上，承载的水压越重，衣服就会越紧绷。她穿的潜

① 河豚鱼虽然名字中带有“河”字，但其实大多生活于海里，只是河中亦有罢了。

水服是混合式的、独立自给的，仅靠爱娃瑞尔的双腿来驱动。不过这也算是一种微型的“船只”，它能够将爱娃瑞尔送到单个潜水员无法企及的深度。宗教原因，什里利亚拉不允许我们用远程器材对“巨型黑洞”进行探测，所以我们并不清楚熔岩管道的实际深度。不过由间接估测表明，它不会超过 800 米深。

想必在她的耳朵里，那呼吸器的嘶嘶声应该会更加响亮。爱娃瑞尔顺着峡谷的岩壁而下，这条路上没有一根海藻。这些植物需要那几缕被云层遮蔽的微弱阳光，然而在 75 米到 100 米的水下基本不存在什么日照了。那些岩石点缀着灰白色条状的“泡芙虫”，还有“牢狱蟹”那肿胀的丝带状细胞，同时还布满了鱼骨。“牢狱蟹”常常刺穿那种鱼的狭长卷尾。

“我到了 210 米水深处。”爱娃瑞尔说。此时呼吸器增加了更多氦气和氖气，她的嗓音变得又尖又失真。我知道她为什么要特意提一下当前方位，因为那是我当时发生事故的地方，也就是她上次被迫放弃的地方。现在她已经离开峡谷岩壁很远了，面具上的灯光照亮了一片完全漆黑和空洞的水域。她不想重复我的“错误”。

当潜水表显示 280 米的时候，突然有情况发生了。

“这是什么东西……”众人听到爱娃瑞尔说，“从下面蹿上来，光……”在屏幕上，摄像机镜头随着爱娃瑞尔朝下摆动，我们看到了一群萤火虫般的光点，色彩冰冷又显翠绿。它们在下方旋转着，犹如一群泛着磷光的鸟儿。只见它们向上爬升，爬升，同时越变越大。“我能感觉到它们……”

有物体靠近的感觉……随后是疼痛，剧烈的疼痛，将我卷入无意识之中……

“爱娃瑞尔，”我身体前倾，凑到帕特里克的控制台上说，“要小心呐……”

“我不敢相信……”她开口说。然而那一道道光线飞速袭来，它们太过耀眼,太过庞大。当众人听到爱娃瑞尔大声呼喊的时候,摄像机的镜头大幅度地左右晃动。“不! 不要……”

屏幕顿时一片漆黑,显示数据化为一条平线,扬声器中只有嘶嘶的静电声。“爱娃瑞尔!”我大声呼喊,尽管心里已经知道太晚了。“爱娃瑞尔!”

一切都寂静了下来,而后我听到米哈伊尔在控制台上咒骂。“我这就带大伙下去,”他说,“咱们去救他。”

“别!”这时哈萨拉罗开口说话了,它在吸嘴里高声喊叫着,“这是触犯条例的,环促会禁止这种行为,我也不准你们这么干。”

“去你妈的,去他妈的环促会!”米哈伊尔怒吼道,“我们必须做点什么,帕特里克,告诉我爱娃瑞尔最后的方位。”

我把手搭到米哈伊尔的肩膀上,可他却一把推开。“不行的,”我对他说。此时帕特里克尚未行动,两眼注视着我们所有人。“爱娃瑞尔本来就清楚风险。”

“可上一次她把‘你’带回来了。”米哈伊尔回答。

“并非我的全部,”我说,“有些部分还在下面哪。她是知道风险的。”我重复道。米哈伊尔瞪着我,嘴里又开始咒骂,握紧拳头往控制台上狠狠一敲,一块在静止状态下的屏幕被这种“体罚”震得闪烁起来。随后他的双手垂到了身体两侧。

我们静静地等待,停在“巨型黑洞”上方徘徊,直到一小时过后,预测爱娃瑞尔的空气用完为止。接着,在无声的忿恨与悲伤中,我们朝水下港返回。

我站在不枯海岸边,天上下着毛毛细雨,而“肥大”的水珠则从脸颊上掉落下来。风儿掠过低矮的浪尖,吹出点点水沫,而此时灰黑色的云层正逼近过来。在远处地平线上,暴风雨中的闪电像一根明亮的舌头舔入了大海。我把雨具留在客房里,如果金星想要把我弄成落汤鸡,那么我就遵从她的意愿，任由风吹雨打。我想象着金星的神灵们，他们从那无尽的云端朝我喷洒着飞沫，当有一滴溅到我身上时，他们就嬉笑起哄。我盯着“巨型黑洞”，将信将疑地认为自己可以看清这片黑暗的水域，即便我心知肚明，这是没有可能的。

爱娃瑞尔的遗体再也没有漂浮上来，我猜想她的骨头已经同其他人一样沉于水底了，也包括我自己的那几根骨头。

我听到岩石上传来噼噼啪啪的鳍足刮擦声，身后还响起吸嘴的嘶嘶声。我随即回头一看，原来是哈萨拉罗。它走到我旁边，一声不吭，唯有那吸嘴动静依旧。“环促会已经禁止人类对‘巨型黑洞’做进一步勘探活动了，”它说，“你们谁都不允许再学爱娃瑞尔了。”

它默默地注视着我。我深吸一口气，将手伸进口袋里，掏出那颗从骸骨坑里得来的胃石。云层永驻的天空撒播下一缕缕阳光，这块石头在雨中闪耀：在一团橘红色的漩涡色彩组合中，凸显出蓝色的大理石纹路——它精美绝伦，而又出奇沉重。“给，”我对它说，“你不是想看看石头的‘真面目’吗。喏，这就是了。”我拉过它的手，将这块成品放到它带有鳞片的掌心上。抛光的表面如被水浸湿的宝石那样焕发着光泽。

哈萨拉罗端详着这块石头，用一根带蹼的手指拨来拨去，吸嘴里不断地啵啵作响。那对大眼睛朝上一翻。“原来石头里的确有大魅力，”它说，“要是送给‘海之光’看的话，它们怎么会不喜欢呢？”

我点点头，以为它会收下这块石头。然而哈萨拉罗把胃石还了回来。于是我把它再次放入口袋，与其他石头相伴到一起。它代表了爱娃瑞尔，代表了金星，代表了我们最后一次……

一时间我俩谁也不说话，只是默默地望着不枯海上翻滚的海浪。雨水打在波涛上，浇出星星点点。“你要走了吧。”哈萨拉罗最后开口说。

我摇了摇头，告诉它：“不，我想留在这里待一阵子。对了，关于

'看清真相'这件事……或许你是对的。我这个人总是来去匆匆,而如今仅此一次,我准备待上足够长的时间,看看这水面下到底是什么东西,说不定还能搞清楚'海之光'究竟是什么。"

哈萨拉罗听了这番话后若有所思。"你会活得比我长,"它语气缓慢地说,"等我死的时候,要是你还在这儿的话……"它不再说了,两眼望着那条朦胧的地平线,那个"巨型黑洞"坐落的地方。

"要是我还在这儿……怎么样呢?"我催问它说。

"他们会把我的遗体扔进骸骨坑。等那些蠕虫吃掉我的肉体以后,你可以来寻找我的胃石吗?你能帮我找出其中蕴藏的真相吗?你会……"

哈萨拉罗再一次没有把话说完,却朝着雨中的"巨型黑洞"望去,于是我也明白了它的心愿。我点了点头,对它说:"我会的,我保证。"

埃莉诺·阿纳森

埃莉诺·阿纳森于1978年发表了个人第一部小说《铸剑师》,随后又创作了诸如《熊王的女儿》和《前往复活站》等作品。在1991年的时候,她发表了自己最负盛名的小说《铁族的女人》。该作品广受好评,被誉为20世纪90年代最强劲的小说之一。其故事情节复杂,内容殷实饱满,赢得了著名的小詹姆斯·提普奇奖。阿纳森的短篇故事亦出现于《阿西莫夫科幻小说》《幻想与科幻》杂志、《惊奇》《轨道》《华厦》以及其他杂志刊物之上。此外,她的个人作品还有《剑的较量》和《父辈的墓冢》,以及一本畅销的小册子《大平原上的猛犸象》——包含了一篇与书同名的中篇小说,外加一则对她本人的专访和长篇评论。阿纳森最近的作品是一本合集,名为《"大妈妈"的故事》。她的故事《丰收的星球》入围了2000年度雨果奖。阿纳森定居于明尼苏达州圣保罗市。

现在,阿纳森将带领我们与一支《国家地理杂志》的旅行队同行,从金星港出发,前往金星内陆最为荒蛮的地带,去找寻那些珍禽猛兽的足迹。在那里,众人还发现了某些惊险刺激的所在,其程度远远超出了预期。

废墟

故事当然要从金星港一家低档酒馆讲起，它位于海港上方山坡上的贫民区里。主城在它下面：纵横交错的道路、星光点点的路灯、牢固美观的水泥楼房和公寓小区。公寓楼居民——中产阶级和工作稳定的劳动阶层——的家具都是由本城几家大工厂批量生产的，而独栋别墅里头的有钱人则会光顾那些定制商店，在那里他们可以得到任何款式的家具。

贵人居堡中，
贫儿守门前，
上天造二人，
身份已分边。

然而这些都与山上的人们无关。此地的百姓没有一份赖以生存的工作，平日里只得省吃俭用。每逢工程立项削减，或地球的装备未能抵达之际，总会发生裁员的事情。倘若上天已定好了宿命，他们也毫不知情。

阿什所待的这个酒吧原本就有几张桌子、几把椅子。因为现在是冬天，一台除湿机加热的部件挂在墙上散发着热量。冬天的雨水一如往年那样在外头凶猛地下着。然而寒冷并不是问题所在，除了部分高山峰顶之外，金星上没有一处算得上真正寒冷，反倒是那股湿气沁人心骨。

阿什坐在角落里，背靠着一面墙。身前的桌子上放着一杯啤酒和一台平板电脑,她正在上面玩单人纸牌。这个游戏占据了她的思绪,令她不去回想往事,而把注意力驻留在这间酒吧里。发薪日的晚上挺危险的,人们会喝得醉醺醺,脸上红彤彤。要不就是一场大规模裁员后,人们怒火中烧,挥霍掉自己最后的一点钱。不过今晚上倒是空空荡荡的。

此时走进来的那个人——故事的开头总有某个人走进来——并不属于他们中的一员。他个子偏矮,衣着整洁,还穿着一件满是口袋的漂亮马甲。他的脑袋剃得很干净,只留有几撮亮蓝色的头发。要知道这种发型是需要维护打理的,山坡上的居民多数是不会费这份心思的。

他走到吧台前,与侍应交谈,随后侍应朝阿什所在的方向点了点头。那个男人要了杯葡萄酒,这是个错误。等他尝上一口就知道了,而且肯定还会过去理论。

眼看赢不了这局牌,阿什索性把电脑关了。

"吴宏,"那个男人自我介绍说,"我是《国家地理杂志》的编辑。"

"何事?"阿什朝对面的椅子点头示意,那个男人便坐了下来,抿了一口葡萄酒,摆出了一副苦脸。"你就是阿什·怀德曼。"

"没错。"

"我们想做一篇关于金星大型动物的专题,希望能够聘用你。"

"那种专题早就做过了。"阿什说道。

"我们认为值得再去观察一次。咱们社做过上千个关于非洲野生动物的报道,直到它们销声匿迹为止。人们对狮子大象的兴趣从未衰减过,到今天仍然如此,瞧瞧那些动物园就知道了。"

她从小就看《国家地理杂志》节目,什么地球上消失的野生动物啦,陆地和海洋里魅力无穷的大型生物啦。当然了,其中大多数都是哺乳动物,还有一些人类的"近亲"。几乎所有人都同意,金星上的生物是从地球而来，且很可能是由一颗同地球“剐蹭”却最终登陆的内行星[①]的陨石携带而来的，它将第一次冲击“拐带”而来的地球生物送到了这里。然而尽管如此，金星生物却都与地球上的“亲戚”相差甚远。地质学家认为他们已经找到了地球上的那个陨石坑以及金星上的最终落脚点。二者皆被腐蚀并充填，无法于行星表面发现，位置就在伊师塔大平原以及格陵兰岛上的巨型地貌处。

另有一些人认为，此类事件发生了两次，第二颗陨石将后一个时代的生物也带了过来，而且那些人也发现了另外一对陨石坑。然而不管当时发生了什么，这些都是远古的事件，而且前来金星的地球生物体都是单细胞生物。它们在金星都拥有了各自的进化史，最终也落脚于各地，并没有产生什么可爱的、毛茸茸的哺乳动物。

“这里的生物想必足够庞大了，”她放声说道，“尽管我不知道它们有多少魅力可言。”阿什在平板电脑上轻叩，摆好了又一局纸牌游戏。“你对我了解多少？”

“你在‘半坡’长大，毕业于这里的中学，然后在金星港大学获得了进化史学位。根据警方的记录，你还涉嫌与一个无政府主义学生团体有关系，不过倒没做什么犯法的事情。

“你在一家印刷厂上班，其间还继续攻读大学课程，而后也一直学习不断，直到你的摄影作品开始发售为止。多数时候你做时尚界的广告业务，比如金星上的家具、房地产什么的，还为旅游行业拍摄自然风景照。另外你还做兼职，主要是拍金星内陆风光。那活儿干得确实漂亮。其实我们有自己的一流电视制作人，还有头脑灵活、思维缜密的记者。不过我们觉得，要是以一个金星人的视角来拍，那会非常有意思的。”

---

① 距离太阳更近的行星，比如水星和金星，它们的绕日轨道在地球轨道的内侧。

有意思的是，他们居然见过她的摄影作品。那些作品曾在市区一家小美术馆里展出过：墙上都挂着三维放大后的照片，展厅深处一台机器在打印着一份份签过名的拷贝：阿什丽·怀德曼①，2113 年。阿什赚了不少钱，金星港里安居乐业的人们喜欢把金星的自然风景挂在自家的墙壁上：两米高的锥形花卉，呈现亮黄色或橘红色；两栖兽们看上去——多多少少——像巨型鳄鱼；小型的、快速的、两足型爬行动物。

“你需要有人帮你组织这次旅行，”阿什说，“你有人吗？”

“我们觉得，这个可以问问你。”

“阿卡迪·沃尔科夫。你们最好前去阿佛洛狄忒地②，最有看头的大型动物都在那儿。不要去和任何公司打交道，伊师塔地上多数地方都是公司的私有属地，相信我，他们真的有守卫。”

吴宏点了点头说：“稀土开采和分时公寓。”

“阿卡迪熟悉这儿，知道边界在哪儿，”阿什说，“我以前跟他一起合作过。”

吴宏再次点点头，并说道：“我们知道这个人。本地警方说他虽然是从彼得格勒来，不过名声倒很不错。”

这里是最后一个苏维埃社会主义共和国。苏联早已崩溃，但它还在金星的这块土地上存续着。这是过时政治格局下的一块飞地，位于金星较大的那一块大陆上。就算阿卡迪是个列宁主义者，阿什还是喜欢他。心已识理，而理却未知。③“你愿意雇他吗？”

“行啊。”吴宏说。

余下的对话都是关于一些细节问题的，后来吴宏走了，阿什又点了一杯啤酒。

---

① 此为全名，“阿什”是“阿什丽”的昵称。

② Aphrodite Terra，又译“阿芙罗狄蒂地”。

③ 出自布莱兹·帕斯卡的一句名言，他是 17 世纪法国数学家、物理学家、宗教哲学家。

侍应问道："什么事啊？"

"工作。"

"嘻嘻，他样子像朵喇叭花哎。"

"他是雇主，咱们得尊重这个人。"

"是，是，小姐。"侍应咧嘴笑了，露出几颗金属牙齿。

阿什喝完了酒，在冬天的雨中步行回家，步履并不算匆忙。她的大衣是防雨的，大街上积满了污泥，都是从被侵蚀的山坡上冲刷下来的。路灯半数已熄灭，在这片昏暗而崎岖的路面上，行人很容易滑跤。阿什不喜欢身上沾染污泥，而她更讨厌脆弱无用的模样。

沿途路过的建筑都是些水泥矮房，不是给家庭住户的联体小楼，就是单身工人的简易棚屋。房子上"爬"满了各种涂鸦，色彩昏暗，节奏缓慢。四处都是用闪烁的昂贵喷漆写下来的标语，一块亮红色的涂鸦这样写着："立刻革命"；而另一个亮黄色的则是"操，操，操"。这些标记若在市中心肯定保留不了几天，那里的市容纠察会把它们统统抹掉，不过在这里嘛……

不出意外，许多空地上都有草屋和帐篷，大部分隐藏在草丛里。如果你懂得如何观察的话，一瞧就能瞧见。有些人不喜欢住在平房里，而有些人则是因为无钱支付"床租"。

阿什转了一个弯，旁边就是一团高大的皮质人工草。在白天日光照耀下，这些草会呈现出深绿色，边缘则会泛紫。而现在它们乌黑一片，如同邻近楼房上的涂鸦。在大街前头，一群猪猡模样的两栖兽在一座垃圾场附近嗅来嗅去，四处打探着。虽然它们的獠牙和利爪令人生畏，但这些动物多数是无害的。阿什停住了脚步，群兽中的雌性首领望了她片刻，然后便呼噜呼噜地缓慢离开了。余下的猪儿们也都随之而去，留下一坨坨粪便。

阿什的住所在垃圾场的那一头，是一幢两层楼的矮房子。一束灯光照在房门上，她看见一条陆蝎正躺在台阶上栖息。它看上去不像别物，酷似远古地球的海蝎[1]：体型扁而宽，分段节肢，丑陋无比。它没有游水用的尾鳍，取而代之的是几条腿。这条陆蝎呈暗绿色，同阿什的脚一样长。它基本上没有毒性，有毒的物种明显带有亮色。尽管如此，阿什还是坚决有力地踩到它身体上面，听到它外骨骼[2]碎裂的声音后，到台阶边缘蹭了蹭靴子。

她解锁开门，朝底楼的家人——全家都是孟加拉国人——打了一声招呼。整幢房子都弥漫着咖喱的气味，运气好的话，家人会喊她下去吃饭。不过今晚她太迟了。阿什爬上楼梯，打开另一道门。随即灯光一亮，只见她的宝宝——翼龙宠物呼喊了一声："我饿。"

阿什脱下靴子，将一根咀嚼棒塞进宝宝的笼子里，于是那条翼龙大快朵颐了起来。

其实，那个动物当然不是什么真的翼龙，因为地球上的生物和金星上的生物都分别独立进化了好几亿年——或许能有好几千亿年。然而尽管如此，它的身上还是长有皮质的翅膀并延伸至指骨，还有一颗大脑袋和一副小而轻盈的躯体。淡黄色的绒毛几乎遮盖了全身，只有眼部周围有所不同，那里的皮肤是裸露的，而且呈红色。宝宝的脑袋上"装点"着一顶"羽毛冠"，而此刻是垂落的。当它竖起来时，羽毛长而细，犹如针叶或硬头发，而且还会呈现出绚丽的彩虹蓝。

有些人——多数为中产阶级——用拉丁名来称呼当地生物。不过对于山坡上的人们而言，他们喜欢用地球上与之最相像的"亲戚"来叫唤这些动物。

"无聊。"那个动物说。

"我们要到荒野去咯，"阿什说，"去飞哟，宝宝，去打猎哟，去找吃的哟。"

---

① 地球上的古生物，体型庞大。

② 一种坚硬的外部结构，对生物柔软的内部器官具有构型和保护的作用，常见于蟹、虾、贝壳类、节肢类生物。

“飞！”宝宝鸣唱了起来，“打猎！吃的！”

阿什擦了擦翼龙的嘴巴，只见口中长满了尖牙。脑袋上的“华冠”竖起，展开成一排靓丽的半圆形。

她在校园里便已学过，金星是一颗出人意料的星球。没人会想到那儿居然有很多跟鸟儿一样聪明的飞行动物。所谓世事难料，这句至理名言犹如老生常谈，一再重复。

阿什从冰箱里拿出一瓶啤酒，坐在宝宝笼子旁边的椅子上，然后开启平板电脑。轻叩一下，她调出了阿卡迪的地址。这效果如往常一样刺激。只见一颗闪亮的红星出现在屏幕上，“您已来到阿卡迪·沃尔科夫的家，主人现在有事外出，请另行安排革命事宜。如果您想留言……”

“别闹了，阿卡迪，”阿什说，“你就在这片儿的酒馆里，正生着闷气呢。”

此时那颗红星被替换成了阿卡迪，那是一个皮肤黝黑、胡须浓密、有着绿色眼珠的男人。鉴于他的肤色和发色，他此刻神情苍白暗淡，令人十分惊讶。“阿什，不许乱猜。我正在家里好好坐着，品尝一杯葡萄酒。量不多，挺适中的。我在看书，努力——再次——理解《资本论》前三章的内容。”

“干吗费那功夫？”

“受受教育总是好的，统治阶级在工人面前否认这本书，因为这书对他们而言太危险。但是，人就应该去做些统治阶级认为是危险的事情。”

这话从他嘴里说出来自然轻巧。他生活在彼得格勒，在那儿他的观点能够被人容纳，因为统治阶级并未正式存在。可即使在那里，大多数人也觉得阿卡迪的种种想法已经过时。噢，愚蠢的阿卡迪，他就是喜欢那些老套的谎话。

“你打电话来就是为了取笑我？”阿卡迪问道，“还是想讨论政治？

要是那样的话,我会说些不好听的话来抨击无政府主义。”

“两样都不是。”阿什说,然后把工作的事情告诉了她。

他的表情看上去半信半疑。“我最近不打算出远门,彼得格勒还有些事情要处理。对了,那些人给钱大方吗?”

阿什告诉了他数目。

阿卡迪吹了一记口哨,随后说:“都是些什么人?”

“《国家地理杂志》的。他们想做一期报道,专门讲魅力无穷的大型动物。我想带他们去一片真正的荒野之地,就是那种碰不上勘测员、实验区或矿山的地方。”

“我干,”阿卡迪说完,对着阿什举起酒杯,“资本家们真是有钱。他们有多少人?”

阿什把细节讲给阿卡迪听,一如吴宏告诉她那样。

“两辆车子,”阿卡迪说,“都是改装过的乌拉尔卡车[①],可以载客,还有几支步枪。我可以提供这些东西。咱们需要两个司机,还有一个厨子,而且都必须有好枪法。也就是说,我们得雇一个彼得格勒的厨子。你们的厨子饭菜确实做得更好吃,不过枪法太糟糕,多数人都不会用‘佩切涅格’机枪[②]。”

理论上说,一把步枪就能撂倒金星上的任何生物,不过前提是你要打对地方。曾几何时,最美好的事情莫过于打猎,而一挺“佩切涅格”完全可以把猎物撕得粉碎。阿卡迪很喜爱这种枪,它们坚固可靠,就像传奇般的 AK-47[③] 和乌拉尔 6420 一样。乌拉尔 6420 是苏联解体之前

---

① 乌拉尔系列卡车是苏联标准军用卡车,由乌拉尔汽车厂制造。

② 俄罗斯联邦在 20 世纪 90 年代研制的一种通用机枪。

③ 世界著名枪械,苏联第一代突击步枪,由米哈伊尔·季莫费耶维奇·卡拉什尼科夫设计,于 1947 年生产。此枪优点在于操作简单,维修方便,而且战场适应性极佳,无论是在严寒的西伯利亚,还是在尘土弥漫的中东沙漠,该枪都能稳定发挥。几十年间虽经多次改进,形成了各种版本的系列型号,但 AK-47 据说仍是世界上数量最多、使用范围最广的突击武器。

最后一个版本的卡车。它被设计在金星上行驶，同时也可以在西伯利亚使用，而且几乎可以在任何地形上通过。

“在彼得格勒，我认识一个人，她做出来的罗宋汤简直绝了——一个人可以靠罗宋汤和面包生存——而且除了会烧中亚各色美食之外[①]，她还会做别的。那人原先是个警察，不仅会用‘佩切涅格’，而且还能检修。”

“那好，就这么定了。”阿什说。

阿什在金星港机场见到了《国家地理杂志》的团队。那位记者的面貌同她预期的相差无几：一位瘦长的男子，身穿一件镶有很多口袋的夹克衫，黑色的眼珠敏锐犀利。然而那位录像制作人反而出乎意料：一个圆形的球体配上四根细长的金属腿，形如蜘蛛脚一般。它的脑袋架在一根修长而灵活的脖子上，由一系列集束镜头组成。“你是阿什·怀德曼？”这台机器的嗓音就像是柔和悦人的女低音。

“是的。”

“我是一台全自动莱卡相机，型号名称为 AL－26。我的个人名字叫玛格丽特，是为了纪念 20 世纪摄影家玛格丽特·伯克·怀特的。你就叫我玛姬好了。”它抬起其中的一只手，然后伸出手指，于是阿什与这只冰冷的金属手掌握了一握。

“我叫贾斯珀·可汗[②]。”那位记者一边介绍，一边伸出强健的、棕色的手。

阿什又握了握手，这一次的感觉是温暖的。

“我叫宝宝。”宝宝说。

“这是宝宝，请别伸手去握，他会捏人的。”

---

① 罗宋汤的起源有说东欧的乌克兰，有说中亚的乌拉尔地区。

② Jasper Khan，此处的“可汗”并非中国北方游牧民族的尊长称号，而是常见于印度的一种姓氏。

“一个仿制恐龙生物。”贾斯珀说道。

“不是仿制生物。”宝宝说道。

“他的词汇量有多大?”玛姬问道。

“超过500个单词,而且还会不断学习新的。”

玛姬弯下脖颈,朝笼子里窥视,然后说:“茄子——”

“陌生的新词。”宝宝回答说,然后咧大嘴巴,展露出一口尖牙。

“好极了。”玛姬说道。一道亮光射出,而后莱卡将它的——她的——长脖子伸得更远,弯曲环绕在笼子周围,从各个侧面拍摄宝宝。只是这头翼龙看起来不太高兴。

“宝宝,你要出名了。”阿什说。

“要吃的。”

飞机准点起飞,急速爬升至那片“几乎”常年不散的云层中。阿什有一个靠窗的座位,不过待云层逼近之后就没什么用处了。宝宝紧邻着阿什,在走道的同一侧,而《国家地理杂志》团队则在走道的对面。

前往阿佛洛狄忒地需要6小时的航程。阿什喂给宝宝一根咀嚼棒。翼龙用一只带爪的腿将其抓牢,然后啃咬起来。阿什感到身心舒畅,每一趟外出旅行、每一次远离金星港,阿什通常都会这样。彼得格勒或许会有些“背道而驰”,或许会有些“执迷不悟”,这是一个失败理念的最后残余。然而阿什喜欢阿卡迪这个人,况且在这颗星球上,没有什么东西能够难倒一辆乌拉尔6420。

当飞机朝南航行时,阿什打起了瞌睡,雨水在她窗边飞驰而过。当飞机开始下降时,阿什醒了。一位全息成像的空姐从旁路过,提醒大家系好安全带。阿什从未松开过她的安全带,不过还是检查了宝宝笼子周围的带子。

当飞机从云端降落时,阿什往窗外眺望。又一座像金星港那样的网格型城市出现在视线中,但规模小了一些,而且也没有高楼大厦。根据地球和金星港两地居民的说法,这是一块颓败的地方,正在慢慢消亡。灰色的机场跑道布满裂痕，穿过杂乱的天然草地。

着陆时飞机剧烈颠簸，然后滑行到航站楼前头的某个停靠位上。阿什松开了宝宝和自己的安全带，接着站起身来，感觉肢体有些僵硬。

阿卡迪来到门口。若在地球上的话，此处应是安保重重，那种剑拔弩张的架势比实际的暴力活动更加令人紧张。不过在金星这个地方，人们不至于那么草木皆兵。肩背一把 AK－47，守候在大门口的情况完全是有可能的。当然了，那种枪并非最早的原装版本，而是做过些许改良的现代仿制品，尽管改动的地方不多。它依然秉承传统，犹如一把石斧那样简易牢靠，而且易于维护。阿卡迪说这是迄今为止人类制造的最佳攻击性武器。

宝宝在笼内尽量张大双翼。“阿奇[①]！”他喊道。

俄国人咧开嘴笑了笑，同时挥了挥手。

随后便是一通自我介绍，两个男人虽然热情握手，灿烂微笑，但彼此之间都保持着警觉。阿卡迪对待那个机器人倒是更为热情一些。“很高兴见到你，”他一边打招呼，一边握握那几根伸展出来的手指，“乌拉尔已经等着了，我们现在就可以出发。”

“好极了。”那个全自动莱卡相机说。

他们从行李传送带上收回余下的包裹，然后一齐步入雨中。乌拉尔就停在接送出入口的对面。那是两部巨型车辆，每一部都有四对轮子。前头那辆卡车有一个车厢，而后面那辆是平板车，上头还安了一挺“佩切涅格”机枪。尽管有一块油布遮盖着，但阿什依然明白那里头是何物。

阿卡迪送玛姬和贾斯珀上了那辆平板车，然后用手指了指前头那辆车。于是阿什爬进后排座位，司机哼了一声以示友好。

“这位是鲍里斯，”阿卡迪一边上车一边说道，“伊莉娜和亚历山德

---

① 阿卡迪的昵称。

拉在第二辆卡车里。”

两辆车驶离了机场,雨点哗啦哗啦地打在挡风板上,雨刮器来回地摆动。大伙颠颠簸簸地出了机场,沿着既粗糙又湿滑的马路行驶。此时彼得格勒就在他们周围,一幢幢低矮的水泥楼房,外表看上去沉闷不堪,在雨水的浸泡下更显得阴霾暗淡。

阿卡迪打开装有茶水的保温瓶,将它递给身后的阿什。她咽了一口,感觉热烈而香甜。

“你想带他们看点特别的东西吗?”阿卡迪问道。

“他们想看那些带劲的大型动物,或许还要看些别的。我一直搞不明白,他们为什么要雇我。难道他们还想写点关于金星文化的东西吗?”

“伊师塔地上美国的翻版,阿佛洛狄忒地上苏联的留存,”阿卡迪语气亲切地说,“这应该可以做一期好节目,至少他们没要求参观赤身裸体的当地人,要知道咱们这儿没有那种人,除了桑拿浴室和游泳池之外。”

这座城市并不大,大伙很快就驶离了市区,穿越在庄稼地上,只见一片片亮绿色的田野,种的全是经过改良的地球作物。此时雨停了,但云层依旧。约莫下午三点不到,车队行至一片树林。田野的尽头是一道颇高的铁丝网,外边的林子自然是郁郁葱葱的。叶绿素一度进化过——在地球上——而后便被进口到金星上来了。然而阿什总觉得,当地树林里的绿色似乎要更深一些,而且更为稠密多样。低矮的天花菜类植物长着锯齿状的叶片,叶片上镶有紫色斑点;至于高大得多的阔叶林木,它们的树叶却有着黄色的条纹,虽然在远处不易分辨。

车停了,阿卡迪爬了下来。他打开围栏大门,待汽车通过后再将其关上,然后重新爬回驾驶室并打开无线电。“大型食草动物可以冲破这些围栏,然后搞点小破坏,”他告诉身后那辆车说,“我们这儿的人很走运,动物们不喜欢地球植物的味道,尽管它们的肠胃也代谢得了。不过倒霉的是，它们只有尝了以后才知道东西好不好吃。”

“噢。”贾斯珀说。

“我拍了一张你开门时的照片，”玛姬说，“亮绿色的田野，深蓝色的树木，背着 AK－47 的你，不错，不错。”

卡车继续前行，眼前的道路已是两条污泥的凹槽，两边为装饰性的下层植被。空气从半开的窗户吹入，带来一股金星的气味，掺杂着雨水和泥土的湿气，还有天然植被的味道。

渐渐地，动物开始出现。树林里有翼龙扑腾着翅膀，下层植被丛中有体型较小的爬行类两足动物。阿什时不时会看到一朵孤立的花，它的形状犹如圆锥，却有两米之高，外表大部分呈橘黄色，看上去活泼靓丽。小虫子们飞来飞去，为这些花儿传播授粉，然而在远处是看不到的，不过阿什心里清楚，它们就在那头的云彩里。玛姬有时候会要求停车，而后阿什带上照相机走出去做一些拍摄。然而她真正想要抓拍的东西——那个机器人——却见不着身体，只有那颗被长长的脖子推出窗外的“镜头脑袋”。

到了下午三点左右，众人来到一条河边。一小群两栖兽正在远处的河岸边休憩。它们的体形比金星港的“街猪”要大，长度约有五米，身形怪异且呈红色，看起来滑溜溜的。球形的眼珠长在扁平脑袋的顶部——而不是在通常生长的后脑勺位置，这即便在金星上也是常见的部位。然而那眼珠是朝前的，离鼻子不远，在那一口长满利齿的嘴巴上方。

玛姬从第二辆车的车窗爬出，落到后头的平板上，紧抱住那挺“佩切涅格”机枪。两辆卡车蹚水而过，玛姬则一路拍下影像。河床布满了岩石，水花纷纷溅到车窗玻璃上，不过车子还是继续前进，时而上下颠簸，时而左右摇晃。没有东西可以将乌拉尔卡车阻挡！

“好一个有种的机器人。”阿卡迪说。

亚历山德拉通过无线电回话：“她把四对手指统统插进了卡车平板

的木头里。这样也好，反正我不想从河里捞她上来。”

阿什将镜头对准两栖兽，此时那些动物进到了河里，消失在波涛之中。而玛姬的动作更有意思，可她却没有找到一个理想的拍摄角度。

卡车爬上了那条刚刚腾出来的河岸，然后继续驶上了大路。莱卡爬回驾驶室。“拍得不多，但质量不错。”玛姬对着无线电对讲机说。

大约一小时以后，大伙到达了第一座休息站。它是一幢水泥大房子，坐落在一段低矮的悬崖下。一根根藤条从悬崖上垂下，翼龙——某种通体白色、体形娇小的物种——在藤条间鼓翼盘旋。

休息站有一座前院，由高大的围栏保护着。阿卡迪再次爬下车子去开门，然后卡车便开了进去。阿卡迪在身后锁上围栏大门，鲍里斯关掉了卡车引擎，抓起一把 AK－47，下车来到阿卡迪旁边。两人朝院子四周望了望，只见到处长满低矮的植被，之前的旅行队把这里全都踩烂了。没有哪个大家伙能够躲藏在这儿，不过陆蝎总是有的。

一把 AK－47 对于阿什来说似乎有点小题大做，一双好靴子外加踩踏功夫其实就足够了。然而彼得格勒的居民们就是喜爱他们的枪械，况且踩死一只陆蝎——尤其是个头大的——的感受无疑是令人不快的。

那道门由金属制成，厚重得很，称得上是防弹装甲，最后鲍里斯将其解锁打开，于是大家都进到了屋里。阿什知道该怎么做，她轻车熟路，先开启发电机，然后点亮了电灯——噢，对了，就在那儿，光线从敞开的大门照射出去——这空气、这温控设备、这道栅栏，这久违的一切。

宝宝在笼子里窜来窜去。“要出去，打猎，吃东西。”

“快了，快了。”

“翼龙……咀嚼棒……难吃……像屎。”宝宝补充道。

阿什将一根手指穿过笼子的栏杆，伸进去摸了摸宝宝的脑袋。只见他闭上了那双大眼睛，看上去很幸福。

鲍里斯出去了，然后挥挥手。

“没问题了，”阿卡迪喊道，“围栏是带电的，而且现在正开着，不要去碰它。”

阿什将笼子打开，宝宝从中爬出来，到开启的窗户边休息了片刻。随后他扑腾起翅膀，急速爬升上去。此时藤条间的小翼龙们纷纷尖叫起来。阿什感到一丝焦虑，而每当她放宝宝出来时，便会产生这样的感觉：他会回来吗？

“它逃走了？”杰森[1]在无线电里问道。

“他去捕猎了。”阿什边下车边说。外头的空气闷湿燥热，当她走到屋子里时，衬衫都已浸透。

“把食物都拿进来，”阿卡迪说，“还有武器和个人用品，只要是不想丢的，全都给我搬进来。虽然那道围栏可以把多数野兽挡在外面，但也不是百分百可靠的。”

阿什把笼子放下，返回去帮忙卸货。伊莉娜是一个膀大腰圆的女人，简直和乌拉尔卡车一样坚实有用。然而亚历山德拉却出奇地苗条优雅，她就是那位曾经当过警察并能检修“佩切涅格”机枪的厨师。亚历山德拉的步姿宛如跳舞，这让阿什分外眼红。女人啊，难道有不嫉妒的时候吗？

当众人忙活的时候，玛姬在一旁拍摄，而杰森却在平板电脑上做记录。阿什对此小有不满，难道他就不能过来帮忙搬箱子吗？然而他毕竟是付钱的客人，而且还是知名媒体的雇员。

等大家全都进屋以后，鲍里斯合上房门，放下一根厚重的门闩。

“客厅走到底是卫生间，”阿卡迪说，“付钱的客人请先用，晚饭一小时后就做好。”

“一个半小时。”亚历山德拉说。

---

① 贾斯珀的昵称。

“你说得对。”

阿什洗完澡回来，发现“虚拟窗户”全都开着，她望见一片被聚光灯照亮的院子，而围栏外头便是黑乎乎的森林。一团由全息影像产生的火焰正在壁炉内燃烧，葡萄酒和一碟干酪摆在炉火前方的桌子上。

阿什倒了一杯酒，然后过去帮亚历山德拉和伊莉娜准备晚餐：一盘清炒果蔬，几条从彼得格勒鱼塘里打捞上来的鲜鱼。

大伙围在壁炉旁用餐。

“有人来过这儿。”吃饭时鲍里斯说道。

“肯定还有一支探险队，”阿卡迪语气温和地说，“他们也都有通行口令。”

“我检查过了，自从上次咱们来这儿之后，没有别的探险队再来过。但我记得当初是怎么摆放罐头食品的，现在它们都不按字母排序了。我觉得是中情局的人干的。”

“什么？”杰森问道，同时将平板电脑掏出来。

“那片森林里有一座中情局设的站点，”阿卡迪说，“我们自己的生计都成问题，早已无法对美国殖民地或其他任何人构成威胁，但中情局还是在监视彼得格勒。咱们不去理会，因为手头也没什么东西可以对付他们。他们确实在这片区域——而且离这儿不远。说不定鲍里斯是对的，他们有可能对安全系统做了手脚。我想不出还有谁会这么干。”

“要是你们连日子都过不下去，那么何必还苦撑呢？”杰森问道，“苏联已经倒了，部分原因就是它倾举国之力来开拓金星。所有加盟共和国已经统统变成了资本主义国家，可是你们还留在这儿。”

“并非所有改变都是好的，”鲍里斯说，“况且人生在世，除了自私自利以外，还有别的东西。”

“反正不管怎么说，要是得到伊师塔地上美国殖民地援助的话，你们的情况会更好一些。”

阿卡迪说：“地球上的资本家们都把钱投在可以获利的地方，而不是花到普通老百姓的生活上。我们彼得格勒的人们,或许会被人说成是一个个失败的梦想。但伊师塔地呢？要我怎么称呼它？一处旅游景点,一座稀土矿。那些有钱人一旦确定地球不宜居,伊师塔地就是他们的逃亡之所。"

"伊师塔地的生活比这儿舒服得多。"杰森指出。

"我们活得好好的。"

"阿卡迪,说实话,"魁梧的女人伊莉娜说,"老百姓受够了物资短缺的日子,都跑到伊师塔地去了。这种流失虽然缓慢,但持续不断,总有一天彼得格勒会垮掉的。"

"这可难说,"鲍里斯插话道,"就算我们遇上点挫折,但这也不全是坏事。食物短缺把心脏病和糖尿病的发病率降下来了,燃油短缺意味着我们走路更多,这还是挺健康的。"

伊莉娜的表情显示她似乎没有被说服,杰森·可汗也一样。不过阿什对此也不太确定,因为他是一个古里古怪、不易读懂的男人。或许要等到文章最终发表的时候,阿什才能知道他脑子里究竟在想些什么吧。而眼下,莱卡机器人倒更容易被人理解一些。

"看那儿,"阿卡迪说,"你们不是说想看刺激的大型动物吗?"他指着一扇"虚拟窗户"说。

只见一群两足动物沿着围栏边上移动,被聚光灯照得雪亮。它们体形修长,通身亮蓝,唯有胸部呈橘红色。

"美国人管它们叫'罗宾斯',"阿卡迪说,"仔细瞧,嘿,它们沿着围栏走,但就是不碰它。它们知道这很危险,只要我们在这儿,那些聚光灯就等于告知了它们。如果现在是地球三叠纪时期①的话,那些小东西就会是恐龙的祖先了。但这里不是地球,所以也不知道这个物种将

① 位于二叠纪和侏罗纪之间,气候从干燥向湿热过渡,是爬行动物和裸子植物崛起的时期。

来会变成什么。它们非常聪明的,还有灵巧的双手,说不定会变成我们人类呢。”

此时又有一种动物来到围栏边,加入到两足动物群里。它身长至少十米,通体全黑,光滑无毛。走路的姿势如同鳄鱼般“昂首挺胸”,高高抬起的脑袋很长,是爬行动物才有的那种,而且嘴里也长满了参差不齐的牙齿。两足动物们火速逃窜,只见那家伙用鼻子碰了碰围栏,随即大号一声,缩了回去。

“瞧瞧,”阿卡迪说,“不太聪明吧。它块头大,样子凶残,自然也没必要动脑筋。如果现在是在地球三叠纪时期,它就代表了过去,一种无法胜出、最终会消亡的物种。但这里不是地球。”

突然,一个黑影蹿入聚光灯照射的区域。阿什猛然意识到:宝宝!那条翼龙低空飞行,在“鳄鱼”上方扑腾,正挑衅着它。那家伙大号一声,后腿一蹬,朝宝宝猛咬过去,几乎就要捕获了他。但翼龙向上飞升,越过围栏,落到一辆乌拉尔卡车上。而此时“鳄鱼”也落到地面上,四脚着陆。阿什很可能看得太过投入了,其实那条“鳄鱼”似乎是很沮丧的样子。宝宝看上去吓坏了,这个小傻瓜,阿什得安慰安慰他。

“它们是从两足动物进化过来的,”阿卡迪说,“后腿变得比前腿更长、更粗壮。这些家伙还可以——你也看到了——发力暴跳。它们移动的速度也比你想象的要快。”

“我拍到了,”玛姬说,“不过图片的质量不怎么样,如果出去的话可以拍得更好。”

“那就去吧,”鲍里斯说,“围栏很牢固的,扛得住那个家伙。”

于是阿什同杂志社雇员一道走了出去,而此时那头“鳄鱼”自然也看见了他们——或许是闻到了气味。只见那家伙一边猛撞围栏,一边吼叫着,随后它纵身一跃,用爪子抓住围栏并使劲摇晃。我的天,那一下子想必很疼。接着便又是一声声号叫,玛姬在一旁拍摄,聚光灯如此强烈,让阿什瞧见了那动物鳞片上的反光。阿什对着那台机器人和那头猛兽拍下了一张很棒的照片。灯光从多个不同的角度亮起，既有休息站的，又有玛姬自己的，它们一齐照射出一片光与影的世界。然而即便在彩照模式下，相片看起来也是黑白的。

宝宝飞到阿什身边，停在她肩膀上。

“小傻瓜。”她说。

“大便……到……你身上。”宝宝回答说。

那道围栏在野兽的重压下弯曲。在他们身后，阿卡迪说道：“我不会加大电流的，那是一只保护动物。”

“快进来。”阿什告诉杰森说。

“围栏应该撑得住吧。”

“应该撑得住，”阿卡迪语气轻松，“但万一不行呢……”

于是众人又返回到休息站里，而后阿卡迪将房门闩上。宝宝朝笼子飞过去，自己打开小门钻了进去，并随手拉好。阿什听到上锁的声音，只见这条翼龙缩成一团，看上去完全吓坏了。

“你不该去招惹那些野兽。”阿什说。

“大便！大便！”宝宝回答，然后在笼子的底板上拉了一坨屎。

待会儿阿什会把它擦拭干净，可现在不行，先得帮宝宝克服心中的恐惧。

阿什朝一扇“虚拟窗户”望去，那头“鳄鱼”重新四脚着地，看样子已经被彻底激怒。然而片刻后，它却黯然离去了。从它移动的姿势可以清晰地判断，它的前爪一定是受了伤。

“真笨，”阿卡迪说，“不过作为一头顶级的掠食者，它也不需要聪明。美国的历史不就是这样嘛。”

“我想去厨房帮点忙。”亚历山德拉插嘴道。

阿什把酒杯都收起来，然后跟随亚历山德拉走出了房间。厨房里有一个从金星港弄来的洗碗机，她们把盘碟统统放进去，亚历山德拉设置好控制按钮，然后启动机器。

“金星港什么样?”伊莉娜问道。

“不公平,”阿什回答,“被地球经营管理着,服务于地球上的稀土矿公司、游客和有钱人。”

“这像是政治口号,不像闲聊打听,”亚历山德拉说,“你们的生活怎么样?吃的东西够吗?可以买好看的……东西吗?”

阿什犹豫了一下,然后回答说:“吃的东西足够,也可以买一些东西。唉,真是的,我自己就是专门给‘好看的东西’拍照片的,就靠这个吃饭。”

“我们收看伊师塔地的广播电视,”伊莉娜说,“那儿的生活看起来比彼得格勒更吸引人。”

“你们想逃出去?”阿什问道。

“说不定,”亚历山德拉说,“我喜欢漂漂亮亮的东西。”

伊莉娜摇摇头说:“我不会走的,我有家人,还有一个男朋友。他跟阿卡迪一样,都对彼得格勒有信心。”

等厨房台面都弄干净之后,阿什立刻回到了客厅。杰森和阿卡迪在炉火旁的椅子上各自休息着,玛格丽特将她的腿、脖子、脑袋都收了起来,变成了没有特征的大银球,就待在全息影像的炉火前头,那红色的火光在她的体表上跳舞。

宝宝坐在笼子顶部,啃着一根咀嚼棒。

“你没找到吃的?”阿什问道。

“抓了……小翼龙……吃……还饿。”

阿什在一张椅子上坐下,桌上有一瓶新酒,周围几盏新的酒杯。彼得格勒有不少令人望而生畏的白兰地,这便是其中之一。阿什倒了一杯尝尝,是木莓味的。酒液在口中烧灼,顺喉咙而下,最后在五脏六腑里形成一团灼热。“鲍里斯在哪儿?”她问道。

“在屋子里头转转,还是不放心他那些罐头。”

“他摆罐头的时候真是按字母顺序摆的?”

阿卡迪点点头说:“他既有强迫症又有妄想症,不过确实是一名出色的探险队司机,一个有深度的聊天伙伴。像他这样执著的人,需要有一个放松身心的途径。对了,他开车的时候从不喝酒,告诉你这个是免得你有顾虑。”

阿什靠到椅背上放松自己,感觉心满意足。坐在炉火旁,喝着白兰地,宝宝啃着咀嚼棒,前头还有劲爆的大型动物和巨型的花卉等着自己。哎,这日子真是滋润。

杰森掏出自己的平板电脑,手指在屏幕上轻盈地飞舞。阿什仍然不知道他究竟在报道什么。金星上的野生动物?彼得格勒?美国人的殖民地?反正不管是啥,工钱倒挺多的,而且还能偷得空闲,从伊莉娜和亚历山德拉艳羡的“漂亮东西”那儿脱身。

阿什不应该批判她们,阿什自己有这个、有那个,至少作为一名客户,她有打造“漂亮东西”的家伙。所以对她而言,自然就很容易对这些东西习以为常。

鲍里斯拎着一只陆蝎进到房间里,他一只手在它脑袋后面提着,而另一只手拎着它的尾巴。那只陆蝎还活着,并在鲍里斯的紧握下扭动挣扎,想办法去咬他或用硕大的前爪来钳他。

“操,”阿卡迪说,“那东西是怎么进来的?”

“我跟你们说过,有人来过这儿。”鲍里斯没有继续说下去,而是将这个生物展示给我们看。杰森做出十分惊恐的表情,而玛姬想必也一直在听,此时伸出了脑袋和脖颈。她动作连贯敏捷地站立了起来,那一簇取代脸庞的镜片转向鲍里斯。

蝎子大约有半米长,体形宽大扁平,肤色暗紫并带有光泽,不停地在鲍里斯的手中扭动着。那张嘴和那长有尖牙的下颌也在不住摆动。阿什感觉有些想吐。真见鬼!这些东西真丑啊!她认准了这种生物有毒,阿卡迪应该也清楚。

“给我一把剪子。”鲍里斯说。

阿什走进厨房，伊莉娜和亚历山德拉还在聊天。“出了点问题，我要一把剪子。”

亚历山德拉找出剪刀，然后由阿什把它递给鲍里斯。

鲍里斯小心翼翼地跪下，把这个动物放置到地板上，同时用一只手抓着，而另一只手拿过剪刀并把蝎子的脑袋剪了下来，然后迅速地站起身子。蝎子那多足的躯体朝四周胡乱摆动着，脑袋也在地板上跳动，下颌依旧不停地一开一合。

“它躲在床底下，就在杰森挑的卧室里。”鲍里斯说。

“那是什么东西啊？”杰森恐惧万分地问道。

“众多陆蝎品种当中的一种，”阿卡迪说，“有好些咬了都会中毒，这个品种不会伤你性命，但会害你病倒。”

鲍里斯夺过桌上的一只酒杯，用它舀起生物的脑袋。“身体是无毒的，尖牙和毒腺都在头部。你们要是喜欢的话，可以把其他部分留下当纪念品。”

“我已经拍过刺激火爆的照片了，”玛姬说，“应该足够了。观众要是看了这个，估计会害怕，会恶心的。”

“它是怎么钻进来的？”阿卡迪再次发问。

“我要再仔细检查一下这颗脑袋。”鲍里斯说着便去了厨房。

此时亚历山德拉和伊莉娜已经都在客厅了，她们饶有兴致地看着那具扭动挣扎的无头躯体。

“可以吃吗？”宝宝问道。

“等一下。”阿什说。

“我饿。”宝宝抱怨道。

“再来一根咀嚼棒好了。”

“不好吃。”

“过日子不容易的。”阿什告诉他说。

“听不懂。”

“吃你的棒子去。”

蝎子躯体的动作渐渐慢了下来，不过仍在摆动。

“我不喜欢太刺激的东西，不喜欢一惊一乍。”亚历山德拉说。

“所以你如今是个厨子，而不是警察。”阿卡迪对她说。

“那倒是，但这并不能解释为什么我要替你干活。”

“因为钱。”阿卡迪说。

鲍里斯回来了，端了一块切肉板，板子上是蝎子的脑袋。他把切肉板放置到桌子上，玛姬身体前倾，凑过来拍摄它。鲍里斯把脑袋切开，看到里面有某种黑色的物质，很有可能是大脑。在中央有一小颗银色珠子，几乎难辨的银丝从它上面向外散发出去。

“最有可能的情况是……这是一台纳米机器，”鲍里斯说，“它被注入循环系统，移植到脑部，然后自我展开构建。这个动物已经成为一台有机机器人，是安插过来监视我们的。”

阿什感觉恶心，她对普通机器人倒不介意，比如像那位正在拍摄解剖脑袋的玛姬。然而一想到把生物变成机器人，这让她感觉难受。就算是那些跟随人类前来金星的蟑螂，它们也值得拥有自己的生活。曾经奴役过虫类的技术可以被修改为奴役动物或人类，尽管那当然是违法的。

“你怎么会想到要去找这个东西的？”阿卡迪问鲍里斯。

“我看了监控录像，它就在那儿，但只是匆匆掠过而已。我觉得现在应该不会有第二只了。”

“照片很棒，”玛姬说，“看来我可以为专题栏目加入一点戏剧性色彩了。”

“是中情局干的？”杰森问道。

“我相信是这样，”鲍里斯回答道，“我们一直活在他们的阴影之下。”

“好吧，既然鲍里斯觉得不会再有了，那么我们就安心享受余下的时间吧。”阿卡迪插嘴道。

“宝宝可以吃那只蝎子的身体吗?”阿什问道。

“不行,”鲍里斯说,“尚不清楚那里头还会有什么东西,我要把它扔进垃圾堆。”

“不开心。”宝宝说。

鲍里斯提着脑袋和身体出去了,阿什又喝了一点木莓味的白兰地。

“我们在温室里种植木莓,还有别的水果,”阿卡迪说,“我们的庄稼或许是失败了,不过白兰地总还是有的。”

当晚直至半夜都没有再发生什么事情,阿什睡得很糟糕,时不时醒来听听有没有蝎子发出的窸窸窣窣的声音。她还一度打开灯,可是什么也没发现,只看见宝宝睡在笼子里。

第二天早晨,大伙继续开车前行。雨水停了,一道道日光穿过云层,照亮了树林中斑驳的阴暗处。沿途有许多锥形花卉,一群大型食草动物正在食用。伊师塔地上与之类似的动物被称作为“森林牛”,尽管它们在阿什看来并没有特别像牛。这些动物的体型比她见过的任何一头牛都要大,哪怕算上来自地球的照片也是如此,况且它们还是绿色的。头上的毛发一直延伸至后背,宽大的嘴巴长着四颗大獠牙。此时有五六头这样的动物正在猛刺一棵亮红色的花,其花瓣纷纷盖到了它们的口鼻之上,然后从嘴里掉落下来,看上去犹如鲜血一般。

鲍里斯一脚急刹。

“朝右边瞧,”阿卡迪对着无线电说,“更多的大型动物。”

“这个叫‘火爆刺激’? 我没看出来。”杰森通过无线电回答道。

“它们肩膀处就有两米之高,非常危险的哟,”阿卡迪说,“要是不信的话,我现在就放你下去。”

“别,”玛姬说,“我需要杰森。”

卡车继续前进,阿什以前来过这条路,从一座防范周全的休息站到另一座防范周全的休息站,就这样兜一个大圈子,最后回到彼得格勒,然后在几家豪华宾馆里挑选了一家享用晚餐。一家总部设在金星港的酒店企业建造并经营这些宾馆,以确保游客们享受到可靠的豪华体验。

“他们是《国家地理杂志》的人啊,”阿什对阿卡迪说,“难道你就不能带他们看点别的东西吗?”

“我们几个正在琢磨,但今天不行。”

阿什放下摄像机,喝了一口茶。茶水一如平常那样浓烈甜美。因为睡眠不好的关系,她感觉有些疲惫,不过总体上状态还算不错。宝宝在她身旁的笼子里,拱起身子,闭着眼睛。世上有比一头睡着的翼龙更加可爱的东西吗?

树林里有更多的翼龙在扑腾,还有两足动物在灌木丛中蹿来蹿去。下午早些时候,云层拨散开来,一道道日光斜射入林中。一群“森林牛”——二十头或许更多——在车队前方的道路上横穿而过,迫使他们停下了车,等待这群没礼貌的食草动物完全走开。然而众人依旧没有看到大型的食肉动物。

“顶端的食肉动物总是很少见的,”当杰森抱怨时,阿卡迪说道,“况且这又不是在侏罗纪时期的地球上。”

下午晚些时候,大伙到达了第二座休息站,这是一座由钢筋混凝土构筑起来的碉堡,周围还架着一圈高高的围栏。这一回亚历山德拉和伊莉娜都做了检查,还踩死了几只小个的陆蝎。这两个女人在齐膝高的植被丛中寻觅踪迹,她们身上有些可爱之处,虽然都带着枪,可只用它们在叶片上戳来戳去。围栏外是一片森林,当乌云飘来时,日光渐渐淡去,林子里变得昏暗起来。阿什抓拍了几张照片,玛姬也是一样。

大伙最后都进了休息站,鲍里斯又进行了一番搜查。“我的罐头顺序完好,”他宣布,“没发现陆蝎。”

众人卸下卡车上的东西,亚历山德拉做好了晚饭。这次是手抓饭和一道菠菜拌鹰嘴豆。

“家乡菜啊。”阿卡迪高兴地说。

外头开始下起了大雨，阿什从一扇“虚拟窗户”里出去，雨水在休息站的灯光照射下犹如一席银色的帘布。四周低矮的灌木丛在雨水的重压下纷纷弯曲，阵阵狂风将它们吹得东倒西歪。阿卡迪这回拿出来的是梅子口味的白兰地。

杰森看上去郁郁寡欢，玛姬拍摄着休息站内部的装饰，而阿什则正在拍着这台莱卡机器，只见它脑袋歪斜着，那一块块镜片在虚拟的壁炉火光下闪闪发亮。阿什感觉玛姬对此行十分满意，尽管少了些戏剧性元素。

“我要出去。”宝宝说。

“天气不好。”阿什回答。

翼龙蜷缩起身子，不悦之情有如杰森。

但凡记者，自然期盼些刺激的事情。然而阿什挺满意的，她在虚拟的炉火边坐下，品尝着水果味白兰地。她看中内陆荒野的野蛮和陌生。那么讲贴切吗？身处于一个没有外来引进植物和动物的地方，人类虽开辟了几条道路——至少确有一些路——造了几座休息站，但还是无法适应这个地方。她喜欢阿卡迪，或许只是喜欢他的职业。这是他的专业领域，他对阿佛洛狄忒地的了解不亚于任何人。

从某种角度上说，金星是幸运的。地球没有资源来真正开发这颗星球。苏联竭尽全力欲赢得金星竞赛的胜利，然而却因此葬送了自身。美国同样也大幅退却了，部分是由于它已无竞争对手，部分也是因为地球上的问题不断在恶化。金星的确可以提供一些原材料——但为数不多，而且运输费用高得离谱——后来它就变成了一个旅游目的地了。有些人退休后住到金星港周围的门禁社区[1]里，而另一些人则买下了海边别墅，以防哪一天地球不再宜居。然而尽管如此，这颗星球的大部分地区依旧未被人类染指。

① 由围墙和绿化带包围并设有门禁系统的现代住宅小区。

次日大伙继续上路，地势逐渐抬升，路途中多出了不少石块。这里的树木也都很矮，叶片宽大下垂。小动物们在树枝之间和灌木丛里蹿来蹿去。下午三点左右，卡车偏离了留有车痕的道路，拐弯驶入一片树林中。车子碾碎低矮的灌木并避开大树，第二辆卡车紧随其后。

“怎么回事？”阿什问道。

“咱们带杂志社的人好好玩玩，”阿卡迪说，“这是按您的要求哟。”

“顺便证明些东西。”鲍里斯补充说道。

“证明什么？拜托告诉我行不行？”阿什问道。

“到时候会让你知道的，”阿卡迪回答说，“杰森老是抱怨咱这儿的动物，我的耳朵根都听烦了。他让我想起从前带过的旅行团，全都是些想看恐龙的有钱人。当时我告诉他们，金星上的动物虽然和地球动物很相像，但并不完全一样，而且现在也不是侏罗纪时期。我还遇到过一个要求退款的狗杂种，就因为我们没能给他看一头异特龙。我当时想给他们来一条翼龙，虽然那种东西估计不会给他们留下什么印象，但肯定可以把他们统统吃掉。”

阿卡迪平日里脾气很好，可现在听上去有些生气。好吧，反正阿什自己也对某些手头的工作怨声载道，拍摄时尚写真有时候是一件非常糟糕的活儿。

他们一路压碎了更多的矮树丛，而此地布满了石头，开起来感觉不太踏实，地上露出乳脂状的黄色岩石。

“石灰岩，”阿卡迪说，“这里曾经是水下，应该会有不少上乘的化石。不过在我印象里，杰森不是一个化石爱好者吧。”

“我也不是。”鲍里斯一边说，一边驾车穿越两块巨型岩石。一对翼龙正在其中一块石头上休憩，它们体型庞大，头冠令人印象深刻。

“停车！”阿什说。

鲍里斯遂停下卡车，阿什将那两个动物拍了下来。它们看上去真棒，头冠像橙色的船帆。

“不喜欢。”宝宝默默地嘀咕着。他当然是不喜欢的,因为这些家伙体型巨大,足以把他吞食掉,而且只要条件许可,它们就会那么做。虽然翼龙不是掠食同类的“汉尼拔”①,但它们也会欣然吃掉相近的物种。从前野外还有猴子的时候,人类也一样食用它们。

众人继续前进,最终遇上了另一条道。此路人迹稀少,远不如先前他们走的那条,鲍里斯打了一个转弯,驶上了那条道。

“我不记得这条路。”阿什说道。

“这片荒野风景不错,”阿卡迪说,“很有意思的。该死的执行委员会真是胆小如鼠,他们判定这个区域禁止进入。”

“你正在做犯法的事?”阿什问道。

“没错,既然咱们有一位《国家地理杂志》的录像师做伴,那么现在正是探险的绝好时机。”

“还有中情局安插在休息站的‘有毒间谍’呢!”鲍里斯怒骂了一句。

阿什心里感觉凶多吉少,可是阿卡迪毕竟在这块大陆上做过好几次最负盛名的探险活动。

车队一路颠簸,地上冒出更多的乳脂状黄色岩石。

“地方应该到了。”鲍里斯一边说,一边看着他的卫星导航仪。阿什读不懂上面的内容,因为标的全是斯拉夫字母。

“什么地方?”她问道。

“陨石坑,”阿卡迪说,“说不定还有别的。”

此时鲍里斯踩下了刹车。

路边有一排用黄色石灰岩搭成的矮墙,它呈现微微的弧度,显然是某个巨型大圈的一部分。车队前方区域被人挖掘过,成堆成堆的泥土摊在跟前。然而道路两旁却没有开挖,那道矮墙其实是一圈小土堆,上

① 食人习俗的代名词,此处引申为食用同类的行为人。

面还盖满了低矮的植被和藤条。

“没想到泥土都被挖出来了，”阿卡迪说，“看来咱们还得感谢中情局的人。”

“谁造了这些？”阿什问道。

“不是咱们，”阿卡迪回答说，“也不是中情局。早期卫星勘探活动进行时，这些东西已经出现了，另外还有三个大圆圈，全部都在这片区域里，而且统统是规模宏大的弧形。其中有一个圆圈是不完整的，只留有一半在那儿，而其余的两个都完好无缺，且从未有人调查过。理论上说，这些陨石坑来自于一颗天体，它来不及撞击金星就在途中解体了。”

大伙爬出车厢，走到围墙边。它看上去就是由先前那些裸露出来的黄色岩石构成的。然而据阿什观察，这是整体的一块，而且表面也十分光滑。阿什用手在上面来回抚摸着，它平滑得就像一块玻璃。当她把手拿开时，她看到了血。原来这堵“矮墙”的边缘如刀刃般锋利。

“给。”阿卡迪一边说，一边递给她一小块红围巾。

阿什将围巾包裹在出血的手指上，注意到玛姬正在拍她。

墙体——起码露出地面的部分——有一米多高，对一个人来说，坐上去太高不舒服，跨过去也不轻松。

“太奇妙了，”杰森说，“如果不是人类建造的，那么这就是金星存在智能生物的证明。”

“没有什么智能生物，”阿什插嘴道，“这颗星球上最聪明的东西也就是像宝宝那样的动物了。他确实挺机灵的，但造不了那些‘围墙’。”

“这总不可能是天然形成的吧。”杰森说。

“说得对，”阿卡迪回应说，“不过我也同意阿什的看法，这肯定不会是金星本地生物造的。”

玛姬移动镜头，将“围墙”的全长统统拍摄了下来。

一个声音突然从众人背后传来。“你们他妈的到底是谁？”

阿什即刻转身，其余人也一样。只见一名全副武装的士兵站在两辆卡车中间,手里提着一把外形恐怖的高科技步枪。阿什首先注意到那把武器,而后才发现这名士兵原来半悬在道路上方,靴子根本没有触碰到地面。

“你是一个全息影像。”鲍里斯说。

“是的,不过你们周围都是射击位,自己瞧瞧吧。”

阿什东张西望了一番,邻近的石块上都闪烁着红光,原来是瞄准器射出来的激光。据她观察,这些光线正瞄准着自己。

“你们要是不信,我可以烧焦点东西给你们看看,”那个全息影像说,“比如你们的机器人。”

“她是独立自主的机器人,”杰森立刻回答说,“美利坚合众国的公民,《国家地理杂志》的员工。”

“该死,”全息影像说,“站着别动,我必须请示一下。要是你们乱动的话,那些枪就会开火。”说完那个影像便消失了。

“你还在拍?”杰森问玛姬。

“嗯,我正在给离这儿最近的通讯卫星上传图片,这块地方马上就要出名了。”

“这会让中情局没好日子过的。”阿卡迪满意地说。

“还有那个无用的彼得格勒执行委员会。”鲍里斯补充道。

“还有我们,”阿什插嘴道,“你惹恼了太阳系当中最危险的组织。”

此时那个全息影像再次出现,并说:“我已经叫人过来了。你们待在原地别动,听说你们的机器人正在发送无线电信号,赶快给我停下!”

“好吧,好吧。”玛姬说。她没有多嘴,没有说“为时已晚”这几个字。

众人留在原地等候,而天上则下起了毛毛雨。在卡车驾驶室里,宝宝大呼小叫,想吃东西。

“等会儿就来。”阿什大声呼喊道。

“我饿!”

终于有一辆汽车出现，一路颠簸之后停下了车，从里面走出来两个人。他们一身黑色装束，靴子擦得锃光瓦亮，头上佩戴着“计算机眼镜”：不透明的镜片，黑色的粗框。

“你们是什么人？”其中一个问道。

“阿卡迪·沃尔科夫野外旅行团的。”阿卡迪说。

“《国家地理杂志》的。”杰森补充道。

“阿什丽·怀德曼时尚艺术公司。”阿什插话道。

“该死，”那个人说，随后补充了一句，“跟我们走。别耍什么花样，林子里都有枪指着。想找麻烦的话，就打烂你们的车。”

于是大伙钻进卡车，阿卡迪递给阿什一个急救包。阿什对着自己的手指喷上一层创可贴①，其杀菌成分使得那几道伤口微微阵痛。金星上的细菌通常是不会感染人类的，然而地球的细菌已经散布到了这颗星球的各个角落，其中不乏肮脏险恶的菌种。

那辆汽车转弯掉头并原路返回，两辆卡车跟随其后。当大伙刚刚开动时，阿什朝身后望了望。那位全息影像士兵仍然浮在路中央，端着步枪注视他们。待第二辆卡车也从他身边驶过，那个影像方才消失。

“很抱歉，”阿卡迪说，“我本想带大伙参观参观陨石坑，然后就安全撤离，顺便再拍几张照片，动摇一下中情局对这块地方的控制。”

“你预料到咱们会发现一处外星人遗迹吗？”阿什问道。

“那些陨石坑……观察得越久就越可疑，”鲍里斯说，“同时我们也盯着中情局的一举一动，不然的话我们也不会那么仔细地查看卫星图片了。”

阿什靠到座位上，又喝了一口茶。宝宝在她旁边啃着一根咀嚼棒。此刻的阿什当然心怀忐忑，但她怎么也无法想象中情局会干掉《国家地理杂志》的人，就连恶魔野兽也是有行为底线的。

---

① 液体喷雾创可贴，此并非科幻想象，目前国外已有销售。

雨下得更大了，阿什朝外头望了望，一群火蝎正在树干上休憩，全都躲藏在叶片底下。它们的体型不大，外骨骼呈亮红色，这是一种剧毒的警示标志。

“我觉得还是不要让玛姬注意到它们比较好，”阿卡迪说，“中情局的人可能不会让我们使用无线电交流吧，真是可惜，这些家伙看上去很漂亮，而且毒性也很大，游客们总是喜欢那些致命的动物。”

半小时后，大家来到了一座悬崖跟前，它同样也是由那种黄色岩石构成的。崖壁在树林中拔地而起，绵延至远方，前后皆望不到头。道路在悬崖前终止，于是汽车熄火停下，他们的卡车也一样，所有人统统下来了。

“把枪留在卡车里，”其中一人吩咐道，“那东西也留下。”他朝笼子里的宝宝挥了挥手势。

“他会寂寞的。”阿什说。

另外一人走在他们前头，在崖壁上打开了一道门。虽然这门看上去是人造的，但阿什对门道里头的景象却无法断定。它呈直角矩形，顶很高，也很窄，似乎不像是人类开凿。众人鱼贯而入，刚刚说话的那个家伙紧随其后，将大门合上并锁好。内部是一条走廊，同门道的形状一样，也是又高又窄的矩形。沿途的墙壁上安着一盏盏过道灯，它们显然是人工的。至于那条走廊本身——石壁都被精心打磨过，如同玻璃一般光滑。墙体里还镶有化石，阿什辨认出一些贝壳，它们在光泽的墙面底下微微闪烁。她还发现不少狭长的东西，大概是虫子或海百合类，然而这个世界并没有海百合类生物存在。假如阿什还能有一辈子的话，她愿意做一个生物学家或古生物学家，尽管她很难忍受这两个行当全都要求的那份一丝不苟的精神。或许拍拍模特和大型动物才是更好的选择。

此时，宝宝在他的笼子里嘀嘀咕咕。

走廊止于另一处狭窄的门道，而这里并未安上大门。穿过门道，里边是一间方方正正的屋子，四面墙都由打磨过的石头做成，同进口处一样，也是又窄又高。屋子里摆放着一张桌子和几把椅子，均是3D打印制作出来的产品。阿什认得此类摆设风格，这是现代人类办公样式。

“到了。”其中一人说。只见他脱下眼镜，露出一对淡蓝色的眼睛，还有底下暗沉的眼袋。“你们这是干什么？我们和彼得格勒苏维埃执行委员会有过协议的。”他瞥向另一位仍旧戴着眼镜的人，“麦克，来点咖啡好吗？”

“好的，”麦克答道，“别说什么要紧的话，等我回来再讲。”那人的嗓音听上去像女低音。

阿什重新定睛一看，那个麦克要么是女的，要么就是一个女变男的易性人，尽管那四四方方的西服和粗框的计算机眼镜掩饰得很好。其实性别也无关紧要，一位中情局女特工与男特工一样凶险。

麦克走后，大家纷纷坐下。阿卡迪和鲍里斯表情镇静，而伊莉娜和亚历山德拉却似乎忧心忡忡。那位《国家地理杂志》的记者给人感觉既恐惧又兴奋。玛姬那张由发光镜片组成的脸蛋流露不出丝毫神情。

“这地方是谁造的？”阿卡迪问。

“不知道，”那人回答说，“是我们找到的。”

“有远古时代的遗物吗？”阿卡迪问。

“除了那几个大圈？还有这些隧道？我们什么也没发现。”

“这座遗迹在整个太阳系范围内都具有重要的历史意义，”鲍里斯说，“在人类到来之前金星已有生命存在，这便是有力的证据。你们居然就一直待在这里，不让彼得格勒的人——还有金星和地球的科学家们——调查，更别提那些我们原本可以吸引过来的游客了，他们能够刺激我们的经济。”

“这意味着我们不必在森林里搭建营地，”那个男人说，“这里面挺干燥的，而且动物也少得多——或者说目前为止是这样。相信我，这地方没什么意思，只有一条条走道和一间间屋子而已，一路通到悬崖深处。到处都是空荡荡的，只有动物留下的残骸，比如骨头啦，枯树叶啦，干硬粪便什么的。”

麦克带着一块托盘回来了，上面放着玻璃瓶和几只咖啡杯。他(抑或是她)挨着帮大伙倒好咖啡。房间里略有凉意，此时手捧一杯热咖啡，然后小抿一口，着实心情舒畅。阿什割开的手指还在隐隐作痛。

“问题来了，咱们拿你们几个怎么办?”其中一人说。

“要是我失踪了的话，杂志社的人会担心的。”杰森说道，语气听起来十分焦虑。

“这荒山野岭的，出点事故是家常便饭。”麦克高声说，嗓音雌雄难辨。

“我正在拍摄并上传我的图片，直到你们那个全息影像人叫我停下为止，”玛姬插嘴道，“材料都已经发送到附近的通讯卫星上了，那东西估计是属于彼得格勒的。我猜卫星已经将其转发到我们设在金星港的办公室了。为了保护隐私，信息都是经过加密处理的，不过我们公司可以解密，现在这时候他们应该已经完成了。”

“他们都知道这个大圈了，”杰森补充说，“还有你们安插在休息站的机器人。”

“什么机器人?”那名男子问道。

“就是那个虫子呗，那个蝎子，带有电线的。”

麦克靠到一面墙上，手里端着咖啡杯。另一位不知姓名的男子审视着他们几个，皱起了眉头。

“那东西不是我们的，”麦克说，“彼得格勒肯定在监视自己的人。”

宝宝在他的笼子里上蹿下跳，阿什伸出一根手指抓挠他——并且同时——打开了门上的锁。除了宝宝之外，似乎无人注意到这个动作，他看上去饶有兴致，并且警觉了起来。

阿什思考着通风设备的结构和逃跑路线，她环顾四周，看到天花板下方的墙面石块上有一个凿出来的矩形口子。通道狭长，有好几根与墙面同质的垂直石栏。正当她在观察时，一对触须从两根石栏杆中间伸出，而后有一只动物显露了出来。当然了，那肯定又是一只蝎子。它的躯体呈暗灰色，缺乏明晰可辨的眼睛，这些体征都说明了那是一只洞蝎。

阿什注视着那只蝎子，只见它前腿乱挠，欲抓住这光滑的石头，可最终失败并掉落了下来。蝎子“啪”地砸在地上，声音清脆可辨。那位隐藏姓名的男子坐在自己的椅子上转身，然后站起来朝蝎子踩了一脚又一脚。阿什心想，它个头真是不大唉，连二十厘米都不到。

那个男人弯着腰，姿势保持了好一会儿。“老天爷，我真是极其讨厌这些家伙。”

“它们是食腐动物，”阿卡迪说，“翼龙在悬崖上或浅洞里筑巢，那些蝎子就依靠那里头的腐肉为食。人类被它们咬一口也不会有什么大碍。”

“讨厌这些家伙。”那个男人又重复了一遍。

“他有恐惧症，”麦克说，“我才不会在乎什么洞蝎呢。”

那个无名特工站直身子说：“隧道跟洞穴都是相通的，那些该死的畜生发现可以把我们当食物，所以它们现在到处都是。”

“但这根本算不上什么大事。”阿卡迪说。

“我们这儿还有火蝎呢。”麦克插话道。

那个不透露姓名的特工拽了拽那个有名有姓的家伙，而麦克则微微地笑了笑。阿什似乎感觉那位麦克对同事的恐惧反应十分享受。

“这确实是个问题，”鲍里斯说，“可按理说是不应该存在的，它们都生活在树林里，而不是栖息在洞穴里头。”

“它们同洞蝎相互杂交繁殖。”那个不透露姓名的男人说。然而他似乎没有完全放出声来，好像被恐惧“夺去”了呼吸的本能。

“不可能的，”阿卡迪说，“它们是不同的物种，生活在不同的环境之中。”

那两人交换了一下眼神，随后便沉默不语了。

片刻后，鲍里斯厉声斥责：“你们搞了机器蝎子还嫌不够，又在DNA上耍花样，造出一个新物种，违反了不知多少条法律。”

“反正又不是地球的法律。”麦克说。

“可你们眼下是在金星上，”鲍里斯指出，“而且还在彼得格勒。”

“没必要跟我说这个。”

“当然有必要，”阿卡迪回答，“你们非但人在这里，而且还严重违反了多条协议，金星和地球都应该知晓这件事。”

此时，那位不透露姓名的特工抽出一把手枪，瞄准了阿卡迪。阿什清楚地看见，那把武器正在颤抖。一把手枪、一只哆嗦的手、这间屋子、其他所有的人，这一切历历在目，清晰而刺激，荒诞又反常。

“跑。”阿什对宝宝说。只见那条翼龙刹那间蹿出笼子，扑腾着翅膀，飞到特工的脑袋上乱抓乱挠。那把手枪走火了，枪声很响，震耳欲聋。此时阿卡迪朝那个男人扑过去，将他撂倒在地。手枪在地板上旋转，距离阿卡迪和那位不知姓名的特工很远。

“住手。”麦克说。

阿什朝那人看过去，他的咖啡杯已躺在黄色的地面上，周围一摊棕色的咖啡液体。只见他也掏出手枪，对准阿卡迪。

常言道，千万别惹中情局，不过那种警告已为时过晚了。

“别动。”亚历山德拉说。阿什尽量不挪动身体，但眼角的余光还是瞥见了这位前警员。女人手里有枪，坚定地握着并瞄准了麦克。这一幕简直荒唐可笑。

“快叫那该死的畜生放开布莱恩。”麦克说。

那个无名无姓的特工躺在地上，阿卡迪靠在他身上，而宝宝则仍然在他脑袋上又咬又抓。

“住手，”阿什喊道，“宝宝，可以停了。”

那条翼龙扑腾起来，飞回了自己的笼子，然后停在顶部，收起那对毛茸茸的翅膀。

“这真是太好笑了,”麦克说,“其实我不会朝任何人开枪的。上帝保佑,也希望那位可爱的小姐别打死我。瞧瞧你们两个,躺在地上一副傻相,快起来吧。”

两人站起身来,阿卡迪看上去蓬头散发,不过这是他一贯的常态。鲜血从那位无名特工脸上流了下来,他伸手擦了擦,涂抹成了一大片。

“其实我们正在撤离,”麦克又补充道,“彼得格勒是知道的。”

“为什么?”鲍里斯问。

“你是说……他们为什么会知道?因为是我们告诉他们的呗。”

“那你们为什么要撤离?”

“因为蝎子。那些家伙非常危险,布莱恩说得对,它们到处都是。”

“那么我刚才……说对了没?”鲍里斯说,“机器蝎子是不是你们造的?”

麦克保持沉默。

“他们原本想做成某个东西,既可以在污水管道里生存,又能待在楼房的角落缝隙里,肯定是这样的,”阿卡迪插嘴道,“而且还要有毒性,听上去像是可以对付彼得格勒的某种武器。”

“咱们知道的太多了,”鲍里斯说,“他们准会杀了我们。”

“只要我还举着枪,他们就休想。”亚历山德拉说。

“唉,我已经说过了,咱们正在做撤离的工作,”麦克说,“而且没有证据说明我们造了那些蝎子或打算利用它们做点什么。你们这些苏联人的想象力也太丰富了吧。”

“那么这里还留有多少人?”阿卡迪问道。

“几十个吧。”那个名叫布莱恩的特工说。

“别说傻话了,咱没看见一个人进来过,况且刚才枪响的时候,也没见着任何人有反应。我看这里要么只有你们两个,要么同事都在很远的地方。”

“三个，”麦克回答说，“他们在里头几间屋子，正在销毁设备。等他们干完了，我们就搭乘最后一趟金星航班回去。”

鲍里斯从背心里抽出一卷胶带，扔给阿卡迪。“绑住他们两个。”

“别这样，”布莱恩说，“要是蝎子都爬来了怎么办？”

“哎哟喂，那太糟了。”鲍里斯说。

此时那个人朝门道的方向冲去，宝宝飞扑到他身上，一边抓挠一边高声喊叫：“坏人！坏人！”

布莱恩跌倒在地，五大三粗的伊莉娜抓住他的胳膊，令其转身，然后在他上腹部揍了一拳。布莱恩弯下腰，咳嗽不止，随后跪倒在地。阿什讨厌看人呕吐，幸好他没有。

“那几拳真是实在。”麦克那非男不女的语气轻飘愉悦。

“她从前是一名装卸工，”阿卡迪说，“我现在要把你们绑起来，自求多福吧，但愿新的变种蝎子一个也不要来。”

“我没有恐惧症，”麦克回答说，“也不会对你们开枪。我们不知道墙体是用什么东西做的，你们也别刮划，任何打到墙面上的东西都会被反弹回来。”他把手枪放到桌子上，继续说：“到目前为止我们还算走运，上一次跳弹没有伤到任何人，可能是飞到地上了。我没理由确信下一次还会那么命大。”

阿卡迪和伊莉娜将那两个男人绑好，而亚历山德拉则继续端着她的手枪。

“你在拍吗？”忙活完以后，阿卡迪问道。

“在拍着呢，”玛姬说，“不过这儿的无线电信号有点问题，等咱们一出去，我就把照片传到金星港去。”

阿卡迪将一把刀子放到桌上，就摆在麦克那把枪旁边。“这把刀可以割开胶带，”他对麦克说，“就算你们的同志不过来营救，你们自己也可以逃生。”

“这搞不好是个错误哦。”鲍里斯说。

阿卡迪点点头说:“人人都会犯错。咱们还是快点离开这儿吧。”

众人离开了房间,在迷宫般的石壁走廊里原路返回。沿途没有出现任何人,不过的确遇上了一只正在地上爬行的蝎子。它有三十公分长,呈粉紫色,眼睛很小。在阿什见到过的陆蝎当中,就数这个最丑陋。鲍里斯狠狠地踩上去,压碎了蝎子的外骨骼,但蝎子脚却仍在胡乱地摆动着,下颌来回抽搐,只是躯体不再动弹。它已经被踩碎了。“这就是我们要穿高筒靴的原因。”他说。

大家在原来的地方找到了卡车,而大雨仍在不停地下着。

“现在我可以发送视频录像了。”玛姬说。

“快发,”杰森说,“我要写一篇曝光文章,让那些家伙身败名裂。他们刚才居然想杀了我们。”

大家奔向卡车,钻进去并将其发动,然后沿着道路远离了这片废墟。

阿什感觉心脏正在扑通扑通地急速跳动,她口干舌燥,身子不停颤抖,恐怖与惊叹交织在一起。她刚才就位于外星人建造的废墟里,从中情局的魔爪中逃脱。这真是非比寻常的一天啊!

宝宝在笼子里发抖,小声地一遍遍重复着:“坏人,坏人。”

“好了,”阿什的心脏慢慢平复,然后说道,“这到底是怎么回事啊?”

阿卡迪身体前倾,检查卡车上关闭的无线电设备。“其实我们早就知道中情局的人在这儿了,也晓得他们同彼得格勒执行委员会有着某种协议。那些怪圈的事情我们也清楚,另外还有这个……”他递给阿什一块平板电脑,屏幕上显示的是一件雕刻品,它损坏严重,勉强辨认得出是一个人形。雕刻品有两只胳膊、两条腿,四肢都很瘦长,交叉着抱于胸前。躯干又短又宽,而脖子却又细又长,脑袋呈楔形。

“这或许是一种表达上的夸张手法,”阿卡迪说,“要不就是一个外星人。它只有 10 厘米长,是早年拓荒时在旷野里找到的,最后辗转到彼得格勒博物馆。馆长和领导们认为这东西是假的，现在还留在馆藏中，只是没人去调查研究它。”

“我们听说了这件事，把它和那些怪圈联系起来看，”鲍里斯说，“如果彼得格勒真的有外星人废墟，那么你知道我们可以从旅游业当中赚得多少钱吗？”

“你们是什么人？”阿什问道。

“想叫执行委员会难堪的人，”阿卡迪说，“若当年的最高领导在，他会怎么说那些芝麻绿豆官？你想象得出来吗？这一回，《国际地理杂志》就要公布自己的独家报道了。运气好的话，那将会是一桩大丑闻。到了那时，彼得格勒最高苏维埃将会撤销执行委员会，中情局也将丢尽脸面，灰溜溜地离开阿佛洛狄忒地。”

“你的期望太高了。”鲍里斯怒斥道。

“或许吧，”阿卡迪回应说，“反正不管怎么样，我们不能放弃这次机会。要知道整个太阳系都一直很关注《国家地理杂志》。”

“那么休息站里的虫子是怎么回事？”阿什问道，“麦克说那东西不是他们的。”

“那确实是中情局的，不过他们并没有把蝎子放在休息站里。咱们这儿有农场工人看到蝎子在田地里爬，于是就跑去彼得格勒城里叫警方，后来他们就把蝎子抓住了。我把它带着跟我们同行，”鲍里斯说，“我们想让《国家地理杂志》的人看看，知道知道我们忍受着什么样的痛苦，居然是有毒的机器间谍！这是违反自然的罪行，是破坏和平共处的举动！”

卡车在崎岖不平的道路上颠簸，穿梭于滴着水珠的树木之中，雨水拍打在车窗上。阿什朝后方望去，看见第二辆车在大雨中朦朦胧胧。

“我似乎感觉每一样东西都是虚假的，”她对这两个男人说，“你们布置好机器蝎子的圈套，自导自演了一出发现怪圈的闹剧。”

阿卡迪说：“那些怪圈是真的，而且也并不是什么陨石坑，尽管我们也不清楚那到底是什么。或许是球场？鱼塘？庙宇？”

“那些隧道也不是假的。虽说我们之前不了解，但如今那地方马上就要出名了。”

鲍里斯补充说：“执行委员会那帮蠢货真是胆小如鼠，中情局把营地设在这么一个在太阳系范围内都具有重要历史意义的地方，而他们居然会放任不管。咱们本可以从旅游业里发一笔大财，可是却一直在慢慢等死。要是上这儿来能看到外星人废墟的话，那还有谁会去金星港？”他停顿了片刻，然后又补充道：“我们要把那些该死的粉红色蝎子清除干净，这差事不会轻松。然后呢，还要再仔细查看一遍。天知道在那些洞穴和怪圈里会有什么！博物馆里的那种雕像？说不定还会有一具骷髅？”

“你们两个到底是什么人啊？”阿什问道。

阿卡迪笑着说：“我就是我自己，沃尔科夫旅行团的阿卡迪·沃尔科夫。鲍里斯是兼职打工的。”

“那他平时还干什么？”

“我是政治警察[①]分析师，”鲍里斯回答说，“但工作时间已经缩短了，因为苏维埃政府的现金流问题——要是有更多游客的话，就不至于这样了。”

“要是委员会不再听从美国经济学家也行。”阿卡迪补充道。

“我不需要上什么经济学课，”鲍里斯说，“我要干副业，阿卡迪给了我一个。”

“那么伊莉娜和亚历山德拉呢？”阿什问道。

“普通劳动者。”阿卡迪说。

“难道中情局就真的那么蠢？会去研制一种新型的蝎子？”阿什问道。

① 亦称秘密警察。

“你要记住，倘若人人都不去高估美国人的头脑，那么也就不会有人破产了。”阿卡迪说。

“这也太深奥、太阴谋论了吧。”阿什说。

鲍里斯粗声粗气地大笑一声，然后说道：“阿卡迪的祖先来自中亚的某个鬼地方，不过我是俄罗斯人，而俄罗斯人是拜占庭帝国的后裔①。”

大伙在天黑时分成功返回那座碉堡式休息站。阿卡迪和鲍里斯先用手电筒检查了停车位，并宣告一切安全，然后大家冒雨钻进了休息站。

阿卡迪开启“炉火”，其他人则脱下湿淋淋的夹克衫，把衣服挂起来晾干。

“我去准备晚饭，”亚历山德拉告诉大家，“伊莉娜，你来帮忙好吗？”

这位前警员和前装卸工一起走入厨房，阿什坐在“炉火”前头，宝宝的笼子就在她身边的地板上。宝宝爬到笼子顶部说：“我饿。”

阿什找到一块可以嚼的东西给他。

“捕猎。”他说。

“现在不行。”

杰森和玛姬来到她身边，那位记者坐到椅子上，而莱卡机器人则站着，由自己的四根银足支撑，脖子伸得老长，歪着脑袋又拍摄起来。

---

① 拜占庭帝国即东罗马帝国，“拜占庭”的称谓其实是后世历史学家赋予的，并不为当时人所用。东罗马帝国于1453年被奥斯曼土耳其人征服，莫斯科大公伊凡三世于1472年末迎娶了末代皇帝康斯坦丁十一世的侄女索菲娅·帕列奥罗格公主。按当时欧洲通行的君主继承制度，伊凡三世顺理成章地自称为东罗马帝国的继任者，而俄罗斯也就成了继罗马帝国、东罗马帝国之后的“第三罗马”，就连著名的双头鹰国徽也原本是东罗马帝国的象征。在后世的文化上，“拜占庭”三个字又代表了手续上的繁文缛节，人际间的勾心斗角，话语中的深奥玄机等含义，故前文对话中提到“深奥”、“阴谋论”与此处的拜占庭呼应。

“我觉得咱们这次旅行还称得上成功，”杰森说，“我们发现了智能外星人的第一手证据，还得到一个对抗中情局的戏剧性故事。”

“恐怕中情局那段不得不隐没掉，”阿卡迪说，“不过你可以保留外星人废墟这一段。”

“我要争取报道整个经历，”杰森说，“居然被自己政府的人威胁，简直太不像话了。”

“我们要回彼得格勒，”阿卡迪说，“带你们参观博物馆里的一个雕像。等看过之后，你们或许有兴趣找苏维埃执行委员会谈一谈。请问问他们脑子里在想些什么，怎么会任由中情局潜伏在太阳系内最重要的考古圣地。天知道他们已经做了什么样的破坏！战争——不管是公开的还是隐秘的——对艺术和历史都没有好处。”

鲍里斯将一瓶白兰地摆到桌上，外带四只玻璃杯。“我还要回去。我以前专门做过灭害虫的工作，想知道除了虫子之外，那些隧道和洞穴里还有什么东西，况且我也很乐意消灭那些该死的粉色蝎子。”

晚饭过后，阿什在自己的卧房里静静地思考着这次旅行。在酒精和肾上腺素的双重作用下，她醉意朦胧，身子还微微颤抖着。眼下不会再有什么事了，她终于可以好好地回顾一下。

那些怪圈和隧道不可能是假的，但那具小雕像却不一定。它不如怪圈和隧道内的石头那样光洁，就算莫斯科当局总觉得科学研究意义不大，但他们对一件外星雕刻品总该感兴趣的。这东西总有一些舆论宣传的价值吧。除非他们害怕这具雕像，会不会正是因为恐惧，才使得他们将其置入博物馆并忘却了呢？

要想伪造一件像雕塑品这么小的东西是很容易的。阿卡迪说那东西正在彼得格勒博物馆，可他也有可能就将其带在身边，或许他打算把雕像安放在怪圈附近，等着杰森去发现。雕像和休息站里的毒蝎子会送给《国家地理杂志》一个大新闻。运气好的话，报道文章能够迫使中情局撤出，并将执行委员会推倒。

阿什可以想象,阿卡迪当初知道了客户是谁,然后赶紧策划好这场“用心良苦”的骗局。然而阿什同时也觉得阿卡迪是完全无辜的,至少据她所知,阿卡迪向来是一个诚实的人。

好吧,如果这具雕像确系伪造,那么也很快就会水落石出的。

然而那片废墟肯定是真的。阿什躺在床上,房间里的灯还亮着,她在想人类会不会并非唯一。此时此刻那些外星人去哪儿了?在太阳系里,还是上别处去了?当知晓了外星人存在以后,会对地球产生什么样的影响?我们会磕磕绊绊地走向毁灭?那么对于金星呢?同地球的瓜葛或许会令其无法自保?阿什完全不知道答案。然而这个世界——这两个世界——顿时变得更加有趣,似乎充满了万般可能。

“关灯,”宝宝在笼子里缩成一团,“睡觉。”

尾声

后记:同太阳系中大多数行星相比,我们的金星是反向自转的,一天的时间比一年还要长。当前理论认为,在太阳系形成早期,金星被某个巨大的天体撞击。正是这种碰撞,使得金星反向旋转,并且减缓了速度。在本文架空历史情节里,此类碰撞没有发生。我的金星是正向自转的,一天的时长也与地球或火星相似。这种自转赋予了金星磁场,而实际上金星是没有磁场的。该磁场阻止了——至少起到一部分作用——这颗星球发生当前的有害温室效应。除此以外,故事中还增添了一个历史中并未发生过的天体碰撞——至少就我们目前所知。在地球孕育出生命以后,一个或两个天体撞击地球,从而携带上了地球的微生物,再后来又继续撞击金星,结果金星就有了蓝绿藻[①]。随着时间的推移,蓝绿藻给予了金星一个可与地球相媲美的大气层。另外,金星生

① 又称蓝藻,由于蓝色的有色体数量最多,所以宏观上呈现出蓝绿色,是地球上出现的最早的原核生物,也是最基本的生物体。

物和地球生物之间的相似性也源于二者共同的基因遗传史。

故事中地球的历史与我们真正的史实进程吻合,不同之处始于苏联探测器发现了金星宜居,而后便开启了剑拔弩张的太空竞赛。竞争花费的血本促使苏联崩溃,也导致美国无心应对全球变暖的环境问题。

您或许已经注意到了,那挺“佩切涅格”机枪从未使用过。契科夫说错了,其实你可以一开篇就把枪挂在墙上却在后文中一直不去用它。[1]

---

① 安东·巴甫洛维奇·契科夫,俄国著名小说家,代表作有《套中人》《变色龙》等。“契科夫的枪”是文艺创作的一条原则,它要求每一样元素都有所用途并且不可替代,而其他多余的一切都应当舍去。原句为:如果你在第一章里提到有一把枪挂在墙上,那么在第二、第三章里就必须拿它来开火。不然的话,那把枪就根本不应该挂在那儿。

大卫·布林

改变或许并非好事，但往往是不可避免的——尤其是当你的整个世界都将天翻地覆的时候……

大卫·布林在1970年代后期步入科幻小说领域，从那以后，他因自己的作品而获得了三届雨果奖和一届星云奖，成为了业内最为杰出的科幻作者之一。布林以他的“提升”系列而闻名，该系列以1980年的《太阳潜入者》开始，依次接着是荣获1983年星云奖和1984年雨果奖的《太阳潜入者》，以及摘取1988年雨果奖的《提升之战》。后来又接连发布了《光明礁》《无限的海岸》《天空的距离》以及《大猩猩，我的梦》。另外还有一本针对“提升”设定宇宙的阅读指南《联系外星人：大卫·布林“提升”宇宙指南》，由布林和凯文·里纳合著。布林于1985年凭借短篇故事《水晶天》再次赢得了雨果奖，并于1986年因小说《末日邮差》而摘取了约翰·坎贝尔纪念奖，后来制作成了一部由凯文·科斯特纳领衔主演的高成本影片。布林其他的作品包括《陶偶》《偶人时代》《实用效果》《地球》《荣耀季节》《天际线》以及同格里高利·本福德合著的《彗星之心》。他的短篇作品被收录于《时间之河》《他者》和《天有不测》。他与阿瑟·克拉克共同编撰了故事合集《太阳帆计划》，同时他也出版了几部非虚构作品，例如《透明社会》《陌生人的视角》，以及《金刚回归：巨猿的非官方观察》。布林最近的作品是一部全新的小说：《存在》。

艳后谷崩塌之灾

一

今天的撞击应该会晚来了，约拿怀疑它或许根本就不会来了。

如同上周雷神日[①]一样，平日里古钟于上午十点敲响之时，泡状基地的农民们纷纷爬上藤树，有的则蹲下身子，等待着每天发生一次的地颤——那冲击般的震动沉重地打在脚底板上，“气泡”的边缘全部都在颤动。可唯独今天却没有撞击。钟声过后便是一阵寂静，以及某种怪异的失落感。约拿的母亲点起一根蜡烛，希望可以驱除厄运。

去年早春，大约有整整一个星期没有发生任何撞击。连续五天没有下起那种“残骸大雨”，没有物体从“上界”“松动”并滚落到这片海底来。而在前年的时候，还曾有两段更短的停息间隔。

很显然，今天会是又一次“间隙”……

砰——

撞击声来得晚了，而且来势凶猛，约拿脚下潮湿的地面被震得摇摇晃晃。他焦虑地望了望两百米开外的“气泡”边界，那是由古代透明火

① 即星期四，以北欧神话人物托尔来命名，他集雷神、农神、战神于一身。

山岩构成的薄膜，它将稻米水田、藤叶树林同外界黑暗而高压的海水分隔开来。现在这道屏障正颤抖着，发出一种令人不悦的刮削声。

尤其是这一回，那声音令约拿磨起牙来。

“从前它们常常会歌唱。”一位得意的老妇人一边点头一边说道。她正在附近一台活式纺纱机上面工作，那布满结节的粗糙手指在一根根丝线当中穿梭，正编织着粗布。尽管周围的藤叶林摇摇晃晃，而且比任何一次撞击的后果都要严重，但老妇人的双手却丝毫没有颤抖。

“对不起，外婆。”约拿抓起手边一束弯曲的绳缆。那绳子从泡状基地高耸的穹顶垂荡下来，上面还长有发光发热的“叶片”。这些藤叶为整个定居点提供照明。

“从前谁在歌唱？”

“围墙呗，傻孩子，就是那些‘泡壁’。尽管我们每年都会在古钟的主轮上做等分调减，从一日的时长里拿掉 13 秒，但那时候的撞击总还是根据古钟准点而来。‘余震’也总是从同一个方向传递，这一点是准保没错的！而且‘泡泡’还会对我们唱歌。”

“它会唱歌……您的意思是……像那种可怕的呻吟？”约拿伸出一根手指抵住一侧耳朵，似乎想要听清那渐行渐远的回声。他朝邻近那片浓密的藤林望去，留神去聆听那碎裂的信号，那灾难降临的先兆。

“胡说！声音很好听，尤其当女人经历流产之后，那声音简直让人心旷神怡。想当年，在一个女人一辈子怀上的孩子当中，有半数以上是保不住的。不像今天，活婴比畸婴、死婴要多。你们这代人真走运！人们都说古代的情况更加糟糕，创建者们能延续后代就算是烧高香了！有好几次我们这儿人口骤减，数量岌岌可危，”她摇摇头，接着笑了笑说，“喔……那天籁般的声音！等每天上午十点撞击过后，你就可以面对泡壁来尽情享受了。正是那种音乐帮助我们女人挑起这沉重的担子。”

“嗯，外婆，那想必是非常美妙的声响。”约拿回答说，语气里赔着万般小心，同时拽了拽贴近身边的藤条，试试它的牢度，随后便往上攀爬。他远远地钩过去，没有脚蹼的脚趾伸进那些编好的藤条里，爬升到一个足以眺望四周的高度。没有别的男人或男孩能够攀爬。

附近有好几根树茎的节点处似乎已经松了，其中五根……哦不，是六根正摇摇欲坠。它们失去了最后的支点，立刻掉落下来，那发光发亮的藤条枝头一下子栽进水田里，飞溅起阵阵水花……还有一些藤条则坠落到工作棚上。帕拉妮娜和她的机械师们正在里头，她们听见声响，又惊又恼地喊了几句。约拿心想，这回糟了。泡状基地看起来已经比以前昏暗了，要是再掉落更多藤叶的话，这个部落或许就不得不在半明半暗的状态里存续下去了，搞不好还会闹出饥荒来。

"噢，真的很美妙，"老妇人继续乐乐呵呵地说道，一点也没有在意刚才的搅扰，"当然了，在我自己外婆那个年代，撞击声非但是规律准点，而且还成双成对地来哪！据说在很久以前——在她外婆的外婆那会儿，一天的时间十分漫长，足以跨过好几段睡眠时间——撞击声常常一来就是四五个！这该会是多么地动山摇的场面呀！不过它们总是从同一个方向而来，并且都在早上十点整的时候。"

外婆叹了一口气，暗示约拿和所有小年轻们都过于大惊小怪了。你们管这个也叫一次"撞击"？

"当然啦，"外婆坦言道，"那时候的泡壁要稚嫩得多，估计柔韧性也更好吧。不过到头来总有一天，某一次阴差阳错的撞击会让我们统统归西。"

约拿看准时机——除了冒犯这位老祖宗之外，约拿现在已经是麻烦缠身。这位"老祖宗"经历过 34 次妊娠，如今肚子里还有 6 个"结晶"——其中 4 个是高贵的女性。

然而外婆被往昔的回忆分了心，看起来情绪也还不错。

约拿起身出发，爬向更高的地方，最后伸出左手，够到一片单独的摇摇摆摆的藤条林。那些藤条有时候就"镶嵌"在树林的间隙之间。

约拿右手轻挥他的腰刀，将膝下约一米处悬着的部分割断，随后尖刀入鞘，深吸一口气，离开。他荡过密林中的一块空地……最后攀上第二根巨型的树干，再从上面滑落下来。树干摇摇晃晃，让约拿感到提心吊胆。要是这棵树因为我松了、倒了的话，那我可真的要受罪了——不仅仅是负责照看外婆这等差事！

年龄小的时候背负一个“淘气鬼”的名声倒也无甚大碍，可如今那些做母亲的都在心里盘算着，泰利基地需要准备多少彩礼来让其他泡状殖民地接纳约拿。一个出了名的淘气鬼搞不好没有任何提亲，出多少钱都没用……而没有妻子资助的男人是一种边缘的存在。

可是说实话，上一次真不是我的错！如果不把高压水灌进去的话，叫我如何打造一个改进型的泵？好吧，好吧，选择厨房用的电饭煲确实是一步昏招，可好歹刻度计之类的东西都一应俱全啊……至少原本都是有的。

巨型藤树摇晃了好一会儿，稳住了。约拿稍出了一口气，随后挪到树干的另一侧来。前方就是另一棵高高矗立的藤树，可他眼前却没有随手可抓的藤条。约拿弯曲双腿，蓄力待发，然后纵身腾空跃起，张开双臂猛扑过去。他下落时动作难看笨拙，感觉伴随着刺痛及惊恐。可约拿未作停歇，急转至树干另一侧——在那儿有另一根藤条挂着。他做足了准备，要来一个跨度很大的飘荡动作。

当他猛地荡过空旷处时，这一次情不自禁地大声欢呼起来。

经过两次飘荡和四次跳跃，约拿来到了“气泡”边缘。他伸手敲了敲眼前的一片已经玻璃化的远古石头。在这里，没人会发现他违反禁令。约拿使劲去推那透明的屏障，同时感到来自深海的水压正在回推。这泡壁材质粗糙，纹理纵横，很不平整。一块银色的薄片被他蹭了下来，手上沾了一层灰。约拿回想：

“当然啦，”外婆坦言道，“那时候的泡壁要稚嫩得多，柔韧性也更好。”

约拿不得不将一长段藤条缠绕在左腕上，用脚趾紧紧地扣住树干，好让自己远远地斜靠过去，并将脸部朝上对着“气泡”——泡壁能吸走热量，让人感觉刺骨般的冰冷——他弯曲右臂，将面部环绕住，凝视着外头的那一片黑暗。艳后谷的石壁渐渐映入眼帘，在许多代母辈之前，人类就庇护在那条狭窄而深邃的谷地里，当时他们正躲避哥萨入侵者的袭击。

球状基地连成几串，并排分布于峡谷底部，如同项链上的珍珠。它们每一颗都被一群更小的“气泡”包围着……尽管比古时候要少些，而且在尺寸上它们也都没有什么用了。相传在远古创世时期，天上曾有微弱的亮光源，它从海平面的上方穿透而来，区分出白天与黑夜。这光线来自神秘的圣物，古书里称之为“太阳”。它炽烈非常，能刺透一层层浓密的有毒云雾，还有这不断抬升的海洋。

然而那是很久很久以前的事了，当时还没有蓄积起海水，也没有淹没掉那些峡谷，更没有形成这一道昏暗而壮观的深堑。现如今，上天掉下来的唯一礼物便是那一块块碎屑残骸，人们将之收集起来用做藻塘的肥料。那些碎片的模样一年比一年奇怪。

目下的日子里，峡谷石壁只能凭借“气泡”自身的照明方才可见，即藤林树叶发出的亮光。约拿慢慢地从左侧转到右侧，数着视野之内的一片片农场飞地，并将它们一一唤出名字来：阿穆托……莱宁格……乔恩……库特纳……奥库姆……每一个部落都有各自的传统和风俗，每一个部落都有可能是泰利部落在婚约中把约拿卖过去的地方。他只是一个男孩而已，部落很乐意脱手。他算术不错，能读能写，而且颇有些手艺。不过他爱开小差是出了名的，总喜欢呆呆地看着什么，偶尔还会调皮捣蛋。

约拿继续数着：布拉库特……路易斯……雅达利……纳皮尔……阿耳德林……嗯？怎么回事？

约拿眨眨眼睛，阿耳德林发生什么事了？还有紧挨在后头的那个

“气泡”也同时……阿耳德林和贝佐居然颤抖到现在。在这个距离，透过这层乳状斑点的薄膜，约拿分辨不清多少细节，可其中一个“气泡”正在剧烈震动并且泛起了水波，其内部一根根巨型的树干左右摇晃，藤林的微光前后闪烁……随后便轰然垮掉了！

另一个稍远些的基地看上去正在膨胀，至少约拿起初是这么认为的，而后他揉了揉眼睛，把脸贴得更近一些，此时的贝佐基地越变越大了……

或许是……它正在抬升！约拿无法相信眼前看到的这一幕，整个“气泡”不知怎的从洋底松动开来，并且正在朝上方移动。在贝佐爬升的过程中，原本被压平的底部此时又自动地重新变形，那一片片农场、一幢幢民宅、一洼洼池塘，统统倾泻到这颗加速球体的底部。藤条树大多仍在原地，所以贝佐殖民地上浮时依旧焕发着光亮。

约拿惊呆了，目光不由自主地注视着，最后贝佐的微光彻底在黑暗之中消失，朝金星有毒的表面加速而去。

随后，阿耳德林爆炸了，这灾难来得毫无预兆，也没有怜悯。

二

“要知道，我是在贝佐出生的。”

约拿转过身来看到伊诺克倚在自己的耙子上。沿着峡谷石壁凝望过去，南方有一条断裂的坑口，那个不幸的泡状定居点曾经就坐落于此。远处辉光灯的微光在那儿闪烁，船员们正沿着阿耳德林遗骸区域搜寻并筛选残留物，不过这是给机械师和熟练工干的活儿。与此同时，藻塘和藤林还需要施肥，所以约拿也到外头去帮着收集这一周积累下来的有机残骸。工作外套内部臭气熏天、雾气重重，有约拿自己呼出的气体，也有之前好几代穿着者留下的水汽。

约拿操着与伊诺克同样的乡音——所谓的“滴答语”——回答。这是他俩在水下唯一的交流方式。

“加油啊，”他催促这位年长的同伴说，他是新近嫁到泰利泡状基地的人，“别去管身后那些事情，男人不该左顾右盼，只要守规矩干活就是了。”

伊诺克耸了耸肩——他的肩膀很宽大，这使得僵硬的工作服上头盔周围的位置咯吱作响，那是仿照一个古老泡状基地的款式做的。伊诺克这种麻木的顺从是一项让他颇为受益的适应技能，他同约拿的表妹婕兹结了婚，那是一个特别固执的年轻女孩，喜欢发号施令，而且经常会威胁新郎滚出家门。

等我被送去异乡，生活在一个陌生人身旁的时候，我希望她是和和气气的。

约拿继续用耙子将最近掉落下来的有机物扒过来——其中多数是一段段绳状植物，它们一路滚落下来，软塌塌地躺在地上，全都被压扁了。最近几十年里出现了另外一种碎片，形如“甲壳”，上面还有窟窿，便于伸出腿脚和脑袋。骨骼碎片来自线条优美的生物，它们活着的时候一定有约拿身高那么长！该种生物异常复杂，远胜过那些成天打洞钻向“已故”基地的虫子，更像是古老地球传说中描绘的“蛇”或“鱼”。

帕拉妮娜的父亲——吴老夫子——在泰利东部弧形地带的小博物馆里有一套天空坠物的收藏，它条理清晰地标识了各色物种，日期可以追溯至十个“外祖母生命周期”以上，直至那个“光”和“热”随残骸一起从天而降的时代——约拿依然觉得这种说法神秘兮兮的，或许它就如同“古老地球”一样，不过是一个传说罢了。

“约拿，瞧见没……这些样本越来越复杂咯？能看懂吗？”吴老夫子一边如是解释，一边在新收集来的一片海藻上追寻其叶脉的纹理图案。“你知道藏在里面的是什么东西吗？渺小的生物，它们长在这颗星球上，或者说是生在这颗星球里边。看那儿！像不像一道咬痕？是牙齿切入这棵植物的方位轮廓？会不会正因为这个吞食的动作，才导致它跌落到此地的呢？”

约拿扒着残渣并将它们堆到小车上，同时思考着这些话究竟何意。他仍然想象着这张巨型嘴巴的尺寸，它当时可能在这片坚实的纤维状杂草当中咬出了一条小路来，而且这儿每一样东西都被压扁了！

“地表上怎么可以生存呢？”约拿记得问过吴老夫子。人们都说他翻阅过艳后谷殖民地有史以来的每一本书，其中大部分都读过两三遍。“创建者不是说过天空中弥漫着毒素吗？”

“没错，全是二氧化碳和硫酸。我以前给你看过怎样把藤叶分离成两种物质，它们在工坊里都有用处，一种会蒸发……”

“另一种会燃烧！不过量少的话闻起来是甜甜的。”

“这是因为创建者用他们的聪明才智，将‘生化类蚁’(sym - bi - ants)融进我们的血液里了。该生物可以帮助我们应对这种气压和致命的瓦斯。这类气体会杀死那些仍然生活在奴役化地球上的人们。”

微小的生物在体内游弋，约拿不愿意去想象这幅画面，哪怕这些东西对他有益。泡状殖民地每年都会挑选十几个小孩去学习这些有用的知识——生物方面的学问，更小一部分人会选择约拿感兴趣的领域，而获准专攻术业的孩子就更是凤毛麟角了。

“可这‘血液生物’只能在水下帮助我们，这儿有藤叶供给我们可以呼吸的空气。到上头就不行了，那儿的毒素太浓烈了，”约拿朝天上的方向指了指，“这就是‘上天者’无一返回的缘故。”

每隔一两年，这些峡谷殖民地都会有人在上头的地狱里丧生。多数情况是由于浮力事故造成的，比如拴绳断了或者压舱物掉了，随后把那些倒霉的家伙笔直送上天。另一个常见的原因则是自杀。除此之外还有一个更罕见的因素，母亲们明令禁止任何人讨论甚至提及，这是一个不能触碰的缘由。

只不过现在贝佐泡状基地和上千名人类居民都突然上浮，紧接着阿耳德林又爆裂，所以大伙都顾不得去想别的事情了。

“就算你扛得住压力的骤变……但到上头去呼吸的话，你的肺部会像火焰烧灼一般,"昨天吴老夫子如是回答说,"这就是为什么创建者要让各种生物繁衍在稍高于我们但低于'隔热保护层'的位置,那道屏障将大部分毒素隔离于我们深谷之外。"

老头子抚弄着一具奇异而多颚的骨架,停顿了片刻又说:"看来有些生命——某些物种——已经在那道屏障附近闯出了一条生存繁衍的路子。根据目前这些情况来看,我们已经开始怀疑……"

此时,一个响亮刺耳的声音惊醒了约拿。

"约拿!"

这一回轮到伊诺克提醒约拿要专心干活了,这正是结伴工作的道理所在。他忙于自己手头的耙子,母亲又怀孕了,连莱奥尔和索尚也同样大着肚子。胎儿正不紧不慢地发育成长,她们正琢磨着要不要保住孩子——倘若留住的话,那以后生出来的胎儿是健健康康的还是缺胳膊少腿……这些总是令她们压力巨大,并且神经质。不,不行,出来拾荒绝不能只带半车子的东西回去!

于是他和伊诺克拉着小车朝野地里的更远处前进,去到另一个地方,在那儿,上层洋流与峡谷石壁相撞,常常会掉下来一些有意思的物品。藻塘和藤林需要新鲜的有机物供养,尤其是在最近几十年里,那座古老的火山沉寂之后。

《放逐记》上说,我们曾凭借火山口一路来到水下,当时的海水还是温热而新鲜的。那是一处浅水庇护所,让自由的人们躲避哥萨的追击。当时彗星有规律地坠落下来,撞击得金星天翻地覆,扑灭她的希冀,搅动她的神经。

约拿对"彗星"二字只有一个模糊的概念——那原本是在浩瀚的虚空中穿梭的巨型球体,后来神灵用魔法将它们抛向这个星球。一颗又一颗的"冰"球,如同在下游石壁上高速流淌着的一股淡蓝色泥浆。它们的规模大约相当于艳后谷的宽度。那便是书上关于彗星的说法。

约拿注视着高耸的悬崖石壁,它们包围着约拿所知晓的全部世界。

彗星是那么庞大呀！早在殖民者到来之前，它们就日复一日地撞击金星，持续了好几个世纪。那一座座巨型的史前"冰山"朝"古老地球"的姊妹星投掷过来，迄今为止或许已有数百颗了，起先被人类收集，而后是哥萨领主们。这项工程如此野心勃勃，几乎到了难以置信的地步，而那些哥萨却接手过来，对其"视如己出"般地对待。

这么多冰，这么多水……海洋不断抬升，最后不得不漫到天上，连金星这片有毒的天空也被填满。声势浩大将世界都填满了……

"约拿，当心！"

伊诺克的叫喊声警醒了约拿，他猛地蹲下身子，原地转了个圈。或者说，这是他在笨拙的套装下试图作出反应。约拿拖着沉重的靴子，掀起滚滚扬尘。"什……什么东西？"

"头顶上！快抬头！"

约拿猛然抬头，动作十分慌乱。这雾气腾腾的面罩真碍事，他只瞥见头顶上有一样东西，黑黢黢的，而且个头很大，正从更深的黑暗中迅速闪现出来。

"快跑！"

无须人来催，约拿已是惊恐万分，心脏扑通扑通直跳。他竭尽全力蹦起双腿，勉强抬起那双沉重的靴子，朝附近石壁的方向慢慢地又跑又跳。他忍不住转身回望，只见一个歪歪扭扭的巨型怪物由无尽的天空朝他坠落下来。在远处泡状基地微弱的亮光下，这怪异可怕的东西显得有些软弱无力，但它紧跟在他的逃生路线后头，距离瞬间即被拉近！约拿从右后方瞥见一张血盆大口和几排亮光闪闪的大牙齿，这是一具从梦魇中爬出来的恐怖躯体。

我办不到，石壁实在太远了。

约拿箭步蹿到一处停下，扬起一股股尘土。他转圈蹲下，似乎害怕得呻吟了起来。他举起唯一的武器——那把用来从收集海底有机垃圾的耙子。那张大嘴从一片混沌之中斜向杀出，脑袋上"镶嵌"着四颗闪闪发光的眼珠，犹如古书里某条“龙”那样俯身寻找猎物。约拿来回交叉地挥舞着耙子，想要阻挡住它。可这耙子并无多少防护力，只不过是聊作反抗的姿态罢了。

来吧，野兽。

在这千钧一发之际，必须想出一个像样的办法来。

这没用的。

也没必要了。

巨兽在约拿身旁一头栽了下去，那把耙子断了，还一并磕掉了几颗象牙。它跌进了四周的泥土里，围困住了约拿……然而这头怪物却不曾靠近，也没有继续撕咬。约拿被眼前这一切团团围住，紧张地蹲立在那儿。此时峡谷底部颤抖摇晃，比平时每天的撞击还要靠近，传播面也更广。肯定有更多的奇异猛兽栽到附近的淤泥里——想必是一条体型相当长的海洋巨兽！

大地发出最后一阵颤抖，接着便寂静了下来，偶尔儿通咯吱咯吱的声响，而后又鸦雀无声了。

约拿眼前一片漆黑，被这“巨神”的嘴巴包围着，起初什么也看不见……而后略微有了些许微光。那是蒙萨特泡状基地附近的藤林发出来的光线，它穿过那颗大脑袋上一个个“窟窿”照射过来。这副躯体本来只适应更高位置的水域，洋底的水压对其造成了严重的破坏，那些窟窿渐渐地越变越大了。

接着，约拿猛然闻到了一股气味。

死亡的气味。

这样一头生物自然不会主动下沉到如此深邃的地方来。要不是因为它，约拿想必早就顺着同一条路把一具尸体运到它的归宿地了，而不是被一头饥渴的怪物追赶。等他哪天有幸做了外公并把这段经历告诉后人的时候，一场半路的遭遇听起来会显得可笑滑稽。眼下他感觉浑身酸痛不已，到处都是瘀青，心里既恼怒又觉得尴尬……而且还担心那贫瘠的泡状基地会渐渐断了供给。

约拿凭借那一口腰刀，开始在这片困境中试着砍伐出一条道路来。其实另有一条理由促使他必须赶紧行动：要是他无奈只能等他人相救的话，那么无论是泰利基地也好，他的部族或家庭也好，就都不能将这具尸体作为他的嫁妆和一位丈夫的“价格”了。

焦急的滴答声告诉约拿伊诺克就在附近，野兽脸颊上的一道大口子突然被耙子轻易扯开了。没过多久，他俩就携手肢解起这个家伙，先将结实的部分锯断开来，再把一块块干瘪萎缩的肌肉和皮肤统统扔到一边。约拿的泡状头盔或许有能力抵挡住咸咸的海水，但辛辣刺激的气味就是另外一码事了。最后，多亏伊诺克拉了他胳膊一把，约拿打了个喷嚏，踉跄了几步，随后扑通跪到地上咳嗽不止。

“人来了。”他的朋友说。于是约拿抬眼注视着那些身穿水底工作套装戴头盔的人。他们朝这边匆匆赶来，挥舞着辉光灯和临时拼凑的武器。约拿瞥见他们身后还有一艘货运潜艇——一连串中等大小的气泡，由几个手动螺旋桨推动——正急速赶来。

“扶我起来……站起来。”约拿催伊诺克说。他站起来的时候一部分重量落在伊诺克身上。他俩一同在那颗庞大的头颅上面寻觅一条道路。此时此刻是十分危险的，尸体的所有权尚未明确，来自不同泡状基地的打捞队可能爆发冲突，就像上一代人争夺艳后谷底最后一口火山那样，唯有等到死了几十个人之后，外婆们方才握手言和。可要是泰利对这具尸体坚决主张权益并且有理有据的话，那么根据“一体均沾”的规则，每一个泡状基地都可以分到一杯羹，但最大的那一份会归泰利所有。和平与荣耀，如今都要看约拿的速度了。然而野兽的头盖骨既光滑又陡峭，而且还很容易碎裂。

约拿备感受挫，时间也所剩无几，于是他决心冒险一把。他的软外套上绑着很多根绳子，跟一个个沉重的塞子相连接，好让他牢牢地待在大洋底部。约拿朝那些拴绳用力地砍去，顿时感到了一股浮力、一股

“沉沦”的拉力……一种朝向天空、飞入末日的牵引力。几天前正是这股拖力，将贝佐殖民地拉升了上去，把那座泡状基地连同她的居民们一起笔直送上天空。

伊诺克明白这种赌博，他紧紧抓住约拿的胳膊，将自己的耙子、刀、短斧以及顺手拿得到的东西统统塞到约拿的皮带上。目前为止一切尚理想，净力似乎微微朝下，约拿对好友点点头，随后便一跃而上了。

三

新婚队伍朝泰利基地码头而来，他们敲着铃鼓，慢悠悠地一路行进。年轻人们在新婚夫妇身旁翩翩起舞，稻花和藤叶花环将他们装扮得缤纷华丽。然而很多孩子却戴着面具或者化好妆，以此来掩盖某些天生的小缺陷，他们看上去情绪有些低落。

唯独他们是这样。

有些大人则分外的卖力，他们在各个相应的地方又是合唱又是欢呼，尤其是那几十位难民——衣衫褴褛的逃难者，从斯辛和萨杜尔定居点的废墟里被分配到泰利基地来——欢呼声中饱含了一种急切渴望被新家接受而非单纯前来受罪的心情。至于那些来自其他不相干基地的宾客呢？似乎多数只是冲着吃白食而来的。眼前那些挤在码头附近的家伙们，等婚礼潜艇一离开，他们就会迫不及待地想要回家了。

约拿也无法谴责他们。自从撞击开始变得疯狂以来，已经引发了一系列的惨剧，它破坏了一条条幽静的古道，因而大多数人都更喜欢只在家的附近活动。

况且约拿心想，今天的撞击已经来迟了。事实上，将近有一个月的时间没有遇上一次震撼地面的彗星撞击了。仅在一两年以前，像这样的间隔会让人感到惴惴不安。而如今，鉴于最近这些糟糕可怕的冲击，只要稍有缓歇便是好的。

纷繁混乱的年代，纵然是新婚燕尔，却也鲜有人得见祥兆。

约拿瞥了一眼他的新娘,她从远在艳后谷北端出口的洛桑基地出发,大老远前来接他过去。新娘的身高超过金星女性的平均水平,肌肤洁净无瑕,身材健壮。她的臀部线条优美,头皮后头只有些微微的小斑点,该处的头发长成蓬乱且褪色的螺旋状发型。这是一个容易被人忽略的缺陷,就如同约拿自身的不足,比如他不长趾蹼,而且每当气压骤变他都会奇怪地忍不住打喷嚏或打哈欠。没有人会因为这种鸡毛蒜皮的小问题而嫌弃一个孩子的。

不过如果你生来就是基因缺陷的男儿身,那么就有可能会告别你已知的一切。约拿情不自禁地扫视一遍工作间和宿舍,还有泰利的藤林和稻田,心想自己能否再见到此地——他出生的泡状基地。或许洛桑的外婆们会给他一些跑腿的工作,或者可以趁着下次泰利举办盛会的时候过来——假如他的新娘想带上他的话。

在今天之前,约拿只能算勉强认识佩特莉·史莫斯。多年以来,他俩只在几大基地举办的各种“船只与育种”展览会上交谈过只言片语。去年的盛会由倒霉的阿耳德林基地举办,其间佩特莉针对约拿展示的机械小制作提出过几个尖锐的问题。事实上,如今约拿回想起来,佩特莉的语气和措辞想必是在……试探并考量约拿的应答,同时在心里掂量一下“这门亲事”行不行。只不过当时约拿根本没想到自己已给那个女孩留下了一个好印象,并足以让对方选择他作为人生伴侣。

当时还以为她对我的改进型“压物舱转移阀门”感兴趣哪。

或许……从某种角度上讲……她确实“有意”。

又或者说,至少在机械方面,姑娘确实对他颇为倾心。昨天帕拉妮娜帮他准备嫁妆,当时就已经提到了这种解释。嫁妆是一艘老旧的货轮,是约拿用以前争夺来的一条死海蛇战利品换取的,是一艘废弃已久的货运潜艇,约拿花了去年一年的时间来重新修缮。有些人说它是一艘回春无望的废船,不过现在它已经完全改观了。

昨天晚上,泰利泡状基地总机械师将那艘船从头到尾检查了一遍,最后放下话来:“好吧,我承认,这船开得起来。”机械师查看了所有部件,从手工卷动的锚绳和石头龙骨压舱物,到那些壮汉们或许会坐的长凳。他们推动长曲柄,将螺旋桨转动起来,驱使船舶向前行进。帕拉妮娜用力敲了敲附加的“仓储泡”,打开活塞开关,用鼻子去闻那嘶嘶作声的压缩气体。随后她测试那些控制杆,它们在必要时可以将海水灌入水舱,保证船体底部的重量,以免升向那致命的天空。

“行了。”她最后宣布,这让约拿松了一口气。这艘潜艇有助于给他的婚姻生活开个好头,并非每个男孩都能够给新娘准备一艘完整的潜艇!

一连串的灾害搅扰着谷地的这些定居点,人们意识到了每一艘货轮的价值,哪怕是这么一条仅供营救和逃生的破船。不过约拿在几个月前就把这件老古董搞到手了。当时斯辛和萨杜尔基地分崩离析,在劫难逃,而约拿手头的维修工作却还来不及完成,未能帮助它们疏散更多的家庭。约拿为此感到难过。然而凭借着帕拉妮娜评估“海事物价”的权威,这艘运载工具会让佩特莉·史莫斯成为洛桑上流阶层的贵妇,并证明约拿确是他妻子的“不动产”。

可是……这么多泡状基地都覆灭了,倘若等到其他基地无法继续接纳难民的时候该怎么办呢?

坊间已有流言,说泰利基地将禁止外人入境,甚至包括那些被疏散的灾民。今后基地将专注于完全的自给自足状态。

有些人还谈到要将殖民地的潜艇武装起来,以备作战需要。

“这些年代老一些的泡状壳体更加厚实沉重。”帕拉妮娜点评道,并朝最临近的隔板轻轻拍了拍。这是其中第一颗球体,那三颗古老而透明的圆球被熔接在了一起,形成一条短链,犹如一根绳上的珍珠三件套。“大概在四五代母辈之前它们就已失宠,你得花钱雇六个大块头才能拉动满仓的货物,这么一来的话你跑一趟货就没有多少可赚了。”

帕拉妮娜我的老姐姐呀,说起话来总好像一切都会很快复归平常似的，听上去这种以物易物的交易会亘古不变。我们这位技师的发梢已有几根银丝，号称年逾六旬，其实绝没有那么老，而外婆们对她这小小的谎言也睁一只眼闭一只眼。帕拉妮娜的子宫在多数时间里都一直空闲着，只有两名在世的子嗣，而且还都是男孩。按理说这属于“玩忽职守”，但外婆们也同样不予追究。

“不过……”帕拉妮娜环视了一遍，并在船体上猛敲了最后一下，“他是一条结实的小船。母辈之间正在谈论，据说不让你带他离开泰利。史莫斯一家必须答应拿出半吨葡萄干作为报偿，而且还必须接纳一个来自萨杜尔的家庭。不过话说回来，我觉得你才是他们最想要的。”

等帕拉妮娜走后，约拿对这番含糊的话十分费解。之后在狂喝猛饮的单身派对上，约拿忍受着来自已婚男人的刻薄玩笑和揶揄逗趣。睡下时心情烦躁，婚前的紧张让他辗转反侧。在婚礼仪式上，他母亲表现得优雅而热忱——这并非她一贯的作风，不过约拿觉得自己真的会想念她性格这一面。尽管他心里知道，母亲高兴的深层原因很简单——可以少养一张男人的嘴了。

这催动了约拿的回忆，使他甚至在婚礼绑手腕的环节时也想起吴老夫子最近讲过的一些话语。

如果战争真的降临，那么性别的天平或许会摇摆。生养孩子的人会开始显得不如战场拼杀的人那么重要。

在码头停靠处，约拿发现自己的小货轮已是花团锦簇，三个球体都泛着微光，吃水线以上的部分被人擦得光亮如新。这让约拿感到心里暖暖的。船体上甚至还有一圈刚刚漆上去的名字，恰好位于螺旋桨上方。

泰利之翼。

好吧，母亲们总是钟爱那些关于古老地球史前生物的故事。在那些传说里，古生物都在浩瀚美妙的天空中翱翔。

“我以为你们会用我的名字来命名。”佩特莉低声说道，脸上依旧保持那亲切的微笑。

“亲爱的，我会照办的。等我们一到洛桑，靠岸后就马上去做。”

“嗯……或许……靠岸后咱们先‘干别的’。”她说道。此时约拿的右半边屁股被锋利的指甲掐了一下，他尽量忍住不跳起来，憋着不作出明显的反应。不过看得出来，等他们两个一到家，新娘子是不打算浪费时间的。

家，约拿不得不在脑海中重新定义这个词的涵义。

当约拿检查最后一批行李、礼物和乘客时，他还是朝扇形的船尾望了最后一眼，想象着一个他真正想赋予这条小船的名字。

重燃的希望。

四

他们朝洛桑泡状基地行进，路程已经过半，而此时正有一次撞击袭来，把这艘小型货运潜艇晃得像一只摇篮那般。这个时间并不对，堪称最不巧的时候。

冲击来得凶猛，而且时点太晚，参加婚礼的每个人都以为今天不会来了。大伙猜想，在彗星坠落之前，至少能度过又一段“工作至睡眠”的周期。不过眼下已经是记忆当中最长的一次间隔了，或许（有些私底下的流言说）就像很久以前预言过的那样，撞击的岁月已经快到了头。自两个月前阿耳德林和贝佐遭难以后，这便成了众人的期盼。

直到此时此刻，婚礼之行尚平安无事，众人其乐融融，甚至对于新郎新娘来说亦是如此。

约拿站在船头舵柄前，透过一小片船体的泡壁注视着前方，它前后两面都被人擦得干干净净，足以看得清楚。潜艇的螺旋桨一动不动，了无生气。尽管如此，约拿还是紧紧地攥着那几根操控“泰利之翼”的船舵拴绳，希望自己可以看起来像一名意志坚定、眼神威猛的水手。就此次航行而言，老货船跟在一艘更大、更光洁、更现代化的洛桑潜艇后面被拉着走，那潜艇上有一支由十二名壮汉组成的队伍，他们的步调完美一致，挥汗如雨地拉动并转起那根驱动轴曲柄。

佩特莉站在她的新郎身旁，而乘客们则在他俩身后的第二个隔舱内叽叽喳喳地聊个不停。当一座座泡状殖民地从旁漂过时，佩特莉朝每一座泛着微光的基地挥手示意。她谈论着女人之间的话题，比如贸易和外交方面的政治学，或每个定居点的传统和风土人情，或他们的物产与需求，还有各自的基因突变率和优生优育率，再有就是每个基地在管理基因多样性方面做得如何……谈到这一点时，佩特莉的语气发生了微微的变化，似乎猛然意识到这话题可能会影响到他们夫妇两个，因为在洛桑母亲们的眼里，这门亲事的好坏优劣不取决于别的，就看这一点做得如何。

"当然了，最后还是得我说了算，拍板的人是我。"她告诉约拿。佩特莉觉得自己有必要解释一下，这个举动让约拿感到心里暖暖的。

"反正我有一个项目正在忙，"她继续说，语气更低声了些，"跟洛桑和兰蒂斯基地的某些人一块儿干，大多数都是年轻人，咱们可以用上像你这样优秀的机械师。"

像我这样？这么说来，我是因为这个才被选中的？

佩特莉伸出胳膊环住约拿的腰，约拿不知所措，感觉有点紧张。佩特莉把身上靠了上去，贴近他耳边私语。

"你会喜欢咱们的计划，因为那差事正是'淘气鬼'的拿手好戏。"

这个词吓了约拿一跳，几乎令他瞠目结舌。可佩特莉的玉臂环得很紧了，娇息仍在耳边萦绕。约拿意欲保持定力，不为所动。佩特莉或许是感受到了他僵硬的反应，便放开了手。她滑开步子转了个圈，面朝着约拿，背靠在透明的泡壁上，斜倚在窗口前。

真是一个聪明的姑娘，约拿心想。因为这是他不得不去观察的方向，他必须面朝前方，对着上头"洛桑之尊"号的船舵，调整自己的舵

柄，与大潜艇保持一致。这一回他无法转移视线回避她了，再也不能拿男孩子的含蓄当作借口了。

佩特莉的鹅蛋脸略微有点宽，那对双眸也是如此。典型的“洛桑型裂下巴”几乎看不出来，尽管她的变异部分——一束蓬头乱发——在她身后弧形泡壁内侧上的倒影里还是清晰可见的。她的结婚礼服既干净整洁又完美贴身，足以体现她能够生儿育女的身形……而且还展露了一抹韵味。约拿心里纳闷——我应该几时对她的容貌动情呢？几时点燃心火才是恰当的？太早了会显得我粗鲁，需要教训教训；太晚了或无动于衷，也会让新娘感到羞辱。

如果我为这种事情而烦恼，那我就真成了没用的大傻瓜了，约拿有意识地去平静自己的心境。他望着佩特莉的身子，些许快意悄悄爬上心头。那颗期盼的种子正在酝酿发芽……他知道对方同样也梦寐以求。

“你说的是什么计划？跟货轮沾得上边儿？”他主动猜测说，“某些母亲们或许不太在乎的东西？某些适合给……适合给……”

他朝肩膀后头瞥过去，视线穿过敞开的舱门，通向中间一节泡状隔舱。那里存放着一堆杂乱的货物——各种结婚礼物以及约拿的嫁妆箱，还有洛桑达官显贵的行李。那些人正舒舒服服地坐在前方那艘更大的潜艇里。在这儿只有十几个来自社会底层的乘客，他们或坐或站在堆积的杂物上——几个佩特莉的表弟表妹，外加一个来自灾区萨杜尔的家庭。把这一家子送走，以便给泰利拥挤不堪的难民营减轻负担，这也是婚配一揽子交易的一部分。

或许这种谈话最好先且打住，声波反射的作用会让对话被人听见，还是等到人少的场合再说；或许应该等到夫妻说枕边私房话的时候——这是殖民地内唯一保险可靠的隐私。约拿又朝前方望去，同时扬了扬一侧的眉毛。佩特莉显然心领神会，她把声音压得更低，仍将约拿的话补充完毕。

"没错,适合给淘气鬼来做。其实啊,你这小伙子的名声总是和麻烦事儿搅在一起。我就纳闷儿了,你是不是存心的?到头来也只有像我这样的人才会找上你,有谁会看重你这样的品行呢?如果你真是故意的话,那你太聪明啦。"

约拿决定保持沉默,任由佩特莉去夸奖这一份他并不具备的"狡猾"。片刻后,她微笑着耸耸肩,继续用几近难辨的声音说:

"可事实上,我们这一小群共事者是对另外一个坏小子有兴趣。他是我们心目当中的头号人选,那个家伙名叫……梅尔维尔。"

约拿本欲打听这个神秘兮兮的"我们"所指何人,然而一提到那个特定的名字时,他便忽然收住了口。约拿使劲眨巴着眼睛——两下、三下——尽量不害怕、不退缩或作出别的什么反应。他几欲开口说话,却都有形而无声。

"你说的是……狄奥多拉峡谷?"

那是一处传奇之地。佩特莉双眸传情,饱含着深意,赞赏约拿反应迅速……但这表情之下却有一份严肃;她心甘情愿——甚至满怀渴望——去接受冒险,去应对这番乱世。哪怕是去追寻一个坊间的传言,她也要披荆斩棘地向前,这一切在佩特莉的脸上都表露无遗了。虽说已然明了,但约拿还是觉得应该再说点儿什么才对。

"我听说……有人听到一些流言……有一张地图……指引梅尔维尔所发现的东西……另一处峡谷……布满了金星自然赐予的'气泡',跟创建者当年在艳后谷发现的一模一样。可母亲们不准讨论这个,也不允许派船过去,所……"约拿意识到自己说得稀里糊涂,前言不搭后语,于是放慢了节奏,"所以说,自从梅尔维尔逃脱惩罚之后,她们就把地图藏起来了……"

"有人保证给我一份拷贝的,"佩特莉直言相告,明显是在试他的反应,"等咱们准备出发的时候。"

约拿情不自禁,忍不住再次转身查看旁邻的隔舱,几个小孩子正在行李堆那儿上蹿下跳，互相追逐，闹出一阵动静，似乎打翻了帕拉妮娜的一箱工具，那是委托转运至高兰茨基地的。再往前看，穿过第二道舱门到达最后一间隔舱。一般来讲，那儿都坐着大汗淋漓的划桨手，堆叠着一袋袋泰利出口的稻米。佩特莉的几位快成年的表亲同逃难的那家人一起在后头休息，他们悠闲地聊着天，远离那些嬉笑打闹的小孩子们。

约拿回头看着他的新娘，依然压低嗓音说：

"你不是在开玩笑吧！果真有一个男孩叫'梅尔维尔'？就是那个偷了一艘潜艇，而且……"

"……一直到现在，"佩特莉帮约拿补充完，"此人复归时，带来一则远方峡谷的传说。此人声称，他方布满'气泡'，大小不一，微光荡漾。空心的火山岩球，一颗又一颗，汇成泡沫一片，堪称世间遗作，从未被人类染指过。先人当年欲求庇护，初入这片新生海洋，于有毒的天空下，寻觅最深的地方。而在他方，'泡泡'天然无瑕，一如当年那样……"

佩特莉说的很多话都取自《先人教义》，而且还保留着某些文华神韵。引经据典地谈论一个臭名昭著的叛逆男孩，这显然让她感到很有意思。约拿从她的"歪理邪说"当中同样也品出了那几分意味。然而论起诗歌的话——尤其是讥讽类作品——约拿总是把握不住要领，而佩特莉此刻倒不如习惯一下这种身为丈夫皆有的缺点。

"也就是说……要找……要找新的家园？"

"也许吧。假如艳后谷的情况一直这样恶化下去，难道我们不应该另作打算吗？嘿，咱们就说去找新鲜'气泡'。我们周围很少生长各种尺寸的'气泡'，它们可以用来制作头盔，也可以做成炒菜工具，或者搞化学实验什么的。不过我们同时也要看看有没有规模较大的'气泡'，说不定那些东西在狄奥多拉峡谷比在我们这儿保留得更好，因为依照现在事态的发展速度来看……"佩特莉摇摇头，而后往地上瞧瞧。她的神情略有懈怠，少了几分坚毅，脸上分明流露出一种忧虑。

佩特莉害怕了，她知道某些事情，某些母辈不会告诉我们男人的信息。

那一刻的柔弱竟鬼使神差般拨动了约拿的心弦，犹如唤醒了内心深处一片从未知晓的世界。约拿头一次感到被一股惑人心魄的力量驱使……迫不及待地伸出手去。这个动作与肉欲无关，而是为了安抚，想要拥有……

而就在此时，撞击来临了——其凶猛程度超出了约拿的想象。

震荡波狠狠地拍打了小潜艇，船体向左舷一侧倾斜 45 度，将古老的泡状船体震得叮当乱响。佩特莉冲到约拿跟前，从他手中扯下船舵拴绳，此时两人一同朝后跌倒，接连撞到隔舱之间敞开着的舱门上。随着“泰利之翼”上下起伏，他俩又朝前翻滚了过去。

约拿的神志尚还清醒，怀疑两艘船会不会真的撞上了。可洛桑人的船只还在前方某处上下浮动，仍然同“泰利之翼”连接在一起，况且目前距离潜艇最近的物体是一处至少两百米开外的泡状基地。约拿正面靠到观测窗上，佩特莉的身子被压在中间，而此时约拿的目光捕捉到了眼前的这一切。当“泰利之翼”再次发生倾斜时，此次约拿设法抓牢了一根舱柱，同时用另一只胳膊紧紧地抱住佩特莉的腰。她娇喘吁吁，此刻已无意掩饰自己的恐惧。

“什么？这是什么……”

约拿吞咽了一口，紧紧地抓牢，对抗这又一次的摇晃。这回差点让佩特莉从自己的怀里脱离。

“一次撞击！你听见这低沉的声音了吗？它们从来没有这么晚过！”

他喘不上气，来不及补充道：我从未去过泡状基地以外的地方，也没人会在彗星频繁下落的近午时分出去冒险航行。如今约拿知道这是为什么了。他的耳朵嗡嗡作响，感觉有种不可思议般的刺痛。

在整个过程中约拿一直在数数，而冲击造成的震动也依次而来。声波由压力穿过岩石，比速度较慢的横向波提前几秒钟到来。他甚至还在吴老夫子的一本书上读到过这些，但未曾完全参透。约拿想起老先生说过，可以从震颤到达的间隔时差中分析出这个撞击距离艳后谷有多远……21……22……23……

约拿希望可以数到62秒，即一代代母辈流传下来的正常间隔时长。

……24……25……

尽管那令人牙齿打架的震荡摇摆已经削弱，让约拿和佩特里得以抓住拴绳并站稳脚跟，然而横向声波的音调却变得空前高亢响亮，“泰利之翼”前端的泡状隔舱还是被震得犹如铃铛那般叮当乱响。

约拿的笨脑瓜子竭力思考，这还不及平常距离的一半，那颗彗星差点撞到我们！说不定仅有数千公里之遥。

“孩子们！”佩特莉大声喊道，一边跌跌撞撞地赶往中部的隔舱。约拿跟在后面，不过只迈出没两步，仅是为了检验密封处并保证它们无一破裂，确定没有舱门需要关死或堵住——至少目前还不用。后方哭哭啼啼的孩子们似乎被这震动伤到了，不过情况都不严重。总之一切还好，约拿让佩特莉来料理这后部隔舱的事务……

约拿匆忙回来抓舵柄拴绳，迅速拉扯几根顽固不动的绳子，拼命地想要制服这船舵，跟水流做殊死斗争，同时又匆匆瞥几眼舱外的异动。前方四五十米处，“洛桑之尊”的螺旋桨搅动起一股水流，想必那里头的人已竭尽了全力来推动曲柄。

后退了……约拿心慌起来，反向的运动搞不好会让“洛桑之尊”的螺旋桨触碰到拖绳。他们为什么往回拉？

有一条线索可以解释：尽管桨手们非常卖力，但拴绳依旧是紧绷笔直的。一丝恐怖的念头涌向心头，约拿意识到了其中的缘故。只见那艘大潜艇头部朝上倾斜，翘得老高，船体几乎快要呈45度了。

他们掉了主压舱物！一般而言，固定在龙骨处的大石块和粗金属可以使潜艇下沉。它们肯定是在撞击后的一片混乱当中掉落了——差不多全数脱离！可怎么会这样呢？运气不好，或者疏于维护，或是船体重重地磕碰到了洋底？不管什么原因，“洛桑之尊”正在朝上方拉紧拴绳，向天空爬升。

此时约拿已经看得到一座泡状基地了，不过这个观测视角是每一个峡谷居民都不喜欢的……从高处俯视那个弧形的泡状基地，藤林正从其内部焕发着光亮。

约拿埋怨自己脑筋转得太慢，他放开船舵拴绳，跌跌撞撞地朝控制室后方的舱门走去，并大声呼唤佩特莉。眼下有一个活儿要干，比任何事情都重要。搞不好他们自己的身家性命都要仰赖于此了。

五

“我一发指令，你就把一号阀门精确转动45度！”

这样对一个女人说话并不得体，可是新娘点了点头，约拿没有发现恼怒或忿恨的迹象。“45度，好的，约拿。”

约拿把双腿紧紧夹在一个压舱瓶罐上，开始有节奏地推动他崭新的改进型气泵。“好了……转！”

佩特莉一转动阀门，他们就听到海水哗哗地涌进压载水舱，帮约拿把空气排挤出去并压缩入邻近的容器里储存起来。其实干脆把空气往外排掉会更简单更省事，但约拿并不能这么做，因为这东西以后可能还会有用。

当“泰利之翼”开始侧倾时，约拿转而接着用另一个瓶罐，它就紧挨着右舷处观测窗……老旧的船体上又一处擦亮可透视的地方。约拿听见远端船尾处第三节隔舱里的乘客正在努力处理那一袋袋稻米，并清理螺旋桨曲轴以备不时之需。其实，约拿如此命令下去也是为了给他们找点事情做，分散他们的注意力。

"咱们会越来越重的。"约拿告诉佩特莉说。两人前后奔走,从左至右,再从右至左,欲让海水进入存储舱,并将替换下来的空气保存好。果然不出所料,潜艇的倾斜问题得到缓解。当船体拖动缆绳时,船头抬升,相应地将缆绳挂到了损坏的"洛桑之尊"号上。

那艘"霉运船"上的船员已经放弃,不再推动曲轴让船往回开。如今一切都要指望约拿和佩特莉了。如果他们可以使"泰利之翼"变得足够沉重并且快速下沉的话,那么两艘船则都可以避免升向天空。

我们都会成为英雄的,约拿思索片刻,双臂疼痛得抽搐起来。倘若奏效的话,这可以成为他在洛桑泡状基地生活和成名的绝好开端。约拿迫切想去检查小潜艇的设备,可是已经没有时间了。他把萨杜尔难民家庭里的父亲叫来一起打泵,可就算是这样,时间还是来不及。渐渐地,所有水箱都被灌满,"泰利之翼"变得更重了,它拉拽着那艘"临阵脱逃"的"洛桑之尊"。如今确实是做到了……

棒极了!约拿看到了令人欣喜的一幕。一座巨型泡状基地!也许那就是刚才撞击时跟他们擦肩而过的那个。约拿跟佩特莉同时咧开嘴笑了,从她眼神里可以看到一丝欣赏的目光。也许我需要在洞房花烛夜之前先小歇一会儿。尽管这有些滑稽,但经历了这一切他感觉似乎疲态已经不会妨碍什么了。

"泰利之翼"承受数个几近满载的水舱重压,与基地巨大的弧形外侧擦肩而过。约拿示意薛利士轻一点打泵,好让佩特莉关上阀门。他不希望船体"着陆"太猛。在下降过程中,佩特莉辨认出眼前这个殖民地正是莱宁格基地。约拿的双眼被汗水刺痛,无法透过这块勉强算是擦过的窗玻璃看个周详,不过他很快就认出了一群市民。他们把脸紧贴在巨型透明泡壁的内侧,仰视着这艘正在下沉的潜艇。

"泰利之翼"往回漂移而来,看样子很快就会着陆。当潜艇同莱宁格的看客们达到同一水平时,约拿向所有乘客大声呼喊,说强烈的碰撞随时会来,大家要务必找些能固定住自己的东西。潜艇与底部泥地的碰撞……

……并没有发生。

直觉先于理智告诉约拿出问题了。约拿的耳朵里“嗡”的一声，令他打了一个猛烈的喷嚏。

哦，不。

佩特莉和约拿注视着那些莱宁格的居民，“泰利之翼”沉到了他们基地的平面以下……并且还在继续下沉，他们俩表情沮丧地回望，眼神里带着一丝认命。然而并不是潜艇在下降，而是莱宁格泡状基地正在不断地爬升，而且速度越来越快。它被内部气体造成的致命浮力抬升，那些锚根也在上次的野蛮撞击中松动。此刻莱宁格正在步贝佐的后尘，撞击来得毫无预兆，无法像斯辛和萨杜尔那样进行局部疏散。

约拿恨透了自己，他大吼一声，接着赶忙去做一项早就应该完成的任务——检查设备。在这千钧一发之际，压力计虽然起不了多大作用，但相对数值却可以显示出他们是否正在下降——不仅是相对于那个在劫难逃的基地，还能预示他们是朝安全的洋底底泥而去，又或许是……

“在上升。”他低声告诉佩特莉，此时她从旁贴近，脑袋倚靠在约拿的肩膀上休息。约拿悄悄地伸手挽住她的腰，俨然像一对老夫老妻——至少在他们短暂的余生里可以算是。

“还有什么要做?”她问道。

“没多少，”他耸耸肩说，“把水箱统统灌好吧，不过已经都差不多满了。这重量还是不够，它的力气实在是太大了。”约拿对着前头的观测窗口，指向那艘“洛桑之尊”。它拥有五个充满空气的大型隔舱，其浮力足以压制小货轮所做的任何反抗。

“可是……难道他们就不可以学学我们吗？把船上的球体也灌满……”

“压载水舱不够。亲爱的，真是可惜，他们没有大容量的压载水舱，只是一些仅供微调的瓶瓶罐罐。”

尽管约拿的肚子已被恐惧搅得翻江倒海，但他还是语气平和，就事论事，用一名船长应有的方式解释着外部压舱物是如何节省内部货舱空间的。另外，新的船只使用泡壁更薄的隔舱，无须太多的开口、阀门之类的东西来穿透它们。

“而且也没有人拥有你的新式泵。”佩特莉补充道。约拿自己从未想到，这最后几分钟里佩特莉的赞赏对他来说会有如此非凡的意义。

“那当然……”他若有所思地说。

“嗯？你想到了什么？”

“要是我们可以想法子切断拴绳的话……”

“我们就可以回到安全位置了！”而后佩特莉又皱着眉说，“可我们是‘洛桑之尊’唯一的希望啊，要是没有了我们的重量，他们会像罗格果里掉出来的一颗种子那样蹿上天空的。”

“反正这全凭他们自己决定了，”约拿解释道，“拴绳的结点系在他们那头，不在我们这儿。真对不起，这是一个设计上的疏漏，我一有空就马上去做调整。先把你的名字漆在船尾，然后就去办这件事。”

“嗯，务必办妥了。”她命令道。

随后佩特莉停顿了片刻，又问道：“等他们意识到两船要同归于尽的时候，你觉得他们会放开我们吗？”

约拿耸了耸肩。大难临头之时，人会作何反应，又有谁知道呢？不过约拿发誓要坚守着，以防万一。

他打了第二个大喷嚏，压力骤变的反应在他身上开始慢慢显现出来。

“要去通知其他人吗？”约拿一边问佩特莉，一边朝“泰利之翼”后头两个隔舱点了点头，那儿小孩子的哭喊声已经减弱了一些，转为低声的啜泣。

她摇摇头说：“会很快吧，对吗？”

约拿本来想撒谎，但很快就打消了这个念头。

“这要看情况。当我们上升时，外部的水压会降低。假如内部气压还是很高的话，就会发生爆裂，崩掉我们一块护壳，海水会以恐怖的高度喷涌进来。声势必然十分迅猛，咱们还没被淹死就已经被冲垮了。当然啦，这还算是一个最为‘仁慈’的结局。”

“真是个幽默逗趣的小伙子，”她命令道，“你继续说。”

“让我们假设船体隔舱可以坚持住吧，这可是一头壮实的‘老鸟’了，”约拿轻轻地拍了拍跟前最近的一块弧形侧壁，“为了防止发生爆裂，我们可以排掉隔舱的空气，尽量与外部骤降的压力保持同步。不过这么做的话，我们就得承受压力骤变所带来的这样那样的疾病。最常见的就是减压病。溶于血液的气体突然形成许多微小的气泡，填满静脉和动脉。听说这是一种非常痛苦的死亡方式。”

或许是因为身体状况发生激变，又或许是纯粹的心理作用，约拿觉得喉部一阵瘙痒，眼睛灼痛。他及时转过头去打了个喷嚏，刚好勉强避开了观测窗和佩特莉。

佩特莉回头望望后面一节隔舱里的人，说道：“要是非死不可，但能选择怎么死的话……照我说，我会选……”

就在那一刻，约拿突然紧张了起来，那种震动——啪的一声晃得面前这块观测窗咯吱作响。有情况发生了，就在上方，就在前头。外面一片漆黑，丝毫没有艳后谷的亮光。唯有那几盏安在“洛桑之尊”侧翼的“海藻辉光灯”划破了这片黑幕。约拿放开佩特莉，走到前部隔舱里的灯泡跟前把它们盖好，然后匆忙回来把脸贴在观测窗口上。

“怎么了？”佩特莉问道，“发生什么事了？”

“我想是……”约拿察觉到在两艘潜艇之间的黑暗水域里有一道诡异而弯曲的波纹。

此时有东西打在窗户上，约拿猛然跳起，心脏扑通扑通地乱跳。一条蛇形模样的物体在气泡间的空隙区域蜿蜒爬行，最后掉落到了一边。约拿眼见其形，耳闻其声。不只如此，从前方仅二十米处开始，有一排微弱的星光正朝上方照射,它犹如传说中的火箭那般迅速黯淡了,而后便消失在视野里。

“拴绳。”约拿表情严肃,胸有成竹地说道。

“他们放手了? 放我们走?”她的嗓音里既饱含希冀,又带着敬畏。

“有可能,”他回答说,“他们反正都是在劫难逃了。”等消息一传开,他们即会成为英雄,在家乡人们会响起颂歌,赞美他们的生死抉择。

但前提是“家”还在,这回咱们都不清楚是不是唯独莱宁格遭了灾。

约拿盯着压力计看,可是指针拒绝“挪窝”,静止了许久方才开始朝之前相反的方向移动。

“我们在下降,”他宣布,同时长出了一口气,“其实我们最好调整一下,以免坠落过快。这样是无法安全抵达海底的,只会把船体砸开花。”

约拿安排萨杜尔基地的那位父亲——薛利士——去干活,让他朝相反的方向打泵,这回虽不及上一次那样疯狂,却更加艰苦。他用高压气体将一部分海水从压载水舱里排挤出去,而佩特莉此次操作起阀门来已是驾轻就熟。约拿照看了几分钟之后便回到观察口朝外张望。我一定要眼尖一点儿,密切留意艳后谷光亮的位置。说不定我们已经从旁漂过了。过一会儿就要到达底部,趁还在下降的时候作调整应该更加方便。约拿一边操作船舵和粗短的抬升杆以调整这艘小潜艇的方向,一边对佩特莉解释要怎么弄。如果约拿需要在螺旋桨曲轴上出力的话,那么佩特莉就不得不担当驾驶了。

又一声低沉而震撼的巨响,引起座舱内一阵惊慌和抱怨。此次虽不如之前的撞击那么可怖厉害,但它从头顶上方某处袭来,距离上更加接近。约拿与佩特莉交换了一下眼神,难过地承认眼下已经回天乏术,这便是一艘英勇的巨轮——“洛桑之尊”号的结局。

这时,两声闷响接踵而至,比之前的更加轻微,而后又是两声。

他们一定是关闭了内部舱门，所以每一节隔舱都是单独毁灭的。

可总有些地方不太对劲，尤其是第三次震动，给人感觉异常低沉，而且延续的时间出奇的长。约拿又打了一个喷嚏，而后重新紧贴观测窗口朝四周瞭望。视线首先扫过洋底，而后笔直朝上。

很明显，今日已是背水一战，它为老一套自以为是的作派敲响了丧钟。莱宁格一直都是举足轻重的大殖民地，或许也并非今日唯一的大型遇难者。如果撞击不可预测且具有致命破坏力的话，那么人们或许就不得不遗弃艳后谷了。

约拿很高兴被佩特莉的神秘小组选中并过去帮忙，也很乐意踏着传说中“淘气鬼”的轨迹前去寻找新的家园，然而他对那些青年男女所筹备的计划知之甚少。事实上，这两件事情再明白不过了。等我们一到家，就必须立即开始为探险做准备，根据梅尔维尔的线索，单独一次远途冒险应该是不够的，必须朝四面八方都派出潜艇！倘若金星果真创造过其他的“王国”，并且还都布满了空心球体可供地球生命繁衍生息，那么我们就必须找到那些由火山岩壁构成的“气泡”。

第二个事实也已浮出了水面，而且在过去约一小时里变得尤为明显。约拿转过身去，看了看那位昨日才刚刚认识的人。

看来这婚结得还真不赖。

尽管舱内十分昏暗，但佩特莉于忙活之际抬头望了一眼，注意到约拿正在看着她。佩特莉嫣然一笑——这表情意味着彼此尊重和互相平等的开始，而这一点似乎也正是约拿此时此刻的亲身感受。约拿同样也回了一个笑容——而后又打了一个大喷嚏。佩特莉咯咯地笑出了声并摇了摇头，这假装怜悯的模样学得可真是蹩脚。

约拿咧嘴而笑，转身面对窗户并朝上方仰视，随后大喊一声……

“快找地方抓！抓牢！”

这是约拿唯一来得及或有力气呼喊的话语，他拉扯着那几股船舵拴绳，同时用膝盖奋力地推动那根抬升控制杆。“泰利之翼”朝右舷倾侧,一边翻转一边挣扎着偏离航向。后部隔舱里爆发出阵阵刺耳的惊叫声,箱子和行李统统翻倒,摔了一地。

约拿听见佩特莉对着惊慌失措的薛利士喊道:“呆在原地别动!”而此时对方已经害怕得呜咽起来。约拿通过观测窗口的倒影瞥见他们正紧紧地抓住储存空气的瓶罐,以免瓶子撞向右侧的舱壁。

加油啊,“老哥”。约拿口中催促着这艘小潜艇,心里盼望能有六名壮汉在船尾末端撬动曲柄并带动起螺旋桨,好让“泰利之翼”朝前方加速。要是真有这些人的话,约拿或许——只是勉勉强强而已——在先前就指挥潜艇脱离了这片头顶上会掉东西的危险水域了。在这些由事故散落下来的碎片当中,仅有一小部分会在黑暗里发出光芒。

某块坚硬的巨物敲在船体上发出咯吱咯吱的响声,约拿瞥见一块薄片状的金属物——或许是管道的残片——“咣咣”地接二连三撞到观测窗口上,划出几道令人讨厌的刮痕,而后便掉落了下去。约拿怀疑透明的船体区域开始脱落并且随时就会开裂。

不过这并未发生,只看见碎片如雨点般掉下来,船体周身叮当乱响,每一次敲击都在考验着这副结实却老旧的躯壳。约拿孤注一掷,甚至用力拉得更猛,驾驶“泰利之翼”驶离这片看似最糟糕的水域,朝着光亮较暗的地带而去。此时从后方两个隔舱里爆发出更多的哭喊声。

我早就应该把舱门关了,约拿心想。可是老实说,这么做对大家又有何好处呢?若潜艇真的漂离了艳后谷,那么任何幸存的舱体都是无助而绝望的,既不能加以操控,又不会被人找到或者救走,到最后连储存的空气也会变得有毒。倒不如大家死在一块儿的好。

碎石不停地敲打船身,一块一块相互碰撞。约拿能辨认出大多数碎石的声音。它们会不会都来自“洛桑之尊”?不可能!这数量实在是太多了。

莱宁格。

那个劫数难逃的泡状基地想必是内裂或爆炸了,多是因为没能稳定住不同深度的水压。等到所有空气慢慢流失并蹿向天空,其余的部分就会垂直掉落。泡壁的碎片呀,尘土粉末呀,还有那些越往下沉光亮就越暗的藤林树木,外加那些……民众——约拿最想躲过的“碎末”。

那儿,它在那儿看上去乌黑发亮。那艘“忠心耿耿”的老旧潜艇差不多已经完成了转向。约拿马上就可以偷闲了,让船体自己垂直爬升。等一离开碎片掉落的区域,他就可以去看看乘客们的情况如何,然后再回来寻找他家所在的峡谷……

又一个撞击袭来,约拿根本没看清那是何物,不过一定是个大家伙,或许是一大块莱宁格的泡壁墙体。那撞击物依次敲打了全部三段隔舱,把它们敲得如大锣般“咣咣”乱响,震耳欲聋,使约拿痛苦地大叫了起来。除此之外另有些许别的声响,诸如撕裂声、切割声之类。左舷下方某处突来的撞击令约拿离地蹦起,手里的一根船舵拴绳也掉了,他牵着另一根拴绳在船舱内乱摆乱晃。约拿拼命地去抓去扯,并重新获得了控制,这时“泰利之翼”才费力地向左缓慢挪动。

约拿觉得自己随时有可能会与这片冰冷而严酷的海洋亲密接触,然后跟着船体一起加入到末日的“坠落”队伍中去。

六

只是渐渐地约拿才领悟到——事情还没完。危险和困难不会如此轻易被他躲过。损坏固然显而易见,但是船体——三颗由古老的火山岩壁构成的球体——依然牢牢地坚持着。

其实,当可怕的撞击过去一会儿之后,“泰利之翼”似乎就已经远离了那些重物。虽然各种物料照样如雨点般砸落到潜艇上,可明显都是一些分量较轻的东西了,比如一段段依然发光的藤条。

佩特莉负责后面的隔舱,干净利落地命令乘客们互相帮忙检查评估对方的伤势,并且要按着轻重缓急的顺序来。她朝约拿大声汇报谁的手头正在忙碌,可约拿的耳朵正嗡嗡作响,听不太清楚佩特莉在说些什么，不得不重复询问好多次。眼下的情况是：有一个十几岁的孩子手腕骨折，其他人都有瘀青和挫伤——这比约拿预想的要幸运一些。贝玛——萨杜尔的那位母亲——正在忙于急救工作。

更麻烦的是船体上有一处发生了泄漏，一道十分细小却冲力巨大的针状水柱喷入后舱。幸好它不是从外壳上的裂缝进来的，而是穿过包裹在螺旋桨轴承上的填充物涌进来的。约拿不得不去看看，但他还得先评估处理另一些麻烦事，例如潜艇无法自动地完全正位，滚轴区域始终向右舷倾斜……随后约拿查看压力计，并向历代神灵和古老地球的魔鬼低声祈祷。

泄漏似乎得到了控制，约拿随即对船尾后舱的佩特莉透露说："咱们已经不再下沉了。"方才他已经花费了一点时间来教其他人如何将胶布塞到填充物里，而后又绑上了几根断裂的地板木条。这套"装置"眼下还能撑得住。

"怎么可能呢？"佩特莉问道，"'洛桑之尊'放手的时候咱们还很重，我以为问题是如何才能减缓下降。"

"当时的确是这样，可后来不知什么东西撞到了我们，然后情况就不同了。根据左舷龙骨上的撞击位置来看，我猜测它撞掉了几个固定的压舱物——绑在船底的石块。'洛桑之尊'遭受那次恐怖撞击的时候也发生过相同的情况，而且别的石块也可能已经移位了，或者断掉了某一根绳索，剩下的都在右舷一侧的下方晃荡，这才导致潜艇倾斜成这个样子。今天这两个实例真的给咱们上了一课，整套设计方案都存在严重缺陷。"

"那我们到底怎么了？是在上升？"

约拿点了点头。

"速度缓慢，情况还不太严重。要是我们把所有压载水舱完全灌满的话，说不定可以继续下沉，只是还有一个问题。"

“哼,不是总有问题吗?”佩特莉翻过白眼,明显是恼怒了。

“是啊。”他朝薛利士所在的方向指了指——幸好他是一个木匠——那边正在钉上更多的固定物。约拿压低嗓音说:“假如我们沉到海底,轴承可能承受不了整个舱底的压力,说不定又要开始渗水,而且很可能漏得更快。”

“果真那样的话,我们会有多少时间?”

约拿皱起眉头说:“这个很难讲。气压自然是会反抗的,但我觉得时间不会超过1个小时,或许还更少也说不定。我们必须立刻找到一座峡谷内的泡状基地,笔直地开过去。叫每个人都拼了老命推动曲柄,尽快一头栽进港口里……”

“……可旋转螺旋桨会给轴承更多压力,”佩特莉紧锁眉头总结道,“搞不好会彻底坏掉。”

约拿忍不住微微一笑。*她有胆量面对现实……还有一份机械方面的天资?这女人真是挺迷人的。*

“好吧,我相信咱们会成功的,”她补充道,“你还没让我们下沉哪。”

约拿心想,*目前倒还没有*,随后他继续工作。佩特莉对约拿的信任让他感觉骑虎难下。同样让他陷入困境的是化学和物理方面的定律——他从古书上初步地理解了这些知识,然而当创建者来到金星时那些古书就已经过时了。当年创建者在一片新生的海洋里躲避外星入侵者,与此同时彗星则按完美的规律倾泻而下。

在数辈人的岁月里那的确是完美的,但也不会是永久,再也不会了。假设我们得以回家并开展“梅尔维尔计划”,而后又设法找到了另一处布满泡状基地的峡谷,同时那边的野蛮撞击影响也不那么大,可即便如此,那个峡谷又能存续多久呢?

凭借野蛮粗暴的科技,到外星海底去殖民……这整项计划会不会从一开始就注定要失败呢?

在中间的隔舱里，约拿打开私人行李箱，从中拿出一些宝贝——几本书和几张图表。那是他在吴老夫子监督下亲自拷贝于一捆手工采集的藤叶上的。约拿从其中一份上验证了自己对波义耳定律的印象，还有体内气压骤变的风险知识。随后他又在另一份上查到了一项运算公式，假如他们继续下沉的话，但愿能够借此预测那个漏水的螺旋桨传动轴轴承会发生什么情况。

与此同时，佩特莉安排了一群十几岁的大姑娘到舱底的泵上工作，让她们把第三节隔舱地板上的水转移到几处尚未完全灌满的压载水舱内。在接下来的一个小时里，约拿一直盯着压力计。货轮看样子又恢复到了水平状态。上上下下，上上下下，这对我老旧的潜艇来说可不是一件好事啊。

船体水平了，至少眼下是平稳了。这意味着接下来就要看约拿的了，他重任在肩，责无旁贷。潜艇必须下沉，必须冒险。漏水会变成更大的喷涌，会把那些在螺旋桨曲轴上工作的人们统统冲倒……或者还会……

一双手贴住约拿的肩膀并向内按压，随后用力缠绕在他的脖颈上。那对纤细的手儿，揉捏着紧绷的肌肉和筋腱。约拿闭上眼睛，不想暴露自己早已决定的想法。

“唉，有些人的新婚之日真是……你说对吗？”

约拿点点头，似乎无须什么口头的回应。他觉得自己就像已婚多年似的——这幻觉也让他感到欣喜。很显然，佩特莉如今也跟他很熟了。

“我打赌你已经想出办法了。”

约拿又点了点头。

“没什么好玩，也于事无补的吧。”

约拿摇摇头，向左再向右。

佩特莉的双手伸进约拿的衣服里，激发了他的快感，也带来了疼痛,就如同人生一样。

“告诉我,老公,”她命令道,而后贴过去让彼此的脸靠得更近,“告诉我你要我们怎么做,我们该往哪儿去?”

约拿深深地呼了一口气,而后吸气并吐了一个字。

“上。”

七

朝那致命的天空,朝那金星的地狱。无奈必须如此,没有别的选择。

“要是我们上升至金星表面,那么我们就可以在船体内部维修轴承,不会有海水灌进来。如果需要室外操作,我也可以戴上头盔、穿好外套出去干,这些装备能坚持充分的时间,足以防御有毒物质。”

这个念头让佩特莉感到不寒而栗。“最好不用那么做。”

“是啊,不过我在外头的话,就可以用压舱绳索把重石块绑到龙骨上了。我……只是想不出还有什么别的办法。”

佩特莉坐在一个箱子上,正对着约拿,仔细思索着。

“莱宁格殖民地和‘洛桑之尊’不正是升上去才毁灭的吗?”

“没错……但他们的上升动作是不可控的,速度太快,而且混乱无序。我们要缓速爬升,舱内气压要与舱外水压同步降低。不管怎样我们都必须慢慢来,要不然血液中溶解的气体就会‘沸腾’起来要了我们的命。一定要慢慢地,轻手轻脚地。嗯,就是这样子。”

佩特莉乐开了花,她说:“像这些应该说给处女听的话,你全都懂哟。”

约拿感觉两腮泛红,等佩特莉重新一本正经时,他才放松下来。

“要是我们一点一点爬升,难道就不会有另外的问题了吗?呼吸的空气会不会用光呢?”

约拿点点头说:“活动必须尽可能地减少。把陈腐的空气回收进瓶子里,换储存好的新鲜空气出来。另外,我还有一个‘气体分离器’。”

“你有?你怎么会……那些东西很稀罕、很贵重的吧?”

“这个是我自己制作的。帕拉妮娜曾演示给我看如何用‘藤树水晶’和电流将海水分离成氢气和氧气。咱们安排几个乘客去‘旋转发电机’上轮流工作吧,”随后约拿又提醒她说,“这东西量很少,可能制作不了那么多。”

“嗯,那就不要拖拖拉拉了,”佩特莉用一种外婆们才有的果断口气说,“你就下命令吧。”

这爬升的过程令人心力交瘁。成人们和十几岁大的孩子们轮流操作那些泵来排掉足够的压舱水,好让潜艇开始以一个理想的速度爬升……当它看上去过快时又去进行矫正。约拿则一直密切跟踪各个气压计,它们有些显示内部气压,有些则是测量船壳的外部水压。同时他还留意减压病的症状——这是另外一个必须让船体保持慢速的原因。凡是没有任务的乘客都被鼓励去睡觉——年幼的小孩在耳边叽叽喳喳已经够难为他们两人了。约拿教大家如何用打哈欠或捏鼻子的方法来平衡内外压力,不过他的解说总是被自己的一阵阵喷嚏所打断。

最要命的是,他们甚至在休息的时候都不得不深呼吸,肺部会逐步地排出血流中过剩的空气。

稍大点的孩子在“气体分离器”上轮流工作,他们转动曲轴促使少量海水分解成各个组成元素——其中一种是可供呼吸的。此时前舱里则响起一阵持续的、咯吱咯吱的背景共鸣声。这台设备肯定奏效了——海水收集器里积聚起了一层盐。然而约拿还是忧心忡忡。*那些管子我插对了吗?我会不会把氧气装入储存罐,把氢气送进了船舱?会不会让潜艇充满可燃爆的混合气体……令我们瞬间“脱离苦海”?*

约拿不知道应该如何分辨——他的书里没有一本讲过——不过他依稀地记得氢气是无味的。

佩特莉跟着约拿走了几圈，检查每一样部件，一遍遍地重复他的解释。随后，当佩特莉觉得自己很有把握了，她口气坚定地说道："约拿，你现在一定要休息了。我会继续监视咱们的上升速度，还会做一些微调。就现在，我要你闭上眼睛。"

当约拿欲反驳时，佩特莉坚持己见地说："过一会儿大家还需要你派大用场哪，得把全部气力花在最后关头。所以你快躺下吧，养足精神。要是有什么重大情况，我保证会来叫你的。"她的语气更像是洛桑的母亲们说话的腔调。

约拿接受并遵从了她的劝说，卷起几只由薛利士带入控制舱的谷物袋，愉快地合上了眼，但大脑却另行其事。

我们现在有多深了？

这又牵出了更大的一个问题：*现如今艳后谷的底部有多深？*

据传在很久以前，首批殖民者十分重视测量金星海水的深度，当时有些光线可以径直照射到洋底。殖民者将系着几大捆绳线的气球发射上去，一来评测深度，二来前往"隔热保护层"之外的地方，甚至去灼热致命的天空中进行采样。那些实验统统没有延续下来——不过约拿曾见识过其中一座巨型的绞盘。当时他正拜访乔恩泡状基地，并在那儿的沼泽某处收集泥土和腐化物。

艳后谷居民对头顶上这片"王国"的态度，就如同地球居民看待脚下地狱般星球内部的态度一样。不过这也曾有些许例外。有流言说，那个传奇淘气鬼梅尔维尔自打从"狄奥多拉峡谷发现之旅"返回以后，就已经在为探索"高地"的行动寻求支持了，甚至还有可能前往"屏障地带"。那儿的生物数量众多，说不定会把他们当作食物吃掉。梅尔维尔真的非常疯狂——不过男孩子们仍然在私底下悄悄地谈论着他。

约拿不禁自问，*到底有多少颗彗星？*在泰利只有一本书谈及那一项比哥萨入侵还要古老的金星改造计划：强大的机器人如神灵般富有持久的恒心，于太阳系最边远处收集冰球，将它们从遥远得不可思议的国度笔直砸到这颗星球上来——每天都有好多颗,每一次总是相同的角度和方位——它们不仅加快了该行星的转速,而且还浸湿了一块又一块长久干旱的盆地。倘若每颗彗星直径达几公里……那么经历二十代的母辈年月之后,这片覆盖全球的大洋该会有多深?

每砸来一颗,就会有另外五颗瞄准着同一方向从旁掠过。它们撕裂金星浓密凝结的大气层,带走些许物质,最后一头栽进太阳里。这项工程规模庞大,令人难以置信,瞠目结舌。根据目下的情况来看,约拿确实怀疑自己的种族正是执行该计划的那一群人。或许佩特莉的种族才是,她如此聪明,而我不行。

那么这些人到底是怎样被征服的呢?

他翻腾的心绪进而想到了一些原本或许应该发生的事情上。要不是因为那颗迷失航道的彗星——晚了 6 小时在峡谷殖民地附近发难——此时此刻约拿和他的新娘早已在洛桑的小农舍里安顿好了,他们会以更为传统的方式来认识了解对方。尽管如此,或许正因为这场紧急变故,约拿才真切地感受到自己更像一位活生生的丈夫,而在别的情形下彼此的肉体说不定早已结合,但那份感觉却要弱许多。话虽如此,但这些高低起伏的谷物袋让约拿有些渴望得到她,而事到如今,或许再也无法实现了。世界本应更加美好:藤叶片片闪亮,于头顶徐徐飘动,如一波又一波风浪;向佩特莉展示攀藤绝技,尽情地飘荡,从一根到又一根。伊人挽在怀里,风儿将发梢吹起……

隔舱"砰"的一声震动起来,好似一根巨绳崩裂。潜艇颤颤悠悠,约拿感觉它翻转了一些。

约拿睁开眼睛,这才意识到刚才是在做梦,自己不仅仅睡着了,而且脑袋正靠在佩特莉的秀腿上,姑娘的那只纤手一直是他发间的微风。

约拿坐起身子。

"出什么事了?"

"不知道,刚刚有一阵尖锐刺耳的声音,随后船体嗡嗡地闷响了一下，现在地板不再倾斜了。”

“不再……”

约拿一跃而起，赶忙来到压力计前，嘴里小声咒骂着。

“怎么了，约拿？”

“赶快……把所有大人都叫起来，叫他们去泵上干活！”

佩特莉立刻去喊人。等船员们都开始卖力工作之后，佩特莉回到调度室，对约拿扬了扬眉毛。

“剩下的压舱石块……”他解释道，“原本被一根绳子或拉索挂着，现在全都不见了，虽说潜艇的倾斜被纠正好了，但我们上升的速度太快。”

佩特莉看了看两位萨杜尔居民和两位洛桑居民，他们正忙着给压载水舱重新灌水。“还需要做什么才能把速度降下来？”

约拿耸了耸肩说：“我想，咱们可以把漏水的轴承拆下来，放更多的海水到船尾后舱。不过这很难控制，水流可能会在我们眼前喷涌，搞不好要发大水，把船舱彻底毁了。总之，我更情愿冒一冒减压病发作的风险。”

她点了点头，无声地应允了。

他俩亲自在几个泵上轮番作业，而后监督其他船员工作，直到最后水舱终于全都装满。“泰利之翼”已经无法再继续加重，除非把自己的隔舱也淹没掉。

“为达到压力平衡，我们必须降低内部气压。也就是说，要把船上的空气排掉。”约拿说。

“可我们得呼吸啊！”

“别无选择了，水舱已经灌满了水，没有地方可以另行放置空气，而我们仍然需要减压。”

于是，大伙又操作起其他泵和阀门，设备不一样，工作更紧张。潜艇上仅有两个发光灯泡，在其微弱昏暗的照明下，约拿始终看着大家，留意减压病的迹象。头晕目眩、肌肉酸痛、呼吸困难，这些都是该病的症状吗？那也有可能只是由于重体力劳动造成的。书上还说要提防关节痛、皮疹、精神错乱，或突然间的神志不清。约拿明白老式的减压表是毫无用处的——因为那仪器是基于地球上人类的身体，而我们已经都变了。首先，先辈科学家们对他们自己和后代都做了生物改进。其次，时间也改变了我们原本的模样，甚至在我们失去那些神奇力量很久以后，岁月也一直在重新塑造着我们。其实每一代都是一场试验。

那么它让我们对这些东西不那么脆弱了？或者是更加脆弱？

有人拽了拽约拿的胳膊，那不会是佩特莉，因为她正在拼命地打泵。约拿低下头看到一个小孩，她仍旧穿着一套污渍斑斑、破破烂烂的伴娘礼服。小姑娘害羞地拉扯约拿，催促他跟自己过去看看。起先约拿心想：想必是有人病倒了，她叫我过去帮忙缓解那人的痛苦。可是……我又能做什么呢？

然而小女孩并没有带约拿往船尾方向走，而是朝船体前方而去……去她所指的那个观测窗口。

“这是什么？”约拿贴近弧形的窗玻璃，面色十分紧张，分明是在想象某些新的“残骸云”……最后他抬头望见……

那是亮光。起先微弱模糊，只有孩童那双完美而纯真的眼睛才能如此早地将其发现。不过那光线很快就散播开来，将头顶上的整个“天穹”照亮。

我还以为咱们会穿过“隔热保护层”的。约拿原本预计，在通过那道分隔上下水域的假想屏障时，会经历一场剧烈的——甚至可能致命的——穿越过程，但这一定是在他熟睡之际悄悄发生的。

约拿叫了一个人去替换佩特莉并叫他将其带来一起看。

“你回去叫大伙各自找地方抓紧。”佩特莉把小女孩派了出去，而后转身环住约拿的腰，此时他正牢牢控制着船舵拴绳。照这个速度，他们似乎随时就要进入金星的地狱了。

约拿心中正酝酿着一个想法：那儿的环境肯定已经大不相同了。当水里布满生物的时候，海洋就已然生机勃勃……约拿从未透露过这个念头，甚至连心里也没有真正地大胆想过。

他已经侦测到了头顶上方的运动迹象。那些东西光影闪烁，来回扑腾——泰利海底世界时常有被压扁的生物遗体掉落下来，而那些物种简直就是它们的活版本。此时此刻，它们正上下起伏，朝四周飞速游动，刺向那一片看似三五成群、摆动着的浓密海藻。约拿驾驶潜艇躲避它们。

既然海洋已经发生了变化，那么天空、大气，还有高地呢？那些地方就不会改头换面吗？

金星雷达导航图由古代地球人的空间探测器标识，它展现了一片片广袤的大陆与盆地。地形图被标上了诸如阿佛洛狄忒地和拉克什米女神高原①等名字，每一块地方都用历史、文学或传奇故事当中的一位女性来命名。好吧，这似乎倒也公道。可是把“烤焦”的干燥低地称作为“海洋”的话，算不算是一个残忍的玩笑？

然而后来人类决定去实现这个古老的梦想……

我们会发现怎样的一幅景象呢？

密集的生物群初露端倪，约拿和佩特莉的目光里充满了惊讶之情。它们的形状既像龙，又像鱼类，抑或是那些曾经一度在远古地球上空穿梭的“小飞船”。此时约拿在内心某个角落正不由自主地希冀着。

假设我们熬过“减压”这一关，那么炙热的含硫气体如今会不会也能够呼吸了？或许就像传说中讲述的那样可以勉强喘口气？时至今日，生物体是不是已经爬上了高地？那些在哥萨入侵之前的同一批设计者们是不是明智地推迟了数个世纪再将其繁育出来？

约拿的脑海里想象着几幅折角故事书里的画面，只是被特别夸张

① Lakshmi Planum，印度教中最重要的三位女神之一。

地放大并且照亮了。无边无际的丛林被暴风雨淋得湿透，巨型猛兽的咆哮声与之共鸣。这是一个宏伟而富饶的王国，它被茂密的森林包裹。人类的某一支族群或许就在这片绿荫华盖的遮蔽下逃出了入侵者的视线。他们繁衍生息，工作学习，重新获得力量和勇气。

曾几何时，这始终是一个美梦，尽管很少有人想到它或许会全部实现。

约拿拉动舵柄，避开一片隐隐约约、浮游晃动的植物群。随后，在前头上方的位置，朝天空方向望去，浅滩忽然变得明亮起来。光线如此强烈，约拿和佩特莉不得不遮住眼睛并大口大口地深呼吸。一条蜿蜒而行的巨兽几乎从半路杀出，面对此情此景，他俩齐声惊呼起来。接着舱室内充满了亮光，如同爆发了一团炽烈的火焰。

本不该抱有希望的！这的确是地狱！

后来水泡与船体分离，发出一阵巨响……约拿长时间感觉脚底失重，他放手松开绳索，紧紧抓住佩特莉。当潜艇飞出海面时，他转过身子，将自己置于佩特莉和舱壁之间。此时船体微微转向，随后又落了下来，打在水面上拍起一阵水波，蹿起高高的浪花。

他们蜷缩着身子，气喘吁吁地靠在观测窗口下方。此时大伙每个人都在船上一边唉声叹气一边检查伤势，看看自己是不是仍然活着。渐渐地，这地狱般的亮光似乎减弱了，而后约拿意识到：这是我的眼睛在慢慢适应，因为以前从未见到过日光。

约拿和佩特莉互相搀扶并站立起来。他们一同转身，仍旧遮着眼睛。周遭的声音都发生了改变，而同样改变的还有这空气的成分，现在它充满了各种异样的芬芳。

一定有漏气！

约拿一时间惊慌起来，不停地眨眼睛，想要挤掉那被强光刺激而流出来的眼泪，而此时他瞧见了原因所在。想必是刚才碰撞时将活节螺栓给震松了。这些螺栓固定住船体中部右舷一侧的主舱门——除了安全抵达殖民地码头之外，主舱门在任何地方都不允许打开。

约拿大喊一声，心里明白为时已晚，但还是匆匆地赶了过去。那些金星的有毒物质……

……显然不在这里。

面对这股涌入的空气，没有一个人晕倒在地。约拿唯一的反应也只是打喷嚏，从体内深处发出一声巨响，使他的身子都往后摇了一摇。

约拿到达舱门位置，试图关上它，可是“泰利之翼”朝左舷微微倾斜。这道沉重的舱门压倒了约拿的反抗，逐步越开越大。它从一丝细缝变为一道间隔，进而是一条缺口，最后成了敞开的大门。

“我来帮你，约拿。”这一句好意说得如此低沉，像是浑厚的男中音，不过听得出来是他的妻子。约拿转过身来，看到佩特莉正睁大着眼睛，被自己的嗓音吓了一大跳。

“这空气里……含有……”现在约拿的声音听上去像男低音，“某些气体……跟我们从藤林里获得的不一样。”

不一样……却能够用来呼吸，而且还令人心旷神怡。约拿的眼睛眨了又眨，同时想挥去这新嗓音带来的惊吓。他再一次尝试关闭舱门，最后暂且放弃了。船体微微向左翻转，当前没有漏水的危险，海水拍打在下方一米左右的位置。当然了，过会儿还是要把那扇门关好……

……可眼下还太早。当约拿和佩特莉站在窗口时，眼前的景色不仅仅是一片碧波荡漾的辽阔海洋和云层浓密的天空，在那海天之间还有别的东西存在。它们就在前头，在右舷的方向上，一大片浓密厚实的绿色和棕色物体泛着微光，布满在海平线上。它们朝远方锯齿状的天际线延伸，渐渐消退在薄雾之中。尽管约拿做梦也没有想过自己能够亲眼见证这一幕，但他俩还是根据一些古老褪色的相片辨认出了这幅风景。

陆地、海岸，这所有的一切。头顶上，有些生物拍打着奇异而优雅的双翼，有些则犹如浮动的水母一般，在茂盛的螺旋藻上漂流。

“咱们得花点功夫搞清哪些东西可以吃。”妻子的话里带着女性特有的实惠。

“嗯。”约拿回应说。他被这番奇迹迷住了，说不出更多的言语来，似乎心跳也停滞了良久。最后，他勉强补充道：

“总有一天，咱们要回到下面去告诉大伙们。”

两人又沉默无言了许久，而后佩特莉回答道：

“没错，总有一天。”

佩特莉紧拥着约拿，头靠在他胸前，这有力的怀抱令约拿充满力量。他深吸了一口气，粉黛余香侵入心扉。约拿知道，这芬芳仅有一部分是来自于她佩特莉。

加思 · 尼克斯

一位退伍老兵被迫参加一场探险旅行，计划穿过金星沼泽中最深邃、最危险、最难以逾越的区域。后来他发现，要想获得一丝生存希望的话，就必须把“入乡随俗”四个字进行到底。

《纽约时报》畅销作家加思 · 尼克斯来自加拿大，他曾经做过图书营销、编辑、市场咨询、公关和文稿代理人，后来发表了热销的“古国”系列作品。该系列包括《萨布莉尔》《莉芮尔》《阿布霍森》和《匣中之怪》[1]。尼克斯的其他作品有“第七塔”系列，包括《坠落》《城堡》《阿尼尔》《迷雾重重》《开战》和《紫色楔石》，还有“7 王圣钥”系列，包括《惰王星期一》《贪王星期二》《食王星期三》《怒王星期四》《欲王星期五》《妒王星期六 》和《傲王星期日》，同时还有一些独立剧情的小说，诸如《巫师》和《晦童》。他的短篇故事收录于《穿越城墙：阿布霍森传奇及其他故事》。尼克斯最近的作品是与希恩 · 威廉姆斯合著的两部小说：《灾难缠身的人：奥秘》和《灾难缠身的人：野兽》，还有一部独立剧情的作品《万储之乱》以及一部全新的合集《赫里沃德先生和菲茨大师的三度冒险》。尼克斯出生于澳大利亚墨尔本，现今生活在悉尼。

---

① “古国”系列不止有国内读者熟悉的三部曲，另外还包括若干中篇小说和短篇故事。

跋山涉水寻『病人』

飞船的轮胎触碰到塑胶跑道，凯尔文左手边特殊支架上的马提尼[1]酒杯颤颤发抖。这血橙、杜松子酒、苦艾酒的结合物一度好似要溅洒出来。飞船徐徐降落在这条金星港最简短而廉价，却又最繁忙的跑道上。减速过程缓慢冗长，伴随着飞机咯吱咯吱的“哀鸣”，那杯马提尼也复归了平静。

“没有洒出来。”凯尔文说。他两眼始终注视着前方的跑道，右手一直握着操纵杆，同时伸出另一只手，端起那杯马提尼轻轻地抿了一口。“现在你欠我两块五了。”

“我要检查视频黑匣子了，”一个语调平淡空洞的女声从驾驶舱的喇叭里传来，“另外……刹住的时候这酒还是有可能会洒出来的。”

“不会的。”凯尔文说。此时他跟前跳出一个全息图影，建议他运用反推力装置和轮闸，而其他几个弹出物则闪烁着琥珀色的指示灯，警告飞机系统并未按预期运行。不过凯尔文对所有这些情况早有预料，所以并没什么关系。“现在就喝了它，首次着陆嘛，这是规矩。苏西，大

① 一种世界驰名的鸡尾酒。

伙在后头还好吧?”

“很好,就是我不得不击晕几个。最开始嘛,用激发器什么的。他们对传说中金星的风景名胜有点兴奋过头了,想要早点出去……比如一万米高空的时候。”

“那些挖煤的家伙!”凯尔文说。飞船眼看就要朝着航站楼滑出跑道,凯尔文放下马提尼并操作设备,简单的几下动作就将飞船完全地停止住了。他身后还有一艘飞船会在一分半钟之后到达,另有12艘也正在不同的降落阶段。水星联合公司为期六个月的换班开始了,那艘度假船——一艘改装的“空中客车”——正在轨道里,一万名没钱直返地球的矿工们正急切地想下来娱乐娱乐,看看这过度潮湿且云层永驻的金星港及其周边环境。

“金星港,金星港,”凯尔文说,“Drop Baker Seventeen[①] 转入25号门,请求一条快速回转跑道。另外,请告知我在几号弹射道上?”

然而他没有收到即刻的回复,这不太寻常。飞船的往来交通受一套非常专业的系统控制,语音合成器被某些爱开玩笑的人捣鼓过,听起来像是一位喉咙沙哑的金星老前辈。通常来说它是会立刻回复的,从不耽搁一丁点时间。

“金星港,金星港,我重复一遍,我是Drop Baker……”

“Drop Baker Seventeen,请进入25号门。机长待命。”

“待命?”凯尔文问道。他辨认出这声音是控制中心主任坎尼斯,很少见到他在指挥塔里。金星港空管部门是一个闲差,除了注意安全之外没有什么条条框框的规矩,而那套专业系统运行得也足够出色。“坎尼斯,你在开玩笑吧?这飞机我得付钱的,不能待在地面上,还有矿工要走呢。”

---

① Drop Baker Seventeen是没有意义的,只是航空对话中根据DBS字母组的词,以便对方听清,所以此处不翻译。

“凯尔[1],”坎尼斯不耐烦地说,“地球人海军在门口那儿等着要见你。”

“什么？海军的人要来见我？见我干吗?”

“这你别问我。我今天很忙的,不要来烦我。”

“你惹事了?”苏西通过舱内系统说道。

“没有什么事情会把海军牵扯进来的。”凯尔文困惑地说。金星港是一座通商口岸,受辖于一个成员复杂的三方委员会。他们来自地球政府(并非全部的世界,因为它排除了那些无赖国家)、MBU(火星及域外合众国,不包括克瑞斯星),以及水星联合公司(正处于鼎盛期的财阀独裁组织)。在实务上,本地利益集团主宰着金星港的命运,一切都是非常随机的,除非出现了什么重大事件并且有某家太阳系行星政府决定出面干预。

“我认为……”

“赶快解决。”苏西说道。凯尔文拥有这艘“凌波浪客”63.7%的产权,而其余的则属于苏西在轨道空间站“金星天宫”上的那一家子。苏西上船来保护他们的利益,同时也管理乘客和货物,而她许多克隆兄弟姐妹则处理所有终端办公室的事务和工程建设任务。

“我会的,我会的。”凯尔文郑重其事地说。他将任务交于空港机器人,按动手指来操作关闭程序,而此时的思绪正回想着多年来偶尔做过的内幕勾当和边界线上的非法活动。为什么平日里昏昏欲睡的金星港客服部门突然想跟他谈谈？凯尔文可以想到很多解释,比如他们想索要更多的贿赂。然而令他不解的是,最近自己到底做了什么事把地球人海军招惹过来了。

尽管凯尔文无法想到任何具体的缘由,但心中依然感到一丝不安。他不停地琢磨着,用最后一口马提尼吞下几粒抗菌药片,然后解开安全

---

① 凯尔文的简称。

带离开座位。他卸下头盔并将其搁置起来,朝脸上和双手上涂抹一些抗菌药霜,随后系上星缘皮带,连同那支配有皮套的热能枪(用来对付会移动的金星菌菇及类似物体)、击晕器(对付人类当中的流氓无赖等家伙)和砍刀(走投无路时备用)。凯尔文望了望驾驶舱后边的吧台,想要再喝一杯马提尼,但最后还是作罢,等“浪客”重返轨道之后有的是功夫喝酒。

尽管凯尔文如同往常那样检查了舱门边那块略微发霉的观察窗,但他还是向苏西询问道:“客舱平安无事吧?”此时矿工们都兴致勃勃地按次序前往大门,毫无疑问是被苏西的那副悍人的架势催赶着。她穿着全副武装的真空宇航服,人高马大。一把击晕器紧紧地攥在右手护套里,左手完全包裹在一个球形的野战激光发射器里。因为在场面喧闹不堪时,前六排乘客统统需要电击一下才能守规矩。

“嗯,一切都好。”

凯尔文用手掌推开舱门,重复了好几次动作方才得以打开,释放进来一股温暖湿润的空气。如同飞船上的其但东西一样,传感器被过高的湿度和“钟爱”塑料的金星霉菌感染了。常规的清扫和净化工作也只能做到这种程度,哪怕是号称“权威认证”过的科技产品,其使用寿命也总是远低于厂家声称的年限。

“不管究竟发生什么,你还是去吧,”,苏西说,“我去应付地勤人员,好让咱们清关回去。”

“多谢了,苏西。”凯尔文微笑着说,尽量掩饰自己的忧虑,心里希望到时候他们两个都能够回去。在万不得已的情况下苏西可以驾驶飞船,可她远没有凯尔文那样经验丰富。苏西刚上手,而凯尔文已经通过了阿瑟顿要塞的全套轨道兼大气驾驶课程,而后又同地球上泛太平洋联合军一起执行了十年的飞行任务,最后鬼使神差地在第三次联合军武装干涉行动中幸存了下来。当时他驾驶攻击型飞船在火卫二[①]的滩头阵地上来回穿梭……

“真见鬼。”他说，之前隐隐的担忧如今变成了更加实在的恐惧。凯尔文的海军服役生涯是二十年前的事，而且是另一支部队。然而他仍然领取着一份少得可怜的退休金，而且当他退伍的时候还曾另外给他发了少量钞票。

“什么事？”苏西问道。

“我刚想起一件事。”凯尔文语气冰冷、表情严肃地说。他看见有一位面容消瘦、身着地球人海军制服的军士长正在出口通道里侧着身子靠边而行。此时凯尔文的回忆更加具象实在了。矿工们看见军士长的胯上别着一把“镭刃枪”，手臂上戴有闪闪发亮的海岸警卫队袖章，于是他们全都侧过身来给她腾地方。金星港的警察往往会睁一只眼闭一只眼，他们是可以笼络的。然而人人都知道有三支队伍是招惹不起的：地球人海军海岸警卫队、火星及域外合众国执法队、水星联合公司合规部，他们轮流在空港执勤。

“你是前泛太平洋联合军的指挥官凯尔文·凯尔文21？”军士长问道。没等凯尔文点头，对方已经端起一台野战身份识别仪，朝他的眼睛拍了一张照，随后伸出它的等候孔。

“没错，是我。”凯尔文说，因为没有必要去设法假装其他身份。他把手放入那个装置里，静候着测试仪器的“把戏”。它会对凯尔文的DNA进行取样，专业搜寻很久以前被联合军拼接上的编码序列。该序列用以区分凯尔文与他的克隆兄弟姐妹，后又记录了各种信息和安全层级，以备日后工作提升或调至特种部队之用。

身份识别仪器给军士长的反馈是肯定的，于是她将其折叠收起并塞入大腿侧袋里。随后她不知从哪儿变出一张蓝色的纸片来——很可

---

① Deimos，火星最小的一颗卫星。

能是在袖子里的——递给凯尔文,同时朝他敬了一个礼。

凯尔文出于长年的习惯,也欲回一个军礼,但是蓝纸片握在手上,而且正哗啦哗啦地响动,不过它抖动的频率不快,刚好足以看清印在上面的文字。

“非机密信息:凯尔文·凯尔文 21,OFC HPPC 二等指挥官。根据地球政府泛太平洋联合军联合声明第七章第三部分第四段第二十款‘吸收现役与预备役军事力量’,撤销你的‘23A 类免征召条件’。根据地球政府紧急动员法(新颁布),要求你立刻前往地球人海军条约履职支队指挥官处报到,不得延误。兵役不超过三个标准地球年。你的薪水、金星津贴、飞行员奖金、战时服役金自此刻起依照地球人海军指挥官三阶(特种部队)的标准开始计算。此致,敬礼。”

“他妈的,”苏西说,“要三年!”

“军士长,这是关于什么事情的?”凯尔文问道,“难道是要打仗了却没人通知我们?”

“据我所知不是这样的,”军士长回答道,“长官,请您跟我走吧?”

凯尔文点点头,转身吩咐苏西。

“尽快把‘浪客’号带回去。你和沙尔一起驾驶,轮流担任机长,让希姆和索尔待在客舱里——最好同宿一室,以防万一。等我搞明白怎么回事之后就马上回来。呃……还有,你告诉老苏珊,叫她不用担心。”

“你就这么跟她走了?”苏西说。

凯尔文耸了耸肩说:“你自己也听到了。联合军原先就把我们这些火星干涉行动的退伍军人统统列在了预备队的名单里头。对了,我刚才把这茬儿给忘了。我想可能是地球政府也刚刚接手吧。这事我也无能为力,不过他们应该不会长期需要一个五十岁的老驾驶员吧。”

“长官,上头命令我不要耽搁,”军士长提醒说,“如果您不介意的话,咱们还是赶快……”

“你带路吧,”凯尔文说,“再见,苏西。”

航站楼里挤满了矿工，他们争先恐后地通过初级自动入境系统。然而军士长并没有加入这冲撞推搡的队伍，而是带领着凯尔文去了VIP出口，在那儿有两名金星警察检查他的通行证并朝他们挥挥手，指引他们前往一条贯穿于“预备隧道”中的自动步道。该隧道先朝他们喷洒含有抗菌药物的薄雾，再进行一次自动的身份检查，而后有几道样式古旧的装甲铁门徐徐打开，他俩被送了出去，进到了停车场里。在这个地方，金星温湿闷热的气息扑面而来。凯尔文从制服袖子口袋里抽出一块手帕，将额头上瞬间渗出的汗水擦净，随后包在口鼻处来隔绝大气孢粉。强效药片应该会搞定一切吸入或消化的东西，然而凯尔特觉得不妨试着从摄入的第一关就将其拒之门外。

“军士长，现在周围没有平民在听，你可以透露一些信息吗？”

“不行，长官。”军士长回答说。她抬起一只手，有一辆等候着的陆行载具弹出了它的车门。从前座上又出来两名海岸警卫队的人，关注着凯尔文的一举一动，看他是否会逃跑。但凯尔文毫无此意，金星上面无处可逃，总之是没办法长期逃逸的，至少凯尔文并不想逃亡到哪里，这一点是肯定的。

空港还算稍微有些秩序，而金星港的别处地方就几乎是一片狼藉了。网格布局模式十分抽象，近几百年来遭人扭曲、被人忽视。从首批定居者到第五次大迁徙，大型球形区域纷纷涌现出来。每一个“球区”都囊括了几百个住家、店铺、小作坊。在“球区”和“球区”之间散落着各式各样的房子，风格模式简直应有尽有，从塑钢预制板的简易“火柴盒”房子，到运用当地黏液色砖块建造的六层大楼，还有用废弃的船只改造成的工厂或住所，以及用钢架子和当地蜥蜴皮制作的圆顶帐篷。人们一直都很喜欢那种帐篷，若受环境所迫即可迅速搬离。

正如凯尔文所料，陆行载具没有朝这些地方的任何一处行驶，而是沿着中央大道以每小时二十公里的惯常最高速驶向地球人海军官邸。那地方的名字独具匠心，叫做“阿佛洛狄忒”。那辆陆行载具开得十分自信，觉得凭借着亮黄色闪光灯和尖部闪烁的羽毛状触角传感器就可以赶走路上的各色行人，诸如矿工、妓女、讨饭的、算命的、扒手等，或是任何一个在附近行走的过路客，以及摇摇晃晃、步履蹒跚的人。这条路上根本没有任何一辆别的车子。

然而这辆载具并没有继续朝“阿佛洛狄忒”驶去。就在他们到达正门之前，这辆车下了干道朝右转弯，开到一条崎岖小径上去了。这条路围绕在十米高的安全围栏外头。

“噢，老天爷，该不会是……”凯尔文说，伸长脖子张望，眼前那块挡风玻璃早已被橙色孢子体泼洒得污渍斑斑。“一项完全隐秘的地下任务，对不对?”

“不，”军士长说，“你得去见一个人。那个人不按照基地的程序进行除菌清理，所以还是在这儿碰面更方便些。”

当陆行载具一路绕着安全围栏转圈的时候，凯尔文就已经想到了这一点。围栏附近有一条500米的隔离带，但这几乎没有必要，因为金星港的大部分城区是往背后方向延伸的，周围也仅有几间小棚屋而已。那些房子由五花八门的材料搭建起来，几乎“淹没”在一片3米高的丛林荫庇之中。幸好这满地生长的菌菇都是无害的，因此房子没有受到损坏，没有焚毁或被黏液腐蚀。

凯尔文以为他们正在朝其中一间棚屋驶去，然而他又吃了一惊。当车子姿态倾斜时，他瞧见在前方隔离带那光秃秃的红土中央有一座临时营地：五个小型“球区”按规矩排列，将一辆履带式装甲指挥车围在中间，几个出口处的位置还安插了哨兵。

在其中一个“球区”外头还有一条可骑乘的蜥蜴，它头部戴有头盔，蓝色的上腹部裹有一条非常不协调的格子呢加热毯，就连接在身旁一台开足马力的大型海军供电设备上。

一见到那条蜥蜴，凯尔文就感觉有些抽搐，并非是因为对恐龙物种的畏惧——尽管它确实很像一条异龙，而是由于这条蜥蜴的到场意味着某一件事情。

金星港建立在休范高原上，从人们常说的沼泽腹地开始算起足足有 5000 米高。那片淤泥方圆数千米，越往远方赤道走，就越炎热、越诡异。蜥蜴都生活在周围较近的沼泽地带，除非受人驱使，否则绝不到较冷的高原上来。那些畜养蜥蜴及其他牲畜的人只有在做生意的时候才会跑到金星港来。沼泽地里有一个完整的人类社会，他们至少部分独立于现代文明。这些人尝试去适应金星，而不是强行将其改造成类似地球的模样。除了定居者之外还有一些企图“更进一步”的人们，他们适应金星的方式让凯尔文感觉极度不适。

载具停了，车门弹出，军士长指向那座门外系有蜥蜴的“球区”。

“指挥官阁下，请进去吧，一切都会说明清楚的。”

“嗯？就这样？”凯尔文问道，“真的一切都会讲清楚……”

“一切……可以让您知道的情况，长官，”军士长眨眨眼睛说，“不过也仅此而已了。”

“嗯，我想也是，”凯尔文酸溜溜地说道，“多谢你了，军士长。”

凯尔文爬下车，注意到“球体”外头除哨兵之外并无任何人走动。不过倒也没有真正的隐秘企图，因为整座营地在金星港边缘清晰可见，安全带以外的任何过路客都瞧得见它，而且更为重要的是，他们都可以目睹到凯尔文进入此地。所以这不太像是会在某个保密行动中销声匿迹而后又声称从一开始就不存在。想到这里，凯尔文感觉深受鼓舞，而且此时也没有人要过来拿走他的热能枪和击晕器。

“球区”是新造的，直接从集装箱里拔地而起。令人惊奇的是，两扇气闸门都是开启的，任凭金星的湿气、大气孢子充斥其间，不顾可能引起的普遍不适感。鉴于“球区”的宗旨正是提供一个纯净适宜的空调环境，这幅情景着实让人感觉蹊跷。

等凯尔文一进去，便立刻理解了为什么那些门都是开着的。有三个女人围聚在一张地图展示桌周围，其中两位是地球人海军军官：一位身穿蓝色海军星际制服的上尉，很可能就是“阿佛洛狄忒”的指挥官；另一位穿着金星野外迷彩服的中尉，肩位枪套上挂着一把热能枪，腰带上系有许多小口袋，里面无疑都塞满了那些地球最新研发的、没用的金星生存装备。

第三位则正是舱门全开的“罪魁祸首”。她身着背心和短裤，深色蜥蜴皮靴，一顶用芦苇编织的宽檐帽悬在背后，一根系满蜥蜴内脏的绳子将其挂在颈部。绳子旁便是一个由多层“海绵欧洲蕨”制成的呼吸面具。一副护目镜酷似威士忌酒瓶玻璃，剃光的脑袋上有一种“菌类橡胶”的同类物往脑后一撸。她臀部一侧别有一把热能枪，而另一侧则是一把老式的爆弹弹射手枪，并紧挨着长砍刀。

她的前臂和大腿根部有大片的蓝色斑块，当地人称之为“沼泽藓”。她脸上还长有更多，由抗菌药物小心翼翼地引导着，在脸颊上以同心圆形式生长，蔓延到额头和颈部。

凯尔文一眼就认出了这张脸，尽管上面布满了“沼泽藓”，但这五官形貌还是跟自己一模一样，因为这本来就是凯尔文的脸。虽然这个女人比凯尔文高出半个头，肩旁也要宽得多，但她是同一条克隆线上的衍生产物。就像所有凯尔文基因链下的凯尔文们一样，她是联合军的一名老兵。只不过就个人而言，她在特种空降突击队服役。那支队伍俗称 ASAP，据传它同时代表了“他妈的外层空间”。在这缩略语当中，字母“F”正如她们自己一样，都被隐匿掉了……至少在她们想要被人发现之前。

“凯尔，”那个女人歪了歪脑袋说，“最近可好？”

“温妮，”凯尔文回答说，“我很好，只是……好像又被召回来当兵了，要不就是有别的什么事情，感觉有些糊里糊涂……”

“你肯定在想，为什么既需要你，又同时要你的克隆姐姐。”上尉说，同时绕过桌子前来敬礼。这一次凯尔文回敬了军礼，虽然不如那种称得上广场阅兵式的标准。上尉的个子比他高出了半米，凯尔文抬头看她时几乎要闪了脖子。“我是奥卡赞尼斯上尉，这位是我的联络官玛姬斯中尉。我很抱歉把你征召过来，但这是司令部的命令。我跟他们说过，其实只需要付钱雇佣你就行，不过把这事摆到更加……正式的台面上来似乎更好一些。”

“雇我来干吗，上尉长官？”

“去执行一项蠢得要死的任务，深入沼泽腹地去营救一群由近亲交配出来的傻瓜。那些家伙根本不应该在那个地方。”温妮说。

“差不多就是这么一回事，”奥卡赞尼斯坦言，“我们或许应该再谈谈细节问题……玛姬斯。”

“遵命，长官。”玛姬斯说。奥卡赞尼斯的身高体长外加希腊兼爱尔兰裔的名字几乎明白无误地显示了她是源于前泛欧 L5 殖民地的。然而玛姬斯与其不同，她是地球政府基因工程下的一位新人类，拥有编造出来的名字和杂糅混合的体貌特征。她没有具体特定的民族、种族或地理来源属性，很可能也是一名克隆人。

“大约在 63 个小时之前，”她开始陈述，“一艘名为‘舞动的约沙法’的私人游艇受雇前往月球大学学生会宿舍与女生联谊会堂，紧急坠落在金星港东南方向 312 公里处……”

“就在‘风暴’的中心，”温妮插嘴说，“我说过的嘛，就是一群蠢货。”

这“风暴”是金星上特别让人讨厌的所在。它是一团几乎永驻的旋风，直径可达数百公里，不仅封锁了任何大气层的交通，而且还干扰无线电传输。一般而言，任何脑子正常的人都不会自愿前往那个地方。

“其实我们都觉得那艘船没人负责，哪怕连一个傻子也没有。现有的数据表明，游艇使用某种最低油耗的算法自动降落，也就是说它朝最近的地方着陆，不会考虑大气因素，”玛姬斯说，“很显然，两名受雇的驾驶员都不在船上。可是我们对乘客的情况也掌握得非常有限，似乎没有什么人接受过任何飞行训练。”

“那么真正发生了什么?”凯尔文问道。

“这游艇从月球而来,是做毕业纪念旅行的。它曾停泊在‘金星天宫’上,船员和乘客都下船游览了一番。等到金星港的运能有余时,他们还计划要登陆金星港……”

“哪一种游艇?”凯尔文问道。

“你是知道布林迪轻型护卫舰的,就是那种舰船的民用衍生型号,”玛姬斯说,“带机翼的,可以垂直起降,还有一台单次轨道推进器,所以她无须弹射装置。根据‘金星天宫’上的监控录像,目前我们认为乘客们因为某种缘故返回到飞船上,而且不知怎么地激活了应急程序,把那艘飞船从港口驶离并飞落了下来。”

“真奇怪,居然没有人把它打掉,”凯尔文评论道,“你们几个,还有火星人,甚至水星公司……总之,那些飞在上头的巡逻船到底在干些什么?”

“是我们要求他们不要开火的,”奥卡赞尼斯上尉说,“很显然,在最初的几分钟里,飞船的轨道既不能对金星港发动袭击,也无法做自杀性的冲撞袭击。”

“这个……”凯尔文提议说,“除了一时的仁慈和风度之外,应该还另有缘故吧,我猜是因为乘客?”

奥卡赞尼斯上尉点点头。

“来自月球大学的24名学生,其中包括水星联合公司董事会成员的儿子、地球政府参议员的一对双胞胎女儿、火星常任主席的克隆弟弟。”

“可是他们现在都死了,”凯尔文说,“对不对?”

“我们觉得这些人还活着。”奥卡赞尼斯说。她看着玛姬斯,对方则点了点头。

“那艘飞船在一路下降的时候被全程跟踪了,我们有理由相信它完成了一次成功的着陆。因此,考虑到船上人员的身份,上级指派下来一项营救任务，所以才叫你们姐弟来。”

“他们全都死了，”凯尔文说，“一艘自动驾驶的飞船落入‘风暴’中心？这没有生还的可能。哪怕开一艘战舰过去也有不可思议的巨大风险。另外，这很可能是某种暗杀交易，某个人将他们引诱到游艇上，并且在应急程序上做了手脚，然后就把他们扔在那个鬼地方了。所以我敢打赌，那些人为了万无一失，肯定还会有一颗炸弹或别的什么东西。乘客没希望了，参议员、董事、主席，我很抱歉。常言说得好，才子佳人，同归黄泉①。”

“莎士比亚的，”温妮对那几位听得糊里糊涂的海军军官们说，“凯尔文只有压力大时才会胡诌几句游吟诗人的话。凯尔，他们想让咱们过去看一看，要是飞船在那儿而且还能做太空飞行的话，他们希望你能把它再次飞起来。要想把生还者安全送回的话，这是最简便的办法了。”

“闯进‘风暴’里头去？”凯尔文问道，“没有人愿意进去的……”

“这话……未必准确。”温妮说。

“别告诉他们！”凯尔文大声喊道。

“确实有人进去过，”他的克隆姐姐说，“这是‘麻风病人’的某种宗教活动，他们会进到风暴眼②里……”

“抱歉打断下……”奥卡赞尼斯问道，“我们身上可没有任何的……你刚才是说‘麻风病人’？”

“不是真正的汉森氏麻风病啦，”凯尔文酸楚地说，“只不过是一些被金星迷了心窍的家伙。他们脑子里生出来乱七八糟的想法，觉得自己正在渐渐‘适应’金星，或是正在变形什么的。温妮，我不知道你居

---

① Even golden lads and lasses must, as chimney sweepers, come to dust，莎士比亚名言，表示无论王公贵族还是平民百姓，到头来终究逃不过一死，结局是一样的。含义颇类似于中国曹雪芹的“纵有千年铁门槛，终须一个土馒头”。

② 风暴的中心区域。

然和那些‘麻风病人’混在一起，也不晓得他们会去‘风暴’里。”

“‘麻风病人’的行为十分极端，远甚于我们当地定居者所用的‘沼泽藓’，”温妮一边说，一边挤眉弄眼，让凯尔文镇静下来，“不得不说那非常有效，‘沼泽藓’对隔离有害孢子的作用远远胜过任何制造出来的抗菌药剂。”

“是啊，之后却要花6个月的时间才能消去那一块块‘藓’，”凯尔文说，“就像上一次，我真是傻得可以，被人劝说到大沼泽里走了一趟。”

“是你主动要帮忙的，”温妮说，“我没有强迫你一起来。”

“好吧……反正‘浪客’在港口里维修，”凯尔说，“我没有什么更好的事情可做。不过眼下正是产矿旺季，我忙得够呛，没空跑去营救一群很可能已经死掉的纨绔子弟，更别说是驾驶一艘破船设法穿越该死的‘风暴’并进入轨道了。要那样的话，我就不得不顺着风暴爬升到四万米的高度，迅速蹿入风暴眼中做垂直爬升动作，然后点火启动轨道推进器，让船体保持正确姿态以免被吸回漩涡系统里。”

“瞧瞧，我说的吧，他知道怎么做。”温妮对奥卡赞尼斯说。

“你有一打的飞行员都会做！”凯尔文说。

“理论上也许是吧……但没有人干过类似的任务，”奥卡赞尼斯说，“可你干过，而且还在沼泽地里活了下来。所以说，你太够资格了。”

“说正经的，这真的没有必要，”凯尔文说，“他们全都已经死了。”

“我们觉得只要有一线希望还是值得去尝试的，”奥卡赞尼斯说，同时又瞥了玛姬斯一眼，“就预定着陆点的事宜，我们已经跟凯尔文·凯尔文8少校做了更详细的交代。行动由她来负责，等你们坐上‘舞动的约沙法’号并驾驶起飞之后，再由你来接替指挥。玛姬斯中尉随同你们前往，以提供交流……”

“在‘风暴’里头无线电会失灵的，”凯尔文插嘴说，“激光、微波激射器都不好用。那儿有永不散去的云层，刮个不停的大风，下个不止的暴雨，外加许多磁性岩石，反正只要你说的上来的东西，那儿全部都有。”

“玛姬斯是一名特种通讯员。”奥卡赞尼斯说。

“嗯，那好吧。”凯尔文说，同时扬了扬单边的眉毛。“特种通讯员”是一对克隆的“通灵者”。他们人数非常稀少，能够做星际之间的实时通讯。玛姬斯很可能是地球人海军在金星上拥有的唯一一名“特种通讯员”，这说明此项行动真的倍受重视。且不论失踪的乘客有多重要，这个阵势确实比口头保证的显得更重视得多。

“你们马上出发，”奥卡赞尼斯继续说道，“明白？”

“恕我冒昧，”凯尔文说，“我才刚被征召过来，是被姐姐扯进这桩事情里。”

“是人事部门叫咱俩的，”温妮说，“我没有自告奋勇。你是知道的，我从来都不主动请缨。我只是来镇上拿点儿东西。看样子来得不是时候，也不是地方……我真搞不懂，咱们这条基因链上的人为什么总是这么‘走运’。你啥时候不发牢骚了，准备骑蜥蜴了，就告诉我一声。”

“还得骑蜥蜴，”凯尔文抱怨说，“温妮，咱们上你那儿拿装备？”

“没错。”

“那么后援呢？奥斯古德和婕特呢？”

奥斯古德和婕特都是前 ASAP 的突击队员，他们和温妮一样都做了蜥蜴农场的工人。或者更确切地说，奥斯古德成了农场工人，而婕特则赢得了一个古怪的名声，这并非因为她精通各种工作——尽管她从前的确是一个多面手——而是因为一提到干活她就火冒三丈。如果婕特真的肯花点心思，她可以做成任何一件事情，然而这几乎从来没有发生过。不管婕特带没带武器，带何种武器，她都是十分危险的人物。可婕特同时又是温妮的生活伴侣，所以凯尔文同其他人一样都对她很照顾。

“不来了，他们太忙，”温妮说，“农场需要有人经营，况且我们也不需要他俩。”

“婕特也忙？”

“就算是吧，”温妮说着使了一个眼神，示意要镇静，“至于骑蜥蜴旅行嘛，有得骑就好好享受吧，等我们前往‘风暴’的时候，就不得不问‘麻风病人’讨要一艘‘蛙船’了。”

凯尔文耸耸肩。

“‘蛙船’比蜥蜴更讨厌！”

“‘蛙船’是什么？”玛姬斯问道。

“你会明白的，玛姬斯女士，”凯尔文说，“你以前骑过蜥蜴吗？”

“没有，长官。”中尉说道，嗓音里带着略微的颤抖，于是也暴露了一个事实：这位特种通讯员不想骑在这蜥蜴背上，她并不愿意被派遣执行一项可能致命的星球边缘任务，而且由几位只能说是极不正规的武装人员陪护。

“就当作是一次带薪休假吧，去看看金星上那些游客从未领略过的地方。”温妮说。

“而且还有一个无比正当的名义前去。”凯尔文喃喃自语地说。

“噢，凯尔，别再发牢骚了。大伙都觉得你又变回6岁小孩儿了。”

“遵命，我的老姐姐。”凯尔特说。

“行动吧，”奥卡赞尼斯一本正经地说，“我在‘金星天宫’上等你们几个……还有那些被救回来的学生。”

“但愿吧。”她低声补充道。此时玛姬斯敬了一个礼，随后跟着那位爱拌嘴的克隆兄弟一起离开了“球区”。

在室外，温妮启动电力设备，在拿走加热毯之前给蜥蜴再增添一波暖意，然后将一个附加的马鞍安放在第三、第四骨板之间。那个地方比第一、第二骨板之间更为狭小，她坐在那儿与凯尔文同乘一条蜥蜴。

“快上去，”她对玛姬斯说，“把脚穿过马镫，板上焊接着几根把手，就在那儿。对了，你们全都擦过药膏了？”

“最新的全面防护配方，长官。”玛姬斯肯定地回答道。当蜥蜴跳动时，她紧紧地抓住把手，感觉自己的身体沉甸甸的。

“眼下应该有用的，”温妮说，“不过等我们到达农场时，我们必须让你和你傻乎乎的弟弟涂上一层‘沼泽藓’，再戴好合适的面具等等。地球生产的东西在‘风暴’里头不起作用。我猜你也不想变成一大块‘蘑菇肉’吧？”

“不，长官！”玛姬斯说道。她犹豫了一下，随后又补充说：“可是……消除‘沼泽藓’真的需要6个月的时间吗？”

“没这回事儿。”凯尔文说。他轻易地跳上了前头那副马鞍，再往回挪一点地方给温妮。她汇拢缰绳后骑了上去，然后迅速一拉，扯开遮盖物，坐骑条件反射式地朝前方的空气挠了挠。虽然蜥蜴的牙齿已经被锉平，但仍然可以咬上很厉害的一口。“我是夸大了，只需要4个月。”

众人骑着蜥蜴离开金星港，开始缓慢下坡，这条下坡路被诡异地命名为“地狱之路”，此时玛姬斯并没有言语。每走一公里，云层就浓密些，温度也攀高几度。凯尔文解开飞行服上所有可以敞开的地方，然而还是太热了。他和温妮聊了几句，大多只是了解一下家族的各种新闻，以及他同“金星天宫”上苏珊·苏珊5的复杂关系等等。最后他俩又复归到那种舒适的恬静之中，这一份默契是亲戚兼知己才有的。

大家开始哗啦哗啦地在第一片热气腾腾的水洼里穿行，路上渐渐有了绿荫遮蔽。直到此时玛姬斯才询问前往农场有多远，接着又打听再去更远的事发地点——或但愿是着陆地点——需要多长时间。

“天黑之前总能抵达农场的，要么就是刚好到那儿，”温妮说，“等天一亮我们就再出发。我猜要在蜥蜴背上骑行三天才能抵达‘麻风病人’的领地。然后我们必须找到几个‘麻风病人’，借一艘‘蛙船’，估计之后还要花一天的时间。总的来说,应该是过去花五天,回来花五天吧。”

“可是我们会飞回来的,对吗?”玛姬斯问道,“在那艘飞船里?”

温妮朝身后瞥了一眼,同凯尔文交换了一下眼神。

“飞船完好无损并且足以起飞……这真的不太现实,”凯尔文说,“有人幸存的可能性更小。暂且不说飞机坠毁和概率很高的人为捣鬼——比如炸弹什么的,就单单讲金星本身……我们越往沼泽深处去,五花八门的怪事就越多。我们很可能最后只是看一眼并确认一下情况,而后就不得不费力地返回了。”

“我……我们很肯定那儿还有生还者。”玛姬斯说道。接着她突然吃了一惊,一小群“翻滚虫”从周围遮蔽小路的丛林绿荫里钻了出来。众人拉紧蜥蜴的缰绳,这些滚动的小爬虫是这片野生环境中主要的食物来源之一。

“翻滚虫,”温妮说,“它们是无害的,不过你要是看到什么东西与之模样相似但略带淡紫色的话,那就是另一回事了。它们是一种仿真菌生物,非常肮脏讨厌。如果它们靠近你的话,就用激光烧死它们。要是不过来,你就让它们去。”

“好的,”玛姬斯说,“呃,我平时没接受过多少轻武器训练……”

“别担心,这次你有的是训练机会。”温妮故意曲解她说的顾虑。

“‘特种通讯’是怎么操作的?”凯尔文问道,“我当兵那会儿没有这种东西,你是一直在通信吗?你的兄弟姐妹可以看到并听到你的所见所闻吗?是不是这样?”

“不是的,”玛姬斯说,“没有这么直接。我们始终能够感觉到对方,但实现通讯的话则需要集中精力才行。如果运行正常,我可以通过……莱曼的嘴来说话,而他也同样可以借我之口来表达。”

“那么莱曼在哪儿?”温妮问道。

“嗯……他在罗塔鲁阿,”玛姬斯回答说,“我……”

“罗塔鲁阿?”凯尔文问道,“那是一艘战列巡洋舰,对吗?来访战舰的规模是不得大于重巡洋舰的,公约上不是限制过吗?”

“很明显在公约的条款下她属于重巡洋舰,”玛姬斯轻描淡写地说,“何况咱们也算不上正儿八经的访问,只是来了就走罢了。飞船坠落时我们在值勤巡逻,于是就被调过来了。”

“我明白了。”凯尔文说,心里却感觉玛姬斯在某些地方撒了谎,但他弄不清到底是哪里,也不知道她为什么要这么做。罗塔鲁阿的事情十分蹊跷,要是战列巡洋舰正处于常规航道或轨道上,那么他那天早上降落过程中应该会在航道侦测仪上看到它。然而没有任何东西显示出来,只有那些寻常的巡逻船,即屏幕上十分熟悉的标识。一次“来了就走”的航程可以有万种解释:字面意义上的途中顺路到访,或一条长距离不规则的轨道,意在让船只既不被航道侦测仪发现,又不被巡逻船察觉,但仍然可以将船靠得够近,足以在每个金星日里都能够发动攻击或执行军事行动。

可他们为何要如此行事,这让凯尔文百思不得其解……

不出所料,当众人到达农场之时,天色刚好转暗,云团徐徐降下并凝结成一片浓密的大雾。每每夜幕降临时总是这幅景象。蜥蜴加快步伐,想要挤入温暖的同类群体里,温妮不得不盖着坐骑来让其减速,直到过了很长一段距离后才让车马劳顿的凯尔文和玛姬斯下来。他们踉跄地走进农舍,这是一座高脚棚屋,用格雷特木搭建起来。这种名贵的抑菌硬木只生长在高原的最高处。

温妮用一把老式的铜钥匙插入一个巨型铜锁,那锁适合四百年前地球人建造的屋子。房门被打开了,室内空无一人,不过休息室的桌子上留有一张纸条。

“奥斯古德正在搜寻失散者,”温妮说,“婕特前去和‘麻风病人’谈妥一些事情。”

“她怎么知道要去做这些事?”凯尔文问道,“海军不是派人在镇上接你的吗？还有，婕特什么时候开始听别人的使唤了？”

“海军确实是在镇上接我的，”温妮说，“我们现在有一条路上运输线，至少在旱季是可行的。我联系到婕特并把任务告诉了她，让她派奥斯古德去‘麻风病人’那儿，而她则待在后方照看农场。”

“聪明。”凯尔文说。

“不是啦，她知道我在干什么，这只不过是给她一个借口来拒绝我的要求，而后去做我想要却假装不要的事情。”

“你俩的关系真是复杂。”

“难道你们两个不是吗？”

“呃……我想咱们不可能有淋浴吧，长官？”玛姬斯问道。她之前那套穿着得体的迷彩服现在看起来又破又脏，上面溅满了泥水，还沾有星星点点、五颜六色的孢子。

“朝那儿穿过去，”温妮说，“这是眼下最后一些了。你们快把身上的药霜全都刮下来，做好之后就叫我一声，我来帮你们弄上‘沼泽藓’。这些东西需要在身上连夜长好。凯尔，你可以使用去污淋浴器。你想自己弄‘沼泽藓’吗？那儿就有一个锅子。”

“行，行，”凯尔文喃喃地说，“我可以借几件衣服吗？”

“你自己拿吧，”温妮说，“我去瞧瞧他们有没有给咱们留下一点食材做晚饭。”

他们的确有食材。凯尔文享用了蜥蜴排骨和“面包蘑菇”，外加几杯经典的马提尼，感觉比之前舒坦多了，尽管一想到“沼泽藓”蔓延在胳膊、大腿、腹股沟、胳肢窝以及面部，他就感到毛骨悚然。他灵机一动，用鼻子两侧的胡须，将抗菌药膏涂抹好，以此抑制虎皮条纹般的“沼泽藓”。从玛姬斯侧面观察来看，这已经开始奏效了。她脸部的“沼泽藓”跟温妮背脊上的挺相配，而且她已经穿上了一件蜥蜴皮背心，并同时保留迷彩裤。所有这些行为都表明她希望融入集体。

“该是睡觉的时候了，中尉，”温妮清扫完毕之后说，“天一亮我们就起床,穿过红色的门就是宿舍,随便挑个铺位就行,明早见。”

等中尉一离开,温妮就把房门关好。随后,这对可怜的姐弟各自为对方再倒上一杯酒,马提尼是给凯尔文的,而当地产的金星威士忌则属于温妮。

“有哪些东西……那个圆滑的奥卡赞尼斯上尉没有告诉我们?”凯尔文说,“还有,玛姬斯中尉在隐瞒什么?”

“或许那些孩子确实很重要,”温妮说。她停顿了一下,若有所思地说,“要是飞船上真的有小孩的话……”

“就是嘛,”凯尔文说,“一群‘寄生虫’自己操控起飞?听起来不可信。他们的保镖上哪儿去了?指导军官呢?还有保姆……”

“还有,我也不明白为什么要派玛姬斯跟我们一起来,”温妮说,“干吗需要即时通讯?更何况我们怎么知道她就是一名‘特种通讯员’呢?”

“你觉得她或许不是?”

“我不晓得,反正有些地方不太对劲……”

“在‘特种通讯员’这一点上她肯定有什么地方瞒着我们。”凯尔文说。

“没错,”温妮沉思地说,“虽然咱们的确技术过硬,但还是不得不让人怀疑他们征用我们的目的。一群从原地球政府海军退役的老家伙们……这真的说不太通。”

“说不定海军希望这艘游艇坠毁,任何获悉的未坠毁信号都是坏消息,”凯尔文说,“说明杀人未遂。所以他们不得不派遣一支行动小组来确保万无一失,可是他们自己却困在那里需要帮助。”

“弟弟,你真是疑神疑鬼啊。”

“或许就是这样,但也可能是别的情况。”凯尔文说。他挠挠脑袋,紧锁眉头,认真地检查自己的指甲。瘙痒的症状在金星上是不容忽视的。“不管是什么情况,等我们靠近那艘游艇的时候,自然会一清二楚了。”

“等我们追上婕特，我有话要跟她说，”温妮说，“让她来保护我们，怎么样？”

“她肯吗？”凯尔文问道。

温妮给他使了一个眼神。正是这种目光，让许多低级军官和士兵心情得以平静。

“明天你也坐坐后座，留意下咱们那个年轻的中尉。”

次日众人动身出发之时，天上下起了雨，温湿的水滴忽然从天而降，稀里哗啦地持续了好几分钟，而后渐渐缓和，只是十至十五分钟后又来了另一波。数小时之内，他们深入沼泽主体，需要寻找一条足够夯实的道路，另外对蜥蜴来说水位也不能太深，这随即成为了温妮全天的任务。不过此地已设有高大的黄铜路标，它们被深深地钉在软土上，指示通向“麻风病人”领地的道路。

刚进沼泽地数公里，树形的绿荫华盖就让位于一大群丰富多样的小蘑菇了，它们颜色各异，有些还在移动着。这里有兔子般大小的蜥蜴状生物，类昆虫生物们正游来游去、蹦来跳去，发出咯咯的声音。第一天下午的早些时候，前方大雾里隐隐约约闪现着一个巨型的朦胧身影。温妮让蜥蜴后退几步，三人都准备好各自的热能枪，而后那影子继续一路前来，只有两种已知的金星生物会如此庞大，一个是真正的巨型蜥蜴，另一个则是巨魔塔。那是一种会移动的真菌状怪物，是一个恐怖的存在，身上长有 6 米长的孢子触手。

经历了大汗淋漓、望眼欲穿的两天之后——中间间隔着两个漫长而炎热的夜晚，众人在一座面积小得可怜的岛屿上过夜，那里虽未真正位于水下，但也出奇的潮湿——大伙来到了一个被温妮形容为“麻风病人贸易站”的地方。这是一个巨型方块状的粉红色菌菇，侧边至少有十五米长，它要么是自然形成了某些凝结物，要么是以某种方法促成的。

那上面有门有窗，还挖好了几间房间，好似一座小石山。

“这儿基本上一直有‘麻风病人’的，”温妮说，“最好能有人，我可无法继续在沼泽里为大伙导航了。”

“他们就住在这‘菌菇方块儿’里？”玛姬斯问道。她指向屋角，雾气缭绕且变了色，一缕灰烟从原本正常的胆绿色当中穿过。“那儿是在冒烟吗？”

“没错，他们用火来烧饭、烘衣物等等，”温妮说，“有些深紫色的鸡状菌菇烧得比较慢，是很好的燃料。这烟雾是好事，说明有人在家。来吧，咱们去打个招呼。记住，那些人的外表看起来有些……不友好，请别碰你们的热能枪。”

到前门来的那位“麻风病人”的确相当的“不友好”，凯尔文觉得温妮那一条不碰热能枪的建议十分明智，因为假如在沼泽里遇见这位“麻风病人”的话，凯尔文会先烧死他，然后再查看个究竟。

这位“麻风病人”大体上依然是人的模样，有两只胳膊两条腿，身上不穿衣物，而是包裹着一层长于身上的菌类产物，而且颜色各异，材质多样。它——很难分辨是男是女——胸部和背部都覆盖着一个坚硬的球状外壳，向下一直延伸至大腿，并且沿着手臂和腿生长，形状类似波纹或绳线。现在它的脚掌更像是脚蹼，大脚趾尚可见，而其他脚趾都已埋在层层胶状的亮黄色菌菇下面，样子让人回想起鸭掌。

它的脑袋几乎完全装在一个毛茸茸的球体里。该球体由数千根黑色纤维丝构成，并不停地飘动。只有脸部没有长毛，而这也仅是眼睛、鼻子和窄化的嘴巴周围部位而已。那张嘴唇被蓬松的橘黄色毛丝所替代。

“你们好。”“麻风病人”说道，低沉的音调和音色表明他很可能是个男的，或者说在他变成“菌菇”之前是一个男人。这种身体变异看样子进行得不错，除了一些明显看得出来的迹象之外。他抬起手，只有三根手指，一条卷须形如旋紧的弹簧，代替了小指。

“下午好，”温妮说，“我叫温妮，这位是我弟弟凯尔文，还有助理玛姬斯。你大概从婕特那儿已经听说我们要来了吧？”

“噢，是啊，婕特说你们会路过这儿。我的名字叫西奥多。对了，你们想喝点儿什么吗？来点儿吃的？”

“趁天色还亮，我们要急着赶路，不过还是谢谢你的好意，”温妮说，“我们要到‘风暴’里去，看看飞船坠落以后是否还有人生还。要是有的话，时间怕是有点紧了。”

“是啊，我听说了，”西奥多说，“你们需要一艘‘蛙船’吧？再带一名驾驶员？”

“嗯，我们要的，”温妮说，“希望咱们可以做点买卖什么的，要不就使用地球信用账户，或者蜥蜴排骨、蜥蜴皮，随便什么都行。”

“行，行，我们扣你们的信用账户，”西奥多说，“或者说应该是海军的吧。”

“我听传言说……你……你们……”

“就叫我们‘麻风病人’好了，我们自己也是这么称呼的。”西奥多一边说，一边哈哈大笑，他脑袋上的绒毛全都抖动了起来。

“我听传言说你们‘麻风病人’知道在风暴里该怎么走。”温妮说着拿出一张纸质的地图——在金星上地图纸板比加工纸要烂得快——在她胳膊上摊开，指出游艇可能的方位。“着陆很糟糕，搜寻范围很可能会有数公里，可是我他妈的敢肯定，地图无法把我们导航到那儿，在风暴里头是不行的。”

西奥多侧身倚靠过来，盯着地图看，并点了点头。

“那个地方距离标识的路径不远，就在风暴眼里，”他说，“这样吧，我亲自为你们驾驶‘蛙船’。我也有好一段日子没到‘风暴’里头去了。进入的时候可能会不太安稳，但风暴眼里是非常好的。那儿安静得很，而且云也少，我甚至一度看到了清澈的天空。”

“少开玩笑了！”凯尔文反驳道。上千次的飞行，他从未见到过云层后面的蓝天。这样是看不到的,接近地平线的任何位置都不行。那云层从两千米高空扩展至地面,从未散去过,反正金星港周围都是如此。

“大概只有半分钟左右,后来云层马上又被风暴吸了回来,”西奥多说,“真是美啊!好了,不说这个。你们都有‘沼泽藓’吧?全身都涂过了?如果没有的话,就别跟我上船,也不要去‘风暴’。我们可不会抓壮丁,必须自愿做一名‘麻风病人’才行……就像ASAP那样,我说的对吧,温妮?”

“我可从来没有主动要求过任何事情,”温妮语气坚决地说,“那全都是一套宣传的鬼话。我们是被‘制造’成ASAP的。D12变异体只有六条克隆基因链,我们多数人都是凯尔文·凯尔文,或是奥斯古德·奥斯古德。”

“好吧,不过咱们这儿的人确实是真心实意的,”西奥多说,“事实上,也非得自愿才行,不然的话菌菇就会错误地生长。不知道这是为什么,但就是这个样子。所以说,假如你们有意向加入的话,就跟我说一声。”

“知道了。”凯尔文嘀咕了一句,玛姬斯像是在点头的样子,而温妮则默不作答。

“对了,婕特在这儿是什么时候?”温妮问道,“她说过上哪儿去吗?”

西奥多笑了起来。

“她来过这儿,后来又走了,”他回答说,“好像是昨天吧,不知道她上哪儿去了,就连她是怎么去的我也不清楚,没瞧见有什么蜥蜴带来。”

“这就是婕特的作风。”凯尔文说。让人头疼得直跺脚,但又经常是一位得力的助手。他希望婕特此刻正在附近。至于这位玛姬斯中尉,凯尔文越观察越怀疑她不像是一名简单的“特种通讯员”。倘若真另有文章的话,那么她又会是谁呢?

“上船吧，”西奥多说，“我们有一群急待出发的‘青蛙’，速度会很快的。”

“蛙船”是一种平底船，由四个蛙状的金星生物牵拉着。它们同地球上的青蛙很相似，后腿用来跳跃，粗壮且呈绚丽的亮绿色，前腿则小了一些。“青蛙”们的体积如同小河马，在近距离观察下，原来还有坚硬的外壳和一对多余的、已经退化了的腿，所以说这种类比也并非十分科学。“青蛙”们被套在“蛙船”上，用一系列牵拉、滑动、跳跃的动作来驱动船体，让凯尔文总觉得这酷似一艘宇宙飞船即将面临毁灭性的推进器爆炸。

第一天的旅行相对来说平安无事，至少按照大沼泽的标准确实如此。西奥多毫不规律地转变航向，凯尔文曾一度认为这仅仅为了吓唬吓唬乘客好玩。然而经过仔细观察之后，他明白了原来“麻风病人”正在躲避潜在的危险，而这种危险不仅仅是沼泽针对人类的，而且反之亦然，航路可能会打破大沼泽精致的生态平衡。“麻风病人”的举措包括绕行很长的一段路，只为了避免“蛙船”将一大片幼年期的“面包蘑菇”撕裂并致使其无法成熟，进而令那些以之为生的高等生命体丧失了食物。

他们夜间不得不在船上过夜，眼前没有岛屿，青蛙们在四周游动回旋，其中两个一直都在值勤。将近黎明时分，凯尔文叫醒西奥多，指了指某个他不认得的东西。那是一层缓慢移动的物体，像是一张毯子，而且还焕发着光亮。这要么是一个菌菇，要么是由形如孢子的小虫构成的完整实体。此时它正在水面上漂浮而过。

西奥多认得这种生物，他在四周游来游去，嘴里咒骂着，同时动作麻利地套上“青蛙”。

“光堆来了。”他解释说。众人再次出发，而那些“青蛙”并未扑腾跳跃，而是放慢了速度做游水滑行。“那个家伙会吞噬掉沿途任何物体，再将不需要的东西从后面吐出来。它对热能枪、化学药剂和我们使用的防御性孢子具有很高的抵抗能力。不过它的速度很慢,我们可以避开它。”

众人上了一块稀有的石岛,环境颇为舒适,于是大伙停下来吃早饭。正在这时,玛姬斯突然停止咀嚼并翻起了白眼,持续有半分钟。凯尔文仔细地观察她,认为自己正在见证一次“感应兄妹”之间的通讯,即来自战列巡洋舰的消息。

当她的眼睛再次聚神时,她又开始嚼食物了,凯尔文问她刚才交流了什么。

“例行公事而已,”她说,“就像是核对无线电信号一样。他们想知道咱们是不是快要到了。”

“不远了,”西奥多说,“难道你没听见吗?”

“听见什么?”玛姬斯问道。

“那个‘风暴’呗。”西奥多回答说。他头上的卷须飘扬起来,齐刷刷地指向同一个方向。不过这永驻的迷雾如此浓厚,无从得知他所指的是何物。

“我……听不太清。”玛姬斯说。她斜着脑袋聚精会神地聆听。“好像有些动静。”

然而此刻大伙全都听见了声响,那微弱却持续的声音传入三人的耳朵,好似有谁正隔着密闭的窗户清嗓子。

“它会越来越响的,”西奥多说,“会比现在响亮得多。”

他说得很对。船只曲折迂回,缓慢地朝“风暴”驶去。每前进一公里,噪声就越发宏大。

随这股声音而来的是一阵海风,起初还让人感觉不错,权当怡情的调剂。迷雾徐徐飘移,数小时后化为地表上掠过的云雾,有时甚至会稀松并散开,由此众人得以望见 20 米之外的地方。在大沼泽别处,他们已经习惯了这个视距。

起先这也是令人欣喜的。可当他们踉踉跄跄地朝前方颠簸而去时，风速持续加大，混有孢子的泥水很快就浸湿了众人。此时“蛙船”正在做横向航行，不得不始终沿着斜角线穿越风暴，因为船只不可能顶风而行。青蛙们此刻不做跳跃动作，而是在划水，在爬行。它们的速度降低了许多，比人力划桨快不了多少。

“越往上情况就越糟。”凯尔文朝温妮喊道。这时候大伙在“蛙船”上面平躺着，身体浸得湿透，溅满了泥水，被大风吹得东倒西歪，紧紧地抓牢小船保住性命。“这儿的风速约有每小时 80 公里，两千米的高度会翻倍，到一万米上头再翻倍。”

“这儿已经够糟糕的了。”温妮大声喊道。“蛙船”几度将要倾覆，多亏了西奥多早已安装好了一种钳式龙骨。那种龙骨能够提供更好的稳定性，但这也是以进一步降速作为代价的。

“我们快要接近风暴眼了。”西奥多朝身后众人喊道。他把自己绑在船头，缰绳握在他自称的“手”里。“要是我们当初径直穿越过来的话，几个钟头以前就已经到了，不过我们现在也快了。”

至于他是如何知道的，这一点无从得知，不过他的确于一小时之后抬升龙骨。“青蛙”们再次跳跃起来，短距离的蹦跳使得船只朝前倾斜颠簸，发出一种吸水的声音，将这片如凝结般的平静水面打破。凯尔文微微直起身子，当大风刮在脸上没有面具和护目镜保护的部分时，他露出了一副苦相。不过这风力的确正在减弱，前方奔袭的云雾也放慢了脚步，有些消散掉了，被吸到了身后风暴里那无尽的旋涡之中。凯尔文之前没有注意到，当大伙继续深入风暴眼时环境变得更宁静了，“风暴”的噪声也削弱了不少。

“平静的中心。”西奥多说。他端坐着把腰板挺得更直，深深吸了一口气。这空气不再充满雾气、泥水、真菌微粒。“真的很美吧？”

凯尔文和温妮没有为了透气而拿下面具。他们面面相觑，随后又看了看玛姬斯。她在西奥多身后躺着，角度正对着他们两人，趴着用力放平自己的身体，脑袋转向克隆姐弟。在那副污渍斑斑的护目镜后面，她的双眼是紧闭的，呼吸面具严密地贴附在嘴巴周围。

凯尔文伸手过去拍拍她的肩膀，而后马上重复一遍这个动作。玛姬斯被搅扰并坐了起来，此时风刮过来，泼洒了一脸的水汽，令她露出一副难看的苦相。与此同时，温妮把玛姬斯的热能枪从肩位枪套里抢夺了下来，并将其瞄准这位年轻军官的脑袋，手指紧挨着扳机。

“中尉，我们有几个问题要问你。”温妮说。

“你真的是‘特种通讯员’吗？”凯尔文问道。

“是的，”玛姬斯说，“当然是了！”

“这次为什么需要‘特种通讯员’？”温妮问道。

“呃……我猜，海军司令部觉得我或许有用吧，”玛姬斯回答道，“我的意思是，有些大人物想立刻知道他们的孩子究竟怎么样了。”

“这话或许不假，”温妮严厉地说，“但我敢打赌，肯定还有别的用意。罗塔鲁阿到底在搞什么花样？”

“我不知道，”玛姬斯说，“只是巡逻罢了。我只不过是一个中尉，什么也不知道。”

“按理说你是什么也不知道，”凯尔文温和地说，“但我们觉得……搞不好你是一个例外。其实你知道一点儿内情。快说吧，你来干什么？”

“来做联系工作啊，”玛姬斯说，“就只有这些了。”

“地球人海军有多少名‘特种通讯员’？”

“那……那当然是绝密的。”玛姬斯说。

“不太多吧？”凯尔文说，“因为他们无法用基因工程改造出来，对不对？”

“的确不能。”玛姬斯说。

“那为什么要从如此娇贵的‘特种通讯员’当中挑出一个来，派遣到金星的野生环境里，送入这片大沼泽，丢到那‘风暴’里呢？”温妮问道，“请告诉我们你来这儿的真实目的，不然的话……很抱歉，我就要向你开枪了。随后我俩立刻掉头回去,报告说那艘船已经报废了。至于你嘛,就说是在路上被什么怪物杀死了。”

“不要!”玛姬斯大声呼喊起来,“咱们必须接着往前走!”

“为什么?”凯尔文问道。

“因为她……他们……因为那儿真的有幸存者。”

“那个‘她’是谁?”温妮迅速问道,“你是怎么知道的?”

“我……我不能告诉你们。”玛姬斯说。

“玛姬斯中尉,”温妮说,“你很清楚,我和凯尔文都是第三次火星干涉行动的老兵,你也知道我曾是一名 ASAP。如果我对你的回答不满意的话……就会真的杀了你,而且我们肯定不会再前进一步。”

“我是……我是三胞胎当中的一个,”玛姬斯说,“这是高度机密。谁都以为只有成双成对的‘感应兄妹’,事实上是有三个。”

“让我猜猜,”凯尔文说,“你们的第三个兄妹就在那艘坠落的飞船上。”

“是的,”玛姬斯呜咽着说,“杰赛斯正在其中一个救生舱里。他们着陆后打开了气闸门,有东西蹿进去了。她说其他人都粗心大意,而现在都一个个……一个个……杰赛斯说不清那是什么,他们没有完全死去,但也并非活着。那里出现了一个菌菇,她瞧了瞧之后就把自己锁了起来……杰赛斯受了伤,所以发送不了太多信息……”

“可为什么安排你到营救小组里?”温妮继续问道,“他们的确失去了一位通讯员,但还有一对啊,跟其他人一样的。为什么要冒这个风险去设法营救那个杰赛斯呢?”

玛姬斯一时没有作答。

“记住我刚才说的话……关于你的回答令不令人满意的事。”温妮说。她的嗓音既平和又肯定。

“杰赛斯是一个人造的通讯员,”玛姬斯低声地说,“她的年纪比莱曼和我都要小,基因工程将她与我们成功地联系了起来。呃……勉强算作成功吧，因为有些……问题。所以说我们必须把她找回来。”

“那么她为什么会在船上？”凯尔文问道，而后停顿了一下，心中萌生起一个令人毛骨悚然的念头。“船上真的有大佬们的孩子吗？”

玛姬斯摇摇头。

“全是三胞胎，”她小声说，“都是被人工制造出来。他们有点儿……我猜是不太稳定吧……总会做一些傻事，比如说偷‘约沙法’号。”

“他们偷了那艘游艇？”

“嗯，”玛姬斯说，“我不知情，他们下来时意识到没有驾驶员，这才联系上我。他们有一个疯狂的想法，以为可以叛逃到水星联合公司去，他们觉得身上的基因物质可以为自己博得一个管理职位……”

“博得一个活体解剖的结局还差不多，”温妮插嘴道，“当年我也见识过一些愣头青，可他们都……”

“杰赛斯只有 15 岁，”玛姬斯说，“他们当中最大的也只有……生前是……16 岁。”

“这么说来，你觉得派我们来真的是为了营救生还者？”凯尔文问道。

“那当然了！”玛姬斯说，“不然还会是什么……”

凯尔文同温妮面面相觑，想到了一块儿。此事并非是地球政府想要营救人造“感应者”，而更有可能是他们要确认基因信息是否已被销毁，因为那些数据可以让任何人都能够复制这门技术。然而要想搞清楚的话，他们就必须知道飞船确切的坠落地点。

“来，告诉我，”凯尔文说，“既然你说那些可以‘感应’的通讯员始终能够‘意识’到彼此，那么也就是说你知道其他人在哪儿咯？我指的是非常具体的方面，比如你可以提供坐标参数吗？”

“我们总是知道伙伴在什么方向、多远距离，”玛姬斯说，“可杰赛斯受了伤，要不就是吓坏了。我无法同她取得正常联系，不然的话我就可以告诉你们确切的目的地了。”

“我考虑的并不是杰赛斯,”凯尔文说,“你知道莱曼眼下在什么地方？在‘约沙法’号上面?”

玛姬斯合上眼睛,暂时一动不动,然后以一个锐角的角度指向天空。

“在那儿,”她说,“大约120万公里之外,正朝我们而来。”

“那么莱曼也知道你的方位咯?”温妮紧接着问道。

“知道方向和距离,”玛姬斯说,“但他会在图表上面推测,他可以使用……好吧,告诉你,我们拥有一套可视化系统来辅助测绘,这是在三胞胎身上搞的试验之一,因为你们做起三角测量来要在行得多……”

“我估计他们是在一条垂直于基准面的行星轨道延长线上做返程航行,”凯尔文一边说,一边抬头望着玛姬斯指引的方位,“他们是不是在那条航线上加速？你能识别出来吗?”

“我只能感知到方向和速率,”玛姬斯说,“那很重要吗？我可以发个信号,问问莱曼。”

凯尔文心算了一下攻击路径、射击速率和发射口。在他看来,“约沙法”号极有可能正沿着一条隐秘的轨道悄悄逼近,然后由不知情的玛姬斯中尉提供的方位进行发射。待完成之后,则继续朝宇宙中黑暗的深处驶去。

“我觉得咱们应该暂时关闭通讯,”凯尔文说,“没有我的指示,不许发送任何信息,懂了吗?”

“明白,长官。”玛姬斯说。

“你说三胞胎妹妹杰赛斯她……信号异常?”温妮说,“她发送了什么?”

“她把自己锁在救生船里之后……发来的都是些即兴的情绪表达而已,这在人造三胞胎里是很常见的现象。一旦精神错乱就无法正常地集中注意力,发过来的内容很恐怖,就好像有人在不停惊声尖叫似的,我不得不屏蔽掉大多数信号。少校长官,求求您了,我不清楚这所谓‘计划’的来龙去脉,可是我真的知道我的小妹妹就在那艘船上。你们让我干什么,我就干什么,只求你们继续开过去救她行吗?”

温妮看着凯尔文。

“他们一旦从中尉这儿获得目标信息并果真发动攻击的话,我们能有多少时间应对?”

“什么!”玛姬斯大声喊了起来,背部突然僵硬,面部紧绷。

“在120万公里之外,它们很可能以两倍重力加速度袭来,放出500枚最新一代的战术弹头……”凯尔文一边说着一边心算,“一旦他们锁定了目标,我估计咱们大概只有一个小时不到的时间。”

“可是……可我接到的命令……我们要去营救那些生还者并把游艇带回来!”玛姬斯抗议说,“他们干吗要发射导弹呢?”

“你想想吧,”温妮说,“地球政府不希望任何外人获得研制‘感应兄妹’的技术。他们知道多数人已经死了,因为你是这么汇报上去的。所以说,不妨再多浪费几名通讯员和重操旧业的老兵,总比冒险让别人发现这基因工程的‘财宝’要好。”

“可我不会向他们透露我的方位呀,我不想让自己成为靶子!”

“他们用不着问你,”凯尔文不耐烦地说,“巡洋舰上不是还有你的‘伴儿’嘛,当副指挥官盛气凌人地逼问他时,难道他就不会简单地指一指说‘她在那儿’吗?我敢打赌,他们肯定命令过,叫你一见到游艇就立刻汇报,是不是这样?”

“是的。”玛姬斯说。她沉默了约20秒钟,而后又说道:“我……我想你是对的,那你们……你们想要怎样?枪毙我然后返航?”

“不,”凯尔文说,“咱们要做点儿他们意想不到的事情。”

“什么事情?”温妮问道。

“找到那艘该死的游艇,然后把它开回来,”凯尔文说,“一旦我们离开‘风暴’,就立刻驶往金星港和‘金星天宫’,对那儿的每个人宣传我们是如何成功执行此次营救任务的。这么做会把巡逻船全都招引过来,在众目睽睽之下罗塔鲁阿是不会发动进攻的。他们会回避——在这番公开舆论之下,地球人海军不得不说我们是英雄,接着我们再与其签下几份秘密协议,最后就可以返回正常的生活了。”

“你想得美!”温妮说,同时轻蔑地哼了一声,“我们先得把船找到,然后再去打别的主意……”

“船就在那儿。”西奥多说。他一直都在旁边专心地倾听,同时也无意掩饰自己。“至少……根据它的模样来判断,我估计那个东西就是游艇。”

他抓起缰绳,动作相当繁复,然后又拽了拽几根绵延在“青蛙”背脊上的次级交感神经节。它们慢慢减速,而后停止前进,在浅水中轻轻地拍打着水花。西奥多滑下船舷,一头扎进水里,头皮上的真菌纤维随波漂动,待重新上来的时候他点了点头。

“那个方向上有某种东西,”他肯定地说,“一股夹杂碎片的水流……我估计坠落的地方已经烧起来了。”

“我也吃不准……”温妮说,“凯尔文,按你的估计,罗塔鲁阿一旦知道我们到达事发地点,就会在一小时之内转入发射姿态?”

“没错,前后误差 5 分钟。”

“可是我不会报告的呀,我不会说咱们已经找到目标了,”玛姬斯急切地说,“我保证。”

“要是莱曼问你怎么办?”凯尔文问道,“你能瞒过去吗? 你自己也说过,你们能够接收情绪信号和影像图片什么的……他八成可以猜得出来,对不对?”

“嗯,或许能猜出来吧,”玛姬斯说,“不过我可以叫他不要说出去……”

“别犯傻了,中尉,”温妮说,“他在太空上,在飞船的舰桥里,而且被一群高级军官围着。他肯定会告诉那些人的,要是你在他的处境下也会坦白的,况且他还不知道那些家伙为什么要解决这个地方。”

“所以说，等我们观察到飞船并且玛姬斯被罗塔鲁阿 Ping 码时，咱们有 55 分钟的时间进入轨道并呼叫。”凯尔文说。

“这样可行？”温妮问道。

“可行，”凯尔文说，“假如飞船损坏得不太严重，假如我们能对付那些杀害其余三胞胎的菌菇，假如我们可以……”

“请你不要诗兴大发，变成吉卜林[①]了，”温妮提醒说，“一个莎士比亚就已经够让人头疼的了。”

“把中尉毙了然后直接回去，这么做更简单省事。”西奥多提议道。

凯尔文和温妮看着“麻风病人”，而他则微微地耸了耸肩膀，那副菌菇甲壳倒颇有意思地波浪起伏着。

“我就随便说说罢了，没别的意思，不是非要劝你们这么做。”

“如果我们开游艇的话，你最好跟我们一起走。”凯尔文说。

“不了，”西奥多说，“我现在是一个金星人了，宇宙空间的事情跟我没有关系。要是果真只有一小时，那么我得赶快开船走。你刚才提到那个多弹头导弹……但我猜应该是低当量的微聚变，说不定是一次八个。照推算，我还是挺有把握可以安全撤离此地的。”

温妮诧异地看了他一眼。

“特派工程师，”西奥多说，“合并前曾经隶属于大流沙[②]航天部队，后来在火星弹道部队（MBF）服役了一段时间。这都是很久以前的事了。”

“真他妈的很久很久啊！”凯尔文大喊道，“‘大流沙’早就被收编了……好像……在 21 年，要不就是 22 年。那是 90 年前的事啊！”

“‘麻风病人’活得比较长嘛，”西奥多说，“难道你没有看见船后头的保险杠贴纸吗？”

---

① 约瑟夫·吉卜林，英国小说家、诗人，曾获诺贝尔文学奖。

② 火星北半球某地带。

“保险杠贴纸是什么东西?”玛姬斯、凯尔文、温妮异口同声问道。

“老物件儿啦,”西奥多一边说一边叹了口气,“那么咱们现在怎么办?”

“来,麦克德夫,谁先喊‘住手!够了!’的,让他永远在地狱里沉沦。”①凯尔文说。

“那又是什么意思?”玛姬斯问。

“我懂,我懂。”西奥多大吼一声,随后鞭打那些青蛙几下。

三小时后众人在平静的风暴眼中心区域发现了“舞动的约沙法”号。考虑到周围的环境因素,飞船着陆得已经算不错了,要好过凯尔文预想当中任何一艘自动驾驶飞船可以做到的程度。船体依然完整,只是以一个略平缓的角度斜插入沼泽地里。船头埋在淤泥和污水之中,深约五米左右,刚好淹过了驾驶舱的逃生口。凯尔文看着这艘船,心想它一定是被刮入风暴眼中,足够的高度可以使飞船在平静的中心区域做一系列螺旋形的回转,而后用垂直起降的风扇实现登陆,可是他们发现在看似坚硬的岛屿下面是松松垮垮的泥土。

大伙望着这艘游艇,玛姬斯两眼呆滞起来。一直以来温妮都留意着对方这个举动,随即把那小妞推下了水,片刻后再将其拖上船来。

“他知道你已经发现船了吗?”温妮说。

“或许知道了吧,”玛姬斯一边咳嗽一边说,“我……我只是没有接受过屏蔽信号的训练,所以就不由自主地回应了……”

“无所谓的。”凯尔文看着自己的手表说。这是一块本地货,可以自动上弦,不带任何电子元器件。“咱们不得不假设他们已经知道我们找到了游艇,清楚了具体方位并准备朝我们开火了。现在还有55分钟容许我们进入飞船,随后离开这里。西奥多,你最好现在就走。”

---

① 出自莎士比亚《麦克白》。

“再过会儿吧，”西奥多说，“我有点好奇那条船里有什么东西。”

“主气闸外舱门敞开着。”当众人走近一些时，温妮确认道。她滑下“蛙船”，蹚入齐腰深的水里，一把热能枪握在手上。凯尔文跟着下水，片刻后玛姬斯也是。“情况不妙。”

“是的。”西奥多同意。

他猛拉缰绳，青蛙们迅速掉头，将“蛙船”拖到一个随时准备快速撤离的姿态。可西奥多并没有离开。

凯尔文环顾四周。在风暴眼中心，迷雾如往常那样沉降下来，但它十分稀薄，凯尔文至少能够望到50米的距离。此处尚不存在看得见的威胁，没有东西从气闸舱门里冲出来，也没有物体在飞船周围移动。

“婕特在附近吗？”他对温妮小声耳语，“我不太想单枪匹马走进去。”

“胆小鬼，”温妮说，“她就在这个地方，只是不知道离我们有多远。”

“要不我可以联系一下杰赛斯。”玛姬斯急切地说。

“别！”凯尔文和温妮异口同声地说，“不要联系任何人，懂吗？”

“那你们现在要干什么？”西奥多在身后几米处饶有兴致地问道。

“我们得进去，”凯尔文说，“时间正在分分秒秒地溜走。”

“有人出来了！”玛姬斯一边大喊一边用手去指，“是其他几对三胞胎中的一个，终究还是没死！”

当一个身影在气闸门口出现时，玛姬斯开始朝前蹚水而去。一个十几岁的男孩穿着一件亮金色与黑色相间的民航飞行服，没有佩戴头盔。他仿佛飘浮在气闸门口，一只胳膊如痉挛般挥动着。

“后退，”温妮命令道，“玛姬斯中尉！立定！”

玛姬斯没有服从命令，她在水里兴奋活跃地逆流而行，走向那敞开的气闸门，同时大声呼喊着：“嗨！”

温妮咒骂起来，随即飞速跟了上去，一把抓住玛姬斯的海军帆布腰带,用力往后拖她。然而皮带断掉了,这种织物暴露在外仅仅几天就已经烂了。此时玛姬斯挣扎着继续前行。

在气闸门口,那个男孩再次挥手,但同时也站立了起来,只见他双脚摇摆,有一个巨型粉红孢子团突然从他身后出现。爬行菌菇从男的腿间穿过,噼噼啪啪地蹿入水中,以恐怖的速度朝玛姬斯和温妮奔袭而来。

凯尔文和温妮一齐开火,瞄准气闸门口的孢子躯体和它的那具"人偶",热能枪在玛姬斯头顶上"嗞嗞"而过。然而那个家伙跟大多数金星菌菇不同,它没有在火焰中燃烧。一道道细如铅笔的光波仅仅钻出了一个个熏黑并冒烟的洞眼而已,而此时越来越多的爬行菌菇不断地从里头喷涌出来,为首的那一批"先头部队"正朝着发疯般乱转的玛姬斯冲锋过去。

玛姬斯仅仅得以撤退了几米,便被它们逮住了。菌菇钻破蜥蜴皮和人造纤维,直接刺入皮肤。它们顺着血管、神经和肌肉,将她紧紧地控制住,玛姬斯尖声惨叫。后来她停止了呼喊,胳膊上下挥动,如同一个正被菌菇调试着的新玩偶。

"边后退边扫射。"温妮简洁明了地命令道,同时在水面上朝前方仅十米处做大弧度扫射,试图阻止那些爬行菌菇。凯尔文也跟着学样,一边后退,一边扫射,一边还咒骂着。然而那些爬行菌菇散布得越来越广,它们数量庞大,几十根、几百根卷须会在顷刻之间将他们包围起来,连西奥多和"蛙船"也不例外……

此时就在凯尔文身后,有什么东西从水中蹿出。凯尔文欲转身,却被猛地一下撞到身上,深深地推入水中。凯尔文惊慌失措,伸手乱抓,想要回到水面上来——此时目光上方的一切都变得煞白,极度刺眼的白光说明战术等离子手雷爆炸了。

凯尔文处在一米深的浑水中,面部朝下而且还戴着护目镜。然而即便如此,他还是暂时失明了几秒钟。他在黑暗的恐惧中拍打搏斗,突然被什么东西拖出了水面。凯尔文愣了一会儿才意识到这原来是一只人类的手,并非即刻刺入肌肤的菌菇卷须。

“把脚站稳了!”

水流在身边冲刷,凯尔文把脚插入泥地里并朝后倚靠。他的视野清晰了,只是还有些许跳动的小黑点。他匆匆望见在自己和“舞动的约沙法”号之间有一个冒着烟的深坑,当水流冲回来时又被淹没掉了。西奥多鞭打他的“青蛙”,令它们不断地跳动、划水,以此保证船只不被水流吸过去,而温妮强行挤出了一条路,逆着水流走向凯尔文和那个依然紧紧抱着他的女人。

“一股冲击波,触觉强烈的冲击波。”凯尔文喃喃自语,身子颤颤发抖。这并非因为寒冷,周围环境向来是温热的。在20米开外处,沼泽水依然在沸腾并冒着热气,这是那颗手雷最后的余威。

玛姬斯中尉和那些菌菇须蔓都没有留下任何残骸,似乎她根本就从未存在过。

“操纵傀儡的菌菇……我从没有见识过诸如此类的东西。”婕特说。她将背上的马克22型等离子榴弹发射器的筒口塞入护套。随着武器转入待机模式,保护盾发生器嘎吱嘎吱的响声也渐渐消退了。她是奥斯卡·古德森的克隆体,身材矮小而结实。除了榴弹发射器的套具和几把武器之外,她身上只有一件蜥蜴皮泳衣,而其余部位——包括脸部和无发的头皮——全都覆盖上了一层“沼泽藓”。这种“藓”以一种分块而碎裂的形式生长,样子很像ASAP地球人的赤道丛林迷彩装。有一只体型特别巨大的“青蛙”围绕在她身旁平静地划水,拖着一块帆装,样子看起来更像是地球上草原印第安人的旧式雪橇。“你觉得里面还有菌菇?”

凯尔文吐了几口水,洗了洗他的护目镜,而后望了一眼气闸门。等离子冲击波已经把气闸门和刚才见到的菌菇团统统吹走了,毫无疑问也同时刮走了所有的电气设备。天知道它还带走了别的什么东西,现在可以手动关门就算走运了。然而凯尔文并不特别担心舱门的事，会不会出现更多操纵傀儡的菌菇才是更为紧迫的顾虑。

“应该不会了，”西奥多呼喊道，“我以前见过那些操纵傀儡的菌菇。它们总是单个的孢子体，不会是一群或一串的。它们也总是保留一具‘生命体’作诱饵，以此来吸引其余的同类群体。真是非常有意思的家伙。”

“‘应该不会’这四个字听起来不太靠得住吧，”凯尔文一边说一边看表，“只有 48 分钟了。”

“见鬼。”温妮说，同时举起她的热能枪。凯尔文迅速抬头，看到气闸门口又有一个晃动扭曲的身影，那是另一具被身后亮粉红色菌菇卷须所操控的傀儡。

“快转身，站稳了！”婕特简明扼要地命令道，同时再次架起发射器。当力场护盾向外伸展时，凯尔文体会到有一种感觉悄悄爬上肌肤。他早已原地转圈并蜷缩下身子，双眼紧闭。此时第二发榴弹发射并爆炸了。

待一分钟之后，凯尔文眨巴着睁开眼睛。当护盾掉下来时，他朝后蹦跳，躲避滚烫的水流。发射器的电源组只能保留护盾两三秒钟，以保护作战分队免受初次爆炸的危害，而设计时是不会考虑附近水域爆炸余波问题的。

游艇的气闸门现在肯定不能运作了，外舱门以微小的角度半挂着，从内侧可见焦痕和熔融合金的凹坑。

“会不会不止那两个？可能性有多大？”婕特问道。

温妮耸耸肩，看着凯尔文。

“不能进去，太冒险了，”她说，“我们最好还是跟西奥多一起离开这儿吧。”

“我想也是。”凯尔文语气沉重地说。他抬头看着上方的层层云雾，想象着远方的天空，还有那些导弹。它们会在约 38 分钟之内掐着某一刻时点飞驰而来的。“进去会怎样？那艘船已经经过‘金星化’改造了，里面有一套杀菌的雨淋灭火系统，由舰桥来控制操作。”

“那你就不得不登上舰桥。况且你也知道，大多数抗菌药剂对此地的真菌不起作用。”温妮说。

“我要进去看看。”西奥多说。他下了“蛙船”，开始朝前方游艇的方向蹚水而去，连热能枪都不屑带上。

“喂！”温妮大声呼喊，“等一等！”

“没事，当地的真菌都不会感染到我，”西奥多喊道，“我就四处看看，要是5分钟之内回不来的话，你们就自己开船吧。”

气闸门已经半熔化了，西奥多小心翼翼地试探它的边缘。舱门已经足够冷却，西奥多奋力地爬上船，消失在视线中。

“有时候我真他妈的痛恨金星。”凯尔文说。

“它就是这样子，”婕特耸了耸肩说，“你得承认，这儿比火星要好。”

“哪个地方都比火星要好。”凯尔文说。他再次看了看自己的手表，随后开口说：“暂且不管海军这年头使用什么武器来进行战术核攻击，你们有谁知道那种武器的杀伤半径吗？”

“每颗弹头必定有五千米，而且他们会重复扔一串，”婕特说，“‘风暴’会使得一些弹头发生偏转，所以说波及的范围将是不均匀的。咱们走运也说不定。”

“刚才我可没见着多少运气。”凯尔文说。

“所以说下回就轮到了嘛，”温妮说，“别再发牢骚了。”

“我不是发牢骚，”凯尔文反驳说，“只是点出事实而已。”

“有东西在动，”婕特一边说，一边举起榴弹发射器，“顺便说一句，这里头只剩一发了。”

“是西奥多……”凯尔文说。“麻风病人”出现在气闸门口，可是有些异样……他举着一个类似蓝色的东西，或许是另一个操纵傀儡的菌菇,只是颜色不同而已,要么就是同等危险的某种物体……

“没有命令不许开火。”温妮简洁地喝令道。

“平安无事！警报解除!”“麻风病人”大声喊道,“到处长着小东西,不过都没关系。”

那个蓝色外壳的物体动了一动,露出脑袋和四肢。

“这是杰赛斯！那个三胞胎,玛姬斯的‘小妹妹’,”西奥多喊道,“她摆脱了那些‘儡操纵者’,但染上了我们所说的‘蓝毯子’。我必须把她带回去,地球人的疗法会害死她的。”

“我原以为做一名‘麻风病人’必须是自愿的才行!”温妮大声喊道。

西奥多的肩膀上下起伏,做了一个古怪的耸肩动作。

“也可以说她是自愿的,”西奥多说,“蓝毯子并没有杀死她。她会恢复意识,要我说,好日子就在前头哪。”

凯尔文看着他的表,还剩 43 分钟了。

“咱们必须起飞,同时把消息传扬出去。”他说。

“我不能把那个女孩丢给西奥多。”温妮说。她看着婕特,而对方也点点头。“凯尔,你把飞船开上去,我们跟西奥多一起走。”

“你确定?”凯尔文说。

“嗯,我确定,”温妮说,“跟你说实话吧,我从没有太想离开这颗星球。自打复员以后,我一直没有离开过金星。我猜它已经在我心底里扎根了吧。”

凯尔文没有取笑这句老套的话。

“那你自己多保重。”他说,同时伸出单臂,给了她一个简短的拥抱,“我会尽全力确保罗塔鲁阿不发射任何东西,我要把营救行动的‘故事’散播出去。”

“给你。”婕特一边说一边递来一把喷火手枪。这种军用型号的规格比凯尔文和温妮携带的热能枪更大。“备着以防不测,说不定西奥多漏查了什么东西。”

凯尔文接过武器，似乎也要抱一抱婕特的样子，而她以矫健敏捷的动作迅速蹲到凯尔文胳膊下面，接着朝他侧脸上轻轻地敲了一拳。这个举动对婕特而言差不多是最大胆的示好了。

西奥多抱着那女孩走出气闸门，高高地捧起她，朝等候着的“蛙船”费力地蹚水而去，路过时向凯尔文挥手示意，不过没有太靠近。

“谢谢，西奥多，”他说，“保重。”

正如凯尔文所料，外气闸门在功率不足的情况下无法关闭，而他也没有时间去捣鼓液压系统。然而内舱门却是关闭着的，凯尔文小心翼翼地朝舰桥走去，沿途关闭身后每一道穿过的舱门，随时预备开枪射击。这里到处都是一块一块的霉斑，不过并无任何东西在走动，也没有什么卷须伸出来向空中喷出孢子，其他看起来有害的东西也统统不存在。

舰桥被封住了，凯尔文感到忧喜参半。值得庆幸的是，舰桥密闭意味着它相对而言未受任何金星生物的影响；然而倒霉的是，凯尔文要从宝贵的时间里抽出5分钟，使用老式的军用置换代码来绕过安全封锁，从而如愿获得授权并进入飞船的操作系统。

舰桥里原是无菌的，四处闪烁着灯光，这表明备用电源和休眠系统的存在。这同时也是又一个讯号，说明着陆动作颇为理想，比应有的情况要好得多。凯尔文匆忙朝前走，经过许多个后排座位。它们是留给那些并不存在的舰桥成员的。凯尔文检查了机长的座位，确保没有什么令人讨厌的东西躲在这鼓囊的座椅内部。随后他便坐了下来，把手轻松地滑入授权掌套中。现在，才是真正的测试。

此时一块全息屏幕在他眼前闪烁。

“指挥官凯尔文·凯尔文21，地球人海军，启动应急命令，处理潜在的风险情况。”凯尔文粗声粗气地说。他感受到采样器带来的微微刺痛。屏幕闪现出琥珀色，接着变红，最后转为代表接受请求的绿色。此时其他全息屏幕明亮地闪烁了起来，以显示各台设备的存在。那只授权掌套平移滑走，一根操纵杆从凯尔文的手掌下方升起。

凯尔文扫视了一遍那些屏幕，对其布局再熟悉不过了。船体存在着五花八门的小故障，另外还有诸如外门无法合拢等重大问题。不过总体而言，凯尔文觉得还是能够把飞船开动起来。机翼上的升力风扇离开了水面，鉴于这艘船已经“金星化”过，所以即使风扇在水里也照样能够运行。船头很可能略微埋入了淤泥里，不过他可以一边摆动机翼，一边慢慢地朝后方挪动，向上方微抬。

凯尔文看看手表，还剩29分钟了。

凯尔文全然不去理会那个全息图影界面，而那一套由专业系统控制的繁复程序也相当耗费时间，于是他干脆扭开应急装置，折叠出一块带有重负荷开关和转盘的操纵面板。当他转动开关时，面板上的灯亮了。备用电源从待机状态切换到使用状态，飞船随之颤抖了一下。机翼上的升力风扇开始慢慢旋转起来，指示器显示它们存在一定的损伤，不过仍然在军用标准允许的范围内。当然了，若是按照那套专业系统的尺度评判的话，它们肯定会被立刻关闭的。

凯尔文轻叩全息屏上的某个图标，屏幕变成一片空白，而后刷新出一个舱外平移视角。机翼两侧有雾气垂下，很可能是搅动起来的沼泽水气。凯尔文恰巧辨认出那艘“蛙船”，它正在朝远方跳跃，婕特的“大青蛙”从旁做伴。

25分钟……

凯尔文在脑子里捋一遍事项清单，弹拨起又一串开关。升力风扇慢慢地积累速度。凯尔文不得不慢慢地将它们推向前方，同时小心翼翼地盯着指示器，一有问题就立马关闭一台风扇。在四个风扇里，凯尔文用两个就可以起飞，不过前提是任何一个都没有引爆并炸毁机翼。

还有什么事情遗漏没做？凯尔文离开座位，朝后头看了看，卸下一个装有应急真空飞行服的箱子，随后把衣服穿上，不过没有戴那个形如六角手风琴的软头盔，而是将其摆放在副驾驶的座位上。凯尔文转而看表，意识到手表在衣服下面，于是又花了宝贵的30秒钟解开腕部，将手表戴在了外头。

22分钟……

“时间还多得很，”凯尔文小声地自言自语，“可以弄一杯马提尼喝喝……要是有材料的话。”

他再次环顾四周，看见杀菌雨淋灭火系统的亮绿色握把。凯尔文抬手将其向右转动，弹出一个红框的全息图影并提示了无数警告，其中最严重的一则是：气雾会喷洒到飞船的每个角落，严禁人员呼吸该物质。

凯尔文将其再朝右转，并往下拉动。喇叭发出一阵刺耳的警报声，在舰桥上听起来十分响亮。他靠到机长座位的椅背上，伸手去拿那个应急飞行服的头盔，然后把它打开并套在脑袋上，随即连接好外部供气装置。凯尔文谨慎小心地系好安全带，反复检查每一个连接处和固定点。

当凯尔文调用气象雷达时，一片黄色的薄雾从周边垂下，巨型旋涡状“风暴”的某一小段完全占据了整个显示区域。他注视着空速，上上下下、来来回回地平移并转动这个模型，脑子里本能地盘算着。他想让船体从“风暴”里甩出，然后点燃助推器，将飞船送入轨道。那么应该如何接近“风暴”呢？如何利用它来抬升飞船？需要多久才能达到足够的高度？

18分钟……

凯尔文手指抽搐，升力风扇“怒吼”起来，飞船前后摇摆，发出一阵嘎吱嘎吱的吸气声，听起来甚是可怕。当船头浮出沼泽时，前端观察口上的蓝屏又恢复了正常，然而凯尔文几乎连看都不屑去看。他自己正在感受着飞船的每一个动作，以及每一次细小的颤动，同时还关注着动力装置、风扇、控制界面的各种指示器。

凯尔文为风扇增加动力,飞船爬升得更高了。好几处语音警报响起,粗声粗气地汇报翼地效应、敞开的气闸门以及一连串别的内容。凯尔文不去理会这些信息。此时有一台风扇精疲力竭了,吸收过多电流却仅提供微小的抬升效果。他将其关闭,用剩余的三台风扇来飞行。凯尔文调整风扇,使其略微朝前倾斜,于是飞船以螺旋形的路线爬升。然而在这风暴眼中,凯尔文无法让飞船一路保持上升姿态,因为没有足够的空间,况且抬升超过一千米之后,风扇无法继续提供垂直上升的效果。

他必须进入"风暴"里,而且要以一个恰如其分的精确角度切入。

时间已被遗忘,巡洋舰正在攻击航程上渐渐逼近,凯尔文的克隆姐妹和朋友们正在下方拼命逃跑。凯尔文的身家性命同这条船和这片风暴紧紧联系在一起。他整个身心都还记得那一场火星起飞的惨痛教训。当时沙尘暴肆虐,并急速旋转,正如此地的"风暴"一样。凯尔文于旋涡中爬升,敌人的炮火就在身边四处爆炸。他所乘坐的飞船比这条船损毁得更加严重,挤满了已死和将死的人,舰桥本身也异常紧凑,他只能勉强抽出手肘,而且他心里知道,就算这一回成功了,他还是不得不再回到下面去……

飞船剧烈震动并拉高,凯尔文矫正位置并调整好姿态,用尽一切方法来逐步进入风团气流。云朵从观察窗口飘过,速度之快就如同闪烁的影子。此时传来更多的语音警报,而在他脸庞附近,闪烁起更多个琥珀色和红色边框的全息图影。

控制杆在他手下颤抖,飞船猛烈地摇晃着。那些风扇此时向后转动做水平飞行,但第三号风扇无法保持那种姿态。凯尔文将其关闭,犹豫片刻之后,又打开两个开关,拉动一根从面板上抬升起来的短杆。几秒钟之后,一记震耳欲聋的爆裂声从船尾某处传来,飞船侧翻了。凯尔文的左手在全息图影的控制装置和手动开关之间飞速活动,右手紧紧地握住操纵杆来飞行。飞船无法恢复水平,不过它还是听从使唤的,依然在风暴中爬升。

此时有一个示意红点出现在凯尔文外围设备的屏幕上。他瞥了一眼，看到原本三号风扇的位置变成了一个窟窿，说不定就在爆炸前一秒钟凯尔文将其弹了出去，恰好拯救了那条机翼，不过也蒙受了些许损伤。

“舞动的约沙法”号使用四台风扇中的两台，在风暴中仅能实现最低限度的操控。无论凯尔文把飞行服内部的空气循环调得有多高，头盔下的脸庞还是汗流如注。虽说他只是操控着一小根控制杆，轻弹几个全息图标，再转动若干平滑的手动开关，可他的双臂却感觉犹如在超重力作用下连续搬运重物数小时。

转瞬之间，凯尔文必须要让船体抛射出去了。倘若在角度和速度上出现半点差池，飞船就会解体，损毁的碎片会大范围地播撒在金星的沼泽湿地里。

如果没有他去向金星警告他们的存在，那么罗塔鲁阿无疑会瞄准迷路的“特种通讯员”，并朝已知的最新方位开火。这样一来很可能会杀死温妮、婕特、西奥多，还有“蓝色霉菌毯”下的可怜女孩。

机会来了。凯尔文立刻行动，不做任何预估计算或系统查询。他本能地汇拢眼前各种屏幕上的所有数据，并体会到一股震动，感知到速度、航向和未来结局的可能性。

“舞动的约沙法”号以四千米的高度从这无止境旋转的风暴中飞出，船头几乎垂直向上。风扇在稀薄的空气中逐渐失灵，船体一度悬停在空中，既不像石块那样下落，也不朝更高的位置爬升。

凯尔文加大风扇马力，进行最微小的调节，将飞船摆到绝对垂直的姿态，意欲笔直驶向那些星球。随后，他点燃了那台只能使用一次的轨道推进器。

凯尔文曾一度以为火箭推进器启动不了，当时他感觉五脏六腑上蹿下跳般地翻腾，似乎先被抬了起来，而后又落了下去。

随后传来一阵比风暴更加洪亮、距离也更近的巨吼，凯尔文被猛烈地震回座位上，一下子晕厥了过去。

渐渐地，他感觉无比懊恼。怎么会昏过去的呢？他从来都没有晕厥过，生下来就是一块做飞行员的材料！可这只是一瞬间的情绪，微不足道。凯尔文已经本能地对当前情况做了评估。眼下没有巨大的推力压制他的身体，轨道推进器关闭了……他自己则在原地扭动……一切都处于零重力的状态下。飞船正在某条轨道上，至少目前来说是这样。

凯尔文两眼快速扫过那些屏幕，整个意识都渐渐恢复了过来，同时也猛然感到震惊。我昏迷多长时间了？他的胳膊抽搐，手表不见了。它早已从飞行服上脱落下来，于某处飘浮着。飞船上的钟点是没意义的，因为它的读数是根据“金星天宫”来设置。

手指在控制装置之间拨来拨去，打开了许多通讯设备，不管是无线电也好，激光通信线路也罢，还有什么微波激射器，反正船上有的每一样该死的东西。同时，凯尔文还激活了扫描设备，查询自己所处的方位，也看看巡逻舰艇和“金星天宫”在哪儿，另外还包括最为重要的一点——罗塔鲁阿的位置。

她在那儿，就是那个绕着星球弧线行进的巨大光点。她的速度很快，几乎……几乎但并未完全……处于消灭凯尔文或轰击坠落点的攻击阵位上。

此时传来许多自动问询，对凯尔文发出的呼叫进行应答。原来是金星港空管部门，那套专业系统发出熟悉的嗓音，听起来既嘶哑又感觉肺部有碍的样子。声音毫无感情色彩，冷冰冰地询问凯尔文从哪里来，要干什么，以及雷达收发器为何关闭着。

凯尔文操作手工面板，咯哒一声打开了备用的应急收发器，而后将自己的飞行服插接到通讯系统上，用尽一切办法在多条频道上播送信号。

“有人收到吗，有人收到吗，我是凯尔文·凯尔文21，‘舞动的约沙法’已被打捞，我是船长。该飞船受损，通讯存在问题，请求任意信号接收方转告‘金星天宫’轨道管理局下属的金星港空管部门。请代为告知每一个数据点的方位，并将以下信息通报给地球人海军主管军官：飞船位于星球边缘，没有生还者。玛姬斯中尉被敌对的菌菇生物杀害。船体受损，但还能操控。我欲停靠于‘金星天宫’危险隔离区，需要高级别的除污清理程序，特此告知，完毕。”

话说完后，凯尔文靠到椅背上，看见扫描屏幕的罗塔鲁阿变更了航线，并且放慢了航速，总之好像从未打算要做任何攻击跑位似的。有一艘火星雷达哨舰于极地上方靠近，后面紧跟着一艘水星联合公司的巡逻艇，还有几只小型民用船，它们很可能是新闻记者。

温妮和其他人会平安无事的，至少不会遭受来自太空的袭击，而且凯尔文觉得他们面对其他任何情况也会化险为夷的。

在凯尔文下方，金星的云雾翻滚着，那一团“风暴”犹如某颗一动不动的黑眼珠，正向上看着他，似乎要看个清楚，以期凯尔文下一次的光临。

“没门儿啊，”凯尔文挥挥手说，“哥们儿，我再也不会回来看你了。我不会再踏出金星港半步了，打死我也不干！”

这时，原本已经减弱为小声哼哼的语音警报这会儿又变得粗声粗气起来，眼前跳出一块闪烁的全息图影，它比以前任何一个都要更大更明亮。

“轨道衰变！轨道衰变！①”

凯尔文叹了口气，伸手去抓控制装置。

---

① 因高层大气的阻力而使低轨飞行器的轨道缓慢衰降的现象。

迈克尔·卡塞特

作为一名纸质书作者,迈克尔·卡塞特以其寓意深刻的短篇作品闻名于世。然而在过去的几十年里,他也同样在电视领域辛勤耕耘,是业内具有号召力和影响力的人物。娱乐时间电视网[①]曾播出了一档《外星界限》节目——赢得了“有线电视杰出奖”的“最佳剧集奖”——卡塞特是该剧的联合制片人,他同时也在伊利·印第安纳和《扫帚星行大运》这些节目里担任相同或同等的工作角色。另外,卡塞特亦是《超级麦克斯》的剧本编审、《阴阳魔界》的特约撰稿人,还为《遥远星际》《星际之门 SG-1》和其他电视连续剧创作过剧本。他发表的书籍包括小说作品《繁星国度》《恐龙季》《失踪者》《红月》《子夜探戈》同安得烈·格里利合编的故事选集《圣幻》,以及一部传记百科全书《宇宙你我他:起初二十五年》。卡塞特曾经同已故宇航员迪克·斯雷顿合作编写了斯雷顿的自传文学《迪克!》。他最新的作品是一部同大卫·S.高耶合著的“天国的幽灵”系列小说,其中包括《天国的幽灵》《天国的鏖战》和《天国的沉沦》。

在接下来这一则精彩纷呈的故事里,卡塞特向我们揭示了一个道理:危险总归是危险,纵然你不管不问,它也还照样存在;不管你是否自认高明,有些警示也最好还是听从。

---

① Showtime,美国付费有线电视网,隶属于 CBS。

『日落』倒计时

“别担心,你女朋友会来的。”

伊甘(叛商1,2,3,4,5,6,7)端起布鲁酒示意,那是一种廉价的牌子,由“13+酒阀”老板彼得罗斯(1,3,4,6)创造。金星港有三家为地球人服务的酒吧,这家是其中最差的一处,也是乔(2,4,7)(Jor)最中意的地方。因为它不仅收费低廉,而且视野开阔。尤其理想的是,不会有地球人政府的家伙在场——也没有任何“叛商”低于12分的人。

“你总是管她叫‘我的女朋友’。”

“那你起一个名字呗。”伊甘厉声喝道。他从英格兰移民到金星来,行为举止依然是一副惹人讨厌的上流社会贵族派头。“我们已经排除了‘婊子’这个词,而‘甜妞’又实在让人倒胃口……‘累赘’呢,显然也不贴切,因为她比你还要独立。”

“喝你的布鲁酒吧。”乔一边呵斥,一边转过身子,以便看着门口。他从芝加哥逃亡而来,一副令人窒息的美国中西部派头,表面看上去并不像伊甘的朋友。

然而他们确实有着相似之处。两人都又高又瘦,乔的肤色要更黑一些,而且他的肚子也开始发福了,“多亏”了每晚灌下去的布鲁酒,都是拜它们所赐;而伊甘则依旧脸色灰白,几乎皮包骨头。

另一个共同点是:根据伊甘的说法,“我们都是败家子、牵马夫、二流小人物，从来也做不成英雄”。

“那是什么意思？”

“每次开会我都爱发火，”伊甘说——乔也知道此言不虚，“而你是老板的跟屁虫，大活小活都包干。”

“可我是项目经理呀！”

“但不是地球人政府里的头头。”当局领导名叫哈里森·塔特尔(4,5)，是一个来自纽约的美国人。这家伙头脑迟钝，而且婆婆妈妈。他掌控着地球人生活的方方面面，从住宅区格局的设置，到合法的服装款式——然而他却一点儿也不关注“晶镜”的工程进度。

不管像不像朋友，在“13＋酒阀”，十天里能有九天可以找到他俩……不过一般来说他们只是在同一个酒吧里而非同一张桌子上。旧日里他们利用“有利地形”，对新来的地球女性品头论足。

不过今晚乔却正在等待“心肝宝贝”阿夫季拉，她堪称光明海部落璀璨的明珠——正经地说，就叫“阿夫季拉”好了——一位金星的女性，她同乔是老交情了。自从两年前初次相识，乔就仔细考虑过他俩是什么性质的关系。“女友”二字断然是不恰当的，在乔心中并非如此，而在阿夫季拉看来就更不是了。金星人内部并不存在非法的“婚前关系”……这是可以理解的，因为他们有5种指定的性别，部族之间的竞争异常激烈，继承关系十分复杂。此外，他们的寿命也长得可笑，就连性活动的周期也不确定。

尽管如此，考虑到怪异的装束和淡绿的肤色，在“暮光之地”永久霞光照耀下的阿夫季拉可以被认作是三十岁的人类女性——公道地说也确实是乔的女朋友。

今晚是两人关系中的头一次，阿夫季拉不仅主动前往“13＋酒阀”——任何性别的金星人都很少光顾的地方——而且还事先定好了约会。

然而她现在爽约了！而且晚了好久。两人相伴这么久了，阿夫季拉还从没有迟到过。正如伊甘经常说的:“拖延……在金星上是一种原罪。”

(除了给乔的关系贴标签之外,伊甘最爱好的话题便是“愚蠢的地球人术语”。话头通常是第二颗太阳系行星[①]的地球称谓,接下去就时常会降格到一个拿乔开涮的玩笑,比如“难道你不想有个金星女友吗,总要强过花柳女友[②]啊?”或者类似的段子。)

乔总觉得他的朋友在这个话题上很烦人,然而这却是酒意之下常常提及的话题之一,而这布鲁酒则是地球人在金星过日子的命根子。“或许我早就该去找她。”

“冒着被凶猛小艇冲撞的风险?还有可能被地球人政府的宵禁警察逮住,然后扭送到塔特尔面前,说不定还会陷进淤泥里无人发现,你别犯傻了。”伊甘又咧开嘴笑了,轻叩那喝了一半的酒(他自己可不是喝了一半的人)。他对着窗户,面朝北边的金星港以及在其之上若隐若现的人造塔楼。“好好欣赏这景色吧,今晚的夜空基本是清澈的,‘晶镜’真的在发光。”

金星港坐落在“暮光之地”北部的三分之一区域上。“暮光之地”是一条温度适宜的宽阔地带,它绕金星一圈,贯穿南北两极。若往东方走得太远,不是淹死在光明海里,就是热死在“晌午之地”里,要么就消失于众多沼泽丛林之中。

若往西方走得太远,你会在“背阴地带”那无尽的黑暗中冻僵。

人们知道在“背阴地带”可以看到天空、繁星和太阳:低温会把任何裸露的水域冻结,清除那覆盖金星其他地区的永驻云层。

金星港上方的天空通常是清一色的灰白,如同芝加哥冬季沉闷的

---

① 太阳系行星按距离太阳远近的顺序排列为水星、金星、地球、火星、木星、土星、天王星、海王星、冥王星(其中冥王星于2006年被国际天文联会从太阳系九大行星中除名),所以第二颗太阳系行星指的就是金星。

② 英语中“金星”与“花柳病”读音颇为相似。

下午,唯有下雨的时候才变换出一些颜色——此地经常下雨。这儿的地球人没有白天和黑夜,亦无春夏秋冬,所有这一切都要拜赐于地球人政府残酷的一周十天工作制,而不是掌权组织非要用额外措施来剥削工人。

然而,金星大气层中还有某些尚未搞清的动力学现象,这片阴暗的气团时不时地微微爬升,些许散射的日光会照亮“晶镜”的顶层部分。

从这个距离望去,乔看不到那一颗颗铆钉、一根根独立的大梁,也无法识别那些褪色的地方以及拼接物……那只是一个巨型的玻璃圆盘,以及她一双醒目的护臂。

“心血不会白费,马上就能够付诸使用了。”他说。这座建筑始终犹如一场艰苦跋涉,十五年来他居于金星,而这项工程耗费了他大部分的精力。对伊甘来说亦是如此,而且他住在这儿的年月更久。“花一年测试……”

“然后……”伊甘说,“凡是付钱的人都可以通过地球上的一扇门走进这片宏伟的金星景色里。”他看了看酒,杯底空空。“乔,我真的好纳闷,咱们是不是没有跟自己过不去?”

“咱们啥时候不是这样呢?”

伊甘笑了起来。乔玩世不恭的时候他便是知音。“这又是一步昏招,甚至对地球人政府而言,也算是愚蠢的,”伊甘打着嗝说,“我们之所以……能在这儿过得好好的……”

“你说好便是好吧……”

“……就是因为来金星很不容易。”伊甘的观点无法反驳,要知道星际飞船拥挤不堪,条件很不舒服,而且机票贵,航程长。“没人愿意揣着一张逮捕令,跟在咱们屁股后头,然后再把咱们一路押送回去。”

乔意识到伊甘正以他自己的方式说到了点子上:没有一个地球人身上没有“叛商”的,甚至地球人政府里的首脑也是如此,无一例外……“叛商”是一项对他或她原罪的公众评级,内容都是反对地球道德

和行为准则的,其条目为:

1. 社交障碍
2. 家庭关系不和谐
3. 酗酒嗑药
4. 理财失当
5. 政治观念嬗变
6. 性行为不检点
7. 宗教异端

每个地球人都把叛商视作一枚荣誉勋章——"13 + 酒阀"里的市民们引以为豪,评分达不到 13 的人是不允许踏进那家酒吧的。

伊甘伸手去拿乔的布鲁酒,抓起酒杯一干而尽。这是明显要再续一杯的信号。"顺便提一句,"伊甘说——此为他招牌式的转移话题方法之一,"她会出现的。"

乔丹·雷诺士[①]是"晶镜"工程的项目经理。当年首次踏足金星港时,他根本想不到自己会有这样一份工作。然而因为种种因素,诸如政治变故、个人品质,以及在外星建造先进科技设施的工程挑战,"晶镜"之前已经经历了十一任经理。

现在步入了他第三个年头,之所以能保住终身聘用的地位,乔自认为大部分要归功于查尔斯·伊甘。

这位醉醺醺的贵族是计算机设备方面的专家,那些工具于一个世纪以前被地球禁止,同时也在金星上被乔的前任排斥。(乔觉得叛商应该有八项条目才对……有些地球人之所以被送到金星上来,就是因为

① 乔的全名。

他们真他妈的太蠢了。)乔听过伊甘鼓吹这些设备是十几年来最好的东西,等他自己一进入高层,就很乐意去尝试一下。

多亏了它们以及乔自身的不懈努力,如今“晶镜”快要完工了。

乔起身朝吧台走去,对伊甘鼓励的话语略感意外。这位朋友对阿夫季拉的态度通常是一开始冷嘲热讽,说三道四,等酒越喝越多之后态度才会好起来。谁能想到他现在有那么醉了?

当他等着去喝又一大杯布鲁酒之际,乔正忙着左顾右盼,时而瞧瞧酒吧门口,时而望望大窗户外头的恐怖风景:那些地球人搭建的粗糙塔楼让位于更富异域风情的——至少在人类眼里——金星塔柱、游廊、筑堤。所有这些都正在拆解过程中。

然而在这两者更远处,发光的“晶镜”于永恒的暮光下闪烁着,它的直径达到一千英尺。

乔自然十分了解“晶镜”的每一个角落,感觉就好像亲自架起每一根工字梁,亲自焊接好每一块结构钢板,亲自钻出每一条电缆线路,甚至亲自铺好每一束电线。

他审核通过了这一切要件的设计布局……同时也保证着质量控制和整合。他看着“晶镜”“长大”,起先它是一根又短又秃的地基,由硬化过的金星泥土制成,后来成为了大西洋隧道一侧最高大雄伟的人类建筑。

距离首轮测试还有一个月的时间……它真的能正常运行吗?

“嗨,乔丹!”

伊甘的声音从吧台那边传来。

他意识到一大杯的布鲁酒早就摆在面前,搞不好放在那儿已有两分钟了……对于一个像伊甘那样的酒鬼而言,这片刻须臾便等同于永远。

他正返回酒桌,而此时阿夫季拉来了。她的脸色很难看,一副十分焦虑的样子。乔知道金星人的脸部特征虽与人类十分相似,但其表达形式却要激烈得多。一个成年的金星人，开心的时候会兴高采烈，如同人类婴儿被挠痒痒那样……难过起来则会像圣乔治谈及掘墓行为似的。

这会儿的阿夫季拉看上去就是那个样子。“乔。”她说，似乎只剩下喊他名字的力气了。

“你来晚了。”乔语音刚落，便觉得自己好傻。

这句话似乎只让阿夫季拉心情变得更糟。“我有事耽搁了。”

乔把她带到桌旁，伊甘帮她拉开椅子坐下。乔给阿夫季拉抿一口布鲁酒，而她却狼吞虎咽般地灌了一大口下去。这种饮料是为人类设计的，用来增强对金星病菌及其他环境因素的抵抗力。不过少喝点的话，应该不会伤害到阿夫季拉的。

可她还未开口说话，就将乔的饮料统统喝下去了。“部落命令我们待在室内一个周期。”金星人所谓的“周期”即相当于地球时间的30个小时。

“为什么？”

“他们不肯说。不过这道命令事先没有打过招呼，下令的那天是人们通常专心工作的日子。有很多抗议者，可没有一个成功的。”

“不过你还是到这儿来了。”

此时她露出了笑容，语气没有刚才那么忧心忡忡了。“嗯，我来了。”

虽然阿夫季拉会让多数人类男性感到惊艳，然而令乔欲火恒燃的并非是她的容貌，而是她的嗓音——那沙哑、清晰，又富于多变的声音，它能够平息小怒，可以惹人欢笑——简直是一曲真正的塞壬之歌。

阿夫季拉英语流利，不带口音，或者应该说，她的口音不被乔这位22世纪美国中西部人所察觉。（伊甘毫不客气地批评乔“滑稽可笑的鼻音”和“有问题的吐字”。）

伊甘偶尔会展现一下那套优雅的社交礼仪，此时他借故告退，让乔和阿夫季拉得以独处。这位金星女性“目送”伊甘径直走到“13 + 酒阀”的最远处，就好像从未见识过他走路似的。

“你觉得这地方怎么样?”乔说。

“跟你说的一模一样，只是地球人少了些。”

“长夜漫漫……”乔觉得时机已到，于是便问：“你为什么想来这儿？我的意思是……咱们都认识这么久了，你现在才……”

接着是很长一段停顿，阿夫季拉似乎领悟了对方的意思，却找不到语汇来作答。“你们的‘晶镜’差不多要完工了。”她最后开口说。

“嗯，最多还有几个月吧。”随后乔意识到：她以为我要离开了。他们两个从未讨论过共同的未来……两人的关系在金星港社区里是独一无二的，这也招来了许多的流言蜚语和无端的猜度，以至于彼此的对话常常沦落为人们茶余饭后的谈资。

这是一种活在当下、存于眼前的关系。

“你以前有考虑过要离开金星港吗?”乔说。尽管这个问题是他突然想问的，但还是尽量装作随便说说的样子。

不管是否随意，这个提问显然让阿夫季拉吃了一惊。“那么去哪儿呢?”

“这颗行星上的其他地方。南半球会有第二座‘晶镜’，或许还可以有第三座哩。”

她淡淡地笑了笑说：“南方的部族可不像你们那样欢迎外来者。”言下之意是完全的敌意。

“那么火星怎么样?”他说，“那儿有的是机会。”

“对你而言机会很多吧……可是要适应起来的话……”

“的确，那会是一个挑战。”随后他想到一个十五年来首次想到的主意，“那么地球如何?”

这条建议大胆直接，令阿夫季拉乐了起来。金星人的笑容总是值得一观的，让乔自己也感同身受地笑了笑，此时他想象着米勒·雷诺士看到改过自新的儿子时脸上流露的表情。“我原以为你是不能回去的!”她说,意思是指从金星到地球那种反向的适应过程。

“办法是有的。”乔说。他听闻过一种试验性的做法……

“没打搅你们吧?”伊甘回到自己的座位上。

“时机刚刚好。”阿夫季拉说,情绪一下子严肃了起来。乔注意到在她左手肘部附近的地方,飘动的仿纱丽服①撕开着。

他渐渐开始酝酿一个问题,然而此时楼房摇晃了起来,剧烈的震动将吧台上的玻璃杯震碎并引发了警报。

“老天爷,这到底是怎么回事?”伊甘说。

“是‘晶镜’!”彼得罗斯喊道。

乔嘎吱嘎吱地踩在破碎的玻璃上,朝吧台和观景窗飞奔过去……

夜空依然不同寻常的清澈,这使得画面更加恐怖:“晶镜”的大圆盘上出现了一个窟窿。

等到乔、阿夫季拉和伊甘从“13 + 酒阀”所在塔楼底层走出来时,“晶镜”的情况变得更糟糕了:晚间海面的水雾翻滚而来,要从地面上远眺建筑顶部的话,除了亮光闪烁之外,一切都会变得模模糊糊,而那些光点即代表着更多次爆炸(任何闪光都是反常现象)。乔自然是听不到爆炸声的,这滚滚浓雾阻隔了远处的响动;他也同样无法感受到地面的摇晃,不过这有可能是因为泥土的关系。

金星晚间的迷雾是温热的,不像地球的港口城市那样阴冷。即便这么多年过去,乔还是未能习惯。

赶往“晶镜”实在需要太多时间。地球人政府当然是一贯地克扣营救装备,更喜欢把宝贵的飞船载货容量保留给那些预制的建筑材料,而非消防车或救护车什么的。

---

① 纱丽服,一种印度妇女的传统服饰。

于是阿夫季拉、伊甘和乔不得不驾驶一艘金星小艇穿行，这意味着要阿夫季拉来担任驾驶员。地球人从来没有学习过操作救生艇之类的机器，尤其是自从——由于金星缺乏批量生产——每样产品都与其他不同以后。

这让伊甘不太高兴。“难道就没有更重要的事情要担心了？”乔说。

“你可以去修那个该死的‘晶镜’，”他喝道，“一旦丧失了社会地位，你就变得一无所有了。”伊甘有些随口而出的话语常常令乔感觉他到金星之前有着与自己迥然不同的人生经历。

尽管乔在嘴里嘀嘀咕咕，但还是爬上了船。三人的团队开始前往烟雾腾腾、亮光闪烁的“晶镜”，他们的速度可以被步行轻易赛过。

然而步行前往是不可能的。金星港建造在三角洲上，它没有真正的街道，只是一条条浅水的小溪——比陆地上的水更多。

不仅如此，在多数平坦开阔的地方，所有“街道”甚至连同海岸附近的水域都堆积着新到的原材料，等待着人们用小艇运走。

金星港正在拆解。按照阿夫季拉的说法，这个被金星世界视作“雷洛卡”的过程——已经持续进行了相当于地球两百年的时间。首批人类开拓者原以为这些开阔的大土坑和造到一半的工程都标志着此地正在建设当中。

情况却恰恰相反，这些都是残骸。它们原是居民楼、宫殿、商铺、工厂、图书馆等等——你可以在一座城市里瞧见的任何建筑。

金星人都说雷洛卡是“日落”的前奏，那一刻每隔一万年或十万年或一百万年到来一次（数字各有不同，取决于你问哪个金星部落），到了那时，云层统统消散……太阳清晰可见。

当太阳落山时，金星会地动山摇，旋转一定的角度，引发暴风雨、洪水和地震。

地形被重塑，曾经的“暮光之地”变成“晌午之地”或“背阴地带”。

或者说……传说当中就是这样。多数地球人并不理会这个说法，要么是因为缺乏科学方面的支撑，要么是怀有自身的神学理由。可是金星人似乎对其很是信服：前些年雷洛卡在“暮光之地”广为流传，城邦间的战争也停息了。

因此，即便地球人政府把“晶镜”造到了天上，金星人还是会继续一砖一瓦、一藤一苗地拆解他们的城市。

这个程序不单单只是拆毁建筑……每座建筑里单个独立的元素也要被分解。砖块被带到北方和东方某处，那儿几乎没有干燥的土地，然后它们会被分解掉……恢复到原来的泥巴模样。

管道被重新回炉熔化，复归到更夯实的土地里。（很久以前地球人政府曾经提出收购金属的要求，后来被十分彻底地回绝了。乔心里很清楚，政府不可能再去求购。）玻璃也是一样，它们会重新变成沙子，并播撒到海岸上。

甚至连电网的电线也不得不从建筑中剥离，卷起来然后熔化掉。

艺术和装饰物品也在其列，这让乔感觉震惊，怎么会这么愚蠢。金星人拥有不少雕像，不过大多是抽象风格而非具体的人或物，可它们也同样成了雷洛卡的受害者。就在前不久，乔从“晶镜”工作站里干了十天后出来，偶然看到一座正被拆走的方尖碑。拆解的过程小心翼翼，甚至有如仪式一般，这给乔留下了深刻的印象，感觉就像是一场国葬。

尽管如此，最后这座30英尺高的艺术品还是化作了炼乳胶的淬火槽。

后来乔问阿夫季拉，艺术家们对自己作品的死亡有何感受，而对方只是告诉他，“他们早就走了”。鉴于金星人的寿命，这句话说明艺术家们早在好几个世纪以前就完成了他们的作品……要不就是意味着某些恐怖凶险的事情。

金星人也有不少大花园，里面尽是阔叶蕨类植物和紫色的“暮光之地”花卉，它们盛开起来如同人类的脑袋那么大。花儿芬芳馥郁，待得太久、靠得太近的话会导致窒息。(对人来说是这样,但金星人若被“暮光之地”花卉包围的话,则会茁壮成长。)

这意味着乔的小艇不得不避开那些“街道”,因为路上都积满了等待转运出海的材料,而且金星人如今就住在帐篷里。由于“晶镜”的这场骚动,也有部分人类从塔楼里走了出来。

他们花费一小时行进了不足五英里的距离。乔无法跟阿夫季拉说话,而她也绝对没有转身同他或伊甘交流,同时他俩也没什么好说的。

三人最终抵达了“晶镜”底部,获准进入大楼区域。“在金星人那一侧的围栏下面有人正在挖地道。”安保队伍中有一位霍兰德(2,4,7)告诉乔说。可乔并没有心思来纠正那个男人的说法:什么叫“金星人那一侧的围栏”?其实不管是什么人,还是什么东西,只要是在围栏外头的,就统统属于金星人“那一侧”。

“他们不坐电梯,也没有攀爬备用梯子,自己就到‘晶镜’上面去了……”

“怪不得没人瞧见。”乔严厉地说。此处设有观察哨,甚至还有摄像头密切注意着网格状的塔楼。当然了,这并非是防范蓄意破坏者的,而是监视……杂乱生长的树藤。

霍兰德害怕了,以为要受罚。“他们将定时器安在炸弹上,然后爬回地面,看着事故发生。”

乔另有任务要交代给霍兰德,然而此时在“晶镜”底部出了一点儿小纠纷,保安想要逮捕阿夫季拉。

“她和我是一起的,你们这群笨蛋。”乔厉声喝道。这里有三班保安,头两班知道阿夫季拉和乔是“朋友”,而最后这一班显然并不清楚。

接着电梯又出问题了:一队保安坐电梯到达楼顶,却不肯放它下来。

于是乔开始攀爬大梁,假如投弹的金星人可以做到,那么他觉得自己也能……

地球人是不建议从事强体力活动的,尤其是那些沉溺于布鲁酒的人们。然而乔决心要去看看他的“晶镜”究竟怎么样了。

伊甘和阿夫季拉紧随其后,不过速度稍慢一些。

“晶镜”让多数地球人想起埃菲尔铁塔。这两座建筑形状相似,不过“晶镜”稍微矮了一些(850 英尺:1000 英尺),而且顶部还有一个旋转的、自身周长 250 英尺的银色圆盘,因而该塔代表了更高难度的工程挑战。它设计用来收集并聚焦来自巨型赤道轨道“圆盘”的超高频传输信号,从而开启一扇地球与第二颗太阳系行星之间的大门。

到达平台高度时,乔腰酸背疼,气喘吁吁,汗流浃背。他停下来喘口气,望了望眼前的风景。晚间的迷雾将金星港覆盖住了,此时听到阿夫季拉和伊甘在下面……浓雾产生的听觉阻力效应使他们让人感觉似乎比实际距离更近些,大伙就好像都在惬意的“13 + 酒阀”内部似的,而不是挂在塔楼的一侧。

乔很快就发现了问题,原来破坏者在圆盘上炸出了一个窟窿,它大得足以扔一艘小艇进去。

他奔向平台的最远端,那个地方还未完工,只铺了板条而非钢筋的网格。“乔,要小心哪!”阿夫季拉呼喊道。

乔并不害怕掉下去。虽然在“晶镜”的最终功用上存在分歧,但他知道这仍然是自己的项目,是毕生的作品,任何对“晶镜”的袭击便是对自己的袭击。

乔巡视了一圈,并检查转向装置的齿轮副,完成之后才彻底地放下心,甚至笑了起来。

“这有什么好笑的?”伊甘说。他勉强吐了几个字出来,已经上气不接下气了。

“那些家伙只是在圆盘上捅了一个窟窿罢了,”乔说,“花几天时间就可以修补好。如果真的想捣毁‘晶镜’,就应该在齿轮上面安放炸弹。那不但需要花好几个月来修理,而且还可能把整幢建筑炸塌。”

也许是布鲁酒的余威，抑或是攀爬活动造成的，乔对着金星的夜空放声大叫：“傻子们！拆你们的城去吧！别来碰‘晶镜’！”

他转过身来，看到阿夫季拉正盯着自己，那表情只可能是厌恶。

回到“晶镜”底层，乔、阿夫季拉和伊甘立刻陷入一群不明就里的安保队伍里。伊甘出去打听消息，而阿夫季拉和乔则在滚滚热雾之中，守候于小艇一旁。这片迷雾如此浓密厚实，乔勉强能看见十英尺外[①]的阿夫季拉。

“我在上面说的话……我很抱歉。”这是他从严酷的父亲那儿学到的一课：必要时先说对不起。（因为米勒·雷诺士从来不道歉。）

地球人和金星人在对答回应时存在诸多差异，其中有一条就是金星人不会做耸肩的动作。倘若心里不舒服或不乐意搭理你的话，他们就直愣愣地瞪着你。

此时阿夫季拉就这样瞪着乔，而乔也不可能没注意到，哪怕是在这片覆盖皮肤和衣裳的浓雾之中。阿夫季拉看上去倒是凉爽干燥。她的衣裳就部落女性而言算是标准的款式，大体上是一系列五颜六色的披肩和围巾，包住她的头发而不会真正贴附在脑袋上。她所穿的凉鞋在地球上随处可见。

服饰装束的差别并不在男女性别上，而在于年龄和地位：已生育的金星人穿着样式更加繁复的衣物，而未婚配的人则要简单得多。

“当时我气坏了，”乔说，“后来我又高兴过头了，因为‘晶镜’保住了。”

她依然瞪着眼。

“你今晚本来想谈什么？”乔改变语气说，同时心里也期望改变了整个话题，“今晚你为什么想见我？”

---

① 约3.05米。

最后，乔说动了阿夫季拉。她朝乔迈了一步，实际上触碰到了他的胳膊（在人多的公共场合很少发生）。“这事情说出来真是难过……”

“嗨！”伊甘突然从迷雾中出现，喊道，“他们抓住了那些家伙！”

“放炸弹的人？”乔说。

“当时他们还在自己的营地里搬运攀爬工具和炸药呢，”他摇着头，对此感到不可思议，“那些人甚至没有想法子逃走。”

伊甘拿起一张照片，乔和阿夫季拉看见五名金星人，两个男的和三个尚未有性征的少年。

阿夫季拉显然面露不悦了，随后转身而去。乔伸手去抓她，但她已溜走，消失在迷雾之中。

“怎么了？”

“搞不好她认识这些人，”伊甘说，“他们都是她部落的。”

第二天乔没有和阿夫季拉接触。从某种角度上讲，他因此而感到高兴，因为他不知道要对阿夫季拉说什么，而且也确实有太多其他的工作要做。

起先的八小时都扑在了“晶镜”的各项计划上，还有五次常规的“金星－地球－金星”信号传输，所有这些内容都可以简化为两句话：“金星人破坏了‘晶镜’”，“坚持工期计划，严惩罪犯！”（后一句跟塔特尔异常严厉的态度有关）

“我有一条花边新闻。”伊甘说。此时乔从会议室里出来，方才刚刚对手下的部门领导做完一次经典的团队激励（“傻瓜们，快干活！”）。

“快说吧，真难得，今天的趣事不多。”

“歹徒们又动别的歪脑筋了。”

“比如？”

伊甘递给他一张纸。“一群尚未查实身份的同伙，正预谋洗劫我们的垃圾场。”

乔对此无法理解，而伊甘也被逗乐了，他对此条信息点头确认说：“他们运走了一大堆一大堆的垃圾，有金属熔渣、受污染的泥土、花草树木等，把它们运往某个地方。”

“就这些？”

“很明显他们没有能力对机械设备捣鬼，包括我那个马克Ⅲ型设备的残余。”那台机器曾是伊甘将计算科学引入“晶镜”工程的初次尝试，它早已因温度过热而熔化了。马克Ⅳ型则有一套改进过的降温系统。

“既然他们没动你的垃圾，那你还关心干吗？”

“我也不是特别关心，”他微笑着说，“当消息传来时，我只是恰好窝在你助理的办公桌旁边而已。”乔的秘书是一位挪威的中年妇女，名叫玛亚塔(2,3,4)。她如今已婚，而十几年前曾同乔有过一段短暂且不愉快的恋情。她能够胜任工作，但非常容易走神，尤其是在被伊甘干扰的时候。他好像没完没了地在她桌子旁边转悠。

“奇了怪了……”乔怀疑其中的联系，针对“晶镜”的袭击是金星人搞的一次令人惊骇的行动，每个方面都必然有其意义存在。可是酒精、工作压力和短暂的夜晚时常都让乔感觉头晕目眩。

“我要是你的话，就叫安保部门去跟踪窃贼，看看那些物料最后都上哪儿去了。”

“难道我们就没有更好的办法了吗？我知道此时此刻安保部门捉襟见肘，自身也力不从心。”

“假如你想知道金星人为何发动袭击，那么你就要对他们施加压力。”伊甘又微笑起来，“要么你也可以去问问你的女朋友，反正你俩都是‘不守规矩’的人。”

忆起往昔，乔感到脸红。他叛商中的第2条和第6条——正如伊甘所知——是源于一段风花雪月的往事，当时乔在大学里同一位来自南非的年轻姑娘打得火热。

当时任何一种关系都会让乔和婕莉身败名裂，哪怕不是男女私情也照样不行……乔的父亲米勒·雷诺士是伊利诺斯州最有权势的商界和宗教界人士之一,因此这对小鸳鸯也就成了聚光灯下的众矢之的。他们不仅仅是社会舆论的焦点,而且连雷诺士也不放过他们……正是米勒·雷诺士安排婕莉灰溜溜地坐船回家的……

而乔则加入到了流放金星的地球人队伍之中。

在金星上——如果伊甘分析正确——乔还是旧习难改……总是跟不合适的伴侣扯上关系。然而对此乔也有话反驳,请注意在金星港生活的十年里,他曾与三名人类女性有染,其中包括玛亚塔。后来阿夫季拉成为其部落与“晶镜”团队之间的主要联系人,那时乔与她的关系才算开始。在“晶镜”建造的那块沼泽地上,她的部落对其上方空域拥有某种古老的权利。

爱情的火花很快就点燃了——从首度握手到亲密接触,用了连一天都不到的时间,这在乔以往的关系当中是史无前例的。不过他也知道,这在金星人的关系当中同样也是前所未有的。

在“13+酒阀”的某一夜里,乔斗胆问过伊甘:“你觉得她看上我什么了?”

伊甘贼笑地说:“钱和权。”

“除此之外呢?”

“这个……大概是因为你长得很像该死的金星男人吧。”

乔知道自己的肤色比许多地球人同胞要黑——当然这不包括少数从非洲来的,而且他也比多数人要更高,也更瘦。

然而伊甘的意思几乎肯定是指他的长相:雷诺士家族中所有的男性都有非常突出的大鼻子,两眼的间距也很近。“我们看上去就像短柄小斧的斧头部分。”乔的大哥卡尔曾告诉他说。

当然了,乔同时也明白,虽说生理上的相似性在开启私人关系上至关重要,但它并不足以维持这种关系,尤其是一种跨越社会、生物和部族系谱的关系。

“那么说来，是因为彼此都有反叛精神咯。”他自己解答了自己的原命题。

“冰冻三尺非一日之寒，”伊甘叩了叩他的玻璃杯，“我说，你还记得那桩埋管道的事情吗？”伊甘说道。

“我睡觉的时候它还阴魂不散哪。”管道的沉没几乎打断了“晶镜”工程早期的进度。在许多地方，金星的泥土比那些褐色泥浆好不了多少。伊甘管它们叫作“汤”。埋管道的工作被迫反复了好几次，而且与地球上相应的位置比起来，它要更深了三四倍以上。

“我们从中获得了一些经验。”

“你的意思是……除了‘别在金星建造高大沉重的建筑’之外，还有别的收获？”

“我们得到了一些岩芯样品。”

“我记得罗斯托夫说过，金星人向来不许我们干这个。”罗斯托夫(2,3,5)当年是地球人政府的专职地质学家，他曾恳请获准进行岩芯样品的取样，以此来证明或推翻金星人关于雷洛卡和“日落”的传说。他理所当然地被拒绝了，就如同人类的考古学家无缘去耶路撒冷进行挖掘工作一样，因为宗教领袖害怕他们会发现点儿什么——或者发现不了什么。

“他们从未干过，至少在科考的名义下没有如愿，但在建筑工程的时候嘛……”伊甘咧嘴笑了，始终是一副可怕的模样。(英国佬的牙齿！)

“这么说来，罗斯托夫发现了……”

“没有发现什么。根本没有证据表明金星从前经历过剧烈的地质变化或气候变迁，在过去的五亿年里都未曾有过。”他再次咧开嘴笑着说，“你的女友和她部族的人的确都很长寿，但也没有那么长。”

乔从未真正相信过阿夫季拉的那套说辞——不亚于他对雷诺士家族严格基督教精神的怀疑程度。

尽管如此，雷洛卡的工作继续开展，而且步伐更快了。当“晶镜”工程刚开始时，“日落”据说还在遥远的将来——相当于人类的一个世纪。

然而当“晶镜”接近完工时，金星的文明世界似乎正在拆解。基于乔目前所观察到的，在街道和泥滩上，要拆完那些房子也就是几个星期之内的事……可能仅需几天。

他曾问过阿夫季拉：“等雷洛卡降临的时候，你准备上哪儿去？”

“跟我的部族在一起。”

“他们会上哪儿去？”有的时候阿夫季拉过于咬文嚼字了。不过话说回来，乔也意识到她是一个说外语的人。

“去光明海。”

“你们全部都去？”

“小艇很多，大都已经预备了很久。”

“那然后呢？”乔觉得阿夫季拉是在开玩笑。

“哪儿形成了陆地，就上哪儿去。”

“听上去挺糟糕的。”

“是很糟糕，但也必须这么干。”

话题转移了，其后的一段时间里，乔总是琢磨着阿夫季拉这种对 R 似乎冷酷接受的态度。

只是如今乔是否想起她曾经的暗示：从前已经经历过了。

可是此外并无更多言语，乔亦无法明白她的心思。

下午，乔被叫到地球人政府总部，地球人营地内四座塔楼当中最古老的一座。他走进牢房看看那五名安放炸弹的人。

金星的少年比阿夫季拉那样的女性要矮，但身板更宽阔，肤色也绿得更明亮。他们跟阿夫季拉不同，全都穿着海民的衣装，看上去是按照鱼鳞的式样制作的，就像是骑士的盔甲。

乔起先把他们当成十几岁的男孩子……淘气，想要证明自己，并非恐怖分子。他觉得这桩事情实在荒唐愚蠢，不单单是因为自己掉入了伊甘的思维定势，还有别的原因。

就算这几个年轻的生命确实想要破坏“晶镜”，他们接受的审讯也太残酷了：乔看见瘀青和烙铁的痕迹，其中一人好像还断了一条胳膊。

“他们交代动机了吗？”乔问霍兰德。

“这些家伙只是吟唱、祈祷。”保安告诉他说。

乔已精疲力竭，而后便走了。

次日早晨，乔比平常起得更早——无论有多么宿醉，他总是比多数人更早起床——走近桌子的时候发现两张薄薄的票子，“晶镜”办公区域的法定货币：第一张票子上写着秘密报告，说五名金星少年已全部在昨晚拘留期间死亡。

这是一条不幸的消息。

从阿夫季拉的角度看来，地球人政府和金星部落理事维系着一种略带殖民色彩的和睦关系。毕竟地球人拥有那些太空飞船，换句话说就是掌握着实力。

然而在实际操作当中，天平常常会调转。金星人对科学技术有很好的领悟能力，自身也有武装，而且根据最近的历史来看，他们也很愿意战斗。

那么他们究竟为什么会允许地球人建立金星港呢？更别说建造“晶镜”了——那绝对显示一个更为庞大的存在。官方的答案是“技术转让”：地球人用科技信息来偿付“领土”和“租期”——一种洋洋得意的殖民姿态。

在乔和阿夫季拉一开始的交往中，乔曾向对方提过另一个问题，可仅得到一个只能说是类似于调皮耸肩的动作。“你们把大城市附近的土地给了我们。”乔当时这样说。

“面积并不太大。况且你也瞧见了，我们自己占用的地方也不多。”

“你对‘晶镜’有什么看法？”乔从未问过她这个问题。两人相遇那时，塔楼已经在搭建了，各个部落已经准予了许可。

阿夫季拉笑了——这是一种近乎人类的姿态表示，而后以金星的式样上下扭动身子，整体效果相当的……撩人。“要是‘晶镜’能带来更多又迷人、又有钱的地球男人，那我怎么会不喜欢呢？”

乔的心里来不及接受这油嘴滑舌的回答。“三教九流都会来，有些比我更有钱、更有权，而有些则更残忍、更贪婪、更危险。”

她严肃起来。“我知道，”而后摆出了一个相当于耸肩的金星姿势，“这不是真正的关键。”

她无须开口道明为什么，“日落”才是。

“你们难道不认为我们是侵略者吗？”

“有些人是这么想的。”

“可你不是。”

此时阿夫季拉开怀一乐，心中了无束缚，“赏给”乔一个笑容。“你们只在男女那事儿上……‘侵略’。”

这是另一层将二人绑在一起的关系——至少是乔离不开阿夫季拉。他们的性生活频繁活跃，快意满足，而且花样丰富……经常会在几乎光天化日的情形下公开进行（按乔的标准而言），不过这也增添了一份刺激感。

当然了，乔在遇见阿夫季拉之前有过性经历，但当进入这段两性关系时，他却宛如一位正宗基督教新娘那般懵懂无知。乔从未听说过任何有关地球人和金星人之间性关系的事情，除了那些常见的无知传闻之外。

然而一到傍晚时分，彼此衣衫尽褪，“传统的行为”便占据了上风。阿夫季拉比乔从前的相好们都要更加主动……不过他发现自己对此也很是享受。

乔相信这种亲密行为可以让他更加深入地洞悉金星人以及他们的风俗。此话倒是不假,他的确学会了几句金星话,对金星食物和饮料也有了更多的了解……然而乔却意识到,在此等惨淡的日子里,他所获取的信息与塔特尔或地球人政府的那些家伙比也差不了多少。

五个金星少年死在了地球人政府的拘禁之下,乔感到不知所措。他心里没底,也势单力薄。

直到此时乔才关注到那第二条讯息——是来自阿夫季拉的,并且以她俏皮诱人的风格写成:"中午必须见面哟,你要是不来,人家会害臊的,就只好走了。记住,在码头平台见面。"

金星人比人类更先进,不过大多数地球人对这个观点有争议,尤其是那些刚从地球来的家伙。我们不妨设想一下,从某种角度上看,他们如同中世纪晚期的欧洲文明,摆脱了无知和排外的观念,摒弃了一个错误的想法——先进的文明需要庞大的人口。

乔知道金星人的数量不到1亿,因而他们的城市自然就不会太多,规模也比较小。金星人的经济主要以"暮光之地"水域的"海洋农业"为导向,尤其是在光明海上——这也就是金星港会建在如今这块地方上的原因。(金星人的"海洋农业"包含的范围很广,涉及那些实实在在的、我们尚未真正了解的水生物群,而"打鱼"这个词也似乎不太够格了。)

不过他们也搞电子工业,拥有自己的通讯系统、气象预报、科学技术、艺术,以及疯狂般错综复杂的政治,而对于一个以部落为基础的社会来说,这是可以想见的。

由于金星人性别种类较多,他们的人际关系就极其复杂,从"后男"、"后女"(金星人一旦不再生育繁殖,实际上就丧失了性别认同和探索到活跃期的男女)以及各自的未发育"版本"。不过金星人的青春期似乎十分漫长，这很可能是生命周期变长的又一个后果。

地球人看起来真正拥有的唯一一项优势便是那宇宙飞行了，然而即便是这一点，其优越性也值得怀疑：“反足部落”统治着南半球的“暮光之地”，他们有范围更小的海域和一条清晰的航空及其他技术发展史。据传，这些部落在几千年前就开发出了宇宙航行……并且还飞到过地球呢！（这条传言引发了许多关于地球人和金星人进化同源的疯狂猜测……乔总觉得金星人是地球人主干上的一条分支，然而事实上也可能是相反的。）

可是他们已经把整个产业都放弃了，于是那则故事就开始了，阿夫季拉声称就算可能是这样，但她也并不知情。“部落是不会透露消息的。”

就在不久之前，他们还看见那些部落激战正酣。有鉴于此，乔相信了她的话。

而这些还仅仅是乔所认识的金星人，即光明海的部落。

乔希望离开后可以有几个钟头的时间来彻底散散心，不过在走之前他最后浏览了自己的收件箱，发现有一条看似寻常、毫不起眼的提示说：“今天，北方丛林。”这种匿名消息乔每天都会收到，有些是他的团队或下属发送的，而来自塔特尔那个小圈子的消息也同样非常频繁。

乔在太阳系第二颗行星头几年的时间里主要同大伙一起工作，希望可以驯服“北方丛林”，并起一个不那么荒蛮的地球名称。

地球人政府在他们的主要征服计划中希望开辟一条前往“高地”的陆上通道。那是一片矿产丰富的圆形北方山区，驾驶海事小艇是无法抵达的。（空中运输虽然可行，但不经济。因为在星际宇宙中运输这些物料的话，还不得不考虑建造货运飞机的尺寸和数量。伊甘曾给乔看过数据，预计的赢利点是在未来的500年后。）这就意味着一场针对树林的野蛮破坏，那些木料坚硬异常，连锯子也会断掉。

“北方丛林”不愿被人征服，而且也确实坚韧不屈地做到了。

再后来,“晶镜”工程获准上马了,地球人政府欢欢喜喜地朝一个新的方向“进攻”。“怪不得当我们破坏金星人的丛林时,他们会乐呵呵地袖手旁观。”伊甘说道。

乔等待他的可视化联络仪预热,心里十分感激伊甘。正是他对政府成员甚至远在地球的党派们拼命游说,才赢得了六台仪器。他还计划将那些机器连接到自己的计算设备上。

其中四台机器已经被地球人政府捞走了。据乔所知,他们将其用作镇纸或集尘器。伊甘自己尚保有第五台。

从可视化联络仪上可获取的材料是有限的,主要是财务资料,例如账簿和预算。不过伊甘为其配备了同时能够演示图片的能力。

乔搜索“北方丛林之路”,发现五六张图片,日期可以追溯到他当年做绿化工人和推土机司机那时候。可后来又出现了一张新图片,展示了一个酷似十几年前的地点。

他希望自己能够把两幅画面并排摆着,若办不到的话,他的眼睛也可以帮他辨明。

每条道路的痕迹都已消失,所有堆积起来的断木、烂木、树叶、藤蔓也都不见了。幸亏图片上的标签写着这是1号市政公路,而且乔也认出了远方一片独特的三叠峰。要不然,他可能还以为自己正在浏览“北方丛林”别的某个地方——或者南方那片丛林的某处。

有一个小问题……是谁拍的这张照片?乔注视屏幕底部的登录信息:是伊甘本人!

乔意识到,假如连1号市政公路这样的偏远地带都要被金星人认认真真地复归原样的话……那么他们对“日落一刻”也必定已经重视到了此等程度。

最后一张照片让乔目睹了更为震惊的一幕:阿夫季拉。

乔朝码头平台走去,脚步异常缓慢。路上设有地球人的交通信号灯，而且 R 的工作也已经大体完成，他原本是没有理由拖着步子的。

这并非由于疲劳，而是因为那份震惊和背叛。

乔提醒自己，伊甘和阿夫季拉在一起并不意味着什么，哪怕地点很偏僻，哪怕伊甘明明白白地说过他只勉强认得这个金星女人。

乔的“女朋友”。

码头平台是乔初次遇见阿夫季拉的地方，也是他们在公开场合下共处最多的地方。这是一个港口，通向敌对竞争的新奥尔良或旧金山。这两个地方是乔最熟悉的“地球翻版城市”，那儿有形态各异的小艇，大小尺寸皆不相同。船只纷纷前来等待如芭蕾舞般优雅的卸货工作。

这里被一股股香气包围，先是甜滋滋的，而后有点辛辣，再接着是不可名状的饭菜味。它们都从码头上不整齐排列的古老小店里飘过来。金星的成年男女团队手脚麻利地将海藻和海兽从小艇运到仓库，然后到商铺，再到陆地交通工具，其间没有什么话语和多余的动作。

这幅景象总是能疏解乔的心绪，平复他紧张不安的内心，要是地球曾是这番景色就好了……

然而今天的情况却有不同。乔不仅被自己对阿夫季拉和伊甘的猜忌所困扰，而且码头平台看上去也空空荡荡，灰暗惨淡。小艇的数量也许只占平时应有的三分之一。熙熙攘攘的吵闹声——从未高声过——似乎也不存在了。

金星人比以前更少了。

“我很想回到小艇上去。”乔身后传来阿夫季拉的声音，她神奇般地出现了，这是阿夫季拉经常会变的小戏法。

“我从前一直不知道你曾在那些船上待过，”乔说，“……船里头待过。”

阿夫季拉抄起手臂。“我们所有人都会在生命中的某个阶段到小艇上面干活。抛开彼此的差异和分歧，我们总归都是享有光明海的。”

“听起来不错。”

“这实际上是一项近乎疯狂的难差事，害死的人命比其他任何工作都要多。”她转身面对乔，“可是它将我们联系到了一起。”

乔无法提起伊甘的事，他不想听到答案。“你们部落的人为什么想破坏‘晶镜’？”

“干吗要问我？”

“你肯定知道点儿消息，或者有些看法。”

“乔丹啊，我俩身上的共同点比我跟金星男人的还要多。”乔过了片刻后才意识到阿夫季拉说的是情感上的共鸣，而非肉体或物种方面。

“你不是认识他们吗？”

“那些人的确是我部落的成员，我知道他们的名字，还跟他们一起干过农活。可我没跟他们有过什么来往和接触，没有同他们说过什么话，或做过什么动作——我们没有同乘过一艘小艇。我不知道是什么东西促使他们那么干。可这又有什么要紧的呢？他们现在都已经死了。”

“这可跟我一点儿关系也没有……”

阿夫季拉双手抱胸说：“我对你是再了解不过了，我知道，在保护‘晶镜’这件事上你很暴躁，但你不是一个杀人犯。”

“我有什么可以帮上忙的吗？”

“没什么可帮的，大部落之间会平衡好这个天平。”她忽然远远地凝望大海。乔心想，人类女性通常会遮一遮眼睛。当然了，阿夫季拉是金星人——而且此处也并无阳光需要遮蔽。“况且……其实我原本可以提醒你的。”

“你预先知道会有这场袭击？”

“没有那么具体啦。但在部落里头是藏不了秘密的，我知道会有一次针对‘晶镜’的行动。”

“另有许多秘密也无法在部落里隐瞒，这里头就有你我之间的关系……”她转身背对着乔说，“长辈们把我锁起来了。”

“那你是怎么逃出来的？喔……”乔心想，原来……那块撕碎的纱丽……

“与其说是痛苦，倒更像是羞辱，而且在感情上也……让人左右为难。我背叛了我的部落。”

“早这样就好了，咱们也可以省去许多无谓的麻烦。”

“可你的‘晶镜’还尚存。”

“你不乐意？都这么久了，你还……”

“我的部落欢迎你们，让你们造房子，我把你当成朋友。”

“这么说来，你没有不乐意，那么……”

“是因为‘日落’，它马上就要来临了。”阿夫季拉暗示金星港正在变为一片被碾平的空旷废墟。她的整套肢体动作似乎都在述说：“日落”将会改变一切。

“那我们两个呢？”乔指向那四座地球人的塔楼，以及更远处太空港内依稀可见的三艘飞船和它们外形粗暴的头部。

乔感觉阿夫季拉正在退缩，可他还是继续追问：“我们仍然会留在这儿的，那么……我们以后的事呢？”

“我觉得……”她说，“咱们就到此为止吧。”

随后她便转身走开了。

乔原本可以跟上她，但已感觉浑身无力。

那天晚上乔没有去“13 + 酒阀”，在没有听到阿夫季拉那头的说法之前，他不想碰到伊甘。

然而他无法装作什么都不知道。

所幸的是，他在三号塔楼自己的住处存有大量布鲁酒。

那天晚上，乔在床上辗转反侧，没有醉瘫，亦无法睡着——有时于黑暗中醒来，头昏脑涨，口腔干燥，两眼酸痛——他想起了往昔的岁月，当年在D - 9履带车控制室里扫平灌木丛和藤蔓树枝，要知道那种车在金星仅有三辆；甚至还回忆起自己当绿化工人的时候，当初他爬到巨树的高处，只配备了一把手锯。

搭档为人粗鲁，成天醉醺醺的，没什么本事；环境中热气发出嗞嗞声，还有湿气（D－9有一个增加的、环控温控系统驾驶室）；当东西掉落时，金星本地的动物在原始道路下挖洞躲起来；如飞机般大小的害虫似乎从来不挪动身子，除非以楼房般规模成群结队地运动；树根切掉几分钟之后就能长出来，而泥土……那无尽的、浓厚的、让人发疯的北方丛林泥土，还有那狂风暴雨……

如今想起来，那些日子是自由自在，快乐无忧的。

乔出自雷诺士家族，两个世纪以来，家族的人在芝加哥担任工程师和施工人员。乔想起有很多次父亲米勒在雷诺士工坊里，从位于北部海岸的自家前院直指城市的天际线，一一辨认七幢不同的大楼。“还有空地可以建造更多房子哪。”随后他给乔的哥哥利亚姆和卡尔提出挑战任务。

乔排行老三，在学校里麻烦多多，而且对家族事业也毫无兴趣，这使得他成为移民金星的候选人。

在金星，乔终于远离了他的家族，也没有任何他人的期望待他去完成……只做一项简单的工作：将大树推倒，把木头砍断，外加清理路旁大堆大堆绿色的垃圾。

第二天上午乔一直亲自监督高台上“晶镜”圆盘的检修工作，同时重新校准目标和转向控制设备，确认它们的运作功能——“日落”真是该死。这项工作既费时又费力，令人精疲力竭，心情沮丧。它把所有关于阿夫季拉的念想从乔的思绪里统统驱逐了出去。

好的方面是，乔的宿醉感如往常一样因干活而消退了。等到加班快结束时，乔如寻常般头晕眼花，胡言乱语……疯也似的回到“13＋酒阀”，同那个回避不了的伊甘见面。

乔准备从设备平台上面下来，在那儿有一些装配工人正严格地抬升一块块替换面板，而另一些人则正修剪着爆炸口的锯齿边缘，他们在梯子和粗糙的脚手架顶上摇摇晃晃，样子很不牢靠。直到那时他才朝西方真正看了一眼，远眺那片无边无际、通向“背阴地带”的湿地平原……他看见一堆堆多余的材料，全是因为地球人占据此地而“排泄”（找不到更好的词汇来形容）出来的。

它们看起来变小了。乔在暮光下眯着眼睛观察，觉得自己看见了某些人形的身影在土堆周围甚至顶部移动。在这个距离下，乔无法用肉眼判断他们是地球人还是金星人。

想必不会是后者，自从那次袭击之后就更不可能了……

“哦不，地球人政府的解决方案就像肥皂泡一样很快浮出水面。”伊甘二十分钟之后说道。

“他们就这样任凭金星人搬走每一样东西？”

“干吗不行？”他喝起酒来，而乔则注意到他的手正在颤颤发抖。“现在这是他们的垃圾了。”

“不全是，”乔说，“有很大一部分是来自地球的材料。”

“谁要那些东西呢？就让金星人拿去吧。咳，金属薄片、撕碎的织物、这样那样的边角料、坏的家具。哦对了，还有食物的副产品，比如由咱们最‘爱戴’的布鲁酒酿造师‘点石成金’之后留下来的任何残渣，”伊甘自鸣得意地说，“要是你真非常关心的话……我觉得嘛，只要居民的有机垃圾去哪儿，那些材料就会去哪儿。”

“你正经一点。”

“劝我正经？你太晚了啦。”他干完一杯，又在续另一杯。乔再次看到他的手抖动得厉害。

“我不在的时候你开始的？”

“你说什么？”

“我说你在发抖。”

“胡说八道。”

他听得懂这种语气，于是选择不再就此事追问下去。多年以来，他一直光顾“13+酒阀”，同伊甘坐在一起，痛批地球人政府的愚蠢政策。

那些批评也必须归到结论上去，反正说什么都不要紧，只求可以晚点儿谈论阿夫季拉这个沉痛的话题。“金星人干了坏事，地球人政府为什么还要为此奖赏他们呢？”

“或许是弥补我们自己的过错？”乔想起了那五名死去的少年。

“还有，”伊甘说，“那些东西既不雅观，又不卫生，最好还是让金星人把它们拿走，运到荒郊野外去埋掉，或者重新制成珠宝、衣物什么的……我无所谓，只要别再让我瞧见或听见就成。”

这话的意思很明显，就是想转移话题。然而乔除了拥有雷诺士家族那种不易亲近的性格之外，他还非常顽固。凡是他认定的事情，旁人很难劝动他。

“你对整个‘日落’这件事是怎么看的？”

伊甘装模作样地说：“你女友觉得好就好……”

乔暂且不计较这句。“这么说来，你觉得金星再次旋转是有可能的？”

“罗斯托夫在那儿，咱们去问问他吧。”

伊甘朝一位五十多岁的地球人点头示意，那家伙体格结实，耷拉着眼皮，满脸愁容的样子，独自一人在酒吧里喝闷酒。

谢尔盖·罗斯托夫有总分12分的“叛商”，严格来说他没有资格进入“13+酒阀”，然而彼得罗斯并不计较，不愿影响今天的生意。伊甘也一样，他一反常态，没有充当叛商法官和陪审团的角色。

“罗斯托夫，我的宝贝儿。”伊甘说，陪同乔一起走过去。

“滚蛋。”罗斯托夫甚至看也没看伊甘。乔不知道何事造成这种敌意——除了伊甘那出了名的挑衅能力。

“谢尔盖，”乔说，“你看这发生的所有一切……这整桩‘日落’的事情……”

罗斯托夫笑了起来,忘却了方才的愤怒。他是一个容易受感情操控的人,常常会性情爆发,而后又很快地遗忘掉。“理性的工程师先生,你希望我告诉你什么呢?‘早就料到?’‘可以预测?’‘科研显示没有证据表明金星曾经转动过,这是一片从未见识过日落情景的世界?’您真是一位知情达理的人。”虽然罗斯托夫好像不再生伊甘的气了,但他还是只对乔发表他的看法。

“但愿如此,”乔说,“可我以为金星人也是明白事理的……”

“有些家伙是,但有些家伙不是。”此时,如果乔没搞错的话,罗斯托夫实际上正在挤眉弄眼。“有些人把我们看成是侵略者,还会找任何借口来反击。”

“这么说来那场袭击是带有政治性的,而宗教的理由只是一件外衣。”

“推断得合情合理。”罗斯托夫显然渴望终止这场对话,他转身面对彼得罗斯,又要了一杯酒。

“这杯我请。”乔说。此举招致伊甘不满的叹息。

如今罗斯托夫有回答的义务了。“你瞧,”他说,“我原先是专攻天文学的。地球人政府鼓励我去扩展自己的兴趣和专长,希望我把地理学也囊括进去,说不定还要学习……”

“性病学?”伊甘直截了当地明说。他这人管不住自己,说话不看场合。

“我们取得了一些岩芯样本并做了调研,从‘等边’号上给金星测绘——而且还制作了一份雷达地图。”

“金星人声称,据他们的史料记载,金星曾经历过多次‘日落’。那要是真的话,他们记录的历史就得跨越5亿年了。我们的化石和地质编录没有做到那么久远。”

“不过他们的寿命的确长得出奇。”伊甘兴奋地高声说道。罗斯托夫不理会他。

“那么说来这只是另一则传说咯。”乔说道。这就如同雷诺士家族笃信的基督教教义一样。

“看上去是这样。不过这是一个威力无比的传说,所有部落都意见一致,行动全受其左右。”这也跟雷诺士家族笃信的基督教教义一样!

乔开始渐渐地放宽了心。现在他犹豫不决。“你说什么?”

“我不是一个循规蹈矩的人,”罗斯托夫耸耸肩说,“你从我的叛商上面就看得出来。”

“不守规矩到什么程度?咱俩需要担惊受怕吗?”

罗斯托夫笑了,露出参差不齐的钢牙,使他看上去更像是野人而非明理的智者。“干吗去担心那些你无法改变的事情?假如‘日落’果真来临了,假如行星鬼使神差般开始旋转了……那么它的破坏力是无法形容的,会有地震、海啸、火山爆发。唯一安全的地方将是‘等边’号。”他指向天花板。

“傻子。”伊甘说。

罗斯托夫装作伊甘在评论别人。

可是乔忍不住说:“哪里傻了?是考虑这种可能性很傻?还是……”

“他对事件的描绘是滑稽可笑的。全球性的大灾难……他说得跟圣经里的故事似的。”

“拜托,我的朋友伊甘,”罗斯托夫说,第一次对这位计算专家搭腔,“来,说说你对这个假想事件的看法。”

伊甘看了乔一眼,好像在说,这都是你的错。乔注意到伊甘的双手不再颤抖了……而且也不管他的空酒杯了。“假定金星人的传说是真的,每隔几个千年他们的世界就要运动一次。其实我看过一份报告——当然啦,如今已经压下去了——说金星并非是潮汐锁定的,而只不过是有一个异常缓慢且不规律的周期罢了……”

“真是莫名其妙，”罗斯托夫说，“我不是指那个概念……我是指那种打压报道的做法理念。”

“或许不是你圈子里的人吧。”伊甘说。

“我不关注那些事。”乔一边说，一边愈发生气。

“假定，”伊甘说，“我们必须接受这个理念，即‘日落’并不是一场毁灭世界的大灾难，它的破坏力要弱小得多。毕竟……”他说。“倘若它真的有能力重塑行星表面，并消灭所有生命的话……那么金星人为什么还继续待在这儿呢？”

正在此时，“13 + 酒阀”里的每个人都感觉到了塔楼震动，乔担心这是另一场针对“晶镜”的袭击，不过很快就意识到那只是下雨。一阵突如其来的暴雨从光明海那头吹来，它如此强烈，使酒吧的窗户都咯吱作响。

对话停了，甚至连彼得罗斯也放下了手头的活儿，跟乔一样也朝大窗户那头望去。那一幅居高临下俯瞰金星港的景色消失了，取而代之的是层层雨水和滚滚乌云。

乔想离开，并非因为害怕，或担心“13 + 酒阀”会遭受破坏，而是鉴于此地的情况……暴风雨、人群、周围愈发浓郁的酸臭味——这要怪罗斯托夫。乔不喜欢胡乱猜测，更偏好客观事实。此时他百感交集，困惑而迷茫。所有这一切都很可能是因为昨晚的变故，他睡得很不好，阿夫季拉和伊甘的事情让他备感压力。

乔谢了谢罗斯托夫，而后便唐突地朝门口走去。他很想避开伊甘，意识到这才是真正驱策他的东西。事实上，15 年来的头一次，他不想再做金星上的地球人了，一点儿也不。

还没等他走到电梯口，伊甘就赶了上来。“你去哪儿？”

“回自己公寓。”

“临阵脱逃可绝不像你啊。”一般来说，只有像伊甘这样经历过千万个宿醉之夜的老手才会对欢庆活动喊停，而乔则一直会坐在那儿直到走不动路为止。

“我累了。”

“其实你是生气了吧,这是两码事。”

“罗斯托夫……”

“他是很讨厌,我告诉过你的。更要命的是,他还愚蠢得很哪,不过至少他懂科学。”

“看起来并不是每个人都真正懂科学。”

“你是说‘日落’？那件事没有任何科学可言,这才是问题的关键。”

乔感觉头晕恶心。“那你是怎么想的?”

“我难道没有说明白吗？我觉得这事有万种可能。”

“可是在那一万种可能里头,就没有一样能提醒你……比如,制订一个应急计划。”

“乔啊,没办法做任何计划的,只有逃命的份,要么就是等刀架在脖子上的时候……对咱们大多数人来说,重返飞船是很荒唐的……”伊甘用手指向太空港,那儿有三艘模样矮胖、形似贝壳的载具等候着,“这就好比被人从楼顶推下去。之所以要去冒可能死亡的风险,只是为了逃避那必然的死亡。”

“这么说来咱们什么也做不了?”

伊甘咧开嘴笑着说:“噢,我们可以继续喝酒呀。”

乔的心里觉得对方背信弃义,一副装模作样的姿态,而且还丝毫不肯退让。在他俩深厚的交情当中,乔头一次想要揍伊甘。他抓住伊甘的肩膀,准备将他转过来。可伊甘明白了他要干吗,于是抬起一只胳膊挡住。“你真烦人。”

“烦人就烦人,反正我一直都很烦人。”

“不,从前你很有意思的,地道的美国派头,把流放当成是新生,”此时伊甘指着乔,像公诉人那样控诉他,“鉴于你的背景,那倒也不奇怪……认识你的一大乐趣就在于可以看看你到底是不是正确的，你几乎建成了‘晶镜’，而那肯定会拓展地球人的生存范围……

“或者说，它原本早就可以拓展我们的生存范围了……都是因为那些讨厌的金星人，他们更了解自己的星球……还有了不起的长远规划，而我们却很少怀疑它的存在，并且对其内容也真的一无所知。”

“显然你是怀疑了的。”

“只是出于习惯而已。鉴于自己的家族和家史，我可不是一个蠢蛋哟。我完全有能力洞察任何一样见到的东西，也可以看穿谁隐藏着秘密。”

“或者谁背叛了朋友。”

“啊，是呀。我明白你为什么会这么看。”

“我原本以为可以得到一声道歉，不过现在看来是奢望了，”乔说，“可是，难道你连承认错误也做不到吗？”

与往常不同，伊甘过了许久才作出回应，开口时的语气是严厉的。“为什么你会觉得我在这件事上有选择余地？为什么你会觉得每个地球人都能掌握自己在金星上的命运？为什么你会觉得我们可以采取任何有效的行动？”他苦涩地笑了笑，“我的朋友，咱们只是随波逐流罢了……就像光明海里的野草。不仅是我，你也一样。”

他转过身去，踉踉跄跄地走了。乔意识到自己从来没有见识过这位“前”好友如此酩酊大醉。鉴于以往一起喝酒的次数和饮酒的数量，今天他会醉成这副样子着实让人惊讶。

他是在说实话吗？

“噢，对了，”伊甘说，“刚才你出来以后，那个俄国傻子跟我确认过了。如今太阳不仅可见，而且就挂在天边。”

随后他进了电梯。乔任凭电梯门自行关闭，不想跟伊甘同行。

等乔到达地面并准备离开时，天气恢复了原来预期的状态，狂风暴雨消逝而去,温热的毛毛细雨回转过来。乔从“13 + 酒阀”所在的那幢塔楼里出来,朝自己的住所走去,心里头感觉分外的孤独。

想来也难怪,这儿根本无人来往——地球的移民们全都挤入了自己的塔楼里,也没有金星人存在,店铺多数已经撤走,要么就是遗弃了……街道上空空荡荡。事实上这些也不能再算作道路了,不过是在大片荒芜之中几处尚有足迹的地方罢了。

“晶镜”塔楼在不远的地方若隐若现,样子似乎变得更高大了。乔受它的指引,顺着通向那里的小路而去,来到两座居民塔楼之间。

随后他听到了自己的名字。“乔丹!”

阿夫季拉走上前来。她显然已经等了一段时间,连身上防水的金星服装也无法抵御那暴风雨。阿夫季拉被大雨淋得湿透,头发贴附在了头皮上……这使她看起来真的是一个外星人。

不过那嗓音依然如故。

“你想干吗?”乔问道,“想道歉?”

“不。”

“那就是辩解咯?”乔说话忍不住带着讽刺。

“不可能。”

“那你干吗站在雨里?”

“向我们曾拥有的过去致敬。”她说。

“我做不到。”乔本想回忆两人的过往,但伊甘的阴影萦绕不去。

“总有一天你会的。”

阿夫季拉转过身去,似乎这是她要说的全部话语。此时乔一边伸手去抓她,一边说:“就这些？你站在雨里,就是要告诉我这些不知所谓的话?”

“不,我是为了再见你一面。”

“你要走了。”

“‘日落’就要来临了。”

“你可以早点提醒我的。”

此时她笑了。“我已经提醒过你了,我们所有人都警告过你们。自地球人到来的那一天开始,我们就一直忙于雷洛卡的事情!可你们还是在不停地造啊造。”

“所以你就跟伊甘一起欺骗我?”乔说,拼命地寻觅对方的动机,“就因为我造了‘晶镜’?”

阿夫季拉回敬了一个金星人的瞪眼动作。“我希望你去建造‘晶镜’,”她说,“而且你应该努力去干好。”

随后她离开了,骤然转身,连跑步的姿势也没有摆出来,这动作简直转瞬即逝,令乔无法抓住。

她去码头平台了,那儿还有一些小艇在潮水里上下浮动。

乔望着她,此时的感觉犹如当年婕莉说她要返回非洲一样——但是强烈了十倍。不过话说回来,妄想两人能有未来……那该有多么傻呀。金星人和地球人……这分手的一刻是在所难免的,只是细节待定罢了。

乔还不能返回自己的住所,他要把握两人关系的最后一刻……并且接受她的建议。

于是乔前往他的“晶镜”。

等乔到达顶部的时候,他把自己调整到一个标准“雷诺士风格”的愤怒状态。首先,他发现安保队伍没有在值勤——难道是被塔特尔叫走了?要么干脆因为那场暴风雨而擅离职守?

乔原本要返回塔楼去找他们,可他先要确认“晶镜”没事方能安心。

那幢建筑的确安然无恙,随时待用。巨型圆盘坚固结实,而且刚刚清洗过,显得闪闪发亮。

乔朝东方的光明海望去。伊甘告诉过他真相:太阳不仅可见,而且就挂在天边。

金星港三角洲的浅水也正在退去，带走了最后一批金星小艇，还有阿夫季拉和她的部落。

海水退了，乔的灵魂也飞了。作为一名工程师，他知道退潮意味着什么……很快就会有一堵水做的"墙"。它会有多高呢？其实这并不重要，就算乔身处几百英尺的高度，冲击波的蛮力照样很可能摧毁"晶镜"的塔楼。

还有金星港里地球人全境。

今晚夜色清澈，乔望得见那四幢塔楼，窗户里都亮着灯。那些傻瓜们知道要发生什么吗？伊甘说得对，没有人相信传言，也没有人会去做准备。只有当楼倒砸人的时候他们才会奔向太空港里的那三艘飞船。

乔突然萌生了一个想法。

他进入控制室，启动设备。

"晶镜"的控制室设计用来聚焦信号光波，对可见光谱也同样奏效……如今太阳已经在金星的天空中首度露脸，于是乔开始转动"晶镜"。

这个过程花费了宝贵的几分钟时间，乔最终将"晶镜"调整到位，从新生的太阳那里吸收光线，再将其聚焦到那四座地球人的塔楼上。

随后他将光线聚合变窄以增加其亮度，更确切地说，是增加热能。

乔知道塔楼的建筑物料有多么的弱不禁风。(地球人政府是出了名的小气，只要外墙可以防水就够了。)

此时两栋住宅的顶部着火了，其中一幢房子里头就有乔的住所，这意味着那间屋子也很快就会着火的……伊甘的房间在另一幢楼里，也一样即刻失火。随后遭殃的是第三幢大楼，也是最老旧的一幢，即塔特尔的地球人政府总部。

最后轮到了第四幢塔楼，那是"13+酒阀"所在的地方。乔心里觉得有些遗憾，不过这也仅是片刻之感而已。

外头肯定发生了变故，因为当顶楼开始燃烧时，乔确信自己不仅听到了噝噝声和爆裂声，而且还有警报拉响的声音。

乔正期待听到这警报声。

乔知道自己这么做有可能会伤及或害死那些地球人，不一定能够激励他们展开自救。然而此时此刻，坦白地讲，这真的并不重要。

海水继续退去，一片泥泞的海底暴露了出来，跟乔在金星多次穿越的那些平原一模一样。他费力地张望，云朵正在东方形成……很快升腾起来，遮盖住那一轮落日。

他抬头望着“晶镜”，手臂做了一下调整，然后再看看那几幢塔楼。一层旋涡状的云雾滚滚而来，使得塔楼底部看起来变得模模糊糊。它们并非来自大海，而是出自西方。然而楼底有晃动游移的光和影，这表明人们正在聚集……正在移动。

此时大风从西边刮起——来势异常凶猛。一阵突如其来的狂风刮得平台剧烈摇晃，把乔撞倒在地。

他爬起身来重新矫正“晶镜”，想到地球方面会因为损失了基地而沮丧失望……成千上万名高叛商的人将无法乘船驶离星球。

乔望见浩瀚的波涛于光明海上逐渐形成，他不明白自己为何对那些人的窘境无动于衷……然而就在此时，一块“晶镜”的建筑材料于狂风中脱落，摔下来砸到了乔。

当乔重新恢复意识的时候，他正身处在太空轨道上，就在“等边”号里头。他被绑在客舱的地板上，这里有四个铺位，全都已经睡满了伤员。乔感觉身体好冷，犹如从海里捞出来似的——可能当时就是这样。此刻的乔感到头疼不已，饥肠辘辘。

“欢迎你回来。”伊甘在敞开的舱门口说道。他自己也负了伤，双手都绑着绷带。虽说他俩上一次闹得不太愉快，但乔还是很高兴能够见到他的朋友。

事实上,无论见到谁他都会很高兴的。

“咱们当中有些人逃了出来。”他说。

“大多数地球人确实赶在海浪之前抵达了太空港,”伊甘说,“很庆幸那儿比金星港的地势要高。人人都拼命往里边挤,起飞时海浪近在尺咫,甚至生成了一大片水蒸气。”

“然而考验人的地方在于如何到达‘等边’号的位置。空间站并没有停靠在预定汇合的方位,所有飞船都不得不在轨道上徘徊两天,直到计算出新的数据为止。”伊甘自鸣得意地笑了起来,而此时乔也对其笑了笑以示回应。“假如他们有一台我的仪器,恐怕早就在半小时之内解决问题了。”

“我是怎么获救的?我压根也不在飞船附近呀。”

“三天后我们不得不回去找你。一艘飞船再次寻觅到一块陆地并降落下来。所幸的是‘晶镜’依然矗立着。你当时的情况真是一团糟,不是神志恍惚,就是不省人事。不过就连塔特尔也坚持一定要找到你。”

“这么说来……‘晶镜’……”

“说实话就是一点儿皮外伤而已,稍加修护就能按期完成接收地球信号的准备工作,”伊甘笑着说,“当然了,它目前的确正在一片内海中央,不过按照罗斯托夫的预测,海域很快就会变成一片冰原,位于金星新生的‘背阴地带’之中。”

乔想起随船队漂泊的阿夫季拉,于是问道:“那么金星人呢?”

“他们安全渡过了此次海浪之灾,很显然那些家伙从前已经经历过很多次了。”

乔思考回味着这条消息。“对了,还有一点,”伊甘说,“我后悔没有把真相早点告诉你,不过当时我自己也吃不准,后来我抽空又去跟罗斯托夫谈了谈,并检讨了过去的事……直到那时我的心里才算确定了……”

“你的伤势一定很严重。”

伊甘举起绑着绷带的双手说:“要过好几个月才能再提得起酒杯。”

“阿夫季拉跟我之间的露水情缘是有预谋的。她之所以追求我,全是为了R!”此时伊甘清楚地看到乔脸上的疑惑,“金星人不但赶在‘日落’之前拆解他们的物质世界……而且还割裂各自的人际关系。我们已经看到部落和船队的重新整合,要是这种做法一直延伸到……男女关系上的话,我想也不足为奇了。”

乔没有心情去争论,不过伊甘的话距离安慰也不远了。“她原本可以告诉我的。”

“没错,”伊甘说,“不过你要记住,金星人的寿命那么长……做抉择和行动的时候又是那么复杂。我觉得她希望你处于一种……‘危险’的心境里,比如愤怒、执着、渴望证明自己。”

“这是为什么?”

伊甘笑了,这表情或许带着真诚的暖意,也似乎在承认一个艰难的事实。

“这样一来你就会按捺不住要当英雄了嘛。”

托拜厄斯·S. 巴克尔

托拜厄斯·S. 巴克尔是一位出生于加勒比地区的科幻作家,他的作品已经被翻译成了十六种语言。他在各种杂志和选集上发表过大约五十多则短篇故事,并被雨果奖、星云奖、普罗米修斯奖和约翰·坎贝尔奖提名。巴克尔是"异域宝藏"系列的作者,该作包括《水晶雨》《小乞童》《狡黠的猫鼬》和《天启之洋》。他的短篇小说已经被收录在《起源》和《新世界之潮》里。巴克尔最新的小说是《北极抬升》和续作《飓风之灾》,最新的故事合集是《缓和的未来》。他的大量短篇故事最近已制作成 Kindle 电子书版本。

在随后一则悲惨的故事里,巴克尔向我们展示了某些野蛮暴行在历史的长河里似乎会自行重演——哪怕是在另一颗星球上。

淡蓝色回忆

一

在金星同温层寒冷的夜空里，银色弹头状的火箭飞船正冒着热气、掉着残片。大伙不停地旋转，我紧紧抓牢加速椅的两个扶手。指挥官老赫斯顿·詹姆斯前前后后往返于多个控制台之间，拼了老命想重新获得对飞船的控制，可是纳粹的导弹出色完成了它的捣乱任务。

远方这颗如珍珠般瑰丽的金星天体一直以来都是我们心灵的慰藉，那是一个令人兴奋的目的地，是一块让你不禁去探险的诱人之地。

为了我们的祖国，必须要着陆下去，再对德意志帝国发动一次猛烈的打击，证明我们美国的战争机器才更强大。如今世界大战已陷入僵局，胜负前景扑朔迷离，于是一项宏伟的太空竞赛便由此催生了。它见证了盟军在最后的战线上与纳粹殊死搏斗，跟他们的月球基地和空间站势均力敌。现在，这场竞争的目标在于称霸一颗行星。

那些纳粹狗杂种们没有能力在姐妹星球上打败我们，于是就鬼鬼祟祟地从地球发射一枚导弹尾随而来。它就躲藏在我们火箭飞船屁股后头，等到偏离轨道运行的那一刻，于太空中击落我们。

“查尔斯！”指挥官詹姆斯扭头往后看并喊我，“连上信号没？”

在这恐怖的十分钟里，我一直不停地拨动各种开关，竖起耳朵来听广播里的静电噪声。可是哪儿也没有这种来自地球的微弱响声，没有那持续不停的、令人宽慰的零星动静。我们东倒西歪的状态也意味着在自身稳定之前是无法寻觅到那种信号的。

抑或是我们的天线统统断了个干净。

“查尔斯!”

我朝詹姆斯摇摇头说:“没有,指挥官,什么信号也连不上。”

在无线电设备静默的气氛里,我们于空中继续下落。

指挥官詹姆斯的身子被绑得很紧以抵抗重力的作用。他厉声呵斥,要我们继续在操作面板上面工作,并在下落的过程争取控制住飞船。他是一名战斗英雄,不到最后一口气就决不放弃。

透过一扇舷窗,我望见一片白茫茫的广袤云层,它在我们下方旋转,一圈又一圈。

血液继续上涌,冲进我的脑子里,令人头晕目眩。我心想,这一切都是自作自受。我跟代达罗斯[1]一样,飞得太高,而后又被灼烧,此刻正从天上坠落。

再坠落……

像我这种家庭出身的人最终是不会成为宇航员的,家里的叔叔婶婶们必须饮用其他地方的泉水,而且从不购置前线来的东西。

我的父亲来自牙买加,拖家带口来此寻找工作,最后辗转到伊利诺伊州的乡下干活。白人们看不出父亲并非同类,然而由于他的头发怪异,而且在户外干活太久的话皮肤就会变成棕色,所以那些白人也无法确切地肯定他属于什么种族。

父亲说在老家人们叫他“准黄人”,意思表示他是一个混血儿,但

---

① Daedalus,希腊神话人物。他同儿子一起收集羽毛并自制翅膀,成功地飞上高空。后来孩子越飞越高,渐渐得意忘形,却不知道此时太阳的热量已经将黏合羽毛的封蜡融化,结果就掉落了下来,一头扎进了汪洋大海里。

看上去更偏向白人,而非黑人。北方的人们①更不喜欢混血儿这个概念,这使得父亲在某些方面处境更艰难。他就是一个活生生的混血儿,是白人父亲和黑人母亲生出来的孩子。

在美国,不管你是白人也好黑人也罢,大家都知道应该如何对待你。然而他却夹在两者之间,将他引入某些我无法参透的人生方向。

父亲娶了一个白人女子:一项火上浇油的原罪。在南方的话,我们本来是无法这么做的,可在北方我们只要低调一点,别到处去"炫耀",也不要一同出门,这样子人们就会视若无睹,权当不存在。

至于我嘛,我跟母亲长得非常像。

我记得曾坐在窗前,看着自己的倒影,努力学着父亲的模样,将梳子插进头发里。可是它从蓬乱细密的头发丝里滑落出来,掉在了地板上。

皮肤白皙的母亲发现我在镜子前面哭,问我出了什么事。我从来都不跟她作解释,有时候这会让母亲更加难过。

当我五岁时,父亲叫我从旁坐下。他告诉我说:"我想跟你讲讲……关于你是从哪儿来的事。"他表情严肃,灰色的眼睛穿透了我这个五岁孩童紧张不安的灵魂。"因为只有当你知道自己从哪儿来,才能真正明白自己到底是谁。"

我点点头,就好像已经领会了他突然灌输给我的智慧。其实令我兴奋的主要是自己能够进入父亲信任的小圈子。因为这些事情我们都不轻易多言,就好像是可怕的隐秘过往。然而事实上,那只是关于我们如何到达当时那块地方的真实历史罢了。

有时候,只言片语的真相就会有爆炸性的效果。

"你的祖先们来自象牙海岸。那是遥远的非洲,需要漂洋过海的。"父亲告诉我说。

---

① 伊利诺伊州在传统上属于北方州。

他教给我祖先的名字,以及他们曾隶属的部落名称。“我以前还知道那些舞蹈,也懂一些他们的语言,都是从我的爷爷那儿传给我的,”父亲神情悲伤地告诉我说,“可我把这些全都给忘了。不过我没有忘记自己是从哪儿来的,你也不能忘记。儿子,你的肤色灰白,那会是你在这个世界里的一项优势。你将来说不定会有出息,会做大事,但你必须知道我们到底是谁。”

“我们会回从前的地方吗?”我兴奋地问道。

父亲注视我许久,然后说:“儿子,我不知道那儿是否还有一个‘从前的地方’可以让我们回去。我们只知道如今咱家就住在这块地方,需要懂得如何才能生存得最好,而且更重要的是,怎样可以兴旺发达,因为一个男人应当到处都能活下去,而不是单纯地苟延受罪,你明白我的意思吗?我们在这儿,所以这儿就是我们的家,而且人人都相互照应。”

我不知道他自己是否相信这几句话,不过当时五岁的我,抬头望着他宽阔的肩膀,这一番教育深深嵌入到我的内心并扎根了下来。

十三年后,我驾驶教练机,激励自己打败身边所有人,完成更多的击杀点数,做出更多的绝技动作。我在学校里一直接受语言训练,后来离校参加世界大战,帮助打击希特勒和他的爪牙们。

我听说过由清一色黑人组成的空军战斗机中队在天空搏杀,轰炸机群呼叫“红色尾翼”予以支援,因为他们曾有护航保驾的战斗记录。

“红色尾翼”在其空域中打破记录,而我则悄悄地在此地复制他们的功勋。总有一天我会崭露头角,到了那时世人都会知道我不比任何一名飞行员差。

可我只是一个“影子”人物,一位异族人士的秘密。

我,混血儿查尔斯·斯图亚特,今天将要死于一场落在金星表面的惨烈坠毁,世人将永远不会了解我真正做出了哪些成绩,对不对?没有人会清楚我始终不逊色于任何一名白种宇航员,而他们在自己的圈子里甚至根本不知道我这个人。

我飞得太高了。

不，那是因为血液涌入我大脑而造成的不良反应。我曾飞得很高，我为此骄傲自豪！

我一头扎进金星浓密的云层里，那一瞬间，我看到茂密的植被绿茵和浩瀚的海洋。

指挥官詹姆斯自己割断了保险带，身体狠狠地撞在一侧舱壁上，脑袋上面开了花。

“戴维斯，继续报告海拔高度。”他朝后头的领航员塔德·戴维斯呼喊。

塔德开始在坠落的过程中大声地读数。赫斯顿将薛帕德·杰弗森从座位上拽起来，薛帕德手脚着地，被他拖回飞船的内部深处。我听见里边传来拳打脚踢的声音，还有几句唾骂。

咱们的地理学家兼首席科学家埃里克·史密斯就固定在我左侧的位置上，他伸手过来抓住我的胳膊。“我知道通讯已经失灵了，但请你还是帮我接一下吧，”他注视着舷窗外头，“坠落的时候看见什么就广播什么，说不定会被谁听到，终归也是好的。”

这颗星球上的生灵或许能听到我们。科学家埃里克终究是科学家。我将他的麦克风连接到无线电上。“你通了……我的意思是，如果能传输信号的话，现在这样就算是连通了。”我咬紧牙关告诉他。

“我们正在疯狂地旋转，”埃里克说，“不过我肯定看见了陆地上有一片丛林，在下方几块主要的陆地之间有广袤的海洋，我们周围下起了暴雨。这是一块多雨、湿润、潮气弥漫的世界。”

埃里克继续如此汇报，此时环境的细节渐渐开始显现。他说山峦正冲着我们而来，还有一片湖泊，以及几块布满丛林的高地。

我有一条腕带，里面安放着一枚氰化物药片，万一事态恶化时便服用。我当前无所事事，心想是不是应该在砸到地面之前就吞下它。我可不想经历撞击地面的那一刻。

“薛帕[1],等一等!”指挥官詹姆斯在我们身后喊道。

飞船骤然减速,我们重重地勒在自己的保险带上。当时我高兴极了,火箭又被我们修复了。尾部会在下降过程中点火启动,而后再顺利着陆到这个新世界的地表上。

然而情况并非如此,飞船仍然偏向,而且还摇摇晃晃。下降的速度的确缓慢了,但并未传来火箭雷鸣般的轰响。

“降落伞!”塔德说,“应急降落伞都打开了。”

舷窗上迎面扑来一堵绿荫之墙,飞船撞入树林与沼泽中,发出刺耳的声音。此时椅子上的螺钉松开了,只剩一个轮子,我旋即于机舱内团团乱转。

二

外面的环境湿气很重,还弥漫着各种外星植物的气味,异域风情颇为浓郁。深紫色的蕨类叶片漫山遍野,布满在周围的陡峭山坡上。前方仅数英里处,多石的山脉高高地耸入云霄。

我意识到原来咱们就差了那么几秒便要撞到山上去了。

在指挥官詹姆斯的坚决要求下,我们五个人都下了飞船,然后在船体周围走一圈。“我们得知道火箭的损坏程度。”他说。

我只是想出去站一会儿。大伙一直被关在这个“金属管”里大概有整整一个月了,服用着各种药片,吃着从管子里挤出来的食物。火箭飞船猛然蹿入棕榈树般的叶林里,在灌木丛中形成一片开阔空地,我想就这么呆呆地站在其中。

可是大伙都一齐点头并执行命令去了。

等我们悉数绕着银色的飞船走了一圈之后,赫斯顿随即问道:“薛

① 薛帕德的简称。

帕,情况有多糟?”众人在那些救了我们性命的水箱跟前停下了脚步,要是纳粹的导弹击中别的任何地方,我们很有可能已经当场毙命了。

“我们不止没了水,”薛帕报告说,“也漏掉了燃料。还有,要想载人重返轨道的话,恐怕船体会经受不住,引擎点火产生的压力可能导致整艘飞船崩溃。”

赫斯顿若有所思,考虑着各种可能性,琢磨着一个行动方案。他愁眉苦脸地面对周围的丛林植被。“事到如今,咱们来这儿的目的就不只是兜一圈再回去了。任务参数刚刚变更,我们在这个地方首先要生存下来,直到另一项行动任务搭救我们回去。斯图亚特,通讯方面进展如何?”

我抬头注视着邻近一棵树上荷叶状的巨型黄色叶片。“长官,当时我一发现导弹就立刻发送了求救信号,而且下落的时候一直都在发。可是设备坏了,我可以找找备用零件,看看是否可以修一修,将就着用用。但是我要等薛帕德先把电力恢复,不然我什么也做不了。”

赫斯顿转而对薛帕德说:“薛帕?”

“我马上就办,给我几个钟头怎么样?”薛帕擦了擦手,然后向上一跳,走过舱门,费力地进入损毁的飞船里。

“同时,”赫斯顿说,“我要你们几个和埃里克一起拿些瓶子来,给我去找干净的水源。埃里克,把你测试水质所需的设备也带上,确保饮水安全。”

“遵命,长官!”大伙齐声说道,我动身去帮埃里克拿几把大砍刀和几样大一点的容器。

我们着陆于高耸的山丘之上,附近便是一片自然形成的高原。地面泥泞,我们在丛林中用砍刀开路,瞧见了几处沼泽泥塘,这是我们一开始所能发现的最接近水的地方。

埃里克闷声不响,无疑是被微微吓到了。我自己也同样心情不佳,但还是欣喜于可以在他身边。埃里克这个人一副书生气,是我一直以来最喜欢的飞船成员。在所有船员当中,只有他尚未随随便便地评价过意大利人、犹太人、波兰人、黑人或西班牙人。那些说三道四的话总是令我暗自生气却还小心翼翼地假装中立。

我在他旁边可以稍微放松些,不会有什么突如其来的激烈言语刺激到我。

大伙朝前方边砍边行,热量和湿气让人汗流浃背,于是我褪下长袖的衬衣,将其绕于腰间。

“我要是你的话,就会把它穿着。”埃里克说。

“为什么?”

埃里克用砍刀指了指附近树林中羽状叶片上一块块拳头般大小的黑点。“它们跟蚊子不完全相像,但它们属于巨型的昆虫。我猜这很可能是此地稠密的空气所造成的吧。”

我把衬衣重新穿上。“一件衬衫能抵挡住超级大蚊子吗?”我问道。

他耸耸肩说:“不知道,或许有用吧。”这里有个头庞大的蚊子,惊扰到的话就会从地里成群结队地涌出,就像来去匆匆的雷暴乌云一样。

片刻后,埃里克振作起精神,开始着手检查这些植被,意在确定某些生物与地球上的同类相似。“很像中生代的样子。”他一直不停地这么说,而我只知道中生代跟恐龙有着某种关联。

埃里克一路检查着周围的植被,我俩驻足于两片恶臭无比的水塘前。“死水。”他断言道。于是我们继续赶路。

地面变得更加泥泞了,埃里克发现森林最糟糕的地方矗立起一座石头山,于是我们爬上去从上方绕行这片丛林。他偶尔会停下来,在一叠纸上面写下地标。“这儿没有太阳,没有星星,连派得上用场的指南针也没有,”他说,“咱们必须多加小心,以防迷路。”

有些生物形如鸟儿,色彩靓丽,有长长的尾巴。它们从树梢上突然蹿升，于空中滑翔而过。埃里克两度驻足，迅速对它们做了一番素描。

最终我们在另一处平原上暂时停歇下来，周围是更多的沼泽地。眼下埃里克正愁眉苦脸着，在外星动植物群系的科学之谜面前，我们的现实窘境反倒退居其次。“这儿有很多足迹，看上去有大型动物存在，跟着它们应该可以找到一处水源。”他说。

我坐下来，背靠着他，望着方才爬过的石头高地，从我的水壶里慢悠悠地抿了一口。

正在此时，我感觉埃里克的后背笔直硬挺了起来。“查尔斯。”他小声说。

“嗯？”

“不……要……动……”

大地砰的一声巨响，而后又复一次。我非常……非常缓慢地朝身后望去，只见一头野兽有十英尺高，长着六条腿，绿色的皮肤斑斑点点，一张爬行动物的脸面目狰狞，朝我们发出嘶嘶的吼声。

然而这并不是令我胃部痉挛的东西。有一个四肢消瘦的男人，皮肤异常苍白，几近透明。他踩着皮质马镫，站直了身子，举着一杆东西对准我们。那肯定是一把长管的武器，绝对不会错的。

在小径的更远处，又有三名骑着坐骑的金星人沉重地向前缓慢移动着，他们的长管步枪也正瞄准着我们。

“他们是两足动物，”埃里克喘着气说，“而且是类人动物，这模样真是优美啊！”

“他们手里有武器。”我嘀咕说。

“这一定是某种平行进化①的形式。这是一颗姐妹星球，这些人都是地球人类的‘同胞骨肉’，”埃里克对我脱口而出，“说不定我们都是从某些同类的生物体发源而来的呢……”

① 共同祖先分出来的后代在进化方面往往存在着类似的趋势。

他还来不及彻底想明白，那四个金星人就朝我们发起了冲锋。野兽动作迟钝，吼声隆隆，狭长的脖颈挑衅般朝前伸，发出更多饥渴的嘶嘶声。

我抓住埃里克的肩膀，用力把他拉起来，然后两人一起逃跑。蜥蜴状野兽的砰砰声须臾之间已充斥了我俩的世界，带重物的大网拍打到我们的背上。

我俩跌倒在地，随即便被缠住了。我们拼命挣扎，掏出大砍刀来切断这些网绳。我把大网锯开，第一个从里头爬了出来，埃里克随后跟着逃脱。

他举起了大砍刀，此时一支步枪迸发出一道亮光。埃里克尖叫一声，掉了他的刀，而后小心翼翼地举起了双手。“你最好也把刀放下。”他说。

我松开手，任凭砍刀掉落在地。

那几个金星人用硕大的眼珠和黑色的瞳孔注视着我们，然后纷纷跳到地上，手里带着绳套。

几分钟过后，我们被绑在野兽后面，于丛林中顺着小径被他们拖走。

“我搞不明白，”埃里克甚为惊讶地说，“我们是来自另一个世界的访客。他们想必是瞧见了火箭飞船。在那些家伙眼里，咱俩看上去一定很像外星人。这可是‘初次见面’[①]的情形啊。他们想要干吗？”

“我也不知道。”我气喘吁吁地说，此时绳子正拽着我走。

他们把我俩拖入一个类似村落的地方，那儿有一座座由长木杆支撑起来，并用树叶编织而成的草屋。警觉的金星人围坐在煮锅旁，开始对我们喊叫并笑嘻嘻地指指点点，而那些抓捕我们的家伙也用类似的

---

① 诸如《星际迷航》等科幻作品当中的常见剧情，指人类与外星生命的首次接触。

叫喊声来回应他们。

“我们……来这里……没有……恶意……”埃里克声明。然而他的努力所得到的回报是脑袋上重重的一击。埃里克脚步恍惚,我抓牢了他并帮他站立起来,接着我俩都被推入村子中央的一组笼子里。

在后来的几个小时里,我本应该注意观察这些金星人并尽量多了解他们,可我却在竭尽所能地帮助埃里克感觉舒服一些,同时还要防止他睡着。

要知道头部被重击向来都是一件可怕的事。

结果我几乎没有注意到另一队金星人带着其余船员凯旋。指挥官赫斯顿·詹姆斯在枪口下被人推着往前走,薛帕德在他旁边,两人分别挽着塔德的左右胳膊,他们看起来已经精疲力竭,浑身上下都是瘀青,表情惊恐万分。

他们进了笼子,跟我们在一起,赫斯顿匆匆看了埃里克一眼。“他应该没大碍的,”赫斯顿语气冷峻地说,“不过塔德的情况很不妙。当时我们几个反击了,一路上都在打,那些家伙击中了他。”

塔德肚子上有一处灼伤的弹孔,已经被烧黑。为了此次旅行,我们都接受了充分的医疗培训,都知道这伤势是致命的。

“查尔斯,你是语言和沟通方面的专家,对这些金星人,你看出一点眉目了吗?”赫斯顿问道。

我摇了摇头。没错,我的确专攻语言领域,在战前读大学期间学习过大约七种语言。尚未完成的语言学学位帮助了我跻身船队名单,拿到了通讯职位。“不过这是另一颗行星、另一类物种啊,何况我还一直照看着埃里克。”

“他妈的野人,”赫斯顿吐了口唾沫说,“骑野兽、住草棚的野人。”

我一言不发。

数小时后,塔德咯咯地喘出了最后一口气,在一声痛苦的呜咽中魂归西天了。最后,四周阴云遮蔽的那一抹阳光渐渐退去,大伙都设法让自己睡上一会儿。

第二天早上我们醒得很早，只听见薛帕德朝几名个头很小的金星人大声嚷嚷，因为那些人正用尖头的棒子戳他。

埃里克环顾四周，头晕眼花，不过也算是醒了，谢天谢地。他对眼下情形无甚看法，唯一的总结便是静静观察。“我觉得他们身上甚是苍白的皮肤是一种生理适应，”他小声嘀咕说，几乎是在自言自语，“因为没有多少阳光照射到金星表面上。假如你观察地球上的人，其实也是同理，越是往北，阳光越少，人也越白。”

三

次日早晨，我们被带下高原，装入车内。经过两天的颠簸旅行，来到一座形如巨型海胆的要塞。它朝四面八方伸出黑色的石头尖刺。

在其中一个尖刺下面，那些家伙同另一队穿着红色艳丽丝绸的金星人争论了 15 分钟。

随后更多的金星人出来了，他们带着满满的一箱步枪。

“我觉得咱们被卖了换枪，”薛帕德说，“我的上帝呀。”

那些住在山里的金星人转身朝我们而来，让我们站在这“长钉子”的要塞前面，他们自己则返回位于沼泽里的家。

“看样子刚才那些家伙没说明白，眼前那些人再也不会知道咱们是从天上来的了。”埃里克说，嗓音略带颤抖。

“那我们就学学当地话……”指挥官詹姆斯轻声说，“不管要花多久的功夫，之后我们再跟他们说清楚。况且他们可以用自己的眼睛瞧嘛，我们看上去就是不一样的。”

“就他们的认知水平……”我说，这是上午以来第一次开口说话，“肯定以为咱们都是陌生的金星人，来自这颗星球上某个未知的地方。”

“你给我收起这种调调。”赫斯顿命令道。

接下来一周的旅途给人印象模糊，只见到更多的车厢、更多的行李搬运车。我们时常被捆绑着双手被迫与它们同行，同时有肤色苍白的金星人朝我们大喊大叫。一路上薛帕德和埃里克轮流记下我们转过的弯和行进的方向，尽量在心里保存一张如何返回飞船的地图。

步行第二周，潮湿的空气不再令人感觉如此神奇了。那软如羽毛般的蕨类植被看起来也渐渐不再那么奇异了。尽管每次丛林深处有东西飒飒作响时，我依然会感觉心惊肉跳。

我们于第二周到达了一处海岸，望见一座砌有城墙的宏伟城市。它一半位于绿宝石般的森林之中，一半延伸入灰色的大海里。码头犹如手指头那样向外伸出，一道做工简陋的防波堤保护着城市免受海浪带来的种种危害。

几座石头房子朝我们这个方向倾斜，进去便算作是入到城墙之内了。此地的一座座仓库都被粉刷过，它们色彩柔和，散发着奇异的香气。我们当中没有一人能够辨识那股味道，是肉桂吗？香草熏肉？

他们一直给我们食物吃，一种没有味道的面糊状炖汤。这东西让我在头一天的夜里饱受胃痉挛之痛，不过在步行的那些天里也都已经适应了。当闻到那股香气时，我意识到他们提供的食物应该就是等同于我们吃的稀粥。

我们跟在捕获者后头，行走于仅四五人宽的街道上，而后进入一处中央市场。那里边挤满了金星人，售卖着肋骨肉和蔬菜，它们看上去歪瓜裂枣，色彩也毫不诱人。另外还有我们先前路过仓库时已经闻到过的香料。

一名身上带疤的矮个金星人带着一口刀朝我们走来。大伙朝后退缩，可他用那把刀干净利落地将我们的衣服统统割烂。

“见鬼！”赫斯顿尖叫起来，可呼喊无济于事。他站在那儿，光天化日之下全身赤裸。他拼命地遮掩自己，那一副天生僵硬笔直的腰杆突然弯曲了下来。

金星人把一桶桶水泼向我们，欲洗去我们身上沿途沾染的灰尘，再把我们擦洗干净。

随后，我们朝一座石头高台走去。

我站在那儿，望着聚集而来的金星人，他们全都盯着我们看。我的胃部又抽搐痉挛起来。

“我们是来做客的！”薛帕德朝他们呼喊，“是从另一个世界来的客人！难道你们就不明白吗？你们应该给我们搞一个欢迎大游行才对！”

“薛帕，”埃里克看着我，悄悄地说，“我觉得查尔斯是对的，他们从未见识过云层以外的世界，或许也不知道有别的行星。他们很可能以为我们只是长相古怪的金星同类而已。”

“可我们是乘火箭飞船来的啊！”薛帕德反驳说。

“你看那东西像飞艇吗？”埃里克一边问，一边指向头顶上方。

大伙仰头望天，一架体形庞大、比空气更轻的机器在洋面上空朝城市方向滑翔而来，于一块广阔的空地上慢慢下降。

“逮我们的那批金星人说不定连这些东西都不太懂，”埃里克说，“他们不知道如何制造枪支，而且居住在山坳里。他们卖掉我们来换枪，或许连我们是如何出现的都没有解释给眼前这些家伙。”

看来英雄所见略同。

一开始我就知道自己是何等的正确。这的确是外星的语言，但我明白那喋喋不休的行话所为何事。

这是一场拍卖。

我的心开始默默哭泣，在金星潮湿的热带空气里，我忽然间感觉寒冷孤寂，灵魂仿佛已经飘到了千里之外。

赫斯顿朝我厉声喝道：“查尔斯，你要自制。我们准备想个法子摆脱这局面。”

“真的？”我盯着他看，并说：“家乡的人们花了几百年才想出逃离的办法，况且就算是在那个年代，他们也还是活得像二等公民。即便我们可以跟他们沟通交流，根据眼下这一切情况来看，我们的最终结局也只不过是变成某种‘科学之谜’而已。”

队员们都盯着我，好像我长了两颗脑袋似的。

然而我们并没有多少时间继续争论下去。大伙被拆散了，这场拍卖会宣告结束。赫斯顿和我被带到一座大宅院里，内设鹅卵石铺就的壮丽庭院，恰位于城市围墙的边缘。男人们给我们带路，他们穿着丝绸衣服，盖着蛇状金边图案的头巾。与此同时，衣衫褴褛的矮个子金星人则在一旁用棍棒戳我们。

随后那些人朝我们谩骂，抓我们的手脚，把我们拖倒在这片湿漉漉的石头上。我们不能动弹，于是拼命地挣扎抵抗。

一个穿丝绸衣服的人走到我们身旁跪下，手持某种钳子，夹着一条体形微小的鼻涕虫。

“你要干什么?”赫斯顿大喊道，“我命令你……”

金星人将小虫塞进赫斯顿的鼻子里，顷刻间虫子和人都躺着不动了，好似昏迷的样子。

接着那条虫子开始蜿蜒爬行，往鼻子上头一路钻去。

赫斯顿尖叫起来。

金星人接过另一副钳子，转而朝我过来。我大喊大叫，徒劳地挣扎着。

虫子滑入我的鼻腔，一条黏滑湿润的东西朝上蠕动，黏液朝下滴到我的嘴唇上。鼻腔里充斥着一股推拉、撕扯的感觉，我尖叫起来，品尝到血液的味道，它回流到喉咙深处，我随即呕吐了起来。

金星人关闭了入口处那几道硕大的石门。看守们懒懒散散，扛着步枪在悬空走道上面巡逻，并俯首监视着我们。大伙被孤零零地遗弃了，站在庭院的石子上面，望着天上的云彩，额头都疼得不行。

灰暗的云层，一成不变，始终如此。

我意识到自己再也无法看到蔚蓝的天空了，除非发了高烧，乱做美梦。此刻血从鼻子里流出，连胆汁都要呕出来了，身体在石子上面蜷曲成了球状。金星人偶尔会过来朝我们大声嚷嚷。“起来！听得懂吗？”

直到那天晚些时候，我才似乎明白了什么。“赫斯顿！赫斯顿，我好像听得懂他们的话！”

赫斯顿埋怨地说：“我以为那是你在骂我，可又觉得你不会对我喊‘卡夫提’……不管那是什么意思。”

我想象得出来，埃里克一定会告诉我们说鼻腔是体内最接近大脑的入口，这条虫子本来会爬上去……

我踉踉跄跄地站了起来。“我可以站起来了，”我说，“你们听得懂我说的话吗？”

“起来！”一位金星人要求说，“要是你们听得懂，就赶快站起来！”

赫斯顿抓住我的肩膀。他很兴奋。“我们是来做客的！从另一个世界来。”他朝上指向那一片笼罩着苍穹的灰暗云层。“我们从云外来。”

周围金星人都笑了，发出一阵犬吠般的声音。“除了地面，世上没有别的地方。除了更多的云和虚空，云外没有别的东西。”

赫斯顿不肯作罢，他继续争辩。最终，他的大声嚷嚷招致了警告，随后金星人用棍棒揍他，直到他闭嘴为止。那些家伙勒令我扶起赫斯顿穿过院落，我头晕眼花地走进一个狭小局促的平房里。

这里昏暗潮湿，地板上铺满稻草。金星人朝我们吼叫咆哮，大伙全部蜷缩到一个距离他们最远的角落里。在晚间，房门是上锁的。

第二天早晨我们悉数被带了出去，来到该座城市的机场。一艘艘飞艇前来休整，于洋面上平缓进入机场区域。在两名武装金星人眼皮底下，大伙为那些飞艇卸货，其中有一包包食物，以及装满油料和香料的瓶瓶罐罐，全是帝国从边远城市运回的东西。

“我真是搞不懂，”赫斯顿说，“他们是拥有科技的。我们正在给飞艇卸货。他们有激光枪。那为什么要强迫劳动呢？这说不通啊。或许他们这儿没有资本主义或民主制度，或许我们得把那套东西带给他们！因为你瞧，找些身强力壮的美国港口工人就可以麻利地帮飞艇卸完货，他们的动作比这些可怜的家伙们都要快。”

此刻赫斯顿正盯着我看，想必我是轻蔑地哼过了一声。“我的指挥官大人唉，资本主义和民主制度都包容了奴隶制，直到上个世纪晚期才将其废除。在南北战争之前，那可正是美国的运作方式哟。据我观察，你不妨去棉花产地跑一趟，那儿时至今日仍是奴隶制度的‘天然盟友’。你有亲属在西弗吉尼亚挖煤，对不对？他们有谁欠公司商店的账吗？付公司房屋的房租？向公司赊账买日用品？假如你可以迫使某人免费工作，这难道不是最大的利润吗？假如盈利是你所关注的全部内容，那么自然而然地就会归结到这一点上来。”

赫斯顿放下手头工作，两眼瞪着我说：“你是共产主义者？”

我顶了一句嘴，可此时一名工头挥着棍子过来，赫斯顿站起身来朝他呵斥回去，不过在脑袋上“赚”了几个巴掌。

他居然也会动脑筋，真是没想到。

“干活！”我们被命令道，“现在不是聊天的时候，再说一句就把你们的皮肤烤焦。”

我们又重返工作，将货物从飞艇里拖下来，放入等候着的货车里，六腿野兽套着套具，耐心地一动不动等着。

“要是咱们可以找‘对的人’说话……”当大伙往回走时赫斯顿小声地说，“咱们得找一个政治家或科学家……跟他们的领导谈谈，而不是工人和工头。跟有权的关键人物谈谈，情况就会好的。”

指挥官相信这一套，因为对他而言那一直就是真理。虽说他的人生有起有伏，但说句公道话，他总能找到“对的人”，并把事情理顺。

天下自有公道在，人间总有秩序存。他真心信仰这套东西，而这个世界也以某种方式在他眼前运转着。

“等我们把这儿的活干完,看看可不可以找个法官请愿,或者别的什么人也行,这样咱们说不定就可以跟‘对的人’谈谈了。”

赫斯顿越搬越起劲,越干速度越快,他脑子里想的就是把飞艇的货物卸完,他心血来潮的激情和干劲让我追赶不及。指挥官心里志在必得,如今已全神贯注地投入进去了。

“指挥官,”我小声嘀咕,“慢一点啊。”

他眨眨眼说:“为什么?”

“其他金星人干得没这么快。你想想吧,他们都是奴隶,又不拿工钱的咯,没有理由要把自己活活累死。那些人之所以能够忍受这个工作,是因为只要自己别因为动作太慢而被打骂就行了,你明白不?”

“他们偷懒不关我的事。”赫斯顿大声咆哮。

那天晚上,平房里所有的金星人都攥起滚圆的拳头揍打我们。起先十分钟赫斯顿还竭尽全力予以反击,可他们人数太多了。

第二天,我们勉强赶上工作进度,肌肉瘀青撕裂,令我们喘着大气,干活的时候互相之间不说一句话。

另一个金星人用青筋爆出的脚后跟踩断了我的无名指,随后说道:“欢迎来到基什城。”

四

在漫长又辛劳的一周劳作之后,指挥官詹姆斯逮着了一个机会去跟“对的人”谈话。在太阳徐徐落山之前,金星人会让我们在墙内紫色的草地上休息。

我在一个光影倒映的水塘旁边歇下,把酸痛的脚浸了进去。此时一队穿着华丽的金星人于庭院中一掠而过,中间的那一位是房子的主人。我们偷听其对话,得知他是基什城的海关官员。

赫斯顿箭步上前,拦住金星人的去路。“庄园主大人!”他大声喊道，那个金星人惊恐地转过身来。此时一名围绕院子边缘徘徊的工头举起了步枪，不过主人举手示意，制止住了这狙杀的一枪。

我感觉赫斯顿有些结结巴巴的，因为他不知道庄园主姓甚名谁。他只是称其为“大人”，一个代名词而已，同时也是恰如其分的代名词，墙内唯一举足轻重的词汇。

赫斯顿拖着步子，朝前蹒跚而行。“大人，我来自云层外头，我是乘坐火箭的人……”

他的努力止步于此。大人不耐烦地摇了摇头，然后摆摆手势，指挥官詹姆斯遂即被人拖走了。他或许比那些瘦长的金星人要强壮，但他们的人数却更多。

“他就是新来的那批外国人当中的一个？”大人问道，同时朝我坐着的地方看了看。

“是的，大人。”其中一个工头匆忙上前鞠躬并说道，“他们干活很卖力。”

“很好，也算对得起那几条枪。不过他们要是再敢跟我胡搅蛮缠的话，务必割掉他们的舌头。”

一行人员离开庭院，前往基什城深处某个莺歌燕舞、欢声笑语的地方。他们身上的绫罗绸缎五光十色，散发的香气如肉豆蔻的味道。

“算他走运，那些家伙没有割掉他的舌头作为初次警告。”周围一个金星人说。只见她双臂上下布满了刀疤，根据其语腔语调和掌蹼上的小孔来判断，我认得出她是来自北部山区的，那个小孔曾是她佩戴金戒指的地方。

“他很执拗的，”我告诉她说，“我敢打赌，在我们干完这里的活儿之前，他一定会掉舌头。”

赫斯顿挨打后头晕眼花，我走到他跟前，设法让他喝水。我想办法让他保持方位感，因为此时他正在挣扎。“指挥官，自由市场经济是不多见的，哪怕在地球上也是如此。其实今天的事不足为奇，假如模样相仿的外星人着陆地球,那么身为异类对他们而言或许也不会太妙的。早在南北战争那会儿,我们不得不殊死搏斗才把那个观念上的'污点'清除干净。想象一下吧,要是外星人在这之前就着陆到南方会是怎样……"

指挥官詹姆斯嘴唇瘀青,眼球肿胀。他忍着疼痛,语气坚定地说:"北方入侵的行径是为了争夺国家权力。"

他痛苦地咕哝了几声,拾起一条棉被,推着步子往平房的另一侧走去,而"狗牌"①则获准一直保留着。

在这片异域世界,我成了外星人,而唯一与我相识的人却拒绝同我说话。起先我很气恼,在脑子里组织反驳辞令,以备下次指挥官开口时有话应答,但是这繁重的工作吞噬了我的身心。

旭日的阳光透过云层,那一刻金星人把我们揍醒,命令我们前去机场,那儿有几艘银色的大型飞艇正前来休整。我们一整天都在卸货,全是基什城需要消费的物品,以及众多达官贵人们以重金购得的渴望之物。

"这些货物都是从哪儿来的?"我问那个手上有疤的金星人。

我首度发问时她并不理睬我。后来,我们站着等候另一艘飞艇,从皮革制的水袋里喝水,此时她开口跟我说话了。

"其他城市,更大的城市。"她一边说,一边指向海洋,"基什的大佬们离不了那些来自母城的香料和食物,而基什自身又规模不大,无法种植。"

"基什卖步枪和机器来换取矿石和劳动力。"我说。

"没错。"

我跟那位带疤的金星山民一起装载下一班飞艇,或许身旁还有几

① 战争年代佩戴在士兵脖颈上的身份识别牌,俗称"狗牌"。

个当初抓我们的人，他们如今被另一群持有激光枪的家伙俘虏了。我们对那些家伙推推搡搡，在船上揍他们，尽量不看那一双双乞怜的眼睛。

某天深夜时分，她走到我被窝旁边。

“我的名字叫美亚特，坦尼什的美亚特。”她告诉我说。

“我叫查尔斯·斯图亚特。”我说。

“来自哪里的斯图亚特？”她问道。

“没有什么哪里，这不重要。我是地球上的查尔斯，而地球是在云层之外的。”

“云层之外只有虚无缥缈的真空，别的什么都没有。”美亚特告诉我说，同时咯咯地发出一阵怜悯的笑声，“有价值的东西统统都在那层遮蔽物下面。我们之所以无法透视这层云雾，我想必然有它的道理在，很可能就是因为那儿确实没有什么东西可看。”

我张嘴本欲争辩，可转念一想，美亚特是眼下唯一的伙伴，况且我也太累了，不想再拌嘴。我本来将这几周的经历当成是宇航员的高强度训练。

可是没想到……看来我真的是一无所知。

起先的那几天里我很有干劲和热情。然而日复一日，周复一周，眼看着星期变成了月份，我的背部由于长时间的弯曲而感觉如在火上炙烤，而我对周围世界的学习热情也在与日俱减。这个地方没有周末，我们在半夜里被推出去，被迫抓牢并系好来访飞艇的缰绳，并为其卸货。没有劳动法来约束这些行为，也没有时间让身体得到恢复，只有那恒久不断的侵蚀。

美亚特就躺在我身边，使我感受到有人于枕侧呼吸。作为第一夜，这也就足够了。

我尽量从她那里收集有关基什方位的资料，搞清边界线之外是什么地方。那里是野人们的自由乐土，是山民们的部落。那么有哪些道路可以通向它们呢？我想先在脑中绘制一张地图，而后再做出某些决定。我要弄明白在这个世界应该如何安身立命，搞清它的法则，不管那有多么的可怕。

我始终不得不隐藏自己，周旋于他们定下的规则之间。我记得爷爷曾告诉过我："千万不要向任何人流露自己的真实想法，因为那么一来他们就知道你下一步准备干什么了。"我俩继续在平房的角落里相依相偎，可甚至连她都不知道我心里在盘算何事。

我与美亚特渐生情愫，同进同出，瞧见赫斯顿开始跟其他金星人交谈，就躲在院落里的一棵树后，在靠近平房的某个角落里。

热带的气温和湿度让我躺着也冒汗，此时美亚特去跟别人说话了，赫斯顿爬到我被窝旁，但我并没有感到惊讶。

"当兵的，咱俩或许有分歧，"他悄悄地对我说，"不过现在是时候并肩战斗了。"

"你正在策划暴动吧。"我说。我低头看他蹲伏的样子。城市光线的一层又一层阴影从墙体上部的铁窗穿透进来。

从他的侧脸轮廓上看不出有惊讶之情，不过我可以从他的嗓音里听出来。"没错，有其他人也想争取自由，我一直都在跟他们谈，你想加入吗？"

自从我瞧见他同别人窃窃私语开始，就已经思量过这件事了，同时也想过我要如何作答。"你从前读过几本关于奴隶史的书？"我问道，"我看没有吧，这不是一个大家喜欢研究的领域。让我来给你讲讲，所有奴隶暴动除了海地[1]那一次之外全都被镇压下去了，而咱们并非在一座靠自己就能守住的岛屿上。南美洲有很多类似的岛屿，可是就算在那儿，它们也都依然在殖民规则下被统治了很长一段岁月。"

---

① 加勒比海北部岛国，世界上第一个成功独立的黑人国家。

“可那些暴动没有一次是由美国海军陆战队领导的。”赫斯顿小声地说。

“你以为他们全都没有任何作战经验?”我冷静地问道。赫斯顿自然不会晓得那些人的姓名或官职,因为他们都被消灭干净了。有许多早期的奴隶都是在战争中被俘获的,据说我自己的家族就拘押过至少两名部落领导,其中一人在一座甘蔗园里强迫劳动了三年,之后便自杀了。

“他们需要对的领导。”赫斯顿说。

我伸出一只手,摆到他身上。“我祝你好运。”

赫斯顿嘴里啧啧作声,无疑是在嫌弃我,认为我是一个懦夫。当他看到美亚特的侧影正朝我们走来时,他不理会我的手,独自离开了。

我是懦夫吗?那一晚我几乎没有睡着,胆汁涌到我口腔深处。

我记得在旭日初升的灰暗的阳光下,我被赫斯顿的尖叫声惊醒。记得小时候,有一只猫被一条邻居家养的猎犬逮住了,它发出来的声响跟那声音很相像。一种不停歇的尖声猫叫,它将我从碧霞蓝天、万里无云的睡梦之中硬生生地拖了回来。

赫斯顿在院子里,一根杆子安插在一座石板台的插孔里,他的手脚都被绑于其上。

金星人没有使用鞭子,他们将长有粉白相间羽毛的水蛭挂在赫斯特的胸前和后背上。当我走近,可以听见响亮的吮吸声和撕咬声,而此时赫斯顿再次尖叫起来。

待那些生物完事以后,一名工头将它们拿走,在赫斯顿身上留下一个边缘参差不齐的深坑,血液和黑色的脓水从中流出,闻起来像是干草的气味,而且是腐烂了的干草的味道。

金星人从旁川流而过,赫斯顿抬头望着我,眼神里透出一种痛苦的困惑。“查尔斯……”

“是谁出卖了你?”我难过地问道。

赫斯顿一边咳嗽一边说:“一开始还以为是你,不过后来才知道原来是一个叫塔吉特的金星人干的,一个来自南方某块沼泽地的家伙。他就站在这儿跟每个人讲我做的事情。为什么?为什么会有人那么干?”

“亘古不变的缘由……”我一边说一边摆弄着我的腕带,“就算你造反成功了,平房里的多数工人还是有可能死于后续的报复性镇压。奴隶制社会对暴动起义反应强烈,那些工人都清楚这一点,而告发你就可以保证小日子有所改观。多数人都只看眼前的好处。”

赫斯顿开始哭喊道:“他们会小题大做、从严惩处的,他们会杀了我。”

“或许不会杀你,”我说,“一个缺胳膊少腿、苟延残喘的奴隶也是杀鸡儆猴的好榜样。”

“噢,上帝啊。”最后一句已然成了虚弱的啜泣声。

我思索了好几秒,而后继续说:“我的话或许你不信,不过在我自己的祖先当中,有些人恰恰正是奴隶。我的曾祖父跟你一样抗争过,后来被人抽鞭子,打成了瘸子,身上全是烙铁烙下的疤痕。然而有一天,经历了长久的反抗,他毅然决然地割断了自己的喉咙,不愿继续生活在皮鞭之下。我估计你在今早之前是不欣赏这种做法的,但我却始终惦记着它,自我们被抓来以后就一直想着这一步。”

赫斯顿抬头望着我,眼神迷茫。

我捏碎了腕带,从中取出氰化物药片。“我知道你没机会服用你的药片,”我说,“或许他们不会杀你,说不定会一直折磨你,我不知道。但我想把这个给你,以防万一。”

我把药片放到他舌头上,就像神父赐给人家圣餐饼似的。

“谢谢。”他轻声地说。

一个工头打了我一下,吆喝我快走。我离开时他们将水蛭又摆放了上去。这一次它们咬赫斯顿的脚踝,他双脚无法站稳,身体垂在杆子上。

日落前夕,他死了,嘴里泛着氰化物药片引起的泡沫。

五

“我怀孕了。”一天早晨美亚特告诉我说,此时我们正排好队准备赶往机场。

我脸上的表情令她焦虑不安,她捏了捏我的手,说:“别这么难过呀,来自地球的查尔斯。”

“我不知道。”我说。

“不知道什么?”美亚特问。

“我不知道咱俩甚至还能生出来一个孩子。”她虽然是金星人,不过早先一起被抓来的时候埃里克就注意到我们两个都是类人动物。关于为什么人类的生命形态会在此处存在的问题,他曾经谈起过共同进化或胚种论,或者其他更加稀奇古怪的缘由。

随后,实实在在的恐惧震撼了我的内心。“孩子以后会过怎样的生活?”我问道。我想到自己四岁那时自由自在地在草地上玩耍,母亲叫我回房去,而我权当耳旁风。我“忍痛”去想象自己的孩子被我一同带到野地里为飞艇卸货,眼看着他被人鞭打,颓废潦倒。

“这里有很多人世代为奴的,”美亚特说,“咱们会适应下来,大伙都会慢慢习惯。”然而她的嗓音里带着哀伤的音符、认命的态度。

多日以来,我几乎看不清脚下的地面。

我的世界两点一线,在石子街和飞艇停泊的机场之间辗转循环。从平房出发来来回回,我闭着眼睛也能数清路上的石头。大清早半梦半醒地蹒跚而出,到晚上则疲惫不堪地慢慢返回那个已逐渐视之为家的地方。

我现在休息够了,胡思乱想地做起梦来,本是努力回忆蔚蓝色天空是什么样子,后来又梦想着飞翔。过了好久,当我坠入了一个黑暗的意境中,想到将孩子带入这个世界,此时我才弄明白自己的潜意识作了何种决定。

然而有一天,当我望着银色飞艇徐徐靠近并放下帆脚索时,突然想到了逃离此地的办法。我不会徒步跑,而是要登机飞。

长期以来,我一直在这些飞艇的船舱里头进进出出,十分清楚机舱的布局结构。尽管我不认识金星文字,但也对控制驾驶略懂一二,毕竟我在战时曾是一名飞行员。

金星人的飞艇设计胜于纪实片中我们看到的老式纳粹设计。金星人将氦气压缩并充入燃料箱,让飞艇自然滑行到地面上,然后卸载货物,不再往天上飞去。那根帆脚索只是形式主义罢了,飞艇更像当年地球的飞艇而且始终比空气轻,那帆脚索很可能仅是个留存物而已。

使用气泵只需要几分钟的工夫就可以把氦气重新充入飞艇的气囊里,我想那个环节将会是我计划当中最为关键的一步。

可是我无法独立驾驶这个东西。

我要设法劝说工头们把薛帕德和埃里克弄到我们庄园来。尽管每晚只要直起腰并超过包裹高度的话就肯定会被毒打,但我还是应该向他们保证咱们三个一定会加倍卖力地干活。就这样,最持久的工作时长要降临了。

那需要额外卖力的工作,让工头们注意到你,这样便可向他们兜售那个主意了。可这也意味着我只能勉强在角落里眯瞪一会儿。我将一小片金属物在石头上磨,锉成一把锋利的小刀,用以保护美亚特、未出生的孩子和我自己。

后来领主批准购买,工头将异常消瘦的埃里克推进平房,此时我几乎快要认不出他了。埃里克模样憔悴,头发蓬乱,在我的被褥旁倒下并睡着了。

“真是地狱般的生活，”薛帕德告诉我说，此时我始终留意着自己的刀子，“为了给真正的大船造一座防波堤，他们快要把我们累死了。我们深入齐膝的水中，拼了老命搬运石头，一块接着一块。我三番五次告诉他们我是一名工程师，使用机器的话可以干得更好，然而每一次他们都会揍我。我渐渐学会了闭嘴。”

“这儿的情况要好一些。”我告诉他说。薛帕德开始默默地哭泣，感谢我把他们弄出来。他们几个没有被美亚特吓到，也没有因为发现她怀孕而感到惊讶。埃里克耸耸肩，甚至对这件事情不以为然。

我们的首要任务变换得何其快也！昨天还是民族英雄，今日就为了能够搬到一个少些奴隶制性质的庄园里而哭哭啼啼。

我告诉他们指挥官詹姆斯的事，薛帕德点了点头。“他们把我们的腕带拿走了，当成小饰品卖给了孩子们。有时候我平躺着睡不着，盼望我们当中有人吃下了那粒药片，可有时候我又痛恨自己产生这个念头。”

“我能理解，”我说，“现在去睡一会儿吧。”

头天晚上我在黑暗之中照看着他们，犹如野生的母猫，后来薛帕德苏醒了并轮换接替我。在接下来的日子里，我们每晚安排轮班，以此保证足够的睡眠来生存。

我先等待埃里克恢复精力，然后再慢慢地把计划悄悄透露给他们听。起先他们脸色煞白，心里想着指挥官詹姆斯的命运。“这不是一次暴动，是往丛林里头逃跑。从前有许多人都成功过，为自己创造了新生活。”我想起那些住在牙买加山脉里的逃亡者，想起父亲夸张地讲述他们的故事。

“我们什么时候逃跑？”薛帕德问道。

“等大伙卸完货，每个人都回去的时候，我们就割断系缆，然后跳上船去。机会只有一次，必须确保船上没有武装的金星人。在那一天还没到之前，我不知道什么时候才是逃跑的最佳时机，不过等我哪天叫上你们的时候，请千万不要犹豫。”

这庄园的金星人允许我们保有私人财物，不过工头们偶尔会随机地洗劫一番。我一直存着他们发的腌肉和某种硬面包，几个水袋里也藏有东西，一些会给我们惹上麻烦的东西。

食物、水、手工制作的金属刀，还有美亚特自己一直藏好的些许针线——以便缝补她的粗纺衣物，这些便是我们拥有的全部家当。

我没有告诉过她我们正在计划何事，不过我怀疑她已经知道了。

大伙要往北方沼泽而去，它就在我们当初坠落的小山丘附近。我们要找一条最近的路线前往，倘若我们寻到了捷径，就可以进入基什鲜有人到访的另一边区域了。

到那时，我们或许可以想想下一步该做什么。埃里克说起过营救计划，以及对太空飞行物进行扫描，而我想在这片荒芜之地上开辟出一个小农场，而薛帕德则懂得如何制作陷阱来捕捉猎物。

就算我们会死，那也要死得其所，牺牲的那一刻必须重获自由。

现在万事俱备只欠东风，就差那艘理想的飞艇了。另外我们还需要往水袋里多藏一些食物，随后就可以开溜了。

然而在某个寒冷异常的早晨，纳粹来了。那些家伙摧毁了我们精心谋划的方案。

工头告诉我们，三名纳粹十天前于西面一个岛屿上被抓获。他们仍旧穿着污泥斑斑、破破烂烂的德国制服，肩膀上还有纳粹徽章。“你应该高兴才对，你们部落又有人过来跟你一块儿干活了。”那个安排这场交易的工头神色高傲，一边解释一边指向埃里克和薛帕德，“就像他们两个一样。”

“我们跟那些家伙不一样，”我解释说，“他们来自另外一个国家，一个正在跟我们打仗的国家。”

“打仗？”同我交谈的工头感觉很好奇，“好吧，这儿可没有什么仗给你打，只有更多像你这样的人。你们这群家伙没有分别，所以你们的工作也是一样的。”

我们相互机警地对视着，然后被工头扔下不管了。我发现埃里克和薛帕德都看着我，等待着一个决定。

我想杀了那些纳粹，因为他们用一枚导弹把我们从天上打了下来，但我知道那么做只会惹人耳目。

不过纳粹首先做了表示。他们紧张地做了自我介绍，指挥官汉斯操着略带口音的英语说：“我们着陆时就被那些人抓住了，我们还以为自己会成为第一批跟对方文明获得接触的德国人，可那些家伙把我们的火箭飞船捣毁了，并且还抓了我们。那些人根本不信我们来自云层之外的地方，把我们跟随行物品统统塞进了笼子里。他们用飞机得意洋洋地载着我们兜了一圈，带到庄园里给皇族和达官贵人们看看。”

“就像畜生一样，”另一名纳粹约斯特吐了一口唾沫说，“他们把颈圈套在我们脖子上，用铁链牵着我们。”

“我们曾经逃跑过，但又被抓回去了。我们杀了他们好几个人。”汉斯沾沾自喜地说。

“所以他们就把我们卖了，因为我们实在太会惹麻烦。”

我冷漠地站了一会儿，随后拿出衣裳给他们换，都是粗纺的布料，同我们穿的灰色衣服一样。“好了，‘蜜月’到此结束，”我说，“现在你们得干活去了。”

“那就可以有时间计划计划了。”汉斯说。

“计划干吗？”我问道。

“把拿得到的工具全都收集起来，然后去战斗。”指挥官说。

“已经试过了。”我告诉他说。

“这儿的囚犯需要一个‘对的人’来领导，一位功勋卓著的战士和运筹帷幄的战略家。我在埃及指挥过一支装甲中队。”他挺起胸膛说。

“快穿衣服，”我告诉他说，“要是你再磨磨蹭蹭的，那些工头就要过来找我们麻烦了。”

纳粹开始更换衣服，这时埃里克小声地说：“要让他们加入进来吗？”

我摇摇头。

“可他们是人类啊，”他说，“此地仅有的另一批人类，我们当然有义务……”

“埃里克，我们被一枚纳粹导弹从天上打下来了，”我轻声地回应，“你怎么就知道他们不会再想办法害我们？你愿意把一切都赌在这个上面吗？”

凡是有美亚特在身旁的时候，那些纳粹总是沉默寡言，而且还用狐疑的眼神看待她。所以当他们第一天出工的时候，我就把美亚特留在自己周围。

“你愿意跟我一起逃跑吗？”我问美亚特。

她给我看了看那双带有疤痕的手臂。“我也曾经自由过，后来他们把我绑到杆子上，在胳膊上面弄下这些疤痕，算是给我上一课。但我想重获自由，没错，我要和你一起逃。”

我本欲拥抱她，可无奈还有活儿要干。那天晚上，我趁汉斯熟睡时悄悄把刀子塞进他被毯中间，而后踮起脚尖走到平房内一处新的角落。

在纳粹醒来之前我瞧见一名工头。我告诉自己，这些纳粹是敌方战斗人员，他们会在地球上消灭像我爷爷奶奶那样的人，我参军时就抱有这种理念。

不过在几个黑暗的夜里，我也自忖，说到底纳粹不就是欧洲殖民主义的终极表现吗？纳粹告诉别的白种人还不够白种。他们入侵并殖民其他白种人的国家，传播自己的种族优越论。那些被侵略的欧洲人曾经也殖民其他国家，并告诉那里的棕色人说他们是优等种族。情况是何其相似。纳粹对欧洲的所作所为同比利时对刚果的政策有什么两样呢？

当年远在故乡的时候,我们家已经亲身经历过类似纳粹信仰的那套东西,足以让我不寒而栗,并在更黑暗的时候怀疑这些争斗的目的究竟何在。

然而我提醒自己,纳粹主义是“高纯度”的欧洲殖民主义。它与美国殖民主义相比,就好似烈性白酒之于温性啤酒,在某种角度上后者更容易生存。尽管尚有私刑存在,但始终没有全面的种族清洗。所以我加入了世界大战,并奋力搏杀。令人难过的是,我眼看着这场战争依然在继续。

它甚至扩散到了外层空间,我们跟希特勒的竞争已波及至海角天涯。

我心想,不行,我还有计划要干,不能以失眠的状态去做。于是我叫醒了那名工头,干脆把刀子的事情告诉了他。

数小时后大伙被几声人类的尖叫惊醒,纳粹们分别被挂在三根杆子上。众人赶到外面发现汉斯朝前垂着身子,已经死掉了,而我的粗制小刀正插在他的脖颈上。

另一对人则在哀号哭泣,一条条五颜六色的水蛭在他们的皮肤上吸吮并撕扯着。工头们已经就动刀人类之事审问过了其他金星人,他们全都指向平房的那个角落。对他们而言,人类一个个看起来都很相像,而我已经把自己的小群体同那些纳粹分开了,而且他们还穿着我们的旧衣裳。除此之外,我还叫美亚特到别处去睡了。

“要是机会来了,咱们今天就坐飞艇,”我对剩下的人类伙伴们说,“眼下那些人都忙着别的事情。”

六

纳粹把咱们的好事耽误了,我本来必须使用那把自制的小刀,可现在手头没有任何东西来割断飞艇的帆脚索了。我站在拴系点旁边,尽量表现出很随意的样子,一边肩扛大包谷物,一边将硕大的绳结松开一些，让它能够自由滑动。

我对缆绳做手脚，令其松松垮垮地绕在那根嵌入地下十英尺深的巨型“泥沙螺栓”上，但愿从远处看绳索依然紧紧牢系着。

随后我放下那袋粮食，若无其事地走了回来。

当我跨着大步，慢速跑回到船舱时，我听见薛帕德在里头咒骂。三分之二的货物已经被装卸队伍搬出去了。六名金星人跟我们一起在里头，还有一个工头斜靠在货舱的舱壁上休息。他监督着卸货工作，若是觉得我们动作太慢，他就大声呵斥，抄起棍子便打。

埃里克弯下身子说：“什么时候干？等人都扛包出去以后？”

“现在就动手。”我小声私语。

“那些金星人怎么办？”

“他们要想留下的话，等我们脱离地面的时候可以跳下去。要是想争取自由，也可以加入我们。”

我们本来想再多等几天，额外策划一场针对飞艇的袭击，不过眼下机会已经来了。正常而言，工头们会站在船舱里监视我们，而且要比现在更加警觉。然而今天早上他们有了捣乱分子，而且已经从他们身上获得了暴力和惩戒的心理满足。

埃里克和我左右开弓，从各自的方向朝那名工头发起攻击。我们用一只撕开的水袋包裹住他的脑袋，以此来掩盖他的喊声。我们将他拖倒在一包包谷物下面，用脚后跟踩断了他的脖颈。一脚复一脚，直到最后把鞋底都磨破。

薛帕德跑入空荡荡的控制室，打开氦气排气阀，让气体从增压的燃料箱里倒流而出。

嘶嘶声十分响亮，我朝卸货口下方瞥了一眼。目前还没有看到工头大军蜂拥过来，不过他们正转身，硕大的黑眼睛瞪得滚圆，似乎明白了怎么回事。

“朋友们，”我朝整个卸货区域宣布，“我们偷了这艘飞艇，你们要是想一起逃走的话,欢迎你们。要是不愿意,就快滚下去!”

有两个金星人跑了,从舱口一跃而出,此时距离地面已有三英尺高。他们在草地上翻滚,而怒火中烧的工头们则抡腿猛踢以“回报”他们的忠诚。

其中一个工头抓住了敞开舱口的边缘,拼命要登上这艘正在持续爬升的飞艇。我朝他的双手踢过去,他望着我,身子悬挂在半空中,眼神里充满了仇恨与震惊。

我用力踩他的手指,他尖叫一声,最终放手了。那人足足摔了十英尺的高度,重重砸到地面上,两条腿压在躯体下面,不协调地折叠了起来。

其余金星人转身快跑回去拿步枪,而此时我们越飞越高。激光噼噼啪啪地野蛮射出,于空中发出嘶嘶的响声。我跟薛帕德跑去将引擎马力全开,飞船怒号起来,并疯狂地升速了。

再后来,我走回敞开的舱门处,回望基什的石头塔楼,见它们在远方渐行渐远。我们越过一片片围绕在基什周围的洼地沼泽,有一条恐龙状的蜥脚类生物从树顶丛中伸出脖子,窥视我们,并大声吼叫着。

我们成了一船自由的人。

七

儿子步入五岁那年,我让他从旁坐下。“现在是时候讲讲你真正是谁还有从哪里来的了。”我说。

我告诉儿子,他来自人类的部落,来自地球。

“那个地方在哪儿?”他问道。

“在那层灰色的东西上面,在很远很远的地方。”我指向那片云层。

“我们会回去吗?”他问道。

“应该不会了。”我告诉他说。或许战争已经将地球消耗殆尽。我记得有一个当兵的曾讲过一些故事,说战争双方可能分别在内华达和北非的沙漠里试验出一种新式的超级武器——一枚炸弹可以将地狱带到人间，摧毁世界好几遍。逃跑之后，我没听说有任何新的地球人被抓到这儿来，或是穿越太空而来。说不定这就说明原子弹已经投入使用了。

抑或是由于双方执行任务的人员都没能成功返回，地球上的人们便认定金星表面过于凶险。

不过我还是给儿子描绘了我见过的蓝天和美景，讲了他的爷爷和曾爷爷的故事，还有我所知道的全部历史。

“总有一天，你或你的孩子会从金星人当中脱颖而出。”我告诉他说。他的长相看上去更像他的母亲而不像我。当这种差异将我俩的关系弄得复杂时，我至少明白他脑子里想的一小部分东西。“不过你要始终牢记自己是从哪儿来的。”

他拥抱我的时候，脸上的表情暴露出他其实并不理解。

可不管怎样我还是继续跟他讲述，直到这些故事深深嵌入他的心底并能传承下去为止。

“我知道自己是地球部落的人。”他说完便走了，去平房附近的浅水池里玩。天气很热，泼泼水可以让他清凉些。

孩子从来没有问过我关于胳膊上面疤痕的事，不过总有一天我会不得不告诉他，当时我被烙上了逃跑者的印记。工头们把我标上符号，稍有不服便要揍我。

我从未跟他说起过他真正的母亲美亚特，当那些人最终抓住我们的时候，她割开了自己的喉咙。飞艇残骸里有一个归航信标仍在工作，于是那些人随之跟踪而来，找到了我们遗弃残骸的地方。他们在这片恶臭的丛林里穿梭了好几个月，追寻着我们的足迹。

我从未跟他讲过那位举止文雅的科学家埃里克，他为救我儿子的性命，当时纵身一跃，挡在激光射线的前面。

我从未跟他说明过薛帕德“叔叔”的腿为什么会瘸得这么厉害，样子这么恐怖。

他迟早会知道这些事情的真相,而我则希望越晚越好。

在地球上,在我曾经冒死保卫过的那个国度里,历史上恰恰就有许多奴隶如同我一样拼命逃跑过。他们被一路拽了回来,跨越各个州县,穿过几百英里,最后返回到那个想要逃离的地方,有的人甚至还翻越了国境。

一场成功的逃亡会开启一条先河。因此,那些金星人使尽浑身解数来追捕我们,并将我们全部押送回去。在某些方面,我们跟赫斯顿始终没有分别。我自以为聪明机灵,与众不同,觉得自己是一个例外,是可以在逆境中取胜的人。

我现在懂得更多了,知道更多地图,更多道路,更多基什之外的地形。我比以前任何时候都要更了解这块地方。然而冒险逃跑便是拿我无辜的孩子做赌注,他的肉体可能遭受折磨,要是以逃跑者的身份被抓回来的话,情况或许会更糟。

等他长大一点之后,我想他或许会尝试跟我们一起逃跑的。但也有可能不会,到那时我就不得不让他独自面对生活了。可眼下我还不能离开他。我意识到自己就是这样在过去的岁月里千百次地陷入了两难,哪怕我还在继续策划自己的逃亡。

我愧对先人,他们费了千辛万苦才争取到了自由,而我却再次身陷囹圄,我真的悔恨不已。

我有一位姑妈曾给我读过一首诗,诗人的名字叫保罗·邓巴[①]。如今我终于领悟了诗中的含义,不过倒是希望自己没有弄懂该有多好。

他翅膀瘀青,胸口酸痛……

他敲打铁栏,将获自由。

---

① Paul Dunbar,19 世纪美国作家,以诗歌创作闻名,其父曾为黑奴,后逃到北方。

这并非是欢乐的颂歌。

而是从心底送出的一曲祈祷，
向上天抛去的一句恳求……
我终于明白，笼中的鸟儿为何歌唱！

在平房里的每一晚，我进入梦乡便看见了苍白而蔚蓝的天穹。

伊丽莎白·贝尔

伊丽莎白·贝尔出生于康乃狄克州，后在拉斯维加斯附近的莫哈维沙漠生活多年，如今住在马萨诸塞州布鲁克菲尔德市。她于 2005 年赢得约翰·坎贝尔奖的最佳新人奖，并于 2008 年凭借短篇故事《潮痕》将雨果奖揽入囊中，同时也获得了西奥多·斯特金纪念奖(与大卫·摩尔并列)。在 2009 年的时候，贝尔以短篇小说《修格斯，正当时》再次摘取雨果奖。她的短篇故事出现在《阿西莫夫科幻小说》杂志、《地下》《科幻小说》《区间》《第三选择》《奇异的地平线》《冒险》以及其他刊物上，而且被收录于《摆脱桎梏》和《新阿姆斯特丹》。贝尔有三部科幻小说好评如潮，分别是《千锤百炼》《伤痕一条》和《连通世界》，而历史虚构系列作品"普罗米修斯时代"则分为《血与铁》《酒与水》《墨与钢》以及《地狱与人间》。她其他的书还包括《狂欢节》《潜流》《寒意》《尘土》《风蚀星球》《山脚之下》《幽灵之域》、与莎拉·莫奈特合著的小说《男人的怒火》，以及两本畅销故事书《骸骨与宝石生灵》和《归来不当时》。贝尔最新的作品分别为一本故事合集《修格斯，正当时》，两部小说《崩塌的廊柱》和《独眼杰克》，以及一部中篇小说《铁之书》。

在接下来的故事里，贝尔描绘了一个生动的科学家形象。她立志要证明一套富有争议的理论，为此可以不惜一切——甚至牺牲自己。而在金星上，很可能真的会凶多吉少。

肮脏的一课

在漫长的金星日正午时分，烈日“灼穿”了云层，此时妲思恰巧醒着，正好望见了这一幕。在伊师塔地的山岭地带，她孤身一人进行着一次科考旅行。自从离开大本营以后，妲思已经有五天没睡了。尽管那一股继续旅行的欲望挥之不去，但她还是决定歇上一两个钟头。在这个纬度上的中午时分，已经十分接近她100个太阳日的生日了，她可以将那个常温保存的私藏小蛋糕打开来庆祝一番。妲思的“适应性外壳”由生物反应堆技术“打印”而成，外表包裹着皮肤，其抓握自如的手指和跳跃敏捷的双腿让妲思能够轻而易举地爬上一根既高又细的“仿”无花果树，并且还可以沿着光溜溜的灰暗树枝一路爬行，直到最后金星连绵不绝的雨水径直地滴在“适应性外壳”那毛色光滑的脑袋上。

在树顶上坐着不动更加安全，不会有什么吃人的大型动物会爬到这么高的地方上来。格鲁[①]在日暮之前是不会出来活动的。不过此地有该死的“沼泽虎”，还有让人担惊受怕的迅猛龙。虽说森林太过浓密，容不下体格更庞大的食肉动物，可即便是一群“蝎子鼠”也并非儿戏。况且我们拓殖金星也仅有三百“天”而已，大部分精力都投放在阿佛洛狄忒地上。而在此处，仍有许许多多未曾发现的野兽常于野外

① 流行小说中的一种食肉猛兽，常出没于黑暗之中。

出没。

水的问题难不倒妲思，而那些高低不平的泥坑和随风摇摆的树梢也没有搅扰到她。妲思的“适应性外壳”就是为此种地形量身定做的。皮毛抵挡住了雨水，犹如一项疏水设计上的奇迹工程。它光泽亮丽，泛着紫色的荧光，在阳光照映下活脱脱就像是黑色的，跟那些植物的色彩倒是相得益彰。雨水宛如玻璃珠串，从掌状叶的多个叶角处滴落了下来，红黑相间的格局，充分营造了一个雨天昏暗的光影世界。等夜幕降临之时，它们就会折叠起叶片，进入休眠状态。

妲思天生染色体异常，患有红绿色盲症。大伙帮她做完基因治疗并消除病患时，妲思大约只有十个太阳日大。直到现在她还记得此后的第一眼，金星颜色饱满而深邃，栩栩如生的样子，而起先看时还以为是地球，一幅衰退而凋零的景象。

然而如今她跟“外壳”就生存在此，与金星树林里数百种物种作伴，它们有的窜来窜去，有的叽叽喳喳。妲思津津有味地嚼着蛋糕，动静很小，听起来似乎自得其乐的样子。她不会停驻久留，也不会做饭做菜，她要饱览这大自然的瑰丽美景。在绿荫遍布的地形上，凡是有不自然的几何线或角显露出来，她便要去亲身寻访。

从这个地方，妲思可以北望那一大片宏伟的麦克斯韦山脉，顶部郁郁葱葱，耸入金星最稠密的大气层——然而在云雾之后，大部分的景致都被掩盖掉了。妲思只能瞥见悬崖绝壁，因为她身处于“干的”一边。麦克斯韦山脉划过天穹，将云层也抬升了上去，就好像托起了一展副翼似的，因而“湿的”一边有雨水来作平衡。这“平衡”二字在此处意味着迎风一面的山峦被冲刷得只剩下花岗岩了，对一个难以适应环境的地球生物而言，最好还是自带呼吸设备。

然而这一边的背风处则树木茂密，在云淡风轻之时，高处的可见度有可能达到好几公里甚至更远。

妲思再咬一口蛋糕——或许是“巧克力”。这东西绝对添加了咖啡因,因为在她的血液检测器上血压已经升高了——她在树枝上转过身来,面朝下坡的方向。天空肯定比先前更明亮了,大雨又减弱为毛毛细雨,随后起了雾,云层沿着一条箭头状的痕迹“卷土重来”,直接引向妲思上方的山峰。有一抹看似湿润的金色“污渍”焕发着亮光,它拨云散雾,使妲思得以望见那一幕完完整整、不加掩饰的晨星光辉。晨星就悬挂在一小片亮泽的蔚蓝天空上,周围的云彩都染上了不可思议的深色五彩。迷雾滚滚,在绿荫华盖下拂动,那闪闪烁烁、似梦似幻的阳光将云雾照得金黄。

妲思庆幸自己穿着“外壳”。它的作用是让太阳的温暖透射到皮肤上,同时又不传递紫外线照射的风险。然而妲思应当注意自己的眼睛,虽然有一块透明的晶体屏障保护着,但它的滤光片并不是设计用来阻挡直射光线的。

森林里的噪声越来越响,变成一种刺耳的不和谐音调。在妲思100个太阳日的人生里,这已经是她第三次瞥见太阳了。她可以想象,就算是在此处,有些动物也从未见过太阳。

妲思决定将其当作一个出行的好兆头,然而可悲的是,用这一套东西来预测之后发生何事是不行的。

“嘿,”她脑袋里冒出一个声音说,“蛋糕不错。”

“只能说明你的平底锅用途广泛。”妲思酸溜溜地回答,心里回忆起来:绝不要跟这位同事兼恋人进行远程突触联系,不管当时在野外有多方便……

因为总有一天,那位同事兼恋人也许会变成你暂时绝不想搭理的人。

“我听到那句了。”

“克菈肯,你想干吗?”

妲思想象此时克菈肯一定在笑,而心里则希望她不要。然而无论怎样,当她的搭档再次开口说话时,妲思总能从她的“嗓音”里听出来。

“我没事儿，只是打个招呼而已，祝你‘100天’生日快乐。”

“哦，”妲思说，“你真贴心，这是‘大人物的责任’？”

“或许……”克菈肯厌烦地说，“我是真的关心你，不可以吗？”

“嗯……”妲思说，“这一回葫芦里又是卖的什么药？”

克菈肯叹了一口气，这更像是一次神经的颤动，而非呼吸的起伏。不过妲思也听懂了。“或许我真的是关心。”

“是啊，”妲思说，“你总是不得不从奥林匹斯山往下俯瞰，瞧瞧那个不如你的小伙伴怎么样了。”

“奥林匹斯山在火星上。”克菈肯说。

这句话没有惹妲思发笑，她用力捏紧右拳，起缓冲作用的“适应性外壳”被手掌压扁，指头里挤出了血来。妲思心想，你，跟你所有的那些魅力，再也吸引不了我了。

“妲思，”克菈肯说，“你很想证明一点儿什么，这个我能理解。”

“你怎么可能理解？咱们的异星人考古领域最年轻的金星杰出贡献奖获奖博士，咱们的阿佛洛狄忒大学考古学马蒂乌斯创始人博士，请问您有哪一次把资源名额回绝掉了？”

“那个阿佛洛狄忒大学……”克菈肯说，“只是五座半圆拱形的活动房屋，以及一个改装的殖民着陆舱。”

“那是我们所有的家当。”

“我出道更早，自然也更早进入事业巅峰，”克菈肯停顿一下说，“妲思，我永远都不会做你的竞争对手，我们从前是同事啊。”妲思沉默了，克菈肯从中意识到自己的口误，想改口却为时已晚，“现在……也是同事。”

“你有没有经常从工作中抽出时间抬头看看我，注意一下我的存在呢？”

静默片刻之后，克菈肯最终开口说，“这么说……倒也公道，但如果我的专注……”

“是‘走火入魔’。”

“……是一项缺点的话，那有这毛病的人多得是。你回来吧，回到我身边，我们好好谈谈。明天我再帮你设法申请一份资源名额。”

“克菈肯！我才不要你该死的帮忙！”

妲思周围的森林顿时坠入一片寂静之中。她被吓到了，意识到了自己刚才大声喊了出来。

“妲[1]，你独自一人跑到伊师塔地里，没有支援……你证明不了你那套金星土著群落模式的理论，而且会被一头格鲁吃掉。”

“天黑前我就回家，”妲思说，“总之，要是我没回来的话……被格鲁吃掉也挺好，一了百了。”

“你知道在大学里还有谁经常被人取笑吗？”克菈肯说。她的嗓音带有那种逗趣的语气，能够消除妲思最糟糕、最自弃、最恼火的情绪——只要她听得进去的话。“莫里亚蒂[2]。”

去你的，我是不会笑的。

妲思不清楚克菈肯有没有领会自己的意思。此时一片寂静，就好像克菈肯正控制着自己的情绪，或等待着妲思开口说话。

“要是你死了，”克菈肯说，“请在档案里记上一笔，允许我使用你的DNA。你可不能这么轻易就不给我孩子。”

哼……哼……，妲思心想，*除非你正经点儿*。她想不出说什么，于是沉默。一想到小克菈肯，妲思的内心就软化了，充满了多愁善感的情愫。可这么一来，在孩子生命的头50个太阳日里，有人就不得不搁下手头的工作，而妲思非常肯定那个人绝对不会是克菈肯。

妲思不知如何回应，静默的气氛变得愈发凝重，最后克菈肯开口说：“见鬼，我真的很担心你啊。”

---

① 妲思的昵称。

② Moriarty，福尔摩斯系列作品中的人物，可与主角抗衡的高智商反派。他也常被人取笑。

“还是担心你自己吧。”妲思虽然无法割断两人的联系，但可以闭口不言，可以拒绝去听。

妲思把剩余的蛋糕扔了出去，在绿荫华盖之下抛得尽可能远，接着就心生悔意。但愿不会有哪只金星生物想试着尝尝，那东西搞不好会令当地生物肚子疼的。

妲思的父母一时思念地球，便给她起了这个名字，然而她却长成了所有金星人当中最有金星味儿的一个，这不免有些讽刺。她能够适应简朴生活，并引以为豪。有些本土的植物和许多本土的动物都是可以食用的，而妲思也很清楚哪些可以吃。更为重要的是，她同时也知道哪些动物可能会吃她。

妲思掌握不了人情世故那一套，对政治也很不在行。*不像克菈肯。*妲思不善于结交朋友。*不像克菈肯。*妲思长得不迷人，外形不漂亮，人气也不高，平平庸庸的。*不像克菈肯，克菈肯，克菈肯……*

克菈肯是一位更加出色的科学家，或者说……至少是更加能被人理解的一个。克菈肯是一个更优秀的人，她更为豁达，当然也较少动怒。然而有一件事是妲思所擅长的，比克菈肯做得还要好，而且比任何人做得都好：妲思善于在金星上生存，会做一名金星人。在她遇到过的所有人当中，就数她待在“适应性外壳”里头最舒服、最熟练了。

其实，难点在于把这层“外壳”剥下来。你穿上这件准生物套衣，超强装甲依附在你的神经网络和皮肤上，穿行于丛林和沼泽之中会感觉轻松得多，就好像属于这块地方一样。“外壳”内部是一副柔软而脆弱的肉体，它受复杂的感情和社会动力学[①]支配。妲思鄙视这一个“她”。然而就是这同一个人，只要贴附到“外壳”里，便犹如一个本地的土著，可以神出鬼没般在热带雨林里穿梭，还能看到无人见识过的

① 法国实证主义哲学家孔德提出的一种动态研究社会变迁与进化的学说。

东西。

距离她驻足吃蛋糕的地方一公里处，妲思捕捉到一条迅猛龙的踪迹。它行进的方向没错，于是妲思开始跟踪起它。其实那并非真正的迅猛龙，甚至连恐龙也算不上。虽然恐龙已经灭绝，但总归还是地球的生物，而这是金星上的一种食肉猛兽，只是外形十分相像。如同大多数金星的脊椎动物一样，它长有六肢，不过跑步时是依靠后部的两条腿来保持平衡，而前方的那两对则已经进化成了充其量如同抓紧器①的东西。四颗眼珠等距离地围绕在脑壳的圆顶上，提供了一种单目视觉，并附加少量深度知觉②。其中发挥作用的部分长了一张锯齿状的嘴巴，它张合时足以将人咬成两半。这种生物通身上下都用沾湿的长羽毛伪装，而羽毛上又布满了近黑色的海藻或其他金星同类植物。

妲思跟在这头迅猛龙后面走了两公里多，而那头野兽甚至从未注意到她。妲思在自己的“适应性外壳”里头笑了起来。克菈肯是对的：独自一人毫无支援地进入丛林对多数人而言无异于自杀。不过……这难道不正是克菈肯的德行吗？妲思可以用这件事来证明自己可以比任何人做得都好，然而就是这么一件事情，克菈肯也不愿意赞扬。

妲思知道金星主要的定居点都曾位于伊师塔地，而且心底里坚信这一点。不管有没有人愿意给她的研究提供支持，妲思都要去证明这个观点。

他们会后悔的，妲思心想，同时不得不对自己如孩童般发脾气的行为一笑了之，*等我成功之后，他们都会蜂拥过来支持我的。*

那个并非是真正恐龙的家伙突然转向朝左走了。妲思继续前进，时而慢跑，时而阔步，时而游泳，时而蹚水，时而又攀爬……她让“外壳”来承担大部分的工作。山峦渐渐趋于平缓，连接到一片广袤的高

① 某种机械构件。

② 人对物体远近距离的知觉。

原,新来的定居者们称其为拉克希米高原①。没有人知道当地土著管它叫什么。那些人已经离去大约一万年了。在同样的历史时间段里,人类起先处于新石器时代(农业、石头工具),而如今我们穿着一套由"打印"出来的肌肉纤维和猎豹的DNA设计制成的强大装甲,在外星世界的丛林里慢跑。

拉克希米高原被群山环绕,是金星表面上瞧不见海洋的少数几块地方之一。金星主要的大陆,阿佛洛狄忒地和伊师塔地,比南美洲的面积要小。这颗星球表面百分之八十五都是水——其盐分要比地球海洋低,因为地表面积较小,通过径流浸出的矿物质也就相应少了。拉克希米高原的地质构造是活跃的,有巨型的火山和活动的断层。

那种地质活动也是妲思被她的科研项目引领到这儿的原因之一。

妲思可能预想不到,拉克希米高原中部的丛林并不是布满爬行动物和藤条树蔓的。这是一片成熟的"森林顶级群落"②,大部分生物量③均悬在妲思的头顶上,一根根巨型树枝如雨伞般伸出,直到有限的亮光处。在上方,树枝和树干如张灯结彩般挂满了共生生物、寄生生物和共生的有机体;而在下方,树干之间光线昏暗,脚底下仍是踩踏肥土的咯吱咯吱声,还有雨水穿过树叶那无休止的滴答声。

妲思保持警惕,不过没有在那条"旅行的足迹"上发现更多大型食肉动物,全都是些没人命名过或描述过的物种,有的穿梭闪动,有的急速奔跑,而有的则是各种各样的飞行物。也许在返程路上妲思有时间做更多的工作,但眼下只要做一段流水账式的视频材料她就心满意足了。在野外的时候不妨先积点儿德,对这些生物手下留情,因为等回去

---

① Lakshmi Planum,拉克希米,印度神话中的财富与吉祥女神。

② 所谓顶级群落,是指生态演替的最终阶段,是最稳定的群落阶段,其中各主要种群的出生率和死亡率达到平衡,能量的输入与输出以及生产量和消耗量(如呼吸)也都达到平衡。

③ 生态学术语,指某一时刻单位面积或体积内实存生活的有机物质总量。

之后能得到个打扫卫生的工作就算不错了。

停！失败不应是选项，甚至连可能性也不应有。

如同所有这些耍嘴皮子的论调一样，这句话也没有对她阴郁的心情起多少帮助。就算是在走路，在研究观察，妲思还是有太多的时间去胡思乱想。

她蹚着水，穿越两片沼泽地，翻过一座玄武岩山——巨型火山的延伸段之一，名为“萨卡加维亚[1]”。金星上几乎所有的东西都是以女性人物命名的——历史人物、文学人物、神话人物——源于地球以及古老而离奇的二元排他性别体系。妲思曾经将这类中世纪的恐怖视为犹如没有麻药的牙科学，二元制性别将人永远禁锢于天生的肉体之内，受制于基因的指令并痛苦地挣扎。这种生物学的困境令妲思感到心惊胆战。旧时的人们寿命短暂，所能获得的资源、教育和科技都十分有限，他们到底是如何工作、生活、学习的？妲思对此感到不可思议。

“适应性外壳”被一块树根绊倒了，迫使她不得不将注意力重新转回到这片环境和地形上来。当然了，现代科技也并非十全十美，这套衣服需要碳水化合物来驱动，需要蛋白质来修复肌肉组织。所幸的是，它对食物来源并不挑剔——另外，妲思自己也需要休息。一整天是很漫长的，现在只过了一半。假如妲思精疲力竭并被一只巨型蜘蛛吞食掉的话，她就无法向他人证明自己了。

我们至今尚未征服所有的人性弱点哪。

妲思爬上一棵冲破绿荫华盖的大树，感觉略有困意，于是在树枝上高高挂起一张吊床。枝杈上掉下一朵朵肉质丰满的寄生花，它们外表艳丽，芳香馥郁，纷纷伺机攀上光线更为强烈的树梢。寄生花闪耀着亮白色和亮黄色，光芒掩盖住了泛着黑色光泽的叶片。妲思架设好近距

---

① Sacajawea，肖肖尼族印第安人，美国西部拓荒时期的一位传奇女性，其头像被印在一元美金纪念金币上。

离传感器，对上方和下方区域均建立起一个“科技覆盖范围”，然后解开“外壳”，放它下去搜寻可提供给养的生物量。在森林的遮蔽下，“外壳”会很开心舒坦的。妲思需要它时便可喊它回来。随后，妲思翻身入床专心睡觉，就好像那是一个可以隔绝气味、抵御爪挠的坚固蚕茧。

接下来发生了什么已记不清。阳光被片片树叶和这只“茧”过滤，因而此地微微昏暗，恰好宜人，而且“茧”也隔绝了外界水分，除了她裹入时自身携带的之外。现在她身子暖暖的，获得了充分的能量。然而所有这些都对减轻她的焦虑没有起多少作用。

妲思并不完全清楚自己正往何方而行，她是在盲目飞行[①]——哈，她倒是希望自己真的在飞。如果她能分配到一个航空测量任务的话，这一切将会轻松得多，想必可以穿越丛林挑选对象——并且可按直觉行动……有知识背景支撑的直觉。

但那种做法在克菈肯和她的同事看来——更重要的是，在资源分配委员会眼里——至多是一个胡乱的臆测，甚至会被沦为民间科学爱好者的想法。

那么要是你们错了呢？

如果妲思错了……她怕是要两手空空地返回了。所以说但愿妲思是对的，但愿那些在阿佛洛狄忒地上被他们发现的定居点只不过是边远的村落，而金星土著生活的地方则离北极要近得多。妲思早就认识到，剩余的金星人定居点——就是那一些——均聚集于地质运动活跃的地区。她分析出一套理论，认为土著之所以居于此地是要利用地热能，或别的什么不为人知的目的。不管是何种情况，伊师塔地总是要年轻得多，在地质运动方面也要比阿佛洛狄忒地活跃得多，它隆起的花岗岩山脉和散落分布的大量火山便是明证。而阿佛洛狄忒地则幅员更广

① 又称仪表飞行，是一种完全根据飞机上的各种仪表来操纵的飞行。该技术是复杂气象、夜间和海上飞行技术的基础。

阔，环境也更安详宁静，所以更能吸引地球的定居者前来。妲思的理论认为，伊师塔地当年恰恰是因为与之截然相反的原因，才成为了金星文明的发源地。

假如妲思真的发现了一座大型定居点——土著遗留的城市之一，妲思希望自己能够证明以上这一点，最好还能理出一些线索，以解释当年是什么灾难降临到那些土著身上。

然而此并非易事。即便依靠考古学家的专业眼光和最敏锐的现代绘图与可视化科技，也很难察觉到一座掩埋于一万年沉积物和树木丛林之下的城市。况且妲思还必须身处于正确的方位上，而她不得不坚持去做的也仅仅是“猜测”罢了——也可以说是“推导演绎”，假如她饶了自己的话……但妲思鲜有如此——猜测阿佛洛狄忒地的地质活跃区域与周边土著定居点之间形成某种模式。

这么干是很蠢的。在没有物质支持和资源配给的情况下，你什么东西也发现不了。就算是克菈肯，她也从来不会这样光凭赌运气行事的。

话说回来，克菈肯也从来不需要这样。有多少努力、奉献和奖励资金都投入到了克菈肯的工作项目上，这一点妲思比谁都清楚——可尽管如此，有时候犹如天上掉馅饼似的，大好机会不费吹灰之力就会砸到她恋人的头上。另外，克菈肯的智慧和魅力是那么的耀眼夺目……耗费了那么多研究工作，去支持一些似乎不费力的、关于世间万物的泛泛认知，这让人很难看得过去。

妲思从不会感觉自己能力有限，除了在与恋人相处的时候。真见鬼，当克菈肯跑步的时候，只要瞧见了什么动物，她很可能一眼就能分辨哪些是新的物种，同时也很清楚所有已知物种的名字以及它们的记述者是谁。

妲思心想，假如她能拥有这个本领，就单单这一项——哪怕只完成一件事，不输给克菈肯所有那些不费力气的成就——那么她就可以容忍克菈肯在其余时间里是何等的完美。

这一路思考过来并没能让她缓解焦虑情绪。妲思在“茧”里又辗转反侧了半小时，最后她放弃努力，服下了镇静剂。此举在丛林野外是很不安全的，然而她若不睡觉休息的话，就无法继续奔跑——况且就算是在金星上的白昼，其实也并非是无穷无尽的。

妲思被一头食肉动物的呼吸声吵醒了，它正在嗅闻妲思的“茧”。她虽然醒了，却仍然一动不动。这是返祖现象的反应，某些源于脑干的东西。妲思的胳膊和腿都裸露着——在没有“皮肤”的时候它们是多么的脆弱——感觉身体沉重，而且麻木、绵软无力，似乎都睡着了。动物脑袋的影子一掠而过，将妲思与天空阻隔，半透明的“绸钢”变得暗淡了。雨水的嗡嗡声暂时停止。从这个角度很难确定它的个头有多大——不过妲思心忖，那一定是个大家伙。这种估测后来得到了证实，那家伙用鼻子探了探或用爪子挠了挠“茧”的一侧，妲思感觉到一个宽大的钝物正在戳她的肋骨，有妲思两只手合起来那么大。

她屏住呼吸，而后那家伙撤退了。外面正下着雨，水珠从树叶间滴下，轻拍在妲思的“茧”上。她几乎马上要再次呼吸，而此时那头动物发出一记浑厚的声响——嘎嘎的噪声，紧接着又是某种咆哮声，听起来更类似于火车和瀑布的声响，多数人都不会将其认作一种动物的声音。

妲思本欲尖叫，但控制住了自己。她不需要克菈肯来告诉她那是什么东西。每个学童都能够模仿它的吼声。那是金星最凶恶的奇珍猛禽之一，金星沼泽虎。

沼泽虎都有两处栖息之所，六条带爪的腿，约四百公斤的体重，许多无差别的巨型匕首状牙齿。为什么是两个巢穴呢？因为它们并非生活在沼泽地里——尽管它们偶尔会穿越沼泽，金星上哪个生物不是这样呢？——而且它们也不是老虎。然而它们身上有紫色与翠绿色的长条斑纹，可以隐匿在浓密的丛林树叶之中。它们有优美而修长的身躯，扭动起来十分迅速，爬起树来无须减速。它们的嘴巴长满了一圈胡须，张开的幅度很大，足以将一个成人咬成两半。

沼泽虎全部四颗亮蓝色眼珠统统笔直面向前方，这并不会妨碍它们捕猎，况且又有哪一个神智正常的生物会悄悄靠近这么一个家伙呢？

按理说它们不会跑到这么高的地方来捕猎，而树梢也没有那么粗壮，支撑不了它们。

妲思没有朝前方详细观察这只野兽，而它又再次轻轻拱了拱“茧”。妲思尽管状态不佳，但还是紧绷起全身。她把双拳压在胸口，努力忍住不哭，尽量丝毫不作声。她强迫自己平缓均匀地呼吸。冷静思考一下，恐慌只会使自己成为盘中餐。

她不会让克菈肯称心如意的。

妲思手头尚有一些可用的“资源”。“茧”会削弱她的体味，说不定可以完全掩饰掉。那副“适应性外壳”在附近某处吃得正欢，假如她可以套进“外壳”里的话，就还有机会跑赢那个家伙。妲思的体重是沼泽虎的四分之一，理论上可以比它爬得更高，能到树顶上去。毕竟，通常而言沼泽虎是不应该出现在这个高度的。

另外，妲思还或多或少更聪明一些，至少按理推测是这样。

然而，沼泽虎跳得比她远，跑得比她快，悄悄逼近的技术也胜过她，并且——或许这是最重要的——咬起东西来也比她更厉害。

妲思浪费了一点时间琢磨它是如何穿过她的“覆盖范围”的，而紧接着沼泽虎用尖锐的爪子叩在“茧”上，从防撕表面划过，这一下将她的思绪重新集中了起来。那只是暂时性的保护，沼泽虎或许无法刺穿“茧”，但它肯定能够将妲思压死在里面，或者将“茧”从树上扯下，扔到丛林的地面上。假如妲思没有摔死，那么她就得做一道庆幸却丢脸的选择题：到底是高喊呼救呢，还是带着伤势在周围徘徊，等待更大的生物吃了她。她需要想一个逃脱之法，她需要将灵长类动物500万年成功的适应能力集于一身，汇聚高智商猴子祖先留下的精神遗产，设法从这头不完全是猫的怪物这里脱身。

如果是一只猴子,它会怎么办呢?妲思猛然顿悟,原来问题本身即为答案。

她只是需要勇气去实施,同时也需要运气,不管待会儿发生什么事,都要能够活下来。

“茧”是防水的,而且也防爪子抓挠——外侧具有疏水功能,内侧是毛细聚合物。整个系统被注入了基因工程菌,它们可以分解人体汗液——或其他体液——里的废物,然后将其以几乎无味且安全无污染的水、盐和一些微量矿物质的形式送回到该环境中。眼下妲思不得不准备松开这个该死的东西。

她静静等待着,沼泽虎再次戳了戳她,似乎有一套“火力侦察”和快速撤退的模式——妲思听到沙沙声,感觉到砰砰的重击和摇摆晃动,沼泽虎从一根树枝跳到了另一根树枝上。它转着圈儿,发出一串令人不安的可怕动静,外加一两声让人毛骨悚然的咆哮,然后又回来对“茧”重复一遍程序。那个家伙吼了几声,戳了几下,令妲思肾上腺素激增,感觉恶心作呕,而此时原则上要求她保持身体不动,仅仅是静止还不够,还要放松。再后来,妲思感到沼泽虎离开了,那些枝条因其分量而摇摇晃晃,丝毫也没有缓解妲思正在翻腾的五脏六腑。

机不可失,失不再来。

“外壳!快来,来接我!”随后她抓住“茧”的封口,将其啪的一下打开,让手脚从内部的套具里挤出去,如此一来就不会意外翻出造成自由落体了。当她摇晃的时候,她重重地甩下了一大泼水。它们纷纷从“茧”的疏水表面褶皱里洒落下去,发出滴滴答答的声响。在妲思脚下、地面之上,生长着许许多多的树枝,她不想跟任何一根发生亲密接触。

出乎妲思的预料,沼泽虎并没有走远,事实上它就在妲思下方的一根树枝上。当它猛然扭过脑袋并发声号叫时,妲思在其上方获得一个观察口腔的角度——朝下清晰地看到沼泽虎黑紫色的咽喉。它的嘴巴咧得很开，足以将她的躯体拦腰咬断，舌头厚实饱满，在淡红色的阴影下，上颌表面褶皱且布满斑点。假如我今朝得以幸存，我能凭借记忆将那72颗雪白的牙齿一一画出来。

妲思同时也用右手抓住安全把手，借臂部力量弓起身子将“茧”举起，并翻转过来，于是她的腿就可以自由摆动出来了。一时间，她就在沼泽虎的上方摇晃，对方就像一只受惊吓的猫咪，用它沉重的胯部向后跳起，长长的尾巴朝四周鞭打以保护它的腹部。妲思心里明白，等它一旦搞清怎么回事并反应过来，就要向她猛烈攻击了，可能会同时运用两对前肢。

对于沼泽虎来说，它的个头挺小的——也许只有两百公斤——而它的斑纹也比妲思预想的要闪亮得多。即便在湿漉漉的情况下，它柔软的毛发也毛毛糙糙的，并未长全。妲思由此联想到她那些尚未换毛的动物幼仔。如果它的毛发正常干燥的话，说不定甚至还有绒毛。这可能解释了这头沼泽虎为什么会出现在如此高的树顶上，这是一项从未记载过的动物幼年期行为。

在一长串宇宙生物学的发现当中，假如这正是下一个观测成果，而科学家碰巧被吃掉了，成果也就成了昙花一现，这难道不是很讽刺吗？然而，至少妲思还有一台异频雷达收发机。“外壳”说不定近在咫尺，足以记录下其中某一些部分。

那些数据或许可以逃过此劫。

好极了，妲思心想，不知道它的妈妈在哪儿。

接着，妲思把尿撒在了沼泽虎的脸上。

妲思无论如何也没有存心瞄准着尿下去，只是她目前正穿着一根外部导管——在野外环境下更为方便，直到最后患上膀胱结石为止。[1]

---

① 长期使用导尿管的病人会出现膀胱结石的问题。

可妲思自那一觉开始就憋了一膀胱的尿液，所以分量很足。它从腿间飞流直下，泼洒在沼泽虎脸上。妲思才不管它属于什么生物，只要是基于碳和氧的，那么冲一鼻子阿摩尼亚和尿素绝对是相当肮脏的。

沼泽虎战战兢兢，后退了几步。如果那是一个人类的话，妲思就会说是溅到的，自己没有留意。将来有一天这会是一个茶余饭后的好故事，假如她能保住小命得以日后去讲的话，这始终是一个胜过其他段子的谈资。妲思趁势猛地抽回双腿，"茧"衬套的排汗功能保持了握杆的干燥。她心中暗喜，因为眼下她不能亲手处理这种工作。妲思把腿踢得很高，身体躯干一扭，将一条腿搁到了"茧"上。那东西是干的，妲思从上面没有抖落下来多少水滴。随后她再一蹬——站到了那东西上，犹如站在一张松松垮垮的帆布上。妲思感觉很庆幸，她在绿荫华盖上跑动时训练出来的生理调整能力给予了她一种如同雀形目鸟的平衡感。

妲思听到这头金星野兽在身后下方发出一记犹如水壶沸溢的声音——一部分像是吹口哨，而另一部分则是嗞嗞的声音。她想象着那对利爪抓在她的臀部上，嘴巴狠狠一口咬到脑袋，或颈背……

下一根树枝在上方半米之外，超出了妲思够得着的范围。她踮起脚尖保持平衡，赤着脚在弹性柔软的支撑面上奋力跳起，左手没有抓住，右手钩住了一根稍远些的树杈。妲思暂时向侧面摇晃，贯穿肩膀的肌肉拉伸感非常强烈，而且也颇为舒适。她的手指如爪子般紧紧抓牢，然后收缩起二头肌——并非引体向上的动作，妲思没能力单手完成引体向上——恰好让她的左手稳稳当当地握住伸到这边来的一根树枝。一朵寄生兰花在她手指的指节垫[①]下被捏碎了，还有一条奄奄一息的虫子正在蠕动，腐蚀性的树液烧灼了妲思的皮肤。她的身子晃荡起来，但她成功抓牢并坚持住了。

---

① 一种指关节伸侧皮肤纤维性增厚的病症，其病因不明，常伴有家族史。

她气喘吁吁，瑟瑟发抖，重新振作起精神，调整好自己以应对下一次的愚蠢尝试。然而在她下方，树叶哗啦哗啦地“喋喋不休”，一根大树枝正嘎吱作响。先前那个算不上老虎的家伙来了。

快爬，快爬呀！

妲思不得不再往上攀，必须离树干远远的，爬上那些树枝，这样它就不会再来追她了。她必须保住小命，等“外壳”回来，之后或逃或战可根据需要行事。

“活命”二字此刻已渐渐开始显得不像是白日做梦了。

她再次晃起身子，扎进上方的树枝丛中，同时从胳肢窝底下冒险瞥上一眼。树枝在她的重压下弯曲倾斜。下方，沼泽虎缓慢走来，它大吼一声，朝后一跳，用两只左侧的前爪愤怒地猛烈摇晃妲思的“茧”。

“茧”的纤维材质经受住了这种打击，但在其两旁晃动的树枝却没有坚持住。它们断裂开来并滚落了下去，砸到下面的大树枝上，但没有砸中沼泽虎，因为这只“金星小猫”具有令人不可思议的条件反射能力，完全适应树林生活。不过它也差一丁点儿就被敲中，险些失去平衡，妲思趁它分心之际赶紧上爬，心里谨记不要将瘙痒难耐的手掌往更为敏感的大腿上擦。

此时另一个逻辑问题跳了出来。妲思越是靠近树干，就越便于爬得更高，而“外壳”也会越快来到她身边——可是在细树枝末端的话，沼泽虎是不太可能跟来的。妲思仍在移动，心里决定首先要往上爬，然后再朝斜对角方向而去——总之是上去，再上去，直到不能再往上为止。

她翻越两条树枝后，听到沼泽虎在她身后朝上跳跃，发出沙沙的响声。妲思意识到，先前凭借本能做出的决定真的非常明智，确实应该往上爬着逃离，而不是横向移动或朝下而去，因为天知道那个家伙究竟能跳跃多远。往上爬到不稳当的树枝上，它的动作就受限了，只能做短距离跳跃。虽说短距……却比妲思跳得远多了。眼下，选择已经摆在了妲思面前——趁“老虎”尚未赶上来,趁自己还没被吃掉,赶紧逃跑。起码这雨水和叶片中的湿润水分正在洗去她手掌上的刺激性树液。

她再次腿部用力,振作精神站立起来,沿着大树枝的主干部分冲刺,真是一条与掌齐宽的凶险“公路”。可当妲思抬目一望,她发现自己正直视着四颗明亮而充满好奇的蓝色眼珠——又一头沼泽虎。

“噢,真见鬼,”妲思说,“这些家伙,难道没人告诉过你们,你们应当属于独居动物吗?”

它看上去跟另一头年龄相仿,个头相近,毛发也是蓬蓬松松的。难道是同窝出生的?有些地球生物的同窝出生仔畜在成年之前会共同外出狩猎。答案很可能就是这个,于是乎,又一项金星生物学的突破诞生了,它会跟随妲思的大脑一起,被嚼碎并进入沼泽虎的肚子里。或许当野兽将妲思开膛破肚的时候,她还有足够的时间向克菈肯传递这些信息。

沼泽虎抬起它右侧前脚,试探性地轻拍她。妲思猛然缩回屁股,并朝“老虎”嘶嘶了几声。怪兽随即抽回了它的腿,上下打量着妲思,不过也没有把爪子放下。下一轮的猛击将会是一锤定音的。

此时妲思当然可以呼叫克菈肯。然而那只会转移注意力,而不是救助。那个叫“帮助”的家伙往往是会自己及时到场的。

一想到告诉克菈肯——以及所有人——自己遭遇了两头最令人印象深刻的金星食肉动物并成功逃脱,她那两条颤抖的腿便注入了一股新的力量。这两头沼泽虎都是幼崽,并没有实战经验。它们对自己的能力缺乏自信,同时也不知道如何估量妲思的本事大小。

野生食肉动物无意与任何生物进行殊死搏斗,人家只不过是出来找午饭吃而已。

妲思稳住膝盖站了起来,重新振作精神,同时对沼泽虎一通大吼,再使出全身力气挥拳过去,正中“老虎”的鼻子。

妲思几乎要把自己从那棵该死的树上撞落下去,幸亏了那只风车般挥动的左手一把抓住了小树枝,而后往上提拉,最终保住了性命。沼泽虎蜷缩身子,朝后一蹲,脸部皱了起来,露出一副厌恶或不舒服的表情,而另一头沼泽虎则从妲思身后赶来。

妲思以跖骨球为圆心做转身动作,接着朝树梢冲刺过去。十米、十五米,树枝颤颤发抖,在她的重压下剧烈地弯曲。她头顶上方还有许多巨型树枝,然而脚下这根正呈弓形,几乎要碰到下面一根树杈了。它随风飘荡,随妲思的呼吸而颤动。它嘎吱作响,还伴随着微弱的清脆爆裂声。

再多走几米,大树枝可能就会足够弯曲,这样妲思就能够得着下面的树枝了。

再多走几米,它或许就要断裂,或许就要掉下去了。

树枝很可能不会完全从树干上断裂——新鲜的金星"木头"呈纤维状,并且充满了树液——但它也许会将妲思干净利落地甩下去。

妲思深吸一口气——此刻空气清新,雨露滋润,芳香馥郁,带着叶片碾碎后的草香——随后再次转身面对这两头"老虎"。

它们仍然在妲思刚才撤离的地方,而她已经离开了那八只微微发光钴蓝色眼珠的视线,它们靠在树干边蹲着,尾巴一个劲地挥动鞭打,长有尖牙的脑袋垂在刀锋般的肩膀中央,嘴唇包卷在那一颗颗大如指头的牙齿之外。

"乖猫咪,"妲思徒劳地说,"你们干吗不蹦蹦跳跳回家呢?我打赌妈妈肯定做了好吃的格鲁晚餐。"

那一头被泼了一脸尿的沼泽虎朝她吼叫起来。妲思觉得也不能怪它,于是在树枝上朝远处缓缓地挪动了一点点。

此时下方又传来一阵沙沙声……唉,这……未免也太荒唐了。

然而那并非是第三头沼泽虎。妲思朝下俯瞰,望见一个类人形状的身影正穿过一根根树枝,于下方五十米处向上攀爬,其大部分隐蔽于树叶植被之中,但移动时却散发出一股空灵般奇异而独特的光芒。那是“外壳”，它来找妲思了。

妲思心急如焚，迫切之情几乎无法忍受，真想设法爬下去，加速这会合的过程。可妲思依然控制住自己，牢牢地坐着纹丝不动。其中一头“老虎”——挨了一拳的那头——六条长有掌垫的腿将躯体支撑起来，随后朝前方悄悄地走了。它刚迈了五六步，树枝便下垂得更厉害了，发出更多嘎吱嘎吱的开裂声，使沼泽虎顿时一动不动。此时距离够近，“老虎”毛茸茸的胡须沾湿了水，妲思可以清楚地辨认出那胡须的分布轮廓。她光着脚，依靠辅助的肢体牢牢站稳，尽量让自己不要下蹲。沼泽虎按理说是蹲着捕猎的，她站起来模样高大些的话应该会吓退它们。于是妲思张开双臂，随着风儿和树枝一起舞动。

妲思的“适应性外壳”在她身后自行爬升，而此时猛兽正虎视眈眈着。妲思的胳膊已经完全张开，双脚稳稳地站住。“外壳”从她身后罩上来，在她伸展开来的四肢上咯吱咯吱作响，依附上去之后再扣紧。不过这也影响了妲思的平衡，而且树枝也被弄得摇摇晃晃……

妲思迅速下蹲，顺手抓起一根身边的树枝，这令第二头沼泽虎无法忍受。

在距离“起跑点”仍有半根树枝长度的地方，老虎重新振作，两条后腿正在抽动着。只见它一跃而起，妲思恰有足够的时间也设法跃起，并俯身置于老虎跳跃的弧度之下。然而她虽有时间做出动作，却来不及完成它。

其中一头老虎的第二排腿犹如挥动棒球棍般打到了妲思的右胳膊。妲思已经躲闪，不然敲中的就是她的脑袋而不是胳膊，不过这一击的力量还是让妲思从树枝一侧滑了出去，她企图抓住树杈，可没有抓牢，于是便同“适应性外壳”一起摔落了下去。她听见沼泽虎踏到她曾站立的地方，还听见大树枝噼噼啪啪的断裂声，看见它紧跟在自己后面坠落下来。沼泽虎大吼一声，乱抓乱扒，它的同窝仔畜也顿时制造出撤退的动静——它在妲思身旁与她一同坠落，于半空中扭曲身躯，抓住了附近一根树枝，那棵树随即发出一阵令人恶心难受的声音。接着，妲思便单独坠落，手臂麻木，头晕目眩。

“适应性外壳”自身也在空中转动扭曲，调整方位，它将妲思未受伤的那只胳膊伸出去，抓出一根树枝，从而救了妲思一命。这根树枝虽未断，却也弯曲了，于是妲思猛然跳到下方另一根树枝上，撞到了那只被老虎弄伤的胳膊。她一时间不清楚那一记清脆的“笛声”到底意味着树枝断了还是她自己的胳膊断了，而后她感觉到“外壳”内部的右胳膊绵软无力、肉噗噗的。这才反应过来，原来是肱骨碎了。

当事故发生时，妲思在“茧”旁边摇摇晃晃。她用那褶皱的布将自己拉向树干，然后将其松开并收回。她感知到敌人逼近的警示，同时发现湿气已经渗入了进去。这也没有暴露她的行踪。

唉，金星。

妲思单手将其装入“外壳”的一个大口袋里，警觉地张望那两头老虎有没有回来，而在此时，一个声音猛然闯入她的脑子里。

“妲！”

“不用担心，”她告诉克菈肯，“只是在躲避一只沼泽虎时弄伤了胳膊，一切都挺好的。”

“弄伤了还是弄断了？等一等，你刚才说‘沼泽虎’？”

“现在它走了，被我吓跑了。”妲思心中并不确定，但她不愿承认这一点，“你去告诉扎明，说幼崽是结伴狩猎的。”

“有一对儿沼泽虎?”

“我没事。”妲思说，随后强行关闭了卫星通讯。

她单手爬了下来，依赖“外壳”的程度超出了她自己的意愿。她再也没有看见那两头“老虎”当中的任何一只。

在树底下，丛林地面上，她虽一瘸一拐，却还是赶紧撤走了。

后来妲思又跑了四程，睡了四次——睡眠是支离破碎的，迷离困乏的感觉如螺旋般延伸，被断断续续的休憩所割裂——天空中那一小片明亮的白蜡色的斑点明显移向了东方①，中午变为了下午，而漫长的金星日也成了她的敌人。森林中形成的某些几何状符号可以透露其成长情况，妲思按照常规时不时地爬上树来观察。每一次这么做时，她总是望见云端那颗明亮的斑点朝天边滑去，令她不禁皱起眉头。

妲思——在“适应性外壳”的辅助下——已经向西行进了约500公里，如今麦克斯韦山脉已经被她抛在身后，消失在那一片片云层、迷雾和阴霾之中。时间正在流逝，自从沼泽虎事件以来，妲思并没有松开“适应性外壳”，让其自行寻找食物，可现在妲思必须赶快移动，因为有人在丛林里，那家伙时而悄悄摸索，时而匍匐爬行，时而又来回晃动。妲思需要它来支撑并缝合自己的手臂——“外壳”将自身前部熔化，制成一个无缝的护套和一副吊索——同时配制了止痛药，并将其连同预先咀嚼好的半流质食物一起喂给妲思。骨头的缝合自然是统统错位的，等她回去后他们必须为她培育一副新的，但这已是非常小的问题了。

“外壳”从它摄取的生物制剂中过滤掉有毒物质和过敏原，然后重新吐出来一些碳水化合物、蛋白质和脂肪，以此生成一种乏味的、微甜的、营养丰富的面糊，妲思消化吸收起来非常安全。她根据需要从一根管子里吸取这种面糊，将其压扁于舌头和上颌之间，以此来软化它，然后再满满地一口一口吞咽下这种无味的黏稠食物。

水从来就不是问题——向来不缺，水太多才是问题。这里就是金星。在丛林地面上穿行，每踩一脚都有水发出的嘎吱嘎吱的声音，它飞溅到“适应性外壳”的脑袋上，并浸润了每一个大口袋。唯一保持干燥的东西是那些经过处理而成的疏水性物品，而包衣涂层也开始渐渐脱落。“茧”的内部是永恒湿润的。就连那一副按照妲思皮肤完美定做

① 金星自转方向是自东向西的，所以太阳是从西边升起，东边落下。

的“外壳”，它也根据温度的不同让人感觉时而闷热，时而湿冷。

“适应性外壳”会过滤掉一些妲思体内的疲劳毒素[①]，可是过滤得不够多。所以该睡还是得睡，她完全没有休息够。

此处的风景渐渐变得如梦幻般奇异，森林始终没有稀疏过，从未让位给其他地貌——除了偶尔有几条狭长的沼泽地之外——可如今，从中会偶尔冒出几座扭曲变形的火山喷气孔，橙色或赭色“烟囱”散发出一缕缕蒸汽，飘荡于叶片丛中，将它们烫伤，使它们发黄。妲思瞧见其中一座喷口爆发，注意到在其上方的绿荫华盖上，那个喷雾会吹到的地方已经有了一个洞，而藤蔓就在那高低不平的石灰岩迎风一侧攀爬生长着。

后来妲思又跑了五程，而后又睡了……尝试睡了五次。渐渐地，她开始承认自己非常……非常渴望回家。

当然了，她是不会回去的。

妲思的胳膊没有先前那么疼痛了，这是一个积极的好现象。可除了这一点之外，她感觉精疲力竭，身上又湿又冷。某种如肝色般的粗壮水蛭一直拼命地想贴到“适应性外壳”的双腿上来。这很可能是一种科学上的新物种，可眼下妲思才不去管它呢。

克菈肯尽量每隔几小时就联系一下妲思。

可妲思不作回应。因为她知道，自己只要一回话，就会叫克菈肯过来接她。而她就永远无法当面看见另一个活着的金星人了。

金星的人口可不多欸。

妲思意欲证明自己，要努力尝试，不死不罢休。

不过当扎明发来卫星通讯信号时，她还是立刻就接收了。他们聊了一下关于沼泽虎的事情——不出所料，扎明深深地着了迷。他叫妲

---

① 人体疲劳之后，葡萄糖、脂肪等营养物质不能被充分氧化为二氧化碳和水，反而生成大量的乳酸、氨、尿素、二氧化碳等物质，即疲劳毒素。

思草拟一份报告,并会将全部功劳统统记在妲思这位观察记录者身上。“对了,也告诉‘危险’号一声。”妲思转念一想又补充道。

“噢,好,”扎明回答,“我猜它也在那个地方。妲……你在那边儿还好吧?”

“我胳膊受伤了,”妲思承认道,“不过药物挺管用的,我可以在床上睡一会儿……干燥的床。”

“嗯,”扎明说,“相信你一定可以。克菈肯就在我旁边,想必你知道的吧?”

“要是我死了,她会知道的。”妲思说。

“她是一个很好的朋友。”扎明说。这句话说得颇有技巧,只谈“她”这个字,而不点名“克菈肯”或“妲思”,或“克菈肯和妲思两人”。“我担心她,她一直都对我很好,难以置信的好,虽严厉却也慷慨大方。她……”

“她很大方,”妲思说,“她是个天才,是个魅力十足的人。这个我比多数人都清楚。扎明,我现在的心思得放在别处,必须多多留意自己脚下,以免把另一条胳膊也摔断了。若其发生这种惨剧,你们肯定会开除我,那我岂不是成了个大傻瓜?”

“妲……”

妲思中断了卫星通讯。在接下来的数小时里她一直觉得这挺可笑的,后来她穿着“适应性外壳”等设备爬入休眠期的“茧”里,感觉精疲力竭,很快就睡着了。

过了16小时12分钟之后,妲思醒了过来,她感觉迷迷糊糊的,分不清东西南北,而且身上每一处关节都在疼痛。她重新组织思绪,90秒钟后终于回忆起自己此刻身在何处——在“外壳”里,在她的“茧”里,在伊师塔地50米高的绿荫华盖上,挣扎着摆脱一种止痛药物和身体疲乏感共同作用下的迷离状态——并且快速查了一下时间,知道了自己身处什么钟点。

妲思按部就班地打包收起装备，从一根莫伦藤上滑落下去，站到森林的地面上，心里不停盘算着。金星的“夜晚”即将降临——那漫漫的长夜——不过她仍然有充足的时间返回主营地，无须喊人来接她回去，不过她的安全系数如今正在每日递减。

她继续奔跑。

接着停歇了下来，克菈肯在对她讲话，而此时妲思觉得也差不多可以应付她了，于是便咬牙切齿地说：“亲爱的，我在，什么事？”

“嗨。”克菈肯说，接着停顿了一会儿，此间妲思感觉到一股被压抑的情感正在翻腾。砰，砰……只要双脚继续奔跑下去，就没有什么东西能够赶上自己。她胸口刺痛又因急速奔跑而导致呼吸急促。“扎明说她也担心你。”

妲思轻蔑地哼了一声。她已经睡得太久，肌肉的酸痛感正在渐渐地从体内消失，她意识到休息已经起到了积极的作用。“你知道扎明想要跟我谈论什么吗？她想谈论你。你是多么美妙啊，多么关心人啊，多么有魅力呀，”妲思叹气说，“你想想，有几次大家能抛开你而滔滔不绝地来说我有多棒？”

“或许……”克菈肯说，“或许会出乎你的意料。”

“跟某一个如此完美的人做搭档真是好难。克菈肯，你什么时候奋斗过一件事？你过着幸福的人生，从出生到现在一直都是这样。”

“是吗？”克菈肯说，“我的运气一直都不错，这一点我不否认。但我也在很努力地工作，而且也经历了一些事情。你对我做的每一件事情都看不顺眼，而其间又觉得我好完美，那全都是你的个人看法。”

“每个人都这么看你。倘若一个人来世的尊卑祸福是依靠今生旁人的赞美来决定的话，那你保准高枕无忧了。”

“我希望你可以听听别人是怎样谈论你的。亲爱的，人家是既尊敬你，又怕你。”

砰，砰……当没有东西可以抚慰妲思的心境时，这种跑动的节律可以起作用。她甚至渐渐接受了这股挥之不去的湿气，它汇聚于脚趾缝里，两瓣屁股之间，还有耳根后面。“他们都爱戴着你，而容忍着我。至于你从我身上看到的东西，他们从来就没有那样看待过我。”

“我就是那么看待你的，”克菈肯回答说，“别再装了，好像我莫名其妙地就很完美似的。你向来都会时不时地跳出来提醒我不是那么回事。妲，眼下这件事情……你想证明自己的愿望……这是消极的想法。我是爱你的，但这并非一种健康的思维模式。有雄心壮志是好的，但你的所作所为已经超出了志气的范畴。你始终觉得自己做得不够好，否认自己的成绩，却夸大了身边每一个人。你在阿佛洛狄忒地长大，而在这颗该死的星球上仅有三万人。我们当中有些人会跟你一样精明能干，你是个明白人，对此肯定不会感到意外的。”

砰，砰……

就连争吵的时候妲思也还是直视前方，不过注意力没有放在那儿。这“自动”的提醒声是妲思避免自己从眼前这片世界坠落下去的唯一信号。

在她前方——下方——如悬崖绝壁和万丈深渊。山谷中的树木长得很高，直冲云霄。那并非一片纷繁杂乱的丛林，而是顶级森林群落，树种更高大，顶部遮盖得更浓密，胜过妲思见到的任何树木。树下的光线昏暗凝重，隐约朦胧，妲思听得见雨水滴滴答答地打在叶片上，有极少数雨滴渗透了下来。

在树林间，妲思望见了金星土著民居的屋顶，它们呈新月状，颇为眼熟。还有矗立着的一大片石头搭建的塔楼，都冒着烟雾，有些屋顶就半淹没于这烟雾的沉淀物中。最后，片片树叶将妲思的视线阻挡住了。

妲思站在悬崖边，眺望着这一幕。她乘坐飞船穿越了半个星球，又步行了一千公里，终于找到了它们。小石子在“适应性外壳”的脚趾下碎裂，这片布满凹坑的废墟绵延到远方，妲思目不能及——哪怕“外壳"已经为妲思调整至暗适应状态[①],哪怕此地是位于一片奇异而壮阔的森林之中,到处充斥着五颜六色、飞来飞去的生物。

"亲爱的?"

"干吗?"克菈肯说完便静静地等着。妲思将一只手捂到脸上,似乎克菈肯真的对着她耳道内的某个装置讲话,而不是进入她的脑电波模式里。

"我过会儿再联系你,"妲思说,"我刚刚发现了'伊师塔失落之城'。"

妲思在废墟中行走,这里的情况并不完全如她所料。

好吧,应该说情况比她预想的要丰富得多。她凭借绳索降到下面,"外壳"刚一陷入脚踝深的枯叶堆里,妲思的心灵就立刻被这威严壮丽的静穆气氛压倒了。她从湿漉漉的、盖满苔藓的悬崖绝壁转过身来,拖着脚一步步往前走,留下暂时的脚印。妲思伸长脖子,抬头凝视那一片布满喷口和火山喷气孔的森林,它们向西向南延伸,一望无边。她身后的绝壁是玄武岩构成的——火山的又一根基,其岩浆岩已经消失在那层层迷雾和浓密的树林里了。这里的空气……是最清爽的,胜过妲思所到过的所有环境。

树木成排种植,布局完美整齐,犹如某座宏伟神殿里的柱子。巨人国王就居于此,而妲思便是杰克,所不同的是她已经从豆茎上爬下来想换换口味了[②]。

这些树干粗壮无比,需十人手拉手才可抱住。同时它们也很高大,树叶消失于头顶上的云层之中。妲思懂得,地球上的树木因为毛细作用导致生长高度受限:水分能够上升到多高以滋润那些干渴的叶片呢?

---

① 视细胞的一项基本功能。一个人从光亮处进入黑暗的地方,人眼对光的敏感度会逐渐增加,约30分钟达到最大限度。

② 此处指的是那一则家喻户晓的民间童话故事《杰克与豆茎》。

也许这些金星的巨树既可以从土壤里吸收水分,亦能从云层里获得雨润。

“噢。”妲思说,树林之间的缝隙减弱了她的音量,却提升了她的频率,所以听起来既清脆又单薄。“等扎明也来瞧瞧这些东西。”

妲思猛然意识到,假如这些树木是新的物种,那么就可以由自己来为它们命名了。

树林无边无际,完全独享了阳光,因而下方鲜有动植物生长,只有些许土生的变异蕨类和苔藓。地衣杂乱无章地生长在巨型树干和树根上。在妲思降下来的地方,一小片袖珍的金星热带雨林在有限的阳光下迅速生长起来,下滴的雨水如一串串玻璃珠,发出哒哒的响声。在这个静穆而离奇的异域空间里,这小小的泥塘是一片活生生的真实世界。

树木如引人注目的神灵般矗立着,它们的“脸”在妲思上方很高处,她甚至无法听见叶片的沙沙声。

最终,妲思被迫避开这些大树,转而开始审视那些建筑。这里有数十幢——数百幢——房子,都是用相同的材料建造而成。这种物料透明且不渗水,颇为神秘。这些都跟阿佛洛狄忒地上的废墟一模一样,不过此地的规模比任何同类废墟都要大上六倍、十倍,甚至更多。妲思需要一个团队,得搞一次测绘探险。她还想建立一座紧挨此处的主营地,再给这个遗址取上一个名字……

她需要……重返工作。

妲思这才想起要开启记录程序。这些建筑形态各异,高低有别,妲思自然是无法说清哪些是居住用房,而哪些是另作他途的——就算当年原住民跟人类有着相同的分类方式。房子都被设计成圆弧形或新月形,不过它们个个相连、串串相依、群群相靠,形成一种逐级式的壮观景象,每一个矮小建筑都镶嵌于一个更高大建筑的外形曲线里。有些地方设有明显的出入口,露天敞开着。妲思严肃地提醒自己,不做丝毫准备就硬闯进去的想法是个糟糕的坏主意,这么做不单单是以身犯险,而且还会搅扰到此地的生态环境。

她紧紧攥着那只未受伤的手，就这样站着。

当然了，妲思的“外壳”始终做着记录——现在她开始做旁白说明，并将文件通过卫星通讯传输回家。并非想炫耀，仅仅是上传而已。一批数据接着一批数据——让人欣慰的一点是，当妲思享用分配给她的带宽来传输数据时，没有人能够呼叫她，无法提问或道贺……

没有人可以，唯独克菈肯除外……这个与她羁绊终身的人。

“嘿，”伴侣的声音在妲思的脑子里响起，“你找到它们了？”

“我找到了。”妲思说完便中止了旁白说明，不过没有停止上传数据。就算缺少了她自己的声音，但也还是有大量的数据被传送了出去，包括视觉、嗅觉、听觉和触觉等各方面。

“你终于证明了自己，现在感觉如何？”

妲思听得出来，克菈肯的自尊心在悸动。她注意口吻，尽量不被人感觉高人一等，内心无意摆出父母那般的口气。这全是妲思自身的心理包袱。

“证明？”她扭头朝身后看了看，山谷安详寂静，黑暗无光。从一个喷气孔里传来一阵急促的嘶嘶声，一缕风将硫黄的气味卷带而来，刺痛了她的眼睛。

“你出名了。”

“出名？”

“你在地球上要出名了，家乡的世界将会听到这个消息，大概就五分钟之后吧，因为会有延迟——除非你的某位贴身搭档把消息提早透露出去了。亲爱的，你刚才完成了一项近百天来最重大的金星考古发现，而且在接下来的一百天里也很可能仍旧属于最了不起的。如今你想拿到分配名额基本上不会有什么难度了。”

“我……”

“你在这件事上非常努力。”

“我感觉……”妲思用拇指指甲抓了抓鼻梁，剥下如雪花般的皮屑：她在“外壳”内部待得太久了，皮肤的天然油脂平衡遭受了严重破坏。“我感觉我应该去弄明白下一桩事情了。”

“下一桩事情……”克菈肯说，“不如回家来找我吧，怎么样？如今你证明完自己了没？”

妲思耸了耸肩，感觉自己如同一个任性的孩子，她心里也知道，自己的所作所为的确很像。“那么如今我向你证明够了没？”

“我从来就没有怀疑过你呀，你不需要向我证明任何事情。亲爱的，这个极度自负的想法是你的病理学顽疾，不是我的毛病。我爱的是原原本本的你，而不是因为我觉得可以将你变得完美。我只是希望你可以像发现自己的不足一样，同时也能看到自己的长处——等一下，前方刮起了大风——我马上回来。”

“你在飞艇上？”*难道她正往此处赶来？*

“只是一辆空中吉普而已。”

妲思松了一口气，同时也如针刺般顿感失望。要知道空中吉普是无法从阿佛洛狄忒地到伊师塔地的。

妲思心想，*好吧，看样子我大概得走着回家了。*

她什么时候能到目的地？算了，眼下妲思还不太想寻求克菈肯的帮助。

妲思决定逗留下来，再睡上两觉，就算这样也还是有时间赶在“夜幕”降临之前回到主营地，况且反正胳膊已经断成了这样，也不可能在接下来的这段时间里变得更糟了。她慢慢地转了一圈，考虑要在何处挂起她的“茧”——树枝统统太高了，很不方便——突然，一阵空中汽车的低沉轰鸣声传来，打破了巨树林中萧瑟的宁静。

它穿过绿荫华盖，降落下来，打磨的铜制车底反射出一副鱼眼镜头[①]的森林画面，而后着陆于距离妲思十米开外的位置上。妲思上前迎接，并开心得笑了，而后又皱着眉头纳闷起来，同时咬着嘴唇。“车子”的上半部分是黑色的疏水性聚合材料：妲思在出发之前恰好在伊师塔地的主营地那儿搭乘过这么一辆。

此时舱门打开了，其内部空间狭小，克菈肯就坐在控制板后面。她弓起身子，在低矮的车顶下面蹲着走到舱门口，接着伸出右手迎接妲思。妲思看着克菈肯的那只手，而对方立马羞怯地换成了另一只，即她的左手，让妲思可以毫不费力地抓住它。

“我过来……原本是要送你去治疗胳膊的。”克菈肯说。

“你花费自己的配额……”

克菈肯耸耸肩说：“你准备赶我走？”

“这回……”妲思说，“我不会了。”

克菈肯摆动了几下她的手指。

妲思拉住克菈肯的手，登上这艘翼地效应载具。她坐上座位，背靠上去，突然觉得不依靠“外壳”的协助就无法抬起头来了。在这一刻，她才意识到了自己有多么的疲惫。妲思不知道自己是不是应该拥抱一下克菈肯，但她意识到自己正因克菈肯没来抱她而感到难过。可是……好吧，这副“外壳”夹在中间是碍手碍脚了些。

克菈肯重新回到座位上，注视前方的屏幕，然后说：“嘿，你成功了。”

“嘿……我是成功了。”妲思多希望自己真的有这种成功的感觉，或许是太累了吧。

克菈肯也许是对的，妲思应该反省反省，学着多多关注一下自己的

---

① 一种极端的广角镜头，其焦距为16mm甚至更短，视角接近或等于180°，俗称“鱼眼镜头”。

强项。

此刻她的眼皮垂落下来，感觉真的好重啊。空中汽车开动起来安静轻柔，让她昏昏欲睡，虽然隔音功能已显退化，但就算有噪声也照样无法让她保持清醒。难道这就是所谓的安全感吗？“对了，还有一件事。”

“我听着呢。”

“我在想……你要是不介意的话，就用你的名字来命名一种树。”

“那很好，”克菈肯说，“我在想用你的名字来命名一个孩子。”

妲思闭着眼睛，露齿而笑。“我们应该用我的 Y 染色体[1]，因为 X 染色体上有色盲基因。”

“嗯……Y 染色体已经半衰退了，我们就用两个 X 染色体吧，”克菈肯坚决果断地说，“说不定还能生出一个四色视者呢。”

---

① 一般而言女性是没有 Y 染色体的，但据说也有极为罕见的例外。

乔·R. 兰斯代尔

多产作家乔·R. 兰斯代尔曾赢得埃德加·爱伦·坡奖、英国奇幻奖、美国恐怖奖、美国推理奖、世界犯罪小说作家奖和六届布莱姆·斯托克奖。尽管他以恐怖惊悚作品闻名,例如《夜跑者》《打鬼王》《内情》《刀神》和《露天影院》,但也创作了广为流传的“哈普·科林斯和伦纳德·派因”推理系列作品——《野蛮年代》《遍地魔咒》《双熊曼波舞》《邪恶辣椒》《车轮滚滚》《无耻船长》《红魔》以及《土狼》——还有西部风格小说,诸如《得克萨斯夜骑士》和《血中舞》,同时还包括完全无法严格划分种类的跨界小说《西行的齐柏林飞艇》《神奇的马车》和《燃烧的伦敦》等。他的其他作品有《西部丧尸》《沉重的一击》《日落与锯屑》《爱的行动》《冷冻效应》《幽灵华尔兹》《露天影院2:不止是一部续作》《皮革少女》《抉择至狂》以及《黑河岸边》。兰斯代尔也为《蝙蝠侠》和《泰山》等系列作品撰写故事,他的诸多短篇被收录于《荒诞手笔》《死者背上的细密缝针》《影子,亲朋好友》《长身鬼》《兰斯代尔妈妈的小男孩故事》《准保大卖》《与丧尸为伴,深入凯迪拉克沙漠》《电子秋葵》《紫色怒火的作家》《拳打春秋》《走出68年的夏天》《大丰收》《好人、坏人和漠不关心的人》《乔·R. 兰斯代尔精选集》《故事选集再续》《“疯狗”夏莫和其他故事》《国王与其他故事》《死者之路》《燃烧的齐柏林:奈德历险记》《西部幽灵》(与约翰·L. 兰斯代尔合著)、《周六演出的羁绊》以及《棉花田:乔·R. 兰斯代尔精选集》。作为一名编辑,兰斯代尔制作发行了故事合集《西部故事精选》《复古流行故事》《复古流行故事之子》《刀割的马鞍》(同帕特·罗布伦托合作)、《黑暗心灵:黑色悬疑作品新集》(同其妻凯伦·兰斯代尔合作)、《恐怖故事名人堂:斯托克奖获得者》、向罗伯特·E.霍华德致敬的纪念选集《穿越大平原世界》(同斯科特·A.卡普合作)、《钉于十字架的梦魇》,以及《都市幻象故事集》(同彼得·S.比格尔合编),另外还有一部向兰斯代尔本人致敬的作品《刀锋领主》。兰斯代尔新近发表的书包括一部全新的"哈普和伦纳德"人物系列小说《致命狙击》,还有《灌木丛》《人猿的兄弟》以及一部大型作品回顾合集《血色阴影》。现在他和家人一起居住在得克萨斯州纳科多奇斯市。

接下来,兰斯代尔将我们带入一个男人的故事里。他被拖出自己的时空,猛然坠入到另一个世界里。事实证明,跟冰海沉船相比,那块土地更加凶险。

森林巫师

我之所以会在这个地方,是因为头疼得相当厉害。我知道你想要更多的解释,但我无法给你。我只能说,当巨型游轮“泰坦尼克号”沉没的时候,我几乎丢掉了性命。那或许是一次爆炸,炸了一个锅炉……我实在说不好。当轮船下沉并拦腰断裂时,我感觉自己似乎也随之一分为二了。

在水下有一个东西砸到了我的脑袋上,我记得有什么东西跟着我一起下沉,那不是船上的某人,也并非一具尸体,反正是某一样东西。我记得它那张脸,如果那可以称之为脸的话:长满了牙齿和眼珠,大而明亮,被下方的一束光线照亮。接着我把海水吸入了肺里,此时这个东西拉着我朝一团发光的漩涡而去。它将我拖入一团温暖和亮光之中,我最后一眼望见的东西是一条形似鱼尾的东西在扑腾蹦跳,此后我的脑袋就爆炸了……

或者说是“好像”爆炸了。

醒来时我躺在一个温暖而泥泞的土坑里,身体既像是漂浮着,又似乎沉没着。我抓住几根从岸边伸出来的树根,然后把自己从泥坑里拖了出来。我在那儿躺了一会儿,脑袋很疼,在阳光下暖一暖身子,而后头痛的症状开始渐渐消退。我翻过身来,匍匐在地,看着那一潭泥浆。这是一个大水塘,其实“水塘”二字并不准确,它就像一个由泥浆灌成的巨大湖泊。我不知道自己怎么会到这个地方来,事实的真相就是这么简单,我的脑子里仍是一片空白,似乎是一场梦。

当时我费了些周折，搞到了泰坦尼克号统舱里的一个铺位，准备返回我的家乡美国。我在英格兰意兴阑珊，做一天和尚撞一天钟，心想不如回国，然后到西部去。在那儿我为铁路工程清除了很多野牛，甚至还出于自卫杀死了一些人。那些廉价的小故事书一直写到我，说我是“大平原上的黑骑手”。不过那多数都是瞎编乱造的，唯一一处写对的地方就是我的肤色。我有一半黑人血统，一半切罗基族①血统。在那些小书里，我被描绘成大体上是白人。这是一个莫大的谎言。只须看我一眼，你就知道了。

我是“水牛比尔大西部”节目中的一名驯马师，当该节目抵达英格兰表演时，人们都回去了，但我却继续留了下来。起初一阵子我还挺喜欢那个地方，但如同人们常说的，金屋银屋不如自己的草屋。此话并非我真正拥有一个自己的家，而是笼统地这么一说。

我费力地站了起来，环顾四周。泥塘旁长着一些树木，没错，真的有树，它们高大威猛，环绕在湖泊四周。我似乎别无选择，只能走到树林里去，我不要再踏进那个泥塘了。我不知道之前发生了什么，不晓得是哪种东西抓住了我并把我拖入那个发光的漩涡之中。然而当我一想到自己再次被逮住，我的内心就感到十分抵触。它将我拖到这块莫名其妙的地方就走了，留下我孤身一人自生自灭。

我所躺的那片泥塘很浅，而我知道其他的湖泊并非如此。之所以明白，是因为当我远望这一大片广袤的泥潭时，瞧见一头巨型野兽在潭中移动。我猜你会管它叫蜥蜴，至少我的第一印象就是这个。随后我想起了多年前人们于蒙大拿州发现的骨头，记得它们被称为“恐龙”。我读过一些关于该种生物的报道，当我看见它从泥潭里抬升起来时，心里就以为是它们了。灰色且泛绿的肌肤，时而浮上来，时而又沉下去，身上不住地掉着泥水，在阳光下亮晶晶的。接着它沉了下去，看不见

① 北美印第安人，属于易洛魁族的一支。

了，而后又升了上来。当它第三次沉浮时，嘴里叼着一个野兽，一种皮肤滑溜的巨型紫色海豹，血液像草莓酱般从猛兽的齿缝中渗出。

这一幕似乎显得我对这一切漠不关心，其实我是事后缓过神来才能叙述得如此清晰且富有条理的。但眼下，还是让我稍稍朝前跳过一些内容吧。

我身处的世界是金星，现在它就是我的天地了。

我的突然来到并非唯一一件令人费解的事情。我是一名四十五岁的男子，身材健美，头脑灵活，照我的年龄来看，属于相当不错的。而在这片绿荫覆盖的温湿世界里，我甚至感觉状态更好。我很快发现，此地还有一个更为宏大的奥秘无法揭开。而我要去解读它，哪怕无法获得一个真正的答案。

衣裳已同泥巴结成了块状，我脱下并抖掉了它们。沉船时我掉了两只鞋子，海水就像小孩吮薄荷棒棒糖那样一个劲地将它们从我身上吸走。如今我光着身子，衣服拿在手上，身体沾满泥巴，头发也是。我的模样想必蠢极了，可我无处可去，只得站在那儿，跟沾满泥浆的衣服在一起。

我回头望了望泥浆湖泊，看见那条巨大的蜥蜴和它的午餐全都不见了。湖泊中央好像沸腾了起来。我猜这湖水中央最热，边缘较暖。我的主人，即那个把我带到此地的家伙，当初幸好让我漂浮于温暖的区域。

我在树木中间挑选了一条较宽的道路，而后沿着一条足迹行走。路上昏暗朦胧，光影交错。我猜这踪迹是动物们留下的，从脚印可以看出，有些家伙还十分巨大。假如我离小径太远，就会很轻易地一头扎进黑暗之中。树底下基本没有多少灌木花草，因为缺乏足够的阳光来培育它们。几只模样不寻常的鸟儿和难以定义的小动物在树林里飞来飞去、东蹦西跳，并在我的足迹上蹿来蹿去。我又行走了一段时间，心里缺少计划，脚上没有鞋子，衣服整齐地卷起，夹在腋下，就像一条宠物狗。

现在，如果你觉得我内心困惑万分，那你的想法一点儿没错。到底是什么东西在水下抓住我并带我穿过那团旋转的亮光，最后又将我留在泥浆里而自己却消失得无影无踪了。我一度都在绞尽脑汁地琢磨这个问题，然而并无任何答案自动涌现出来。于是我放弃了，把心思花在如何生存上。我能行的，我是个偏实用主义的人。不管我现在身处何方，至少还活着，这便是最实在的事情之一。从前我在野外生存过，曾在腊月严冬里爬上落基山脉，身上什么也没带，只有一支步枪、一把刀和一只小杂物袋。我活了下来，并在春天的时候下了山，带回海狸皮和狐狸皮来卖。

我心想，既然当时我能做，那么在此地我也一样可以办到，尽管后来我承认自己偶尔也有疑虑。我曾几度死里逃生，有一次我同怀特·厄普[①]发生口角并差点酿成惨剧，还有一次与约翰尼·林戈[②]争辩，致使他死在一棵树下。除此之外，我还经历过一些不值一提的小波折，然而所有的冒险历史跟眼前的这个世界相比起来，似乎就显得波澜不惊了。

徘徊于树丛之间，肚子饿得难受，最好找点儿可以吃的东西。我开始四处寻觅，在所站位置不远处的几棵大树上有一些球状的紫色大果子，鸟儿如我个头那么大，它们色彩缤纷，羽毛丰满，鸟喙形似匕首。它们正在啄食那些果子。我心想，既然这果子它们能吃，那我也可以吃。

我下一步要做的就是爬到其中一棵树上，捕获自己的下一顿“饭”。我把衣服搁在树下，那树干足足有一辆火车头那么粗大。我抓

① Wyatt Earp，美国西部人物，曾是一名赌徒，也担任过小镇警长，后世有关于他的影片。

② Johnny Ringo，美国 19 世纪的一名不法之徒，后死于树下，当时被定为自杀，但现代研究者对此颇有怀疑。

牢一根低处悬挂的枝杈，然后急忙跑到一个地方，瞧见那儿悬挂着一个如水牛脑袋般大小的果子。事实证明，攀爬轻松容易，因为树杈都很粗壮，而且枝繁叶茂。

上方的鸟儿们注意到了我，却都不予理睬。我在那根树枝上爬行，前往选定的“一顿饭”。我一把捧住果子，将它摇松，其间差点儿从树枝上摔了下去。我原本一定会结结实实地砸到地面上，可我更愿意想象底下是一片松软的泥土，其中掺满了肥土、树叶和腐烂物，会让我松扑扑地着陆。

我背靠树干，抓住果子，试探性地咬了下去。它跟皮革一样坚硬。环顾四周，有一小截断枝于我头顶上方伸出。我站在自己所在的栖木上，举起那个果子，将其往树枝断裂的地方猛砸过去。树杈戳了进去，就像一把刀刺入一只扁虱。汁液开始从那果子里向外渗出。我在下方仰起脸，让这甘露涌入我的嘴里，溅洒到我身上。它品尝起来有几分酸味，带有刺激性。不过我确信，如果我没被毒死的话，就肯定不会饿死了。我拽住这颗果子，直到把它扯烂。里面是有囊的，吃起来味道不错。我用双手把它舀出，然后大口大口地饱餐起来。

我刚一吃完，突然听见上方有一阵声响。我抬头一看，所见之物简直是这片野生新世界里最令人惊叹的一幕。

银色的……

一只鸟。

然而那并非鸟类，而是某种飞行载具。我未见其形，却先闻其声，犹如巨型蜜蜂的嗡嗡声。我抬头望见它反射出的阳光，顿时令我失明了片刻。当我再度回望时，这架飞行器正于树林中穿梭，四处打转，撞到一根巨型的树杈上露出了真实的模样。它倾斜成某种角度，我可以望见载具上设有座位，座位上头有人，飞船前方还盖着某种玻璃罩，里边的人统统都是黑头发黄皮肤。然而，相比下一个惊人之处而言，这算不了什么。

天外飞来另一艘飞船，其本质与之前那艘颇为相似，它闪烁着亮光，进入了视线。飞船滑翔一段后停下，动作优雅而敏捷，犹如一个气球。它飘浮在空中，就位于刚才那艘飞船停靠的树枝旁边。坐在敞开式座位里的一个人指挥着这艘飞船，他跟另一部机器上的人一样，也是黑头发黄皮肤。除了他之外还有一人，外表与其相像，坐在他后面。一枚硕大的蓝绿色宝石挂在颈部的项链上，这便是他与刚才那人的最大区别。这个家伙跳了下来，双脚着地，露出赤裸的身躯，除了宝剑的剑鞘和奖章之外别无其他。他将绑在背上的一把细剑抽出，往下跳到另一艘飞船上，随即便朝驾驶员乱砍，而对方立刻摇摇晃晃地站了起来，勉强展开自卫。两位战士的刀剑拼杀到一起，发出叮叮当当的响声。失事船只的另两名成员也从座位里爬了出来，他们拔出宝剑，要助战友一臂之力。然而此时发生了一件更加令人称奇的事情。

六名长有翅膀的人拍打着飞翼从天而降，纷纷携带宝剑和战斧。他们跟其他人一样赤身裸体，只有用来放置武器的护套，以及一个看似由皮革制成的硬袋子。这些人眼距很宽，脸上有鸟嘴状的东西突出，皮肤是乳白色的，没有发须，却长羽毛，其色彩也各有不同。这些家伙的攻击目标正是那位在巨树枝上闪亮机器里的黄皮肤男子。

随后事态已然明朗，那位戴项链的男人虽然明显不属于长翅膀的种族，但无疑也是站在他们那一边的。他技巧娴熟地同那位驾机撞树的飞行员搏斗，身手矫捷地左突右挡，接着大吼一声，挥舞着宝剑刺穿了对方的胸膛。那位受了致命伤的战士掉落了武器，朝后跌倒，身体脱离了敌人的宝剑，瘫倒在自己的飞船前。

跟死者一起的两名战士英勇奋战，但对方的人数是压倒性的。那位佩戴奖章或护身符的人站在飞船前，跨坐在被自己杀死的尸体上。就在那时，我终于看清了他的面目。常言道人不可貌相，通常我也相信这句话。然而……这么讲吧，我从来没有见过任何人会像这个男人那样面目凶恶。并非是他的面部特征与众不同,而是身上那一股气息,它散发着百分百纯粹的邪恶,就好像在他体内还有另外一个人。这个幽灵品性歹毒,心术不正,看起来似乎正努力向外表现出来。他给我的感觉是空前绝后的,无人可比。我在“水牛部队”①供职期间遇到过想要杀我的科曼奇族②和阿帕奇族③战士,然而就连他们也望尘莫及。

就在那时,两位防守者当中的一位击退了一名与其械斗的飞翼战士,并用空着的那只手抽出一把手枪。那家伙看起来做工粗糙,让人联想起老式的燧发枪。他抬起手枪,对准敌人的方向射击。手枪迸发的爆裂声犹如结核病人的咳嗽声。飞翼人喷出鲜血,宝剑从手中掉落,他双手捂脸,身体松垮了下来,像一只飞镖那样朝前方栽了下去。飞翼人倒在我附近的树枝之间,压穿了些许叶片,垂直摔落到地面上,宝剑也随之掉下来,颇为合宜地恰巧插在我跟前的树枝上。我抓住那把宝剑,心想如今我拥有武器自卫了,而且现在也是一个离开的绝好时机。我告诫自己,这场争斗不管是为了什么,都与我无关。那些人打得不可开交,甚至都没有看见我。所以说我理所当然地把公序道德那套常识抛在脑后,决定把自己隐没于这片浓密的树林之中。

事实很可能是飞船里的人寡不敌众,但我必须承认,只要朝那个佩戴奖章的人瞧上一眼,我就知道自己的情感好恶到底倾向哪一边了。我知道这听起来的确……可我敢保证,你要是瞧见了那张脸,准保也会跟我有完全相同的感受。

考虑到那群飞翼人正帮着那个面目凶恶的家伙,可谓人多势众,然而为什么我偏偏会觉得多我一个就可以扭转局势?对此,我无法向你解释清楚。可我就是咬着那把窄细且轻质的宝剑,开始朝上方攀爬,前去助战。

---

① Buffalo Soldiers,通常指由黑人组成的部队单位。

② Comanche,北美落基山脉以东大平原上的印第安部族,擅长骑马,尚武好战。

③ Apache,美洲印第安部落,以骁勇善战闻名,同白人殖民者抗争数个世纪。

就在那时，我意识到了某些东西，某些自从来这儿之后便有所感知的能力，然而如今证明这都是真的。我感觉自己异常强壮，身手敏捷，不仅好像年轻了二十岁，而且动作姿态也从未体验过。我可以轻松自如地来回移动，犹如松鼠一样，片刻间就来到了卡在树枝中间的那艘飞船跟前。

飞翼人在两名幸存者四周扑腾着翅膀，就像苍蝇围在溢出来的糖浆上一样。戴项链的人停下观战，认为没有必要上前助阵了。他观察着这片区域，看着自己的“鸟儿们”正拍打着翅膀，发出乌鸦般的叫声，相互挥舞着武器。我在树梢边缘抬起身子，站立起来。而那人看见了我。

我将咬于齿间的宝剑拿下来，往前方弹跳，随即做出一个突刺的动作，捅穿了一个飞翼人的心脏。只见他扑腾几下翅膀，身体蜷缩扭曲，随即掉落了下去。

黄皮肤的那两人看了我一眼，毫无异议地接受了我的帮助。我的模样真是大出洋相。我赤裸着身子，因为衣服留在了树底下。皮肤和头发都盖满了一层污泥，看上去像一个野人。就在那一刻，我注意到了某些早就应该立刻察觉的东西，但当时我的站位不理想，而且叶片和小树枝也完全阻挡了我的视线。在黄皮肤的人当中，有一个是女性。她身材瘦长，头发只经过粗糙的修剪，就好像某人将其捏成一团然后于披肩位置一刀砍断似的。那女子并非裸体，她略有穿戴，其搭档也一样，而她的对手都一丝不挂。那女子身穿一条黑裙，外加一套轻便的黑皮革胸甲。她有一副纤弱的、无疑是女性的身材。当我看着她脸庞的时候，几乎忘却了自己在干什么。她那亮绿色、杏仁状的眼珠勾住了我的魂。我几乎就要迷失在了那对双眸里，只是恰在此时有一个飞翼人挥起斧子差点削掉我的脑袋。我立刻下蹲，躲开那把挥舞的斧头，随后朝前方刺去，接着迈开大腿，用宝剑一戳，插进了他的内脏里。我拔出宝剑，他的脏器流了出来，还喷出一股鲜血。当他跌落下去，掉出视线之后，更多的家伙从天而降了，他们在我周围嗡嗡作响，同时拍打着翅膀。飞翼人数量众多，但很快便能看出我们的刀枪功夫显然更胜一筹。他们野蛮地使用宝剑和斧头，技术十分粗糙，还不如儿童运用拖把和扫帚的本事。

我的伙伴们——就是那几个人——跟我一样精通剑术，而我是在“水牛部队”时从一位老人那儿学得的。师傅跟我一样是一个黑人，曾经生活在法国。在那儿他接受过良好的钢剑训练，而我就从他的身上学到了这门功夫。所以当我们不一会儿就杀死多数来袭者并吓得其余人往上飞的时候，我并没有感到惊讶。那个戴项链的人一直从旁观察着，而此时他也加入进来了，企图将我剥离出这场争斗，于是我便向他发起攻击。那人的剑术不错，眼疾手快。然而我的动作更敏捷，技术也更高超，这全要归功于那种莫名其妙的天赐神力。那家伙给我造成了暂时的麻烦，但我仅仅用了几次推挡就摸清了他的剑法套路，其实与我们的也差别不大。一次高地位的连击，一种用眼神来误导对手的方法。我渐渐占了上风，而此时他的驾驶员开着飞行器停靠到了树枝旁边。我的对手大喊一声，蓄力朝我一击，令我稍稍后退了一点，而后他转身跳上机器，迅速滑入座位，动作流畅得如同一个女人将滑润的手指伸进一只小牛皮手套里一样。随后，飞船搭载着这两名黄皮肤的人飞速离开了。

我转过身来，垂下那把血迹斑斑的宝剑，注视着这几位我刚刚投靠的伙伴。那女子开口说话了，她的话语虽然简洁，但如火车般撞击了我的心灵。

她说：“谢谢你。”

这是我来到此地之后的另一个连带效应。我不仅变得更加强壮敏捷，而且还能理解一门从未听到过的语言。话语从她嘴里脱口而出，即刻就已翻译到了我的脑子里。如此的迅速，就好像他们的语言便是我的母语似的。

“别客气。”我说。这话似乎有些老套,我站在那儿,一只手握着宝剑,浑身赤裸裹满污泥,那话儿就荡在外头。然而更令人诧异的是,她也同样能够理解我说出来的话,让我没有觉得在讲自己的语言。

“你是谁?”那个女人问道。

“杰克·戴维斯,”我说,“曾隶属于美国 BS。”

“美国?”她问道。

“这个……有点难解释。”

“你身上都是泥巴。”那个男人一边说,一边将刀剑入鞘。

“你说得没错,”我决定干脆开门见山,不绕圈子,“方才我掉进泥浆湖泊里了。”

男人咧嘴而笑说:“那一定费了不少劲。”

“我觉得自己很有本事。”我说。

年轻女子好奇地转过头去,朝我身子下方瞥了一眼。“你的肤色本来就是黑色的,还是涂抹上去的?”

我明白了她正在打量我身上哪个部位。在这层泥浆之下,假如我是爱尔兰人而非混血黑人的话,我的脸会涨得如落日般通红明亮。然而没过多久我便明显感觉到,在他们几个看来,在这片世界里赤身裸体并不是什么羞耻或伤风败俗的事情。衣服对他们来说只是装饰物,或者设计用来遮风挡雨,白花花的肉体对他们而言并没有什么大惊小怪的。

“是的,”我说,“一点儿没错,我就是黑人。”

“我们都听说过黑人,”她说,“但从没有见过。”

“这个地方还有跟我一样的人?”我说。

“据说是有,”女人说,“在很远的南方,不过我觉得他们身上应该没有那么多污泥。”

“再次谢谢你,”男人说,“我们寡不敌众,你能拔刀相助真让人万般感激。"

"没有我你们看上去也一样应对自如,不过我很高兴自己能帮上忙。"我说。

"你过奖了。"他说。

"我叫达维尔,这是我的妹妹,婕芮。"

我朝他们点头示意。此时达维尔转而面对飞船和躺在飞船前的死者。他弯下腰抚摸战友的脸庞。"班代尔是死在托尔多手上的……那个叛徒。"

"我很遗憾。"我说。

"他曾是一名战士,别的也无甚可讲。"婕芮说。尽管他们的语气似乎平静接受了,然而内心却明显动了感情,伤了心。而正因如此,接下来发生的事情就令人诧异非常了。

达维尔将尸体拖到载具边缘,然后再挪到树枝上,不举行任何仪式就将其翻身推了下去。"再化尘土吧。"他说。

这似乎已经超出了举止怪异和缺乏敬意的范畴,可我后来才知道这是他们的风俗。鉴于他们都居于高处的城镇并种植树木,那么有人去世的话这也便是一种通常的做法。如果死在地面上,则将尸体保留在倒下的原位,这种处理方法被认为是一种荣誉。

我慢条斯理地谋划处理眼前这桩奇遇,保持沉着冷静。我的生存或许就仰赖于此了。我说:"冒昧问一下,这些人是谁?为什么要杀你们?"

婕芮看了达维尔一眼,说道:"既然那人二话不说就出手相助,那么他跟我们就是好兄弟。"

"没错。"达维尔说,但我看得出来,他心里并未轻信。

不过婕芮决定透露。她说:"他们是瓦尔宁,而我们是谢尔丹的战士……其实咱俩是王子和公主,要前往他们的国家,把护身符找回来。"

"为了一件小饰品就开战?"我说。

“那可远远不止是小饰品，”她说，“况且也只有我们两人，谈不上什么战争。”

“我会喊援军来的。”

她点点头说：“有时间的话当然要喊，可我们来不及了。”

她没有再进一步详细透露，大伙暂且把这个话题搁一搁，开始着手将银色飞船从其嵌入的树枝丛中挪动出来。在我看来这似乎是一项危险的工作，但我还是帮他们一起干。这飞船确实轻如空气一般，当摆脱了那些树枝纠缠时，它并没有下落，而是开始嗡嗡作响并飘浮在空中。达维尔爬进那个原来坐着死者的前排座位，触碰了一下银色的杆子，接着机器发出比先前更响亮的嗡嗡声。

婕芮爬进他身后的一个座位，并说：“跟我们一起走吧。”

达维尔看了她一眼。

“咱们不能丢下他，”她说，“他好像迷路了。”

“我真的是晕头转向了，你们想象不出来我的心里有多乱。”我说。

“他在我们需要帮助的时候伸出援手，”婕芮说，“他可是冒了生命危险的。”

“我们有自己的任务。”达维尔说。

“我们可以给他找一个安全的地方，”她说，“前头还有很长一段路要走，不能就这样把他遗弃在这儿。”

讨论仍在继续，如同我并不在场似的。我说：“如果你们肯把我带走……带到别处，我会非常感激的。”

达维尔点点头，但我瞧得出来，他没有完全相信我。

我步入机器，找个座位坐下。达维尔回头看了看我。我明白，他并不希望事情发展成这样，尽管我前一秒还跟他们并肩作战。

他并没说一句话，扭头回去，然后碰了碰杆子。机器温和地隆隆作响，从一片树叶和树枝丛中滑翔了出去。我蹲下身子，以免被它们打到，再抬头看时，载具已经飞到了天上，超过了树林的水平线，上升至阳光明媚的蔚蓝天空。这真是令人叹为观止，多么优雅精致、动作敏捷的飞船，比我们家乡的成就要先进得多。这让我想到一处颇有意思的地方，那就是他们对火器的理解却比我们落后得多。我心里一方面觉得维持如此的现状也不错，人类和飞翼人使用刀剑和斧头就已经能造成足够的破坏力了。至于达维尔射击的那把手枪，他已经扔了，似乎那只不过是一块用旧了的手帕。

我朝船侧望出去，看到下方有各种各样的生物。长着硕大皮质翅膀的野兽在我们下面飞行，于树林间的空地上翱翔。在地面上罕有的开阔区域，我瞧见不少体型巨大，长相怪异的混色蜥蜴。飞船发出嗡嗡的响声，野兽们抬头张望，嘴巴张得很大，似乎感到惊诧，露出了一排又一排巨齿。我们飞过热气腾腾且充满泥浆的湖泊，一条条巨蛇蜿蜒穿行在其间，活动于陆地和树丛之中。这幅景象既美妙绝伦又令人心惊胆寒。在如此短的时间内，我已经从一艘沉没的远洋巨轮中死里逃生，莫名其妙地躺在了一片热乎乎的泥浆湖泊之中，随后爬上树找吃的，接着又偶遇了一场械斗并前去助战，协同抵抗一个佩戴奇异护身符的黄皮肤男子，以及帮助他的一群飞翼生物。如今，我在这儿迷了路，脑子里糊里糊涂，坐在一艘轻如羽毛的飞船里，以惊人的速度于树林上方飞行。我的身体感觉到前所未有的异样，就好像有人扒开了我的皮，将二十岁的我塞入了体内，令我头晕目眩。

“你们要去哪个具体的地方？”上空狂风呼啸，我不得不提高嗓门。

“我们最好不要谈这个，”达维尔说，“虽然你帮了我们的忙，但我们的任务是私事。关于护身符的事情……你知道的已经足够了，不需要再了解更多。”

“明白。你们要把我带到哪儿去？”

“我还没拿定主意。”达维尔说。

“好吧。”我说，但愿不要被扔下飞船自生自灭。我得下点功夫，留在他们身边越久越好，以便熟悉这个世界。在这儿坐着总比在下面树林里乱逛要好,而且更多的好处还在后头等着我。曾有一位老军士待在一捆嚼用的烟草附近告诉我:"如果你没有死,那就是活着,这便是好事。"他一向嫉妒我受过教育,称其为"白人的调调",但他给过我不少令人铭记于心的忠告,那句话便是其中之一。幸好我有一个读书认字的切罗基族母亲,她在白人的学堂里受教育,后来成为了一名教师。她总是说,教育这个东西,只有你真心愿学才能得到。她还说教育不仅仅是书本教条和考卷分数。母亲教我切罗基人的习俗,教我跟踪猎物并在野外生存,还有一切我或许用得着的自救方法。

话虽如此,但跟下面野生世界的荒蛮比起来,我却更喜欢飞行器里头的舒适环境。这样我才能有时间来思考和筹划,但我不得不承认,我的计划并没有取得多少进展,更像是一副轮子在我脑袋里旋转,可就是得不到丝毫的牵引力。

更何况……容我说一句心里话,那女子才是我想要留下的原因。我已彻底沦陷。那一对碧绿的双眸犹如清凉怡人的水池,我真想一头扎进去,潜到深处。我愿意相信,她也萌生了某种火花,但考虑到我当前的外表仪容,或许只有一头猪会爱上我,并把我误以为是一潭水坑,可以进去打滚。

我说不好飞行了多久,但肯定已有好几个小时。起飞没过多久,疲乏的感觉就占据了我的全身,凉风对着我呼呼地吹,我就舒舒服服地坐在位子上。或许本可以感觉更好、更强健,但我曾在冰冷的海水里游泳,又从热气腾腾的泥坑里爬出来,还攀上了巨树,并狠狠地打了一架,所以现在我累了,暂时坠入了梦乡。

当我醒来时,太阳已经落到了天边。飞船在几棵巨树的一道道大空隙之间滑翔下降。我们跟前的树木如参天巨擘,令家乡的红杉树[①]

---

① 又名海岸红杉、常青红杉、北美红杉、加利福尼亚红杉,通称红杉。该树种分布于美国加利福尼亚州和俄勒冈州海拔1000米以下、南北长800公里的狭长地带,在中国甘肃、云南、四川境内亦有分布。成熟红杉树高达60至100米。

都相形见绌，还有一棵甚至带有阴暗的缝隙，大小犹如一个小洞穴。

就在那时，我望见几乎所有树木都有巨大空隙，从树顶一直延伸至树底。这是它们自然构造的一部分。当太阳最终落山时，我们飞进了其中一处空间紧凑的木头洞穴里。达维尔停好飞船，然后大伙都走了出去。

夜晚一片漆黑，犹如还在洞穴内部。月亮不见了踪影。究竟是什么星星正焕发着点点微光。我沉浸于夜色之中，站在那儿朝缝隙外头张望，此时却发生了惊奇的一幕。空气中好像顿时扬起了尘土，而且它们都会发光。一时间我糊涂了，而后些许灰尘落到了我身上。原来，这根本就不是什么灰尘，而是一些小虫子，颜色如飞行器一样银白，不过更加光亮。它们充斥着整片夜空，为万物带去了一抹光，亮如那失踪的明月。

我的叙述应该于此处稍作停顿，跳跃到某些我后来才知晓的事情上。此地没有什么月光，因为这个世界压根就没有月亮。在所有难以适应的事物当中，这是让我最为头疼的一件。夜空上没有了那枚发光的“硬币”航行于天际，取而代之的是那些会发光的昆虫。虽然它们的方式惹人喜爱，但还是无法取代那一轮绕地明月在我心目中的位置。

婕芮从飞船上的某个箱子里拉出一长段黑布，将其紧紧地固定在洞穴的上沿和底部。那块布头就贴附在她放置的地方，无须任何纽扣、系带、大头针或长钉。布头的颜色跟我们所在的树木色彩相同。我立刻明白了，在夜间——或许也包括白天——一定距离上，这块布头看起来会像是这棵大树坚实的一部分。我们被密封好了。

飞船的箱子里有红色的大衣斗篷，很厚实。婕芮给达维尔一件，给我一件，同时自己也拿了一件。她将飞船里的一盏小灯点亮。至于电力来源，我猜是某种蓄电池。灯光将洞穴内部照亮，感觉十分舒适宜人。

婕芮打开某些吃的东西，除了一瓶水之外，我辨认不出她给我的是什么。接着我狼吞虎咽起来，就好像这是最后一顿饭似的。可在我当时的想法里，那似乎的确就是最后一餐。食物的味道并不怎样，但也不算太糟。

过一会儿后，达维尔躺了下来，扯过斗篷盖在身上睡着了。我自己也差不多昏昏欲睡了，但我看得出来婕芮想跟我聊聊，她对我颇感兴趣。起先婕芮问了几个简单的问题，多数是我无法回答的。我告诉她远洋巨轮的事情，还有遭遇到了何事，包括我觉得自己像是在梦里。她向我保证她是有血有肉的，并非梦里的人。婕芮微微笑开了，她的笑声既甜美又富有乐感，让我确信自己的耳朵正在聆听一种真实的嗓音，双眼正在见识一幕奇特而罕见的美丽。

婕芮尽力向我解释我现在身处何方。她管这个熟知的世界叫做“祖森”。她从飞船上拿来一块面板和一支记号笔，然后画了一个太阳的草图，将她的行星摆在距离太阳第二位的位置上①。我的天文学基础知识足以让我明白她所说的行星正是我们口中的“金星”。

我了解到，在祖森上只有一种语言，每个人都使用它，而各个地区也会有不同程度的口音。我告诉婕芮我想念的那个月亮。她乐了起来，说这样的东西在她看来挺奇怪的，也无法想象这个让我如此魂牵梦绕的东西到底长什么样。

过了一会儿，婕芮打开飞船后舱，拿出一大箱水来，同时还找来一块布，让我把身上擦干净。在她面前擦洗让我感觉紧张，可她却似乎并无多少兴致。于是我便开始了，清水流淌于发梢和指间，以手头仅有的资源将自己尽量洗净。正当快要洗完之时，我捕捉到她的目光正打量着我，婕芮比我原先预想的要更有兴趣。

我也不知道她为什么会这样，但婕芮把我当作自己人。如果刚才

① 太阳系八大行星按距离太阳远近排序分别为水星、金星、地球、火星、木星、土星、天王星、海王星，金星排列第二。

达维尔醒着的话,不晓得她会不会这样。然而我看得出来她信任我。这是瞬时迸发的情感火花,刹那间的眼缘。我对这类事情略有耳闻,也从书上读到过,可到了那一刻我才相信它的存在。一见钟情对我来说向来是文人骚客的蠢见,但此刻我发现这个理念似乎具有一种别样的光芒,即便这实际上是电池发出来的。

"托尔多已经拿走我们半块护身符了,"她说,"另一半在飞翼人的城市里。一旦它合二为一,其威力会给予飞翼人强大的优势来对付我们。我们的人民一直跟他们打仗。飞翼人同时拥有两半护身符,还有翅膀的协助,我们根本无法跟那些家伙正面对抗,所以也就没有一块称得上属于自己的土地,只能在树林里穿梭。"

"那护身符是从哪儿来的?"我说,"它有什么用?"

"我只能告诉你传说里的故事。那两半护身符很久以前就已经分开了,一半放在我们这儿,而另一半则保存在他们那里。据说在很久很久以前,两个部落厌倦了战争,于是就将护身符一分为二。此举并非飞翼人不得已而为之,他们当时正要赢得那场纷争,我们原本是不会存续下来的。然而他们的武王达拉特觉得两家可以共处。他力排众议,将半块护身符给了我们并且自留另一半。这个东西只要分开便没有了威力,合在一起则是危险的战争工具。没有人记得它是怎样制成的,或是由何物制成,就连它有哪些威力也没人回忆得起来。等达拉特去世后,这种和平的传统在新的统治者手下又延续了许多年,但最近的这位飞翼人国王坎拉德则怀有别样的心思。如今,经历了许多代之后,坎拉德想重新夺回这失去的力量。"

"你们当中有一个叫托尔多的人背叛了你们?"我问道。

婕芮点点头说:"他是一位祭司。保护好我们这半块护身符是他的职责。那物件就存放在一座教堂里。"

"你们供奉那半块护身符?"

"不是护身符,而是它给我们带来的和平……反正就是飞翼人给我们的和平。此地还有别的对手与我们征战,但他们的力量都较为弱小,而飞翼人才是真正的威胁。我当时很吃惊,没想到坎拉德居然会走这一步,要知道我们两家之间的和平已经持续了那么多年了。"

"我们眼下正全力以赴,要抢在托尔多把那护身符送走之前截住他。我俩是父王拉恩派来的。我们不想惊动国民,当我们刚刚得知托尔多和那个跟他一起在飞船里的副祭司背叛了部落时,我们随即希望能够迅速赶上那个盗贼。可结果是托尔多对我们的追捕早有防备,他的行径并非一时的心血来潮,而是经过了长期的准备。国王坎拉德助他一臂之力,派了一群飞翼人等着他。托尔多清楚我父亲的心思,知道他会设法派小股力量来捕捉他,尽可能不打草惊蛇。他明白这一点,因为托尔多是我父亲的兄弟,是我们的叔叔。"

"被家里人出卖了,"我说,"没有比这更糟糕的了。"

"我们可以回去组织一支部队,但那样就为时太晚了。两天后他便会抵达瓦尔宁城,他们会同时拥有两半护身符,以及它的全部威力。"

"要是果真那样的话,我看你怕会是整宿整宿地愁眉不展了。"

婕芮一脸苦涩地说:"你说你来自另一个世界,或许是在说实话。"

"你怀疑我?"我问道。

她笑了笑,这笑容比电池的光亮更加灿烂。我的心都化了,如同煎锅上的奶油。

"让我来展示给你看,告诉你为什么不在夜间飞行,为什么神智正常的人都不会那么干。"

婕芮抓住那块由她安放在树洞入口处的布头,扯起一端将其拉松,然后说:"你过来瞧瞧。"

我只一看,便被所见的一幕震惊了。天空被发光的昆虫照得雪亮,它们比刚才更为浓密。它们的光亮使我瞧见了原来这片天空也充满了巨型蝙蝠状的生物,它们时而朝此处飞来,时而又往那里掠去。该生物的个头犹如大棚马车,但移动起来却比飞行器更为灵巧。它们高声鸣叫,大口大口地吞食那些明亮的虫子,一次能吞下数千只。

“如果在夜间飞行的话,那些家伙会‘确保’你飞不长远。我们管它们叫‘暗夜之翼’。从天完全黑下来以后,它们就掌管了整个夜空,直到次日朝霞初升之前才纷纷离去,飞到树林之外,远远地深入到它们栖息的山峦之中。”

“这意味着你们的叔叔在晚上的时候也不得不停下脚步。”我说。

“一点儿没错,”她说,“等早上‘暗夜之翼’散去之后我们再出发,希望能够追上他们。眼下他们并没有压倒性的巨大优势,但如果我叔叔他们抵达瓦尔宁城并交付了护身符的话,那么他们的优势就足够我们受的了。”

“你们平时跟叔叔走得近吗?”

“走得近?”她说,“不,他跟我父亲挺疏远的。叔叔觉得应该有一块地方归他自己统治。我猜他跟瓦尔宁城的坎拉德签署协议的目的就是要实现这个。在他的心目中,哪怕统治头顶一片云彩也总比没有要好。”

“我愿意帮助你们。我的刀法不错,可以帮忙阻止你叔叔。我保证对你们两个忠诚。”

当我开口说这番话时,婕芮咧嘴笑了。

“我接受,”她说,“但达维尔也得同意才行。”

“看来有戏。”我说。

“眼下咱们先休息吧。”

我们都拿好自己的斗篷,在木头洞穴的地上摊开。我尽量去睡,觉得不会再有麻烦了。我当时已精疲力竭,但只打了个盹儿,便醒了过来,心里想着自己正在与大西洋的海水搏斗,结果却发现我真真切切地身处于金星,就睡在一棵树里,“床榻”不远处便是一位我所认识的最漂亮、最迷人的女子。

婕芮和达维尔站起身子,我同时也起来了。

环境半昏半暗,却有些许阳光透过树洞上的盖布爬了进来。婕芮将布扯松,让清晨的气息渗透入内。

婕芮和达维尔走到洞穴里一处离我较远的地方小声耳语。当他们说话的时候,达维尔还时不时地瞄我几眼。他脸上表情万千,然而没有一种是显露愉悦的。

一会儿后,达维尔来到我跟前说:"婕芮信得过你……那我也必须相信了,她的判断一般来说是不会错的。"

"我可以向你保证,"我说,"我这人肯定信得过。"

"动动嘴皮子当然容易,不过你会有机会来证明你的忠诚的,"他说,"别让我们失望。"

"我在搏斗当中让你们失望了吗?"

"没有。可从现在开始我们要面临的情况会严峻得多,它会考验我们每一个人。"

"那就考验我好了。"我说。

我们飞离了那棵大树,朝清晨的天空而去。此间太阳越变越大,苍穹也愈发明亮。发光的虫子早已消散,去了它们该去的地方——某个属于"夜鸟"们的峡谷——而且那些饥肠辘辘的蝙蝠也同样不见了踪影。大伙继续迎着灿烂的阳光飞行,可不久之后天色就灰暗了下来,头顶上乌云滚滚,积蓄着雨水。最终,天上大雨倾盆,下得又快又猛,机舱里的座位开始积起了水。

达维尔驾驶飞行器下降,比树木的矮枝杈更低。我们于其间敏捷地左躲右闪,一度紧贴着树枝,那儿似乎顷刻间就会变成在劫难逃的事故现场。不过达维尔避开了它们,让我们于林叶丛中一闪而过,然后下降到另一片树林下方。它们比其他树木要矮小一些,但树杈粗壮且茂密繁多,叶片也十分厚实,令雨水几乎无法渗透,犹如在我们的头顶撑开了一把巨型的雨伞。当我们继续前进时,天空变得愈发昏暗了,雨水重重地捶打在大树上,令叶片摇摇摆摆,有些许雨水随机地渗透入叶林,掉了进来。接着,天空中出现了闪电,并发出嘶嘶的响声,雷鸣也随之而来。随后是一记如锣鼓般洪亮的噼啪声,伴随着一道强烈的闪电,还有一阵雷鸣的嗡嗡声,只见一根巨大的树枝从其中一棵树上掉落了下来。

我们躲避着雨水,而这闪电似乎想把我们揪出来似的,从几棵大树的缝隙处击打下来,劈在一棵略显矮小的树上,而我们则刚刚从它下方滑翔而过。一处树梢燃成了一团火球,接着发生爆裂。它打在飞船的前部,力道如此猛烈,如同一只巨手抓住了那个位置并将飞船扔向地面似的。

所幸我们当时并没有飞得太高,不过那仍然是一次危险的坠落。阔叶、针叶和腐烂水果在地上经过几个世纪的自然作用形成了肥土,要不是有它做缓冲,我们早就像一只扔出去的瓷器杯那样四分五裂了。

我们重重地砸在地上,足以令我的牙齿咯咯作响。飞行器滑行穿过这片肥土,如同一把犁正在田野上松土。它就这样在树林底下一路穿行了很长一段距离,然后撞到某个坚硬的东西上,导致我们剧烈地向左偏向,并又撞到一棵较矮的树干上。

冲撞如此猛烈,令我头晕了好一阵子。随后我神志清醒过来,针对眼前的情况,慢慢整理出一些合理的解释,并审视自己周围的环境。此刻我坐在飞行器中间的座位上,达维尔在我前头,而婕芮则位于我后方。但她此时并不在座位上,她失踪了。我从座位上奋力地站了起来,靠到达维尔的座位跟前,只见他一动不动……其实也无法活动,因为他已经死了。树上伸出来的一根短树枝直直地穿过达维尔的胸膛,戳爆了他的心脏,身上满是鲜血。

我从撞扁的飞船上面摔了下来,着陆到地上,而后开始匍匐着前进。待我恢复了足够的体力来驾驭身体下面的双脚时,便开始四处寻找婕芮,高声呼喊她的名字。

“在这儿。”她说。我转身,看到她从一堆树叶和枝条后面站了起来。她身上蹭了一点皮肉伤,但从我站的地方看过去总体上并无大碍。

当我来到婕芮跟前时,她把我揽入怀中,将我紧紧地贴在她的身体上,这让我十分意外。

“达维尔呢?”她问道。

我温柔地脱离她的怀抱,摇了摇头。她顿时发出一声尖叫,跪在了地上,浑身发抖,失声痛哭。我在她身旁蹲下,抱住了她。此时天色变亮,雨也停了,似乎在嘲弄我们。当前的这个世界景色宜人,焕发出如绿宝石般的璀璨光彩。

悼念仪式上只做一件事,那就是将死者安放在地上,这还是让我备感震惊。金星潮湿的空气,外加昆虫和内部腐烂作用,我猜尸体会很快失去肉体并以自己的方式化为尘土。婕芮将达维尔从机器里拖出来,摊开其手脚摆在地上。望着这一幕还是令人心情难安。婕芮在他跟前号啕大哭,随后收拾起心情,离开了他。正如婕芮所说的那样,化作春泥,轮回自然。我说服她将达维尔的斗篷盖到他身上,尽管婕芮认为这是在浪费材料。我知道她的话听起来非常……但我向你保证,这就是风俗。我猜这有点儿像某些美洲的印第安部落,他们将死者的尸体摆在露天平台上,任由时间和大自然的力量将其“消化”。

我们朝前方行进。天空完全晴朗了,暴风雨已然过去。我们听到它在远方,于树林和天际边咆哮。我不知道我们俩走了多远,不过最终来到了一片野生的开阔地,那里有一堆堆巨型的骨头。有些相当新鲜,臭熏熏的腐肉仍依附在上头,而有些则几乎化入了泥土里,还有些牙齿在日光下闪闪发亮。远方乌黑的积雨云正在飘移,犹如跟踪着什么东西,天边电光闪烁,雷声翻滚,风儿叹息。

“这是某种大型野兽的坟场。”婕芮一边说一边环顾四周。

确实如此,我估摸着它绵延了十或十五英里长,半英里宽。

我们从残损的飞行器里带出来一些吃的用的,还发现了一片庇荫处,它由某些异常巨大且年代古老的骨头构成。我们在这块骸骨形成的阴影处坐下,因为肉体仍在腐烂,散发出阵阵恶臭,但我们全然不去理会并吃着我们的午饭。这的确是一个怪异的用餐地点,但我们此时的体力已然耗尽。婕芮和我坐着,谈起达维尔这个人,她说的其实都是小事,些许童年的回忆,有些很滑稽,有些则很辛酸,而有些干脆是稀奇古怪的,不过都很可爱。谈话持续了很久。

待体力恢复之后,我们继续前进。我估摸着已经在骨头堆里走了大约一英里,而此时我们发现了她叔叔的飞艇。机体已经损坏变形,它撞到一副形似大船骨架的胸腔骨里并坠落下来。那个家伙我先前见过,就是当初驾驶飞船的人。现在他还在里头,不过某个生物正爬在他的身上——实际上已经从他的脑袋和脸上吸走了肉。但这确实是他。我认得出来,况且若还有疑虑的话,婕芮也将其统统消除了:只见她抽出自己的宝剑,切下那颗没有肉的脑袋,将其踢入了骨头堆里。

“叛徒。”她说。在那一刻,我看到眼前的人不仅是一位令我坠入爱河的美丽姑娘,而且还是一名战士,这让我感到一丝胆寒。

“问题是……”我说,“你叔叔在哪儿?等一等,瞧这儿。”

再往前一点的地方,在那堆骨头里,有几个飞翼人的失事遗体,被大火熏黑,肢体扭曲变形,完全烧焦了。

“他们跟咱们一样,也被雷电击中了,”我说,“说不定你叔叔已经没命了。”

可我们并未找到他的尸首。也许某一头野兽早就发现了他……但也有可能他已经步行前往瓦尔宁王国了。

“也就是说咱们或许能够赶上他。”我说。

没过多久,我在软土上发现了几条他的足迹,并将其指明出来。婕芮无须跟踪她叔叔也照样能找到瓦尔宁,然而他本人以及那块护身符才是我们的目标,所以说找到这些足迹还是令人为之一振的。

当我们最终穿过那绵延的骨头堆,已经接近夜晚时分。我俩朝森林走去,那些树木有高有低,到处都是凶残暴虐的野兽,可这片开阔地才是最令我担忧的,因为任何人或生物都能轻易地发现我们。

我们沿着树林走,尽量行动迅速,同时小心谨慎。然而正在此时,突然出现六头猛兽,上面还骑着人,把我们吓了一大跳。恐惧终于变为了现实,有人发现我们了。

他们所骑的野兽看起来同马匹非常相似,只是长有犄角,并且个头更矮更宽,还带有红白斑纹。它们也以类似马的方式被人牵着,配有嚼子和缰绳,几根细而长的绳子。骑手们坐在高高的"马鞍"上,当他们靠近时,很显然根本就不是人类。

人类都是有肉的,但这些家伙却长着别的东西。他们的皮肤如婕芮一样蜡黄,却十分粗糙,给人感觉像是短吻鳄的皮。他们的脖子上有一圈发光的鳞片,其体貌特征总体而言跟人类比较相像,但鼻子平坦得犹如一枚硬币,充其量就是两个小洞眼罢了。他们的前额倾斜,脑袋高耸,顶部尖尖的。这些家伙的嘴巴非常宽,长满了污渍斑斑的牙齿,滚圆的眼珠呈红色,且充满了炽烈的光芒。他们都持有那种顶部镶有闪亮金属的长枪,刀鞘挂在臀部,骨质握柄的短剑在里头上下跳动。待我靠近一些时,瞧见少许发光的寄生虫在他们的皮肤上飞来飞去,偶如小溪里的鲰鱼。

婕芮说:"盖尔的爪牙……他们吃人肉,是一群强盗。那些人总是成群结队活动,身体恶臭不堪。"

此时他们靠得更近了。婕芮说得没错,他们的确臭气熏天,犹如一间屋子底下埋藏的死物。

"啊哈,"走在最前头的骑手说道,于我们前方径直策马而来。其他人在他身后坐成一排,咧嘴笑着,露出肮脏的牙齿。"原来是两个旅行客……今儿个真是好日子。”

“正是……”婕芮说，“我们觉得出来溜达一圈不错。”

那个说话的人笑了。这笑声听上去犹如冰块碎裂。他扭转脑袋，从一边到另一边，样子很奇怪，似乎有一只眼睛是残废的。当阳光渐渐挪移时，我发现了这正是问题所在。原来他那颗眼睛是瞎的，没有红色的斑点，而全是白的，如同落基山脉上第一场雪。

“你们溜达得怎么样？”“独眼龙”说。

“一直很热，远足旅行还真是辛苦，”婕芮说，“但很有意思。能跟您说话很荣幸，现在咱们得赶路了。祝你们今天愉快。”

“祝我们愉快？”“独眼龙”说。他在鞍上转身，回望自己的同伴说：“嘿，他们祝我们今天……愉快。”

同伴们都哈哈大笑了起来，那声音犹如冰块碎裂，随后在“马鞍”上发出一阵皮革摩擦摆动的声音。

“大伙都挺高兴的，很好，很好。”婕芮说。

“独眼龙”回转过身，面对我们说：“我高兴，是因为要杀了你们，吃了你们，抢了你们的剑……主要是宰了你们再吃了你们。说不定在你还活着的时候就生吃。没错，我们当然会这么做，大伙就喜欢这样……因为惨叫声很动听，血也很热乎。”

“哼，你会在我的剑下‘跳舞’……”我说，“这就是你会做的事情。”

“那你到底是谁？”“独眼龙”说。

“一个黑人。”

“这我看得出来，你烧伤了？”

“被地狱之火烧伤了。或许你也想尝尝地狱的滋味。”

“地狱是什么？”

看来我是在浪费脑细胞。“不说那个了，”我说，“放我们走，否则……”

“否则会在你的剑下‘跳舞’？”“独眼龙”说。

“没错。”我说。

“那我们其余人呢?”他说,“他们也要一块儿‘跳舞’吗?”

“我俩宝剑所到之处,都是你们‘跳舞’的地方。”

这下子真的惹起了一阵哄笑。

“他不是在打趣。”婕芮说。

“是不是打趣我们走着瞧,”“独眼龙”说,“因为我们也不是爱开玩笑的人。”

“噢,是吗?我看不出来,”我说,“我觉得你们很好笑。”

我的这句评论犹如发令枪响。

他们发起野蛮冲锋,步调一致有如整体,而我和婕芮也同样紧密配合,如同一人。我们似乎对敌军下一步的行动早有预判,于是躲进树林里,而“盖尔的爪牙”们也跟了进来。那一棵棵大树给他们驾驭野兽制造了困难,但我们却行动自如。我高高跃起,跳到空中,下落到最近的一名骑手身上,宝剑一挥,砍掉了他的脑袋。滚烫的血液如温泉般从他体内喷薄而出。

婕芮从树后冲出,避开坐骑闪躲的脑袋,一剑刺入它的胸膛。随着一阵嗷嗷的叫声,它翻倒在地,踢着腿来回翻滚。坐骑在一同跌落的骑手身上滚动,噼噼啪啪地将其压成一堆碎骨和高低不平的皮囊。

就在这时,“独眼龙”跳下“战马”,朝我冲刺过来。他举起长枪,直接刺向我的胸口。我一侧身,举剑挡掉长枪,其尖端牢牢插在一棵树里,而撞击也导致他乱了步法。“独眼龙”跌倒在地,再也爬不起来了。我跳到他跟前,将宝剑深深刺入他的咽喉。“独眼龙”身体蠕动,像一只被针刺穿的虫子。那只白眼珠变大了。他在我的剑下扭动,喷出一大口鲜血,颤抖了几下,然后躺着不动了。

其他人像小鹿般逃命,纷纷如鸟兽散。

“你还好吗?”婕芮问道。

“我很好……对了,信不信由你,”我说,“咱们今天一定是福星高照哩。”

婕芮骑着其中一头野兽,似乎很不舒服,样子颇为尴尬难看,而我却好像回到了骑兵队,感觉一切尽在掌握之中。这些生物驾驭起来跟马匹很相似,不过它们似乎要更聪明一些。话虽如此,它们的步法却类似骡子,因而骑起来不太平稳。

“你管这个叫‘福星高照’?”婕芮说。

“如果你叔叔正在步行的话,那么我们就是‘福星高照’咯。”我说。

我俩继续骑行,前方没有了空地,一段山峦于眼前高耸。起先是个隆起的小土包,而后又是一个土包,最后我们看清了它的真面目。山脉被乌云覆盖,闪耀着电光,这幅景象似乎预示着有一场雷声大作的暴风雨即将来临。一片片树林星星点点,爬在山坡上,相比起那些令达科他州黑山[①]因故得名的树林来说,它们的颜色则更加的昏暗。

一天的时间不断推移,太阳在走,影子也走。它离开了森林,变得更狭长,更深暗。有一些发光的虫子出来了。我和婕芮钻进树林里,发现了一处地方,那儿的老树倒了,形成一座由树干和枝杈构成的小屋。我们从坐骑上面下来,领着它们穿过空隙进屋。我找来了几根枯死的木头,将它们拖到出口处,再用宝剑将一根坚硬的细枝从一棵树上砍了下来,将其从庇护所这头架到那头。我于其一侧安顿坐骑,树枝便作了某种畜栏。先前我从飞船残骸里带来了物料包,现在我从中取出几根绳子,绑在坐骑的腿上。这是一个婕芮从前没有见识过的操作诀窍。同时我还移去了它们的“马鞍”和缰绳。

最后,在这一侧的篱笆内,我们摊开手脚,睡在斗篷做的床上。我们躺在那儿聊天,让人感觉早已相识。“暗夜之翼”准时出来活动,它

---

① 黑山位于美国南达科他州,是一片布满松林、洞穴、湖泊、峡谷及大草原的多丘地区。从远处望去,该地区呈现黑色,故而得名。

们飞得很低，从我们的藏身之处掠过，我们听得到它们翅膀的声音。在这些掉下来的木头上，有很多虫子在树枝细缝中滑动，它们闪烁着微光，为我们打造起了一个小空间。

在某个时刻，婕芮和我靠到了一起，之后发生的事情不是一个绅士应该透露的。我只能这么讲——恕我写得有些像廉价故事书的风格——我的灵魂如雄鹰般飞上了云霄。

第二天早晨，当“暗夜之翼”和其他发光小虫“抛弃”天空之后，我们便早早地起来了。装好“马鞍”后，我俩骑了出去。我屡次“下马”检查地面，发现“猎物”的踪迹，然后再骑上去继续赶路。中午时分，我们到了山脚下。接着我们爬上山，骑行在一条狭窄的小径上，两边都是大片的黑暗森林。

此时天气骤变，乌云、闪电、雷鸣，统统蜂拥而至。在骑行的路上，我们时不时瞧见有奇异的野兽在树林阴影中观察着我们，但我们并不理会，只管继续赶路。

当天晚些时候，我再次“下马”观察到那人的踪迹，脚印还是新的。骑行让我们最终缩小了他的领先优势。

“他就在前方不远处。”我一边说，一边转身重新骑上“马鞍”。

“很好，到时候我要杀了他。”

“也许……逮捕他就好了。”

“逮捕他?”

“抓他做俘虏。”

“不，我要杀了他，夺回护身符。”

我猜她也会这样的。

小径渐行渐宽，而我们的视野亦随之愈发明朗。我们在高高的山冈上，却远未及任何一座山峰之巅。在眼前宽阔山路的最远端，我们望见了飞翼人的城市。那里生长着一棵棵巨树，也有可能是嫁接过去用以装饰。它们扭曲在一起,形成一大堆奇异的树枝叶丛。一座石头砌成的要塞镶嵌其中,它想必动用了数千名飞翼人,耗费了多年才建成。在山峦的自然构造之中,它似乎是一座城堡和一个鸟巢的结合。某些地方杂草丛生,而某些地方却又井井有条。

我说:“在我们靠近之前,最好不要沿着这条路走,应该悄悄地去接近咱们的目标。假如我们可以抢在他进城之前就出现在其面前的话,那将是最理想的一种情况;假如他已经进城了的话,那么说得好听点儿……我们就比较麻烦了。”

婕芮点点头,正当我们离开这条路转而深入树林时,一群飞翼人从天而降,闯进林子里,发出尖锐的叫声,舞动着刀剑的光影。

我们十分惊诧,旋即回转坐骑,向他们发起冲击。如同拍打小黄蜂一样,我成功戳死一个,可当他下坠时,尸体砸到了我身上,将我从坐骑上面撞了下来。我赶紧站起身来,此时婕芮虽躲过了砍来的一剑,但被掠过的剑柄敲中了脑袋。她俯身倒地,接着翻转过来,然后就一动不动了。

此刻我如野人般发了疯。

接下来发生的事情我记不太清,只记得我不停挥舞着武器,剑法的一招一式都透着疯狂般的愤怒。那些飞翼人被我砍掉了翅膀、四肢,削去了脸部和头颅。宝剑左突右刺,东劈西砍,敌人溅洒出来的鲜血热腾腾的,沾满了我的身体。

出于自卫,他们扑腾着翅膀越飞越高,而后再俯冲下来,但动作始终不够快,同时也被浓密的树林所阻碍,更何况我的速度也是不可估量的。我时而跃起,时而躲闪,时而突刺,时而砍杀。在扇动翅膀的恶魔群中,我尽情宣泄着自己的愤怒,犹如羊群中的一头猛狮。

最后,似乎世上所有的飞翼人都一齐出动了,头顶上的天空也变得昏暗起来。接着,这团昏暗之物从我头顶坠落,其间伴随着高声尖叫、刀剑乱劈、斧头挥舞,犹如一股翻腾的波浪。

我像一个发了疯的托钵僧。我一边旋转身躯，一边乱挥那把宝剑，此刻它犹如死神的长柄大镰刀。飞翼人又一次集合起来，而此时我被人从侧面击中头部，一下子跌倒在地，这一刻我知道自己的末日已然降临。

我原本不会沉沦，然而当刀刃架在喉咙边时，我听到一个声音在喊："慢着，把他带走。"

婕芮和我被抬起带走。我的宝剑没了，而且还在流血。我看见在那群飞翼人前头走着的正是托尔多，婕芮那个背信弃义的叔叔。

我们被抬出了林子，上了那条路，被人带往那一座令人叹为观止的树石结合体。当我们靠近它时，我瞧见一小股烟雾云团从石头烟囱里飞升出来，并萦绕在一圈圈装饰性的树枝上。我望见一座座由藤蔓、木棍以及各种垃圾废物搭成的鸟巢。它们都是敞开式的，但都建造在粗壮树枝或宽大的叶片底下，并以此作为屋顶。再远处便是一棵巨树，无论在我自己的世界还是在此，那都是我见过的最大的一棵。树上有一道缝隙，充当着主城入口的角色。一座大吊桥被人放下，它横跨于树林和山丘之间的沟堑上方。这条鸿沟既宽又深，简直不可思议。我们被他们带上吊桥，进入了那一座树木与石头构成的巨型要塞。

我原本以为婕芮已经死了，而我就是下一个遇难者。容我说一句掏心窝的实话，其实我并不在乎生死。没有了婕芮，我反倒求死。

然而结果我没死，连婕芮也没有。我当时浑然不知，后来我俩都发现自己身处要塞内部一个树洞深处的监狱里，直到那时我才意识到她并没有死。一排铁栅栏充当了我们的房门，穿过栏杆我看到一条长走廊，它也在大树内部。附近有两名看守，一人持有长枪，一人手握利斧，两个家伙的表情足以吓哭小孩。

在牢房里，他们将我俩扔在一堆树枝和叶片上，那便是我们的"床"。此地有一股怪味，只有闷湿下午的鸡棚味道才与之相似。

我跪着爬到婕芮身边，轻轻地抬起她的头。“亲爱的。”我说。

“我头疼。”婕芮说。她的嗓音让我欢欣鼓舞。

“我猜也是，你的脑袋被狠狠地敲了一下。”

她慢慢坐起身来。“你好吗？”

“我也被砸了一个大包，就在耳朵根后面。”

她小心翼翼地用指尖触碰它。“哎哟。”她说。

“没错，我也正有此种感觉。可我不明白的是，他们为什么不杀了我们。”

“我觉得，就我这件事而言，叔叔是想让我亲眼见证这个仪式。”

“什么仪式？”

“两块护身符拼合的仪式，获得星球最强能量的仪式。在杀死我之前，他想让我目睹他的成就，让我知道木已成舟，再也阻止不了他了……然后，再把我们杀死。”

“如果你没有死，那就是活着，这便是好事。”我说。

稍事片刻后她才理解了我那句话，似乎那种莫名的翻译功能突然慢了一拍。过会儿后她笑了，那声音如音乐般动听。“我听懂了。”

“现在我们不能放弃，除非到时候不用再考虑这件事……成功了，或是死了。”我说。

“我爱你，杰克。”她说。

“我也爱你。”我们放下了一切，尽情地拥吻在一起。尽管我故作勇敢，尽管我复述着老军士的话，但恐怕这会是我们的最后一吻了。

“爱情是一匹美妙的战马，”有一个声音说道，“能骑的时候尽量骑。”

我们抬头望去，一个长有翅膀的人正坐在一座小石头山上，并晃动着双脚。这个人看上去酷似一种巨型鸡类和人类躯体的结合体。假如我自信看人颇准的话，他应该岁数不大，挺年轻的，而且似乎是一只非常虚弱的鸡，他的肋骨清晰可辨，双腿纤细得犹如木棍一般。然而在他的身上,依旧有着某些年轻的元素。

“你是谁?”我问道,虽然平淡无奇,却也只有这一句可说。

“高·登。”他一边说一边跳下崖壁,翅膀捕捉住一股气流。他降落在我们附近,双腿虚弱且摇摆不定。随后他坐到地上,脑袋下垂,叹口气说:“我跟你们一样,也是一个囚犯。”

“高·登……”婕芮说,“前国王的儿子,他的继承人。”

“原本应该是这样,但如今一去不复返了。我被人篡权了。”

“坎拉德。”婕芮说。

“没错,”高·登说,“现在他是国王,而我却待在这儿,等待着他设法获得另半块护身符的那一刻。我听到传闻,那一刻已经到来了。”

“嗯,”婕芮说,“大家都一样。我叫婕芮,谢尔丹的公主。”

高·登仰起头,深吸了一口气,随后说:“我听说过你。对于你们的遭遇,还有他的遭遇,我深表遗憾。”

“杰克,”我说,“我叫杰克。”

“我要以王子的身份出去,”高·登说,“我不会祈求怜悯,我害怕的并非是死亡,而是那两半护身符的威力。坎拉德将会拥有无穷的能量。”

“这能量有什么用?”我问道。

“只有传说故事能解释这个问题,护身符会赐予坎拉德驾驭‘古树林’妖怪的能力。”

“‘古树林’?”

“藏有精灵和神力的巨树,”婕芮说,“那种树木早已不存在了。在我出生之前,我父亲出生之前,我爷爷出生之前……总之世世代代之前它们就已经灭绝。精灵们都被收在那两半护身符里。”

“到时候坎拉德就能君临苍生,”高·登说,“其实很多人,比如像我父亲和我,都对和平协议十分满意。只有一个疯子想要战争,大家跟着坎拉德只是出于畏惧,所有的义举都被镇压了下去,有些参与者都躲藏了起来。今天之后，他们或许也不复存在了，因为坎拉德会用新获得的力量控制每一个人，他将不可战胜。”

“可事实上你也不清楚他如何做到这一切?”我问道。

“我只是听到过传说，”高·登说，“精灵的力量，树林的魔鬼。至于他们具体有何能耐，我也不清楚。我们的人民一直都非常惧怕护身符，而如今知道它将要拼合在一起了，没有人会起来反抗他，因为那将是徒劳。”

走廊里传来一阵嘈杂声，高·登虚弱地站起来说：“看来我们马上就会明白这护身符到底有什么威力了。”

他们来找我们，给牢房解锁，并迅速冲了进来。为了确保我们听话，他们派来了一大群人，统统手持长枪和牢固的大网，一个个怒气冲冲，凶神恶煞。我挥起拳头成功击倒一个，地上扬起了一股灰尘和羽毛的旋涡。婕芮也踢中了另一个。高·登本欲搏斗，但他柔弱得犹如一只鸽子。他们将我们三人用大网罩住制服，又用脚踢了我们一会儿，便将我们三人拖走了，就像是受困的害虫正被拖往湖里淹死似的。

我们被带到一座宏伟的正殿，如同整体要塞一样，它也是用石块砌成的，并且还融合了树干、树枝、树叶的自然力量。一根根巨型的树枝从我们头顶上方的高处墙壁伸出，上面似乎栖息着一群飞翼人和女性飞翼人——这是那个种族里我见到的第一批女性。偶尔有羽毛从上方飘落下来，于阳光之中飘浮滑翔。

飞翼人坐着的栖木上方有一片茂密的绿叶华盖。它的叶片如此浓密，层次如此繁复，一支强壮武士组成的军队也需要花费许多天才能从中开拓出一条道路来。然而实际上，我甚至怀疑他们得干上好几年才行。

那些人将我们三个带入正殿，将网中的我们按在地上。我们可以透过大网的空隙张望。除了上方栖息于树枝的飞翼人之外，正殿里还挤满了其他人,有些是战士,有些是贵族,还有些则是平民百姓。我们几个是公开展示的洋相,所有飞翼人都被招了过来,见证这即将来临的未知仪式。我猜那不会是为我们举行欢迎大游行吧。

高台上是一尊王座,王座上坐着一位身材魁梧的飞翼人。他看上去犹如古代的人类,躯体肥胖,四肢纤细,脑袋犹如一个长歪了的甜瓜,犹如跟秃鹰交配的产物,浑身上下布满了肉赘、伤疤和老化的皱斑痕迹。一件金色的斗篷从他的肩膀上垂下,别的什么也不穿,只有半块护身符系在颈部的一条项链上。他的眼珠暗黑,色彩如枯死的水晶兰。没错,这一位便是国王坎拉德。

托尔多立于王座一侧,一只手扶着它的靠背。国王坎拉德和托尔多身边两侧皆有卫兵。

坎拉德朝托尔多点了点头。于是托尔多步入高台中央,从脖颈上取下半块护身符,用双手将其捧起。阳光从国王身后开阔的空隙中穿过,令护身符闪烁着光芒,犹如照在鳟鱼背上。

“众爱卿意下如何?”国王说道。

众人山呼万岁。当年我在“水牛部队”,中尉骑马经过时大伙都送给他欢呼,这声势与今天的颇为相似。一个白人领着我们走,就好像我们自己不认识路,或是我们的肤色腐蚀了智商。眼前的这场欢呼始于口舌,而非出自心底。

国王说:“旧的秩序摆在我们面前,而前任国王的儿子高·登,这个毫无用处、不值一提的小子也在眼前。他将目睹一个真正的国王是如何展现他的权威的。”

“你才一文不值。”高·登被大网罩在地板上,大声呼喊道。

“揍他。”国王说。其中一位武士走上前来,用矛杖狠狠地打在高·登的后背上。高·登咳了几声。

“在我们中间,还有谢尔丹拉恩国王的女儿,”国王说,“在我看来,那是一个十分低等的种族。另外,我们还有一个人形模样的生物,黑乎乎的，我也说不出这是什么东西，想必所有人都不认识。这三位王朝的敌人如今在我们手上，神灵们欢迎他们的死亡。这三位会是第一批死于护身符威力之下的人。我要召唤树林中所有的魔鬼，他们会将这些毫无价值的生物化为湿抹布。”

“我懂你们的法律，”婕芮说着，在网中奋力地撑起膝盖，站立起来，“我主张自己的权利，我要向你请战，或你的副手也行。要是我赢了，就可以免死。”

“我年纪太大了，你不能请我决斗，”国王说，“我才不想因为一场决斗而让自己丢脸哪，而且也不会让自己的部下失面子。这是何必呢？根据我们的法律，你有权提出决斗，我作为国王也有权拒绝。我不同意，你闭嘴。”

国王坎拉德坐在宝座上，身体前倾。我几乎可以听见他骨头嘎吱嘎吱的声音。他的翅膀正微微颤抖着，看上去活像窗台上摇摆的滴水嘴兽。他对托尔多说：“赋予我力量吧。”

托尔多迟疑了一下，然后朝他走去。国王坎拉德伸出手来。“把它拿给我。”

托尔多迈开步伐，左手握着自己那半块护身符，当国王正要伸手去拿时，托尔多朝前一跃，一把将国王颈项上的护身符从项链上扯了下来。

项链的链环一个个哗啦哗啦地掉落到地板上，托尔多用力将两半护身符拼到一起，伴随一声响亮的“咯哒”声。托尔多笑着将其举过头顶。他大声喊出一串话语，那是一曲符咒。我听得懂那些话，但却不明白说这些乱七八糟的东西的目的是什么。

随后咒语念完了，接着……

……好吧，接下来什么事情也没有发生。正殿内鸦雀无声，犹如老鼠钻进了软布拖鞋里。人群中某处传来一声咳嗽，就好像有人呛了一口羽毛。考虑到殿内聚集的人……或许真是那样。

托尔多脸上愉悦的表情渐渐褪去，嘴里吐出一个无法翻译的词汇，但我倒明白它代表了什么意思。他慢慢转身，朝身后看。此时的托尔多，已经从一个准“森林巫师”转变为一个戴着两半拼接首饰的小丑。

卫士们从台下蜂拥而上，他们举起长矛，准备刺向托尔多。

“慢，”国王说，“先把护身符给我。”

一名武士将护身符从托尔多的手上拽了过来，同时卸下了他的宝剑，将护身符交与国王。国王双手握着它，那注视的眼神犹如一个渔民正在看着他渔获的东西，而后却意识到它在水下看起来要大得多。“这是无用的东西，是一个谎言，”他抬眼看看托尔多，“我会让你慢慢地死。”

当众人忙得不可开交时，所有人的目光都在他们几个身上，我抬起大网的一处边缘，从下面爬了出来，抓住了一名飞翼人。我从他的剑鞘里抽出宝剑，然后一把推开他。接着我跳向高台，一名武士来到我跟前，我眼疾手快，一招猛戳，锋利的刀刃刺穿他的眼睛，那人便随即倒地了。

现在我的超能力又恢复了，我轻易地跃上高台，将宝剑抵在国王的喉咙口。

王座两旁的卫士开始朝我涌来。

我对国王说：“下令释放那位姑娘，还有高·登，否则我就用这把剑刺穿你的喉咙。”

国王的身体在颤抖。“放了他们。”国王说。

大网被收起，它四周的武士也纷纷散开。我注意到卫兵们正在重新排列队伍，有些人从一个集体出来，融入到了另一个集体中。这是一个好兆头，他们暴露出了分歧。

我说：“你们谁要国王没事，就别跟我拼命。谁要国王去死，就来尝尝我的刀子。我倒要看看，你们到底要做哪种人。”

有一阵小范围的窃窃私语。

此时婕芮和高·登来到高台上与我会合。他们站在我和国王身旁。婕芮拾起一根长矛，它原本属于那个被我杀死的卫士。托尔多没有移动半步……他不敢移动。

高·登说："我是你们的国王，是真国王的儿子，世代的子孙。今天，护身符没有让坎拉德和托尔多得逞，符里的精灵们不愿看到那两个人实现歹念，不希望自己的力量被用在那些无谓的事情上，比如杀戮、破坏和战争。只有和平，才是他们想要的。只有和平，才是他们准予我们的。我倡议，大家都要遵循神灵的意志，继续沿着这条路走下去，以免他们反过来对付我们，把我们统统消灭。"

此时有人说："高·登，吾王高·登。"

片刻后，这句话被重复了一遍。随后又有其他人说了同样的话，人群中你一句，我一句，充满了这座正殿。这种欢呼不是出于畏惧才从嘴巴里发出的，而是从真正信服者的灵魂深处而来。

有些人一时似乎不太愿意倒向高·登一边，但他们在人数上被完全压倒了。那些试图保卫坎拉德的人很快就在众人的一波怒火下被消灭了。如果说高·登关于护身符的那番话值得一听，那么他们实际上将其当作了耳旁风，这也说明飞翼人其实跟人一样，只不过多了一对翅膀罢了。他们不准备接受那块护身符仅仅是一个古老传说。

高·登拿起护身符，如之前托尔多那样将其高高捧起。高·登的身体仍然很虚弱，费劲地将护身符捧在空中。然而他的精神力量是强韧的，他大声地演讲，在正殿后方也能听见，而且声音还传到了上方的绿荫华盖里。

"护身符的威力将就此封存。半块护身符会跟婕芮公主回去，回到她的城市和她的父王身边，在那儿它将继续发挥最真实的作用，将我们的和平延续下去。"

"那他怎么办？"一个鸟人走上前来，伸出一根长长的手指指着托尔多。

高·登扭过头来，审视着托尔多。托尔多欲开口说话，却被婕芮抢先了一步。“高·登，瓦尔宁国王陛下，”她说，“我恳求您恩准我向托尔多提出决斗。他从我族偷走了宝物，玷污了我的家族，我要用刀刃来羞辱他。”

“你要是输了怎么办？”高·登说。

“不会的，”婕芮说，“但假如我真的输了，你就放他走，不许他再回来。”

“别……”我说，“让我来替你决斗。”

“亲爱的，我是一名优秀的战士，不会输给任何人。”

“那好吧，”高·登说，“但我先要……”

他转身面对前国王坎拉德。

“我判你流放，从现在起，你可以站起来走了，永远都不要回来。”

老家伙站起身来，在那一刻，我看着他如此虚弱，几乎心生恻隐。而正在此时，他从斗篷之下拔出一把尖刀刺向高·登。千钧一发之际我及时攥住坎拉德的胳膊，然后将其一扭。咔的一声，他的手臂轻易地被折断了。坎拉德高声尖叫，掉了匕首。接着我放开了他。

高·登身体前倾，看着坎拉德的眼睛。“空无一物。”

高·登虚弱地拾起那把坎拉德掉落的匕首，忽然一下子似乎强壮起来。“坎拉德，不管我怎么做，你总归已经死了。”话音刚落，他将匕首插进了前国王的胸膛。老家伙倒在斗篷的布团里，身体四周立刻形成了血泊。

“给托尔多一把剑，”高·登说，重新回来处理手头的事，“托尔多，输了就得死，赢了就快滚。”

婕芮放下长矛，旁人递给了她一把剑。

托尔多也从别人手里拿来了一把剑。此刻所有的懊恼失望，心底里全部的罪恶，统统如沸腾般从他体内迸发出来。托尔多大吼一声，发起进攻。他脚跟用力朝前一跳，意欲刺死婕芮。而婕芮则从旁一闪，动作犹如腾云驾雾般轻盈。

高台上的人们纷纷散开，躲得远远的。两人奋力拼杀，时而往前，时而靠后，使得王座有时会位于两人中间。婕芮一度踩在坎拉德的血上脚底打滑，尽管这是一场私人决斗，但我还是差点儿就上去帮忙了，可此时高·登碰了碰我的胳膊。

"还没结束哪。"他说。

托尔多一只脚踩在坎拉德没有生命迹象的脖子上，用它作为某种抬高姿势的支撑，更便于他向下刺杀。然而婕芮一个侧滑，躲开了穿刺。

托尔多从坎拉德那根无生命的脖子上跳了下来，对着婕芮的脸做了一个漂亮的捅刺。我吐了一口冷气。那把剑笔直朝着目标而去。

最后一刻，婕芮迅速俯下身子，躲于托尔多捅刺的方位之下，这个动作使她的头发微微扬起。接着她将武器朝上一刺，戳入了托尔多的肚子里。托尔多保持着那个姿势，就好像摆好了动作等待众人敬仰，而后发出一声犹如老狗被鸡骨头卡住喉咙的声音，随即便迎面倒下了。鲜血从他体内涌出，汇入到坎拉德身下扇形展开的血泊之中。

婕芮看着托尔多的尸体审视了片刻，然后深吸了一口气说："虽然我手刃了自己的亲族，但我报复了托尔多的背叛行径，而且给我父亲争了光。"

高·登跨步上前检阅众人。他微微仰起下颌，人群中随之响起了另一阵欢呼。这一次胜过了那些有口无心的附和，而是发自灵魂深处的爱戴。

大型的庆典隆重举行，我们也参与其中。王国间新订立的协议不仅十分必要而且令人满意。我很高兴庆典结束了，我们取回从"盖尔的爪牙”那里夺来的坐骑，在欢送的号角下踏上了归路，同时带走一些吃用物品。当然了，还有婕芮的那半块护身符。

在早晨的阳光下，我们沿着宽阔的路径骑行，从那座宏伟的“鸟巢”里蜿蜒而下。我说：“关于那个护身符的事……你觉得高·登的人民会相信他所说的话吗？”

“或许是真信了，”婕芮说，“或许只有某些人信……或许根本没一个信的。但唯一重要的是，两半护身符合二为一之后并没有产生什么惊人的神力，那只是一个传说罢了。”

“设计出来避免双方爆发战争，”我说，“似乎是一个值得相信的传说。威力一分为二，这么一来随便哪一方都不具有独特的压倒性力量。”

“达维尔会高兴的。”她说。

在前往婕芮王国的路上我们又经历了不少冒险，但那些都是小小的麻烦而已，大多都是些小蟊贼，被我们轻易驱散了，另外还有几次与野生猛兽的遭遇。待我们抵达了谢尔丹领土，婕芮将发生的一切都讲给她父亲听，而我则被投来许多好奇的目光，这主要是由于我的肤色。

国王向我致谢，赐给我一把上好的宝剑，外加一副剑鞘。在国王拉恩的宴会桌上，我获准坐在显眼的位置。就在那个场合下，婕芮告诉国王，我们要结婚了。

这是我第一次听到这话，但对此也由衷的开心。

这些都是前一阵子的事了。此刻我坐在写字桌前，居于谢尔丹城堡内一间大屋子里，城堡是由黏土和石头建成的。室内光线昏暗，只点了一小支蜡烛。我用一支羽毛笔在黄色的羊皮纸上写作。我的妻子，美丽的战士婕芮，就睡在不远处我俩的大圆床上。

在我今晚起身写作之前，我跟前三天一样，又做了一个梦。在梦境中，我被向下拖入了一条长长的、明亮的隧道，最终掉入大西洋冰冷而昏暗的海水里，犹如一只软木塞，被冰冷的海浪来回冲刷。有一道亮光从一艘轮船上射出，光线正朝我这个方向而来。在背光的阴影处，水面上浮动着将死之人的脑袋，还有泰坦尼克号的救生筏，上面满载着人。奄奄一息的人们绝望地哭喊着，哀号声响彻了天空。

我不知道这个梦境有何含义，甚至不清楚它是否拥有含义。可我每晚都会经历一遍，而且每一次都要比之前更详尽一些，今晚又增添了一部分内容。原先那个拖我下沉，然后穿过明亮隧道将我送至金星的东西，我瞥了它一眼，生怕它又要带我回去。

此刻我收笔了，没有打算让人阅读，也不是太明白为什么会迫切地想要写出来，不过终究还是写完了。

我把纸笔放好，吹灭蜡烛，轻轻地躺于爱人之侧，但愿永远也不会被迫离开她，希望她这个人、还有这个世界都永远属于我。

迈克·雷斯尼克

迈克·雷斯尼克是科幻小说领域的畅销作家之一,也同时是多产作家的一员。他的作品丰富,包括《基里尼亚加》《圣地亚哥》《黑暗女人》《追踪独角兽》《天赋的权力:人类的书》《天堂》《象牙》《预言家》《神谕》《路西法·琼斯》《炼狱》《地狱》《巧夺天工》《寡妇制造者》《噬魂怪》《欲壑难填》《圣地亚哥归来记》《星际飞船:雇佣兵》《星际飞船:叛军》,以及《追踪吸血鬼》。他的故事合集有《最后离开这颗星球的人,请把太阳关掉好吗?》《异域》《心灵旅行》《捕猎蛇鲨及其他短篇故事》和《另一个泰迪·罗斯福》。作为一名编辑,他制作发行了《游乐宫内:17 则关于科幻小说的科幻故事》《群魔》《群魔再聚》《不列颠帝国勋章杂记》《科幻小说的新声》《此为我最乐》《"假如"总统》《"假如"肯尼迪》《"假如"猛士》《阿拉丁:灯神》《恐龙怪咖》《别样的名流》《"假如"狂徒》和《太空轨道上的夏洛克·福尔摩斯》,两部与加德纳·多佐伊斯一同编撰的合集,以及与珍妮斯·伊安合编的《珍妮斯·伊安名曲故事》。雷斯尼克在 1989 年时凭借作品《基里尼亚加》获得雨果奖,又以该系列里的另一篇故事《曼纳穆基人》于 1991 年再度摘取该奖。他还因其中篇小说《奥杜瓦峡谷七景》赢得了 1994 年的星云奖和 1995 年的雨果奖。雷斯尼克最近的作品是一些新的故事合集,比如《星云上尉的牢狱之灾及其他失去的未来》《有胜有败:迈克·雷斯尼克雨果奖获奖(及提名)短篇科幻奇幻小说》和《银河主宰》,以及两部新的小说《博士与莽骑士》和《博士与恐龙》。他如今同妻子卡罗尔居住于俄亥俄州的辛辛那提市。

一名雇佣兵在一位非常特别的搭档陪同下出发前往凶险的金星丛林，寻找该星球上最难以置信的宝物——并且还发现了别的东西，远远超出了自己原先的要价。

金星灵石

雨水泼洒在洋面上，斯格皮奥朝窗外望去，问道："这雨从来没停过吗？"

"据说曾经有过一次，大约停了整整一个星期，大概是三十年前的事了。"酒保回答说。他端着两杯紫色的调制酒走到斯格皮奥跟前，递给他一杯，然后一边走回吧台，一边自己喝上了另一杯。

马可·奥勒留·斯格皮奥坐在一张木桌前，紧挨着一扇大窗户。酒馆坐落在一处巨大的石头海岬顶上，三面环水，一条碎石小路向下通往后方一片茂密丛林。

"我是在跟自己说话。"斯格皮奥回答说。

"噢，是啊，你样子不够醉，还提不出正经问题哟，"酒保回答说，"你的搭档哪儿去了？"

斯格皮奥耸耸肩说："我怎么知道，反正晚点儿会来的。"

"你怎么会和他那种模样的家伙勾搭上？"酒保问道，"他是畜生？"

"他的女伴一堆，要是其中一个早上起来不生气的话，那他就不是畜生。"

"金星有许多种族，有些很聪明，而有些则勉强能够自己写字，可你的搭档是所有人当中最奇怪的一个。我要是胡说，就不叫卢修斯·阿洛伊修斯·麦卡纳尼。"

"问题是你的名字早就不是什么卢修斯了，大多数本地人发不出那个音，所以说你就叫卢克。"

"但我交税的时候就叫卢修斯。"

斯格皮奥似乎乐了起来。"你什么时候交过税?"

"好吧,假如我交税的话,"麦卡纳尼说,"就会以卢修斯的名义来交。"

"什么乱七八糟的,我还不如回去听雨打窗户的声音,"斯格皮奥说,"比你这话更实在些。"

麦卡纳尼本欲回答,而此时被一阵喝倒彩的声音淹没了。原来在吧台后面架子上的鱼缸里有一条大金鱼把脑袋伸了出来。

"好吧,好吧!"麦卡纳尼嘀嘀咕咕地抱怨,同时把剩下的酒倒入鱼缸里。只见那条鱼径直游向那片扩散开来的紫色液体,欢快地发出声响,然后来了一个后空翻三连套动作。

"瞧嘿,"麦卡纳尼一脸鄙夷地说,"一条该死的'醉鱼'。"同时他指着一个倒挂在天花板上的亮橙色生物。"在这颗星球上装扮成蝙蝠的家伙,他别的东西都不吃,只要香烟屁股。这鬼东西真他妈走运,金星种族里从来没有一个得肺癌的,很可能只有身为他们的酒保的我得了。"他停顿片刻,随后攥紧拳头朝吧台上用力一敲。"我们这群地球人来这个废弃的星球上干什么?"

"来喝这紫色的玩意儿呗。"

"他妈的,你知道我是什么意思!"麦卡纳尼吼道,"我本来可以在克莱蒙斯瀑布市当一个酒保的。我的意思是,真见鬼,我们受够了这儿的水。不行,我必须去'希望之星'赚个几百万。"他朝光秃秃的木头地板上吐了一口唾沫。"'希望',见鬼去!"

"那就回去呗。"斯格皮奥说。

"回去干吗?我六十三岁了,已经在这儿当了三十几年的酒保。我年纪太大了,接受不了再就业培训。"

"那就回去继续当酒保。"

"说实话我害怕回去,"麦卡纳尼坦言道,"三十年是很长的一段时间,谁他妈的知道那儿现在变成什么样子了!"

斯格皮奥没有作答,而麦卡纳尼则盯着他看。"有人说过你这人缺乏同情心吗?"

"三天两头就有人这么说。"

"那似乎也没有对你产生什么影响和触动,我猜两样都没有。"

斯格皮奥朝麦卡纳尼身后刚好敞开的房门望去,有一对夫妇走了进来。尽管为了抵御这天气,他们浑身上下全副武装,但还是被大雨淋得湿透。

"真是见鬼的一天!"粗鲁的莽汉嘀咕着,脱下他的外套,大大咧咧地将其丢在吧台末端,露出一副蓄须的麻子脸和一头浓密的灰白卷发。随后他帮那个女人脱掉了防护性装备,斯格皮奥瞧见那是一位身材婀娜、穿戴奢华的女人——或者说至少是个女人——有着淡蓝色的肌肤和与其色彩一致的头发。

"这儿每天都是这样。"麦卡纳尼回答道。

"那真是丧气话,"女人说,"你这儿有什么喝的?"

"你说喝什么吧,凡是有的我就给,没的我冒充一杯给。"

那个女人看着斯格皮奥说:"我就要那个男人喝的。"

"我也是。"男人说道,转而对酒保道,"我原本要在此地见某个人的。"

"一定就是他了,"麦卡纳尼指了指斯格皮奥说,"没人会一整天待在这儿。"

那名男子接近斯格皮奥说:"你就是那个人称'斯格皮奥'的家伙?"

"愿意为您效劳,"斯格皮奥回答说,"想必您就是兰德·奎塔罗了。"

奎塔罗点点头并伸出手,而后坐下来并朝那个女人摆摆手势,示意她也坐下来,而那个女人照做了。"你该选一个更方便的、更好找的地方才对。”他说。

“这里是我在金星的办公室。”斯格皮奥回答说。

“我知道你还有一个搭档，”奎塔罗接着说道，“他人呢？”

“他会来的。”

“我们等他好了。”

“随便你，”斯格皮奥说，“搞不好要等好几天。”

“他有任务？”奎塔罗问道。

“这得保密，我不能说。”

男人心怀鬼胎地点点头，而麦卡纳尼则酸溜溜地哼了一声，随后给蓝皮肤的女人送来一杯饮料。

“这劲儿好大！”她抿一口后，喘了一口气。

“我可以帮你冲淡一些。”麦卡纳尼主动提议。

“不用了，”她说，眼神一直未离开斯格皮奥，“我喜欢劲儿大的。”

“夫人，你叫什么？”

“萨菲尔[①]。”她回答说。

“后面呢？”麦卡纳尼问道。

“后面没有。”

“很高兴见到你，‘萨菲尔·后面没有’。”斯格皮奥说，转而又对奎塔罗道，“你真的不愿意马上谈正经事儿？”

奎塔罗叹了口气，胡子在抖动，“好吧，再浪费时间也没什么意义了，我们花了两个月才认定你和你的搭档会是接手此任务的最佳人选。”

“严格地说他不是人。”斯格皮奥注明道。

“不管怎么说，你俩是备受推荐的。”

“我本来想问是谁推荐我们，但你很可能会老实告诉我，然后我就

① Sapphire，意为蓝宝石。

不得不教导教导你身边都是些什么人了。”斯格皮奥微微笑了笑说。

麦卡纳尼看着藏于吧台后头的一小块屏幕，然后宣布说：“他来了！”

“你的搭档？”奎塔罗问道。

斯格皮奥点点头说：“我猜他一定是提前完成任务了。”

闭嘴。一个熟悉的嗓音在他脑子内部响起。

片刻后房门打开了，一个长相怪异的生物走了进来。他是一个深蓝色的四足动物，个头或许同獒犬差不太多。他有四只鼻孔，两只在前，另两只分别在脸颊两侧。即便在昏暗的光线遮蔽下，两颗眼珠也似乎在散发着光芒。一条尾巴末端锋利尖锐，用作武器相当适合。头上了无情趣的卷发往下耷拉，开口时露出双排墨黑的尖牙。

“这是梅林，”斯格皮奥正经介绍道，“他不会说话，但听得懂你们说的任何东西。”

奎塔罗打量了梅林一番。“我从未见过像他这样的……”奎塔罗说，“他从哪颗星球来？”

“就是这颗星球上的。”

“真的？”

“我干吗要骗你？”斯格皮奥说，“并非一个星球就只能出产一种有灵性的种族。”

奎塔罗又盯着梅林看了一会儿，然后耸耸肩，转身重新面对斯格皮奥说：“我直接对着你说话应该不会惹毛他吧？跟他说话让我感觉……有点别扭。”

不会生气，大概只会把他的脚给咬下来。

你练练心理素质，控制控制情绪，斯格皮奥心想，我在评估修船费用的时候你却在跟姑娘们鬼混。眼下咱们需要七万三千莫胡利的外快，要不然就得困在这颗泥球上了——好吧，是一颗长满丛林、积满水的星球。

七万三千莫胡利？这太离谱了！

的确很离谱，斯格皮奥表示同意，换成现钱是多少？

两万信用币。

怪不得你没把他的脚咬下来。

眼下不咬。

斯格皮奥转身对奎塔罗说："好吧，咱们洗耳恭听。你们来这儿具体要干吗？"

"我们想雇你们做点事情。"奎塔罗说。

"具体什么事情？"

"有求必应嘛，要你们干什么你们就干什么。老实说吧，我在达到目的之前估计会遇上一些麻烦，人家都说你是金星上最厉害的人，如今史密斯公墓都已经搬到泰坦星[①]上去了。"

"我想你应该告诉我你的目的是什么。"斯格皮奥说。

奎塔罗靠上前去，说："你有没有听说过金星灵石？"

斯格皮奥摇摇头说："那是什么东西？某种宝石？雕刻品？或别的什么？"

"我不知道。"奎塔罗回答说。

斯格皮奥皱起了眉头。"你要那东西干吗？"

"它应该会给持有者某种神秘的力量。"

"奎塔罗先生，我看你是烂俗的冒险小说看多了。"斯格皮奥说。

"这是真的！"奎塔罗坚称，"就算它只是一块并无神秘力量的普通石头，可它也值很大一笔钱呢。古往今来许许多多地球人和金星人都在寻觅它。"突然他脸上布满狡黠的笑容，"不过我有其他人不具备的东西。"

"让我来猜猜，"斯格皮奥厌倦地说，"你有一张古代的藏宝图？"

---

① 即土卫六，是围绕土星的一颗卫星，也是土星卫星中最大的一颗。

“比这还要好，”奎塔罗一边说一边指向萨菲尔，“我有她！”

斯格皮奥转而看着萨菲尔，她自评价过自己那杯饮料之后一直都没有说话。“你了解多少情况？”斯格皮奥问道。

“是我的种族创造了灵石，”萨菲尔说，“也是我的种族藏匿了它。”

“不管是谁造的、谁藏的，你怎么就认定自己能找到它呢？”斯格皮奥质问道。

“我的种族跟你们的不同，”她说，“我们生来就具有种族记忆，可以追溯到最原始的那一批物种，就是那些从海里爬出来，慢慢习惯呼吸空气并渐渐长出肋骨的动物。”

“假如种族里人人都能清楚灵石在哪儿的话，那你怎么就知道不会有人早已发现了它呢？”

“他们要是发现了的话，我肯定会知道。”萨菲尔说。

“总之，”奎塔罗说，“你也不必非信石头这事儿，只要相信钱就行了。”他稍作停顿接着说：“你只需要带我们去她知道的那块地方，然后我们就给你三万信用币作为任务酬劳，用任何太阳系内普遍接受的货币——现在付一半，等找到石头再付另一半……要不这样好了，就算到那儿之后没有发现石头，我们也照样付钱。”

“三万最多只能雇我们一个月。”斯格皮奥回答说。

“成交。”

这事儿咱们千万别掺和进去，梅林无声地说道。

为什么不干？

他对自己要找的东西一无所知，是那个女人怂恿他干的。至于那个灵石的描述，实在太模糊了，都是她灌输给他的。我就在金星出生，可从来也没有听说过那个东西。至于那个男的嘛，他心里正盘算着等我们一到目的地就宰了我们，并抢回手头这第一笔款子。

那你就读读她的脑子呗，看看那个见鬼的东西到底存不存在。

办不到啊。

斯格皮奥皱起眉头。你从没遇到过任何一个无法读取其心理活动的灵性生物，起码情绪态度是知晓一二的吧。

这个不一样，梅林回答道，她看上去像是个女人，但其实又不是……人类，据我判断也不是基因突变的病例。

她是金星人？

我不知道。

那关于这个女人你到底知道什么？

什么也不知道——这让我感到恐惧。

我可从没见你害怕过任何东西，现在你这副样子倒是让我怕了。

"怎么样，斯格皮奥？"奎塔罗说。

我们需要钱呐，斯格皮奥心想，反正自己多加小心就是了。

唉，管它呢——反正交配季已经过去了。

我就把这话当成是你同意咯。

嗯，梅林心想，一旦雌性都不发情了，那这个世界就真的没什么意思了。

我肯定"姑娘们"也是这么想的。

"好吧，奎塔罗先生，"斯格皮奥说，"我们成交。"

"我猜你犹豫是因为在和同伴商量？"

在平息同伴的愤怒，梅林心想。

"是啊，"斯格皮奥快速地眨眨眼睛并摇着脑袋说，"不管他什么时候读我的心思，"他撒谎道。"我总感觉脑袋里有一股嗡嗡声，一时间会变得一片空白。"

奎塔罗确信自己的计划和动机都未被察觉，明显放松了下来。

"我们早上出发，"他宣布说，"咱们需要的交通工具我都有。"

"你们现在住哪儿？"斯格皮奥问道。

"我们想就在此地过夜。"

斯格皮奥转身问麦卡纳尼："有空房吗？"

“有五间呐。”酒保回答说。

“好,那现在你只有四间空房了。”斯格皮奥说完又回头对奎塔罗说:“你的车在哪儿?”

“就在外头过去一点儿的路边上。”对方回答,同时朝大门方向指了指。

“最好是 VZ 三型或四型,”斯格皮奥说,“其他任何车辆载着我们四人外加装备的话,都肯定会直接陷到淤泥里。”

“是 VZ 四型。”奎塔罗确认道。

“很好,”斯格皮奥说,“万事俱备,只欠你们的预付款了。”

奎塔罗把手伸进一只口袋,掏出一卷千元票子,“剥”了十五张下来,放台面上推给斯格皮奥。

斯格皮奥把钱塞进兜里,转而对萨菲尔说:“你不太喜欢说话,对不对?”

“是的。”她同意道。

“你俩是怎么认识的?”

“这还真他妈是件怪事,”奎塔罗说,“我实际上已经准备离开这个星球了——我听说有人已经在木卫三上发现了惊人的钻石矿脉,既然我就是做珠宝生意的,自然很想去那儿……”

他在撒谎,这分明是一个赌徒,他的刑事记录写出来肯定跟你的胳膊一样长。

“……当我正从琥珀城空港退房出来时,恰巧遇见了这位可爱的小姐。我们聊了起来,发现有很多共同点,最后她提到了灵石。真他妈见鬼啊,金星上每个人都听说过它……”

“我没听过。”斯格皮奥说。

他自己也没听说过——最后都是那个女人给他洗脑,说得他心里痒痒。

“好吧,你反正是匆匆过客而已,”奎塔罗说,“整个银河系里的人们都谈论你咧,我听说过你在火星上立下的功劳,还有五六个卫星上的事迹。他们都说你无法返回地球,我猜要么是因为乱七八糟的风流韵事,要么是其他的缘故。反正你对自己的所作所为至少会有一个合理的理由。"

"奎塔罗先生,你不用吹捧我了,"斯格皮奥说,"我已经答应了你的要求。"

"反正我也完全可以理解,你在这儿的时间这么短,当然不会知道灵石的事情。"

"灵石,这名字真有意思。"斯格皮奥说。

"我觉得这名字很有那种魔法般的召唤力,就算它本身没有什么价值,但我还是愿意花这笔钱的……就为了我可以自称是它的发现者。"

"好吧,但愿我们可以让你觉得那些钱没有白花,"斯格皮奥说,"天一亮我们就走,这儿的黎明来得非常早,你们最好去睡一会儿。"

"好主意,"奎塔罗说,同时站起身来,"来吧,亲爱的。"

萨菲尔站起来的姿态有一种外星人的异域优雅,她伸手挽住奎塔罗的胳膊,朝大门走去。

"我们的房间在哪儿?"奎塔罗问麦卡纳尼。

"沿着走廊走到底,右边最后一间就是,"酒保答道,"门没锁,反正你们就只住一晚,等你们一进房间我就在这儿锁好,明天你们要走的时候我再开门就是了。"

"谢谢,"奎塔罗说,接着将一张票子递给麦卡纳尼说,"这点钱应该足够了。"

"这钱可以开三间房了,"麦卡纳尼说回答说,"每间放一个女人。"说罢他突然感觉尴尬。"抱歉,萨菲尔小姐,噢不对,是萨菲尔夫人……我只是打个比方而已。"

当麦卡纳尼刚才"大放厥词"的时候,萨菲尔并没有面露不悦,而当对方表示道歉时她也没有作出任何反应。片刻后,这对夫妇离开了吧台，步入了走廊。尽管他俩还是手挽着手，但斯格皮奥有一种感觉，似乎是萨菲尔在领着奎塔罗走。随后，斯格皮奥站起身来将空酒杯往吧台上一摆。

“你从前听说过灵石吗?”他问道。

麦卡纳尼摇摇头说：“没有。那家伙说得好像只有你我不知道似的。”

“是啊，”斯格皮奥说，“不要人家说什么你就信什么。”随后他望着梅林说：“你确定不再‘制造’下一代了？假如咱们明早真的出发的话，就会有很多活儿要干咯。”

我的种族有交配季节，就跟你的家乡地球上的很多哺乳动物一样。你就认命吧，至少我不像某些叫得上名字的工作搭档那样，每到一处都要拈花惹草。

那只是因为这对你没有一丁点儿好处罢了，斯格皮奥心想，好了，现在说正经的，眼下咱们需要哪种装备来应付这场愚蠢的行动?

一想到奎塔罗那个家伙就觉得好蠢。他以为自己正在寻找价值连城的宝石，而且还妄想在得到之时杀了我们。

也很可能就是他所期望的——某种在黑市上或公开出售价值几百万的东西——如果政府不将其归为星球财产的话。

别去想那宝石或者奎塔罗，那个女人才是一张难以预测的百搭牌。

她是桌上的一张“漂亮”的牌。

我告诉了你这么多，你居然只能说出这些话、想到这些事儿?

那你要我说什么?

真是个傻蛋。

斯格皮奥朝吧台后头伸过去，抓起一瓶酒，给自己的杯子斟满。

“你看上去心情不太好。”麦卡纳尼察言观色道。

“这地方有两个蓝色的生物，”斯格皮奥答道，“奎塔罗跟那个漂亮的走了，而我呢，跟这个长得丑的黏在一块儿，而他谁都不信，包括自己的搭档。”

“要是他担心你带着那人给的钱溜走的话，我可以把钱存在保险柜里等你们回来。”麦卡纳尼提议说。

“蚀本买卖。”斯格皮奥喃喃自语地说。

“买卖？什么买卖？”

“你得了一万五，而我回来的时候只有这个破破烂烂、没人要的酒馆。”

“你觉得我会对你们干出这种事情？”麦卡纳尼的语气有些受伤。

“就算梅林心里也这么想，但他也不喜欢跟我意见一致，”斯格皮奥提起酒瓶开始朝门口走去，“给老子开房门，我有预感，睡过了今晚，接下来我一个月都不会在床上睡了。”

日出时斯格皮奥艰难地爬起床，踉踉跄跄地走向卫生间，而后冲了一把脸。他对金星水的气味和口味并无几分欣喜，但他仍然记得那些几乎无水可得的星球。斯格皮奥想刮刮脸，却还是作罢了。他将崭新的外衣三件套塞入一个布袋里，挂在肩膀上，身上系好一个手枪皮套和一把改装过的激光枪，穿上靴子，然后走出房门进入走廊，差点儿绊倒了梅林。

早上好，金星人默默地说。

我最讨厌你的地方就是你从来不需要睡觉。斯格皮奥心情暴躁地说。

是啊，但这帮你多省出来三四辈子的时间。

好，好，反正我还会从你身上找到可恶之处。对了，咱们的委托人呢——已经起来了还是仍在呼呼大睡？

他们大概一小时以前就在吧台那儿吃那种“号称是”早点的东西了。这会儿他们正在外头。

“为什么在外头？”斯格皮奥大声说道，“这雨已经下了一个月了，不可能就在六小时前停了吧。”

他们穿戴着各式各样的防护装备呢，而且我觉得他们很可能是坐在车里的。

“一辆车还是一艘船？”

我觉得那东西算是两者兼有吧。

“容得下四个人外加装备吗？”斯格皮奥说，“看来不是小气鬼哟。”

管他是什么。

“好吧，咱们就干。”斯格皮奥一边说，一边沿着碎石子小路走，梅林在身旁与其步调一致。他一直往下走，直到脚下的地面呈现水平为止。随后他来到一辆金星版本的旅行车跟前。这是一辆两栖车，能够越过海洋、河流、小溪以及泥泞的丛林，反正这个星球上有的每一种恶劣地形对它而言都不是问题。

出于习惯，斯格皮奥匆匆仰望了一下天空，此时天上看不见太阳——它已经有千年未出现了，只有那浓密得不可思议的云层。随后他停下来擦了擦脸上的雨水。

“早上好，斯格皮奥，”奎塔罗在他和萨菲尔乘坐的汽车后座里说，“我猜开车的应该是你，除非你那位搭档……”

“我会开的，”斯格皮奥回答说，同时把包裹扔到了最后头，“车子不赖嘛。”

“其实这车是我一个朋友的。”

那个朋友肯定已经开了一张逮捕令，正以盗窃之名缉拿他。

你觉得很意外？斯格皮奥心想。这辆车不是为他同伴这种生物设计的，他为梅林开车门，等着同伴在车里找到一个舒适的座位。

“方向盘在哪儿？”斯格皮奥问道。

“这是最新款的型号，”奎塔罗回答说，“你把大拇指放到那块面板上……对，就是这样……然后只要你把拇指一直摆在那儿，这辆车子就会听从你的指令，不管在陆地上还是在水面上都一样。它左侧的绿色按钮可以将车子变换成小船或其他我们需要的形态。"

斯格皮奥从心里发出指令,驾驶这辆车朝前慢慢移动,沿着石子路驶离酒馆,车子很快就在泥泞的丛林道路上方腾空掠过了。

"会开了吧?"奎塔罗问道。

"会了,"斯格皮奥回答说,"我从没开过像 VZ 四型这么贵重的车子,不过我驾驶过那种根据心理指令作出反应的船只。"

"这是一辆该死的车子,不是船,"奎塔罗气呼呼地说,"你给我记住这一点。"这是奎塔罗第一次撕下那张谦和温良的假面具,斯格皮奥有些摸不清缘由。

他怕得要死。

为什么?

咱们可不是在公园里头开着玩儿,多数人只要深入丛林几英里之后就再也出不来了,而且我们种族也不例外。

他妈的!咱们开的价太低了。

我告诉过你不要接这活儿。

此时众人深入丛林一英里,斯格皮奥瞧见有个东西正在其左侧移动……某个大家伙。他停下车子对它凝视。

"怎么了?"奎塔罗紧张地问道。

"不知道。梅林,有个东西黑不溜秋、毛毛糙糙的,个头大概有特里同星[①]上的山猫那么高,但长度只有一半。金星上有这样的生物吗?"

"是一只食草动物。"

"就算是食草动物,但个头这么大的话也是会害命的。咱们还是跟它保持一点距离比较好。"

"好吧,那他是什么意见?"

"他说可以。"斯格皮奥撒谎道。他时而看看那人的反应,但更多

---

① 即海王星最大的卫星海卫一。

的是观察萨菲尔有没有反驳。他在一小块仪表盘屏幕上注意着她的反应,瞧见她正乐呵呵地笑着。

“唉,既然咱们暂时要窝在这部车子里,不妨请萨菲尔告诉咱俩一些关于灵石的历史。

何必呢?梅林心想,要是她撒谎的话——而且她很可能会那么做——我也辨别不出来。

谎话里头总也有些真实的成分吧。说不定就像著名的侦探小说一样,我们可以将无甚关联的零星线索拼凑成一个合情合理的整体。

噢,好吧,反正我们也没有更好的事情可干。

“萨菲尔小姐……夫人,您说点儿吧?”斯格皮奥说。

“那是金星上最大的一笔财富。”她回答得丝毫没有感情色彩,犹如死记硬背一般,“找到它的人将会变得超乎想象的富有。”

“那东西是什么做的?”

“我不是气象学家。”

“我也不是,”斯格皮奥说,“可如果换作我,花了这么多钱,甚至还可能搭上性命,那我就必须知道这东西是什么做的。”

“奇珍异石呗,”她回答说,“比钻石、红宝石、绿宝石都要稀有,宇宙中别处不存在的石头。”

这话靠谱不?斯格皮奥问道。

我不是宝石学家,感觉应该不太靠谱,可是……

可是什么?

可是如果有假的话,她为什么要给奎塔罗洗脑,而且还冒生命危险亲自陪同一起来呢?

“有任何全息图影照片吗?”斯格皮奥问道。

“据我所知并没有。”萨菲尔回答说。

“历史书里讲过吗?”

“当然讲过啦,我就是从书里知道宝石存在的。”

“哪本书?”

“我记不得了。”

我根本就不用去读她就知道她在撒谎,斯格皮奥心想。

我现在还是无法读取,得到的只是一种恐惧的感觉。

等你觉得危险迫近的时候,就告诉我一声。

放心,会叫你的,梅林百分百肯定地回答道。

众人离开酒馆已有三天,雨小了一些但没有停止,斯格皮奥更倾向于将周遭的环境看作是一片热带丛林。在他的概念里,这种地形比热带雨林更加难以通过,也更令人不适。最终,他们来到一条河流前,此处没有无穷无尽的树木伸出枝头来,他将车子开了上去,车体平稳地漂浮起来,开始逐渐加速。

头顶上是各种各样的鸟类——多数呈现亮红色和黄色,另一部分则是蓝色的,有一只大鸟看上去正在扑食几只深蓝色的鸟儿。所有鸟类似乎都丝毫不被这连绵不绝的大雨所影响。这里有无数门类的水生花卉,各种想象得到的形状和色彩,每一种都长得很高大,盛开着花瓣来接受这赐予生命的雨滴。

水中有一些大型猛兽,大体上都忽略他们几个人,而那辆车——如今变成了一条船——也轻易地避开了巨兽。斯格皮奥发现自己实际上颇为轻松自在,并且正享受着这次旅行,而此时萨菲尔则俯身向前来。

“开慢一点。”她说。

“咱们的速度不快。”斯格皮奥回应道。

“不管怎么样,”她说,“反正我们很快就要离开这条河,返回陆地了。”

斯格皮奥朝前方看看,无路的丛林靠在河流边上,看上去跟方才经过的五十英里毫无二致。

“你确定?”他皱起眉头说。

“我很肯定。”

“我不相信这个地方从前有人测绘过，”他继续说道，“你怎么就知道……”

“少废话，快上岸！”萨菲尔厉声喝道。

斯格皮奥用眼角的余光瞥见萨菲尔用肘部戳了戳奎塔罗。

“你拿钱办事就行了，别唧唧歪歪的。”奎塔罗说。

“好咧，先生。我马上就办，先生。”斯格皮奥说。

卑躬屈膝可不是你的作风啊，梅林批评道。

假如你有更快的法子可以赚到那两万块修船费的话，我就狠狠地揍他一顿，不然咱们就只能规规矩矩的。

斯格皮奥命令船只驶上一片沙滩，而后停顿下来，直到它变回汽车为止，随后开始沿着一条狭窄的动物足迹行驶。一路上他始终纳闷，就算萨菲尔拥有某张藏宝图并将其强记在心里，但她怎么知道这么一条特定的小径就是她要走的路线呢？潮涨潮落，沧海桑田。假如果真有一张地图而且灵石也确实存在的话，那么当绘制地图的时候，如今这条小路说不定曾经是一片洋底或远古时代的开阔平原。

众人继续沿着小径行进了三小时，太阳渐渐落山，霞光穿过云层，撒播出一条金黄的色彩。此时斯格皮奥猛地急刹车。

“什么事？”奎塔罗问道，而视线更好的斯格皮奥和梅林两人则走出了汽车，并朝前奔跑。须臾间他们便来到了关注对象的跟前，跪在一个胡须浓密，却满身是血，而且衣衫还十分破烂的男子旁边。

斯格皮奥本来想把他拖到路旁，而后却意识到或许再过好几年甚至好几十年也不会有另一辆车经过此地，于是他决定不去搬动这名重伤的男子，而是用一束水草做了一个非常粗糙简易的枕头，用其来支撑男子的头部，然后撕开他剩余的衣衫，开始对其检查伤势。

“一个长有爪子的东西狠狠地撕扯了他，”当奎塔罗跑到他们跟前时，斯格皮奥这样汇报着，“我从未见过食草动物长有利爪，所以这很可能是一头食肉动物，而且这还意味着爪子很可能携带着来自受害者的五六种病菌。”

他的身体非常虚弱，东倒西歪的，搞不好有些妄想症状，梅林无声地说，可是……除了他为什么会出现在这个地方之外，此地还有某些东西很是蹊跷。

哪里蹊跷了？

他被食肉动物撕得稀巴烂，可是……你去扯一扯他左肩上的残余衣物。

斯格皮奥照做了。“我的天！”他自言自语说。肩膀上露出一个不久前才落下的激光烧伤，很显然只有数小时的时间。

“我觉得他肯定是在逃亡时，被烧伤他肩膀的家伙撕碎了身子。”斯格皮奥说。

“有道理，”奎塔罗紧锁着眉头说，“可还有谁会在这片荒郊野外呢？”

“是啊，会有谁呢？”萨菲尔加入了进来。斯格皮奥注意到萨菲尔的话听上去有些幸灾乐祸，尽管表情丝毫没有显露出来。斯格皮奥对此耿耿于怀，无法原谅。

斯格皮奥检查了该男子的身体，看看何处可以止血，而后意识到他身上的伤口实在太多，无法在失血死亡之前将它们统统闭合，甚至连一半都做不到。

梅林，快去拿我的袋子，从医药箱里找找我最强效的兴奋剂。

干吗要浪费呢？他差不多等同于一个死人了。

让我们瞧瞧是不是可以催他醒过来，让他撑着告诉我们是谁他妈的对他这么干的。我不清楚你对安全问题是怎么看的，但我十分想知道咱们需要避开哪一片区域。

梅林没有再发表意见，立刻就动身了，片刻之后带回来一整套急救装备。

干吗统统拿来？

我根本分不清楚。

斯格皮奥打开医药箱，将他要的东西取出，然后抠出一粒锭剂[1]，将其推入男子的上嘴唇内侧并停在那儿，从一数到十。当他刚刚数到八的时候，这名男子睁开了他写满痛苦的双眼。

"怎么回事……我在哪儿？"他含糊不清地嘀嘀咕咕着。

"我们都是你的朋友，"斯格皮奥说，"你还记得所发生的事吗？"

"某种野兽直冲入营地……杀死我们一半人……咱们队里有个人朝他开了一枪，接着我就趁机逃跑了……余下的事情我记不得了……"

"你……你们团队在这鸟不拉屎的地方干吗？"斯格皮奥问道。

估计会吓你一跳的，梅林心想。

"我们来找……"男人的声音渐渐小了，斯格皮奥觉得他的生命或许只剩二十秒钟了，然而此时那人看到了斯格皮奥身后的人影，顿时紧张了起来。"抱歉，萨菲尔小姐……夫人，"他说，"我尽力了，祝愿您能找到它。"

随后，一切的紧张感都从他的躯体里消失了，那人翻起了白眼，斯格皮奥知道他死了。

斯格皮奥将这名男子平放在地，然后站起身子，转而对萨菲尔说："这他妈的到底是怎么一回事？"他问道。

"我不知道。"对方回答说。

"这人认识你，甚至还知道你的名字，清楚你在寻找什么。"

"他又没有提到灵石，"萨菲尔回答说，"他或许在琥珀城附近瞧见过我，说不定还听说过我的名字。"

"一派胡言！"斯格皮奥厉声喝道。

"你不是想放弃不干了吧？"奎塔罗问。

---

① 方剂学名词，指各种形状的硬块制剂。

“我得跟我的搭档商量商量,”斯格皮奥说,“我俩被你们骗了,我不知道你们是怎么骗我们上钩的,也不明白你们为什么要这么做。”

“那我们就先到那棵树下歇歇,你们俩好好谈。”奎塔罗说完便挽起萨菲尔的手,准备蹚过这泥泞的地面。

“不用麻烦了,”斯格皮奥说,“你们是无法听见我们交谈的。”

现在该怎么办?斯格皮奥心想。

那个男人没有妄想症,梅林回应道,他认识那女人,知道她的名字,也清楚她在找寻那块灵石。然而说不通的地方就在此处,就像我说的,他并没有神志不清,不是一个精神错乱的人。

这整件事情都不明不白的,斯格皮奥心想。

这正是让人放心不下的地方。

那咱们到底干还是不干?

你决定吧。

斯格皮奥权衡了各种可行的做法。随后决定,要我说,咱们接着干。

那笔钱对你来说真的这么重要吗?我的意思是,咱们从别处去挣吧,总归可以想出办法来的。

如今已经不关钱什么事了,这他妈的是一个谜,我不打算浪费下半生来琢磨这件事情。

梅林耸了耸肩,这个动作让他身体两侧泛起了波纹。好吧。

斯格皮奥转身对萨菲尔说:“我们‘暂且’继续干。”

假如斯格皮奥本来想看到某些表情的话——感激也好,傲慢也罢,总之任何表情的变化,那么他恐怕是要失望了。

“那咱们回车里去吧,趁它还没有陷在泥里,赶快开动起来,”奎塔罗说,“要是有另一支队伍也在寻找宝石的话,我们可不能浪费时间了。”

这是在演戏还是说真话?斯格皮奥问道。

我一直都在跟你说，他是一个上当受骗的家伙，那女人才是心机所在。除了就付钱的事跟我们撒谎之外，那个男的根本找不到几分演戏的感觉。

“好的，”斯格皮奥说，“咱们回去吧。”

“那他怎么办？”奎塔罗一边提问，一边指着那名死者。

“到了明天早上，连骨头都不会剩下的，”斯格皮奥回答道，“要是咱们把他埋在这片烂泥里，这里的畜生们会在我们走后的五分钟之内就把他挖出来。”

众人走到车前，很快便驶入丛林的更深处，有萨菲尔为斯格皮奥指引方向，每隔几英里就要做细微的路线调整。

当天色太暗无法前行的时候，斯格皮奥静下心来思考决定——每晚如此——到底是停在陆地上，还是停在附近的河流上，究竟哪个更安全。

你每晚都来问我这个，而我的答案都是一样的：不管停在哪，总会有东西给你带来麻烦的。当斯格皮奥询问梅林时，他如是回答。

斯格皮奥左右思量，决定留在陆地上。要是有什么东西悄悄接近并袭击过来的话，藏在茂密丛林里跟漂在水面上没有多大分别，但是他感觉在干巴巴的——好吧，是浸湿的——陆地上自卫起来会更好一些。

他试着寻找一个至少不会被野兽从头顶上方攻击的位置，可这片硕大参天的树林给树栖性食肉动物提供了庇护，待在此处是逃无可逃的。最终斯格皮奥找到了一块看似更平坦、更能防雨的区域，宣布大伙要在那个地方过夜。

“起码找一块虫子少点儿的地方啊……”奎塔罗埋怨说。

“闭嘴。”萨菲尔语气冰冷，不带任何感情色彩，而奎塔罗则立刻安静了下来。

四人鸦雀无声地静坐了半个小时，斯格皮奥正欲迷迷糊糊地睡去，突然有什么东西推了推他的胳膊。斯格皮奥以为是梅林，可当他睁开眼睛却发现原来是萨菲尔。

“什么事?”他说。

萨菲尔伸出一根手指摆到自己嘴唇上。“轻点儿,外头有响动,智能生物的动静。”

斯格皮奥盯着她说:“你确定不是那位遇难‘朋友’所属的队伍?其中还有一位名叫萨菲尔的蓝皮肤女人?”

她瞪了斯格皮奥片刻,表情不露声色。最后她说:“金星上有七种独特的智能种族。”

“这个我们知道。”斯格皮奥答道,同时意味深长地注视着萨菲尔。

“外头的响动是智能生物搞出来的,”她继续说,“它们不是人类,而且也从未听说过灵石。”

“依我说,不如和平共处呗。”斯格皮奥说道。

“别犯傻了,”她说,“要是没有危险,我是不会叫醒你并警告你的。它们是丛林里特有的生物,而且以捕猎陌生人为生。”

“它们肯定饿坏了,”斯格皮奥无动于衷地说,“没有谁会漫无目的地在这儿瞎转悠,这样是无法维持生命的。”

“它们打算吃了你们人类,你还有奎塔罗——不过首先要打劫我们一番。”

“那你呢?你就不会?”

萨菲尔久久注视着斯格皮奥。“我看走眼了。”她说。

“看什么看走眼?”

“原来你真的是一个傻瓜。”

萨菲尔站起身来,走回她原本一直坐着的地方。

梅林,你在听吗?

呃……总之在观察吧。

外头果真有小怪物?它们真是有感情、懂思维的智能生物?

它们确实在外头,也真的有感知,不过“智能”二字我觉得还须打个问号。

它们打算袭击咱们?

这只是一种假设的可能。

那她是怎么知道的?

咱们待会儿再关心这个吧,你去告诉奎塔罗,等打起来之后叫他不要开枪,说不定会在黑暗里打中我。

你需要帮忙吗?

要的话会叫你的。

斯格皮奥东张西望,而梅林已经离开,往臆测中敌人的方向走去。斯格皮奥觉得应该起一个名字——不是给他们种族,斯格皮奥对他们仍旧不屑一顾——给自己的职业起个名,鉴于他周围的环境,“车匪路霸”一词似乎相当可笑,要知道方圆一千英里之内没有一条大马路,而且除了他自己和奎塔罗之外,数英里内也没有任何一个人类。

他本考虑对着萨菲尔笑一笑,好让她放宽心,但后来决定还是不必了,于是便端坐着纹丝不动,透过这瓢泼大雨竭力捕捉任何不寻常的声响。约十分钟内,一切平安无事,而后这片平静被一记恐怖的尖叫声打破,而且一分钟后又是一声。武器的火光顿时照亮了东方两英里处,又一声尖叫传入斯格皮奥的耳朵。

三个死了,两个拼了老命逃脱了。

棒极了!斯格皮奥心想,它们是什么物种?

塔波拉。它们仅在两千年前才艰难地获得了生物感知能力,是我们智能种族当中最为原始的一种。

好吧,要是遇上先进的武器就给我带回来。

它们的东西没我们先进。

那你去吧,咱们回头见。

我明早再回来,因为我已经两天没吃东西了。

你有必要说出来吗?斯格皮奥顿时心生恶心。

好，好，好，反正是你要问我的。

斯格皮奥闭眼片刻，努力忘却脑海里梅林吞食敌人的场面——虽然肉是生的，不蒸不煮，但也丝毫不能减轻那种令人作呕之感——后来他重新睁开眼睛，发现眼前是萨菲尔。他盯着对方看，而萨菲尔也一眨不眨地盯着他。

“战斗结束了，”他说，“不过你是知道的，对吗？”

她没有作答，表情也毫无变化。

“你他妈的到底是谁？”片刻之后斯格皮奥问道。

仍旧没有回应。

“或许我应该这么问，你到底是什么生物？”

“别惹她，离她远点儿。”奎塔罗说。

“奎塔罗，我借你那蓝皮肤朋友的话说，‘你闭嘴’。”斯格皮奥说道。

奎塔罗脸色一沉，似乎要站起来，而此时萨菲尔将手轻轻搭到他的胳膊上。

“他说得对，”她冷冰冰地说，“闭嘴。”

奎塔罗虽然怒气未消，却也不再多说一句。

大伙静静地坐着，你看看我，我看看你。斯格皮奥不理会奎塔罗，而是直愣愣地瞪着萨菲尔。二十分钟后他坠入梦乡，直到那时他也仅仅发现了一点——这个女人从来不眨眼睛。

斯格皮奥醒来时，梅林已返回到大伙中间。奎塔罗张开手脚躺卧在一个防水的单人帐篷里，正打着呼噜，而萨菲尔静止不动地坐着，背靠在一根树干上，头顶上悬着的树梢将雨水遮挡，她的姿态跟斯格皮奥当初睡着那会儿一模一样。斯格皮奥起先还以为她死了，可当他站起来时，那女人也同样立了起来。

“叫醒你的朋友，咱们要出发了。”斯格皮奥说。

她踩到奎塔罗摊开的左手手指上。

“该死!”他大叫起来,跪起身来一个劲地甩手。随后当他看见谁该为此事负责时,所有怒气一下子就烟消云散了。

“你们花五分钟洗漱,”斯格皮奥宣布,“然后大伙上车里吃饭。”

为什么我嗅到了更加紧张的气氛?梅林问道,我还以为昨晚只有我一人在冒风险呢。

你有没有见她过吃东西,或悄悄地出去拉屎拉尿?

没有。不过我告诉过你了,她不是人类。

哼,她与人的不同之处都足够写本书了,斯格皮奥回答说,她他妈的到底是什么东西?

我不知道。

昨晚她有过危险吗?还有,她感觉得到疼痛吗?

想搞清这个倒也不难。

喔?

你瞧好吧。

几分钟后奎塔罗回来了,斯格皮奥也在离开几分钟之后返回,接着四人开始朝十码开外的车子走去。梅林“不小心”撞了一下萨菲尔,她的上臂碰到了一团布满锥刺的灌木枝条。

“梅林他向你道歉。”斯格皮奥赶紧开口说道。

“没事。”她回应道。

“你流血了。”斯格皮奥说,同时用手指向被刺位置上突然涌现的一对小黑点。

她看看自己的胳膊说:“噢。”然后继续朝车子走去。

又是假设……梅林心想,假如你用刀子割她,她会流血,但她只是没有感觉,或者是并不在乎。

众人来到车前,爬了进去,而后开始启动。斯格皮奥尽量将这个方向视作为“内陆”,然而他自己却彻底地晕头转向了,完全被包围在丛林之中。除了少数几条狭窄蜿蜒的小径之外，从他所在的方位观察，整个星球似乎都像是内陆。

“你知道咱们还得开多远吗？”他问奎塔罗，心中假定问萨菲尔是毫无意义的。

“我怎么知道，”他说，并翘起一根大拇指指向萨菲尔，“她是我的地图。”

“那么她老人家有没有开过金口，告诉过你等到了那儿之后怎么办吗？”

“拿好东西就回去。”奎塔罗答道。

“我的意思是，那颗宝石就在地面上？就在很显眼的地方？要是有人守卫的话，那守卫者又是谁呢？”

“我不知道，”奎塔罗说，“我只知道那东西会让我们过上有钱人的好日子。”

*他是不是隐瞒了一些东西？或者干脆是彻头彻尾的谎言？*斯格皮奥问道。

不，你就把他看成是百分百的受骗者好了。

我不明白，她为什么选了他？

这理由……你身上也同样有。

经过了平安无事的三个小时，大雨终于差不多变成了毛毛细雨。斯格皮奥停下车，让自己的双目稍稍休息几分钟。奎塔罗下了车伸伸腿脚，梅林也跟着到了外面，他发觉这辆车尤其不适合梅林这类种族的生物来坐。

“你的胳膊好些了吗？”斯格皮奥问依然坐在车里的萨菲尔。

“没事了，”她回答说，“不过你早就知道了。”

“那咱们可以谈谈我不知道的事情，”斯格皮奥提议说，“量子力学、水星古陶瓷、灵石……”

“你知道目前这些就够了。”萨菲尔说。

“希望你不要以为我想要那个鬼东西，”斯格皮奥说，“我若是自己想要的话，我就不会开车带你们来找了。”

“这种回答不太令人满意，斯格皮奥先生。”

“哦？”

“奎塔罗先生和我都在您的掌握之中。他是个傻帽，你也看得出来。”

“那么您是……”

“一个无助的弱女子。”她回答道。

“哈，十个字里九个谎，这句话搞不好又要破纪录了。”斯格皮奥笑着对她说。

她没有回敬斯格皮奥的讥笑，也没有往心里去，着实没有丝毫反应。

“嗯……一枚灵石有什么用？”斯格皮奥接着说道。

她盯着斯格皮奥，没有作答。

“你说那东西比钻石还要值钱，恕我愚昧，还有什么东西能比钻石更贵重？”

她缄默不语。

“这东西你找了多久？”

依然没有回答。

“一年？三年？”斯格皮奥停顿一下继续说，“一万年？”

毫无反应，一言不发。

“反正咱们迟早得谈一谈，”斯格皮奥说，“双向的、有来有往的对谈。你肯定觉得我和我的搭档都是可以牺牲掉的，而且我知道，你也是这么看待奎塔罗的。暂且不谈我和梅林能不能照看好自己，假如真有一枚灵石，那它到底意味着什么，难道金星是可以牺牲掉的？”

“金星是我的家。”她用冰冷平淡且毫无感情色彩的语气说。

“所以你就能够回答我，你是什么时候开始想要得到它的。”

萨菲尔依旧盯着他,没有回答。

“是什么促使你想要那么做?”斯格皮奥问道,“比如说,有一个跟你长得一模一样的蓝皮肤女人,她也叫萨菲尔,也带领着一支探险队来寻找某个叫做——你绝不会相信——‘灵石’的东西……你觉得这个话题是不是很有意思呢?”

“请不要像奎塔罗那样蠢。”

“你确实懂得如何伤害一个男人的心哟。”斯格皮奥说。

“没错,我懂,”萨菲尔回答,“你要牢牢记住。”

“我从来没有忘记过这一点,”斯格皮奥向她保证说,“还有最后一个问题。”

“好极了。”

“我是指眼下最后一个问题,”他限制性地说道,两眼注视着对方,“到底是你挑中咱们的,还是奎塔罗挑的?”说完他马上举起一只手。“在你说是奎塔罗之前……我当然知道是谁接近我们并开价的,我的意思是……这到底是他的主意还是你的主意?”

“他什么‘主意’也没有。”萨菲尔说。

“很好,”斯格皮奥说,“那让我来问问你,为什么挑中我们?”

“他告诉过你原因了。就算是我不知道有没有人或东西真的保护着灵石,反正人家都说你是这颗星球上最厉害的人,”

斯格皮奥两眼瞪着她,盯了很长一段时间。“好吧,”他最终说道,“咱们以后再聊。”

她既没有确认也不作反驳,仅仅盯着斯格皮奥。或者说在他看来,对方在用目光刺透他的心灵。

斯格皮奥爬出车子,在周围转了一会儿,让双腿恢复一点活力,而后走到梅林身边。此时梅林正观察着小溪里的几条大金鱼。

“你昨晚已经吃过了那些东西……那些人之后还觉得肚子饿?”他笑着问道。

不，我只是喜欢那些鱼的颜色。当阳光透过河水照在它们身上的时候，那些闪亮的纹理布局也很好看。

我们那位蓝皮肤的乘客觉得，等咱们最终找到灵石的时候，会遇上某些麻烦。

我知道，我已经从你脑子里读取到了那段对话。

你是怎么想的？斯格皮奥问道，不管她玩什么把戏，咱俩可都仅仅是棋子。眼下咱们可以偷了这辆车，把他们困在这儿，然后返回麦卡纳尼的酒馆。奎塔罗很可能一天也活不了，可不知怎的，我总感觉到头来这只会给她造成小小的麻烦而已。

咱们可不愿意下半辈子一直提心吊胆地过日子。

“好吧，”斯格皮奥大声说道，“那只不过是一条建议而已，咱们回车里去吧。”

他朝奎塔罗呼喊，一会儿过后，车辆便沿着泥泞的小路行驶了。

随后众人遭遇了近两天内首个岔口，萨菲尔指示斯格皮奥坚持靠左。于是他照办了，不久后道路开始朝山下蜿蜒而去。至夜幕降临时，大家沿着一条宽约两英里的大河岸边行驶，雨水报复式地回归了，众人在车里过夜，尽量不去理会闪电雷鸣和种种不适。

黎明时分，大家又开始行动，然而在一英里的范围内，道路统统被冲刷得无影无踪。萨菲尔叫斯格皮奥将两栖型车辆开上河道，这条河流跟道路平行好几英里，干脆一直在水面上行进，直到道路可以再次通行为止。

“我痛恨所有这些水！”奎塔罗发着牢骚。

“有水你该高兴才对。”斯格皮奥回应说。当车辆变成一艘船时，斯格皮奥将其一头栽进水里。

“为这些水高兴？”

“水是从云上来的，”斯格皮奥说，“没有云就没有水，没有水便没有云——这样一来，此地就将变成一个热得要死的沙漠，没有生命在这儿可以生存。”

“水星上面不是有生命吗,对不对?”奎塔罗恼怒起来。

“向阳的一面是没有的,”斯格皮奥回答道,“生物始终活动于子午线区域以及背对太阳的一面。”

“我猜……你去过那儿?”奎塔罗心生怀疑地说。

“去过几次,”斯格皮奥确认道,“那里不是我喜欢的地方。”

“斯格皮奥!”萨菲尔突然说,“快左转!”

斯格皮奥立刻根据她的指示行动,同时看到一只巨大的生物。它的个头差不多跟座头鲸一般大,绝对更像是爬行动物而非鱼类或哺乳动物。它突然从众人刚刚经过的位置浮出水面,张开大口吞下了三只低空飞行的鸟,而后又消失在水面以下。

“我在海洋里看见过这种东西!”奎塔罗评论道,“可是居然在内陆地区……在一条河里?”

“这儿跟地球不一样,”斯格皮奥解释说,“这里全部都是淡水,每个生物都可以从自己栖息的地方游到另一个地方。”

“上帝啊,我痛恨这颗星球!”奎塔罗破口大骂。

“那你在这儿干吗?”

奎塔罗做了个鬼脸。“找点事做。多年来我一直都听人说起‘巴克斯拉’——金星的纸牌游戏,所以也想来试试手气,”他露出一副自鸣得意的笑容,“而且还打得不错。我付给你的那些钱还不及一晚上赢的多,而且我还遇上了她……”奎塔罗伸出拇指对着萨菲尔的方向。“等灵石到手之后,我就打算在火星港开一家自己的赌场。”

哼,这正是火星港需要的东西,斯格皮奥心想,第八十四家赌场……等等,说不定是第八十五家?

全是纸上谈兵,梅林答道,不管最终结局如何,他是不会拿到钱的,你是不是也这么认为?

斯格皮奥给那个生物五分钟时间顺流而下,然后驾驶 VZ 四型返回河道中央。

众人又前行了七英里，斯格皮奥断定路况足以安全行驶了，便命令车辆放下轮胎，同时将橡胶气垫收入车体之内，很快一行人就再次穿行于丛林的道路上。

“这东西怎么加油的？”奎塔罗问道，“自从我们出发到现在，我没有瞧见你给反应堆充能过……要不就是别的什么该死的动力燃料。”

“车上有一组核能电池，”斯格皮奥回答说，“我们出来的时候有十二个，然后用掉了两个，现在正在使用第三个，”他停顿一下，而后笑着补充道：“这是你的车子，我以为你早就问过销售员了。”

“我直接从展示厅里开出来的，”奎塔罗不慌不忙地应答自如，而后又道，“燃料足够我们返程吧？”

“这要看我们上哪儿去，”斯格皮奥说，“问问你的女伴。”

随后这场对话就此终止了。

夜幕降临时雨下得更大了，树木的间距不够紧凑，或者说叶子不够茂密，无法提供足够的庇护，众人再一次睡在了车里。当斯格皮奥醒来时梅林已经出去了。不过这也并非是稀罕事，金星人出去找饭吃，等他杀死猎物并吃掉它之后便会回来的。

“他到底平静得下来吗？”奎塔罗一边嘀嘀咕咕，一边爬出车子朝一处树丛走去。

“当然可以，”斯格皮奥说，“等雨一停，他就静下心了。”

奎塔罗瞪了他一眼，而后便消失在树丛后头。

“又只有咱们两个了，”斯格皮奥指出，“继续咱们的话题如何？”

对方没有回应。

“我可以把你的沉默当成是默认吗？”

“在地球上，沉默不是被人当作一种智慧吗？”萨菲尔冷冰冰地问道。

“你没有去过地球?”

她盯着他看,一言不发。

“我真心希望那该死的石头确实存在,还包括你脑子里的那套说辞。”

“它是存在的。”她十分肯定地说。

“既然名叫‘灵石’,想必跟某种宗教沾边儿。”他接着说道。

萨菲尔保持沉默。

“告诉我一点关于那石头的事情吧,比如……你觉得它会在哪儿。我可不愿看见有另一位‘母老虎’捷足先登了。”

她轻蔑地看了他一眼,而后下了车,走到空地最远处,仰起那从不眨眼的脸庞面对天空,全然不顾那倾泻而下的雨滴。

“快回来!”他说,隔着雨听见了朦胧的叫喊声,“我不会再问问题了。”今天早上,他心里面补充道。

她一动不动地站了足足一分钟,而斯格皮奥则坐在原位上望着她,心想要是在任何别的情形下,他总是会欣赏这么一个身影,尤其是雨水将衣服紧贴肌肤的样子,然而此时他能做的只是纳闷她那颗脑袋里想的究竟是什么。

最终,正当奎塔罗重新出现的时候,她返回到了车里。接下来就是干等着梅林一个人了。

又过了半个小时,梅林还是不现身,此时斯格皮奥下了车。他查找不到任何足迹——它们刚一形成就立刻被冲刷掉了,况且梅林的脚印很可能是数小时之前留下的。可斯格皮奥还是觉得自己必须做点儿什么,哪怕仅仅是被雨水淋湿也好。他听见头顶上树梢间窸窸窣窣,抬头一看,瞧见有猴子模样的两足动物,它们一家子蜷缩成一团来避雨。这些生物并不长有地球猴子的尾巴,但在每个手腕处都长出了不仅是一只手,同时也是一条细长触须的东西。它的功能就如同一条尾巴,缠绕在树梢上以保持身体的平衡。

又过了几分钟，一波心灵感应传入他的脑海中。

别傻站在大雨里，你个笨蛋，快准备医药箱。我马上就来了。

斯格皮奥立马跑回车子后部，打开车箱取出急救装备。当他正在忙活时，梅林穿过树丛进入了视线，他痛苦地在这片小空地上一瘸一拐地走着。

“发生什么事了？”斯格皮奥说，“你要搭把手进车里吗？”

不用，我自己能行，梅林心想，并跳入车里以证明自己，随即迸发出一声痛苦的呻吟。受伤的地方我自己够不着，你帮我在上面擦一些抗菌剂和止痛剂。

斯格皮奥使用了合适的药剂。“我猜是‘早餐’反击了？”他一边说一边将药剂涂抹上去。

不是的，是有另一支探险队在这儿。

另一支探险队？

我不知道还能怎样称呼他们。

他们不可能是步行吧？

没有，他们在两辆车里，只剩下四个人了——好吧，如今是三个。他们当中有一个家伙朝我开了一枪——很可能以为我是晚餐。你也瞧见了，他打伤了我。当他知道我被击中之后，就下了车跟踪过来。

你肯定杀了他，斯格皮奥心想。

那是肯定的。

此处距离文明世界如此遥远，我纳闷他们到底在找寻什么鬼东西！

我以为你永远不会问了，梅林回应道，他们在找灵石……而且有一位蓝皮肤的女士带路。

啊，真见鬼了！斯格皮奥停顿片刻继续说，几天前我们发现的那个人……就是他们那支队伍？

很有可能。

很有可能？

还没等我查清楚他就已经死了。

他们现在离我们多远?

大概在西侧四英里处吧,算上外围探子的话,有五英里。

好吧,咱们抓紧时间休息一会儿。

斯格皮奥合上后盖箱并锁好,然后绕过来爬上自己的座位。

"他还好吧?"奎塔罗并无几分关切地问道。

"要想杀他可不容易,"斯格皮奥答道,转而面对萨菲尔说,"介意问你一两个问题吗?"

"介意。"她回答说。

"介意也忍着,"斯格皮奥说,"我头一个问题是,你有姐妹吗?"

萨菲尔没有作答,但斯格皮奥觉得自己看到了她面部肌肉正急剧紧张起来。

"好吧,"斯格皮奥说,"还有一个问题,这一次我是坚持要一个答案的。"

"别烦她!"奎塔罗厉声喝道。

"安静,"斯格皮奥说,"不关你的事。"说完他又回头来对萨菲尔说,"咱们是在进行一场竞赛吗?"

"不是。"她说。

"你确定?"

萨菲尔只是愣愣地看着他。

你不如继续驾驶吧,梅林心想,如今已无法回头,你差不多等于告诉了她我们现在距离那支"替身探险队"仅一步之遥。

如果我们调头回去的话,你真觉得她能够拦住我们,或伤害我们?

我现在无能为力,发挥不出本事。跟"抗命"返回酒馆相比,朝前走总归没什么风险的。

他妈的!我讨厌道理站在你一边的时候。

斯格皮奥将车辆准备就绪,开始再次沿着泥泞的道路前进。

他们又行驶了两个钟头，斯格皮奥突然瞧见又一条河——或者说是一条同等宽度的平行支流——从他的右侧翻滚而来。他停下车，再次转身面对萨菲尔。

“好了，”他说，“要么我在接下去的几公里里找个地方强行渡河，要么我现在就向右转，但以后还是会遇上另一条河。所以……你要我往哪儿走？”

“直走。”她说。

“你确定？”

她呆呆地看着他，接着斯格皮奥耸了耸肩，着手继续前行。树林渐渐稀疏，忽然间他来到一条几乎不长树木的峡谷，他再次停了下来。

“又怎么了？”奎塔罗问道。

“那地面看上去相当松软，”斯格皮奥回应说，“虽然我也知道这车是VZ四型的，但假如陷了下去，我不清楚这种车有没有足够马力可以把我们救出来。”

“它不在那儿。”萨菲尔说。

“什么东西不在那儿？”斯格皮奥问道，同时惊奇于她居然主动发表意见。

“我要的东西，”她回应说，“请绕过这个地方。”

“好。”

“往右开。”她补充一句。

“你确定？”他说，“要是梅林没有说错的话，那正是你妹妹前来的方向。”

“闭嘴。”她说道，而后扭头眺望外面的风景。

斯格皮奥遵照她的指示行事，发现一条荒废的小路——他不知道该不该称其为“小路”——并开始谨慎地在上面行进。

*你呆在后头怎么样？*他问道。

死不了，梅林回答，*要是真的死了，也不会是被这伤势害死的。对*

了，咱们越来越近了。

我们离那些想要杀死你的人越来越近，至于灵石……我就不知道了。

我还是无法读取她的心理活动，但她因为这整部车子的臭气而变得越来越兴奋了。

车子冒臭气？

嗯……倘若你是金星人的话，车子的确让人觉得很臭。

斯格皮奥继续在小路上开车，大约一英里后小路变宽了，雨也戛然而止。刚才还是延绵数月的滂沱大雨，此刻却如地球上干燥的夏季一般。

“这雨是怎么了？”奎塔罗问道，“就好像有一堵隐形的墙，在这一侧什么东西也不落下来。”

“我不清楚。”斯格皮奥回答说。他瞥了萨菲尔一眼，说道：“咱们中间好像有一个人根本不惊讶嘛。”

萨菲尔并不搭话，而斯格皮奥也知道她不会作答，于是就继续向前赶路。这条道又变成了一条小径，依然泥泞不堪。

刚才真他妈的奇了怪了，他心想。

什么东西奇怪？

雨已经停了，但地上的道路却烂得不行，就好像被泼了好几个星期的雨，直到一分钟之前才停下。

我回答不上来。

我勉强猜猜吧，感觉不太妙。

斯格皮奥等待着任何人的意见，甚至包括奎塔罗的。当无人自告奋勇时，他便继续开车向前。他行进了三百码，而后四百，五百——再后来他听见一阵轰鸣，犹如最响亮的那种雷暴，可它并非来自头顶之上，而是从前方底下而来。

“这是怎么了？”奎塔罗神情紧张地问道。

“一条瀑布，”斯格皮奥说，“不管你们乐不乐意，这儿就是终点了。”

“还没到终点，”萨菲尔说，“继续开车。”

“那瀑布不可能一英里开外，”斯格皮奥抗议道，“干脆快点告诉我你到底要上哪儿？”

“到了我会叫你的。”她说。

你的看法呢？

就这样吧，梅林答道，反正咱们总归要去她的目的地，又何必步行呢？

斯格皮奥开始异常缓慢地开动车辆，又行驶了四分之一英里①。此时有两辆成色略破旧、外形稍普通，且沾满污泥的车子从他右侧驶来，进入斯格皮奥的视线。

奎塔罗从口袋里掏出一把脉冲枪并开始瞄准，而此时萨菲尔伸手用掌侧击打在他腕部，力道之狠连斯格皮奥也能从奎塔罗痛苦的尖叫声中听到骨头断裂的声音。

“该死的婊子！”他怒吼道，“我正在拼命保护咱们的利益！”

“你连咱们的利益在哪儿都不知道。”她回应说，语气里带着万分的鄙视。

“我知道我自己的利益在哪儿，”他大声吼道，“谁都不许出卖我！”

奎塔罗转过身来，举起尚未受伤的那只手朝她挥拳过去。斯格皮奥没有看清接下来发生了什么，只是顷刻之后奎塔罗便晕迷了过去，倒在车内的地板上。

突然，萨菲尔朝前伸手，递给斯格皮奥一卷钞票。“这是他欠你的钱，”她说，“当然了，你肯定知道他从来就没有想过要付给你钱。”

---

①“四分之一英里”是英语国家的习惯表达，同时也是英式度量衡国家赛车直线加速赛的标准里程，长度约为400米。

“我确实知道。”斯格皮奥一边说，一边将现金揣进兜里。

“他对我们没用了，”她接着说道，“停车。”

斯格皮奥停下车子，而后萨菲尔打开一扇车门，将奎塔罗的“尸体”推到外头的泥地里。

“他死了吗？”斯格皮奥问道。

“是死是活都无所谓，”萨菲尔说，“快开车。”

“去哪儿？”

“你瞧见前头那棵高高的枯树骨架了吗？”

“想不瞧见也难呐，这是出发以来看见的第一棵枯树。”

“那就是咱们的目的地。”

“大老远跑过来就是为了寻找这棵枯树？”斯格皮奥说。

“不要表现得比我心目中的你更傻。”萨菲尔回应说。

“我们是在拼命赢过另一队吗？”

“其实无所谓，因为他们也一样。”

斯格皮奥皱起眉头。*你听得懂这句话吗？*

不懂。

斯格皮奥将车开到距离那棵树五十英尺的范围之内，而后停下了车子。他和萨菲尔立刻走了出去，斯格皮奥绕到车后部，解锁后盖箱，帮助梅林站到地面上。这位金星人还是站不太稳，贴在自己的搭档身边走路，竭尽全力克服疼痛。

另外两辆车子也已经停了下来，斯格皮奥仔细观察他们，等着瞧瞧另一位蓝皮肤的女人跟萨菲尔到底有多相像——然而当那女子从第二辆车里走出来时，斯格皮奥顿时目瞪口呆，他眨了眨眼睛，接着揉了揉，而后又愣愣地盯着她看。

*她们搞不好是双胞胎！*斯格皮奥心想。

*或者比双胞胎更“接近”……*梅林回答道。

“这儿肯定会有守卫。”萨菲尔说。

那位如今被斯格皮奥看作“另一个萨菲尔”的女人发布了几句简明扼要的命令，随后那两名一直在开车的男人端起武器，小心翼翼地朝那棵树走去。当他们到达五英尺范围之内时，突然传来一阵静电般的嘶嘶声，接着他们双双倒下，一人高声尖叫着，而另一人则不省人事，或者已经一命呜呼了。

“现在轮到咱们了。”萨菲尔说。

“我不会笔直往那儿走的，”斯格皮奥回答道，“刚刚也瞧见这么做的下场了。”

“就算不行也得上。”

“你先告诉我要找什么东西，或许还有点帮助。”

“你已经知道了。”她说。

“那棵树就是灵石？”

“当然不是。”

“那到底是什么，到底在哪儿？它长什么样儿？”

“宝石的形状不规则，说不定会有一英尺宽。你瞧见树根底下那个洞了吗？”

“瞧见了，看上去像某些动物挖的。”

“很久以前说不定是被哪只动物挖过，但如今那儿就是灵石所在的地方。你要四脚朝地匍匐过去，但愿身体够低不被那棵树发现，然后再把宝石带回来。”

“这分明是去送死。”斯格皮奥说。

“也有可能活下来嘛。”

“我证明给你看好了。”说完他把手伸进车里，将奎塔罗的脉冲枪从其掉落的地方拿了出来，然后弯下身子，朝那个洞口侧向投掷过去，在离地不超过十八英寸[①]——当它刚一飞入距离那棵树三英尺[②]范围内时便化为了一团火焰。斯格皮奥直起身子说:“瞧,我早说过了,这是送死。”

“必须拿回宝石。”她说。斯格皮奥头一次侦测到了她语气中的蛛丝马迹——比蛛丝马迹更多——有一种情绪在里面。

“噢,我和梅林可以帮你拿回来,”斯格皮奥说,“我只是想谈谈工钱。”

“你已经拿到钱了。”

“我拿的是带你来这儿的钱,至于要冒死去拿回一个受保护的宝藏……那可不是当初交易的一部分。”

“你现在就给我去拿!”她命令道,刹那间露出一副怒火中烧的表情。

“让我想想……”斯格皮奥说,“我想要了这辆车,洗干净后肯定能卖个好价钱。咱俩都知道这是偷来的东西,况且有些迹象告诉我,不管你怎么保证,你都不会跟我分享那块灵石。我的‘蓝皮小姐’,你现在的处境实在是不适合跟我讨价还价。”

“我现在就可以杀了你,”她说,“你明白这一点,对不对?”

“我可不像你想象的那么容易杀,”斯格皮奥说,“就算你杀得了我,那你最好也确信自己可以在没有我的情况下拿回那颗宝石。”

她怒目对视着斯格皮奥,却说不出一句话。

“好吧,”斯格皮奥思索了片刻,随后说道,“肯定有不太挑剔的黑市商人愿意收购这辆 VZ 四型。等了结了此地之事,我要带走这辆车子,你同不同意?”

她点了点头。

---

① 约 45.72 厘米。
② 约 0.91 米。

“很好。”斯格皮奥拔出激光枪，光线正瞄准着那棵树的树干，大约在高于地面十英尺处。

“你在干吗?”萨菲尔问道。

“没事儿的，熔化一块石头所需的能量要比这多得多。”斯格皮奥说，而此时树干开始闷烧起来，而后蹿出了火苗。随后他将激光瞄准一根悬在低处的树枝。“天不下雨，真他妈走运，要不然我也没办法点燃它。”斯格皮奥转而对萨菲尔说:“你们有些人拳头挺大，脑瓜很差。”

须臾间，树梢燃起火来，接着斯格皮奥再将武器瞄准另一根分枝。与此同时，他俯下身来捡起一根沉甸甸的棍子，朝开口处扔了过去。什么事也没发生，只见那棍子撞在树干上弹开了。

“好了，梅林，”他说，“我不知道这该死的树儿时会倒下来，所以你要快进快出。”

金星人瘸着朝前走，来到大树跟前，将脑袋和头颈伸进洞口，片刻后又出来了，嘴里衔着一块形状不规则的水晶。

“宝石!”萨菲尔喘着气说。

突然间斯格皮奥意识到另一个蓝皮肤女人正朝前跑来，脸上洋溢着一副欣喜若狂的表情，犹如萨菲尔的镜像。起先斯格皮奥以为她会在萨菲尔跟前停下脚步，然而后来他却发现那个女人向萨菲尔笔直冲刺，很可能是想给她一个“胜利会师”的拥抱。可最终斯格皮奥看到那个女人并没有减慢速度，而且萨菲尔也转过身去面对着她，没有做出任何躲避碰撞的举动——除非这根本就不是一场碰撞。斯格皮奥无法辨清到底是谁吞没了谁，或者说会不会是两者不知怎的变成了半个身躯，共同形成了这个整体。一刹那间，只剩下一名女性——斯格皮奥吃不准这是不是一名女性——站在他的面前。

她从梅林那里拿过宝石并将其捧于手上。斯格皮奥注意到宝石上面有一个形状不规则的洞，或许有两英寸宽，紧挨着中心位置。

萨菲尔开始念一曲颂词，虽然算不上咏唱，但比那种有口无心的背诵更带有一些韵调。

你辨认得出这种语言吗？斯格皮奥问道。

我知道金星上每一种现行使用的口语，但从未听过这种。

宝石刹那间变得更明亮了，而后愈发晶莹璀璨，最终照射出炫目刺眼的光芒。斯格皮奥不得不闭上眼睛。尽管他就站在宝石旁边，却感受不到有任何增添的热量。

随后，一阵雄壮的男性嗓音打破了这片寂静。

“终于！”它咆哮道，“终于我又复活了！”

斯格皮奥睁开一只眼，以为自己又会被光亮刺到。然而情况并非如此，此时他瞧见一个魁梧的蓝皮肤男人。他有十二英尺高，身材结实，肌肉发达，蓄了一脸浓密的胡须，穿着一身闪闪发光的长袍。袍子看上去犹如宝石，只是更柔软润滑罢了。

“等了一千年，等了一千回，我一直坚信，这一天终将到来！”

他伸出手，用强有力的指头包裹住萨菲尔伸来的手。当他们发生肢体接触的那一刻，当他们的手碰到一起时，两人都变亮了，犹如刚才的宝石一样。他们开始发光，身高转眼间就超过了周围最高的一棵树。他再次开口说话，嗓音犹如雷暴般洪亮：“我……又……复原了！”

斯格皮奥试探着去看，可双眼再度无法承受这强光，只得闭上它们。他合眼几乎有一分钟，而后突然感觉那亮光已经消散了。

斯格皮奥和梅林双双睁开眼睛，发现只剩下他们两人，萨菲尔和那个人都不见了踪影——斯格皮奥不禁将其视为一位禁锢于宝石中的神灵。

他猛然想起那块石头，于是立刻俯下身子将其捡了起来。

洞孔不见了，梅林观察后说道。

是啊，斯格皮奥无声地回答，他又复原了。

斯格皮奥把宝石放到车里，摆在一个有垫子的座椅上。

扔下另外两辆车子真是可惜……但这台 VZ 四型不管外观漂不漂

亮，它的价值都比那两辆合起来还要值钱。咱们返回麦卡纳尼的酒馆吧，然后把船修好。

那宝石怎么办？

留作纪念品吧，斯格皮奥回应，毕竟咱们将来还打算要遇上几个真神呢！他帮梅林进到车里，然后自己也爬了进去，开始朝原路返回。咱们赶快离开金星。接着他加快了速度。

干吗要开这么快啊？梅林问道。

因为在下非僧非道呀，而且也喜欢开这么快。

你在说些什么？跟这事有什么关系？

斯格皮奥耸了耸肩。“或许没什么关系，”他大声说，“可是咱俩刚刚才放出一个神灵返回这个世界，我觉得他一定不想这么快就乖乖地重新退休。”

伊恩·麦克唐纳

伊恩·麦克唐纳是一位敢于大胆开拓的英国作家,题材涉猎广泛,文字才华横溢,令人印象深刻。麦克唐纳的处女作发表于1982年,从那以后他的文字便时常出现于《区间》《阿西莫夫科幻小说》以及其他杂志刊物上。在1989年时,麦克唐纳凭借《荒芜之路》赢得了“轨迹”奖的“最佳处女作”奖,还于1991年因作品《晨曦之王,白昼之后》摘取了菲利普·迪克奖。他的其他书包括《逃往六度蓝》《心、手、声》《咖啡馆终点站》《愚人的牺牲》《进化的海岸》《基里尼亚》《阿瑞斯号列车》《新巴西》,还有三部短篇小说合集《帝国梦想》《说方言》和《网络时代》。他的小说《众神之河》同时是2005年度雨果奖和阿瑟·克拉克奖的入围作品,而另一部由其衍生的中篇小说《小女神》也成为了雨果奖和星云奖的双料入围作品。麦克唐纳于2007年以短篇小说《灯神之妻》获得雨果奖,同时以《坦德莱奥的故事》拿下西奥多·斯特金纪念奖,还于2011年以小说《托钵僧之屋》摘得了约翰·坎贝尔纪念奖。他最近的作品是一部青少年系列小说的第一卷《飞行者》、一本全新的小说《放马过来吧》,以及一部回顾性的故事合集《伊恩·麦克唐纳作品精选》。麦克唐纳当前最新的小说名叫《太阳女皇》。他于1960年出生于英格兰曼彻斯特,而他人生的大部分时间是在北爱尔兰度过的,现今工作并生活在贝尔法斯特[①]。

在以下一则意味深长的回忆故事里,我们追随一条金星花卉的足迹,前往一处动乱不安的终点。

---

① 英国北爱尔兰首府。

『金星植物园』：拉桑根伯爵夫人艾达的十三份剪纸

莫琳·盖拉德的介绍

我的母亲曾明确说过，一旦发生火灾，有两样东西是要救的：家庭照相簿和格兰维尔·海德的作品。那五幅花卉剪纸的原作伴随我长大，但我却完全没有关注它们的历史或价值。就像后来在这里或其他星球上的很多事情一样，直到我长大之后才开始欣赏姑婆那门独特的艺术。

格兰维尔·海德的原作很少在拍卖会上出现，因而收藏家们垂涎若渴般寻觅它们。原作以好几万英镑的价格出售（这应该会让艾达高兴的）。两年前，在维多利亚与艾伯特博物馆的一场展览会上提前几个月就预订脱销。十几种纸质的作品集仍然在印制过程中：特别是“金星植物园”，已经是第十五版，且被译成二十三种语言，有些还不是地球上的语言。

这么看来,似乎世间最不需要的东西就是再多一个"金星植物园"了。然而当她最后一次(也是唯一一次)造访金星却神秘失踪时,谜团依然吸引了半个世纪的关注。五十年后,那些收集来的日记本、写生簿以及现场记录随着柳公爵的财产一起送到了我的手上,此时我意识到自己拥有一个宝贵的机会来讲述我姑婆旅行的真实故事——以及我家族历史当中被遗忘的一页。那些书的品相很糟糕,在金星潮湿炎热的天气下腐烂发霉了。大片大片的内容变得模糊不清,难以辨认,有的索性就遗失了。故事的来龙去脉很不完整,着实令人沮丧。现在我已经抑制住了自己的欲望,不想再去填补那些空缺了。其实我可以很轻易地将其编写成剧本或小说,甚至拿来煽情炒作一番,但我还是想让艾达·格兰维尔·海德自己来讲述。这是一个性格鲜明、意志坚定的迷人嗓音。尽管在社会层次、年龄、个人感知上都跟我们不同,但它是真实可靠的,是真正的声音。

至于那些剪纸作品,无须旁人多说,它们完全能够为自己代言。

作品一:*V strutio ambulans*:"迪可罗的漫步草"(Ducrot's Peripatetic Wort),当地人将其视为"日间漫步者"(谭特部落)或"漫步花"(特克哈部落)。

剪纸、墨水和卡片。

真是一场精彩的展示!

用午餐时,海特·奥伊·卡兰提到,一艘星空巡洋舰——"追寻繁星"号,还有一位火星人——将要掉到湖里了。我说我想去看看——很显然,当我来到这颗星球时睡过头了。这意味着放弃了一块果汁雪糕,但谁也不是为了果汁雪糕而到这个"内陆世界"来的!海特将他的蛛形汽车给我们调用。不一会儿,我和拉图芙伊公主坐在精心装饰并铺有软垫的“泡泡”里，于六条强力的机械腿下摇晃着。它载着我们上到令人摸不清方向的小巷和百转千回的阶梯，然后翻过墙壁和露台花园，沿着桥墩和顶层的天桥，攀上赖德克·奥科伊古代的铁制梯道。群岛海域的各个岛屿都非常小，人口却很庞大，所以对其而言往上造房子是唯一的出路。赖德克·奥科伊像圣米歇尔山，但规模要大得多，环境更粗犷。道路都用桥接起来，建造于一个对非赖德克居民来说十分费解的隧道网上。海特家族在其灵活敏捷的蛛形汽车里，索性爬上底层市民的房屋，践踏在他们的身上。

我们登上赖德克·奥科伊古代的灯塔“星辰”顶部的观景台，这座灯塔曾指引水手们通过托尔群岛的暗礁和环礁。我们紧挨在一起——我的同伴拉图芙伊公主呕吐了——她说自己头晕，不过这或许是临近午餐时间的关系——整座赖德克·奥科伊就在我们脚下，它有无数个层次，犹如玫瑰的重叠花瓣。

“咱们需要望远镜吗？”我的同伴问道。

没必要！因为在那一刻，永驻的灰色云层散了开来，一束阳光犹如一根闪耀的长矛从天空刺了下来。我看见一个黑暗的物体坠落，而后巨型的水团如十几座尼亚加拉大瀑布那样直冲了上去。天空与几抹小彩虹共舞，我的同伴高兴地搓拧着双手——她迫切思念阳光——而后云层又再次合拢。一圈圈水波从星空巡洋舰的船体处扩散开来，船体如一条巨鲸漂浮在水面上，不过这个世界的环境促使水生动物的体型比地球鲸鱼更加巨大。

我的伙伴拍着手，甚为惊叹地大声喊了出来。

没错，这的确是一幅美轮美奂的绝妙景色！

几艘拖船已经从大洋码头的“护臂”里驶出，前来将船只带入停泊位。

然而这并非赖德克·奥科伊必须给与的最优待遇，群岛的风俗是在阳台上放躺椅睡觉，因为城市内部各层建筑会流出肮脏的渗出物，这么做可以透透空气。根据我的表，我该休息休息去喝下午的饮料了。不过根据"金星大日"，现在才早上十点钟左右，而且在接下来的两个星期内都会一直保持这个钟点。我的躺椅脚下有动静，是什么东西？我的心噌地一下激动起来。*V strutio ambulans*，即"长脚的草"，它们正一个劲儿漫无目的地爬到我躺椅上来！

我通过镜片观察它的一举一动。这肉质丰满的叶片饱含着水分，在水压的作用下为那卷曲的三只"脚"——想必是变异的树根——提供养分。这是一套简单的机械装置，然而人类的头脑从中看到了运动，并为其赋予了某种人性和动机。这并非纯粹有关阳光和液体的水力学，而是一棵勇气可嘉的小草在进行一场史诗般的冒险旅程。在超过两个钟头的时间里，我勾描了这棵植物，它爬上我的躺椅，穿过栏杆，继续朝赖德克·奥科伊一侧爬上去。我猜想，在任何时候都会有几百万这样的花朵在群岛之间进行着这种持续不断的迁徙，然而对我而言，仅仅一株"长脚的草"就足以称得上是奇观了。

该死的"兴奋剂"！我走到太空车后备箱，从柔软的羚羊皮钱包里拿出剪刀。咔嚓咔嚓！当有东西要剪时，我的手指就直犯痒痒，真的想摸摸刀子！

当他听说我的意图时，根·拉哈·肯特恳求我不要下赖德克港，但如果我执意要去的话（我要去，噢，我就是要去！），至少应该随身带一个保镖或一点武器。我问他城内最好的军械工匠姓甚名谁，这话让他大吃了一惊。11 月克莱尔靶场最佳射手，十年蝉联冠军！赖德贝克·泰尔塔是群岛内最有名气的枪械师。鉴于捕猎伊师塔的金星豹广受欢迎，故而从外星球进口武器是非法行为——我猜是因为一笔关税。他们为我打造的手枪是依照我的手和力气的大小而度身定做的，它个头小巧、威力强大，而且还结合了群岛上精美繁复的凹雕术，简直是一件珠宝工艺品。

赖德克港确实令人讨厌，布满了街巷和隧道，高处天窗上透出变换闪烁的淡灰色灯光，照亮了这片地方。这么多水汽烟雾和臭气！不过话说回来，从未有人死于这种恶臭。一个地球的女人孤零零地待在一个不该在的地方会是一桩奇闻，然而对于那些非人形的金星家伙们来说，我充其量吸引路人瞟上一眼罢了。最近这些年来，我不但人在此地，而且还被“赐予”一种带有毁灭性的目光。特克哈是中亚游牧民的后代，他们于11世纪被人从凉爽的大草原集体绑架而来，如今他们相信自己是最初的人类物种，觉得地球人不如他们，认为是跟类人的女性半斤八两的。

我的确在酒吧里引人注目，因为我是唯一的女性——我的意思是人形的女性。根据卡法斯的《“内陆世界”寓言集》，我知道在半水生的克里德当中，男性是个头较小的、无用的共生寄生虫，它们寄居在女性的套腔里。这里的酒吧招待是一个长有四条胳膊的谭特，他把我领到一处舒适隐蔽的雅室内，我于此地将要遇见自己的接头人。这家酒吧居高临下，俯瞰着大洋海港。我看着码头工人在星空巡洋舰庞大的壳体上面奔来跑去，于外壳各扇敞开的舱门口进进出出。我着实不喜欢去瞧那些舱门，它们破坏了船体的整体美，糟蹋了其精致无瑕的外表曲线。

“格兰维尔·海德女士？”

哇，真是一个油光光的男人，搞得我真没听见他靠近过来。

“斯塔福·格兰姆斯，乐意为您效劳。”

他主动请我喝一杯，但我拒绝了这种不得体的举动，不过这并没有妨碍到他为自己叫上一杯，并且抿了一口——随后又是一连数杯——在我提问的过程中他喝得动静很大。金星多年的日光暴晒使他的肌肤变成了皱巴巴的棕色“皮革”，饮酒者的眼睛朝外头张望，眼睑厚大而“沉重”——长年斜视紫外线的结果。他的脖子和手布满了白斑，而那些位置上的黑素瘤都已经被冻死了。晒伤、抑郁、酗酒，这些都是荣誉执政官的经典搭配，不仅在金星上如此，它通行于整个银河系。

“谢谢你答应见我，这么说来……你和他碰过面了。”

“我永远都不会忘记他。艾达女士，那些‘阿佛洛狄忒珍珠’跟你的脑袋差不多大小……一笔财富正等着那个男人……”

“或是女人。”我斥责道，同时偷偷地激活手套内的录音戒指。

作品二：*V flor scopulum*：海雾花，此名系误用，海雾花并非一种花卉，而是一种忒勒斯大洋上的珊瑚虫微生物，生存于空中珊瑚礁内。在那些纬度的地方，洋面上经常起雾，而那外表看似花瓣的东西便是从中摄取水分的吸收面。雌蕊和雄蕊都长有黏糊糊的触须，它们的功能如同地球上蜘蛛网捕获猎物那样。金星孕育了一套完整的海洋昆虫生态系统，而对地球而言这是前所未有的。

这份剪纸是艾达女士“金星植物园”当中最为立体的一个。复制品只是稍稍显露了原作那种如雕刻般的品质。“花瓣”的边缘已经因剪刀的钝侧而卷曲了起来。208根触须每一根都被卷好，这样它们就可以在黑色纸张的背景下显得出挑了。

葱皮纸，印染卡片。

荣誉执政官的传说

“阿佛洛狄忒珍珠”的确是无价之宝，是斯塔洛斯和阿兹塔斯的明珠。然而艾达女士，您要知道“云礁”却是凶险的，那些双壳纲生物能干净利落地把人的躯体咬成两半，碾碎脑壳就如同捏碎狐狸座甜瓜一般。它还会抓住你的一只手或脚踝，然后将你淹死。“阿佛洛狄忒珍珠”都是沾满鲜血的珍珠。我亲爱的女士，这是一笔朝任何人敞开的财富，只要谁有能力培育它就行。有一位气质迷人的男子，名叫亚瑟·海德，他的爱尔兰口音让任何东西听上去都如同来自上天的福赐，令树上的虫子也如痴如醉，而且自然不造作。听说他是贵族的一员，这并不令人感到奇怪。气质这样东西，你是隐藏不住的。想当年，我自己也拥有一支队伍——围绕群岛海域做垂钓旅行。敖鲁古纳岛如同传奇，然而它其实是一条大鱼，力大无比。想象一下钓住其中一个是什么感觉！当然了，他们从来没有做到过。其实我带他们出去，是给他们看看"云礁"、克里德蜂房、迁徙的"翼鱼"、空中水母，我还让他们在船上撒尿，允许他们到解冻的标枪鱼旁边拍照留念，其实他们从未逮到过那种东西。这种钱赚得既简单又轻松，而且还正当合法。可是，为什么这对我来说还不够呢？这种生意我已经屡试不爽了，喝起酒来总是船夫两杯我一杯。然而在迎风酒馆那天晚上我却受骗上当了。我喝了很多热辣的卡沙什，夜间的风在死寂般克里德港口的尖塔上呼啸，犹如溺水船员被禁锢的灵魂在高声呼救。我在大黄昏一连喝了好几天，他一杯我两杯。那人很有魅力……真有魅力，最后我甚至把自己的船都押到他的计划上了。他买了一条木板船——"撇水鸟"导弹的老旧外壳，船体上连一块直板或一根真正的铆钉也没有。他会让船长满孢子并且随着浩大的环流将其送往北方，犹如一块海面上的"云礁"。环流围绕全球一圈需要五年，最后返回到北极海域那个它生成的地方。五年也正是"阿佛洛狄忒蛤蜊"成熟所需的时间——那个被我们称为珍珠的东西其实是不存在的。艾达女士，那是精液，浓缩的精液。在海水里，它溶解并分散开来。每一次"大黎明"时忒勒斯大洋都会被它染白了。在空气中，它依旧保持浓缩——这是所有珠宝当中最为珍贵的。当"礁石船"抵达北方深处的时候，蛤蜊便已成熟，而寒冷的海水会杀死它们。任务很简单，用高压水龙头冲洗船体，然后收集珍珠，保存财富。

五年时间让一个人对其投资感到焦躁不安，亚瑟从海洋卫士和克里德商队那里每周向我们进行汇报。月复一月，年复一年，我开始怀疑事实已经无关乎那些海图坐标了。我并非单打独斗，我跟几位投资合伙人组成了一支队伍，而且还租了一艘飞船。

在地图北纬60度东经175度的方位上我们发现了那条船——或

者说是那条船的残骸，上面长满了“阿佛洛狄忒蛤蜊”。我们的投资已经被四个克里德瘦子抢先一步。当我们到达那里的时候，他们正在用戟和爪钩剥离它。甲板和上层建筑已经被蛤蜊肉染成绿色，被克里德的血染成紫色。亚瑟站在船尾疯狂地挥舞一面圣帕特里克十字旗，示意我们滚开。

克里德的海盗正在劫掠我们的投资！更要命的是，亚瑟成了他们的俘虏。我们是一支没有武装的空中游荡者，所以立刻逃往最近的海洋卫士城堡寻求支援。

诡计多端，真他妈的诡计多端。我知道他是你的肉和血，但……我早该想到的！如果他被克里德海盗俘获的话，他们不会让其朝我们挥舞那面该死的旗帜的。

当我们随同一艘警卫巡逻船抵达时，所发现的只是木板船倾覆的船体以及一群在蛤蜊内脏上狼吞虎咽的虫子。上当了！去他妈的海盗——不好意思我爆粗口。那四个瘦子跟几个合同工人一起都被置于船舷上缘。他从来都没有打算跟我们分享利润。

最后一次我听闻他的消息，说他在亚兹托克将钱统统兑换成了伊师塔银行的无记名债券——比黄金更理想的东西——然后往内陆去了。这是十二年前的事。

格兰维尔·海德女士，你的兄弟毁了我一桩好生意。我原本可以把它变卖了，赚上一大笔钱，然后在赖德克·思安特买一块地——说不定还可以回地球去，让我的日子过得体面些。可如今却……唉，说这些又有什么用呢。请你相信我，我对你们家族并没有恶意，只是针对你的兄弟罢了。如果你真的找到了他，而我又寻不着的话——我不信你能找得到他——那就帮我捎个口信，说他仍然欠着我。

作品三：*V lilium Aphrodite*：群岛海百合，特克哈的“水上漂”：对此物种克里德那里没有完整的译名。它是一种随处可见的多产日昼植物，在“金星大日”里它野蛮旺盛地生长，而在“金星大夜”里海湾和港口周围都被花阻塞了，通道必须由几艘特种的“除花船”来清理才行。

印染纸、有水印的金星纸巾、墨水，还有用剪刀卷曲过的卡片。

拉图芙伊公主是如此一位娇美可爱、令人倾慕的伙伴。当我去赖德克港看望荣誉执政官的时候，我借口说是去采购纸张，却对真实的目的始终吞吞吐吐，这些拉图芙伊都是知道的，尤其是当我没有带回任何纸张的时候。在出航驶往伊师塔尼亚之前的那些天里，我一直都忙于剪纸活儿——海百合与海雾花——哪怕根据《“内陆世界”寓言集》，这其实并不算是花卉。拉图芙伊没有被我的忙碌而糊弄住，而我则感觉龌龊肮脏，满身铜臭味。所有的汤加女人都是有自尊的，而公主具有如此这般与生俱来的高贵气质，以至于任何对她撒谎的闪念本身也是有违人性的。宇宙内通行的道德秩序令人沮丧，我要怎样才能告诉她，我对这个世界的访问只是一个托辞？

天气再次转好，轻盈的微风一成不变，无尽的天空灰暗照常。我来自爱尔兰，按理说是在终年阴雨的天气下成长起来的，但连我也渴望一抹阳光。可怜的拉图芙伊，她因缺乏日照而变得脸色苍白，肤色如蜡，发质黯然无光。守候一缕阳光尚需很长时间，卡法斯说天空会在“金星大日”的黎明和日落时分微微拨云散雾，而我则希望在那之前我已经离开了这颗星球。

我们的船“航海十七侠”号是一条建造考究、行动灵活的克里德“婕库娜”——在克里德人当中，女性担任着海员的角色，不过她们同等具备了我们家乡那种男性拥有的财富和多种门类的船只。“婕库娜”看起来犹如一条高速双体蒸汽邮轮，系为群岛间的贸易而建造。我不善航海，要想在恰当的时间抵达伊师塔尼亚的话，“航海十七侠”号是我唯一的选择。拉图芙伊公主告诉我说，尽管这条船是按照外星的尺寸规格建造的——她已经好几回惨痛地磕碰脑袋,但也不失为一条结构坚固的上等好船。“半仙”船长认出了一位海员姐妹,于是跟公主攀谈了很长时间,犹如跳岛般东拉西扯,这让拉图芙伊非常思念家乡的岛屿。船上另一名人类是一位高傲的特克哈,名叫雨果·冯·特拉赫滕贝格,是一个极度自命不凡的德国人。他那种类型的家伙,既软弱又不负责任,却自认为是绅士派头的冒险家,其实不过是一个妄想自大的骗子而已。话虽如此,但他能操一口克里德话(说实在的,任何地球人都有这个能力),并且充当了公主和船长之间的翻译。两位单独的女性旅客必须有一位男性的“护花使者”陪同,这是一条被广为认可的金星事实。这对冯·特拉赫滕贝格来说真是黄金时段,他可以大谈特谈自己对那些漫天闲聊的看法!而在晚间则是冗长无尽的各种“巴林逊”游戏。冯·特拉赫滕贝格自称已在各家“云端赌场”里相当专业地玩过这种游戏。于是我就任凭他先赢好几回,让这个观念深入他的内心,然后再一局一局地打败他。作为十届基尔代尔混合桥牌锦标赛的冠军,要战胜他的“巴林逊”把戏简直是手到擒来。然而他还是没有明白我的用意——不错,我的确是一个有钱的寡妇,但对这位枯燥乏味的普鲁士人也没有什么兴趣。于是我回到自己的客舱,开始研究“*crescite dolium*”的剪纸技法。

此间世界,还有哪处堪比亚兹托克海港的风景?这是一座呈现垂直形态的城市,尽是竖着的柱子和高塔,桅杆与尖顶。船上的长烟囱,与克里德海洋家族的纹章相映成辉,还有那神柱、灯塔、海关大楼、港口起重机。它们与中世纪城堡和交易所钟楼共同轮替浮现,这一幕奇景与伊师塔尼亚海岸森林融为一体——树木遍地穿出,与谭特扎瓦们形态滑稽的大庄园屋顶做伴,跟高塔上镀金的星球神像为伍。森林也同样整体抬升,如一块绿色的布,闯入埃克斯帕里塞德的岩石栏栅。在那儿——噢,多么令人心潮澎湃!——只见那山间小路梦幻般窜入云霄,积雪于高原上闪烁着亮光一道。这大雪、这寒意，皆是天赐极乐！

待长篇美文之后，只有此刻我才意识到对于亚兹托克我究竟想说什么：很简单，这是一座犹如植物般的城市——它有茎有树干，有根有树枝，还有苞叶！

在一座森林般的城市里，有一个男人会进一步指引我，沿着我兄弟的足迹行进：丹尼尔·奥克林先生。

作品四：*V crescite dolium*：大葫芦。一种于伊师塔沿海地带无处不在的攀缘植物。大葫芦非常好地适应了城市环境，因而被人认为是一种杂草。但作为葫芦，它还含有一种甘露，那是谭特海岸的一道美味佳肴。然而它对克里德人和地球人都是有毒的。

这张剪纸有一则真实比例的字迹，用金色墨水写成的。

捕猎者的传说

你见过金星豹吗？你真的见过？它漂亮极了，如同火山爆发、飓风猛刮般壮观，既好看又可怕。电影永远捕捉不到这种恢宏的感觉。想象一下，一幢房子——就是有尖顶的、墙面牙石、梁柱的那种——每小时可以跑四十英里；电影永远无法获得那种纯粹的雄伟与高速的感觉——或者说是一份魅力与高雅——它身形如此庞大，而动作却如此敏捷，如此机灵！除此之外，它还具有电影无从捕捉的东西——气味，闻起来像是咖喱，温多璐咖喱。那是金星生物体内的化学作用，却也正是为什么你从来不会在阿什亚这儿吃咖喱的原因。在施塔尔瓦，草长得很高，甚至足以隐蔽一只金星豹。你所能得到的唯一警告便是那股气味。只要闻到一丁点儿咖喱肉的味道，你就赶快逃跑。

一个人总是在不断地奔跑。当你捕猎金星豹时，总会有反过来被猎豹追逐的时候。你拼命地跑，运气好的话，会将豹子引入火力线内；

要是倒霉的话，那就……几个世纪以来，施塔尔瓦的通恩人一直沿用着这种方法捕猎金星豹。如同我们自己星球的马赛人[1]那样，这是一项成年礼，大人们给你一根长矛，然后朝一头狮子的大致方向指一指。没错，我杀死过一头狮子，还宰过金星豹——至于从它们口中死里逃生的次数……那就更多了。

通恩人对此有一个专门的词来形容：普南，即跑来跑去的蠢蛋。

我就是这样遇见你兄弟的。他申请成为奥克林阿什亚的一名普南，声称自己在科斯塔狩猎公司待过，有过在亨德韦那儿的经验。我用不着给科斯塔公司打电话就知道他是个吹牛大王，但我喜欢这个家伙——他具有迷人的气质，也不太自以为是。我心里清楚，他做不了普南，五分钟都坚持不了，我把他带上，只是当作营地打杂的而已。那些打猎的人喜欢私人服务，假如你付得起钱，且能够带上朋友高高兴兴飞到金星的话，那么连擦屁股都有人会帮你干。狗崽子们活儿干得也不赖。他花言巧语，哄得他们开心，然后劝他们喝酒。那些人则邀请他一起玩，还没等你反应过来是怎么回事，他就已经获取了那些家伙们的人生经历——以及其他大量信息了。他同时也是一个仔细谨慎的人——总是比那些家伙喝得要少，而且第二天早上起得也早，犹如一只老鹰那样目光敏锐。他给那些人送去床头的早茶，还帮他们把枕头翻松，回来时总是带着厚厚一叠小费。我清楚他在干什么，可他总是做得如此出色——我是不是在拿自己跟他比较？这么说来，他果然是个贵族。可是，为什么我并没有感到奇怪呢？三趟旅程下来，我已经把他变成了“敛财大管家”。听说他已经赚了一大笔钱，而且又赔掉了……这是真的吗？他是一名珠宝大盗？可是，为什么我对这一点也同样不觉得惊讶呢？

马尔伯爵三十世想成为一个运动型的人。他预订了一个为期三个

---

① 东非著名的游牧民族，至今仍保留传统的生活方式。

月的“大阿什亚”之旅，带上五位好友一路杀上“大滨海区”，前往施塔尔瓦。妻子们、丈夫们、情人们、私仆们，二十个谭特的阿什亚人，还有坐了一车子的四十个噶拉普来帮他们搬运包裹行李。其中一个噶拉普仅仅是为了香槟酒来的——他们把地球上的酒一滴不剩地统统运来了。我们于方圆十英里清理森林，弄出很大动静。那些该死的家伙——我们在水坑上构筑起藏身地，这样一来他们可以在近距离平射范围内开枪射击了。这种样子……可算不上打猎欸。每天他们派遣十几个搬运工出去，带回兽皮和战利品。那么多子弹打入那些可怜的野兽身上，要是还能剩下什么的话，我倒是会感到意外的。那股腐肉的恶臭……噢，上帝啊！天空都被腐烂的虫子熏黑了。

你的兄弟越来越出色了：温文尔雅、运筹帷幄、仪表不凡、机智风趣，是个惹人注意的家伙。噢，他这个人十分细心体贴，尤其是对马尔夫人……她不会打枪，可能是正如我认为的，她是厌倦了这个“男孩俱乐部”里男人们的古怪腔调，或许只是将其看作纯粹无情的屠杀，不管是出于哪种缘故，总之她越来越多地留在营地里边，而你的兄弟就在那儿陪伴她，贵族嘛——他们总能自行找到对方。

就这样，亚瑟围在马尔夫人身旁团团转，而与此同时我们则兽性大发般野蛮射击，一路杀上施塔尔瓦高地。除了追捕金星豹之外，没有什么事情能让三十代伯爵心满意足的了。有五分之三的阿什亚人甚至从来没有见过金星豹，而在捕捉它们的猎人们当中，会有百分之十的人回不来。只有百分之十啊！他喜欢这个概率。

在二十五段睡眠时间里，我们一直都在高地上，此时“金星大日”转为了“金星大夜”。我不会在施塔尔瓦过夜的，因为这不仅是另一个季节，而且还是另一个世界。酣睡之时会有东西从巢穴里和地底下钻出来。不，不行，就算能获得伯爵的所有家当，我也不会在施塔尔瓦过夜的。

到了那时，我们已经放弃了主营地。大伙携带有限数量的配给物资,睡在自己的坐骑旁边,同时竖起一只耳朵留意着无线电广播。接着,呼叫传来了:发现金星豹的迹象!一名阿什亚人于我方北面五英里处一片针茅草地上寻觅到一条新踩出来的小道。于是我们立刻骑上坐骑,于施塔尔瓦高地上飞速穿行。伯爵骑得像一个疯子,拼命抽打他的噶拉普,达到一个不顾后果的速度。该死的傻瓜,在施塔尔瓦众多草地当中,针茅草长得很高,是最危险的地方。金星豹可能就在你身旁,而你却看不见。况且针茅草还很容易使人迷失方向,它会反弹声音,让你团团转。不过我没有规劝过马尔伯爵和他的铁哥们。他的妻子畏缩不前——她说自己的坐骑有点儿跛足。我心想,当时亚瑟回去陪马尔夫人的时候我为什么没有说点什么呢!不过那时候我关心的是如何将大家活着带出针茅地。

接着,伯爵将刺棒朝噶拉普的侧腹部一捅,我还未来得及做任何反应,他便已经一溜烟儿地离开了。我的无线电噼噼啪啪地发声——构筑一条火力防线!那个癫狂的傻子要独自跑赢一头金星豹。唉,那些贵族!抱歉,女士,我没说您。过了一会儿后,他的噶拉普横冲直撞地穿过针茅草地,回来寻找自己的畜群伙伴。唯一能指望的就是构筑好一条火力线,然后盼望着——并祈祷着——他会将金星豹引诱到我们的交叉火力网里。阻止一头金星豹需要很多弹药,况且在这种茅草很高的地形上,你几乎看不见眼前自己的手,所以我不得不设置好一个恰当的射击阵位,好让那些蠢蛋们不会把自己人打得稀巴烂。

我把他们排列成某种阵位的模样,而我自己则居中压阵——“拉库”位,命令你的兄弟和马尔夫人站到“杰福特”位和“嘎隆”位上——即火力防线左翼最末两个位置。最后,我叫所有人统统转入无线电静默状态[①]。通恩人教会你如何保持纹丝不动,如何静静地探听环境,以

① 在战场集结时,为防止敌军通过无线电侦测到己方的存在,必须禁止发出任何无线电信号,此时便称作“无线电静默”,只接收信号而不发出信号。

及如何判断何处逢生、何处必死。此时周遭一片鸦雀无声,随后是一阵哗啦哗啦踏草声。我的侦察员呼叫我,但无须她来告诉,我知道那便是死亡之声。我只能默默祈祷伯爵牢记笔直奔跑,不要被什么东西绊倒,而且防线也会及时开火……这真是一百个祝愿,伴随着一百种死法。

此时,世间最骇人的声响传来了,一头金星豹正在全速追赶!听上去似乎它会从任何角落蹿出来。我对着防线大喊,预备……预备……先别开枪!随后我闻到了一股气味,它纯粹而浓烈,不会搞错的,这就是咖喱味。我高声疾呼,咖喱肉!咖喱肉!只见那疯子伯爵从树丛里蹿出。真是一个疯子啊!他脑子里在想些什么!他跑的地方不对,跑的方向也错了。眼下唯一能够掩护他的只有亚瑟和马尔夫人了。看那儿,在他后方,看那头金星豹。它的体型比我见过的任何一头都要庞大,堪称"群豹之母"、"施塔尔瓦高地的皇后"。我顿时惊呆了,而众人也都愣在了那里,似乎我们正欲"杀死"的是一座大山。我朝亚瑟和马尔夫人呼喊,开枪!快开枪!可是没有反应。看在天穹众星的分上,你们倒是快开枪啊!可是依然毫无反应。开枪啊!他们为什么不开枪?

通恩人发现马尔伯爵三十世已被金星豹撕得粉碎,躯体零零星星地散落了一百码的范围。

亚瑟和马尔夫人没有射击,因为他们并不在那儿。他们如野狗般卿卿我我,已经回到了先前离开的派对上。两人甚至连听都没有听到金星豹的动静。

马尔夫人真是一个奇怪的女人。当她听闻丈夫的恐怖死讯时,脸部表情勉强抽动了一下,似乎对她而言并无惊骇。当然了,等遗嘱通过之后,她会变得腰缠万贯。看来想要你兄弟继续为我打工已经是不可能了。真可惜,我挺喜欢他的。可我不禁要想,在那段肮脏的小私情里,他跟利用者一样熟练老到。难道是马尔夫人谋杀亲夫?遗产何其之多,足以让人铤而走险,况且那是一件轻而易举就能安排的"意外事故"。同时我也不由得觉得伯爵三十世其实清楚自己的夫人意欲何为,而对通奸的憎恶之情则促使他想要证明自己是一个男人。

那头金星豹已经在高地区域盘踞多年，已然成为了一个传奇，在“内陆世界”上每一个想成为“地球人杰出猎手”的贵族傻瓜们都会去寻觅那头金星豹。可是无人抓得到它，反又害了五条人命，真是一头热带雨林的食人兽。最终，它跌入通恩人的一个陷阱里，死在一根尖竹钉上，最后被坏疽蚕食光了。所以这么一来，我们都过关了，没有跑过那一段“最后的冲刺”，没有架设过火力防线，没有斩获任何战利品。

你的兄弟——正如先前所言，我喜欢他但我从不信任他。当绯闻曝光后他就离开了——往内陆去了，翻越施塔尔瓦进入帕里塞德国。我听传言说，他加入了一支贾瓦洛斯雇佣骑兵队，在高原上勇敢地战斗着。

你干植物学一行，对不对？这营生比捕杀大型猎物更安全保险。

作品五：*V trifex aculeatum*：斯坦尼格斯食鸟三裂草，系伊师塔尼亚大滨海区森林里的本地物种。这种花草秉性食肉，用其带甜味的分泌物来引诱那些食花蜜的、个头较小的虫子，然后以挥鞭般的动作和富有黏性的毒刺将它们蜇死。

剪纸、墨水、叠好的纸巾。

公主正在梳头，她每天晚上都要做这个事情，不管是在汤加还是在爱尔兰，无论是在地球上还是在星空巡洋舰里，或是在金星。梳头的程序是一成不变的。公主跪下身子，抽去发簪，随后松开她束紧的发髻，任由头发散落，自然及腰。接着她拿起两把银质手柄的刷子从头顶刷到发梢，动作有力，幅度也大，总共一百下。她用汤加的韵律数着，令我十分爱听。

等公主做完之后，她清洗刷子，再将其重新放回那个有毛毡纹路的匣子里，然后拿出一瓶椰子油抹在头发上。空气中弥漫着椰子的甜美芬芳,着实让我想起家乡春天的荆豆花。她不厌其烦地涂抹着秀发,等完毕之后再将其重新卷成发髻,最后插定发簪。这是一项没有难度、只需专注的重复性事务,但它让我感动得几乎热泪盈眶。

她那一头漂亮的秀发!我真的深深爱上了我的朋友拉图芙伊!

我们都在一家哈万达过夜。这是大滨海区霍阿行政州北方大道上的一处谭特路边客栈。树枝在我的百叶窗上划来划去,热量、湿气、动物的嘈杂声都实在让人难以忍受。我们距离贞女海很远,凉爽的微风触不可及。我感到精神萎靡,不过这份暖意倒是让拉图芙伊十分享受。森林里树栖动物的叫声比爱尔兰的同类更为低沉。它们如鹿儿般低声鸣叫,像鹅那样咕咕作声,净是低沉的嗡嗡轰鸣。我多么希望大家能在这儿过夜——"金星大夜"——因为我的卡法斯告诉我说,伊师塔尼亚的滨海森林囊括了这个星球上发光生物最大的集中地——菌类、植物、动物,还有那些介乎于它们之间的金星奇怪物种。此地几乎亮如白昼。我已经对星花做了一些白昼行为研究,少了它的话,我的金星植物学是残缺不全的。然而要想顺利完成,我就必须期望在卢格萨那个地方有发光涂料提供,我们要在那儿乘飞船越过施塔尔瓦。

我亲爱的拉图芙伊现在已经梳完了头,并将刷子放回到毛毡纹路的绿匣子里。她真是一位忠实无比的真朋友!我们是在努库阿洛法相遇的,当时国王,即她的父亲,发出一封请柬——他是一位颇具眼光的收藏家——在欢迎仪式上,他把我介绍给庞大家族的成员们,包括拉图芙伊。那时我立刻就被她的聪慧、高贵、活泼所吸引。她邀请我在接下来的几天里共赴茶宴——一个非常盛大的活动——当时即向我坦承自己作为一位年龄较小、地位低微的公主,唯一的使命便是嫁个好人家——一项她毫无兴趣的规矩。我回答说我已经访问过南太平洋,当时没有拉桑根老爷陪同——好些年来他都明显对我并无兴趣(我对他也是如此)。我跟拉图芙伊都是两名贵族女子,需求相近,性情相容,当场就成为了最要好的朋友和密不可分的伙伴。后来帕特里克开枪自杀了,拉桑根变为了我承袭的财产,于是公主也就理所当然地搬过来与我同住了。

我无法设想没有拉图芙伊的日子,可我自己却深感羞愧,因为我没有将金星此行的目的完完全全地交代清楚。我为什么信不过她呢?噢,这是心中的秘密!噢,这是脑子里的揣测!

作品六:*V stellafloris noctecandentis*:金星星花。在谭特、特克哈和克里德,它的名字都是相同的,如今是一种广受欢迎的地球园林植物,在那儿被称为“发光的浆果”,不过这名字是一个误称。它的外观的确是一簇夜光的白色浆果,但这些“果子”实际上是球状的苞片,中心有生物性发光的花朵。这种花卉的选择性菌株按惯例会在“金星大夜”里为金星定居点提供照明。

纸张、发光涂料。剪纸原作具有适度辐射。

大伙乘坐“高轮列车”前往卡马胡。

我们拥有自己的车厢,它是用陈年的高凡尔木打造的,时至今日依然吐露着芬芳。吊床一点儿都不适合我。整条列车确实上下颠簸、摇摇晃晃,让我有晕船的感觉。在卢格萨的驿站里,这精巧的装置摆设看起来既可笑又不实用。然而在这个地方,在这片野草长得很高的环境里,它的独到之处就显现了出来。二十英尺高的轮子载着我们位于草丛的上方,但我也害怕草地失火——火车头上的蒸汽引擎确实正在排出骇人的煤烟和火苗。

我待在自己车厢里颇为满意,正做着我的施塔尔瓦草类研究——我觉得这或许是最像搞雕刻的。车厢摇摇摆摆,害得我好几次都剪坏了,但我觉得自己已经领悟了头状花序那近乎绒毛般的柔软本质。公主是海边的居民，滚滚草浪在她家周围飘荡，她大部分时间都待在观景阳台上，望着风儿在草地上吹出来的波纹。

就是在那个地方，她同一位名叫考麦克·毕莱尔阁下的爱尔兰朋友聊上了话。那家伙不免要来套近乎，不消几分钟的工夫，他便在我们车厢里喝起茶来了。

虽然那些自诩为爱尔兰贵族子弟的年轻人在“内陆世界”已然泛滥成灾，但数分钟的君子相问便显示了这个人非但是货真价实的考麦克阁下——巴根诺斯镇的毕莱尔家族——而且还是一个关系很近的亲戚，近到足以听说过我丈夫去世的消息，还有那蓝女皇的丑闻。

接着，我俩的谈话如是进行：

他：我们是葛兰格高曼·海德一家。我的父亲过去常常跟你的长兄到处瞎逛……他叫什么名字来着？

我：理查德。

他：还有那位小弟……他有点儿败家子的味道，对吗？我记得发生过一桩惊人的丑闻，有些珠宝……像一只画眉鸟蛋那么大的蓝宝石……没错，他们在报纸上就是这么说的，一只画眉鸟蛋。那个东西叫什么来着？

我：蓝女皇。

他：对！就是它，某一位火星公主赠送给你爷爷的，作为工作的酬劳。

我：在二次革命期间，爷爷帮助她逃亡，穿越塔尔西斯干草原，后来又组织了一支名叫“白衫旅”的队伍，协助她重新夺回了贾斯珀王朝的王位。

他：你的兄弟……我不是指年长的那位……你某天早上醒来的时候发现宝石不见了，而他也一起消失了……东西被人偷走了。

我看得出来，拉图芙伊公主发现考麦克阁下的率直唐突催人伤感，但倘若一个人声称拥有贵族家庭的特权，那么她也必须同时接受这些耻辱。

我：从来没有证实过是亚瑟偷了蓝女皇。

他：没有，没有，但你知道乡间会如何嚼舌头的。况且你也得承认，他的消失……在时间上太吻合了。现在算起来……那是多久以前的事情了？上帝啊，我当时想必还是个小不点儿呢。

我：十五年了。

他：十五年！一点音讯也没有？你知道他现在是死是活？

我：大伙都相信他逃到“内陆世界”去了。每隔几年我们都听说有人看见过他，可那些人的说法大都自相矛盾，所以我们不予理会，打发他们走人而已。亚瑟自己做了他的选择，至于蓝女皇嘛，想必已经破碎了，早就卖掉了，这是毫无疑问的。

他：而现在我碰巧遇见你，发现你在做一次穿越“内陆世界”的旅行。

我：我正在创作一本新的剪纸集，“金星植物园”。

他：当然，当然。恕我冒昧问一下，拉桑根夫人，那枚蓝女皇……你相信是亚瑟拿走的吗？

我没有口头作答，不过给了一个微乎其微的摇头反应。

今天整个晚上拉图芙伊公主都一直焦躁不安——我的意思是睡觉之前的时间。至于“金星大夜”，那还有好几个地球日才到呢。我们到底能否真正适应这怪异的金星历法呢？亚瑟在这颗星球上待了十五年——他漂流至另一个世界，有没有融入到另一种时钟、另一套历法里呢？我继续做自己的施塔尔瓦草图案剪纸——发现沿着曲线剪下长有叶片的节点会产生一种必不可少的三维感——可我的心思并不在这个上面。拉图芙伊抿了抿茶水，笨拙地缝着针线，把报纸推来推去，最后恼怒地一下子打开舱门，叫我跟她一起去车厢外头的“小阳台”。

“高轮列车”的颠簸旅途使我拼命地抓牢栏杆，然而高原陡峭光滑，就如同上了浆一般。而在那头，喷雾的烟囱和引擎里抽动的活塞后头，地平线上有一条长长的印记，那便是“埃克斯的帕里塞德”。一堵灰色的墙，从天际的这一头延伸至那一头。云层将山峰遮掩了起来，犹如一幅窗帘从天而降。

暗夜天空下灰色的山峦上，我望见卡马胡一座座瞭望塔的尖顶，那是谭特的故乡。我心里忐忑不安，因为在那些高楼和尖塔之中有一处“胡达维”，即一个谭特的鸦片窟。那地方的主人说不定能告诉我兄弟后来怎么样了——一个愈发阴暗、愈发令人不安的故事，一个不是人类的人。

“艾达，我亲爱的朋友，有件事情我必须问问你。”

“随便什么都可以问，亲爱的拉图芙伊。”

“我得把话讲明，这件事情问起来……肯定不太中听。”

我的心咯噔了一下，我知道拉图芙伊要问的是什么。

“艾达，你到这颗星球上来……是为了寻找你兄弟吗？”

就这一直率问题，她已经事先礼貌地打了招呼。我来不及仔细考虑和筛选她的疑虑和证据，我欠她一个明明白白的答案。

“是的，”我说，“我就是来找亚瑟的。”

“果然不出我所料。”

“你从几时发现的？”

“就从赖德克·奥科伊那时候起。唉，这个名字我总是叫不准确，反正就是你说去买纸和橡皮却空手回来的时候。”

“我去看斯塔福·格兰姆斯先生并探听到了消息，据说当我兄弟刚来这儿不久时他就见到过。后来他指引我去找奥克林先生，一位住在亚兹托克的阿什亚退休猎人。”

“还有那个卡马……胡呢？整个‘骗局’的又一环？”

“是的。但植物学并不是虚假的，我对自己的支持者们有义务责任……拉图芙伊，你对我的财务状况一清二楚，已故的拉桑根伯爵是一个花钱如流水的男人，他把财产全都败了个精光。”

“哼，我倒是希望你早就能信任我……我们筹划了一个又一个星期，那些地图、旅行计划、机票，还有打给代理商和中介机构的星际电话。当时我是多么激动啊！要去另一个世界旅行了！可对你来说，总还有别的什么事情，从来都没有完完整整的真相，全都是骗人的。”

“噢，我亲爱的拉图芙伊……”我没有告诉她是因为我自己也害怕亚瑟会变成什么样子，可是我怎么能说出口呢？凡是跟他接触过的人都出了事，那份恐惧似乎被那一条条生命证实了。而我会发现什么呢？想当年他是个无忧无虑的野孩子，夏天的时候在葛兰格高曼草坪上追逐狗狗“老邦提”，如今在他身上还保留着多少这样的印记呢？我认得出他吗？更要命的是，他会听我的话吗？“有一项错误要纠正，一笔旧账需要清算，一桩家族矛盾等着解决。”

“虽然我住在你们家的房子里，但我并不属于你们家族，”拉图芙伊公主说。她的实话让人感觉刺痛，字字句句都撕碎我的心。“在我们汤加没人会这么干的，你们的行事作派真是很不一样，我还以为我自己不仅仅是个随行同伴呢。”

“噢，我亲爱的拉图芙伊，”我牵过她的手，捂在自己手心里，“我最最亲爱的拉图芙伊，你对我来说远远胜过了一个同伴，你是我的生命。可在所有人当中，你最应该理解我的家族啊。虽然我们在另一个世界上，但我觉得拉桑根距离我们却并没有那么遥远。我正在寻找亚瑟，而且不知道会发现什么，可我向你保证，凡是他跟我说的每一句话，我全都会一五一十地告诉你。”

她把双手摆在我的手上，我们双双站起，手捂着手扶到阳台的栏杆上，欣赏着那些从施塔尔瓦野草针芒之中矗立起来的卡马胡针状尖塔。

作品七：*V vallumque foenum*：施塔尔瓦矛草，又一种在地球植物园中得宠的非地球植物。地球上从来得不到足够的阳光来让其达到完全的施塔尔瓦高度。在施塔尔瓦谭特的方言里叫做"叶登"。

卡片、葱皮纸、瓦楞纸、颜料。这份剪纸在其中是颇为别致的，它能展开变成三个部分。原作保存在都柏林切斯特·比替图书馆，始终是摊开展示的。

雇佣兵的故事

我以繁星宇宙的领袖和"永世轮回的神灵家族"的名义欢迎你来到我的胡达维。愿阿帕萨斯说话，噶万达歌唱，苏乌吐露他们心底的秘密！

我很清楚你来这儿不是为了喝酒的。但这几句问候寒暄是标准的套路。咱们是艾科萨·坎敦最老牌、最传统的胡达维，同时也为此感到自豪。

这音乐很恼人吧？噢？你不讨厌？大多数地球人都觉得它令人心烦，恐怕这是来胡达维必须体验的一部分。

你的兄弟……噢，对，对。我怎么会忘记他呢？我还欠他一条命哪。

他打仗的样子很不情愿。当时在阿尔蒂普拉诺高原上，我们在窑炉峡谷一带来回活动，洗劫了好几个陶瓷镇，把瓶瓶罐罐都敲个稀巴烂，还把那些小镇给烧了。有些人嗜血如麻，酣畅淋漓地肆意屠杀，而有些人则脸色暗淡，魂不守舍。你的兄弟就是他们其中一个。人类的表情对我们而言很难读懂——你们的脸木愣愣的，犹如一张张面具，但是我一瞧他的脸，立刻就看出来他厌恶自己的行为。其实这正是让他成为最优秀贾瓦洛斯的原因。我是一名老资格的职业军人，见识过许许多多参加我们队伍的人。有些家伙酷爱暴力，除非他们能够遵守纪律，不然我们就叫他们滚蛋。但是当一个雇佣兵厌恶自己为金钱所干的勾当时，那就必定有一个更为黑暗的东西在驱策着他。跟他所厌恶的暴力比起来，那样东西肯定更甚。

你真的受得了这种音乐？我们的和声和弦模式显然会在人类大脑中产生一种令人不愉快的电共振，犹如微小的局部病理发作。然而我们却觉得这曲调相当舒适，它令人心平气和，如同猫咪子宫的节奏。

你的兄弟在“金星大日”6817 号凌晨来到我们这儿。他既会骑噶拉普，又懂得如何宿营，还会做饭，而且挥剑拉弓样样娴熟。我们从不去问贾瓦洛斯问题——答案到时候自然会显露出来——但是传言已散播了千里。据说他是一个地位低微的贵族，却又是个赌鬼；他是一名盗贼，同时还是杀人犯；他是骗人感情的花花公子，也是一个背信弃义的叛徒。反正他身上没有什么不合格的品质，推荐他来加入队伍再合适不过了。

在很久之前，柳公爵跟她的邻居海特登公爵就谁能光明正大地统治阿尔蒂普拉诺高原以及占有陶瓷业收入的问题发生了激烈冲突。自古以来，这里一直是一片世外桃源般的自由王国：这里的人们想法独立，精神固执，对神灵或权贵没有多少尊重。战争延续了几代人，败坏了世风，糟蹋了财富。到头来，柳家族胜出了，然而那个年代的高原民众已经忘记了他们还曾有过那些贵族老爷和太太们，也淡漠了为之效忠的义务。民众应该被乖乖地统治着，人人都应当听话顺从、安分守己，这是地球和其他类似行星的法则。于是柳公爵掀起了一场运动，意在重塑公民秩序。可她的家族卫队已经在陶瓷战争中损失惨重，所以柳家族就请来了雇佣兵，其中有我从前的部队——加利特的贾瓦洛斯。

在高原上他们仍然会谈及我们。部队是他们在“金星大夜”里的野兽，是他们孩子睡梦中的幽魂。我们是传奇，我们是加利特的贾瓦洛斯，我们是新一代的魔鬼。

整整一个“大日”与“大夜”，我们一直在自由地驰骋着。我们纵火焚烧那些没有穹顶的爪哇熊猫宇宙神祠，看着它们犹如烟囱般燃烧；我们打碎骨灰坛子，践踏图哈人已故的显贵骸骨；我们捣毁神殿教堂，将老人和小牲畜都烧死在自己的家中；我们用绳索套住造反的人，把它们拖在我们的噶拉普后头，围绕村子跑上一圈又一圈，直至最后只剩下一根血迹斑斑的绳子为止；我们把整片整片街区的民众驱离家园，催赶他们穿越阿尔蒂普拉诺高原，等大雪堆积在他们的尸体上才罢休。亚瑟就在我身边，但我俩并非朋友——在这个星球上，人类和谭特有太多的历史和过节，从来都无法成为朋友。他是我的巴度恩……你对此没有概念，更别说了解这个词了。他是一位热情的同事，一个没有血缘关系的兄弟，一名同道信徒……

我们就这样杀呀杀，后来柳公爵的部队尾随而至——恢复秩序，重建市镇，提供防御来抵抗残忍的“叛军”。其实这全部都是诡计权谋，柳公爵知道高原人民永远都不会爱戴她，但她可以充当那些人的救世主角色，于是一场末日浩劫便酝酿完成了。真是阴险卑鄙啊！我们奉命前往格拉恩塔，窑炉峡谷前端的一座制陶镇。我们要在那儿进入格洛图纳——育儿所——然后杀死每一名婴儿，统统宰了，一个不留。我们骑上坐骑，亚瑟就在我身旁。尽管人类的情绪在我看来异样而古怪、令人望而却步，但我很了解他，足以瞧出他内心的波澜。当我们来到格拉恩塔时，夜间开始飞雪，镇子被一万朵星花照亮。人们锁好房门，畏畏缩缩地躲着我们。部队骑行穿越镇中心，路过一座座巨大的圆锥形窑炉，来到格洛图纳。母亲们纷纷冲到我们的噶拉普跟前——于是我们策“马”践踏在她们身上。此时亚瑟的表情比那“大子夜”还要黯淡无光，他冲破队形，独自一人去找加利特本人。我随后跟了上去，看见你的兄弟和我们的指挥官正在说话。我没有听见他们说了什么，可后来亚瑟掏出他的“爆发枪”，只一枪就将加利特整个上半身打成碎片。

在一阵混乱和喧闹中，我打倒了自己部队中的三人，而后跟你的兄弟一起于灯光璀璨的街道上疾驰，蹄子在瓷石上哗啦哗啦地响个不停，昔日的加利特贾瓦洛斯们就在我们身后。

就这样，我们拯救了那些人。由于柳公爵早有安排，所以正当我们进攻的时候，她的公爵卫队会向我们杀将过来，歼灭我们并取得引人注目的双重胜利：以格洛图纳救星的面目出现，同时又一并摧毁所有的密谋证据。我和你的兄弟都跳出了陷阱，但当时我们并不晓得这些，后来过了数月我们远离了阿尔蒂普拉诺高原，那时候才明白过来。你的兄弟和我在万步阶的脚下分了手——我们觉得这么做比较保险，后来再也没有见到彼此，不过我听说他又回到万步阶上面去了，前往伯利林斯那儿。要是你真的找到了他，请不要告诉他我的现状。这儿是一个叫人蒙羞的地方。

我把你兄弟这么黑暗血腥的真相告诉了你，我心里觉得很羞愧。不过在最后关头，他还是让人钦佩的。他做得对，将功赎罪了——虽然这结果并非有意为之。其实，我们的人生就是由这些不经意的事情组成的。

我们当然可以继续在胡达维门廊外头待着，可我确实警告过你，这音乐让人类感觉恼火。

作品八：*V lucerne vesperum*：舍费尔："夜烛"，伊师塔尼亚埃克斯的帕里塞德山丘上孤零零的一棵树，以其众多形态笔直而且发光的花卉而闻名，于"金星大夜"和"大黎明"时分盛开。

然而奇特的是，这花朵是会重现再生的。卡片、折叠并剪切好的纸巾、发光的涂料（不可再生）。原件也带有微量辐射。

一条齿轨铁路从卡马胡终点站一直通向伯利林斯繁星修道院，"星光快车"专列搭载着游客们前来观赏那一颗颗星球。我们的车厢狭小，装饰豪华，结构复杂，而且是那种典型的谭特风格，十分地乏味沉闷。轨道铺成螺旋形结构，建造在奥克山内部，所以我们的旅途包括了在隧道内无止境的吵闹，当钻出山脉侧面时又被短暂而炫目的一刻打断。我可不是来“享受”头晕的！

就这样，一个小时接着一个小时，我们在奥克山里盘旋上升。

拉图芙伊公主和我一轮又一轮无休止地玩着月球惠斯特桥牌游戏，但我们的心思都不在上面。在我跟卡马胡的谭特胡达维店主聊过之后，我感到事情愈发不妙。我的焦虑让公主深感不快，最终她再也憋不住了。

“把蓝女皇的事情告诉我，把一切统统告诉我。”

我是在两条防火律令下长大的，一是要救狗，二是要救蓝女皇。在我几乎一辈子的时光里，那件珠宝都是一块“影子石头”——虽然存在却瞧不见。它阴魂不散，掌控着葛兰格高曼和其他生命。记得很小的时候我曾瞧见过那块石头——从未触摸过——但我不相信这个记忆。幻象会十分轻易地变成回忆，而反之也亦然。

我们地主阶级在好多事上都是不自由的。理查德会继承遗产，亚瑟会在外头闯出一番事业，而我会尽量嫁个好人家——领地相当，门当户对。拉桑根男爵被认为是基尔代尔最炙手可热的人物，尽管帕特里克表面上决心将事情拖到破产法院。一对鸳鸯就这么点好了。他很迷人，也英勇大胆，是一名优秀的运动健将，一位十分英俊的男子。这可谓是“门当户对”，县上的两边都同样传来了冷嘲热讽。蓝女皇是我财产的一部分——从严格意义上来理解，它由我的律师们共同保管。帕特里克就此事与我争辩——那时是我第一次大致“领略”了他的真正品质——于是婚约取消了，可后来又恢复了，再后来又不打算结婚了，后来又要结了，如此反复直至最终结婚预告公布为止。为了让他的人分类登记并评估海德的财产价值，他们安排了一次清检勘验。在我长年记忆当中，蓝女皇首次从保险柜里取出并展示给人看。它清澈碧蓝，如浩瀚的大西洋那般光彩无限、纯粹无瑕，它会让你永远沉浸于宝石内部的光芒之中。噢，对了，宝石的大小确实像一个画眉鸟蛋。

随后发生的一幕，在所有的传说版本当中统统一致：当时周围的光线都灭了。在葛兰格高曼这种事也不算太稀奇——就是那位带回蓝女皇的爷爷设置了水力发电厂——后来当灯光又重新亮起时，那颗宝石却不见了，连同那毛毡、匣子和所有的东西统统消失得无影无踪。

我们随即发表诸如“女士们先生们”之类的客套话语，尊重客人的面子，要求以全场来宾的名义再次熄灯五分钟，希望等灯光重新开启后宝石能复归原位，回到海德的珠宝盒里。可是，结果却没有。我们的人要求报警，而帕特里克的人则顾及到他们的客户会被丑闻所吸引，故而并不那么坚持要通知警方。看在到场嘉宾的颜面分上，我们再次做了让步：假如蓝女皇次日早晨还未归还，那么我们将呼叫警卫了。

其实不仅仅是蓝女皇没了踪影，就连亚瑟也不见了。

我们呼叫爱尔兰警局，最后打听到的消息是亚瑟已经前往了“内陆世界”了。

婚礼照样进行，倘若取消的话反倒会落下更大的笑柄。现在我们两家的臭名声算是旗鼓相当了。帕特里克还是耿耿于怀，可他死都不会相信亚瑟和我已经秘密做了安排，绝不让他染指蓝女皇。我敢肯定，他必然会想法子逼我签一份字据，要我将宝石的所有权转让予他，然后再把宝石卖了……真是个败家子。

至于蓝女皇嘛，我感觉自己已经距离亚瑟很近了。一个人总归无法永远东躲西藏，我们会见面的，真相会大白的。

当列车从隧道里钻出，驶上最后一段坡道时，阳光涌入我们车厢里。在大伙前方，高山吹下来的飘雪积蓄在一片片尖顶和穹顶上，那里便是伯利林斯繁星修道院。

作品九:*V aquilonis vitis visioinum*:北部海岸藤,或叫影子藤。在伊师塔阿尔蒂普拉诺高原南麓森林里的一种常见攀缘植物,可以家养并广泛生长于谭特的花园露台里。它的花呈白色的喇叭状,非常吸引人,但这种植物是因其浆果而受人推崇的。当它被压扁时,内部充满的一种被称作"普拉"的液体可以让金星人的生理产生强大幻听,并构成了谭特神秘的胡达维宗教仪式团体的基础。而在地球人身上,它会令人产生一种很强烈的愉悦心情,以及无所不能的感觉。

注入生物碱的纸张。艾达·格兰维尔·海德将谭特影子藤的液体浸透这份剪纸作品,并使用它来染色。据报告说,它仍然能够产生少量幻觉。

游客的故事

你要出去爬上观景瞭望台?这原本是对地球人禁止的——严格地说是亵渎神明的——神圣的宇宙以及相关的一切——但是伯利林斯人睁一只眼闭一只眼。咳……咳……不好意思我犯咳嗽……声音听上去是不是很吓人?就像一袋子该死的零钱似的。我不指望冷空气对我衰老的肺部能有多少帮助,事到如今这无关紧要了。

那是曙光峰,只有等云雾散开之后你才能看见。在每一段"金星大夜"、每一个"大黎明"时分,天空拨云散雾,每一次都会持续好几个"地球日"。山岩笔直向上,比你想象的要高远得多。你往上看,往上,再往上——后面便是星空。这就是那些伯利林斯人为什么要来这儿的原因,真是一门多么合乎情理的宗教,天上的星星全部都是神灵,一颗星便是一尊神,简单得很。没有信条,没有天堂,没有惩戒,没有原罪。你只需抬头望天,用心去想就行。蓝珍珠——这是那些人对咱们地球的称呼。我纳闷这是否就是他们喜欢咱们的原因呢,因为我们是从神灵那边过来的?他们要是知道实情就好了!那些人真的非常亲切友善。

咳……不好意思，真该死，好浓的一大口……谭特的“佳酿”。其实我根本不痛苦，这副臭皮囊已经腐败不堪了，依靠美好的心愿和止痛剂的作用维持着。我要离开它了，感觉十分心安。那些伯利林斯人心地善良，都非常好。

现在请瞧你的右边，就在那儿，瞧见没？那阶梯，在石头里凿出来的，一圈儿一圈儿地往上、再往上盘旋。这就是“万步阶”，它是前往阿尔蒂普拉诺高原的传统路线。任何人或物都是从那个地方上去并下来的：人、动物、货物、轿子和“棒棒人”、商人、游客、军队，还有你的兄弟，当时我望着他从这个瞭望台出发。那是三年前的事，要不就是五年前？你永远无法真正适应这“金星大日”，时光给人感觉模糊不清。

我们是非常要好的朋友……属于那种形影不离的依赖……如果不明白你兄弟某些真相的话……是不会达到如此亲近的程度的。我们各自的堕落让我们走到了一起……这真是奇妙。我们怎样把这个世界纠正过来呢……喝一杯又一杯这种玩意儿！他明白这块地方早先的真相……那犹如……犹如通往星辰之路……神殿的候厅。而我们呢……东倒西歪、病病恹恹的唱诗班……从中徘徊而过……瞥见星星就头晕眼花。但他是一个亲爱的朋友……一个亲爱的亲爱的朋友……亲爱的亚瑟。

我们这儿全都是阴暗的灵魂，而他则是被鬼缠身的。正如祈祷福音书里说的：事竟，事未竟。我的父亲是一名牧师——你看不出来？亚瑟从来不说他跟贾瓦洛斯在一起的那段日子，绝口不提此事。他曾暗示过——我觉得他本想告诉我，非常非常想说，但又害怕会把自己的梦魇传染给我。常言道什么来着，“问题说出来，烦恼都跑开”？该死的谎话。我看分明是，“问题说出来，烦恼加倍在”。但我发现他在“大日”、“大夜”里一直在这瞭望台上面看着阶梯和商队车马，以及那些上上下下的“棒棒”运送队。当时他常说，阿尔蒂普拉诺高原的瓷器是全宇宙最高档的，完全可以透过材质看得清垫在底下的圣经。每一个杯子、每一盏碟子，每一个花瓶，每一只碗，都是由“棒棒人”扛在肩膀上从那些阶梯搬运下去的。我知道他在高原上柳公爵的靖卫团里工作。当时我不在这儿，但艾杰在场，他说能看见烟雾飞腾——一缕缕无尽的烟雾，浓密极了。天空朦朦胧胧的，伯利林斯一整天“金星大日”都看不见星星，而亚瑟只是说会有上等的好瓷器做出来。其实窑炉峡谷能够出产这么好的瓷器仰赖的全是“骨头”——碾磨成粉的死人骨头。亚瑟再也不用谷地产的茶杯喝水了——他说这就像是从骷髅头里盛水喝。

关于“依赖”一词，另有一点不得不说——那就是你无法摆脱它。唯一可做的就是用另一种依赖来替代它，最好是更为理性的一种。有些人成为敬天拜神的笃信者，有些人倾力投入有价值的善举好事，或努力提高自我、抬升思想、帮助他人。愿上帝帮助我们所有人。至于我……我可爱的小罪过就是懒惰——我确实是只小懒虫。其实偷懒真的很容易，任由春夏秋冬从指间溜走，白天黑夜始终懒洋洋的，一声一声地咳着度过我的日子。对亚瑟而言，问题是那些“场景”。亚瑟能看见奇情幻景，它们恐怖非常。他邂逅天使，遭遇魔鬼，看到希望，又生畏惧。那是真实的场景——那些能够帮人走向荣光或带人步入毁灭的东西；那又是幻象的场景，它在阿尔蒂普拉诺高原之上，在万步阶的百转千回之外。我永远无法参透它到底是何物，然而这个东西确实驱使着亚瑟，吞噬着亚瑟，使他夜不能眠，食不甘味。它侵蚀着他的身体，他的灵魂，他的神智。

到了“金星大夜”，这种情况就变本加厉了……其实任何事物到了“金星大夜”里都会变得更糟。雪花从阶梯上飞旋而下，亚瑟从中瞧见了什么——一张张人脸——听到了说话声。那是高原上亡故者的音容笑貌。亚瑟不得不跟随他们而去，往上走，走到窑炉峡谷。在那里，他要请求人们宽恕他——或干脆杀了他。

他走了，我没办法拦住他——也不想去拦他。你能理解吗？我看着他从这座瞭望台出发。伯利林斯人并不是我们的看守，我们谁都可以随时离去，不过我从未见过有人真的出走，除了亚瑟之外。他是晚间离开的，当时在曙光峰上，已然爬着淡紫夜光。亚瑟没有回望，没有看我一眼。我看着他踏上阶梯，一直走到那个拐角处，那里便是亚瑟离开我视线的地方，我再也未能看到他，或听到他的声音。但一条条消息跟随"棒棒人"顺台阶而下，甚至还跑到这个小石堡来了……都是些预言家的故事……幻想家的梦境。我用眼去看，幻想着自己目睹那烟雾在阿尔蒂普拉诺高原上飞升。

真是遗憾，你不留在这儿观赏曙光峰上云开雾散，也望不到那些繁星。

作品十：*V genetric nives*：雪之母（从谭特语直接翻译过来）。埃克斯帕里塞德高山上的陆地生物。这种植物会生成数千朵微小的白花，构成一片片广袤的"地毯"。

"金星植物园"当中最为复杂的剪纸。每一片凝花的直径均为三毫米。纸、墨水、水粉颜料。

一辆"抬脚很高"的蛛形汽车把我带上万步阶，"棒棒人"商队从旁路过。在精品瓷器的残酷重压下，那些人的背脊都弯了，肩膀也变了形。

我给公主十二份"金星植物园"剪纸，连同作品说明和植物学注释。可她不会让我走的，会缠着我，会因为失去我和恐惧心而哭鼻子抹泪。阴沉的大地上，"金星大夜"即将来临，路上会很危险。我无法讲理说服她让我独自一人登上万步阶，因为那些理由甚至连我自己也不信。然而我又无法向她坦露那个唯一真正的原因。噢，我最亲爱的朋友，我的心肝宝贝，在她面前我已经做过一回卑鄙小人了！然而比那更加恶劣的则是欺骗。

她呆呆地站着,目送我的蛛形汽车登上楼梯,直到一段拐角处将我带离了她的视线。难道人与人交流真相总是一定要撒谎?

如今,当我想到她松开并梳理长发,当我想到那活力而大方、美妙且优雅的姿态时,我的笔总会从指间掉落……

平日里伊盖哈兹原是一座封闭的城市,紧凑拥挤,方位隐蔽。它的街道狭窄,楼房相互倚靠,山形墙被星花装点得璀璨闪耀,看起来犹如一场永不散席的盛会。然而目下的现状却与之大相径庭:伊盖哈兹是一座愤怒的城市,它咄咄逼人,却又惊吓过度,是一个阴郁且充满怨恨的地方。我把赖德贝克·泰尔塔存在我的包里。但这怒火并非直接冲着我来,不过我从卡马胡的胡达维那儿听说,这个星球上的人类同胞对我们这些种族并无好感。这是被占领国家的怒火。在一面面墙壁和一扇扇房门上,柳公爵的布告贴得一层复一层,到处是柳家族四只白掌图案的三角旗,还有从各幢公用大楼、电台信号杆、高楼屋顶和承梁上飞撒下来的传单。她的贾瓦洛斯在异常狭窄的街道上巡视,他们的噶拉普只能勉强硬挤过去。当他们通过时,伊盖哈兹的市民们瞪眼注视,你一眼我一眼,嘴里嘀咕着高原口音的咒骂。这个地方还有另一种标记:一种长着八片瓣儿的花朵,碧蓝的色彩如此之深,看上去似乎要焕发光芒。我看到它潦草地涂印在墙壁和房门上,以及占领军的告示上;我还瞧见伊盖哈兹居民的棉衣夹克上缝制了小徽章,而那上面即有这花朵的图案;我透过装在低处的窗户,望见里头的小玻璃瓶上亦印有此花。耶特市场上有一处蔬菜摊胆敢提供几束这种蓝色的花,我亲眼目睹它被贾瓦洛斯掀翻并砸了个稀巴烂。

当旅店的工作人员看到我凭着记忆勾勒出几朵代表异见的蓝色花卉时,他们对我起了疑心。我向他们解释了自己的工作,并展示了一些摄影作品，随后问他们这是什么花。店员们说这是一种在阿尔蒂普拉诺高原上面司空见惯的寻常植物。它靠高地上吹下来的飘雪生长。这种花很小，却很坚韧，很顽强，而它最为特别之处是：在无花盛开的时候——“金星大夜”的死寂之中，这种花会绽放开来。它有一个名字，叫“午夜荣光”，但自从此地被占领之后，人们常常唤它另一个新称号：蓝女皇。

就在那时，就在那处，我明白自己已经找到了亚瑟。

硫黄味的烟雾形成了一副“罩子”，永久地悬停在窑炉峡谷上空，下方窑炉泛着亮光，为其增添一抹恐怖的色彩。难道这是一处处于没有树木的高原上的制陶中心？那么窑炉的燃料从何而来？火山口确实喷发过，但它们将图鲁维拉山的这条侧翼长谷变成了一个由黏土、骨头、碎陶瓷、沙子和熔渣组成的、让人喉咙烧焦的硫黄地狱。格拉恩塔是最末的一座陶瓷镇，夹于峡谷的开口处。在那个地方，伊迪丝河的水携带着我的一份回忆，依然清新纯净。那些制陶作坊，像一只只倒立的花瓶。它们相互依靠着，犹如结伴的女子们。

我心中的疑问将我引领到一幢房子前面，如同线人描述的那样，房子就隐藏在一条小巷里，它并非其中最大的一幢，而或许是条件最为恶劣的一幢；它不是排在最前头的一幢，但可能是最为显眼的一幢。屋顶飘扬着一面旗帜，于是我屏住呼吸一瞧，那不是柳家族的四只白掌——绝对不是那个图案，但也并非是蓝女皇。风儿伴着浓烟，吹动着葛兰格高曼·海德家族的“手与匕首”图案。

必须当机立断，火速行动，稍有犹豫就会动摇，并转身走开，返回窑炉峡谷和万步阶。我咯吱咯吱摇了摇陶瓷钟，从中似乎听见了一阵叹气声，而后有一个声音在说话。虽然那人衣衫褴褛，样子也十分疲惫，但我不会认错的。

“快请进,我一直在等你。”

作品十一:*V crepitant movebitvolutans*:韦斯科特游星,一种随风而动的藤树,伊师塔尼亚阿尔蒂普拉诺高原的本地植物。它会长成一张紧致的球形藤网,到了“金星大日”的时候,会与萎缩的树干脱离,并在风的作用下翻滚着穿越田野山川。中央的花萼①包含着类似木质的坚果,当“游星”飘动时,那种果子会发出悦耳的咯哒咯哒声。

为剪纸涂上颜色,摆放整齐,粘贴起来。本作大概是最复杂的金星剪纸了。

先知传奇

喝茶吗?

这茶正合适,爱尔兰早茶,“棒棒人”返程的时候我让他们从卡马胡捎带上来。虽然在这个海拔高度上很难把水烧热到足够温度,不过这仍是我的生活小习惯。我本该叫你也捎一些上来的。我知道你一直都在找我,从你离开卢格萨那一刻就开始了。你以为随便什么人都可以潇潇洒洒地到格拉恩塔来“溜达”?

来,喝茶。

你气色挺好,这些年来岁月待你不薄,而我却看起来糟透了。你不要否认,我有自知之明,因为这是有原因的……你瞧,我快要死了。这藤树酿出来的酒——它给你带来几分快乐,就会夺走几分健康,况且这个星球对人类来说也是很艰难的,“金星大日”——你永远都不能完全适应它——还有这气候,要么是高原上空气稀薄,要么是山脚下长满霉菌、真菌和孢子。除此之外还有紫外线辐射,它会把你躯体烤干,令你精神萎靡。镇上的巫医想必已经帮我封冻了二十颗黑素瘤。唉,没用的,我快要死了,身体里头全都败了,如今只是一副包裹着软组织和硬

① 植物花冠外面的绿色被片,它在花朵尚未开放时,起着保护花蕾的作用。

骨头的皮囊而已。不过艾达,你看上去倒是相当不错哟。呃……那个……帕特里克开枪自杀了?要我说,这一枪晚开了十五年,原本可以省去我们大家很多麻烦……不说这个了。我很高兴看到你过得幸福,还拥有了在乎你的人,能以你应得的待遇好好地善待你。

在这个地方,我是那个所谓"好心肠的人"。我是先知,是来自"蓝珍珠"的预言家,同时也是奄奄一息的地球来客。

当时我就在你来时的那条街上走着,径直穿过市镇中心,胯下无坐骑,只是步行。我不知道将要发生什么,周围的环境会保持一片死寂,还是会涌现一群暴徒?是漫天飞石,还是枪林弹雨?我笔直穿行,路的另一侧没有一扇房门向我敞开。当我就快通过此地时,最末尾一幢房子的大门开了,一位老人走了出来,站在我跟前使我无法通过。"我认识你,"他指着我说,"贾瓦洛斯入侵那晚你来过。"当时我确定自己在劫难逃,对我来说那似乎也并非一件太糟糕的事。"你是心肠软的那一个,放过我们孩子的那一个。"随后他进屋给我端来了一碗水,于是我喝了它并留在了这里,当起了那个"好心肠的人"。

他们认定我可以带领他们富强兴旺,其实帮他们走向灭亡还差不多。我猜这就是所谓的正义吧。你瞧,我有预感的能力——普拉作用下的"旧景重现"。这东西在谭特身上跟地球人身上效果不一样。喔,那些家伙真够顽固不化的,他们不相信神灵的启示,或类似的各种说法。他们只需要一个精神领袖——改过自新的雇佣兵是一个理想的角色,况且我纷乱的脑子里所发出的零星胡话向来都没有发生差错过。

你喝的茶还不错吗?在这么高的地方是很难把水烧到足够温度的……我刚才说过这话吗?不用理我——这就是那种"旧景重现"。我告诉过你我快死了吗?不过还是很高兴见到你,喔,对了,咱俩有多久没见面了?

还有……理查德现在怎么样了?孩子们呢?葛兰格高曼呢?爱尔兰那边现在还……唉,想必还是老样子。只要能好好地瞧一瞧那满眼的绿色，看一眼那夏日的阳光和明媚的蓝天，要我换什么我都愿意。

就这样，我自始至终都充当了骗子、情人、战士的角色，同时也是一个走火入魔的人，现如今会以革命者的身份走完一生。这事说来也出奇容易，高原七族人民解放军替我办到了。我的话掷地有声，精辟扼要，如燎原之火从此处散播到伊盖哈兹。我确实提出过蓝女皇即“午夜荣光”的口号：高山飞雪降，子夜绒花开。这句话倒是恰如其分。不过这些制陶工们并非一群特别有诗意的人。我们将柳公爵从窑炉峡谷和伊师塔平原上赶了出去，她在每个地方都受到抵制，但她不愿意如此轻易地放弃对阿尔蒂普拉诺高原主张权益。你曾经去过伊盖哈兹——见识过由她领来的部队。大军正集结一处，我的探子汇报在帕里塞德的各条道上都有飞船杀将过来，一场入侵即将来临。公爵联合了绍尔斯家族——他们两家签署协议要瓜分阿尔蒂普拉诺高原。我们寡不敌众，战术单一，供给不足，且无处可逃。敌军会在“金星大日”里发生内讧，但那也跟我们无关了。公爵或许会保留那些窑炉——它们是摇钱树，是财富的来源，这也跟我无关。反正无论如何我都是看不到了。艾达，你必须走，绝对不要陷入普拉的梦魇下，别卷到当地的纷争里。

啊……呃……又来了一幕“旧景重现”，这一次更简短了，不过更慑人心魄。

艾达，你眼下正处在危险之中。天黑之前你就得走——他们会在夜里发起进攻。我必须留下来，“好心肠的人”、先知、来自“蓝珍珠”的预言家不能够抛弃他的人民。你能来看我真好。这是一个糟糕的地方，我自己也本不该来。世上最好的陷阱恰恰犹如文火慢炖，一旦走了进去，穿越所有地方，见识所有那些人，经过所有那些年月……从未想到自己已经深陷其中，而后当你想要掉头往回撤时，身后的大门已然关闭了。艾达，尽快离开这儿……此刻就走。其实你不应该来，可是……噢，我要死在这片糟糕的平原上了，一想到这个我就愤恨！要是能够再看看爱尔兰……

作品十二：*V volanti musco*：阿尔蒂普拉诺高原飞苔。伊师塔地的阿尔蒂普拉诺高原上有一种比空气还轻的共生生物，这份剪纸作品便展示了它的某个部分。植物的那部分涵盖了如帷幕般一片片极其轻盈的悬苔，它们从空气和低空云雾中吸取水分，而动物部分则没有在作品中再现出来。

他走到自己陶瓷作坊门口，沉重地倚靠在一根棍子上，一块手帕捂在口鼻位置，抵御这浓烈的烟雾。我努力恳求他一起走，然而不管他今天成了什么样子，却始终仍是葛兰格高曼·海德家族的人，顽固得就像一头驴。他心里盼望着死亡，温柔的双目中含带着岁月的沉淀，透出一股令人窒息的冷酷感。

"我有东西给你。"我说，随后也顾不得什么文雅礼节，直接把匣子塞给了他。

他打开匣子时双眉一扬。

"哈。"

"是我偷了蓝女皇。"

"我知道的。"

"我不得不将它带出帕特里克的手掌心。他会把宝贝给毁了，就像他把别的东西统统糟蹋光一样。"我迟钝的脑子一心想把这句忏悔说好，已经在星空巡洋舰上操练过，于穿越星球的旅途上，在每一间屋子、每一个客运舱里也都复习过，花卉对应花卉，故事对应故事。此刻我这颗中年人的脑袋羁绊在亚瑟那三个字上，随后便问："你知道？"

"自始至终我都知道。"

"你从没有想过那可能是理查德？或是父亲母亲，或家族里的其他人拿走了那东西？"

"毫无疑问肯定就是你啦，理由嘛就是你刚才说的那些。当时我决定保守你的秘密，而且也确实做到了。”

“亚瑟，帕特里克已经死了，拉桑根是我的。你现在可以回家了。”

“哈，要是真有那么简单就好了！”

“亚瑟，我真心诚意地恳求你原谅我。”

“没什么好原谅的，我当时是自愿的。另外你知道吗，对自己的所作所为我不后悔。我变得臭名昭著——亚瑟·海德阁下，一名珠宝大盗，一个无赖凶徒，这话已经在宇宙间传扬开了。故事编得精彩极了，没有人问我看看那些珠宝或假想的变卖所得财富。我所做成的每一件事，都是靠这个名声搞定的，这算得上是一项成就了。不，艾达，我不会回家的。请别叫我回去，不要在我的面前提及这个阴魂不散的幽灵——郁郁葱葱的田野和基尔代尔温暖柔和的早晨。我在这儿颇受重用，人们待我十分友善，全都接纳我。我身上有很多优点长处，如今我不是爱尔兰贵族的小儿子了，我没有一块领地，醉醺醺的，光着屁股一文不名。现在我是那个‘好心肠的人’，是来自“蓝珍珠”的预言家。”

“亚瑟，我想把这块宝石给你。”

他猛然缩了回去，就好像我给他一只蝎子似的。

“我不要。我不想碰它，这是一个丑陋的东西，会带来厄运的。这颗星球上不存在蓝宝石，绝不能去触碰这种‘蓝珍珠’。它从哪儿来的，就请你把它带回哪儿去。”

一时间我怀疑他是不是又遭受了一次幻觉发作的煎熬，然而他的眼神和语气都十分坚决。

“你应该走，艾达，请离开我。如今这是我的地盘了，这儿的人们家庭观念相当重——忠诚、永恒的爱和感情：强烈的期望和理想驱使他们穿越星球来完成自己的忏悔并接受他人的宽恕，正所谓家和万事兴嘛。谢谢你前来看我，很抱歉我的现状跟你的期望不太一样。我原谅你——不过正如我刚才说的，其实没有什么需要原谅的。噢，对了，那不正说明咱们又是一家人了吗？艾达，柳公爵就要杀过来了。你趁早离开这儿,快点儿走,镇上的乡亲们会帮助你的。”

亚瑟挥了挥手帕,转身背对我关上了大门。

在窑炉峡谷最后一座城镇耶尔塔,我待在“棒棒人”商队的驿站里,最后写下这些文字,同时跟一位高原朋友喝了一碗。我回忆起每一句话,每一个字,清晰而精确,随后萌发了一个灵感。它详尽细腻,犹如回忆起我与亚瑟悲伤而未决的对话一样。我转而拿来那个存放剪纸的旅行袋,掏出剪刀和一张最深的靛蓝色的纸,然后凭着记忆小心谨慎地开始剪裁。“棒棒人”一个个满怀好奇地看着我,而后心里纳闷起来。我刀法干净利落,精确无差。作品十分精美,结构异常复杂,需要克服的难关和必须把握的精确度使我整个身心都完全沉浸其中。那些繁杂的忧虑都从我的心里纷纷抖落:我为什么来到这个星球?为什么独自一人冒险闯入这片恶臭的峡谷?我当年的所作所为造就了彼此的人生轨迹,而亚瑟却轻易地接受了,为什么这反而让我感到失望?我到底希望他怎样?剪刀继续咔嚓咔嚓地剪着,从靛蓝纸张上垂下来纤细的弯纸条,一根一根掉落到桌上。每当世事繁杂时,我就回来寻求剪刀的抚慰。这份作品很简单,我心中立马就有了草图,开始时不会有错误的起头,到后来也无须被迫重来一遍,它纯粹而简洁。旁观者们私底下轻声赞叹,我将剪纸折叠夹进日记本里,收起我的旅行袋,出门走向一辆等候着的蛛形汽车。天上那片永驻的云层今天似乎位置低了一些,犹如暴风雨的前锋正翻滚而来。“夜晚”即将来临了。

我奋笔疾书,简明扼要。

那些并非云彩,而是柳公爵的飞船。道路已被封锁,在整片阿尔蒂普拉诺高原上,军队到处安营扎寨,有数千名士兵和贾瓦洛斯。我被困于此地了。眼下该怎么办?如果撤回格拉恩塔的话,肯定会跟亚瑟和峡谷居民一样惨遭厄运——而且那还算是“恩典”我的。他们搞不好以为我要去通风报信，说不定把我当成奸细给抓了。我不指望自己的地球人身份能够保得住我，况且我还是“先知”的妹妹，是蓝女皇！那么说来……我就躲在耶尔塔？希望他们最好可以与我擦肩而过？可是一想到抛弃亚瑟，于心又何忍呢？

如今是进又不能进，退又不能退，躲又无从躲。

我是一名贵族，虽说地位不高，但也系出名门。我清楚上流社会和贵族血统的那套规矩。公爵的权势确实令我难以望其项背，但我们毕竟是同一个社会层次上的人。我可以跟她谈谈，贵族对贵族，平等地交流一番。

我一定要劝说她放弃进攻。

痴人说梦！一个爱尔兰中年寡孀，手上只有一副剪子，能有什么作为呢？难道用胶水和纸巾干掉一支军队？“一千张剪纸片之绝杀”？

或许我可以用金钱打发她走，给她献上一份比战利品更加贵重的厚礼：来自外星球的珠宝，产自他们神灵那边的奇珍。亚瑟说过，蓝宝石在这个星球上是不为人知的。也就是说，它是一块无与伦比的宝石。

我奋笔疾书，速度跟思绪同步。

我必须以女人对女人的姿态前去面见柳公爵。我是爱尔兰人，一个优秀国度的臣民。我们国家曾经直面强权，击败过许多帝国。我要前去见她，亮明身份，并把蓝女皇给她，真正的蓝女皇。除了这个以外，别的我自己也没有把握，听天由命吧。但我必须这么做，而且刻不容缓。

我不能叫蛛形汽车的司机载我驶入敌军营地，所以我任她离开，让她自行返回耶尔塔。我用一根很短的铅笔头写下这些文字，此刻正独自一人孤零零地在阿尔蒂普拉诺高原之上，向防护墙外头望去，云层正渐渐散开。炫目的光束气势恢宏，泼洒在这片高原上。有两个骑着坐骑的身影从队列中凸显并朝我而来。我心里感到害怕——但也十分冷静。我从匣子里掏出蓝女皇，将它紧紧地攥在戴有护套的手里。眼下很难写字了，日记也不再会有，他们两个已经到了我跟前。

作品十三：*V Gloria medianocte*：“午夜荣光”或叫“蓝女皇”。

卡片、纸、墨水。